»Nach solcher Erkenntnis, wie vergeben?«

T. S. Eliot, ›Gerontion‹

Zum Andenken an meinen eigenen verschwundenen Vater

Das Buch

»Walter wußte Bescheid. Er war selbst ein entfremdeter Held … ein Mann aus Eisen und Tränen … Es war völlig undenkbar, jetzt nach Hause zu fahren, zu dem gefüllten Hähnchen, dem Spargelsalat und der glänzenden Mousse au chocolat, die seine Adoptivmutter für ihn gemacht hatte. Völlig undenkbar, jetzt dankbar das Geschenk seiner Freundin Jessica auszupacken – ein neuer Helm, bronzefarben wie die Sonne und dekoriert mit seinem Namen aus Blümchenaufklebern …« In der Nacht seines 22. Geburtstages rast Walter Van Brunt betrunken und bekifft mit seinem Motorrad gegen eine Gedenktafel. Die Vergangenheit holt ihn ein, sein Vater, der vor zwanzig Jahren seine Freunde verriet, sein Vorfahr aus dem 17. Jahrhundert, ein holländischer Neusiedler und Pachtbauer, von dem es heißt, er habe in der Auseinandersetzung mit dem reichen Grundherrn feige versagt. »›World's End‹ ist ein listiges Gesellschaftsbild, das raffiniert mit der amerikanischen Geschichte spielt. T. Coraghessan Boyle ist ein großartiger Schriftsteller« (Die Presse, Wien), »die literarische Entdeckung Amerikas« (Die Zeit, Hamburg), »der Dickens des 20. Jahrhunderts« (Publishers Weekly, USA).

Der Autor

T. Coraghessan Boyle, geboren 1949 in Peekskill/New York im Hudson Valley, unterrichtet heute an der University of Southern California in Los Angeles. Für ›World's End‹ erhielt er 1987 den PEN/Faulkner-Preis. In deutscher Sprache liegen außerdem vor: ›Wassermusik‹ (1987), ›Grün ist die Hoffnung‹ (1990), Romane; ›Wenn der Fluß voll Whisky wär‹ (1991), Erzählungen.

T. Coraghessan Boyle:
World's End
Roman

Deutsch von Werner Richter

Deutscher
Taschenbuch
Verlag

Anmerkung des Verfassers: Was folgt, ist eine historische Fuge. Sie hat nur wenig mit tatsächlichen Orten und Vorkommnissen und absolut nichts mit lebenden oder verstorbenen Personen zu tun. Die Handlung ist frei erfunden.

Danksagung: Der Verfasser möchte folgenden Menschen für ihre Hilfe beim Zusammenstellen des Materials für dieses Buch seinen Dank ausdrücken: Alan und Seymour Arkawy, Mitchell Burgess, Richard Chambers, Chuck Fadel, Ken Fortgang, Rick Miles, Jack und Jerry Miller und der Mannschaft der »Clearwater«.

Ungekürzte Ausgabe
Mai 1992
Deutscher Taschenbuch Verlag GmbH & Co. KG,
München

Titel der amerikanischen Originalausgabe:
›World's End‹ (Viking Press Inc., New York)

ISBN 3-446-15149-4
Umschlaggestaltung: Celestino Piatti
Umschlagbild: Dietrich Ebert
Satz: IBV Satz- und Datentechnik GmbH, Berlin
Druck und Bindung: C. H. Beck'sche Buchdruckerei, Nördlingen
Printed in Germany · ISBN 3-423-11604-8

Teil I
Martyr's Reach

Er begann sich zu fragen, ob er,
wie auch die Welt ringsum,
nicht verhext sei.

Washington Irving, ›Rip Van Winkle‹

Ein Zusammenstoß mit der Geschichte

An dem Tag, als Walter Van Brunt seinen rechten Fuß verlor, hatten ihn sporadisch Spukgestalten der Vergangenheit heimgesucht. Es begann beim Aufwachen, als ihm der Geruch von Kartoffelpuffern in die Nase stieg, ein Geruch, der ihn an seine Mutter erinnerte, die nach den Unruhen von Peterskill 1949 an Kummer gestorben war; weiter ging es während der trostlosen Mittagspause, die er teils nostalgischen Erinnerungen an seine Großmutter väterlicherseits, teils einem Leberwurstbrötchen widmete, das nach totem Fleisch und Chemie schmeckte. Am Nachmittag, an der heulenden Drehbank, stand auf einmal schemenhaft sein Großvater vor ihm, ein mürrischer, bierbäuchiger Mann, behaart wie ein Menschenfresser aus dem Märchen; und dann, kurz vor Feierabend, hatte er noch die vage, verschwommene Vision von einem grinsenden Holländer in Pluderhosen und hohem Spitzhut.

Den ersten Geist, den Kartoffelpuffergeist, beschwor die flinke kulinarische Hand von Lola Solovay, seiner Adoptivmutter, herauf. Obwohl Walter noch nicht einmal vier gewesen war, als seine leibliche Mutter den Mächten der Bigotterie und eines fehlgeleiteten Patriotismus erlag, erinnerte er sich vor allem an ihre Augen, die wie fleischgewordene Seelen gewesen waren, und an die federleichten, leckeren Kartoffelpuffer, die sie immer reichlich mit saurer Sahne und selbstgemachtem Apfelmus übergossen hatte. Er lag im Bett, in dem Dämmerzustand zwischen Wachen und Träumen, und wartete auf den Wecker, der ihn zu seinem höllischen Job im Werk der Depeyster Manufacturing zitieren würde, als er den Duft dieser ätherischen Kartoffelpuffer schnupperte, und einen Moment lang war seine Mutter da, direkt neben ihm.

Der Geist seiner Großmutter, Elsa Van Brunt, stand ebenfalls mit Essensgeruch in Verbindung. Er wickelte das

Weißbrot mit Leberwurst aus, das Lola für ihn im morgendlichen Zwielicht kreiert hatte, und auf einmal war er zehn Jahre alt und verbrachte den Sommer mit den Großeltern am Fluß; es war ein Tag, so dunkel wie im Dezember, und ein Gewitter hockte oben auf dem Dunderberg. Die Großmutter war von ihrer Töpferscheibe aufgestanden, um das Mittagessen zu machen, und erzählte ihm dabei die Geschichte von Sachoes' Tochter. Sachoes, so wußte Walter aus früheren Episoden, war der Häuptling der Kitchawanken, jenes Stammes, dem die Gründer von Peterskill-on-the-Hudson in den Tagen der holländischen Kolonie das Land für die Siedlung abgeschwatzt hatten. Damals waren die Kitchawanken, im Grunde ein lethargischer, friedliebender, Rindenhütten bauender Clan von Faulenzern und Austernessern, den kriegerischen Mohawk im Norden zur Treue verpflichtet. Tatsächlich waren diese Mohawk so wild, so grausam, so kriegerisch und raubgierig, daß sie nur einen einzelnen Krieger zum Abholen des Tributs schicken mußten, und Manitou mochte dem Stamme gnädig sein, der ihn nicht wie einen Gott bewirtete und mit *wampumpeak* und *seawant* in rauhen Mengen überhäufte. *Kanyengahaga* nannten sich die Mohawk selbst: Leute vom Ort des Feuersteins, bei den Kitchawanken und ihren mohikanischen Vettern dagegen hießen sie *Mohawk*: Leute, die Leute fressen – eine Anspielung auf ihre Neigung, all jene zu braten und zu verzehren, die ihnen nicht zu Willen waren.

Nun ja. Weißbrotscheiben wurden auf den Teller gelegt, Tomaten geschnitten, eine in Zellophan gewickelte Leberwurst aus dem Kühlschrank geholt. Sachoes hatte eine Tochter, sagte Walters Großmutter, und deren Name war Minewa, nach der Göttin des Flusses, die Blitz und Donner schleuderte. Dabei zeigte sie aus dem Fenster über den breiten Rücken des Hudson hinweg zum Dunderberg, auf dessen Gipfel die Blitze wie Nervenenden zuckten. So wie die da.

Eines geruhsamen Nachmittags im August kam ein Mohawkkrieger ins Dorf, nackt bis auf den Lendenschurz und bemalt wie Tod und Teufel. Tribut, verlangte er mit einer Stimme, die wie das Zischen einer Viper klang, dann brach er ohnmächtig zusammen; Blut spritzte ihm aus Mund und Ohren, und die Pockennarben in seinem Gesicht schwollen an. Minewa pflegte ihn. Falls er starb, wäre es aus mit dem Austernessen, mit den lustigen Fahrten in Rindenkanus und dem Auslutschen des süßen weißen Fleisches aus den Panzern der Blauscherenkrebse: es wäre aus mit den Kitchawanken. Dafür würden die Mohawk schon sorgen.

Einen Monat lang lag er in Sachoes' Hütte flach, den Kopf auf Minewas Schoß gebettet, während sie mit Ottermoschus sein Fieber linderte und ihn mit Kräutern und wilden Zwiebeln labte. Allmählich kam er wieder zu Kräften, bis er eines Tages ohne fremde Hilfe aufstehen und seine Forderung nach Tribut wiederholen konnte. Diesmal jedoch verlangte er weder Biberfelle noch *wampumpeak* – er wollte Minewa. Sachoes zögerte, aber der Mohawk tobte und drohte und schnitt sich an drei Stellen die Brust auf, um seine Lauterkeit zu beweisen. Er würde sie nach dem Land im Norden bringen und zu einer Königin machen. Natürlich, wenn es Sachoes lieber war, ginge der tapfere Krieger eben mit leeren Händen heim, um irgendwann in einer sternlosen Nacht mit einem Stoßtrupp wiederzukehren und die Kitchawanken wie Hunde niederzumetzeln. Sachoes, der bald darauf von einem holländischen Kaufmann übertölpelt werden sollte, was zur Gründung von Peterskill auf demselben heiligen Felsen führte, von dem aus des Häuptlings Ahnen Manitous Große Frau zur Erde hatten niederfahren sehen, sagte: »Klar, nimm sie mit.«

Zwei Wochen später durchkämmte eine Gruppe Kitchawanken auf der Suche nach Eicheln, Kastanien und Hagebutten das Nachbartal, als sie den Rauch einer Feuerstelle bemerkten. Vorsichtig, voller Mut und Neugier und nicht ohne gehörige Kühnheit – bei Manitou, der Teufel selbst mochte dort sitzen und irgendeine Seuche zusammenbrauen – näherten sie sich der Lichtung, von der Rauch zum Himmel aufstieg wie der Traum eines Kapnomanten. Was sie dort sahen, sagte Walters Großmutter, während sie Mayonnaise verstrich, war Verrat. Was sie sahen, waren Mohawk und Minewa, vielmehr, was von ihr noch übrig war. Von der Hüfte abwärts war nichts mehr da, erzählte seine Großmutter und legte das Sandwich vor ihn hin – die Leberwurst sah aus wie Menschenfleisch, ja sie roch auch so –, nichts als Knochen.

Waren die Bilder von Mutter und Großmutter durch Reizungen des Geruchszentrums wachgerufen worden, so lag der Fall beim Geist seines Großvaters komplizierter. Vielleicht ist es mit Assoziationen ebenso: Es braucht nur einen kleinen Anstoß, schon folgt eine auf die andere, und das Gehirn reiht Erinnerungen aneinander wie Perlen auf einer Schnur. In der Hitze des Nachmittags jedenfalls hatte der alte Harmanus Van Brunt gleich links neben der Drehbank Gestalt angenommen, grobschlächtig, bierbäuchig und breitschädlig, behaart wie ein Eber, Schneidöl und Aluminiumspäne in den Haaren seiner Unterarme, eine Tonpfeife zwischen die Zähne geklemmt. Sein ganzes Leben lang war er Fischer gewesen, hatte mit der Kraft seiner Schultern und seinem Bauch als Gegengewicht die Netze eingeholt, und gestorben war er, wie er geboren wurde: auf dem Fluß. Walter war zwölf oder dreizehn gewesen. Sein Großvater war damals schon zu alt, um die schweren Stellnetze mit den Streifenbarschen und Stören an Land zu ziehen, hielt sich aber in Übung, indem er Plötzen einfing, die er aus Trögen als Köder verkaufte. Eines Nachmittags – für Walter war die Erinnerung daran wie ein glühendes Brenneisen – wurde das Gesicht des Alten starr, dann klappte ihn der Schlaganfall wie ein Taschenmesser zusammen, und er fiel kopfüber in den Trog, wo sich das Gewusel der Plötzen über ihm schloß. Bis Walter Hilfe holen konnte, war der alte Mann ertrunken.

Bei dem Holländer war es wieder anders. Eine Figur,

wie sie Walter auf der Europareise mit den Solovays in einer Amsterdamer Galerie gesehen hatte. Oder vielleicht auf einer Zigarrenkiste. Er grübelte darüber nach und schrieb das Ganze dann seinen Verdauungsbeschwerden und dem genetischen Gedächtnis zu, zu gleichen Teilen. Als die Fünf-Uhr-Sirene heulte, schüttelte er zweimal den Kopf, wie um ihn klar zu bekommen, und donnerte auf seinem Motorrad zum »Throbbing Elbow«, um dort aus Anlaß seines zweiundzwanzigsten Geburtstags in aller Tristesse ein Bier zu kippen.

Doch selbst hier, in diesem Schrein der Gegenwart mit den grellen Neonröhren, den dröhnenden Tieftönern und den Schwarzlichtstrahlern, ereilte ihn eine Attacke der Geschichte. Als er in seinen neuen Dingo-Stiefeln mit den Sporenriemenattrappen durch die Tür gestolpert kam, hätte er schwören können, daß da sein Vater an der Bar stand, neben einem Mädchen, dessen Kleid so kurz war, daß es die untere Rundung ihres Hinterns freiließ. Er irrte sich. Bei seinem Vater jedenfalls; der Hintern des Mädchens war unbestreitbar. Sie trug ein Minikleid aus Papier, handgefärbt von den Shawangungk-Indianern aus der Reservation südlich von Jamestown, mit dazu passendem Slip. Der Mann neben ihr erwies sich als Hector Mantequilla, struppiges wildes Haar und ein zwanzig Zentimeter langer Spitzkragen. »Van!« sagte er im Umdrehen, »was liegt an?« Auch das Mädchen wandte sich um: Haare bis in die Augen, knallroter Schmollmund, nichts Halbes und nichts Ganzes. Walter hatte seinen Vater seit elf Jahren nicht mehr gesehen.

Walter zuckte die Achseln. Er bemitleidete sich selbst, fühlte sich als Waise und als Märtyrer und total ausgebrannt, voll mit der *merde* des menschlichen Daseins und angewidert vom Gedanken des Verfalls: Er fühlte sich alt. Es war 1968. Sartre machte Schlagzeilen, die ›Saturday Review‹ fragte: »Können wir den Nihilismus überleben?«, und ›Life‹ hatte den Theatermacher Jack Gelber auf einer treibenden Eisscholle fotografiert. Walter wußte Bescheid. Er war selbst ein entfremdeter Held, er war ein Meursault, ein Rocquentin, ein Mann aus Eisen und Tränen, ohne jede Hoffnung für die Welt und ebenso mit Ekel durchsetzt wie ein Jarlsberg mit Löchern. Es war zum Beispiel völlig undenkbar, jetzt nach Hause zu fahren, zu dem gefüllten Hähnchen, dem Spargelsalat und der glänzenden Mousse au chocolat, die seine Adoptivmutter für ihn gemacht hatte. Völlig undenkbar, jetzt dankbar das Geschenk seiner Freundin Jessica auszupakken – ein neuer Helm, bronzefarben wie die Sonne und dekoriert mit seinem Namen aus Blümchenaufklebern – und sie danach unter dem Rhododendron zärtlich auszuziehen, die Nacht wie der Atem eines Schlafenden, der ihm ins Ohr hauchte. Undenkbar. Zumindest im Augenblick.

»Was willst du trinken, Mann?« fragte Hector und stützte sich dabei schwer auf die Theke. Sein T-Shirt, das offenbar aus einer Synthetik-Mischung von Zellophan und Schaumgummi bestand, war mit zwei blutunterlaufenen Augen und einer schimmernden rosa Zunge bedruckt, die hinter seinem Hosenbund verschwand.

Walter antwortete nicht sofort, und als er es doch tat, hatte es mit der Frage nichts zu tun. »Hab heute Geburtstag«, sagte er. Obwohl er das Mädchen anblickte, sah er wieder seine Großmutter vor sich, ihre dicken, fleischigen Arme, die über einem Haufen Rübenschalen wabbelten, ihren Gesichtsausdruck, als sie ihm erzählte, sie habe ihr Telefon abgemeldet, weil die Nachbarin – eine berüchtigte Hexe – ihr verhexte Läuse durch den Hörer schickte. Abergläubisch in einem Maße, daß sie so fest mit der Vergangenheit verbunden war wie tief verankerte Grabsteine auf einem Bergfriedhof, hatte sie die letzten zwanzig Jahre ihres Lebens damit verbracht, Keramikaschenbecher in Form von Köderfischen zu töpfern, wie sie ihr Mann aus seinen Netzen klaubte und zum Verfaulen ans Flußufer warf. Das sind die Entrechteten, hatte sie immer gesagt und dabei Walters behaarten Großvater angefunkelt. Geschöpfe Gottes. Im Traum sehe ich sie immer vor mir. Fische, Fische, Fische.

»Ja, ja!« brüllte Hector. »Dein Geburtstag, Mann!« Dann rief er nach Benny Settembre, dem Barkeeper. Hector war aus Muchas Vacas in Puerto Rico, Nachfahre von Sklaven und von Indios, die versklavt worden waren. Und der Nachfahre von noch etwas anderem: Seine Augen waren so grün wie die Freiheitsstatue. »Ich hab was für dich, Mann – was ganz Besonderes«, sagte er und zupfte Walter am Ärmel. »Los, komm mit aufs Klo, ja?«

Walter nickte. Die Musikbox dröhnte los mit Geräuschen von klirrendem Glas und von Steinen, die gegen Autobusse geworfen wurden. Hector packte seinen Arm und marschierte los in Richtung Toilette, blieb aber plötzlich stehen. »Ach ja«, sagte er und deutete auf das Mädchen. »Das ist Mardi.«

Sechs Stunden später dachte Walter an Wassersport. Aber nur flüchtig und weil die Situation dies nahelegte. Er befand sich am Fluß, gegenüber lag Peterskill, in direkter Wasserlinie waren es anderthalb Meilen zu ihm nach Hause, mit dem Auto wären es elf oder zwölf gewesen, und er steckte bis zum Hals in der öligen Styx-Brühe des nächtlichen Hudson River. Er schwamm. War jedenfalls kurz davor. Einstweilen tastete er sich noch durch den Schlick am Grund, gegen die Strömung ankämpfend, in der Nase das satte organische Aroma des Flusses, eine Duftnotenkombination von degenerierter Wasserfauna, Apfelsinenschalen, Dieseltreibstoff und, ja, auch von *merde*. Von vorn, aus der Dunkelheit, drang Mardis Gelächter und das leise, sachte Plätschern ihres Beinschlags zu ihm. »Komm schon«, flüsterte sie. »Es ist toll hier, wirklich.« Und dann kicherte sie los, ein so natürliches Geräusch, als käme es von einem der verliebten Insekten in den Bäumen, die am Ufer wie eine schwarze, unergründliche Mauer aufragten.

»Scheiße!« fluchte Hector leise hinter ihnen, dann erfolgte ein mächtiges Klatschen – es klang wie der Höhepunkt einer Delphinshow, wie Wasserbomben oder vom Pier herabgeworfene Bierfässer – und schließlich sein schrilles, wildes Lachen.

»Pssst!« zischte Walter. Ihm gefiel das nicht, ihm gefiel das überhaupt nicht. Aber er war betrunken – schlimmer noch, er war vollkommen hinüber von Hectors Pillen, die er die ganze Nacht hindurch geschluckt hatte – und deshalb war ihm alles egal. Er spürte den Auftrieb des Wassers wie die Hände der Flußnymphen, als er sich abstieß und vorsichtig die ersten Schwimmzüge machte.

Um zehn waren sie aus dem »Elbow« weggegangen, um in Hectors zerbeultem Pontiac Baujahr '55 eine Pfeife herumgehen zu lassen. Walter hatte nicht zu Hause angerufen – hatte überhaupt nicht viel unternommen, außer sich Bier in die Kehle zu schütten –, und er dachte mit einer Art perversem Vergnügen an Jessica, an Hesh und Lola und an seine Tante Katrina. Inzwischen vermißten sie ihn sicher schon, soviel war klar. Das gefüllte Hähnchen war im Herd längst knochentrocken, der Spargelsalat aufgeweicht. Die Mousse zusammengefallen. Er stellte sich vor, wie sie mißgelaunt um den Picknicktisch aus Redwoodholz herumhockten, das Eis in den Cocktails geschmolzen, erstarrte Zahnstocher in der fettigen Pfütze auf der Servierplatte, die längst aller Hackfleischklößchen entledigt war. Er stellte sie sich vor – seine Familie, seine Freundin –, wie sie auf ihn warteten, auf Walter Truman Van Brunt, ein Wesen eigener Schicksalsbestimmung, seelenlos, hart, frei von Konventionen und der doppelten Last von Liebe und Pflicht, und jetzt nahm er die Haschischpfeife eines Fremden entgegen. Bestimmt vermißten sie ihn inzwischen, ja, ganz bestimmt.

Doch dann spürte er ein stechendes Schuldgefühl, die Verdammnis des Abtrünnigen, und erblickte wiederum seinen Vater. Diesmal ging der Alte allein quer über den Parkplatz, die Hände tief in den Taschen seiner gestreiften Hose mit Schlag, ein langes malvenfarbenes Halstuch vor der Brust. Er blieb direkt vor dem Autofenster stehen, beugte sich herab und sah herein, mit dem gleichen irren, gequälten Blick wie damals, als er an Walters elftem Geburtstag aus dem Nichts erschienen war.

Aus dem Nichts. Wie ein Gespenst. Riesig, mit rötlichem Stoppelhaar, zerrissenen, ölverschmierten Hosen und einer zu kurzen Jacke, hatte er ausgesehen wie eine Kreuzung zwischen dem Ewigen Juden und Dickens' Geist der vergangenen Weihnachtsfeste, wie ein Ekstatiker, dem die Ekstase abhanden gekommen war, ein Mann ohne Zukunft, ein Penner. So unwirklich, daß Walter ihn gar nicht bemerkt hätte, wäre da nicht das Geschrei gewesen. Elf Jahre alt, vollgestopft mit rosa Zuckergußkuchen, Malzbier, Schokoladen-Marshmallows und Mars-Riegeln, saß Walter oben in seinem Zimmer und spielte mit seinem neuen Satz von »Präsidenten, Regenten und Minister der Welt« herum, als er vor dem Haus erregtes Stimmengewirr hörte. Heshs Stimme. Lolas. Und noch eine, eine Stimme, die so klang, als wäre sie in seinem eigenen Kopf, als dächte sie für ihn, faszinierend, fremd und vertraut zugleich.

Die Vordertür war offen. Hesh stand im Eingang wie ein Koloß, an seiner Seite Lola. Vor ihnen, auf dem Rasen, war ein Mann mit einem Kopf wie ein Kürbis und farblosen, wäßrigen Augen. Er war sehr aufgeregt, dieser Mann, lief beinahe Amok, tanzte vor Wut auf einem Bein herum und skandierte wie ein Schamane die Litanei seiner Kränkungen, die wie Essig aus ihm heraussprudelte. »Fleisch von meinem Fleisch!« schrie der Mann immer wieder.

Hesh, der große Hesh mit seinem ehrlichen Kahlschädel und den Unterarmen wie Schmiedehämmer, brüllte diesen Mann an, der wie ein Landstreicher aussah – Walters Vater –, als wollte er ihn umbringen. »Du dreckiges Schwein!« tobte Hesh mit schriller, lauter Stimme, jedes Wort klar und deutlich. »Lügner, Dieb, Mörder! Verschwinde! Verschwinde von hier!«

»Kidnapper!« giftete der Mann zurück und bückte sich, um in seiner Rage auf den Boden einzuschlagen. Dann aber trat plötzlich Walter in sein Blickfeld, verwirrt und verschüchtert, und der Mann verstummte. Eine Veränderung ging über sein Gesicht – es war häßlich und wutverzerrt gewesen, und nun war es auf einmal gelassen wie das eines Priesters –, er kniete auf einem Bein nieder und streckte die Arme aus. »Walter«, sagte er, und in diesem Wort lag der verführerischste Klang, den der Junge je gehört hatte. »Weißt du noch, wer ich bin?«

»Truman!« sagte Hesh, gleichzeitig flehend und warnend.

Walter wußte es noch.

Und dann sah er es. Hinter seinem Vater, hinter dem blassen, kurzgeschorenen, verbrauchten Mann in den Pennerklamotten stand ein Motorrad. Eine kleine Pony Parilla, 98 Kubik, grellrot und mit viel Chrom, funkelnd wie eine Wasserlache in der Wüste. »Komm her, Walter«, sagte sein Vater. »Komm zu deinem Vater!«

Walter blickte zu dem Mann auf, den er als seinen Daddy kannte, dem Mann, von dem er Nahrung und Kleidung bekam, der ihm bei all seinen traumatischen Erfahrungen beigestanden hatte, der immer da war, um den Ball zu werfen und ihn aufzufangen, mit seinen Lehrern herumzustreiten und seine Feinde mit einem einzigen Blick in die Knie zu zwingen, der ihm Anker und Beschützer war. Und dann sah er zu dem Mann auf dem Rasen hinüber, zu dem Vater, den er kaum kannte, und zu dem Motorrad dahinter. »Komm schon, ich beiß nicht.«

Walter ging hin.

Und nun war er wieder da, war nach elf Jahren zurückgekehrt, zum zweitenmal an diesem Tag war er zurückgekehrt. Nur jetzt war er schwarz, eine massive Erscheinung mit zwei rotgeränderten Augen und einer Nase, die aussah, als hätte jemand draufgetreten. Jetzt lehnte er sich durch das Fenster des Pontiac, zündete sich an Hectors Joint eine Zigarette an und langte in den Wagen, um Walters Hand zum Soul-Gruß zu packen und ihn zu fragen, wie es ihm ging, verdammt, Mann. Auf einmal war es Herbert Pompey, Stammgast in den Bars der South Street, Dichter, Kornett- und Nasenflötenspieler, Teilzeittänzer im ›Mann von La Mancha‹ und Wochenendkiffer.

Genervt von der Geschichte, von der Vergangenheit, die wie eine Kolonne gellender Feuerwehrwagen auf ihn einstürmte, konnte Walter Pompeys Händedruck nur matt erwidern. Er murmelte etwas in der Art, daß es ganz gut ginge, aber er habe Kopfschmerzen, fühle sich ziemlich stoned und außerdem dächte er, er habe was an den Augen. Und an den Ohren. Und, fiel ihm dabei ein, am Hirn vielleicht auch.

Es folgte eine Weile, in der Pompey sich zu ihnen in das gewaltige Raumschiff des Pontiac-Fahrgastraums gesellte – Hector, Mardi und Walter saßen vorn, Pompey lag über den Rücksitz hingefläzt und nuckelte an einer Flasche Spañada, die wie von Geisterhand erschienen war –, eine Weile der Besinnung auf das blecherne Plärren des Radios, auf die Textur der Nacht, auf einen grünlichen Lichtfleck am Himmel, der möglicherweise ein Ufo, wahrscheinlich aber eher ein Wetterballon war, und das riesige Sternengeflecht, das sich über der Motorhaube des Pontiac erstreckte wie ein samtenes Meer. Die Schwerkraft zerrte an Walters Unterlippe. Der Hals der Spañadaflasche tauchte zu seiner Rechten auf, der Joint zu seiner Linken. Er war gefühllos wie eine Leiche. Die Attacke der Geschichte war vorüber.

Es war Mardi gewesen, die den Einfall gehabt hatte, zu den Geisterschiffen hinauszuschwimmen. Ein Einfall, dessen theoretische Ausarbeitung leichter gefallen war als seine praktische Durchführung. »Das ist fantastisch«, beharrte sie, »nein, ehrlich, das ist wirklich fantastisch«, als hätte ihr jemand widersprochen. Und deshalb waren sie, Walter, Mardi und Hector (Pompey hatte klugerweise beschlossen, beim Auto zu bleiben), nun im Fluß und schwammen zu den schwarzen, stummen Umrissen hinüber, die in zehn Meter tiefem Wasser am Fuß des Dunderberg vor Anker lagen.

Armschlag, Beinschlag, Armschlag, Beinschlag, sagte Walter leise vor sich hin und versuchte sich zu erinnern, ob man beim Atmen den Kopf unter oder über die Wasseroberfläche halten sollte. Er dachte an Wassersport. Scuba-Tauchen. Wasserpolo. Seemannsköpfler. Toter Mann. Eine Flasche war er nicht: All das hatte er irgendwann schon gemacht, hatte Gegner untergetaucht und Tore geworfen wie sonst keiner, Flüsse, Seen und Buchten durchmessen, trübe, urzeitliche Teiche und chlorseptische Schwimmbecken, ein Wunder aus windmühlenflügelartigen Armen und zuckenden Beinen. Aber das hier war etwas anderes. Er war viel zu bedröhnt für das hier. Das Wasser war wie dicke Sahne, seine Arme wie Holzbretter. Wo war sie?

Sie war nirgendwo. Die Nacht fiel aus den hintersten Winkeln des Alls über ihn her, mähte über die uralten Berge hinweg, über die Eichen und Lärchen und Nußbäume, um sich schließlich an einer tiefen pechschwarzen Stelle mit dem eisigen, von Klabautermännern heimgesuchten Fluß zu vermischen, der von unten an ihm riß. Armschlag, Beinschlag: er sah überhaupt nichts. Hätte ebensogut die Augen zumachen können. Aber Moment mal – dort drüben, vor dem platten schwarzen Kiel des vordersten Schiffs, war sie das nicht? Dieser weiße Fleck da? Ja, da war sie, diese scharfe Wachtel, ihr rundes Gesicht wie eine Nachtblume, ein Leuchtturm, eine Flagge, die Waffenstillstand oder Kapitulation signalisiert. Der Kiel ragte hinter ihr auf wie eine steile Klippe, Fledermäuse flatterten über die Wasseroberfläche, Insekten zirpten, und irgendwo in der Dunkelheit zappelte Hector wie ein Fisch im Netz. Seine leisen Flüche wurden von der Nacht gedämpft, bis sie sich in der Unendlichkeit verloren.

Walter dachte daran, wie Mardi in der Finsternis des Ufers ihr Papierkleid so lässig abgelegt hatte, als zöge sie sich im eigenen Schlafzimmer aus, er dachte an den Stich, den er in den Lenden gespürt hatte, als sie sich bei ihm angehalten hatte, um erst das eine Bein, dann das andere zu heben, während sie sich das Papierhöschen abstreifte und in den Schlamm fallen ließ. Geisterhaft, eine bleiche Erscheinung vor dem Hintergrund der Nacht, war sie ins Wasser entschwunden, ehe er sich auch nur das Hemd heruntergerissen hatte. Jetzt konzentrierte er sich auf den milchigen Fleck ihres Gesichtes und paddelte auf sie zu.

»Hector?« rief sie, als er an sie heranglitt. Sie versuchte, sich an der Ankerkette hochzuziehen, umklammerte den kalten, zerfressenen Stahl mit ihrem nackten Fleisch, preßte ihn an sich, schwankte über dem Wasser wie die geschnitzte Galionsfigur, die in alten Legenden zum Leben erwacht.

»Nein«, flüsterte er, »ich bin's, Walter.«

Sie schien das witzig zu finden und kicherte wieder los. Dann ließ sie sich mit einem Klatschen ins Wasser zurückfallen, das alle Matrosengespenster auf allen Schiffen der ausgedienten Flotte hätte aufwecken können – zumindest aber den Nachtwächter, von dem sie ununterbrochen während der Autofahrt geplappert hatte. Walter packte die Ankerkette und spähte zu dem Schiff empor, das bedrohlich über ihm aufragte. Es war ein Handelskahn aus dem Zweiten Weltkrieg, wie die anderen dahinter auch, die stillgelegten Schiffe, die zweimal täglich mit Ebbe und Flut auf- und niedersanken, seit Walter geboren war. Ihre Laderäume waren voll mit Getreide, das die Regierung aufkaufte, um die freie Marktwirtschaft davon abzuhalten, die Farmer in Iowa, Nebraska und Kansas zu erdrosseln. Weiter flußabwärts, irgendwo in einer kleinen Bucht bei Jones Point, lag das Wrack der »Quedah Merchant«, die William Kidds Leute 1699 dort versenkt hatten. Es ging die Legende, daß man sie bei klarem Wasser immer noch sehen konnte, voll aufgetakelt und segelbereit, beladen mit Schätzen aus Hispaniola und der Berberei.

Doch Walter stand der Sinn nicht nach Schätzen. Auch

nicht nach verfaulenden Weizenkeimen unter einer Schicht von Rattenkacke, nicht einmal nach ein bißchen sportlicher Ertüchtigung. Tatsächlich hatte er bis zu dem Moment, als er im Wasser unter der gespannten, rostigen Ankerkette gegen Mardi streifte, überhaupt nicht gewußt, wonach ihm der Sinn stand. »Überraschung!« prustete sie, als sie neben ihm auftauchte und ihm, einen Arm auf die Kette gelegt, den anderen um den Hals schlang. Und dann, indem sie ihren Körper an ihn schmiegte – nein, an ihm rieb, als hätte sie plötzlich eine Art Unterwasser-Juckreiz bekommen –, murmelte sie: »Hast du heute wirklich Geburtstag?«

Er hatte es fast vergessen. Die traurigen, tadelnden Mienen von Jessica, Lola und Hesh zogen in rascher Folge an ihm vorbei, eine plötzliche Manifestation einer umfassenderen Heimsuchung, und dann griff er nach ihr, suchte nach Körperöffnungen, bemühte sich zu küssen und zu streicheln, Wasser zu treten und zu kopulieren, alles zur gleichen Zeit. Er schluckte Wasser und schoß hustend in die Höhe.

Mardi machte ein leise stöhnendes, schmatzendes Geräusch, als schlürfe sie Suppe oder Sorbet. Kleine Wellen schwappten rings um sie. Walter hustete immer noch.

»Hör zu, Geburtstagskind«, flüsterte sie, stieß sich ab und kam dann wieder dicht an ihn heran. »Ich könnte ganz schön lieb zu dir sein, wenn du etwas für mich tust.«

Walter war elektrisiert. Scharf, gierig, allen Urteilsvermögens beraubt. Die eisige, fischige Strömung war auf einmal warm wie ein palmenumsäumter Jacuzzi-Whirlpool. »Häh?« machte er.

Was sie von ihm wollte, die da wie eine Nixe spät in der Nacht das schlammige Wasser des alten Hudson trat, über sich riesenhaft hoch den großen V-förmigen Bug des Schiffes, waren tollkühne Aktionen. Heldentaten. Beweise von Stärke und Geschicklichkeit. Sie wollte, daß Walter sich an der Ankerkette emporhangelte wie ein nackter Pirat und in das unergründliche Dunkel des geheimnisvollen Schiffes verschwand, um dort das Durcheinander seiner Geheimnisse zu entwirren, seine Struktur über den Tastsinn zu absorbieren und sich die Anordnung der Decks einzuprägen. Oder so ähnlich. »Meine Arme sind zu schwach«, sagte sie. »Ich kann es nicht selber machen.«

In einiger Entfernung fuhr ein Schlepper vorbei, der einen Leichter zog. Dahinter konnte Walter die schwachen Lichter von Peterskill erkennen, verschwommen in der Ferne und durch die Dunstglocke, die über der Mitte des Flusses hing.

»Mach schon!« stachelte sie ihn an. »Nur mal reingukken.«

Walter dachte an den angeblichen Nachtwächter, die Strafe, die auf Betreten von Bundesbesitz stand, seine Höhenangst, die verkaterte, narkotisierte, schlaftrunkene Verfassung seines Geistes und Körpers, die jede Bewegung riskant machte, und sagte: »Warum nicht?«

Hand über Hand, Fuß über Fuß kletterte er die Kette hinauf wie ein wahrer Nihilist und existentialistischer Held. Was hieß schon Gefahr? Das Leben besaß weder Sinn noch Wert, man lebte nur auf den eigenen Untergang hin, auf die Leere und das Nichts. Es war gefährlich, auf einem Sofa zu sitzen, eine Gabel zum Mund zu heben, sich die Zähne zu putzen. Gefahr. Walter lachte ihr ins Gesicht. Natürlich hatte er, trotz alledem, schreckliche Angst.

Zwei Drittel der Strecke hinter sich, verlor er den Halt und krallte sich an die Kette wie ein Wahnsinniger. Sechs Liter Blut rauschten ihm in den Ohren. Unter ihm Schwärze; über ihm die schattenhaften Umrisse der Reling. Walter holte tief Luft und zog sich dann weiter, baumelte hoch über dem Wasser wie eine große bleiche Spinne. Als er endlich oben ankam, als er endlich eine tastende Hand ausstrecken und seine Haut die mächtige, kalte Festung des Schiffsrumpfs berühren konnte, bemerkte er, daß die Ankerkette in einem böse blickenden bullaugenartigen Ding verschwand, das auf ihn wie das monströse, eingeschlagene Piratenauge der gesamten Gespensterflotte wirkte. Er lehnte sich zurück, um die riesigen Blockbuchstaben zu entziffern, die das alte Wrack identifizierten – »U. S. S. Anima« –, zögerte einen Augenblick und schlüpfte dann durch das Bullauge.

Jetzt war er im Innern, in einem undurchsichtigen Raum von äußerster, unwahrscheinlicher, ungemilderter Finsternis. Nackte Füße traten auf nackten Stahl, seine Finger tasteten die Wände entlang. Es roch nach verrottendem Metall, Ölschlick und aufgeweichter Farbe. Zentimeter für Zentimeter arbeitete er sich vorwärts, bis sich Schatten aus dem Dunkel schälten und er auf einmal auf dem Hauptdeck stand. Vor ihm war eine geschlossene Luke, darüber erhoben sich der Großmast und einige Laderäume. Der Rest des Schiffes – Kabinen, Rettungsboote, Masten und Kräne – lag im Dunkeln. Er hatte das Gefühl, als befände er sich in großer Höhe, als flöge er in einem Düsenflugzeug hoch über den Wolken und wankte durch den Mittelgang. Hier gab es nichts außer Schatten. Und das tausendfache Quietschen und Knirschen von lebloser Materie in leiser, rhythmischer Bewegung.

Aber irgend etwas stimmte nicht. Etwas an diesem Ort schien die Flammen der Vergangenheit neu zu entfachen, die den ganzen Tag an ihm geleckt hatten. Er blieb reglos stehen und hielt den Atem an. Als er sich umwandte, war er kaum überrascht, seine Großmutter auf der Reling sitzen zu sehen. »Walter«, sagte sie, und in ihrer Stimme knisterten statische Störungen, als unterhielten sie sich über eine schlechte Fernsprechverbindung. »Walter, du hast ja nichts an.«

»Aber Oma«, sagte er, »ich war doch schwimmen.«

Sie trug ein weites Sackkleid, und sie war genauso fett wie im Leben. »Egal«, sagte sie und winkte mit dem runzeligen Handgelenk ab, »ich wollte dir etwas über deinen Vater erzählen, ich wollte dir erklären... ich –«

»Ich brauche keine Erklärungen«, schimpfte eine Stimme hinter ihm.

Walter fuhr herum. Das ging jetzt schon den ganzen Tag so – ja, seit er am Morgen die Augen aufgemacht hatte –, und ihm reichte es langsam. »Du«, sagte er.

Sein Vater knurrte. »Ja, ich«, sagte er.

Die elf Jahre hatten ihn verändert. Der Alte wirkte jetzt sogar noch größer, sein Kopf war angeschwollen wie etwas, das man auf den Simsen von Bauwerken eingemeißelt findet oder als Wächter über einem alten Grab. Und sein Haar war gewachsen, die fettigen dunklen Strähnen schlugen ihm ins Gesicht und fielen ihm in den Nacken. Der Anzug – es schien derselbe zu sein, den er an Walters elftem Geburtstag getragen hatte – hing in Fetzen herab, zerrissen von all den Jahren. Und da war noch etwas. Eine Krücke. Wie ein Hexenbesen von irgendeinem Baum am Straßenrand abgehackt, gesprenkelt mit Rindenresten, stützte sie ihn, als wäre er irgendwo angeknackst. Walter blickte an ihm herab, erwartete eine gichtige Zehe oder einen mit Lumpen umwickelten Fuß, sah aber nichts in dem Schattensee, der die untere Körperhälfte seines Vaters wie ein Leichentuch umhüllte.

»Aber Truman«, sagte Walters Großmutter, »ich wollte doch dem Jungen nur erklären, was ich ihm mein ganzes Leben lang gesagt habe... Ich wollte ihm erklären, daß es nicht deine Schuld war, daß es an den Umständen lag und daran, was du in deinem Herzen geglaubt hast. Der Herrgott weiß –«

»Halt den Mund, Mama. Ich sage dir, ich brauche keine Erklärungen. Ich würde es morgen wieder tun.«

In diesem Augenblick bemerkte Walter, daß sein Vater nicht allein war. Hinter ihm standen noch andere – eine ganze Zuhörerschar. Er konnte sie schniefen und grunzen hören, und jetzt – auf einmal – konnte er sie auch sehen. Penner. Es mußten mindestens dreißig sein, zerlumpt, mit roten Augen, sabbernd und stinkend. O ja: jetzt konnte er sie auch riechen, den Gestank von Viehhöfen, Fußpilz, pissedurchtränkter Unterwäsche. »Amerika den Amerikanern!« rief Walters Vater aus, und die Versammlung der Phantome nahm es mit Schnattern und Keuchen auf, das schließlich zu einem tollwütigen Gemurmel in der Finsternis verebbte.

»Du bist ja betrunken!« sagte Walter und wußte nicht, warum er es gesagt hatte. Vielleicht war es eine Erinnerung aus seinen Kindesjahren, nachdem seine Mutter gestorben und bevor sein Vater verschwunden war, an die Sommer bei seinen Großeltern, bei denen auch sein Vater für mehrere Wochen gewohnt hatte. Ob der Alte nun auf der Couch schlief, seinem eigenen Vater mit den Netzen half, Walter zum Krebsefangen zur Brücke über den Acquasinnick oder zum Baseballspiel auf die Polo Grounds mitnahm – immer hatte er nach Alkohol gestunken. Vielleicht war das auch heute abend im »Elbow« der Auslöser gewesen: der Geruch nach Alkohol, der Schlüssel zu seinem Vater, ebenso wie Kartoffelpuffer und Leberwurst die Schlüssel zu seiner traurig dreinblickenden Mutter und zu der abergläubischen Frau mit den kräftigen Armen waren, die sich bemüht hatte, die Leere auszufüllen, die seine Mutter zurückgelassen hatte.

»Na und?« sagte sein Vater.

In diesem Moment trat ein kleiner Mann mit dem Gesicht eines Wasserspeiers aus dem Schatten. Er trug nicht mehr den Spitzhut und die Pluderhosen – nein, er hatte ein blaues Arbeitshemd an und ausgebeulte Anzughosen mit Taschen in der Seitennaht –, aber Walter erkannte ihn dennoch. »Nicht betrunkener als du«, sagte der Mann.

Walter ignorierte ihn. »Du hast mich im Stich gelassen«, sagte er, wieder zu seinem Vater gewandt.

»Da hat der Junge recht, Truman«, krächzte seine Großmutter mit einer Stimme wie spritzendes Fett in der Pfanne.

Der alte Mann schien in sich zusammenzusinken, die Worte blieben ihm in der Kehle stecken. »Glaubst du denn, es war leicht für mich?« fragte er. »Ich meine, mit diesen Pennern zu leben und so?« Er machte eine kurze Pause, als wollte er sich besinnen. »Weißt du, was wir essen, Walter? Scheiße, das essen wir. Eine Handvoll von diesem verdorbenen Weizen hier, vielleicht mal einen Graskarpfen, von der Reling aus geangelt, oder eine Ratte, die einer mit Glück gefangen hat und am Spieß brät. Teufel auch, wenn wir nicht die Destille hätten, die Piet zusammengebaut hat –« Er beendete den Satz nicht, spreizte nur die Hand und ließ sie fallen wie einen abgeschlagenen Kopf. »Ein langer, sinnloser Fall«, brummte er, »vom Mutterleib ins Grab hinein.«

Und dann zerrte der kleine Mann – Walter bemerkte mit Schrecken, daß er seinem Vater nur bis zur Hüfte reichte – den Alten am Ellenbogen; Truman beugte sich tief hinab, um sich flüsternd mit ihm zu unterhalten. »Muß jetzt weg, Walter«, sagte der Alte und wandte sich zum Gehen.

»Warte!« keuchte Walter auf einmal verzweifelt. Da war noch einiges unerledigt, er mußte etwas fragen, mußte etwas wissen. »Dad!« In diesem Augenblick passierte es: Kaum merklich erhellte sich die Atmosphäre, nur einen Sekundenbruchteil lang. Vielleicht lag es am Mond, der gerade aus den Wolken hervortaumelte, oder es war ein Sumpffeuer oder alle Einwohner der Bronx, die gleichzeitig aus ihren Betten herauswankten, um das Licht im Badezimmer anzuschalten – aber egal, was es war, es gestattete Walter einen kurzen, flüchtigen Blick auf das linke Bein seines Vaters, während der Alte in die Dunkelheit davonhinkte. Walter durchfuhr es eiskalt: Das Hosenbein war leer.

Ehe er reagieren konnte, schlossen sich die Schatten wieder wie eine Faust, und der kleine Kerl stand an seiner Seite, sah schielend zu ihm auf wie etwas Verderbtes, Unreines, wie der Kobold, der den Menschenfresser anstachelt. »Du willst doch nicht etwa in die Fußstapfen deines Vaters treten, oder?«

Das nächste, was Walter wußte, war, daß er auf seiner Maschine saß (Maschine: es war sein Pferd, ein feuerspeiender, Dreck aufwirbelnder Schrecken, eine große Norton Commando der oberen Hubraumklasse, die einem die Füllungen aus den Backenzähnen fliegen ließ), und die ausgewaschene, vogelgespickte Morgendämmerung zischte beiderseits an ihm vorbei wie das Bild auf einem tragbaren Schwarzweiß-Fernseher mit defektem Horizontalabgleich. Er war unbesiegbar, unsterblich, unempfindlich gegen die Kränkungen und Überraschungen des Universums und raste mit hundertfünfzig aus Peterskill hinaus. Die Straße bog nach rechts, und er bog mit ihr; jetzt kam eine Senke, dann eine Kuppe – er klebte an der Maschine wie eine frische Lackschicht. Hundertsechzig. Hundertfünfundsechzig. Hundertsiebzig. Er war auf dem Heimweg, die vergangene Nacht ein dunkler Fleck – war er auf der Rückfahrt vom Dunderberg hinten in Hectors Auto zusammengeklappt? –, er fuhr nach Hause ins Bett eines existentialistischen Helden über der Küche des schindelgedeckten Häuschens seiner Adoptiveltern. Auf der Straße glänzte der Tau. Es war noch nicht richtig hell.

Und dann auf einmal, als wäre ein Schalter in seinem Kopf umgelegt worden, wurde er langsamer – was immer ihn auf hundertsiebzig hinaufgejagt hatte, war plötzlich von ihm gewichen. Er nahm das Gas weg, lockerte seinen Griff – hundertfünfundvierzig, hundertdreißig, hundertzehn –, er war schließlich auch bloß sterblich. Rechts vor ihm (er bemerkte sie kaum, war schon tausendmal daran vorbeigefahren, zehntausendmal) stand eine historische Gedenktafel, ein blau-gelbes Schild, ein Rechteck, das im Zwielicht aufblitzte. Woraus war es – Eisen? Erhabene Lettern, gelb – oder golden – auf blauem Hintergrund. Hatten wahrscheinlich irgendwelche armen Schweine unten in Sing-Sing oder so gemacht. Klar war das hier eine höchst historische Gegend, George Washington und der Verräter Benedict Arnold und all die anderen, aber Geschichte gab ihm im Grunde nicht allzuviel. Tatsache war, daß er die Inschrift auf dem Ding noch nie gelesen hatte.

Noch nie gelesen. Von ihm aus hätte die Tafel auch an Lafayettes regelmäßigen Stuhlgang oder die Entdeckung der Gemüsezwiebel gemahnen können; ihm war das egal. Irgend etwas am Straßenrand, sonst nichts: Geschwindigkeitsbegrenzung, scharfe Kurve, Eichbaum, Reklametafel, historische Stätte, Garteneinfahrt. Auch jetzt hätte er ihr keinen zweiten Blick geschenkt, wäre da nicht der Schatten gewesen, der blitzartig vor ihm über die Straße schoß. Dieser Schatten (er war nicht genau zu erkennen – kein Kaninchen, Opossum, Waschbär oder Skunk – eben nur ein Schatten) brachte ihn dazu, den Lenker zu verreißen. Und durch dieses Reißen verlor er die Kontrolle über das Motorrad. Ja. Und dieser Kontrollverlust ließ ihn einen Moment lang nach rechts kippen, so daß der neue Dingo-Stiefel mit der Sporenriemenattrappe den Asphalt streifte, ließ ihn kippen und, bevor er sich wieder aufrichten konnte, direkt in das blau-gelbe Schild hineinrasen, mit einem Krach, der eines Donnergottes würdig gewesen wäre.

Am nächsten Nachmittag, als er in einem blaßgrünen Zimmer vom Krächzen der Gegensprechanlage und dem beißenden Geruch im Ostflügel des Peterskill Hospital erwachte, spürte er keinen Schmerz. Es war komisch: eigentlich müßte es weh tun. Er betrachtete seinen bandagierten Unterarm, fühlte irgend etwas an seinen Rippen zerren. Einen Moment lang geriet er in Panik – Hesh und Lola waren da und murmelten einschmeichelnde und beschwichtigende Worte, und Jessica saß auch dabei, Tränen in den Augen. War er tot? War es das? Doch dann gewannen die Medikamente die Überhand, und die Lider fielen ihm von selbst zu.

»Walter«, flüsterte Lola wie aus weiter Ferne. »Walter – geht's dir gut?«

Er versuchte sich zu erinnern, alles wieder zusammenzufügen. Mardi. Hector. Pompey. Die Gespensterschiffe. War er die Ankerkette hinaufgeklettert? Hatte er das wirklich getan? Er erinnerte sich an das Auto, an Pompeys weggetretenen Gesichtsausdruck und daran, wie sich Mardis Papierkleid langsam auflöste, als es mit ihrer nassen Haut in Berührung kam. Er hatte seine Hände auf ihren Brüsten, und Hectors werkten zwischen ihren Beinen. Sie kicherte. Und dann dämmerte der Morgen. Vögel machten Radau. Der Parkplatz hinter dem »Elbow«. »Na ja«, krächzte er und machte die Augen wieder auf, »geht ganz gut.«

Lola biß sich auf die Unterlippe. Hesh konnte ihm nicht in die Augen sehen. Und Jessica – die sanfte, gepuderte, herrlich riechende Jessica – sah aus, als hätte sie zwei Marathonläufe nacheinander hinter sich und wäre als letzte durchs Ziel gegangen. Bei beiden.

»Was ist passiert?« fragte Walter und bewegte die Beine.

»Es ist alles okay«, sagte Hesh.

»Es ist alles okay«, sagte Lola. »Alles okay.«

Jetzt sah er auf das Bett hinab, sah auf die Decke, unter der sein linker Fuß wie die Mittelstange eines Zelts aufragte, und dann auf das ärmliche, eingesunkene Häuflein Linnen, wo eigentlich sein rechter Fuß hätte sein sollen.

Circa dreihundert Jahre bevor Walter einem Schatten auswich und auf der scharfen Schneide der Geschichte seine Spur hinterließ, betrat der erste der Peterskillschen Van Brunts das Tal des Hudson River. Harmanus Jochem Van Brunt, frischgebackener Farmer aus Zeeland, stammte von Heringsfischern ab, denen die Netze zwischen den Fingern verfault waren. Als er im März 1663 auf dem Schoner »De Vergulde Bever« in Nieuw Amsterdam eintraf, lag ihm vor allem daran, möglichst weit von den angestammten Fischernetzen wegzukommen, die er der Obhut des jüngeren Bruders anvertraut hatte. Die Kosten seiner Überfahrt hatte der Sohn eines Haarlemer Bierbrauers beglichen, ein gewisser Oloffe Stephanus Van Wart, der im Namen der Hochmögenden Herren der Generalstaaten von Holland einen Grundbesitz im heutigen nördlichen Westchester County überschrieben bekommen hatte. Van Warts Bevollmächtigter in Rotterdam hatte für die Überseepassage von Harmanus und seiner Familie die fürstliche Summe von zweihundertfünfzig Gulden ausbezahlt. Als Gegenleistung verpflichteten sich Harmanus, seine Gattin (die *goude vrouw* Agatha, geborene Hooghboom) sowie ihre *kinderen* Katrinchee, Jeremias und Wouter vertraglich dazu, den Van Warts auf all ihr Lebtag zu dienen.

Man ließ die Familie auf einer Fünf-Morgen-Farm etwa eine Meile hinter dem Handelsposten von Jan Pieterse an der Mündung des Acquasinnick Creek siedeln, auf einem Stück Land, das vor kurzem noch Stammeseigentum der Kitchawanken gewesen war. Dort erwartete sie eine roh gezimmerte, strohgedeckte Holzhütte. Der Gutsherr, der alte Van Wart, gab ihnen eine Axt, einen Pflug, ein halbes Dutzend krätzige Hühner, einen kachektischen Ochsen, zwei Kühe, die nur noch tropfenweise Milch gaben, und ein Sortiment von ausrangierten, verbeulten und verbogenen Küchengeräten. Als Lohn für seine Investition erwartete er fünfhundert Gulden Pacht, zwei Klafter Holz (gespalten, angeliefert und sorgsam in dem höhlenartigen Schuppen beim oberen Gutshaus aufgestapelt), zwei Scheffel Weizen, zwei Hennen und zwei Hähne und zwanzig Pfund Butter. Fällig und zahlbar in sechs Monaten.

Kleinmütigere Seelen wären vielleicht verzweifelt. Doch Harmanus, den in seinem Heimatdorf Schobbejakken alle ›Hau-rein-Manne‹ genannt hatten – in Anerkennung seiner Körperkraft, Beweglichkeit und seines kulinarischen Fassungsvermögens –, ließ sich so leicht nicht entmutigen. Mit seinen beiden Söhnen an der Seite (Jeremias war dreizehn und Wouter neun) gelang es ihm, bis Ende Mai weit mehr als einen Hektar des fruchtbaren, aber steinigen Bodens zu roden und die Saat auszusäen. Katrinchee, eine Fünfzehnjährige mit sprießenden Brüsten und ausladendem Hinterteil, träumte von Kohlköpfen. Als der Sommer heran war, hatten sie und ihre Mutter einen prächtig gedeihenden Küchengarten angelegt, in dem Erbsen, grüne Bohnen, Möhren, Kohlköpfe, Blumenkohl und Rüben wuchsen, außerdem eine Doppelreihe mit Maisstauden und Kürbissen; die Samen hatten sie von Mohonk*, dem degenerierten Sohn des verstorbenen Sachoes, bekommen. Unter Katrinchees geduldiger Fürsorge gewannen die zwei vergreisten Kühe mit den langen Gesichtern – *Kaas* und *Boter*, wie sie der kleine Wouter hoffnungsvoll getauft hatte – allmählich wieder die seidige Grazie ihrer Jugend zurück. Jeden Morgen zerrte sie an ihren verschrumpelten Eutern; jeden Abend fütterte sie ihnen einen Brei aus Zürgelbeeren und Wiesenknöterich, wobei sie ihnen mit bebender Altstimme Lieder vorsang, die der Wind über die Felder wehte wie Gespinste aus ei-

* Kurz für *Mohewoneck*, also Waschbärenfellmantel, eine Anspielung auf sein einziges Kleidungsstück, das er winters wie sommers trug. Abgesehen natürlich von seinem Lendenschurz.

nem Traum. Der Wendepunkt aber kam, als Mohonk sie zu einer List inspirierte: sie erwarb die frisch gegerbten Felle von zwei jungen Kälbern, die sie mit Stroh ausstopfte und an Stangen im Kuhstall befestigte – und bereits nach einer Woche bestupsten die beiden buckligen Rinder die Attrappen in mütterlicher Glückseligkeit mit ihren Mäulern und füllten die Milchkübel so rasch wie Katrinchee sie leeren konnte. Und als wäre das nicht genug, schien auch das Federvieh verjüngt. Angeregt von ihren gehörnten Kameraden begannen die Hennen zu legen, als wollten sie einen Preis gewinnen, und dem zerzausten Gockel wuchs ein schillernder neuer Schwanzfedernschmuck.

Das Land war fruchtbar, und die Van Brunts taumelten in seine mächtige Umarmung hinein wie Waisen in den Mutterschoß. War Zucker knapp, gab es doch jede Menge Honig. Ebenso Blaubeeren, Holzäpfel, Zichorien und Löwenzahn. Und Wild! Es fiel praktisch vom Himmel. Ein Knall aus der Donnerbüchse ließ Truthähne oder streunende Kaninchen herabregnen wie Korn aus der Tenne, Rotwild lugte durch die offenen Fenster, Wildgänse und Tafelenten fingen sich in der zum Trocknen aufgehängten Wäsche. Kaum fuhr Jeremias auf den Hudson hinaus – oder den Nord-Fluß, wie er damals noch hieß –, schon sprang ihm ein Stör oder Rotbarsch ins Kanu.

Selbst das Haus nahm unter dem rigorosen Regiment von Vrouw Van Brunt Formen an. Sie vergrößerte den Keller, scheuerte die Böden mit Sand, baute Möbel aus Weidenruten und Holz, brachte Fensterläden an, um die Viehbremsen und die heftigen Gewitterstürme fernzuhalten, die an schwülen Nachmittagen urplötzlich vom Gipfel des Dunderberg herunterbrachen. Sie pflanzte sogar Tulpen vor dem Haus – in zwei so schnurgeraden Reihen, daß sie von einem Landvermesser hätten gesetzt sein können.

Dann, Mitte August, liefen die Dinge aus dem Ruder. Äußerlich war das Leben noch nie so gut gewesen: Bäume wurden gefällt, der Brennholzstapel wuchs an, auf den

Feldern stand der Weizen kniehoch, die Räucherkammer war prall gefüllt. Katrinchee wurde zur Frau, die Jungen waren braungebrannt, abgehärtet und gesund wie Frösche, Agatha ging summend mit Mop und Besen herum. Und Harmanus, von den väterlichen Schleppnetzen befreit, arbeitete für fünf. Doch ganz langsam, unmerklich wie das erste klammheimliche Nagen der ersten Termite an den Bodenbalken, krochen Leid und Entbehrungen in ihr Leben.

Den Anfang machte Harmanus. Eines Abends kam er vom Feld und setzte sich an den Tisch, mit einem so mächtigen Appetit, daß es ihm wie mit Messern im Bauch rumorte. Während der *hutspot* aus Rüben, Zwiebeln und Wild noch garte, stellte Agatha einen fünf Pfund schweren Milchkäse und ein steinhartes *bruinbrod* vom Vortag auf den Tisch. Fliegen und Moskitos surrten in der Luft; die Kinder spielten im Hof Fangen und schrien dabei. Als sie sich umdrehte, waren Brot und Käse verschwunden, und ihr Mann starrte mit sonderbar leerem Blick auf die Krümel hinab, während seine verkrampften Kiefermuskeln arbeiteten. »Mein Gott, Harmanus«, lachte sie, »laß den Kindern noch was übrig.«

Erst beim Abendessen wurde sie unruhig. Abgesehen vom Eintopf – genug für die nächsten drei Tage, mindestens – standen Wildpastete, ein frisches Brot, zwei Pfund Butter, Gartensalate und ein Steintopf mit Fisch in saurer Sahne auf dem Tisch. Die Kinder fanden kaum Zeit, ihre Teller zu füllen. Harmanus fiel über die Speisen her, als habe er zum alljährlichen Pfingst-Wettessen in der Kneipe von Schobbejacken Platz genommen. Jeremias und Wouter rannten nach dem Essen hinaus, um im schwindenden Licht Ball zu spielen, aber Katrinchee, die zum Abwaschen im Haus geblieben war, sah ehrfürchtig zu, wie ihr Vater die Wildpastete anging, sich mit einem Brotkanten den Fisch hineinschaufelte, den Eintopf restlos auskratzte. Er saß fast zwei Stunden lang am Tisch, und während der ganzen Zeit kam ihm kein einziges Wort über die Lippen, bis auf hin und wieder gemurmelte Forderungen nach Wasser, Apfelwein oder Brot.

Am nächsten Morgen war es nicht anders. Wie gewöhnlich stand er mit dem ersten Sonnenstrahl auf, aber anstatt sich einen Brotlaib vom Tisch zu nehmen und mit Axt oder Pflug auf die Felder zu streben, lungerte er in der Küche herum. »Was ist denn los, Harmanus?« fragte Agatha, in deren Stimme sich nun eine Spur von Besorgnis mischte.

Er saß an dem schlichten Holztisch, die großen Hände vor sich gefaltet, und sah zu ihr auf. Einen Augenblick lang meinte sie, einem Fremden in die Augen zu blicken. »Ich habe Hunger«, sagte er.

Sie wischte die Dielen auf, ihre Ellenbogen hüpften wie Mäuse auf und ab. »Soll ich dir ein paar Eier braten?«

Er nickte. »Und Fleisch.«

Im selben Moment kam Katrinchee mit einem Eimer frischer Milch durch die Tür. Harmanus stieß beinahe den Tisch um. »Milch!« sagte er, als stellte er die Assoziation zwischen Wort und Ding zum erstenmal her; seine Stimme war klanglos, tot und ohne Ausdruck, die Stimme eines Phantoms. Er riß ihr den Eimer aus der Hand, hob ihn an die Lippen und trank ihn völlig leer, ohne abzusetzen. Dann warf er ihn zu Boden, rülpste und ließ den Blick im Raum schweifen, als hätte er ihn noch nie zuvor gesehen. »Eier«, wiederholte er. »Fleisch.«

Mittlerweile war die ganze Familie in Schrecken versetzt. Jeremias sah kreidebleich zu, wie sein Vater sich quer durch die Speisekammer fraß, Störe aus der Räucherkammer zerrte, zwei Hühner für den Kochtopf rupfte. Katrinchee und Agatha hetzten durch die Küche, schnitten, kneteten, brieten und buken. Wouter mußte Holz holen, aus dem Kessel stieg Dampf auf. An diesem Tag wurde auf den Feldern nicht gearbeitet. Harmanus aß bis in den frühen Nachmittag, er aß, bis er den Garten geplündert, den Keller ausgeräumt, das Leben des Stallviehs bedroht hatte. Sein Hemd war bunt gemustert mit Fettflecken, Eidotter, Soße und Apfelwein. Er wirkte trunken, wie einer der geneverseligen Bettler in der Amsterdamer Heerengracht. Dann stand er plötzlich auf, wankte vom Tisch wie ein weidwundes Tier und sank auf eine Strohmatte in der Ecke nieder; er war eingeschlafen, ehe er am Boden war.

Die Küche war verwüstet, die Töpfe geschwärzt; Speisereste befleckten die Dielen, den Tisch, den steinernen Herd. Die Räucherkammer war leer – kein Wild, kein Stör, kein Kaninchen oder Truthahn mehr –, und Getreide und Gewürze, die sie von den van der Meulens eingetauscht hatten, waren ebenfalls dahin. Es war, als hätte Agatha das ganze Dorf Schobbejacken bekocht, bei einem Hochzeitsessen von mehrtägiger Dauer. Erschöpft sank sie auf einen Stuhl und begrub den Kopf in den Händen.

»Was ist bloß mit *vader* los?« fragte Wouter. Neben ihm stand Jeremias. Beide blickten verängstigt drein.

Agatha starrte sie hilflos an. Sie hatte selbst kaum Zeit gehabt, sich darüber den Kopf zu zerbrechen. Ja, *was* war nur mit ihm los? Sie erinnerte sich an einen ähnlichen Fall aus ihrer Kindheit in Twistzoekeren. Eines Tages hatte Dries Herpetz, der Bäcker des Dorfes, verkündet, Kirschtörtchen seien die ideale Nahrung und er wolle bis an sein Lebensende nichts anderes mehr essen. Aber Suppe, wenigstens Suppe braucht man doch, sagten die Leute. Milch, Grünkohl, Fleisch. Er aber reckte die Nase verächtlich in die Luft, als wären sie eine Horde von Sündern, Teufel, die ihn in Versuchung führen wollten. Ein Jahr lang aß er nichts als Kirschtörtchen. Er wurde fett, unförmig, ging auf wie frischer Teig. Er verlor alle Haare, die Zähne fielen ihm aus. Ein bißchen Fisch nur, flehte seine Frau. Eine schöne *braadworst*. Käse? Weintrauben? Waffeln? Lachs? Er winkte ab. Sie verbrachte alle Tage mit dem Zubereiten fabelhafter Gerichte, durchkämmte die Märkte nach exotischen Früchten, Speisen aus Arabien und dem Orient, nach Schnecken, Trüffeln, den geschwollenen Lebern von gestopften Gänsen, doch mit nichts ließ er sich locken. Schließlich, nachdem sie sich fünf Jahre lang abgemüht hatte, fiel sie vor Erschöpfung tot um, mit dem Gesicht nach vorn in eine Kasserolle mit Kartoffelauflauf. Dries blieb unberührt. Zahnlos, fett wie ein Schwein, wurde er achtzig Jahre alt, saß vor seiner Bäckerei und lutschte den süßen roten Brei von seinen Daumen, die so groß wie Spachteln waren. Aber das hier, das war etwas anderes. »Ich weiß nicht«, sagte sie, und ihre Stimme war ein Flüstern.

Bei Einbruch der Nacht fing Harmanus an, sich auf der Matte zu wälzen. Er schrie im Schlaf, stöhnte wieder und wieder etwas vor sich hin. Agatha schüttelte ihn sanft. »Harmanus«, wisperte sie. »Ist ja gut. Wach auf.«

Schlagartig machte er die Augen auf. Seine Lippen bewegten sich.

»Ja?« sagte sie und beugte sich über ihn. »Ja, was denn?«

Er versuchte, etwas zu sagen – ein einzelnes Wort –, aber er brachte es nicht heraus.

Agatha wandte sich an ihre Tochter. »Schnell, ein Glas Wasser.«

Er setzte sich auf, trank das Wasser in einem Zug aus. Seine Lippen bebten.

»Harmanus, was ist denn?«

»Kuchen«, krächzte er.

»Kuchen? Du willst Kuchen?«

»Kuchen.«

Das war der Moment, als sie die Fassung verlor. In all den Jahren ihrer Ehe, in denen er oft trübsinnig über seinen zerrissenen Netzen gekauert hatte und sie ihn aus dem Bett locken mußte, damit er mit dem Dory auf die windgepeitschte Schelde hinausfuhr, bei all der Spannung und Unsicherheit des Umzugs in die Neue Welt und den Nöten, die sie durchgemacht hatten, war sie kaum jemals laut zu ihm geworden. Jetzt aber spürte sie auf einmal, wie etwas in ihr aufbrach. »Kuchen?« echote sie. »Kuchen?« Und dann stürzte sie auf das Regal neben dem Herd zu, riß Säcke und Schachteln auf, knallte Kessel, Holzschüsseln, Näpfe und Löffel auf den Boden, als wäre es Unrat. »Kuchen!« kreischte sie und drehte sich zu ihm um, die gußeiserne

Pfanne vor die Brust gehalten. »Und mit was soll ich den backen – aus Strandhafer und Flußsand vielleicht? Alles andere hast du ja aufgegessen – Backfett, Mehl, Speckschwarten, Eier, Käse, sogar die getrockneten Ringelblumen, die ich den ganzen weiten Weg von Twistzoekeren mitgenommen habe.« Sie atmete schwer. »Kuchen! Kuchen! Kuchen!« schrie sie plötzlich auf, und es war wie der Schrei eines großen hysterischen Vogels, der von seinem Schlafplatz aufgestört worden war; gleich darauf brach sie von Schluchzen geschüttelt in der Ecke zusammen.

Katrinchee und ihre Brüder saßen eng an die Wand gedrückt, ihre Gesichter klein und weiß. Harmanus schien sie nicht zu bemerken. Er rappelte sich hoch von seinem Lager und begann, den Raum nach etwas Eßbarem zu durchsuchen. Bald stieß er auf einen Sack mit Eicheln, die Katrinchee zum Breimachen gesammelt hatte; er stopfte sie sich in den Mund, samt Schalen und allem, dann zog er davon und verschwand in der Nacht.

Sie fanden ihn erst nach vier Uhr früh. Geleitet vom schwachen Leuchten der Felsen der Van Wart Ridge, durchwateten Agatha und ihre Tochter den Acquasinnick Creek, stolperten das steile Ufer auf der anderen Seite hinauf und kämpften sich durch eine Wirrnis aus Dornen, Nesseln und Ästen, in denen der Nachtnebel in Schwaden hing. Sie hatten schreckliche Angst. Nicht nur um Gatten und Vater, sondern um sich selbst. Flachländer waren sie, gewohnt an Polder und Deiche und eine Aussicht, die immer weiter und weiter ging, bis sie sich in der unendlichen blauen Weite des Meeres verlor, und hier befanden sie sich in einer barbarischen neuen Welt, die von Dämonen und Kobolden wimmelte, voll mit seltsamen Wesen und halbnackten Wilden, eingeschlossen von hohen Bäumen. Sie rangen ihre Panik nieder, bissen die Zähne zusammen und eilten weiter. Völlig ermattet wankten sie am Ende auf eine Lichtung, die vom unsteten Flackern eines Lagerfeuers erhellt war.

Da saß er. Harmanus. Sein großer Kopf und der Oberkörper warfen makabre Schatten auf die gespenstisch verzerrten weißen Birkenstämme hinter ihm, er hielt eine Bratenkeule so dick wie ein Oberschenkel ans Gesicht gepreßt. Sie traten näher. Sein Hemd war zerfetzt, mit Fett und Blut befleckt; über den Flammen brutzelten Stücke von Fleisch – so rosa und prall wie das eines Babys – an einem groben Spieß. Und dann sahen sie, was da zu seinen Füßen lag: Kopf und Schultern, Augen und Ohren, die im Todeskampf verzerrte Schnauze. Kein Baby. Ein Schwein. Ein ganz besonderes Schwein. Der alte Volckert Varken, Van Warts preisgekrönter Eber.

Harmanus war gefügig, seinerseits ein Säugling, als Agatha ihm die Handgelenke auf den Rücken drehte und die Hanfstricke festzurrte, die sie eine halbe Stunde zuvor in der verwüsteten Küche in ihre Schürzentasche gestopft hatte. Dann schlang sie ihm ein Halfter um den Hals und geleitete ihn heim wie ein verirrtes Kalb. Es dämmerte schon fast, als sie das Blockhaus erreichten. Agatha führte ihren Mann durch die Tür, vor den Augen der stumm zusehenden Söhne, und bettete ihn auf die Strohmatte wie eine Leiche. Dann fesselte sie ihm die Füße. »Katrinchee«, schluckte sie, ihre Stimme war festgezurrt wie der verknotete Strick. »Geh und hol Mohonk.«

Da sie in so großer Entfernung von den Zentren der Bildung und der Quacksalberei lebten und da der einzige Arzt in Nieuw Amsterdam damals ein einäugiger Wallone namens Huysterkarkus war, der auf der Insel Manhattoes wohnte, etwa sechs Stunden Bootsfahrt entfernt, konnte Agatha nicht auf die gängigen Methoden der Diagnose und Therapie zurückgreifen. Wären die großen Ärzte aus Utrecht oder Padua allerdings dagewesen, hätten sie wohl auch nicht viel mehr vorzuschlagen gewußt als Aderlaß, Gebet und Mixturen von ausgerissenen Achselhaaren in einem Glas Chinarindenwein oder im Menstruationsblut von Haselmäusen eingeweichtem Kuhmist. Aber die großen Mediziner waren nicht zugegen – es sollte noch fünf oder sechs Jahre dauern, bis Nipperhausen seinen ersten

Atemzug tat, und das in der Pfalz –, daher waren die Kolonisten gewohnt, in Extremsituationen auf die Künste und Exorzismen der Kitchawanken, Canarsees und Wappinger zu vertrauen. Deshalb Mohonk.

Eine halbe Stunde später trat Katrinchee durch die Tür, dicht gefolgt von Sachoes' jüngstem Sohn. Mohonk war zweiundzwanzig, süchtig nach Gewürzbowle, Genever und Tabak, reichte bis zum Dach und war dürr wie ein Storch. Unter der Tür gebückt, umsäumt von seinem struppigen Waschbärmantel, sah er aus wie eine reife Löwenzahnblume. »Ah«, sagte er und ging sein gesamtes holländisches Vokabular durch: *»Alstublieft, dank U, niet te danken.«* Er schlurfte näher, von schwerem Waschbärenduft umwölkt, und beugte sich über den Patienten.

Harmanus starrte zu ihm auf wie ein gescholtenes Kind, höchst gefügig und zerknirscht. Seine Stimme war kaum zu hören. »Kuchen!« stöhnte er.

Mohonk blickte Agatha an. »Zuviel essen«, sagte sie und stellte es pantomimisch dar. *»Eten. Te veel.«*

Der Kitchawanke schien verwirrt. *»Eten?«* wiederholte er. Doch als Agatha nach einem Holzlöffel griff und ihn sich heftig gegen den Mund zu stoßen begann, hellte sich die Miene des Indianers erst auf und verdüsterte sich dann zusehends. Er sprang von Harmanus zurück, als wäre er gebissen worden, und seine langen, kupferfarbenen Hände faßten unsicher nach dem Gürtel seines Mantels.

Agatha stieß ein Keuchen aus, Klein Wouter fing an zu greinen, Jeremias starrte auf seine Fußspitzen. Der Indianer wich zur Tür zurück, als Katrinchee einen Schritt nach vorne machte und ihn am Arm packte. »Was ist?« fragte sie. »Was ist los mit ihm?« Sie redete in der Sprache seiner Vorfahren, in der Sprache, die er sie über die Rücken der Kühe hinweg gelehrt hatte. Doch er antwortete nicht – er leckte sich nur über die Lippen und zog den Mantel fester um sich, obwohl es schon fünfunddreißig Grad hatte und ständig heißer wurde. »Meine Mutter«, sagte er schließlich. »Ich muß meine Mutter holen.«

Die Vögel hatten sich in den Bäumen niedergelassen, und die Moskitos waren in voller Macht und Zahl aus den Sümpfen aufgestiegen, als er mit einer verschrumpelten alten Squaw in schmutzigen Leggins und Schürze zurückkehrte. Vertrocknet wie ein vergessener Maiskolben, tief gebückt und wacklig, ein Gesicht wie eine Senkgrube, sah sie aus, als hätte man sie frisch aus einem Torfmoor ausgegraben oder in den Katakomben vom Haken genommen. Als sie sechs Jahre alt und geschmeidig wie ein Salamander gewesen war, hatte sie mit dem Rest ihres Stammes bis zur Hüfte im Fluß gestanden und zugesehen, wie die »Half Moon« gegen die Strömung ankämpfte. Das Schiff war ein Wunder gewesen, eine Vision, ein Zeichen der stummen Götter, die die Berge aufgefaltet hatten, um ihr Treiben vor den Augen der Sterblichen zu verbergen. Manche sagten, es sei ein Geschenk von Manitou, ein großer weißer Vogel, der gekommen war, ihre Leben zu heiligen; andere, weniger zuversichtliche Mitmenschen identifizierten es als Teufelsfisch, der gekommen war, um sie alle auszulöschen. Seit damals hatte sie miterlebt, wie ihr Mann von Jan Pieterse und Oloffe Van Wart ausgetrickst, ihre Tochter geschlachtet, ihr jüngster Sohn vom Schnaps verblödet und ein Drittel ihres Stammes von den Pocken, der Bleichsucht und diversen Geschlechtskrankheiten dahingerafft worden waren, die die Wallonen den Holländern, die Holländer den Engländern und die Engländer den Franzosen zuschrieben. Ihr Name war Wahwahtaysee.

Mohonk sagte etwas in seiner Sprache, das Agatha nicht verstand, und seine Mutter, Wahwahtaysee die Leuchtkäferfrau, trat vorsichtig in die Hütte ein. Mit sich brachte sie einen verschnürten Beutel mit teufelsaustreibenden Requisiten (Eckzähne von Opossum und Wölfin, den Wirbelstrang eines Störs, diverse Federn, getrocknete Blätter und mehrere verfärbte Klumpen so esoterischen organischen Materials, daß sogar sie Herkunft und Zweck schon vergessen hatte) und einen scharfen, ranzigen Geruch, der Agatha an die Ebbe bei Twistzoekeren erinnerte. Sie würdigte Harmanus, der inzwischen auf seiner Matte herumzuwüten und wiederum nach Kuchen zu brüllen begonnen hatte, kaum eines Blickes, sondern schlurfte zum Tisch hinüber, auf den sie zwanglos den Inhalt des Beutels entleerte. Dann rief sie ihren Sohn mit knappen, ärgerlichen Silben zu sich, die von ihren Lippen zischten wie aus dem Stock schwärmende Wespen. Mohonk seinerseits sagte etwas zu Katrinchee, die sich an Jeremias und Wouter wandte. »Sie will ein Feuer angefacht haben – ein riesiges Feuer. Holt Holz, schnell!«

Bald war es im Raum höllisch heiß – heiß wie in einer finnischen Sauna –, und die alte Squaw, deren Schweiß leicht nach ranzigem Nerzöl roch, mit dem sie sich aus Stärkungs- und Gesundheitsgründen einrieb, warf nun ihre Amulette nacheinander in die Flammen. Dabei intonierte sie die ganze Zeit einen kratzigen Singsang, wirksam gegen die *pukwidjinnies*, den Totengeist *Jeebi* und Teufel aller Schattierungen. Wie Katrinchee später von Mohonk erfuhr, wollte sie die bösen Geister vertreiben, die sich an diesem Ort versammelt und Harmanus irgendwie infiziert hätten. Denn das Blockhaus, das sechs Jahre zuvor von Wolf Nysen, einem Schweden aus Pavonia, gebaut worden war, stand genau an der Stelle, wo die Jäger damals Minewa gefunden hatten.

Nach einer guten Stunde stieß die Alte die Hand ins Feuer – und hielt sie dort, bis Agatha glaubte, das verschmorte Fleisch zu riechen. Die Flammen leckten an den gespreizten Fingern, spielten über die hervortretenden Venen auf dem Handrücken, doch Wahwahtaysee zuckte nicht mit der Wimper. Sekunden verrannen wie Blutstropfen, Harmanus lag ruhig da, die Kinder sahen voller Entsetzen zu. Als die Squaw endlich ihre Hand aus dem Feuer zog, war sie unversehrt. Sie hielt sie in die Höhe und betrachtete sie lange, als hätte sie noch niemals Fleisch und Blut, Sehnen und Knochen gesehen; dann erhob sie sich ächzend, schlurfte durchs Zimmer und legte Harmanus die offene Handfläche auf die Stirn. Er reagierte nicht, lag nur da und starrte sie ausdruckslos, interesselos an, mit dem gleichen Blick wie vor einer Stunde, als sie durch die Tür gekommen war. So ziemlich der einzige Unterschied war, daß er nicht nach Kuchen verlangte.

Am Morgen jedoch schien er wieder der alte zu sein. Bei Tagesanbruch stand er auf und scherzte mit den Jungen herum. Meintje van der Meulen, der ihre Not zu Ohren gekommen war, hatte ihnen ein halbes Dutzend kleiner, runder Brote geschickt, und Harmanus wählte das kleinste davon, steckte es in seinen Beutel, schulterte die Axt und ging aufs Feld hinaus. Zu Mittag kam er heim und schlürfte ein bißchen Erbsensuppe – »Nimm doch noch was, nur einen Löffel, Harmanus!« bat ihn Agatha, aber vergeblich –, und am Abend aß er ein Stückchen Rotbarsch, ein paar Salatblätter und zwei Maiskörner, bevor er friedlich in den Schlaf sank. Agatha fühlte sich, als wäre ihr eine unermeßliche Last von den Schultern genommen, sie fühlte sich dankbar und erleichtert. Natürlich, der Garten war geplündert und die Räucherkammer leer, und der alte Van Wart wollte fünfundsiebzig Gulden als Wiedergutmachung für seinen Eber, aber wenigstens hatte sie ihren Mann zurück, wenigstens war die Familie wieder intakt. In dieser Nacht sprach sie ein Gebet zum heiligen Nikolaus.

Das Gebet stieß auf taube Ohren. Oder vielleicht wurde es von Knecht Ruprecht abgefangen, dem boshaften Diener des Heiligen. Oder vielleicht hatte, inmitten der Mysterien dieser Neuen Welt und ihrer mannigfaltigen, rivalisierenden Gottheiten, das Beten als solches, so wie Agatha es aus Twistzoekeren kannte, einfach keinen Sinn. Auf jeden Fall erhöhte sich das Tempo des Niedergangs: Am Tag nach Harmanus' Rückkehr ins Reich der Mäßigung widerfuhr Jeremias ein Unfall.

Man stelle sich den Tag vor: heiß, wolkenlos, die Luft so dick, daß selbst ein Ohnmächtiger kaum hätte zu Boden fallen können. Jeremias half seinem Vater, das Gestrüpp auf einer unwegsamen Anhöhe zu roden, nahe am Ufer des

Van Wart Pond, auch als Wapatoosik Water bekannt. Sie arbeiteten mechanisch, unempfindlich gegen die Stiche der Moskitos wie die Bisse der Viehbremsen. An dem bräunlichen Tümpel mußte er wohl schon zwanzigmal vorübergegangen sein – die Arme schwer beladen, stechenden Schweiß in den Augen –, als ihm einfiel, die Kleider abzustreifen und sich zu erfrischen. Nackt watete er in den Schlick am Rand des Wassers. Er tastete sich behutsam voran, der Schlamm zerrte an ihm wie etwas Lebendiges, als plötzlich der Grund des Teichs nachgab und etwas seinen rechten Knöchel mit einer Kraft packte, so hitzig und unbezähmbar wie der Tod. Es war aber nicht der Tod. Es war eine Gemeine Schnappschildkröte, *Chelydra serpentina*, von der Größe eines Wagenrads. Bis Harmanus mit der Axt herbeigerannt war, hatte sich das Wasser blutrot verfärbt, und er mußte knietief hineinwaten, um den bösen, verhornten, vorsintflutlichen Kopf der Bestie zu treffen und ihn direkt vor dem Panzer abzuhacken. Der Kopf blieb am Knöchel. Der Rest des Wesens, mit immer noch schlagenden Klauen, glitt in die Brühe zurück.

Zu Hause zerrte Harmanus die festgeklemmten Kiefer mit einer Schmiedezange auseinander, und Agatha versorgte die Wunde, so gut sie konnte. Allerdings sollte es noch etwa zweihundert Jahre dauern, ehe die Erreger der Sepsis identifiziert würden (einstweilen blieben die Kleinsttierchen noch unsichtbar – jeder Narr wußte ja, daß die Nachtnebel eine Wunde schwarz werden ließen und daß entweder das Auftauchen oder das Ausbleiben von Kometen ihr Verheilen begünstigte), daher wurde Jeremias' Knöchel mit schmutzigen Lumpen verbunden und sich selbst überlassen. Fünf Tage später hatte der Unterschenkel des Jungen die Farbe von verfaultem Kürbis, und eine blasse, molkeartige Flüssigkeit sickerte unter der Bandage hervor. Fieber setzte ein. Mohonk verschrieb frischen Biberurin, doch jeder Biber, den er schoß, entleerte gemeinerweise seine Blase, ehe er ihn an Land ziehen konnte. Das Fieber wurde schlimmer. Am siebenten Tag trat Harmanus durch die Tür, in der Hand die Zugsäge vom Holzstapel. Eine halbe Meile entfernt, hoch oben auf dem Rand von Blue Rock, zusammen mit Jan Pieterse und einem Fäßchen Barbados-Rum, versuchten Mohonk, Katrinchee und Klein Wouter, ihre Ohren vor den wahnsinnigen, atemlosen Angstschreien zu verschließen, die die Vögel zum Verstummen brachten wie die hereinbrechende Nacht.

Wundersamerweise überlebte Jeremias. Harmanus nicht. Als Knochen sich von Knochen trennte und das Lager seines Sohnes nur noch ein schäumendes Chaos aus Fleisch und sprudelnden Körpersäften war, warf er die Säge hin und stürzte kopfüber in den Wald hinaus, stöhnend wie ein Pferd, dem in die Gedärme geschossen worden war. Er rannte fast zwei Meilen weit, dann warf er sich mit dem Gesicht voran in die Büsche, wo er bis nach Sonnenuntergang regungslos liegenblieb. Am nächsten Tag begann seine Haut zu jucken, dann überzog sie sich mit Pusteln; am Ende der Woche lag er rücklings auf der Matte neben seinem Sohn, die Augen zugeschwollen, ein Gesicht wie der Alptraum eines Aussätzigen. Wieder rief man nach Mohonk, diesmal, um Sassafrasumschläge auf die wunden Stellen zu legen; als dies ohne Wirkung blieb, bat Agatha den Gutsherrn flehentlich, flußabwärts nach Huysterkarkus zu schicken. Van Wart tat dies alles sehr leid, doch helfen mochte er nicht.

Katrinchee hatte keine Schuld. Schon möglich, daß sie von Mohonk geträumt hatte, wie er sie in der vorigen Woche angefaßt hatte, als sie beim Herumtollen aus dem eiskalten Wasser des Acquasinnick Creek aufgetaucht waren; schon möglich, daß sie sich beim Unkrautjäten auf dem neuen Kohlbeet das Handgelenk verstaucht hatte, aber es hätte jedem anderen auch passieren können. Das mit der gekochten Hirschkeule nämlich. Sie ging mit dem Topf auf den Tisch zu, der ganze Raum war sowieso viel zu eng, winzig, menschenunwürdig, gerade so groß wie das Klohäuschen drüben in Zeeland damals, da stieß sie gegen die

Milchkanne, rutschte in ihren Holzschuhen auf dem Boden aus und kippte die ganze Brühe – heiß genug, um Belagerer einer Festung zu vertreiben – ihrem Vater übers Hemd.

Das war Harmanus' Ende. Mit einem erstaunlichen Satz, der ihn volle fünf Sekunden in der Luft schweben ließ wie eine Marionette, fuhr er von seinem Strohlager hoch, dann brach er, ohne auch nur einmal aufzujaulen, durch die neuen Fensterläden und rannte in den Wald, taumelte blindlings von Baumstamm zu Baumstamm, während ihm die ganze Familie hinterherjagte. Sie fanden ihn zwischen den zerklüfteten Felsen unterhalb der Van Wart Ridge, am Fuße eines jähen Abhangs von fünfzig Metern. Jeremias hatte Schwierigkeiten mit der Chronologie der Ereignisse jenes Jahres, aber soweit er sich erinnern konnte, war es etwa einen Monat danach, als das Haus vom Blitz getroffen wurde und bis auf die Grundmauern niederbrannte, samt seiner Mutter und Wouter. Am Tag darauf verschrieb Katrinchee ihre Seele den Höllenfeuern, indem sie mit dem Heiden Mohonk nach Indian Point durchbrannte.

Im November, als die Pacht fällig wurde, kam Van Warts Verwalter vom unteren Gutshaus in Croton hinaufgeritten, die Satteltasche hinter sich prall gefüllt mit den Rechnungsbüchern. Bei den Van Brunts hatte er mit Ärger gerechnet – sie waren sowohl mit dem Brennholz als auch mit den Ernteerträgen im Rückstand –, aber als er das Ende der Fuhrwerkspur, die zu der Farm führte, erreicht hatte, fielen ihm die Augen aus dem Kopf. Wo einst das Blockhaus gestanden hatte, war nur noch Asche. Das Korn war auf dem Feld verdorrt, von den ersten Winterstürmen plattgedrückt und in jämmerlichen Klumpen am Boden angefroren. Was das Vieh anging, so war nichts von ihm zu sehen: die herumfliegenden Federbüschel legten Zeugnis über das Schicksal das Geflügels ab, der Ochse und die Kühe waren verschwunden. Nun besaß der Verwalter viel Erfahrung, er war ein gewissenhafter Mann mit breitem Hinterteil und dickem Bauch. Obwohl er sich nichts lieber gewünscht hätte, als zurück zu Jan Pieterses Handelsposten zu galoppieren und dort mit einem Krug Lagerbier vor dem Feuer zu sitzen, trieb er dennoch seinem Pferd die Sporen in die kalten Flanken und trabte vorwärts, um die Lage näher zu begutachten.

Er umrundete die Weißeiche im vorderen Hof, stieß neben dem halbfertigen Zaun auf einen rostigen Pflug, spähte in den Brunnen hinab. Gerade als er aufgeben wollte, bemerkte er die Rauchfahne, die aus dem dichten Wald vor ihm aufstieg. Nach einer kurzen Pause, um seine Pfeife neu zu entzünden und den Hintern auf dem eiskalten Sattel hin und her zu reiben, überquerte Van Warts Verwalter die Lichtung und tauchte in das winterlich kahle Unterholz ein. Als erstes sah er den Ochsen, oder vielmehr, was davon übrig war: an den Knochen angefrorenes Fell, Augen, Ohren und Lippen völlig weggehackt von den Aasfressern des Waldes. Dahinter einen primitiven Unterstand. »Hallo!« rief er. Niemand antwortete.

Dann sah er den Jungen. Eingewickelt in Lumpen und schüttere Felle, auf einer Kuhhaut im Schatten des Unterstands kauernd. Der Junge beobachtete ihn.

Der Verwalter lenkte sein Pferd auf ihn zu und räusperte sich. »Van Brunt?« fragte er.

Jeremias nickte. Die Temperatur lag um minus zehn Grad, der Wind wehte aus Nordwesten, von Kanada herunter. Er zog das gesunde Bein an den Körper. Das andere, das in einem Holzpflock endete wie das des rauflustigen Pieter Stuyvesant, lag ungeschützt da, unempfindlich gegen die Kälte. Er sah schweigend zu, wie sich der fette Mann über ihm im Sattel umdrehte, um hinter sich zu greifen und ein dickes, in Leder gebundenes Buch hervorzuziehen. Der Fettsack blätterte das Buch durch, markierte eine Stelle mit seinem Pfeifenstiel und blickte auf ihn hinunter. »Für Nutzung und Gewinn auf diesem Stück Land des Gutsherrn Oloffe Stephanus Van Wart, dem es unter dem Van-Wartwyck-Patent angehört, seid Ihr nunmehr zwei Klafter Brennholz, zwei Scheffel Weizen, zwei Hennen und zwei Hähne, zwanzig Pfund Butter und fünfhundert Gulden der jährlichen Pacht schuldig. Hinzu kommt eine Sonderzahlung von fünfundsiebzig Gulden für einen widerrechtlich angeeigneten Eber.«

Jeremias antwortete nicht. Er beugte sich vor, um die Kohlen im Feuer zu schüren, wobei ihm der Rauch in die Augen stieg. Der dicke Mann trug Schuhe mit silbernen Schnallen, ein Beinkleid aus Flanell, einen Pelzmantel und Ohrenschützer aus Kaninchenfell unter dem spitzen Hut. »Van Brunt, habt Ihr mich verstanden?« fragte der Verwalter.

Ein langer Augenblick verstrich, der winterliche Wald war still wie ein Grab. »Ich bin nur ein kleiner Junge«, sagte Jeremias schließlich, seine Stimme erstickt von der Last all dessen, was er durchgemacht hatte. »*Vader* und *moeder* sind tot, und alle anderen auch.«

Der Verwalter rutschte auf dem Sattel herum und räusperte sich nochmals, dann sog er an seiner Pfeife. Ein Windstoß wehte den Rauch davon. »Ihr wollt also sagen, daß Ihr nicht zahlen könnt?«

Jeremias wandte den Blick ab.

»In diesem Falle, Sir«, sagte der Verwalter nach einer Weile, »muß ich Euch mitteilen, daß Ihr gegen die Bedingungen Eurer Übereinkunft mit dem Gutsherrn verstoßen habt. Ihr werdet den Grund und Boden daher leider räumen müssen.«

Der Dreck der Ahnen

Depeyster Van Wart, der zwölfte Erbe von Van Wart Manor, dieses Landsitzes aus dem späten 17. Jahrhundert am Rande von Peterskill oben auf Van Wart Ridge, von wo aus man einen weiten Blick über den Müllplatz der Stadt und den reißenden, stark verschmutzten Van Wart Creek hatte, war ein Terraphage. Das heißt, er aß Dreck. Nicht so gewöhnlichen wie faulendes Laub oder Teppichstaub, sondern eine ganz besondere Art von Dreck, knochentrocken und mit dem schwachen Geruch nach dem billionenfachen Tod der mikroskopisch kleinen Lebewesen, die ihm Textur und Substanz verliehen, Dreck, der seit dreihundert Jahren nicht das Licht der Sonne erblickt hatte und kühl und steril durch die Finger rieselte, auf seine Weise ebenso vergeistigt wie das Zeug, das unter dem Tempel von Angkor Wat begraben liegt oder in Grants Mausoleum in Washington vor sich hinschimmelt. Nein, was er aß, war der Dreck der Ahnen, mit der Gartenschaufel in den kalten, klimalosen Kavernen unter dem Haus ausgebuddelt. Auch jetzt, als er untätig an seinem repräsentativen Schreibtisch hinter der Milchglastür seiner Firma Depeyster Manufacturing saß und ans Essen, an die Mittagszeitung und an den Erwerb von Grundstücken dachte, war der Umschlag in seiner Brusttasche halb damit gefüllt. Von Zeit zu Zeit leckte er grüblerisch an der Zeigefingerspitze, schob sie verstohlen in den Umschlag und steckte sie sich in den Mund.

Manche rauchten; andere tranken, betrogen beim Kartenspiel oder vergewaltigten ihre Ehefrauen. Doch Depeyster gab sich nur dieser einen harmlosen Exzentrizität hin, seinem einzigen Laster. Mit zwei Jahren, er hatte kaum laufen gelernt, war er seinem Kindermädchen davongetrottet (einer uralten Schwarzen namens Ismailia Pompey, die seit Ewigkeiten zur Familie gehörte und einfach ignorierte, daß es die Sklaverei seit Lincoln nicht mehr gab), hatte die ausgebleichte Holztür mit dem abgeplatzten Lack halboffen gefunden und sich in die angenehm kühlen Tiefen des Kellers hinabbegeben. Leise zog er die Tür hinter sich zu und setzte sich zu seiner ersten Mahlzeit nieder. Während er in der Dunkelheit hockte und die Erde zwischen seinen Milchzähnen knirschen ließ, sie mit der Zunge zu Kügelchen formte und sich den leicht kotigen Geschmack munden ließ, tobte oben im Haus eine Suchaktion, die Teil der Familiengeschichte werden sollte. Immer tiefer zurückweichend ins nahrhafte Dunkel seiner Vorfahren, hörte er wohl tausendmal seinen Namen rufen; er lauschte, wie über ihm Schritte hektisch herumtrippelten, seine Mutter ins Telefon schrie und sein Vater, aus dem Büro nach Hause gerufen, wütend Sodakaraffe und Glas klirren ließ. Wie viele Male war die Tür seines Allerheiligsten aufgerissen worden, so daß er in dem Rechteck aus grellem Licht ein sorgenverzerrtes Erwachsenengesicht nach dem anderen erkannte? Wie viele Male hatten sie seinen Namen in die verzehrende Finsternis gerufen, ehe er endlich, als die Sonne bereits untergegangen war und sie den Grund des Teiches absuchten, wieder aufgetaucht war, die Lippen beschmiert mit seinem Geheimnis? Seine Mutter hatte ihn in einer Wolke von Körperwärme und Parfum an den Busen gedrückt, und sein Vater, dieser humorlose, lasterhafte Kerl, war in Tränen ausgebrochen: Der ungeratene Sohn war heimgekehrt.

Jetzt war er kein Kind mehr. Er war fünfzig – im Oktober würde er einundfünfzig –, elegant und gutaussehend, und seinem Akzent war der aristokratische Nachdruck der Roosevelts, Schuylers, Depeysters und Van Rensselaers anzuhören, die ihm vorangegangen waren, er war der Sproß der Dynastie der Van Warts und der nominelle Chef der Depeyster Manufacturing, ein Mann in den besten Jahren, braungebrannt, würdevoll und sportlich, der Mittelpunkt des Gesellschaftslebens der Stadt. Außerdem war er ein Mann, der einen Kummer mit sich herumtrug wie jenen verborgenen Umschlag voll Staub. Dieser Kummer äußerte sich durch ein Ziehen in den Lenden, einen zukkenden Schmerz im Herzen – daran zu denken, hieße an Untergang denken, an das düstere, gleichgültige Universum, an die Nichtigkeit des menschlichen Seins und Strebens: er war der letzte der Van Warts.

Seit dreiundzwanzig Jahren mit einer Frau verheiratet, die ihm ein Kind – eine Tochter – geboren, seither aber ihre sexuellen Energien auf Einkaufsbummel, Gesichtspakkungen, ethnische Kochkunst und Hilfsmaßnahmen für Indianer richtete, hatte er alles Erdenkliche versucht, einen rechtmäßigen Erben mit ihr zu zeugen. In der Anfangszeit, als sie noch ein normales Eheleben führten, probierte er es mit Einreibungen, mit Lotionen und übelriechenden Mixturen, die er von diskret beiseite blickenden Händlern in Chinatown erstanden hatte. Er legte Kostüme an, las seiner Frau schlüpfrige Passagen aus ›Lolita‹, ›Die Unersättlichen‹ und dem Alten Testament vor, konsultierte Therapeuten, Eheberater, Ärzte, Techniker, Quacksalber und Pferdezüchter, doch vergeblich. Nicht nur wurde Joanna nicht neuerlich schwanger, sie begann zudem, ihm zur Schlafenszeit, am Morgen, zum Mittagessen und in unmittelbarer Nähe eines der sechs Badezimmer aus dem Weg zu gehen. Er setze sie zu sehr unter Druck, sagte sie. Sex sei zur Obliegenheit, zur Pflicht geworden, abwechselnd etwas Klinisches und Perverses, so als ginge man an einem Tag ins Labor und am nächsten in die Hütte eines Hexenmeisters. Was glaube er denn, wer sie sei, eine preisgekrönte Zuchthündin oder was? Wenig später entdeckte sie ihre Liebe zu den Indianern.

Ein anderer hätte vielleicht die Scheidung eingereicht, nicht aber Depeyster. Kein Van Wart hatte sich je scheiden lassen, und er hatte nicht vor, einen Präzedenzfall zu schaffen. Auf seine Weise liebte er sie ja. Mit ihren großen Augen, ihrem zarten Knochenbau und ihrer Haltung – wie ein Geschenk auf dem Präsentierteller – war sie eine bemerkenswerte Frau, und manchmal begehrte er sie noch ebenso stark wie damals. Manchmal allerdings, wenn er seine Gedanken schweifen ließ, stellte er sich vor, wie sie bei einem Autounfall tödlich verunglückte oder einem bösartigen Virus zum Opfer fiel. Es gäbe ein Begräbnis. Er würde trauern. Eine schwarze Armbinde tragen. Und dann würde er losziehen und sich eine fruchtbare junge Kunstreiterin oder Akrobatin mit kräftigen Schenkeln suchen. Oder eines dieser barfüßigen, geistesabwesenden Collegemädchen ohne BH, die im Gefolge seiner Tochter in seinem Haus aus und ein gingen. Fruchtbaren Boden. Genau den brauchte er. Und kam einmal die Zeit, wenn er selbst nicht mehr leistungsfähig war, wenn der Mechanismus nicht mehr so wollte, wie er sollte, dann gab es immer noch den Tiefkühlsafe der Firma Trilby, Inc., wo ein Dutzend Päckchen seines Spermas in ewiger Bereitschaft aufbewahrt wurde.

Depeyster seufzte und nahm noch eine Prise Dreck. Zum Golfspielen war es zu heiß – schon fünfunddreißig Grad, die Luftfeuchtigkeit erreichte bald die Sättigungsgrenze –, und allein der Gedanke daran, die »Catherine Depeyster« aufzutakeln, ließ ihn vor Erschöpfung zusammensinken. Er sah auf die Uhr: 13.15. Noch zu früh zum Nachhausegehen, andererseits... wem wollte er etwas vormachen? Jeder einzelne Arbeiter im Werk, bis hin zu dem pickligen fetten Mädchen, das sie vor zwei Tagen in der Packerei eingestellt hatten, wußte genau, daß er ein Schwingzeug nicht von einem Krümpler unterscheiden konnte – und sich auch einen Dreck darum scherte. Also zum Teufel mit ihnen. Am besten wäre es, überlegte er, stand auf und strich über den Umschlag in seiner Brusttasche, nach Hause zu gehen, um eine Kleinigkeit zu essen, einen Eistee zu trinken, in der Mittagsausgabe des »Peterskill Post Dispatch Herald Star Reporter« zu blättern, ein Schläfchen zu halten und dann später, wenn es etwas kühler wäre, am Crane-Grundstück vorbeizufahren und davon zu träumen, daß der alte Crane es ihm verkauft hatte.

Zu Hause, in der Küche, beim Aufschneiden einer Tomate auf der Mahagonianrichte, die Pierre Van Wart 1778 vom Marquis de Lafayette als Ausdruck von dessen tiefempfundener Dankbarkeit für die sechswöchige Pflege nach einer Krankheit verehrt bekommen hatte, warf Depeyster einen Blick auf die Schlagzeilen der Zeitung, die immer noch zusammengefaltet neben ihm lag. SITZUNG DER SCHULKOMMISSION, las er. MURIEL MOTT VON TANSANIA-SAFARI ZURÜCK. Die Tomate war noch warm von der Sonne im Garten. Er schnitt sie in dicke Scheiben, schälte sich eine große rote Zwiebel und durchstöberte den Kühlschrank nach Schinken, weißem Cheddar und Mayonnaise. RUSSEN MARSCHIEREN IN DIE TSCHECHOSLOWAKEI EIN. Die alten Dielen knarrten unter seinen Füßen, der Virginiaschinken und der scharfe Käse türmten sich auf einer Scheibe Roggenbrot; er schnitt die Zwiebel, strich Mayonnaise darauf und trug Teller und Zeitung zu dem Kirschholztisch hinüber, der seit über zweihundert Jahren im Familienbesitz war. GERICHTSURTEIL: HUNDELEINE NICHT VORGESCHRIEBEN. STREIK BEIM FAGNOLI-MÜLLABFUHRUNTERNEHMEN. Auf dem Tisch standen Salz und Pfeffer in Streuern aus Delfter Porzellan in Form von holländischen Holzschuhen. Er würzte die Tomatenscheiben aus beiden, und dann, nach einem Blick über die Schulter, fuhr er rasch mit der Hand in die Brusttasche, um eine Prise Dreck herauszuholen. Auf das Sandwich gestreut, war er kaum von den anderen Gewürzen zu unterscheiden.

Er schlug die Zeitung mit verächtlichem Schnaufen auf. Die Schulkommission war ein Witz, für Muriel Mott hatte er noch nie viel übrig gehabt und im Grunde sogar gehofft, sie möge in irgendeiner sengenden Steppe von Hyänen zerrissen werden, der Fagnoli-Streik berührte ihn nicht, und frei laufende Hunde erschoß er ohne viel Aufhebens, wenn er sie auf seinem Grund antraf. Was die Russen anging, so hatte er immer schon die Meinung seines früheren Oberbefehlshabers General George S. Patton in dieser

Frage geteilt. Doch weiter unten, am Ende der Seite, fiel ihm eine kleinere Überschrift ins Auge:

Einwohner von Peterskill im Morgengrauen verunglückt

> Walter Truman Van Brunt, 22, wohnhaft 1777 Baron de Hirsch Road, Kitchawank Colony, wurde heute früh schwer verletzt, als er auf der Van Wart Road am östlichen Ortsrand von Peterskill die Kontrolle über sein Motorrad verlor. Neben einem Rippenbruch und Schürfwunden im Gesicht hatte dies für Van Brunt den Verlust des rechten Fußes zur Folge. Burleigh Strang, Inhaber der bekannten Düngemittelfirma, erreichte den Schauplatz des Verkehrsunfalls kurz nach der Tragödie. »Überall klebte Blut«, berichtete Strang, »und es war so neblig, daß ich ihn beinahe auch noch überfahren hätte.« Mit seiner Geistesgegenwart dürfte Strang das Leben Van Brunts gerettet haben, der nach Ansicht der Ärzte des Peterskill Community Hospital verblutet wäre, zwölf Personen anwesend. Dr. Rausch, der Schulinspektor, schnitt das Problem spezieller Garderoben für Mitglieder der Hockeymannschaft für Mädchen an ihn nicht umgehend auf der Ladefläche seines Lieferwagens gelegt und sogar noch daran gedacht, den abgetrennten Fuß mitzunehmen, dies in der Hoffnung, er könne wieder angenäht werden. Van Brunt steht derzeit unter intensiver medizinischer Beobachtung.

Van Brunt. Truman Van Brunt. Den Namen hatte er jahrelang nicht mehr gehört. Jahrelang. Wie lange war das her? Fünfzehn, zwanzig Jahre? Er sah von der Zeitung auf, und dort in der Küche, über den Zwiebeln, dem Schinken und der Prise Ahnenstaub erschien plötzlich Trumans Gesicht, genau wie es damals 1949, in der Nacht der Unruhen, aufgetaucht war. Das dunkle, rötliche Haar schweißnaß und an der Stirn klebend wie eine Dornenkrone, getrocknetes Blut in den Mundwinkeln, die hellen, wäßrigblauen Augen – von der Farbe der Eisdecke auf dem winterlichen

Fluß –, erstarrt vor Schreck. Ich komme meine dreißig Silberlinge holen, hatte er gesagt, und Joanna stand ebenfalls in der Tür, ihr Lächeln verwelkt wie eine abgeschnittene Blume. Sie war jung damals, ihre Beine waren glatt und fest, den Kimono hielt sie sich vor der Brust zusammen; Make-up brauchte sie keines. Wie bitte? fragte sie, und Depeyster sprang aus seinem Sessel auf. Fragen Sie doch ihn, sagte Truman, trat durch die Tür, um mit einem blutbefleckten Finger auf ihn zu zeigen, und dann war er weg.

Depeyster schüttelte den Kopf, wie um das Bild loszuwerden, dann hob er das Sandwich an den Mund und wandte sich wieder dem Artikel zu. Truman Van Brunt, dachte er. Ein Pechvogel und Unruhestifter, sonst nichts. Und jetzt war sein Sohn – noch ein halbes Kind – für den Rest seines Lebens verstümmelt.

Er las den Artikel ein zweites Mal, dann legte er das Sandwich auf den Tisch und hob die obere Weißbrotscheibe hoch. In der Mayonnaise, die durch den Kontakt mit der Tomate eine rosa Tönung angenommen hatte, klebten Zwiebelwürfel. Er streute eine zweite magische Prise Kellerstaub darüber und blickte im selben Moment auf, als seine Tochter Mardi in den Raum geschlendert kam.

Falls sie etwas gesehen hatte, ließ sie es sich nicht anmerken – schlurfte in ihrem schmutzigen Morgenmantel zum Kühlschrank hinüber, um ihre Augen war noch wie Clownschminke das Make-up vom Vorabend verschmiert. Sie sah verhärmt aus, wie eine Harpyie, eine Rauschgiftsüchtige, eine Säuferin. Er nahm an, daß sie die ganze Nacht durchgemacht hatte. Es drängte ihn, irgend etwas zu sagen, etwas Scharfes und Verletzendes, etwas Kritisches, Bitteres. Doch er wurde weich, denn er erinnerte sich an das kleine Mädchen, und dann, als sie sich bückte, um in die grell erleuchteten Tiefen des Kühlschranks zu spähen, staunte er über dieses Wesen mit den nackten Füßen und den dunklen krausen Hippiesträhnen, über dieses verwirrende erwachsene Mädchen, diese Frau, die einzige Frucht seiner Lenden.

»Morgen«, sagte er schließlich, etwas ironisch.

»Wo is'n der Orangensaft?«

Er überlegte einen Augenblick, nahm einen geziemenden Bissen von seinem Sandwich und tupfte sich die Lippen mit einer Papierserviette ab. Einen Moment lang fing er den gewieften Blick und das etwas nachdenkliche Lächeln von General Philip Van Wart (1749–1831) auf, dessen von Ezra Ames gemaltes Porträt seit seinem Tode neben dem Küchenfenster hing. »Wie wär's mit dem Eisfach?«

Ohne Kommentar riß Mardi die Klappe des Tiefkühlfachs auf. Während er zusah, wie sie die knallgelbe Dose herausnahm und sich mit dem elektrischen Öffner abmühte, überkam ihn plötzlich das Verlangen, sie zu schütteln, sie so lange zu schütteln, bis sie aufwachte, sich das Haar schnitt, ihre Miniröcke und Netzstrümpfe in den Mülleimer stopfte, wo sie hingehörten, und wieder in die menschliche Gemeinschaft zurückkehrte. Soweit er wußte, bestand ihre einzige Beschäftigung darin, mit einer Horde von Typen herumzuhängen, die aussahen, als wären sie gerade aus einer Höhle in Neuguinea hervorgekrochen, beim Abendessen für die sexuelle Befreiung und die Unabhängigkeit der unterdrückten Völker Asiens einzutreten und bis mittags zu schlafen. Sie hatte im Juni das Bard College abgeschlossen, und das einzige, was seitdem mit etwaigen Berufsabsichten hätte zu tun haben können, war eine flüchtige Bemerkung über irgendeine Bar in Peterskill gewesen: im Herbst, wenn Soundso nach Mauï fahren würde, könnte sie vielleicht einen Job kriegen, zwei Nächte pro Woche an der Theke zapfen. Alles noch nicht fix, natürlich.

Schüttle sie! brüllte eine Stimme in seinem Kopf. Schüttle ihr die Pisse aus dem Leib!

»Hast du Mom gesehen?« murmelte sie und ließ den englischen Dekorsteingutkrug überlaufen. Die blaßgelbe

Flüssigkeit tropfte aus dem Krug auf die Anrichte, von der Anrichte auf den Fußboden: plitsch-plitsch-plitsch.

»Was?« fragte er, obwohl er sie genau verstanden hatte.

»Mom.«

»Was ist mit ihr?«

»Hast du sie gesehen?«

Natürlich hatte er sie gesehen. Bei Tagesanbruch. Als sie den Kombi auf der Auffahrt zurückgesetzt hatte, um ihre Fahrt hinauf nach Jamestown in die Indianerreservation zu machen. Der Wagen war so überladen gewesen mit alten Hemden, Lumpen, zerbeulten Hüten und altmodischen Schuhen in absurden Größen, daß er gefährliche Schlagseite gehabt hatte, wie ein Frachter unter der Flagge einer Bananenrepublik, der mit einer Ladung Kugellager in den Hafen einlief. Joanna hatte ihm, mit Lockenwicklern in den Haaren, steif und humorlos zugewinkt und nur kurz bemerkt, sie würde erst am nächsten Tag zurückkommen, wie üblich. Er hatte matt zurückgewinkt. Jeder Beobachter dieser stillen Szene im Vogelgezwitscher der Dämmerung – er stand im Morgenmantel seines Großvaters aus Djakartaseide da und sah ihr nach, wie sie verbissen, ausdruckslos und ungeschminkt mit ihrem Haufen Müll davonfuhr – hätte meinen können, er habe soeben das Dienstmädchen gefeuert oder einen ruchlosen Handel mit der Heilsarmee abgeschlossen. Er blickte zu seiner Tochter auf. »Nein«, sagte er. »Ich habe sie nicht gesehen.«

Diese Auskunft schien Mardi nicht viel auszumachen. Sie leerte ein Glas Saft, goß sich ein zweites ein und schlurfte an den Tisch, wo sie sich auf einen Stuhl fallen ließ, das Glas mit eiserner Hand umklammert, und herrisch nach der Zeitung griff. »Verdammt«, murmelte sie, »ich fühl mich total beschissen.« So kommunikativ war sie seit langem nicht gewesen.

Er wollte sich gerade nach Ursache und tieferem Grund ihrer Verfassung erkundigen, vielleicht war dies eine Möglichkeit, sich ihr zu nähern, mit ihr zu fühlen, die Kluft zwischen den Generationen zu überbrücken, als sie sich eine Zigarette anzündete, ihm den Rauch ins Gesicht blies und fragte: »Irgendwas Interessantes in dem Käseblättchen heute?«

Auf einmal fühlte er sich gedemütigt, müde, fassungslos angesichts des Großen Welträtsels. In seinem friedfertigsten Ton, den er sonst nur bei Sitzungen der Van Wartville Historical Society verwendete, antwortete er: »Ja, heute steht tatsächlich etwas darin. Ganz unten auf der letzten Seite. Etwas über den Sohn eines Mannes, den ich früher einmal kannte – ein ziemlicher Pechvogel. Er hat einen Unfall gehabt. Komisch, weil –«

»Ach, wen kümmert's denn?« knurrte sie, stieß sich vom Tisch ab und knüllte die Zeitung mit der freien Hand zusammen. »Wen interessieren schon deine beschissenen Kumpel? Das sind sowieso bloß alles Typen von der John Birch Society und solchen Faschistenklubs.«

Jetzt hatte sie es geschafft. Jenes Verlangen, sie zu schütteln und einen Funken von Bewußtsein in ihre blasierte, leblose Miene hineinzuprügeln, packte ihn wie mit Klauen. Er sprang in die Höhe. »Sprich nicht so mit mir, du, du... Sieh dich doch einmal an!« stammelte er und legte mit einer bombastischen Tirade los, die ihre Gesinnung, ihr Benehmen und ihre Gewohnheiten, von der dröhnenden Urwaldmusik bis hin zu ihren ungewaschenen, unrasierten Gesinnungsgenossen, als hippiehaft brandmarkte und in einer Philippika über einen dieser Genossen insbesondere endete, den jungen Crane. »Dieser klapperdürre, schmutzige, ungesunde...«

»Du bist ja bloß sauer, weil sein Opa dir sein schönes Grundstück nicht verkaufen will, oder?« Sie zerteilte die Luft mit der Handkante, unbarmherzig und unnachgiebig wie ein Galgenrichter. »An was anderes kannst du gar nicht denken, was? An die Vergangenheit und an Geld!«

»Hippie!« zischte er. »Nutte!«

»Snob. Dreckfresser.«

»Verflucht!« brüllte er. »Ich wollte mich nur mit dir unterhalten, zur Abwechslung mal nett sein. Sonst gar nichts.

Ich hab seinen Vater gekannt, den von dem jungen Van Brunt, das ist alles. Wir sind doch zwei menschliche Wesen, oder? Vater und Tochter. Die sich unterhalten, oder? Also, ich hab diesen Mann gekannt, sonst nichts. Und ich fand es eben eine Ironie des Schicksals, auf morbide Weise interessant, als ich gelesen habe, daß sein Sohn den rechten Fuß verloren hat.«

Mardis Miene hatte sich verändert. »Wie soll der geheißen haben?« fragte sie und bückte sich nach der Zeitung.

»Van Brunt. Truman. Oder nein, der Sohn heißt anders mit Vornamen. William oder Walter oder so ähnlich.«

Sie hockte auf den Knien, glättete die Zeitung auf den dreihundert Jahre alten Dielen des Küchenbodens. »Walter«, murmelte sie und las dann laut vor: »Walter Truman Van Brunt.«

»Kennst du den?«

Der Blick, den sie ihm zuwarf, war wie ein Schwerthieb. »Nicht im biblischen Sinne«, sagte sie. »Noch nicht jedenfalls.«

Walter hatte Glück.

Zwei Wochen nach seinem Zusammenstoß mit der Geschichte verließ er das Peterskill Community Hospital mit einem neuen fleischfarbenen Kunststoff-Fuß, einer Gemeinschaftsproduktion der Doktoren Ziss und Huysterkark, der Pensacola-Assekuranz und von Hesh und Lola. Dr. Ziss war, nach drei kraftvollen morgendlichen Tennissätzen, in die Notaufnahme gerufen worden, um die sachgemäße Wundversorgung zu übernehmen. Er entfernte das zerstörte Gewebe, rundete die Stümpfe von Tibia und Fibula sauber ab, zog zwei Haut- und Muskellappen zur Polsterung nach unten und vernähte sie über den Knochen, wobei eine fischmaulförmige Mulde entstand. Am Nachmittag war Dr. Huysterkark erschienen, um Hoffnung zu spenden und die Prothese vorzuführen. Die Versicherung kam, unter Beteiligung von Hesh und Lola, für die Rechnung auf.

Walter döste, als Huysterkark hereinkam; im Aufwachen sah er ihn auf der Kante des Besucherstuhls hocken, den Plastikfuß im Schoß. Vom schütteren Haar und dem gezwungenen Lächeln des Arztes wanderten Walters Blicke sofort zu der Prothese, zur hervortretenden Rundung des Knöchels und den Kerben, die wohl die Zehen andeuten sollten. Das Ding sah aus wie etwas, das man einer Schaufensterpuppe ausgerissen hatte.

»Ah, Sie sind wach«, sagte der Arzt, der dabei kaum die dünnen, lachsrosa Lippen bewegte. Er trug ein Freizeitjackett und zweifarbige Schuhe und wirkte wie jemand, der Eis an Eskimos verkaufen könnte. »Gut geschlafen?«

Walter nickte mechanisch. In Wirklichkeit hatte er geschlafen wie ein Häftling, der auf seine Hinrichtung wartet, verfolgt von irrationalen Ängsten und den Dämonen des Unbewußten.

»Ich habe die Alloplastik mitgebracht«, sagte Huysterkark, »und außerdem« – er fing an, in einem dicken Umschlag herumzusuchen – »noch etwas Material darüber.«

Obwohl Walter an der New York State University erfolgreich ein Studium der Geisteswissenschaften absolviert hatte (in dem ein bruchstückhafter Abriß der Weltliteratur, ein Seminar über Beschneidungsrituale auf den Trobriand-Inseln und Vorlesungen über die Geschichte der Landwirtschaft, mittelalterlichen Lautenbau und zeitgenössische Philosophie, mit Schwerpunkt auf Todessehnsucht und der existentialistischen Schule, nur einige der Glanzlichter darstellten), kannte er diesen Begriff nicht. »Alloplastik?« echote er, den Blick starr auf den künstlichen Fuß geheftet. Auf einmal ergriff ihn panisches Entsetzen. Dieser obszöne Kunststoffklumpen, dieser Puppenfuß sollte auf irgendeine scheußliche Weise seinem eigenen leidenden Ich aufgepfropft werden. Er dachte an Captain Ahab, an Long John Silver, an den alten Joe Crudwell ein paar Häuser weiter, dem eine deutsche Granate im Wald von Belleau beide Beine und den rechten Unterarm abgetrennt hatte.

Konzentriert auf seine Broschüre, blickte Huysterkark nicht einmal auf. »Ein Ersatzteil, eine Prothese. Auf griechisch: fremdes Gebilde.«

»Und das da ist es?«

Huysterkark beachtete die Frage nicht, warf Walter jedoch einen listigen Blick zu. »Sehen Sie die Sache mal so«, sagte er nach einer Weile. »Wenn Ihr Körper nun eine Maschine wäre, Walter – sagen wir, ein Auto, ja? Sagen wir, Sie wären ein Cutlass Convertible, okay? Schnittig, blitzblank, direkt aus dem Schaufenster des Händlers.« Walter wußte nicht, was er sagen sollte. Er wollte nicht über Autos sprechen – er wollte über Füße, über Beweglichkeit, über den Rest seines Lebens sprechen. »Vermutlich würden Sie jahrelang ohne Probleme laufen, Walter, doch während Ihr Tacho immer mehr anzeigt, wird früher oder später irgend etwas kaputtgehen, verstehen Sie?« Huysterkark beugte sich vor. »In Ihrem Fall, sagen wir mal so, gibt es einen Schaden an einem der Räder.«

Walter versuchte vergeblich, dem Blick des Arztes standzuhalten. Er betrachtete seine Hände, die Ärmel des Krankenhaushemds, die Falten im Laken.

»Tja, und was machen Sie dann? Na?« Huysterkark wartete. Der Fuß lag wie ein Stein in seinem Schoß. »Sie gehen rüber ins Ersatzteillager und holen sich ein neues, ist doch klar.« Der Doktor schien zufrieden mit sich zu sein, er sah aus, als hätte er soeben ein Allheilmittel gegen Krebs, Herzkrankheiten und Frambösie vorgestellt. »All das haben wir hier, Walter«, sagte er mit einer ausladenden Handbewegung, die das ganze Krankenhaus umfaßte. »Augen, Beine, Kniescheiben, Plastikherzklappen und Stahlwirbel. Wir haben mechanische Hände, die eine Grapefruit schälen können, Walter. In ein paar Jahren wird es künstliche Nieren, Lebern, Herzen geben. Vielleicht können wir eines Tages sogar schadhafte Nervenverbindungen im Gehirn ersetzen.«

Walter stockte der Atem. Er konnte kaum die Frage formulieren, und es schien ihm beinahe verwerflich, sie zu stellen, aber er mußte es wirklich wissen. »Kann ich – ich meine, werde ich – werde ich je wieder gehen können?«

Der Arzt fand das überaus erheiternd. Sein Kopf fuhr in den Nacken, und er setzte ein noch breiteres Grinsen auf, das ein Trio gelber Zähne und mayonnaisefarbenes Zahnfleisch entblößte. »Gehen?« prustete er. »Ehe Sie sich's versehen, werden Sie wieder tanzen!« Dann senkte er den Kopf, schlug die Beine übereinander und suchte wieder in seinen Papieren herum; dabei rutschte ihm der Fuß vom Schoß, fiel mit dumpfem Knall zu Boden und kullerte unter den Stuhl. Er schien es nicht zu bemerken. »Ah, hier«, sagte er und zog ein Foto von einem Mann in Shorts und Turnschuhen heraus, der auf einer Asphaltstraße joggte. Das Bein des Mannes endete etwa fünfzehn Zentimeter unter dem Knie, und von dort weg führte ein Stahlstab zu einem fleischfarbenen Knöchel aus Plastik. Das Ganze wurde von mehreren am Oberschenkel angebrachten elastischen Bändern gehalten. »Ya Drang, Vietnam«, sagte der Doktor. »Eine unglückliche Begegnung mit einer feindlichen, äh, Tretmine sagt man wohl dazu. Diese Prothese habe ich selbst eingesetzt.«

Walter wußte nicht, ob er erleichtert oder angeekelt sein sollte. Sein erster Impuls war, vom Bett aufzuspringen, schreiend durch den Korridor zu hüpfen und sich aus einem Fenster zu stürzen. Der zweite Impuls war, sich vorzubeugen und dem Arzt das therapeutische Lächeln aus dem Gesicht zu schlagen. Sein dritter Impuls – derjenige, dem er letztlich folgte – war, stocksteif sitzenzubleiben und die Zähne zusammenzupressen wie ein Katatoniker.

Der Arzt beachtete ihn nicht. Er war damit beschäftigt, unter dem Stuhl nach Walters Fuß zu fischen, dabei hielt er ihm Vorträge über Verwendung und Pflege des Dings, als handelte es sich um ein Treibhausgewächs und nicht um einen leblosen Plastikklumpen, hergestellt in Weehawken, New Jersey. »Natürlich«, fuhr er fort, während er sich mit dem wiedergefundenen Fuß in der Hand aufrichtete, »vormachen dürfen Sie sich nichts. Ihnen fehlt jetzt ein Körperteil« – er hielt inne – »und Ihre Bewegungsfreiheit wird etwas beeinträchtigt sein. Trotzdem glaube ich, daß Sie fast den ganzen Bereich Ihrer bisherigen Aktivitäten werden abdecken können.«

Walter hörte ihm nicht zu. Er starrte auf den Fuß in Huysterkarks Schoß (der Doktor jonglierte unbewußt damit herum), in seinen Adern pulsierte, wie eine Art Infektion, ein Gefühl von Hoffnungslosigkeit und unabänderlichem Schicksal, er kam sich gerichtet und verurteilt vor, und gleichzeitig revoltierte er dagegen, wie unfair das alles war. Der alte Joe konnte jederzeit die Krauts dafür verantwortlich machen, genau wie Ahab seinen Wal. Bei Walter war es nur ein Schatten gewesen, und das Bild seines Vaters.

Warum ich? dachte er immer wieder, während der Arzt mit dem fremdartigen Fuß spielte wie mit einer Nippesfigur oder einem Briefbeschwerer. Warum ich?

»Nein, nein, Walter«, sagte Huysterkark, »eigentlich haben Sie sogar großes Glück gehabt. Wirklich großes Glück. Wären Sie etwas höher gegen das Schild geprallt und hätten Ihr Bein oberhalb des Knies verloren, also dann –« Eine Geste seiner Hand vollendete den Gedanken.

Die Sonne stand in den Baumwipfeln vor dem Fenster. Dort draußen, auf der Schnellstraße, fuhren die Leute vorbei, zum Einkaufen, um schwimmen, Tennis oder Golf spielen zu gehen, Segelboote im Yachthafen von Peterskill aufzutakeln oder im »Elbow« etwas Kühles zu trinken. Walter lag in dem gestärkten weißen Bettzeug, erstarrt vor Selbstmitleid, nicht wiederherzustellen. Aber Glück hatte er gehabt. O ja, allerdings. Glück, Glück, Glück.

In der Nacht davor, als Hesh und Lola und Jessica gegangen waren und die Betäubung allmählich nachließ, hatte Walter geträumt. Der bleiche Glanz des Korridors verschwamm zu einem Nebel, das Knistern der Lautsprecheranlage wandelte sich zum Klatschen von brackigem Wasser gegen Holzpfähle, die Ebbe setzte gerade ein, und der Geruch war so durchdringend wie alles, was je auf der Erde gelebt hatte und gestorben war. Er war auf Krebsfang. Mit seinem Vater. Mit Truman. Frühmorgens aufgestanden, die Fallen in den Kofferraum des Studebaker geworfen, Köder in Zeitungen eingewickelt, dann zu Fuß auf die Eisenbahnbrücke über den Acquasinnick, dessen Mündung bei Flut breit wird und das Meer bis hinauf zum Van Wart Creek einläßt. Bleib von den Schienen weg, warnte ihn sein Vater, und Walter spähte in den Dunst hinein, halb in der Erwartung, daß der Sechsuhrzwanzigzug von Albany aus dem Morgengrau hervorbrach und ihn in Stücke fetzte. Doch das wäre zu einfach gewesen. Dieser Traum war subtiler, der Höhepunkt finsterer.

Die Köder? Was war das? Angefaulte Fische, mit Fliegen bedeckt. Knochen. Mark. Hühnerflügel, so vergammelt, daß man wochenlang stinkende Finger hatte, wenn man sie anfaßte. Wenn Menschen im Fluß ertranken, wenn sie bleich und aufgedunsen im Schlick lagen, unter umgestürzten Baumstämmen oder in Autowracks, wenn sie langsam aufweichten, dann holten die Krebse sie sich. Sein Vater sprach nie darüber. Aber die Nachbarkinder taten es, die Leute vom Fluß taten es, die Säufer unten in den Baracken am Ufer, die man von hier oben aus sehen konnte – die sprachen darüber. Wie auch immer, vielleicht raste der 6.20 mit apokalyptischem Donnern vorbei, als wollte er die Brückenstreben aus den Stützpfeilern reißen, vielleicht auch nicht. Jedenfalls zog Walter an der Schnur, und die Krebsfalle war verhakt, rührte sich nicht. Sein Vater, nach Alkohol stinkend, eine Zigarette zwischen den Lippen und wegen des Rauchs die Augen zusammengekniffen, stellte sein Bier ab und kam ihm zu Hilfe. Ganz sachte, knurrte er. Daß bloß die Schnur nicht reißt. Dann kam sie frei, ließ sich heraufziehen, so schwer, als wäre die Krebsfalle mit Ziegelsteinen gefüllt.

Da waren keine Ziegelsteine. Da war keine Falle. Nur Walters Mutter, mit den seelenvollen Augen, das Haar wie eine Wolke, und mit Krebsen übersät, von der Hüfte abwärts nichts mehr da. Nichts als die Knochen.

Das nächste, was er wahrnahm, war die Krankenschwester. Eine große Frau mittleren Alters, deren Uniform ihre Hüften und Schenkel noch praller wirken ließ; sie nahm das Zimmer im Sturm, machte das Deckenlicht an, riß die Jalousien hoch, schwenkte Bettpfanne und Spritze, hantierte mit dem Rektalthermometer wie mit einem Dolch. Sonnenlicht gellte durchs Fenster herein, sie pfiff irgendeinen Kriegsmarsch – war es Sousa oder die »Hymne des Marinekorps«? –, und er spürte eine leichte Variation der Schmerzkurve, als ihm der Venenkatheter aus dem Arm gezerrt und ungeschickt wieder eingesetzt wurde.

Der Traum – schrecklich genug – entließ ihn langsam aus seinen Fängen, und Walter erwachte zu einer unerträglichen Realität. Alles übermannte ihn auf einmal, die Stimme der einsetzenden Vernunft zischte ihm ins Ohr wie ein Kriegsberichterstatter: *Du bist im Krankenhaus, deine Rippen brennen wie Feuer, dein Arm ist nur noch Schorf. Und was sagst du dazu: ein Fuß ist weg. Weg. Einfach verschwunden. Du bist behindert. Ein Krüppel. Ein Krüppel fürs Leben.*

Dann gab es Frühstück. Verdünntes Orangensaftkonzentrat, Eipulver, Schinkenersatz. Serviert von einer Schwester, die so unkommunikativ war, als hätte sie ein Schweigegelübde abgelegt, und von einer üppigen sechzehnjährigen Pflegepraktikantin, die einen Vogel auf dem Fensterbrett entdeckte und ihm die ganze Zeit, die sie im Zimmer war, zugurrte: »Ooooch, du süßer tleiner Piepmatz, ooooch, du tleiner Pieper du.« Walter hatte keinen Hunger.

Als sie weg waren, setzte er sich auf und untersuchte vorsichtig sein Bein. Er spürte ein dumpfes Pochen im Kniegelenk, einen schneidenden Schmerz dort, wo sie die Wade mit zwanzig Stichen genäht hatten. Seine Finger wanderten tiefer, tasteten sich über das Schienbein, widerstrebend, sich gegen die Entdeckung sträubend. Er fühlte Verbände – Gaze und Pflaster –, und dann berührte er es, so wie er ein heißes Bügeleisen berührt hätte: den flach abgehauenen Stumpf seines Beins. Er warf die Decke zurück. Da war es. Sein Bein. Oder nein, das war das Bein von jemand anderem, verstümmelt und entstellt, obszön, fremdartig, leblos wie ein Holzklotz. Er mußte an Brot denken, an französisches Baguette, mittendurch gebrochen. Er dachte an Leberwurst.

Dann schlief er wieder ein. Verlor das Bewußtsein. Hinabgezogen in die Tiefe von Morphium und Dolantin, tauschte er einen Alptraum gegen den nächsten ein. Im Schlaf durchlebte er den Unfall noch einmal. Da war der Schatten, das Schild, das Gefühl von Hilflosigkeit und Vorherbestimmung. Und dann war er ein alter Mann, gebeugt, weißhaarig, besabbert mit der eigenen Spucke, der an einer Straßenecke in der Bowery Bleistifte verkaufte oder auf einem Lager in irgendeinem Wohlfahrtsheim ausgestreckt lag, zusammen mit hundert anderen Krüppeln und Schwachsinnigen. Im Schlaf sah er die Leiche seines Großvaters und die Woge der Plötzen, die sich über ihm schloß. Im Schlaf sah er seinen Vater.

Der Alte saß auf einem Stuhl neben dem Bett. Sein Haar war geschnitten, gescheitelt und frisch gekämmt; er trug einen Mohair-Anzug und eine Seidenkrawatte, und sein Blick war gelassen. Aber jetzt kam das Sonderbare: Er trug weder Schuhe noch Socken. Und als Walter den Kopf wandte, um ihn anzusehen, hob Truman langsam erst das eine Bein, dann das andere, und stützte beide auf der Bettkante auf, als wollte er sie zur Schau stellen. Dann wackelte er mit den nackten Zehen und hielt Walters verblüfftem Blick stand.

»Aber, aber ich dachte –« stammelte Walter.

»Was dachtest du?« fragte der Alte. »Daß ich auch ein Krüppel wäre?« Er krümmte die Zehen, dann stellte er beide Füße wieder auf den Boden. »Aber das bin ich, Walter, das bin ich«, sagte er, schloß die Augen und rieb sich den Nasenrücken, »– du kannst es bloß nicht sehen, das ist alles.«

»Auf dem Wasser, auf dem Schiff –« begann Walter.

Truman winkte mit der Hand ab, als wedelte er Rauch weg. »Eine Illusion«, sagte er. »Eine Warnung.« Er beugte sich vor, die Ellenbogen auf die Knie gestützt. »Paß auf, wo du hintrittst, Walter.«

In diesem Moment ging Walter ein Licht auf, jetzt begriff er, was er auf dem Geisterschiff hatte fragen wollen. Sein Leben lang hatte er die Geschichte so hingenommen, wie Hesh und Lola sie ihm erzählt hatten, als wäre sie im Fels von Anthony's Nose in Granit gemeißelt – sein Vater war ein Verräter, ein gewissenloser Teufel, der sie im Stich gelassen und verkauft hatte, und deswegen war seine Mutter gestorben. Aber niemand, nicht einmal Hesh, kannte die ganze Wahrheit. »Die Unruhen damals, neunundvierzig«, sagte Walter. »Erzähl mir, was ist da passiert? Was hast du ihr angetan?«

Truman antwortete nicht.

»Er hat sie umgebracht, oder?«

Die Miene seines Vaters hatte sich verhärtet, jetzt lag wieder der Blick des wahnsinnigen Propheten darin. Nach einer Weile sagte er: »Ja, ich schätze, so war es.«

»Hesh sagt, du bist nichts als ein Mörder –«

»Hesh.« Truman spie den Namen aus, als hätte er in faules Obst gebissen. »Willst du es wirklich wissen?« Er machte eine Pause. »Dann geh und lies das Schild noch mal.«

»Schild? Was für ein Schild?«

Der Alte stand jetzt, eine seltsame Mischung aus dem, was er vor elf Jahren gewesen war, und der erfolgreichen Persönlichkeit, die ihren Weg gemacht hatte. Er wirkte nahezu adrett. »Das sag du mir«, sagte er mit einem Blick auf Walters Bein, dann drehte er sich um und ging zur Tür hinaus.

Es war wie auf dem Geisterschiff. »Komm zurück!« rief Walter. »Komm zurück, du Mistkerl!«

»Ich bin ja hier, Walter.«

Er öffnete die Augen. Zuerst wußte er nicht, wo er war, konnte den blaßweißen Fleck über sich nicht richtig erkennen, aber dann holte ihn ihr Duft – Cremespülung, My Sin, Fruchtkaugummi – zurück in die Wirklichkeit. »Jessica«, murmelte er.

»Du hast nur schlecht geträumt.« Ihre Hand lag auf seiner Stirn, ihr Busen auf seinem Gesicht. Er griff nach oben, immer noch benommen, und als wäre es unter diesen Umständen die natürlichste Sache der Welt, fing er an, an den Knöpfen ihrer Bluse zu nesteln. Sie schien nichts dagegen zu haben. Er nestelte weiter, sein Hirn war leer, seine Finger wie Salzstangen, und dann hatte er ihre Brüste in den Händen, hielt sie und knetete sie, zog sie an die Lippen, als wäre er ein Säugling in der Wiege. Aber nein, Moment mal: Er war tatsächlich ein Säugling, seine Mutter beugte sich mit ihren unergründlichen Augen über ihn, die Welt war so rein und unkompliziert wie die Tupfen der Vormittagssonne an den Wänden des Kinderzimmers …

Jessica drückte ihm Küsse auf die Stirn, flüsterte seinen Namen. In diesem Augenblick verstummte das große geschäftige Krankenhaus – die Fernseher schwiegen, die Lautsprecher wurden still, die Korridore lagen wie unter einem Bann. Ärzte, Schwestern, Pfleger, neugeborene Säuglinge und wacklige Blutspender hielten den Atem an. Keine Injektionsspritze glitt in Arm oder Gesäß, kein vom Hund gebissenes Kind brüllte auf. In den Gängen waren keine Schritte zu hören, keine Vögel in den Bäumen, keine widerspenstigen Anlasser auf dem Parkplatz. Nur Stille. Und mitten im Zentrum, im Angelpunkt dieser Stille, die wie ein tiefer Ozean war, lagen Walter, mit verkürztem Bein, und Jessica. In seiner Angst, seiner Einsamkeit, seiner Hingabe an Kummer und Verzweiflung krallte er sich dankbar an sie, hielt sich an ihr fest wie ein Ertrinkender, der inmitten einer Stromschnelle einen Felsblock umklammert. War er neulich nacht verrückt gewesen? Hart, seelenlos und frei zu sein war ja gut und schön, sich vom Trost und von der Gemeinschaft der Mitmenschen loszureißen war etwas anderes. Er war ein Krüppel, ein Paria. Und nun war sie gekommen, Johanna von Orléans, die Nymphe Kalypso und Florence Nightingale, alle in einer. Was wollte er mehr?

»Jessica«, flüsterte er, während sie sich über ihm wiegte, der sanft wogende Vorhang ihres blonden Haars ihn abschirmte von den bedrückenden Wänden, den unausstehlichen Blumen, dem Nachttisch mit den zerfledderten Exemplaren von ›Elle‹ und ›Reader's Digest‹, von Krankheit und Schmerzen. »Jessica, ich finde ... ich meine ... glaubst du, wir sollten heiraten?«

Die Stille dauerte an. Eine feenhafte Stille, traumhaft und verzaubert, die den Augenblick läuterte und in der Schwebe hielt, jenseits der Myriaden von Augenblicken, die ein Leben ausmachen. Sie dauerte an, bis Jessica sie brach – mit einem gehauchten Ja.

Glück, Glück, Glück.

Jeremias hatte nicht soviel Glück. Er verschloß sich, raffte die dünnen Felle um sich und saß starr da wie eine Eisskulptur, während Van Warts Verwalter im Sattel herumrutschte, tobte, schmeichelte und drohte. Der Verwalter versuchte, mit ihm zu argumentieren, ihn kleinzukriegen und ihm Angst einzuflößen – er versuchte sogar, an das Gewissen des Jungen zu appellieren, indem er »Wohl denen, die da wandeln vor Gott in Heiligkeit« sang, in einem hohen, rauchigen Tenor, der seine Körpermasse Lügen strafte. Der Wind heulte von den Bergen herab. Jeremias sah ihn nicht einmal an. Schließlich warf der Verwalter sein Pferd herum und galoppierte davon, um den Hüter des Gesetzes zu holen.

Als er mit dem *schout*, dem Schultheiß, zurückkehrte, hatte sich das Wetter verschlechtert. Erstens schneite es – große gefiederte Flocken, dem Himmel aus der Brust gerissen, türmten sich auf umgestürzten Bäumen und Farnen wie Zeichen eines angestauten kosmischen Zorns; zweitens war die Temperatur auf – 15 °C gefallen. Der *schout*, dem die Aufrechterhaltung der Gesetze des *patroon* oblag, war ein hagerer, frettchenhafter Kerl namens Joost Cats. Er kam gewappnet mit einem Zwangsräumungsbefehl, der das Siegel seines Dienstherrn trug (ein in ein V verwobenes W, VW, das von Oloffe Stephanus zum Beglaubigen seiner Edikte, zur Kennzeichnung von Hab und Gut sowie zum Dekorieren der Unterwäsche benutzte Emblem), außerdem mit Rapier, Degengehenk und Silberfederhut, den Insignien seines Amtes.

»Ein junger Taugenichts«, sagte der Verwalter, dem der Schnee um das Gesicht stob. »Hat das Vieh geschlachtet und das Anwesen in Schutt und Asche fallen lassen. Von mir aus könnt Ihr ihn ruhig gleich aufhängen.«

Joost antwortete nicht, seine unbeweglichen schwarzen

Augen wurden von der Krempe des Hutes verdeckt, der kleine Spitzbart klebte wie ein Schmutzfleck an seinem Kinn. Die Gicht beugte ihm den Rücken wie eine Sichel, und er saß so tief im Sattel, daß man ihn gar nicht hätte kommen sehen, wäre da nicht die gewaltige Hutfeder zwischen den Ohren seines Pferdes gewesen. Er gab keine Antwort, weil er äußerst üble Laune hatte. Da ritt er ans letzte Ende von Nirgendwo, der Himmel war wie ein gesprungener Krug, und der Schnee puderte seinen schwarzen Mantel, daß er aussah wie ein *olykoek* mit Zuckerglasur, und wozu das alles? Um das Gequatsche dieses fetten, rotgesichtigen, aufgeblasenen Arschlochs neben sich anzuhören und ein einbeiniges Kind in den Schlund der öden, weiten, unzivilisierten Welt hinauszujagen. Er räusperte sich geräuschvoll und spuckte vor Ekel aus.

Als sie die kahle Weißeiche erreichten, die in besseren Zeiten dem Haushalt der Van Brunts Schatten gespendet hatte, schneite es kaum mehr, und die Temperatur war um weitere zwei Grad gefallen. Zu ihrer Linken, vor dem Dickicht der Bäume, erhob sich die halbfertige Steinmauer, die Wolf Nysen begonnen hatte, ehe er wahnsinnig geworden war, seine Familie abgeschlachtet und sich in die Berge geflüchtet hatte. Er hatte ihnen im Schlaf die Kehle durchschnitten – Schwester, Ehefrau und zwei halberwachsene Mädchen – und sie der Fäulnis überlassen. Als Joosts Vorgänger, der alte Hoogstraten, sie schließlich fand, waren sie schon so vermodert, daß sie aussahen wie aus Haferbrei. Die Leute erzählten sich, der Schwede sei immer noch irgendwo da oben, lebe dort wie ein Indianer, kleide sich in Felle und erwürge Kaninchen mit bloßen Händen. Joost blickte sich beklommen um. Direkt vor ihm lag das verkohlte Gerippe des Blockhauses, das aus der Schneeschicht herausragte wie ein mehrfacher Knochenbruch.

»Da!« keuchte der Verwalter, »seht nur, was die hier angerichtet haben.«

Joost wartete, bis sich sein Pferd durch die Schneewächten getastet hatte wie ein alter Mann, der in eine Badewanne steigt, ehe er antwortete. »Vielleicht sollte der *patroon* diese Farm hier lieber aufgeben. Bringt nichts als Unglück.«

Der Verwalter hörte nicht zu. »Da drüben«, sagte er und wies mit seinem dicken Zeigefinger in die Richtung von Jeremias' Unterstand. Joost ließ die Zügel sinken und schob die tauben Hände in die Manteltaschen, während sein Pferd – ein einäugiger Klepper mit übermäßigem Appetit und einem Wasserbauch – stumpfsinnig der Mähre des Verwalters hinterhertrottete.

»Van Brunt!« rief der Verwalter, als sie vor dem leeren Unterstand und dem Schneehügel ankamen, unter dem die Leiche des unglücklichen Ochsen begraben lag. »Kommt auf der Stelle heraus!«

Keine Antwort.

In einem wahren Hurrikan ließ der Verwalter einen wütenden Wortschwall los, in den er Begriffe wie Frechheit, Unverschämtheit und Unverfrorenheit einbrachte, bis Joost auf eine halbverschneite Fußspur hinter dem Unterstand zeigte. Dahinter war ein weiterer Abdruck, und dahinter noch einer. Nach eingehender Untersuchung und nach vollen sechzig Sekunden, die er der logischen Schlußfolgerung widmete, stellte der Verwalter fest, dies müsse die Fährte des jungen Van Brunt sein, nämlich der Abdruck eines einzelnen Schuhs – des linken –, und parallel dazu die flache Schneise zwischen zwei Löchern, die das Holzbein gezogen hatte.

Obwohl es nicht mehr schneite, war der Wind heftiger geworden, und es dämmerte schon. Joost fand, sie sollten es nun gut sein lassen – der Junge war weg, das war das Wichtigste. Aber der Verwalter, ein sorgfältiger Mensch, fühlte sich verpflichtet, der Sache nachzugehen. Nach kurzem Wortwechsel – Wo soll er schon hingehen, fragte Joost, zurück nach Zeeland vielleicht? – machten sich die beiden langsam stapfend auf, dem Jungen nachzuspüren und ihn ordnungsgemäß hinauszuwerfen.

Wie ein ausgefranstes Band schlängelte sich die Fährte in

den dichten Wald hinein, in dem Rebhühner gackerten und Truthähne auf den bodennahen Ästen hockten. Hinter dem Wäldchen lagen unzählige Hügel, kugelrund wie Igel und dicht bewaldet, die Heimstatt von Heidhühnern, Tauben, Rehen, Fasanen und Elchen sowie von Luchsen, Pumas und Wölfen, die auf sie lauerten. Und jenseits der Hügel lagen die mächtigen, düsteren Berge – Dunderberg, Suycker Broodt, Klinkersberg –, die den Fluß verschluckten und sich zum Kaaterskill-Gebirge erhoben, dahinter namenlose Gebiete, die sich bis zu dem fernen Punkt erstreckten, wo die Sonne unterging. Joost warf einen Blick auf dieses wilde Territorium mit seinen unbekannten Schrecken, er sah die Dunkelheit hereinbrechen und spürte die abgestorbenen Zehen in den Stiefeln nicht mehr; er gab dem Pferd die Sporen und betete, die Fährte möge sie zu den schimmernden Lichtern und den wohligen Feuerstellen des oberen Gutshauses führen.

Führte sie aber nicht. Jeremias war nach Südosten gegangen, in weitem Bogen um das Gut herum, auf van der Meulens Farm zu. Joost und der Verwalter sahen, wo er stehengeblieben war, um in den Schnee zu pinkeln, ein paar vertrocknete Beeren abzureißen oder auf einem Stück Borke herumzukauen; sie sahen, wie das Holzbein schwerer geworden war und sich tiefer in den Schnee gegraben hatte. Und schließlich, zu ihrer unsagbaren Erleichterung, sahen sie, daß die Spuren tatsächlich über die Brücke am Meulen Brook führten, vorbei am großen Brettertor der Scheune von Staats van der Meulen und hinein in die warme, von Kerzen erhellte und nach Brot duftende Küche der Vrouw van der Meulen, einer bis hinüber nach Croton für ihre *honingkoeken* und *appelbeignets* berühmten Frau.

Falls sie mit Gastlichkeit gerechnet hatten, falls sie außer der Wärme von Meintje van der Meulens Küche auch ein Lächeln erwartet hatten, wurden sie enttäuscht. Sie empfing sie an der Tür mit einer Miene, die um keinen Deut wärmer war als die Nacht im Rücken der beiden Männer.

»*Goeden avend*«, sagte der Verwalter und zog mit schwungvoller Gebärde seinen Hut.

Vrouw van der Meulens Blick schoß argwöhnisch zwischen dem Verwalter und dem *schout* hin und her. Hinter ihnen ertönte gedämpft das Muhen der Rinder, denen Staats van der Meulen vom Dachboden der Scheune Heu hinunterschaufelte. Meintje erwiderte den Gruß des Verwalters nicht, sondern trat nur zurück und machte ihnen die Tür auf.

Innen war es wie im Himmel. Das vordere Zimmer, das so breit wie das ganze Haus war und den Löwenanteil der Wohnfläche einnahm – hinten lagen noch kleinere Schlafkammern –, war warm wie ein Federbett mit einer braven Frau und zwei Hunden darin. Flackernde Kohlen glimmten im riesigen Herd, und der große rußgeschwärzte Topf, der darüber hing, verströmte einen geradezu berauschenden Duft nach Fleischbrühe. Im Kachelofen buken Brotlaibe – Joost konnte sie riechen, Manna und Ambrosia –, und in einem kleinen Pfannengestell über einer Handvoll Kohlenglut auf der Herdplatte brutzelte Maisbrei. Der Speiseschrank stand offen, der Tisch war zur Hälfte gedeckt. Hinten in der Ecke hob ein alter Spaniel müde den Kopf, und zwei weißblonde Kinder der van der Meulens starrten sie an wie ein Paar Cherubim.

»Nun?« fragte Meintje schließlich, während sie die Tür hinter ihnen schloß. »Was könnte wohl den ehrenhaften *commis* und seinen Kollegen, den *schout*, in solch einer Nacht auf unseren entlegenen Hof führen?«

Joosts Rücken war im Stehen bei weitem nicht so gebeugt wie beim Reiten, dennoch hielt er sich ziemlich schlecht. Er drehte den Federhut in den Händen, lümmelte sich gegen den Türrahmen und setzte zu einer Erklärung an. »Van Brunt«, begann er, wurde jedoch von dem übereifrigen Verwalter unterbrochen, der nun die Vorwürfe des *patroon* gegen Harmanus' einzigen, einsamen Erben darlegte, als hielte er ein Plädoyer vor einem Gericht, das sich aus Spießgesellen des Beschuldigten zusammensetzte (obwohl ein solches Gericht natürlich weder erforderlich noch je dagewesen war, da der Gutsherr auf seinen Ländereien Richter, Geschworener und Staatsanwalt zugleich war; den *schout* und den Henker bezahlte er dafür, daß sie sich um den Rest kümmerten). Er näherte sich dem Herd und seinem paradiesischen Aroma immer mehr und schloß seine Rede mit der Feststellung, sie hätten die Spur des Missetäters bis zur Küchenschwelle der *goede vrouw* verfolgt.

Meintje wartete, bis er geendet hatte, dann nahm sie einen Holzlöffel aus dem Schrank und begann, den Verwalter zu beschimpfen – sie *beide* zu beschimpfen, denn Joost fand sich zu seinem Entsetzen ebenfalls von ihrem Zorn getroffen. *Sie* seien doch die Verbrecher – nein, schlimmer noch, Unholde seien sie, pferdefüßige *duyvils*, Gefolgsleute des Beelzebub und seiner unseligen Horde. Wie konnten sie auch nur daran denken, das arme Waisenkind von seiner letzten Zuflucht zu vertreiben? Wie konnten sie? Waren sie Christen? Waren sie Menschen? Oder wenigstens menschenähnliche Wesen? Volle fünf Minuten lang tobte sie, und die ganze Zeit über schwang sie den Holzlöffel wie das Schwert der Gerechten. Mit jeder emphatischen Gebärde trieb sie den Verwalter weiter zurück, bis er seinen schwer errungenen Platz am Herd verloren hatte und sich an der Tür wiederfand, das Hinterteil gegen die kalten, harten Bretter gepreßt, als wollte er damit verschmelzen, während Joost vor Scham und Demütigung so tief gebückt dastand, daß er seine Stiefelschnallen mit den Zähnen hätte öffnen können.

In diesem Moment kam Staats, der einen schalen Gestank nach Kuhstall und eine Jacke voll Kälte mit sich brachte, durch die Tür gepoltert. Sein Eintreten verlagerte den Schwerpunkt des Verwalters und ließ ihn durchs halbe Zimmer fliegen, bis er mit einem Ausdruck verletzter Würde im Schaukelstuhl aus Birkenholz landete. Staats war ein kräftiger, plattnasiger, derbhäutiger Mann mit so durchdringenden Augen, daß sie wie zwei Schläge ins Gesicht wirkten. Er schien vollkommen überrascht, *commis* und *schout* hier vorzufinden, obwohl er ihre vor der Tür angebundenen und zugedeckten Pferde gesehen haben mußte. »Heilige *moeder* im Himmel«, brüllte er. »Was ist hier los?«

»Staats«, schluchzte Meintje, lief auf ihn zu und wiederholte zweimal jammernd seinen Namen, »sie kommen den Jungen holen.«

»Jungen?« fragte er zurück, als hätte er das Wort noch nie gehört. Sein Blick wanderte durch das Zimmer, suchte nach einem Anhaltspunkt, dann lüftete er seine Nerzmütze, um sich den Kopf zu kratzen, der so hart und haarlos wie eine Haselnuß war.

»Den kleinen Jeremias«, flüsterte seine Frau erläuternd.

Joost beobachtete die beiden unsicher. Wie er später erfahren sollte, war der Junge etwa zwei Stunden zuvor aufgetaucht und hatte Unterschlupf und etwas zu essen erbeten. Zuerst hatte Vrouw van der Meulen ihm vor Schreck die Tür vor der Nase zugeschlagen – ein Gespenst war auf ihrer Schwelle erschienen, abgezehrt und verstümmelt, ein Untoter –, doch als sie einen zweiten Blick wagte, sah sie nur das halbverhungerte Kind, einsam und verlassen im Schnee. Sie hatte ihn an sich gedrückt, ihn vor dem Feuer in Decken gewickelt, ihn mit Suppe, heißem Kakao und Honigkuchen gefüttert, während ihre eigenen Kinder sich neugierig ringsum drängten. Warum war er nicht schon eher gekommen? fragte sie. Wo war er die ganze Zeit über gewesen? Wußte er denn nicht, daß sie und Staats und auch die Oothouses gedacht hatten, er wäre ebenfalls bei dem Brand umgekommen, der seine arme *moeder* dahingerafft hatte?

Nein, hatte er gesagt und den Kopf geschüttelt, nein, und sie hatte sich gefragt, ob er damit auf ihre Frage antwortete oder irgendein Schreckensbild von sich wies, das sie nur erahnen konnte. Das Feuer, murmelte er, und seine Stimme kam langsam und stockend wie die Stimme des Einsiedlers, des Parias, des Klausners, der nur zu Bäumen und Vögeln sprach. An jenem verhängnisvollen Nachmittag waren alle draußen auf den Feldern gewesen, hatten Unkraut gejätet und mit Töpfen geklappert, um die *maes dieven* von Mais und Weizen fernzuhalten – das heißt, alle außer Katrinchee, die mit dem Kitchawanken Mohonk fortgelaufen war. Jeremias war inzwischen wieder zu Kräften gekommen und konnte sich mit der selbstgeschnitzten Kirschholzkrücke recht gut fortbewegen, aber seine besorgte Mutter hatte ihn zum Vögelscheuchen geschickt, während sie und Wouter die schwereren Arbeiten verrichteten. Als das Gewitter losgebrochen war, hatte er sie aus den Augen verloren; das nächste, an das er sich erinnerte, war das brennende Blockhaus. Als später Staats und der alte Oothouse gekommen waren, hatte Jeremias sich mit den Rindern im Wald versteckt, vor Schreck und Angst und Scham. Doch nun konnte er sich nicht länger verbergen.

»Jeremias?« wiederholte Staats, in dessen Züge Begreifen einsickerte wie Wasser durch ein Loch im Dach. »Eher bring ich sie um«, sagte er und funkelte Joost und den Verwalter an.

In diesem Moment erschien der Gegenstand der Kontroverse in der Tür zum hinteren Zimmer – ein schmaler, wenn auch für sein Alter großer und grobknochiger Junge. Er trug ein wollenes Hemd, Kniehosen und einen einzelnen dicken Socken, ausgeborgt vom ältesten Sohn der van der Meulens, und er stand breitbeinig in der Tür, trotzig auf das Holzbein gestützt. Seinen Blick sollte Joost nie wieder vergessen. Es war ein Blick voller Haß, voller Auflehnung und Verachtung für Autoritäten, für Rapiere, Degengehenke, Silberfedern und Pachtrechnungen. Selbst der *patroon* wäre eingeschüchtert gewesen, hätte er sich diesem Blick stellen müssen. Jeremias sprach mit leiser, sanfter Kinderstimme, doch der Hohn darin war unüberhörbar. »Sucht Ihr nach mir?« fragte er.

Im Sommer darauf sollten dramatische, einander überstürzende Veränderungen über Nieuw Amsterdam und die verschlafenen Siedlungen am Nord-Fluß hereinbrechen. Es begann an einem trägen, heißen Vormittag Ende August, als Klaes Swits, ein Muschelsammler aus Breucklyn, von seinem Kratzhaken aufblickte und fünf britische Kriegsschiffe bemerkte, die mitten in der Flußmündung vor Anker lagen. In seiner Eile, dem Gouverneur und dessen Ratsherren diese außergewöhnliche Entdeckung mitzuteilen, ließ er unglücklicherweise den eigenen Anker los, zerbrach überdies beide Ruder und den Kratzhaken und mußte schließlich von der südlichen Breucklyn-Bucht bis hinüber zur Battery auf Indianerart mit den Händen paddeln. Wie sich herausstellte, war der Einsatz des Muschelsammlers überflüssig – denn drei Stunden später wußte ganz Nieuw Amsterdam, daß die Flotte unter dem Kommando des Colonel Richard Nicolls von der Royal Navy stand, der sofortige Kapitulation und die Übergabe der gesamten Provinz an Charles II., den König von England, verlangte. Charles erhob Anspruch auf das gesamte Territorium der nordamerikanischen Küste vom Cape Fear River im Süden bis zur Bay of Fundy im Norden, und zwar unter dem Titel englischer Forschungsfahrten, die der Übertölpelung der Manhattoes durch die Holländer vorangegangen waren. John Smith sei schon lange vor den holländischen Käsefressern dort gewesen, beharrte Charles, und Sebastian Cabot ebenfalls. Und falls das noch nicht Grund genug wäre, so sei auch die Insel der Manhattoes sowie der Fluß, der sie umspülte, von einem Engländer entdeckt worden, selbst wenn dieser unter der Flagge der Niederländer gesegelt war.

Pieter Stuyvesant gefiel das gar nicht. Er war ein rauher, kämpferischer, streitlustiger Friese von echtem Schrot und Korn, der gegen die Portugiesen ein Bein verloren hatte und sich freiwillig niemandem ergab. Voller Verachtung zischte er Nicolls an: komme, was wolle, er würde die Engländer bis auf den Tod bekämpfen. Leider hatten die braven Bürger von Nieuw Amsterdam, denen das Monopol der Westindischen Compagnie ohnehin ein Ärgernis war, die Steuerpflicht ohne Wahlrecht längst satt; den despotischen Gouverneur haßten sie wie den Leibhaftigen und verweigerten ihm die Unterstützung. Und so wurde am 9. September 1664, nach fünfundfünfzig Jahren holländischer Herrschaft, aus Nieuw Amsterdam New York – benannt nach James, dem Herzog von York und Bruder von Charles II. –, und aus dem großen, grünen, schäumenden, breiten Nord-Fluß wurde der Hudson, nach dem waschechten Engländer, der ihn entdeckt hatte.

Ja, die Veränderungen waren dramatisch – plötzlich galt es, in einer neuen Währung zu rechnen, eine neue Sprache zu lernen, und Yankees aus Connecticut fielen auf einmal wie Schnaken über das Tal her –, doch keine dieser Veränderungen wirkte sich weiter auf das Leben in Van Wartwyck aus. War es Oloffe Stephanus unter den Holländern gut ergangen, so ging es ihm unter den Engländern noch besser: Stetig mehrte er Familie und Vermögen. Die neuen Herren, nicht eben als eine zu radikalen Änderungen neigende Nation bekannt, beließen den Status quo – das heißt den Gutsherren oben und die Pachtbauern unten. Oloffes Reichtum und politischer Einfluß wuchsen. Stephanus, sein ältester Sohn und Erbe, der bei Stuyvesants Kapitulation einundzwanzig war, sollte erleben, wie das ursprüngliche holländische Patent über vierzig Quadratkilometer um das mehr als Achtfache vergrößert wurde, als William und Mary von Oranien den Besitz der Van Warts am Ende des Jahrhunderts als Freigut anerkannten.

Was Joost Cats anging, so tat er seine Pflicht wie ehedem; verantwortlich nur dem alten Van Wart, der weiterhin als Feudalherr über seine Ländereien herrschte. Der *schout* bewirtschaftete eine kleine Farm am Croton River, die in Rufweite des unteren Gutshauses lag, brachte im Herbst die Ernte ein, ging je nach Jahreszeit jagen, angeln und Krebse fangen, erzog seine drei Töchter, die Gesetze Gottes und der Menschen zu achten, und stellte seinen Arbeitgeber immer wieder durch die Promptheit und Tüchtigkeit zufrieden, mit der er Streitigkeiten zwischen Pächtern beilegte, Missetäter aufstöberte und ausstehende Mieten eintrieb. Die Zeit nach der Machtübernahme durch die Engländer verlief eigentlich ziemlich ruhig. Ein paar Yankees bauten ihre Hütten rund um Jan Pieterses Laden, wo später der Ort Peterskill gegründet werden sollte, und Reinier Oothouse brannte im Suff seine eigene Scheune nieder, aber ansonsten ereignete sich nichts Weltbewegendes. Eingelullt von der Geruhsamkeit jener Jahre hatte Joost Jeremias beinahe vergessen, als er eines Nachmittags, in Begleitung seiner Ältesten, der kleinen Neeltje, am Blue Rock mit ihm zusammentraf.

Es war Ende Mai, die Felder waren bestellt und die Morgenstunden mild wie ein Kuß auf die Wange. Bei Tagesanbruch war Joost vom unteren Gutshaus aufgebrochen, um einen Sack voller Sachen für Gertruyd Van Wart, die Gattin des *patroon*, zum oberen Gutshaus zu bringen, die sich dort eine religiöse Klausur auferlegte; außerdem hatte ihn der *patroon* instruiert, einen Disput zwischen Hackaliah Crane, dem neuen Yankee-Pächter, und Reinier Oothouse zu schlichten. Neeltje, die im vorigen Monat fünfzehn geworden war, hatte gebettelt, mitkommen zu dürfen, angeblich um ihrem Vater Gesellschaft zu leisten, in Wirklichkeit aber wollte sie sich in Pieterses Laden von den Stübern, die sie beim Ziehen von Opferkerzen für Vrouw Van Wart verdient hatte, ein Stück Schleifenband oder Zuckerwerk kaufen.

Das Wetter war klar und schön, die Sonne hatte die Sümpfe und Moraste getrocknet, die den Weg vor einem Monat praktisch unbefahrbar gemacht hatten. Sie legten die acht Meilen von Croton zum oberen Gutshaus recht rasch zurück und konnten noch vor Mittag sowohl Crane wie Oothouse aufsuchen. (Reinier, wie üblich betrunken, behauptete, der langnasige Yankee habe ihn einen »alten Hund« geschimpft, nachdem er, Reinier, dem jüngsten Sohn des Yankees, einem gewissen Cadwallader, für das

Aufscheuchen seiner Legehennen aus ihren Nestern ein paar hinter die Ohren gegeben habe. Reiniers Erwiderung auf diese Beleidigung war, »dem Yankee die Segelohren langzuziehen und [ihm] mit der flachen Hand eins über seine Besenstielnase zu versetzen«, worauf der Yankee ihn unverzüglich »hinterrücks zu Boden geworfen und in eine empfindsame Stelle getreten« habe. Crane, ein gebildeter Sproß der Familie Crane aus Connecticut, die der Colony noch lange Zeit einen unerschöpflichen Nachschub an fahrenden Krämern, Kesselflickern und Quacksalbern bescheren sollte, stritt alles ab. Der *schout* stellte Reiniers Trunkenheit in Rechnung und war möglicherweise ein wenig eingeschüchtert von der Bildung des Yankees, daher entschied er für Crane und erlegte Oothouse eine Strafe von fünf Gulden auf, zahlbar in frischen Eiern, die an Vrouw Van Wart ins obere Gutshaus zu liefern waren – denn rohe Eier waren die einzige Nahrung, die sie zu sich nahm, während sie die Qualen ihrer religiösen Kasteiung durchlitt –, und zwar vier pro Tag.) Danach aßen Vater und Tochter in der großen, kühlen Küche mit den dicken Wänden des oberen Gutshauses Räucheraal, Alsenrogen und Barsch zu eingelegtem Kohl. Später ritten sie zu Jan Pieterse hinüber.

Der Handelsposten bestand aus einem primitiven Korral, einem willkürlich eingezäunten Hühnerstall und einem langen, dunklen Schuppen, in den Licht nur durch je ein schmales Fenster an Vorder- und Rückseite und durch die Tür fiel, die von Mai bis September offenstand. Jan Pieterse, der angeblich zu den reichsten Männern im Tal zählte, schlief hinten auf einer Maisstrohmatratze. Ursprünglich hatte er vor allem mit den Indianern gehandelt – *wampumpeak*, Messer, Äxte und eiserne Kochtöpfe gegen Felle eingetauscht –, doch als sowohl Biber wie Indianer immer rarer, Buren und Yankees aber ständig mehr wurden, erweiterte er sein Angebot um importierten Stoff, Ackerbaugerät, Angelhaken, Weinfässer und Töpfe mit gepökelten Schweinsfüßen, um so bei der neuen Kundschaft Anklang zu finden. Doch sein Laden war mehr als ein Handelsplatz – so wie die Mühle, die Van Wart ein Stück bachaufwärts errichtet hatte, war Pieterses Posten ein in der ganzen Gegend beliebter Treffpunkt. Oft lungerte dort ein halbes Dutzend Kitchawanken oder Nochpeems herum (es war strikt *verboden*, an die Indianer Rum zu verkaufen, aber sie wollten nichts anderes haben, also erfüllte Jan Pieterse, immer ein offenes Auge für Notwendigkeiten und ein zugedrücktes für das Gesetz, ihren Wunsch), oder man traf Pastor Van Schaik beim Einsammeln der Kollekte für den Neubau einer Kirche aus Gelbziegeln an der Verplanck Road. Außerdem kamen immer etliche Bauern in selbstgewebten *paltroks*, spitzen Hüten und Holzschuhen, begleitet von ihren *vrouwen* und eisern ihre reifen jungen Töchter untergehakt, die die Mode des vorigen Jahrhunderts als letzten Schrei darboten, und natürlich die grinsenden Bauernburschen mit den schwieligen Händen und roten Gesichtern, die an einer Ecke standen und einander in die Rippen boxten.

Als Joost an diesem besonderen Tag seiner Tochter vom Pferd herunterhalf, sah er nur Jan Pieterse und Heyndrick Ten Haer, die auf der Veranda eine Pfeife schmauchten, während weiter oben am Weg ein Wappingerkrieger der Länge nach in einem Giftsumachstrauch lag, voll wie ein Amtmann und mit freigelegten, für jedermann weithin sichtbaren Genitalien. Hinter dem Indianer floß der Fluß glatt und still wie gehämmertes Zinn, und dahinter erhob sich der Dunderberg dunkelblau gegen den Horizont.

»*Vader*«, bettelte Neeltje, noch ehe sie auf dem Boden stand, »darf ich bitte gleich hineingehen?« Sie hatte von nichts anderem als von Borte, Wollstoff und Samt gesprochen, seit sie am Morgen aus Croton losgeritten waren. Mariken Van Wart hatte die hübschesten Seidenpetticoats und einen Rock aus blauem Satin, dabei war sie erst dreizehn, wenn auch die Nichte des *patroon*. Und was die für schöne Taftbänder hatte – einfach unglaublich!

Joost half ihr vom Pferd, richtete sich kurz auf und fiel

dann wieder in seine gewohnte bucklige Haltung. »Ja«, sagte er leise, »ja, natürlich, geh nur voraus«, und dann schlenderte er zu Jan Pieterse und dem Bauern Ten Haer auf die Veranda, um ein bißchen zu plaudern.

Er hatte ungefähr zehn Minuten lang bei ihnen herumgehockt, gesellig an der Tonpfeife gesogen, eine Zeitlang die sinkende Sonne genossen und wollte gerade Jan Pieterse zu einem Glas Ale einladen, als ihm bewußt wurde, daß seine Tochter im Laden mit jemandem redete. Es fiel ihm eigentlich nur auf, weil er den Laden leer geglaubt hatte. Lediglich zwei Pferde waren davor angebunden – sein eigener jämmerlicher, einäugiger Klepper und die geschmeidige lohfarbene Stute, die er für seine Tochter aus dem Stall der Van Warts rekrutiert hatte –, und der Wagen von Ten Haer stand einsam unter dem Kastanienbaum. Mit wem spricht sie wohl? fragte er sich, aber Heyndrick Ten Haer war gerade mitten in einer Geschichte über Wolf Nysen – ob er nun noch lebte oder nicht, auf jeden Fall war der abtrünnige Schwede zum Schreckgespenst der Gegend geworden, dem man alles anlastete, von fehlenden Hennen bis zum Beinbruch irgendeiner *huisvrouw* –, deshalb dachte Joost zunächst nicht weiter darüber nach.

»Oh, ja, ja«, sagte Ten Haer und nickte bekräftigend. »Der kam aus dem Sumpf gleich bei diesem Schildkrötenteich, wo sein Hof damals stand, schwarz wie der Teufel, keinen Fetzen Stoff am Leib und von Kopf bis Fuß mit Schlamm bedeckt, und er hatte diese fürchterliche große Axt in der Hand, die Schneide ganz verkrustet mit Blut...«

Joost stellte sich diesen Nysen, das Monster, gerade vor, als er seine Tochter im Innern des dunklen Ladens deutlich kichern hörte. Er reckte den Hals, um hinter der düsteren Türöffnung etwas zu erkennen, aber er sah nichts als einen Stapel von zerfledderten Pelzen und die grauen Schnurrhaare der Schnauze von Jan Pieterses Jagdhund, der es sich darauf bequem gemacht hatte. »Ist noch jemand da drin?« fragte er den Händler.

»Sie hat grade Pilze gesammelt da draußen, meine Maria, als er auf einmal ohne Warnung auf sie los ist, und geheult hat er wie ein wildes Tier –«

»Ach, und einen Pferdefuß hat er vermutlich auch gehabt, und nach Pech und Schwefel hat er wohl gerochen«, lachte Jan, dann beugte er sich zu Joost hinüber und senkte die Stimme: »Oh, ja – der Holzfuß, weißt schon, der junge Van Brunt.«

Die Erinnerung überfiel ihn siedendheiß – jene Nacht auf dem Hof der van der Meulens, der Ausdruck von unstillbarem Haß in der Miene des Jungen, seine eigene Scham und Unsicherheit –, und seine erste Reaktion war Angst um seine Tochter. Er hatte sich sogar schon von den beiden Männern abgewandt und wollte mit gestrafften Schultern einschreiten, als er sich bremste. Es war doch nur ein kleiner Junge, ein Waisenknabe, ein Pechvogel sondergleichen – auf jeden Fall kein Unhold. An jenem Abend damals war er einfach überreizt gewesen.

»Das ist die Wahrheit, Gott sei mein Zeuge«, erklärte Ten Haer und kreuzte die Arme vor der Brust.

In diesem Moment erschien Neeltje in der Tür, ein hübsches Mädchen mit Petticoat und eng tailliertem Rock, sie lächelte noch wie bei einem Scherz, den nur Eingeweihte verstehen. Hinter ihr, viel größer als sie, stand ein Mann von mindestens einszweiundachtzig, mit so breiten Schultern, daß sie die Nähte seiner Unterjacke gesprengt hatten. Er geleitete sie über die Schwelle und trat dann selbst ins Sonnenlicht hinaus, wobei das Holzbein auf den Dielen klopfte wie eine Faust an einer verschlossenen Tür. Joost sah denselben unnachgiebigen Ausdruck, dieselbe Arroganz, die ihm der Junge damals entgegengebracht hatte. Falls Jeremias ihn erkannte, so ließ er es sich nicht anmerken.

»Nun, *younker*«, sagte Jan Pieterse, indem er die Pfeife aus dem Mund nahm, »habt Ihr Euch für etwas entschieden?«

Jeremias nickte und sagte, jawohl, Sir, das habe er. Er streckte eine breite, von der Arbeit schwielige Hand aus, in der fünf Angelhaken und zwei eckige, glänzende Bonbons lagen, und zahlte mit einer Münze, die aussah, als wäre sie schon sechsmal vergraben und wieder ausgebuddelt worden. Und dann, immer noch ohne von Joost Notiz zu nehmen, drückte er einen der Bonbons Neeltje in die Hand, als wäre es ein Juwel aus Afrika, steckte sich den anderen in den Mund und stakste davon, wobei das Holzbein sich bei jedem Schritt wuchtig in die Erde bohrte.

Sie sahen ihm schweigend nach – Joost, Neeltje, der Bauer Ten Haer und Jan Pieterse –, wie er über das Grundstück wankte, unbeholfen und zugleich graziös. Sein rechter Arm wippte wie ein Taktstock, die Schultern hielt er nach hinten gedrückt, und die langen Strähnen seines dunklen Haars bedeckten den Hemdkragen. Sie beobachteten, wie er einem verrotteten Baumstumpf auswich und zwischen zwei flechtenüberzogenen Felsen hindurchging, beobachteten, wie er in die Schatten am Waldrand eintrat und sich umdrehte, um zu winken.

Joost hatte die Hände in den Taschen. Ten Haer und Jan Pieterse hoben matt den Arm, als wollten sie den Bann nicht brechen. Neeltje aber – nur Neeltje – winkte zurück.

Der Letzte der Kitchawanken

Als die Börsenkurse im Herbst 1929 ins Bodenlose fielen, stürzte sich Rombout Van Wart, Zeuger von Depeyster, Gatte von Catherine Depeyster und elfter Erbe des Landguts der Van Warts, deswegen nicht vom Dach der Börse oder erhängte sich im hohen Giebel des oberen Gutshauses. Dennoch mußte er Schläge einstecken – im wörtlichen wie übertragenen Sinne. Metaphorisch gesehen, verlor er ein Vermögen. Der familieneigene Bauholzbetrieb ging zugrunde; die Gießerei – die damals eisernes Küchengerät herstellte, während des Krieges aber Geschützverschlüsse für die Artillerie produziert hatte – geriet in arge Bedrängnis; er verlor eine nicht näher bezifferte Summe bei Terminkontraktgeschäften, und an einem bitteren Nachmittag wurde er auf der Rennbahn von Belmont Park zweitausend Dollar auf einmal los. Der zweite Schlag, der wörtlich zu nehmende, wurde ihm von einem Landstreicher mit Adlernase und einem Teint wie gebrannte Umbra zugefügt, der sich Jeremy Mohonk nannte und vorgab, der Letzte der Kitchawanken zu sein, eines Stammes, von dem im ganzen Gebiet von Peterskill/Van Wartville noch nie jemand gehört hatte. Seine Stammesrechte geltend machend, baute er eine Hütte aus Teerpappe auf Nysen's Roost, einem unbewohnten Abschnitt des Van-Wart-Besitzes, auf dem Rombout erst kürzlich in einem Anfall feudaler Nostalgie wieder wilde Truthähne ausgesetzt hatte.

Rombout selbst entdeckte die Anwesenheit des illegalen Siedlers. Auf dem Rücken von Pierre, einem kastanienbraunen Wallach, dessen Stammbaum seinem eigenen nahezu ebenbürtig war, unternahm der Herr des Gutes in der erfrischenden Herbstluft einen Ausritt (und versuchte gleichzeitig, den Dämon seiner finanziellen Nöte mit Hilfe einer silbernen Taschenflasche zu bannen, auf der das altehrwürdige Emblem des Clans der Van Warts eingraviert war), als er plötzlich auf die Kate des Eindringlings stieß. Er war entsetzt. Unter der uralten Weißeiche, in die sein Urgroßvater, Oloffe III., seine Initialen geritzt hatte, stand plötzlich eine Art Zigeunerabtritt, eine zerfledderte, heruntergekommene, unansehnliche Baracke, wie man sie hinter irgendeinem Schweinekoben in Alabama oder Mississippi erwarten würde. Im Näherkommen bemerkte er eine zerlumpte Gestalt, die über einem Kochfeuer kauerte, und dann, während er in den armseligen, mit Müll übersäten Hof hineingaloppierte, erkannte er den geköpften und gerupften Kadaver eines Truthahns, der dort am Spieß brutzelte.

Das war zuviel. Er sprang vom Pferd, die Reitpeitsche fest in der Faust, während der jämmerliche Bettler etwas unruhig schwankend auf die Beine kam. »Was zum Teufel machen Sie hier?« brüllte Rombout los und fuchtelte mit der Peitsche vor dem Gesicht des Unbefugten herum.

Der Indianer – denn ein solcher war er – wich vorsichtig zurück, ohne sein Gegenüber aus den Augen zu lassen.

»Das... das ist ein Verbrechen!« schrie Rombout. »Vandalismus. Wilderei, zum Donnerwetter. Das hier ist Privateigentum!«

Der Indianer wich nicht weiter zurück. Er trug ein schlichtes Flanellhemd, zerrissene Arbeitshosen und eine verbeulte Melone, die aussah, als hätte er sie aus einer öffentlichen Bedürfnisanstalt gefischt; trotz der einsetzenden Kälte ging er barfuß. »Privateigentum, von wegen«, sagte er, verschränkte die Arme vor der Brust und fixierte den Gutsherrn mit einem eiskalten, trotzigen Blick seiner grünen Augen. (*Indianer?* sollte Rombout später ungläubig knurren. Wer hatte schon je von einem Indianer mit *grünen Augen* gehört?)

Rombout war außer sich vor Wut. Es muß hier angemerkt werden, daß er einigermaßen berauscht war, da er Cognac mengenmäßig proportional zum Ausmaß seiner Besorgnis getrunken hatte – und diese Besorgnis finanzieller Natur war monumental, massiv und unerschütterlich wie Marmor. Tatsächlich hatte er zwei Tage zuvor einem Gefährten aus dem Yale Club anvertraut, daß er, wirtschaftlich gesehen, praktisch als Hungerleider in die Hölle käme. Jetzt brüllte er plötzlich den Indianer an: »Wissen Sie überhaupt, wer ich bin?«, wobei er jede Silbe mit einem Schlenkern der Peitsche akzentuierte.

Unglaublich gelassen, als wäre er der Grundbesitzer und Rombout der Eindringling, nickte der Indianer bedächtig mit dem Kopf. »Ein Verbrecher«, antwortete er.

Rombout war wie vom Donner gerührt. Seit fünfundzwanzig Jahren hatte ihn niemand mehr direkt beleidigt – seit ihn damals ein älterer Student im College unverfroren »eingebildetes Arschloch« genannt und dafür als Vergeltung postwendend einen mächtigen Schlag aufs rechte Ohr empfangen hatte. Und hier stand dieser Unbefugte, dieser dunkelhäutige, hakennasige Penner in seinem Lumpensammleraufzug und wurde auf seinem eigenen Grund und Boden frech zu ihm.

»Ein Verbrecher und Grundräuber«, fuhr der Indianer fort. »Ein Verelender der Arbeiterklasse, ein Zuhälter der Zwillingshuren Macht und Kapital, ein Schänder des Landes, mit dem meine Ahnen siebentausend Jahre lang in Harmonie lebten.« Der Indianer hielt inne. »Wollen Sie noch mehr hören? Na?« Er deutete mit dem Zeigefinger auf ihn. »Sie sind der Verbrecher, mein Freund, nicht ich. Ich bin gekommen, mein Geburtsrecht einzufordern.«

Daraufhin versetzte ihm Rombout einen Schlag – nur einen –, einen zornigen Hieb mit der Reitpeitsche, gezielt auf diese kalten, haßerfüllten, ungehörigen grünen Augen. Das klatschende Geräusch, wie das kurze Aufbranden von brutalem Beifall, verklang rasch in der antiseptischen Luft, bis im nächsten Moment nur noch die Erinnerung daran übrig war.

Der Indianer seinerseits schien den Schlag fast willkommen zu heißen. Er zuckte kaum zurück, obwohl Rombout seine ganze Kraft hineingelegt hatte. Was zugegebenermaßen nicht viel hieß, wenn man bedachte, daß er Mitte Vierzig war und seine sitzende Lebensweise höchstens mit einer gelegentlichen Runde Golf oder einem leichten Galopp über seine Ländereien ausglich. Im Gegensatz dazu mochte der Indianer Anfang Zwanzig sein; er war großgewachsen und gut gebaut, abgehärtet von Arbeit und Not. Tautropfenartig trat Blut rings um seine Augen hervor und zeichnete den Nasenrücken nach wie die Blaupause für eine Brille.

»Gott verdamm dich!« fluchte Rombout, innerlich bebend von den chemischen Ausschüttungen, die der Zorn in seinen Adern freigesetzt hatte. Zu weiteren Verwünschungen blieb keine Zeit; der Indianer griff sich ein Stück Feuerholz, so lang und breit wie ein Baseballschläger, und ließ es gegen Rombouts Schläfe krachen wie der unsterbliche Babe Ruth zu seinen besten Zeiten. Später – bei der Gerichtsverhandlung gegen den Indianer – stellte sich heraus, daß sein Gegner danach noch weitere Hiebe ausgeteilt, ihn getreten, gestoßen und ihm das Knie in den Magen gerammt hatte, doch bewußt erlebte Rombout nur den ersten Schlag, und danach die Finsternis, die auf den Fersen folgte.

Er war nicht tot – nein, er sollte bald wieder gesund werden und zu Kräften kommen, nur um gut zehn Jahre später verhängnisvollerweise an einer rohen Auster bei »Delmonico's« zu ersticken –, aber er hätte es sein können. Er rührte sich nicht. Drei Stunden lag er da, seine Wunden bluteten und trockneten, trockneten und bluteten von neuem. Ein- oder zweimal kam er kurz zu sich, öffnete die Augen und glaubte, er befände sich zehn Faden tief unter dem Meer, schmeckte das eigene Blut und sank wieder in die dunklen Abgründe der Ohnmacht zurück. Die ganze Zeit über tat der Indianer nichts – er nahm seine Angriffe nicht wieder auf, noch versuchte er, seinem Opfer zu helfen, ihm die Brieftasche zu stehlen oder sich auf Pierre, dem herrlichen braunen Wallach, davonzumachen. Er blieb einfach vor der Tür seiner Kate sitzen, drehte sich Zigaretten und rauchte sie mit selbstgerechter Miene.

Es war Herbert Pompey – Chauffeur, Stallbursche, Gärtner, Faktotum, Hansdampf in allen Gassen, Majordomus und Sohn von Ismailia, dem Kindermädchen –, der dem Gutsherrn schließlich zu Hilfe kam. Als Rombout nach mehreren Stunden noch nicht zurück war, ging Herbert zu seiner Mutter, um ihren Rat einzuholen. »Besoffen wird er sein«, vermutete sie. »Unter irgend'nem Baum eingepennt, oder vielleicht isser auch von seinem Viech runtergefallen und hat sich den Schädel eingeschlagen.« Dann befahl sie ihrem Sohn, sich auf den Weg zu machen und nach ihm zu suchen.

Zunächst versuchte es Pompey bei der Meierei. Rombout ritt manchmal dorthin, um schwarzen Kaffee und Grappa mit Enzo Fagnoli zu trinken, dessen Familie seit achtzig Jahren Kühe für die Van Warts molk. (Den Hof hatten die Fagnolis von den van der Mules oder Meulens übernommen, Pächtern auf dem Gut der Van Warts seit Anbeginn aller Zeiten. Als Rombouts Urgroßvater Oloffe III. erfuhr, daß der Staat ein Gesetz plante, das dem Großgrundbesitzersystem im Hudson Valley ein Ende bereiten und den Pächtern das Eigentumsrecht auf die Höfe, die sie seit Generationen bewirtschafteten, verleihen sollte, hatte er die Holländer zwangsräumen lassen und dafür die braven Italiener hineingesetzt, die den Bauernhof auf Milchproduktion umstellten und zu einem Jahreslohn für ihn arbeiteten. Es war Oloffe schwergefallen, sich daran zu gewöhnen, seine Pächter zu bezahlen statt umgekehrt, doch die unersättlichen Horden in New York City verlangten Milch, Butter und Käse von ihm, seine Herden vermehrten sich so stark, daß sie die Hänge der Hügel verdunkelten, und mit der Zeit konnte er sich eingestehen, daß es nur zu seinem Besten war.) Enzo, im Overall und mit einem flachen Filzhut auf dem Kopf, begrüßte Pompey überschwenglich und bot ihm Apfelwein aus einem grünen Krug an, mußte aber leider sagen, daß er Rombout seit fast einer Woche nicht mehr gesehen hatte.

Nächstes Ziel war das Blue Rock Inn, wo der Gutsherr

nach den Unbilden des Pferderückens gerne eine Pause einzulegen pflegte, um sich mit Charlie Outhouse, dem Besitzer, der seine Gäste üblicherweise eher mit Sodawasser und Orange Pekoe erfrischte, einen geschmuggelten Bourbon zu genehmigen. Pompey machte kehrt, kam in Rufweite am Gutshaus vorbei – weiterhin keine Spur von Rombout – und wanderte hinunter zu der Stelle, wo das Wirtshaus über dem Van Wart Creek thronte, direkt an der Mündung in den Hudson. Charlie rupfte hinter dem Haus Hühner fürs Abendessen. Auch er hatte Rombout nicht gesehen. Pompey ging weiter, beschrieb einen Bogen um die Anhöhen der Acquasinnick Ridge und folgte dem Bachbett, bis er sich schließlich nordwärts zu Nysen's Roost wandte.

Er kam auf den steinigen Pfad und durchquerte den Blood Creek (so genannt, weil Wolf Nysen in dem Bemühen, sich das Blut seiner Töchter von den Händen zu waschen, das Wasser tiefrot gefärbt hatte). Seine Beine waren schwer und müde, als er sich den steilen Hang hinaufplagte. Seine Mutter, eine geschwätzige, abergläubische Frau, eine Fundgrube für die Folklore der Gegend und Bewahrerin der Familiengeschichte der Van Warts, hatte ihm oft von Wolf Nysen, dem wahnsinnigen Mörder aus Schweden, erzählt. Außerdem vom Werwolf, den *pukwidjinnies* und der klagenden Frau vom Blue Rock, die in einem Schneesturm umgekommen und deren Stimme des Nachts zu hören war, wenn der Schnee in dicken Flocken fiel. Der Wald war hier sehr dicht – nie gerodet –, und Schatten sammelten sich zu Klumpen um die Skelette von umgestürzten Bäumen. Es war ein unseliger Ort, sonderbar still sogar im Sommer. Pompey hatte ihn als Junge gemieden und mied ihn als Mann. Jetzt aber sah er, trotz des knöcheltiefen Laubes auf dem Pfad, daß vor kurzem ein Pferd diesen Weg genommen hatte, und er spürte eine tiefe Erleichterung.

Als er oben auf der Anhöhe aus dem Wald heraustrat, war er ebenso überrascht wie zuvor sein Dienstherr, auf die geduckte, primitive Behausung aus zurechtgesägten Jungstämmen und Teerpappe unter der großen alten Weißeiche zu stoßen, die auf der Lichtung Wache hielt. Als nächstes bemerkte er Pierre, der, immer noch gesattelt, geruhsam unter dem Baum graste. Im Näherkommen sah er einen Fremden im Eingang der Hütte sitzen – ein Landstreicher, dem Aussehen nach zu urteilen –, und dahinter lag so etwas wie ein Haufen weggeworfener Lumpen im hohen Gras. Aber wo war Rombout?

Ohne das geringste Zaudern, wenn auch sein Magen sich in böser Vorahnung zusammenzog, marschierte Pompey direkt auf die Kate zu, um den Fremden zur Rede zu stellen. Fünf Schritte vor ihm blieb er stehen, die Hände in die Hüften gestemmt. *Wer zum Teufel bist du?* – die Worte lagen ihm auf der Zunge, als er sich das Lumpenbündel noch einmal näher ansah. Rombout schien zu schlafen, aber er hatte Blut an der Schläfe. Seine Reitstiefel – noch am Morgen hatte Pompey sie frisch geputzt – glänzten in der fahlen Herbstsonne.

»Was ist hier passiert?« wollte Pompey von dem Indianer wissen, der kaum den Kopf gehoben hatte, um sein Herannahen zu beobachten. Eine gewaltige, tiefe Urangst packte Pompey, als er auf den im Gras ausgestreckten Weißen niederblickte.

Der Indianer antwortete nicht.

»Warst du das?« Pompey fürchtete sich. Fürchtete und erzürnte sich. »Also?«

Immer noch hüllte sich der Indianer in Schweigen.

»Wer bist du überhaupt? Was willst du hier?« Verwirrt sah Pompey von dem Indianer auf das Pferd und vom Pferd auf das gräßliche, reglose Bündel Kleider auf dem Boden.

»Ich?« sagte der Indianer endlich und hob dabei langsam den Kopf, um ihn mit diesen Fanatikeraugen zu fixieren. »Ich bin der Letzte der Kitchawanken.«

Die Verhandlung dauerte keine Stunde. Die Anklage gegen den Indianer lautete auf verbrecherische Besitzstörung, tätlichen Angriff mit einer gefährlichen Waffe und versuchten Mord. Der vom Gericht bestellte Pflichtverteidiger war mit Rombout zur Schule gegangen. Der Sheriff, der Gerichtsschreiber, der Staatsanwalt und der Assistent des Staatsanwalts waren ebenfalls mit Rombout zur Schule gegangen. Der Richter war mit Rombouts Vater zur Schule gegangen.

»Euer Ehren«, plädierte der Verteidiger des Indianers, »ganz offensichtlich ist mein Mandant nicht Herr seiner Sinne.«

»Ach so?« gab der Richter zurück, ein dicker, barscher Reaktionär, der für seine Unduldsamkeit gegen Landstreicher, fahrendes Volk, Zigeuner und ähnliches Gesindel bekannt war. »Und wie läßt sich das beweisen?«

»Er behauptet, Indianer zu sein, Euer Ehren.«

»Indianer?« Der Richter runzelte die Stirn, während alle im Gerichtssaal einen Blick auf den Kitchawanken warfen, der kerzengerade im Anklagestand saß.

Der Richter wandte sich zu ihm. »Jeremy Mohonk«, begann er, dann sah er zum Schreiber hinüber. »Mohonk? Das stimmt doch?« Der Schreiber nickte, und der Richter blickte wieder zum Angeklagten. »Begreifen Sie, was Ihnen hier zur Last gelegt wird?«

»Ich habe meinen Leib und mein Eigentum verteidigt«, knurrte der Indianer, dessen Blicke rasch den Raum durchmaßen. Rombout, immer noch mit Kopfverband und einer angeschwollenen, verfärbten linken Gesichtshälfte, sah zur Seite.

»*Ihr* Eigentum?« fragte der Richter.

Der Anwalt des Indianers sprang auf. »Euer Ehren«, begann er, aber der Richter winkte ab.

»Ist Ihnen klar, daß das Grundstück, auf das Sie hier Anspruch erheben, schon länger Eigentum der Familie Van Wart ist, als dieser Staat in seiner heutigen Form überhaupt existiert?«

»Und wie war es *davor*?« konterte der Indianer. Seine Augen waren wie Klauen, krallten sich in jedes Gesicht im Saal. »Davor gehörte es nämlich *meiner* Familie – bis man uns darum betrogen hat. Und wenn Sie noch etwas wissen wollen, der Boden, auf dem dieses Gerichtsgebäude steht, gehörte uns auch.«

»Sie behaupten also, Indianer zu sein?«

»Halbindianer. Mein Blut ist verunreinigt worden.«

Der Richter starrte ihn lange an, leckte sich von Zeit zu Zeit die Lippen und nahm zweimal die Brille ab, um sie am Ärmel des Talars abzuwischen. Schließlich sagte er: »Blödsinn. Indianer gibt es in Montana, Oklahoma und den Black Hills. Hier gibt es keine Indianer.« Dann schickte er den Verteidiger auf seinen Platz zurück und fragte den Staatsanwalt, ob er dem Angeklagten noch weitere Fragen stellen wolle.

Die Geschworenen, von denen acht mit Rombout zur Schule gegangen waren, zogen sich für fünf Minuten zurück. Ihr Spruch lautete: schuldig im Sinne der Anklage. Der Richter verurteilte Jeremy Mohonk zu zwanzig Jahren in Sing-Sing, das man ironischerweise nach den Sint Sinks benannt hatte, einem seit langem ausgestorbenen Stamm, der entfernt mit den Kitchawanken verwandt gewesen war.

Rombout war also Gerechtigkeit widerfahren, aber dennoch erwies sich das Grundstück – eingefordert von einem Wahnsinnigen und ohnehin noch nie zu irgend etwas nütze – als eine zu schwere Last für ihn. Sechs Monate, nachdem Jeremy Mohonk ins Zuchthaus überführt und seine Kate abgerissen worden war, sah sich Rombout genötigt, das Land zum Verkauf anzubieten. Im Laufe der Jahre, infolge von Gesetzesänderungen, dem Druck der öffentlichen Meinung, Zwistigkeiten zwischen Erben und anderen Spielarten der Zermürbung, war der ursprüngliche Grundbesitz der Van Warts von 345 Quadratkilometern auf nicht einmal einen einzigen geschrumpft. Nun würde er noch weitere zwanzig Hektar kleiner werden.

Es waren harte Zeiten. Zwei Jahre lang stand das Grundstück zum Verkauf, aber niemand schien interessiert.

Schließlich setzte Rombout eine Anzeige in den ›Peterskill Post Dispatch‹ (der sich bald darauf sowohl mit dem ›Herald‹ wie mit dem ›Star Reporter‹ vereinigte). Am Tag nach dem Erscheinen der Anzeige rollte eine funkelnagelneue Packard-Limousine gemächlich tuckernd den Fahrweg zum Gutshaus hinauf. Darin saß Peletiah Crane, Rektor der Schule von Van Wartville und Nachfahre des legendären Pädagogen und Gesetzgebers. Er trug den Nadelstreifensakko des Schulleiters, komplett mit Querbinder, Vatermörder und Panamahut, und hatte eine schwarze Tasche bei sich, wie sie Landärzte zu Hausbesuchen mitnehmen.

Pompey geleitete den Erzieher in den hell erleuchteten hinteren Salon, wo Rombout mit seinem dreizehnjährigen Sohn Depeyster über einer Partie Schach saß. »Peletiah?« rief Rombout erstaunt aus, stand auf und streckte die Hand aus.

Der Rektor lächelte – nein, er grinste –, bis er aussah wie eine Walnuß kurz vor dem Aufbrechen. Depeyster senkte den Kopf. Dieses Grinsen kannte er. Eine ähnliche Miene setzte der Alte Hakenschnabel, wie sie ihn in der Schule nannten, immer auf, bevor er den Rohrstock von der Wand nahm und auf das Hinterteil eines Übeltäters niedersausen ließ. Breiter, mit mehr Zahnfleisch und um die Lippen etwas verkniffener als das Rohrstockgrinsen, war dieses hier für besondere Gelegenheiten des Triumphes reserviert, zum Beispiel wenn Dr. Crane die ganze Schule versammelte, um zu verkünden, daß sein eigener Sohn den Aufsatzwettbewerb zum Gedenken an die Gründung von Peterskill gewonnen hatte, oder wenn er für einen Monat die Sportstunden strich, weil Anthony Fagnoli die Duschkabine mit einer anatomischen Skizze entweiht hatte. Depeyster, der Dreizehnjährige, fühlte sich gedemütigt durch dieses Lächeln, und ihm war ganz danach, kurz auf eine

Prise Dreck in den Keller zu verschwinden. Statt dessen starrte er auf das Schachbrett.

Der Rektor schüttelte seinem Vater jovial die Hand und nahm dann Platz. »Mr. Van Wart«, sagte er, »Rombout«, dabei klopfte er mit wissender, besitzesstolzer Miene auf die schwarze Tasche in seinem Schoß, als enthielte sie den Stein der Weisen oder den ersten Entwurf von Roosevelts New-Deal-Ansprache, »ich bin gekommen, um ein Angebot für das Grundstück zu machen.«

Der Finger

Es war Februar, beißend kalt und grau. Walter, ein junger Mann mit zwei Füßen wie jeder andere auch, war noch im College, setzte sich mit einer Schüssel Weizenkeimbrei und einem Becher Pflaumenmusyoghurt an seinen Schreibtisch und versuchte, Heidegger zu begreifen. Sein Motorrad stand in der Garage hinter dem Studentenwohnheim, in dem er aß, schlief, schiß und über Fragen grübelte, die auf das menschliche Schicksal in einem indifferenten Universum zielten, es stand dort verlassen in einem Durcheinander von dreibeinigen Tischen, zerrupften Lehnsesseln und Lampen mit nicht dazu passenden Schirmen. Er würde es in der nächsten Zeit nicht brauchen. Draußen hatte es dreißig Grad unter Null, er war dreihundertfünfzig Meilen und ein ganzes Universum von dem schindelgedeckten Bungalow in der Kitchawank Colony und dem zischenden Inferno von Depeyster Manufacturing entfernt, und er mußte noch drei weitere nicht enden wollende Monate erdulden, bis er aus den leberfleckigen Händen von Rektor Crumley das Diplom empfangen und seinem Heidegger mit demselben boshaften Vergnügen alle Seiten herausreißen würde, mit dem er als Kind Fliegen die Flügel ausgerissen hatte.

Jessica ging ebenfalls aufs College. In Albany. Sie hatte Walter seit den Weihnachtsferien nicht gesehen und ihm in der letzten Woche dreimal geschrieben, ohne Antwort zu bekommen. Außerdem hatte sie an mehrere Unis geschrieben: Scripps, Miami, N. Y. U. und Mayaguez. Was sie von Walter wollte, war Liebe, Treue und eine dauerhafte Beziehung; was sie von Scripps, Miami, N. Y. U. und Mayaguez wollte, war ein Studienplatz in Meeresbiologie. Momentan betrachtete sie die Reinschrift ihrer Abschlußarbeit, die auf dem Schreibtisch lag, neben einem weiteren Brief an Walter. Sie hatte die Beine übereinandergeschlagen, und ein weicher Pantoffel, der aussah wie ein Kaninchen, aber aus Baumwolle war, baumelte von ihren rosa lackierten Zehen. Beim Lesen des Titels durchfuhr sie ein wonniger Schauer: ›Auswirkungen von Temperaturschwankungen auf die Vanadiumkonzentration im Organismus von Manteltieren der Gezeitenzone‹, von Jessica Conklin Wing. Sie ließ den Schauer verebben, blätterte um und fing an zu lesen.

Tom Crane, der Enkel von Peletiah, Jessicas Freund und Beichtvater und Walters alter Kumpel, war nicht im College. Seit zwei Wochen jedenfalls nicht mehr. O nein. Er nicht. Er war ein Aussteiger, und er war stolz drauf. Cornell University war, wenn man ihn fragte, eine absolut spießbürgerliche Institution, repressiv, reaktionär und langweilig bis zur Verblödung. Er hatte seinen letzten Frosch seziert, seine letzte Ratte gefoltert und zum letztenmal seine Lehrbücher geschleppt, zwölf Kilo Papier, vollgepackt mit Abbildungen, Diagrammen und Anhängen. Er hatte sein Zimmer geräumt und das ganze Zeug – Schreibtisch, Stuhl, Arbeitslampe, Rechenschieber, Skripten, Lexika, sein Naturgeschichte-Lehrbuch und einen zwei Jahre alten Kalender, in dem vor den feuchten Schamlippen nackter puertoricanischer Mädchen mit schwarzen Brustwarzen die Wildblütler der Neuenglandstaaten abgebildet waren – für sechsundzwanzig Dollar verkauft, seine Unterwäsche in einen Rucksack gestopft und war nach Hause getrampt.

»Und was willst du jetzt machen?« fragte ihn sein Großvater, als er ankam.

Zusammengekauert und verdreckt saß er da, den drei Meter langen kanariengelben Schal wie eine Anakonda um den Hals gewickelt, den deutschen Fliegermantel aus dem Ersten Weltkrieg bis zur Hüfte aufgeknöpft, und zuckte die Achseln. »Keine Ahnung«, sagte er. »Werd mir vielleicht einen Job suchen.«

Sein Großvater, das einstige Oberhaupt der Schulen von Van Wartville und Peterskill und ein vehementer Verfechter der Würde der Arbeit und von John Deweys Theorie der praxisnahen Ausbildung, knurrte verächtlich. Er war siebenundsiebzig, und seine Augenbrauen hoben und senkten sich wie große weiße Eulen beim Niederstoßen auf die Beute.

»Ich wollte dich eigentlich fragen, ob ich in der Hütte wohnen kann.«

Einen Moment lang war der Alte sprachlos. »In der Indianerhütte?« fragte er schließlich, wobei in seiner Stimme das Vibrato einer bärbeißigen Ungläubigkeit lag. »Da draußen am Ende der Welt? Du lieber Himmel, da erfrierst du ja.«

O nein, erfrieren würde er nicht. Im letzten Sommer hatte er einen neuen Holzofen eingebaut, die Fenster erneuert und alle Ritzen in den Wänden mit Spänen und Holzkitt verklebt. Und im Sommer davor hatte er eine Veranda konstruiert, ein chemisches Klosett installiert und genügend verdreckte Sperrmüllmöbel herangeschafft, um die Hütte bewohnbar zu machen. Außerdem hatte er einen guten Daunenschlafsack und zwanzig Hektar Feuerholz hinter dem Haus.

Sein Großvater, der die scharfe Hakennase und den durchbohrenden Blick der Cranes geerbt hatte, war schon in Tom vernarrt gewesen, als er noch in der Wiege gestrampelt hatte, und jetzt, da sein eigener Sohn gestorben war, hing der Alte mit einer Innigkeit an ihm, in der die Verzweiflung von sterbendem Blut lag. Mit einem Wort, es war kinderleicht, ihn zu überzeugen. »Wenn du möchtest«, sagte er schließlich und stieß einen Seufzer aus, der beinahe die Vorhänge flattern ließ.

Und so lebte er nun dort, wie ein Einsiedler, ein Mann der Berge, ein Heiliger der Wälder und Held des Volkes, befreit von den kleinlichen Geldsorgen, die Ladeninhaber wie Schichtarbeiter gleichsam belasten. Natürlich war es recht kühl, und ja, die Notwendigkeit zwang ihn bisweilen, zur Van Wart Road hinüberzustapfen und die zwei Meilen bis zum Haus des Großvaters zu trampen für ein warmes Essen, das rituelle Abstreifen der langen Unterhosen und das Eintauchen in eine dampfende Badewanne, aber er hatte es geschafft. Die Unabhängigkeit war sein! Selbstbestimmung! Die Freuden des Nichtstuns! Den ganzen Vormittag lag er im Bett, eingehüllt in seinen Schlafsack, konnte kaum die Arme bewegen unter der Last unzähliger indianischer Decken und eines alten, stinkenden Waschbärpelzes, den er im Schrank seiner Großmutter gefunden hatte, und sah zu, wie sein Atem in der Luft hing. Manchmal stand er auch auf, machte eine Büchse mit Maiskörnern auf und stellte sie auf den Kerosinkocher, oder er brühte sich eine Tasse Kräutertee oder Kakao, aber meistens blieb er einfach liegen, hörte seinem Bart beim Wachsen zu und genoß seine Freiheit. So gegen zehn oder elf – er wußte das nicht genau, hatte keine Uhr – begann er zu lesen. Normalerweise fing er mit etwas Leichtem an, mit irgendeinem Fantasy- oder Science-fiction-Schmöker, mit Tolkien oder Vonnegut oder Salmón. Nach dem Mittagessen – Kichererbsenpüree mit Naturreis in Linsensoße aus dem Fünfundzwanzig-Liter-Topf – machte er sich an die gewichtigeren Sachen: Lenin, Trotzki, Bakunin, billige Broschüren mit grauen oder grünen Einbänden, das Papier nicht besser als bei einer Zeitung. Was kümmerten ihn schon Lederrücken und Holzgehalt? – schließlich las er für die Revolution.

Jetzt aber, in dieser bitterkalten Winternacht, während Walter sich in seinen Heidegger vertiefte und Jessica ihre Gedanken den Holothuroidea widmete, zog Tom Crane seine rosa Wildlederstiefel mit Schnürverschluß an (leider verunziert mit Motorölflecken, die er durch Auftragen einer Lösung aus Tetrachlorkohlenstoff und Waschbenzin zu entfernen versucht hatte), fuhr in die mit Wolfszähnen behängten Hosen mit Schlag, die an seinen knochigen Knien hauteng anlagen und um die Füße eine Art Lampenschirm bildeten. Er schlüpfte in den Fliegermantel, wikkelte sich den Schal um den Hals wie eine Mumie und stürzte zur Tür hinaus, durchdrungen von einer Erregung, die seine langen, hageren Beine über die Veranda tanzen ließ, als hätten sie sich selbständig gemacht: Er ging zu einem Konzert. Zu einem Rockkonzert. Zu einer wilden freudenvollen, dschungelmusikalischen Zeremonie von Mannbarkeit, Rebellion, Wehrdienstverweigerung, Drogenkonsum, sexueller Befriedigung und libidinöser Energie. Seit drei Tagen freute er sich schon darauf.

Der Himmel hing tief, schwarz und mit Wolken bedeckt, und die leichte Erwärmung der letzten Tage hatte das Quecksilber bis plus zehn Grad hinaufgetrieben. Er mußte sich zur Straße hintasten, weil der dünne, hüpfende Strahl der Taschenlampe so schwach war, daß er mit seiner Hilfe bestenfalls feststellen konnte, welcher der tiefhängenden Zweige ihn ins Auge gepiekt oder sich in das zerfranste Ende seines Schals gehakt hatte. Es war eine halbe Meile auf dem steinigen Hohlweg bis zum Van Wart Creek und dem hölzernen Steg, den irgendein Altruist in längst vergangenen Zeiten dort gebaut hatte, und dann noch etwa eine Viertelmeile über eine sumpfige Wiese, die den grasenden Kühen eine Heimstatt und wie ein Minenfeld mit den pfannengroßen Fladen ihrer Exkremente übersät war. Anschließend wand sich der Weg durch ein Wäldchen kahler Birken und dichter Tannen, folgte einer leichten Anhöhe und mündete schließlich in den reglosen schwarzen Asphaltfluß der Van Wart Road.

(Was machte schon diese regelmäßige, langwierige Wanderung vom Haus zur Straße oder zurück, die noch viel langwieriger wurde, wenn der Wanderer dabei prallvolle Säcke mit Linsen, Feldbohnen oder Kleieflocken schleppte? Die Abgeschiedenheit der Hütte hatte ihre Vorteile. Ein Held des Volkes und Heiliger der Wälder bekam zum Beispiel kaum Besuch von den Repräsentanten der verfassungsmäßigen Behörden von Bezirk und Gemeinde, vom Steuerprüfer, vom Sicherheitsinspektor des Bauamts oder vom Sheriff und seinen Schergen. Auch dürften ihn Vertreter, Bettler, Avon-Kosmetikberaterinnen oder Zeugen Jehovas nur selten belästigen, denn diese würden beim Vorbeifahren auf der Straße nur eine unendliche Masse von Bäumen sehen, die einer den anderen überschatteten. Für Eingeweihte dagegen, für seine privilegierten Gäste, hatte Tom Crane den Packard-Radkappen-Code entworfen. Verlangsamte man das Tempo bei einer bestimmten, kränklich aussehenden Ulme, die genau eine Zehntelmeile nach einer bestimmten Beule in der Leitplanke kam, und sah man dort die Radkappe von einem Nagel im Stamm dieser Ulme hängen, parkte man den Wagen und schlug sich in den Wald: Tom war zu Hause. Lag die Radkappe auf dem Boden, konnte man sich die Mühe sparen.)

Draußen auf der Straße zog Tom die Hirschlederhandschuhe aus – eines von sechzehn Paaren, die sein Vater ihm unfreiwillig vererbt hatte. Er hatte sie, manche davon noch in Geschenkpapier mit Schneemännern und Zuckerstangen darauf eingewickelt, beim Stöbern im Schreibtisch seines Vaters gefunden, eine Woche nachdem das menschliche Versagen eines Piloten den ersten Urlaub seiner Eltern in zwanzig Jahren irgendwo über Puerto Rico beendet hatte. Er schob die Handschuhe in die Gürtelschlaufe des Fliegermantels, steckte die praktisch nutzlose Taschenlampe in die hintere Hosentasche und nahm die Radkappe vom Baum. Dann wärmte er sich die Hände mit seinem Atem und ging auf den langen schwarzen Schatten zu, der sich neben der Straße türmte wie die Öffnung einer unergründlichen Höhle.

Das war der Packard selbst, ein Relikt ferner Vergangenheit, gestrichen in der Farbe von Schlaf und Vergeßlichkeit und von Rost zerfressen. Die klemmenden Fenster waren auf ewig offen, die Bremsen nur noch eine Erinnerung, und die Bodenplatte hatte sich zu einem zarten Gitterwerk aufgelöst, so daß das Pedalwerk im leeren Raum schwebte, während die Straße darunter vorbeizog wie ein Förderband. Dieses wahrhaftige Artefakt, das ebenso erhellend über eine vergangene Kultur Auskunft gab wie Pfeilspitzen oder Tonscherben, dieses alte Wrack hatte er im letzten Jahr in einem Schuppen hinter dem Haus seines Großvaters ausgegraben. Peletiah Crane hatte nacheinander eine ganze Reihe von Packards besessen, und dieser hier, gebaut in den späten Vierzigern, war der letzte davon. (»Nach dem Krieg haben sie nichts mehr getaugt«, schimpfte der Alte oft mit einer Vehemenz, daß sich die Flügel seiner gewaltigen Nase blähten. »Schrott. Nichts als Schrott.«) Jetzt gehörte er Tom.

In lang gewohnter Routine hob er mühevoll die Haube hoch, stützte sie ab und entfernte dann den Luftfilter. Er war gerade dabei, Äther in das zu sprühen, was er in der Finsternis für den Vergaser hielt, als er die fliegende Untertasse sah. Bebend und leuchtend huschte sie ruckartig über den Himmel und kam direkt über ihm zum Stillstand, wo sie zögernd in der Schwebe blieb, als suchte sie einen Landeplatz. Tom erstarrte. Er beobachtete das Ding ohne Angst und mit dem scharfen Auge des Wissenschaftlers (es war tatsächlich untertassenförmig und verströmte ein fahles, verwaschenes Licht), überrascht, aber nur leicht. Er glaubte an Hellseherei, Reinkarnation, Astrologie und die Wirtschaftstheorien von Karl Marx, und wie er so dastand, spürte er, wie sich das System seiner Überzeugungen noch erweiterte, um nun auch einen unerschütterlichen Glauben an die Existenz von außerirdischem Leben zu umfassen. Trotzdem bekam er nach etwa zehn Minuten einen steifen Nacken und ertappte sich bei dem Wunsch, daß diese wundersame Erscheinung endlich etwas täte – Flammen versprühen, wie ein Auge aufgehen, sich in Schlamm oder Gallerte verwandeln –, irgend etwas eben, anstatt bloß reglos über seinem Kopf zu schweben. Dann griff er verstohlen nach der Taschenlampe in der Hosentasche, wobei er vage daran dachte, den Außerirdischen etwas im Morsecode zuzufunken oder so ähnlich.

Doch kaum hatte er die Lampe angeknipst, löschte der Schatten einer riesigen Hand das fremde Raumschiff aus; schaltete er sie aus, tauchten die schlauen Außerirdischen wieder auf, schwebten an derselben Stelle wie zuvor. Allmählich kam er sich etwas blöd vor. Er spielte noch kurze Zeit mit der Taschenlampe herum, dann überließ er das Ufo seinem Schicksal in den tintenschwarzen Weiten des Weltalls und wandte sich wieder dem Auto zu. Das alte Wrack sprang mit vulkanischem Getöse und der grellen Explosion einer blauen Flamme aus dem Vergaser an; der Heilige der Wälder schraubte hastig den Luftfilter drauf und knallte die Motorhaube zu. Und dann raste er davon, unter dem Quietschen des Lenkrads und dem Knirschen der Reifen, um seine Seele in die dionysische Verzückung des Rockkonzerts zu ergießen.

Das Konzert, bei dem eine bekannte Underground-Band spielte, deren Mitglieder jeden Cent ihrer Einnahmen in Vorzugsaktien anlegten, fand in der Turnhalle des Vassar College in Poughkeepsie statt. Tom zeigte seine Eintrittskarte vor und schob sich durch die Tür, wurde Teil der zottelhaarigen Menge mit geweiteten Pupillen und Perlenketten, die froh war, endlich ins Warme zu kommen. Er war sich nicht bewußt, daß Poughkeepsie ein Wort der Algonquin-Sprache war und »sicherer Hafen« bedeutete, aber das wußte ja auch sonst keiner in der Menge. Eigentlich gab es nur wenige, die überhaupt einen Begriff davon hatten, was ihnen an Geschichte vorausgegangen war. Sie wußten auf abstrakte Weise von Thanksgiving und den Pilgervätern, von Washington, Lincoln, Hitler und John F. Kennedy, von der Weltwirtschaftskrise – mußten ihre Eltern denn immer wieder davon anfangen? –, und sie erinnerten sich dunkel an den Bau des großen Supermarkts nebenan in einer fernen Entwicklungsphase ihres Lebens. Doch all das war zusammenhangloses Trivialwissen von der Art, wie man es für Ankreuztests in der sechsten Klasse oder Fernsehquizshows brauchte. Was real und von Bedeutung war, das war die Gegenwart. Und die Gegenwart bestimmten sie, nur sie – sie hatten Sex, Haare, Marihuana und die elektrische Gitarre erfunden, mit ihnen fing die Zivilisation an und mit ihnen hörte sie auf.

Sei dies, wie es sei, der Heilige der Wälder kam in die Halle hinein wie eine Schaluppe, die aus rauher See in den Hafen einlief. Der kalte Rückenwind blies ihm den Schal um die Ohren wie ein aufluvendes Segel, und ein Frösteln des ganzen Körpers erschütterte ihn bis in die Kielbalken. Er stampfte und schauderte und bebte, seine Ellenbogen zuckten wie schwankende Mastbäume, während er sich langsam voranschob, eingezwängt zwischen Schultern und Köpfen, zwischen Wintermänteln, Armeeparkas und Fransenjacken. Es roch nach kalter Luft, die aus hochgeschlagenen Krägen drang, langen Halstüchern entströmte und sich in dschungelartigen Haarformationen fing, aber dieser Geruch verflog bald, wurde von der Wärme der Menschenmenge absorbiert. Im nächsten Moment war er drin, die Menge teilte sich, die großen elektrischen Heizstrahler wehten tropische Brisen heran, gedämpftes Licht strahlte von der Decke, Stimmengemurmel plätscherte rings um ihn wie kleine Wellen, die an den Pier klatschten.

Auf einmal spürte er es in sich aufsteigen, das Gefühl von Heiterkeit, von Liebe, so rein wie Schnee vom Himalaja, von Brüderlichkeit und vereinter Freude – so ähnlich mußte sich Gandhi inmitten der ungewaschenen Massen von Delhi oder Lahore gefühlt haben. Zu lange war er Einsiedler gewesen (es waren jetzt schon fast zwei Wochen), zu lange hatte er den Kontakt mit menschlicher Energie und dem vitalen Elan seines Zeitalters entbehrt. Außerdem war er seit September, als Amy Clutterbuck ihn in einem dunklen Kinosaal in Ithaca ihre Hand hatte halten lassen, keiner Frau näher als einen Meter gekommen. Und nun war er von ihnen umringt.

Hier 'ne Blondine, da 'ne Blondine, überall Blondinen, sang er vor sich hin, während er sich einen Weg zu den Tribünen bahnte und mit breiten, schweren Schritten unbeholfen die Holztreppen emporstieg. Mann, war das großartig! Allein die Gerüche! Parfüm, Räucherstäbchen, Gras, Tabak, Pfefferminzplätzchen! Beinah schwindlig vor Aufregung ergatterte er einen Sitzplatz auf halber

Höhe der vorderen Tribüne, ließ sich auf die kalte, harte Holzbank sinken und stieß dabei aus Versehen seine Knie in den Rücken des Mädchens vor ihm. Leider war es nicht nur ein leichter Stupser – ebensogut hätten seine langen Beine mit Sprungfedern versehen, die scharfen, spitzen Knochen seiner Kniescheiben Messer sein können –, nein, es war mehr ein wuchtiger, durchbohrender Stich in die Nieren seines Opfers. Vor Schmerz sprang sie auf und ging wie eine Furie auf ihn los.

Er sah ein schmales blasses Gesicht, von Haaren fast verdeckt, Augen wie Veilchen unter Glas, eine wütende Stirnfalte über einem Paar vollkommener, ungezupfter Brauen. »Sag mal, du spinnst wohl, du Ficker!« fauchte sie und stieß den Reibelaut mit solcher Kraft aus, daß sein Bart bis in die Haarwurzeln erzitterte.

»Ich – ich – ich –« begann er, als müsse er gleich niesen. Dann aber fand er die Beherrschung wieder und ließ eine Entschuldigung los, die so tief war und von Herzen kam, so einschmeichelnd und allumfassend, daß selbst Ho Chi Minh davon weich geworden wäre. Abschließend bot er ihr einen Kaugummi an. Den sie annahm.

»Lange Beine, was?« sagte sie und entblößte die Zähne zu einem prachtvollen kurzen Lächeln.

Er nickte, die scharfe Hakennase der Cranes fuhr durch die Luft, und die zerzausten Strähnen seines Haars flogen ihm über die Schultern. Ob er aus der Gegend hier sei, wollte sie wissen. Nein, er war aus Peterskill, hatte gerade sein Studium an der Cornell hingeschmissen – es war einfach ein öder Mist gewesen, sie wußte bestimmt, was er meinte, oder? – und wohnte jetzt im eigenen Haus, total lässig, mitten im Wald.

»Aus Peterskill?« quietschte sie. »Ehrlich?« Sie war auch von da, aus Van Wartville. Klar, geboren und aufgewachsen. Ging früher auf 'ne Privatschule. Jetzt war sie auf dem Bard College. Ob er ein Auto habe?

Hatte er.

Eigentlich wäre es eine gute Idee, übers Wochenende

nach Hause zu fahren, vielleicht die Vorlesungen am Montag zu schwänzen und sich von ihrem Vater zurückfahren zu lassen. Ob das mit ihm wohl klarginge – ob er sie mitnehmen konnte?

Er nickte, bis ihm der Nacken weh tat, grinste so breit, daß seine Mundwinkel taub wurden. Klar, natürlich, kein Problem, jederzeit. »Ich bin Tom Crane«, sagte er und streckte die Hand aus.

Sie drückte sie, und ihre Hand war so kalt wie einer der zahllosen, glotzäugigen Barsche, die er im Bio-Labor seziert hatte. »Ich bin Mardi«, sagte sie.

Er wollte gerade irgend etwas Schwachsinniges erwidern, nur so, um das Gespräch in Gang zu halten, etwa »Ich bin übrigens Waage«, aber da ging das Licht aus, und der Ansager kündigte die Band an. Dann aber geschah etwas Sonderbares. Denn statt der Musiker mit langen Haaren und spöttischen Grimassen hielt plötzlich ein anderer Typ das Mikrofon in der Hand – der Dekan der Uni oder so, in Anzug und Krawatte. Er gab mit sich überschlagender Stimme bekannt, es habe einen Unfall gegeben und er bitte die Zuschauer um Mithilfe. Die Leute warfen einander fragende Blicke zu. Gemurmel setzte ein. Offenbar hatte jemand ohne Eintrittskarte versucht, durch eins der großen schmalen Fenster hereinzukommen, die sich an beiden Längswänden erstreckten und etwa sechs Meter über dem Boden lagen. Der Eindringling war hindurchgeklettert, hatte sich einen Moment lang am Sims festgehalten und dann hinunterfallen lassen. So erklärte es jedenfalls der Dekan.

Das Gemurmel wurde lauter. Verlangte er – ein Vertreter der Kriegstreiberclique – etwa von ihnen, vom Publikum, vom Volk, daß sie ihm einen der ihren auslieferten? Ihn verpfiffen, verpetzten, verrieten? Tom war wie vom Donner gerührt. Mit wachsender Wut betrachtete er Mardis Hinterkopf, ihre gescheitelten Haare, ihre geschwungenen Schultern. Aber nein. Darum ging es ja gar nicht. Der Eindringling hatte sich verletzt. Sein Ring hatte sich am Fenstergriff verhakt, als er zu Boden gesprungen war; und der Ring war, samt dem Finger, den er umschlossen hatte, von der Hand abgerissen worden. Ob die Zuschauer wohl gemeinsam nach dem Finger suchen würden, damit er wieder angenäht werden konnte?

Das Gemurmel wurde zum Gebrüll. Jetzt waren alle auf den Beinen, und das Geräusch von allgemeinem Schlurfen und Ächzen, wie von einer gewaltigen Herde auf Wanderzug, erfüllte die Halle; Panik stand allen im Gesicht geschrieben. Irgendwo hier, in einem Schoß oder einer Handtasche, oder zerquetscht unter irgendeinem Absatz, lag ein blutiger Finger, noch lebendes Fleisch: Es reichte, um einen auf alle viere niedersinken und wie einen Hund jaulen zu lassen. Tom wurde übel, alle Freude und Erregung war von ihm gewichen wie die Luft aus einem Ballon. Überall erklang jetzt Stöhnen und Zähneknirschen. »Es besteht keinerlei Grund zur Panik!« schrie der Dekan ins Mikrofon, doch niemand schien ihn zu hören.

Mardi war bei alledem reglos stehengeblieben, eine Stufe unter dem Heiligen der Wälder, und hatte die Menge aufmerksam beobachtet. Jetzt drehte sie sich zu ihm um, schüttelte mit einer reflexartigen Bewegung des Halses die Haare aus dem Gesicht, und da war er, der Finger. Er fiel, wie ein blasser Wurm, aus dem verfilzten Gewirr ihres Haars und landete neben ihr auf der Bank. »Da!« rief Tom und zeigte entsetzt und fasziniert zugleich auf den Sitz. »Da ist er!« Sie blickte hinunter. Und dann zu ihm. So etwas wie den Ausdruck auf ihrem Gesicht – sie war nicht erschrocken, angeekelt oder verängstigt, sie kreischte nicht auf oder hüpfte auf Zehenspitzen herum – hatte Tom noch nie zuvor gesehen. Oder doch: es war der Ausdruck eines Raubtiers. Sie war eine Katze, und dieses Stück Fleisch war etwas, das sie aus einem Nest oder einem hohlen Baumstamm gerissen hatte. Ein Lächeln breitete sich auf ihren Lippen aus, bis sie ihn inmitten des Wirrwarrs, dem Geheul und den beklommenen Ausbrüchen von Lachen, von denen die Halle dröhnte wie der Saal des Jüngsten Gerichts, geradezu anstrahlte. »Wir können sonst nicht mit dem Konzert anfangen«, brüllte der Dekan, aber Mardi achtete nicht darauf. Immer noch strahlend, sah sie ihm weiter in die Augen, beugte fast unmerklich den Oberkörper und schnippte den Finger in den schattendunklen Schlund der Tribüne hinab.

Walter kam es vor, als erwachte er aus einem langen Schlaf, als wären die letzten zwanzig Jahre Illusion gewesen und das andere – die Träume und Visionen, die Geschichte in ihrer Hartnäckigkeit – die Realität. Er konnte sich über nichts mehr sicher sein. Sämtliche empirischen Untermauerungen des Weltgerüsts – das Boyle-Marriottesche Gesetz, Newtons Physik, die Evolutions- und Vererbungslehre, das Fernsehen, die Schwerkraft, Rousseaus *contrat social, merde* – alles war auf einmal zweifelhaft geworden. Seine Großmutter hatte eben doch recht gehabt. Seine Großmutter – die Frau des Fischers, mit den auf die Knöchel herabgerutschten Strümpfen und der flaumbärtigen Oberlippe, die sich in unaufhörlichen Beschwörungen hob und senkte – hatte die Welt besser durchschaut als alle Philosophen und Präsidenten, Pharmazeuten und Werbeleute. Sie hatte hinter den Schleier der Maja geblickt – die Welt als das erkannt, was sie war: ein grusliger Ort, wo alles passieren konnte und nichts so war, wie es schien, wo die Schatten scharfe Zähne hatten und die Verdammnis im Blut brodelte. Walter fühlte sich, als könnte er jederzeit ins All entschweben, explodieren wie eine Süßkartoffel, die zu lange im Ofen lag, Haare auf den Handflächen bekommen oder sich in Weincreme verwandeln. Warum nicht? Wenn es Erscheinungen gab, Schatten auf dunklen Landstraßen, sprechende Stimmen in der bodenlosen Nacht, warum dann nicht auch Kobolde und Klabautermänner, Gott, den Nikolaus, Ufos und *pukwidjinnies* dazu?

Er kam an einem sonnenheißen Morgen im August aus dem Krankenhaus, und das erste, was er tat – ehe er noch ein Bier oder einen Riesen-Hamburger mit Gurken, Gewürzen, Mayonnaise, Senf und Drei-Sterne-Chilisoße bestellte, ehe er noch Jessica in sein Zimmer über der Küche verschleppte, um fortzusetzen, was er auf dem harten

Krankenhausbett im Ostflügel begonnen hatte –, war folgendes: Er fuhr zu der Gedenktafel und las die Inschrift, wie es ihm der barfüßige Geist seines Vaters geraten hatte. Jessica saß am Steuer. Sie trug Sandalen und ein Hemd, das aus dem duftigen Stoff von Unterwäsche gemacht war, und hatte Schmuck angelegt, Make-up und Parfüm aufgetragen. Walter sah aus dem Fenster die Bäume vorbeiflitzen, einen nach dem anderen, in endloser, ungebrochener Folge, in so intensivem Grün, daß er seine Augen schützen mußte; Jessica summte mit dem Autoradio mit. Sie war überschwenglich, unbeschwert, fröhlich und zwanglos; er war mürrisch und in sich gekehrt. Sie plapperte unentwegt über Pläne für die Hochzeit, erzählte ihm Witze, zupfte an der Goldfolie am Hals der Flasche Moët et Chandon, die zwischen ihren Schenkeln klemmte, und wartete mit dem neuesten Klatsch über gemeinsame Bekannte auf – Hector, Tom Crane, Susie Cats –, als wäre er ein Jahr fort gewesen. Er hatte wenig zu sagen.

Das Schild – vielmehr die historische Gedenktafel – war von Walters Ansturm kaum beschädigt worden. Der Stützpfosten hatte eine kleine Beule, wo die Fußraste aufgeprallt war, und das ganze Ding war um ein oder zwei Grad nach hinten gekippt, so daß die Aufschrift am bequemsten von den unteren Ästen des Ahornbaums auf der anderen Straßenseite zu lesen war, doch fraglos hatte Walter wesentlich schwerere Folgen davongetragen als das Werkzeug seiner Verstümmelung. Soviel konnte er schon vom Autofenster aus erkennen, als sie am Straßenrand anhielten. Wie ein Krebs, der seinen Panzer abwirft, kroch er aus Jessicas VW heraus, stützte sich dabei auf die Krücken – sobald er sein Gewicht auf den immer noch empfindlichen Stumpf des rechten Beins verlagerte, brannte es jedesmal wie Feuer – und humpelte hinüber, um die Inschrift zu entziffern, die für ihn inzwischen so bedeutsam und geheimnisvoll war, wie es die Gesetzestafeln vom Berg Sinai für die Stämme Israels gewesen sein mußten. Er hätte Jessica oder Lola oder Tom Crane bitten können, es sich anzusehen, während er hilflos im Bett lag, gequält vom Bild seines Vaters und der brutalen Vermischung von Traum und Wirklichkeit, doch er wollte es lieber so haben. Immerhin war er nicht gegen einen Baum, Briefkasten, Hydranten oder Laternenpfahl geknallt, sondern gegen ein Schild – ein Symbol, ein Zeichen, einen Bedeutungsträger –, ja, gegen ein Schild, und es hätte ebensogut mit Hieroglyphen bemalt sein können, so wenig hatte er es früher beachtet. Es mußte eine Botschaft sein. Er sehnte sich nach einer Erklärung.

Es war heiß. Das Ende des Sommers. Autos schossen mit einem saugenden Geräusch vorbei. Kein Blut war zu sehen, keine Ölspur auf der Straße – nur das verbeulte Schild. Er las:

> An dieser Stelle ergab sich im Jahre 1693 Cadwallader Crane, Anführer eines bewaffneten Aufstands auf dem Gut der Van Warts, den Behörden. Er wurde 1694 zusammen mit seinem Mitverschwörer Jeremy Mohonk auf dem Galgenhügel von Van Wartville gehenkt.

Er las es, doch erklärt war damit nichts. Er stand da wie versteinert, las es genau durch, Wort für Wort. Und dann, nach einer langen Zeit, in der er seine Träume, seinen Vater und das Amt für historische Denkmäler verfluchte, schwang er auf seinen Krücken herum und humpelte zum Wagen zurück.

Zu Hause – die Welt war ihm unter den Füßen weggezogen worden, hatte sich ebenso deutlich und unwiderruflich verändert, als wäre auf ihr ein Komet zerschellt oder eine Delegation dreiköpfiger Besucher von Alpha Centauri gelandet, und dennoch war hier alles wie vorher, bis hin zu den stummen Streifen des Sonnenlichts, das auf den türkischen Läufer fiel wie ein Segen, und zu den Zwillingslampen mit den Schirmen, die in Farbe und Textur an uraltes Pergament erinnerten – stand Walter verlegen mitten in der vollgeräumten Bude und ließ Lolas sehnige Umarmung über sich ergehen. An den holzverkleideten Wänden hingen immer noch die sepiagelben Fotos von Lolas Eltern in ihren moldauischen Mänteln, Galoschen und Pelzmützen; die Schwarzweißbilder von Klein Walter in seinem Baseballdress; die überbelichteten Schnappschüsse von Lola und Walters Mutter in der High-School, beide mit langem Haar, die Arme untergehakt; und auf dem Ehrenplatz über dem Kaminsims das schwülstige offizielle Porträt von Lenin. Das Zyperngras in der Ecke war immer noch vertrocknet, und das leere Aquarium mit der zerklüfteten Kruste von versteinertem Schlick überzogen. Auf den Regalen, zwischen den verblichenen Einbänden und zerknitterten Schutzumschlägen von Büchern, die noch nie herausgenommen worden waren, so lange Walter zurückdenken konnte, kauerten die Tiger und Elefanten aus Porzellan, die elfenbeinernen Springer und Türme und Bauern, mit denen er als Junge gespielt hatte, alles genau so, wie er es an jenem lang vergangenen Morgen der Kartoffelpuffer verlassen hatte. Er war auf den Tag zwei Wochen weg gewesen. Alles war wie früher, und alles war verändert. »Tja«, sagte Lola. »Da bist du also wieder da.«

Jessica stand neben ihm, nestelte an ihrer Handtasche. Sie hatte ein verlegenes Lächeln aufgesetzt. Lola lächelte auch, doch ihr Lächeln war müde und wehmütig. Walter ertappte sich dabei, daß er wider Willen zu ihr zurücklächelte. Allerdings war es kein tröstendes Lächeln. Er war zu verwirrt – zu niedergeschmettert von dem Gespenst des Vertrauten, das jedesmal, wenn er zu seinem rechten Fuß hinabsah, wie eine im Gebüsch erdrosselte Kreatur aufschrie –, um zwanglos wie ein liebender Sohn zu lächeln. Nein, sein Lächeln war eher ein Zähnefletschen.

Ob er etwas essen wollte, fragte Lola. Ein bißchen Borschtsch vielleicht? Mit Roggenbrot? Tee? Kekse? Wollte er sich nicht hinsetzen? War es zu warm? Sollte sie den Ventilator anstellen? Hesh würde ja Augen machen, wenn er von der Arbeit heimkam.

Walter wollte keinen Borschtsch. Und Roggenbrot, Tee oder Kekse auch nicht. Ihm war nicht zu warm. Der Ventilator konnte aus bleiben. Er freute sich darauf, Hesh wiederzusehen. Einstweilen aber – hier warf er Jessica einen vielsagenden Blick zu – wollte er nur in sein Bett. Und zwar zum Ausruhen. Er würde den Champagner nicht trinken, sich weder Bier noch Monster-Hamburger genehmigen, und er würde keinen Akt der Liebe und Bekräftigung mit seiner Verlobten vollziehen. Statt dessen würde er die Stufen zu seinem Jugendzimmer hinaufsteigen wie ein aus der Schlacht heimgekehrter Soldat, wie ein Märtyrer, und er würde die Jalousien herunterlassen, sich auf dem Bett ausstrecken und zusehen, wie die Schatten immer dichter wurden.

Beim Aufwachen am nächsten Morgen roch er den Duft von Kartoffelpuffern, einen Duft, der über ihn kam wie ein Schlag ins Gesicht. Er setzte sich im Bett auf, übermannt von Angst und Ekel. Der Zyklus fing wieder von vorne an. Schon begannen die sorgenumwölkten Augen seiner Mutter sich aus dem Dunkel der Ecke hinter der Kommode zu lösen. In der nächsten Minute würde ihm die Großmutter über die Schulter sehen, und sein Vater würde sich über ihn lustig machen und weitere kryptische Botschaften verkünden. Es war nicht auszuhalten. Wie viele Pfund seines Fleisches mußte er denn opfern? Wie viele Gliedmaßen? Ungeschickt zog er die Riemen der Prothese fest, fuhr in seine Kleider, packte die Krücken und stürzte die Treppe hinab wie ein Gehetzter.

Es war 7.00 Uhr. Hesh und Lola saßen in der Küche und unterhielten sich leise. Im Haus raunten die kleinen, beruhigenden Geräusche, die er im Krankenhaus vermißt hatte – das Gluckern in den Wasserrohren, das Brummen von Kühlschrank und Geschirrspüler. Draußen fielen die Sonnenstrahlen durch Ulmen und Ahornbäume, ergossen sich über den Rasen und in den Garten. Walter blieb einen Augenblick am Fenster stehen, um sich zu sammeln. Er sah

Mais. Tomaten. Kürbisse, Gurken, Melonen. Die hatte Hesh gepflanzt. Im Mai. Bevor Walter die Arbeit bei Depeyster Manufacturing angefangen hatte, bevor er die Norton aufgemöbelt und im Duft von Kartoffelpuffern einen Geist entdeckt hatte. Und jetzt waren sie da, im Boden verwurzelt.

In der Küche stellte er die Krücken an die Wand und setzte sich gegenüber von Hesh an den Tisch. Lola stand am Gasherd und wendete Kartoffelpuffer. »Ich hab dein Lieblingsgericht gemacht, Walter«, sagte sie.

Der Geruch war unerträglich. Er war tödlich. Lieber hätte er den Gestank von brennendem Plastik eingeatmet, von Nervengas, von Blut und Innereien und Scheiße. Ein Glas Milch stand neben seinem Teller. Er trank einen Schluck. Die Milch war warm. »Ich habe keinen Hunger«, sagte er.

»Keinen Hunger?« echote Hesh. Er hockte über seinem Brötchen wie ein Adler, der seine Beute verbirgt. Seine Unterarme quollen über den Tischrand. »Los jetzt, Junge, krieg dich wieder ein. Du hast deinen Fuß verloren. Okay. Das ist doch nicht das Ende der Welt.«

Walter stellte das Glas ab. »Bitte, Lola«, sagte er und sah sie über die Schulter an, »nicht jetzt. Ich kann einfach nichts essen.« Dann wandte er sich wieder an Hesh, der sich Butter von den Fingern leckte und mit rhythmischem Rollen seiner breiten, glattrasierten Kiefer kaute, und begann: »Darum geht's nicht. Wirklich. Es ist wegen« – er wußte nicht, wie er es ihm sagen sollte – »ich habe in letzter Zeit viel über meinen Vater nachgedacht.«

Hesh hörte zu kauen auf. »Über deinen Vater?« wiederholte er, als hätte er nicht richtig gehört. Er griff nach dem Buttermesser und legte es wieder beiseite. »Du weißt ja, was ich von deinem Vater halte.«

Walter wußte es. Doch was auch schiefgegangen war mit ihm, es hatte dort seine Wurzeln – in den Unruhen von '49, in den Geisterschiffen, im Rätsel der Gedenktafel und in der Last der Erbmasse. »Ja, ich weiß. Aber jetzt liegen die Dinge anders, und ich habe ein Recht zu erfahren, was er dir und Lola und meiner Mutter angetan hat, das so furchtbar war, und ich habe ein Recht zu erfahren, wo er jetzt ist. Ich habe ein Recht darauf, ihn selbst zu fragen.«

Heshs Blick hatte sich verändert. Seine Augen waren offen – sie fixierten Walter –, aber sie hätten ebensogut fest zugedrückt sein können. Er kaute wieder, aber langsamer und sichtlich ohne jeden Genuß. »Sicher«, sagte er schließlich, während Lola am Herd mit den Pfannen klapperte. »Sicher steht dir das Recht zu. Aber deine Mutter hat deine Erziehung uns anvertraut, nicht ihm. Er hat dich im Stich gelassen, Walter. Und auch als er wiederkam, damals im Sommer, denkst du etwa, er wollte die Verantwortung übernehmen, sein Kind großzuziehen, auch wenn er die ganze Zeit über jede Menge Ärger gemacht hat? Na? Denkst du das?«

Walter zuckte die Achseln. Die Kartoffelpuffer brachten ihn noch um. Er glaubte, er müsse gleich losheulen.

»Dann such ihn eben, bitte. Wo du suchen mußt, das weiß nur Gott allein. Aber wenn du mich fragst, er ist ein Taugenichts. Ein Judas. Persona non grata. Was mich angeht, ist die Sache abgeschlossen.«

Aber keine Sache ist jemals wirklich abgeschlossen.

Hesh ging zur Arbeit in die Glaserei in der Houston Street, und Lola setzte sich an den Tisch, um Walter die Geschichte der Unruhen zum tausendstenmal zu erzählen. Er kannte längst jede Nuance, wußte jede ihrer Kunstpausen und jede Änderung des Tonfalls im voraus, und dennoch lauschte er jetzt, als hätte er die Geschichte noch nie zuvor gehört, er lauschte wie am Tag nach seinem elften Geburtstag, als Lola ihn auf einen Stuhl gesetzt und ihm zu erklären versucht hatte, warum es zwischen Hesh und seinem Vater beinahe zu einer Prügelei gekommen wäre, wegen einer so tollen und unverfänglichen Sache wie einem italienischen Motorrad mit roten Schutzblechen und chrombeschlagenen Handgriffen. Er hörte zu.

Sie war damals gar nicht dort gewesen – also, auf dem

Grundstück, wo das Konzert stattfinden sollte. Aber Hesh war dort gewesen. Und Walters Eltern auch. Das Organisationskomitee hatte sie gebeten, früher zu kommen, um Stühle aufzustellen und sich um die Beleuchtung und die Lautsprecher zu kümmern. Danach hätte sich Christina um die Programme und den Büchertisch kümmern sollen, während es Heshs und Trumans Aufgabe gewesen wäre, sich unter die Menge zu mischen und ein Auge auf etwaige Raufbolde zu haben. Eigentlich hätte es ein wunderbarer Abend werden können: die Wärme der Sommernacht wie eine große, gemeinschaftliche Decke, die Sterne am Himmel, tausend Stimmen zum Gesang vereint. Schon seit Wochen hatten sie über nichts anderes geredet.

Will Connell sollte auftreten, die Klampfe zupfen und seine Lieder über die amerikanischen Arbeiter singen (später, als die Unruhen das ganze Land erfaßt hatten, kam er bei jeder Plattenfirma und Auftrittsagentur, bei jedem Musikverlag und Saalbesitzer von Kalifornien bis Neuengland auf die schwarze Liste). Von einer New Yorker Bühne sollte eine Sängerin kommen. Dann standen zwei Redner auf dem Programm, einer von der Textilarbeitergewerkschaft und ein altes Parteimitglied, das noch mit der Abraham Lincoln Brigade in Spanien gekämpft hatte. Die größte Attraktion aber – jener Mann, der das Publikum anlockte – war Paul Robeson, Paul Robeson war Neger und Kommunist, Schauspieler und Aktivist in der Bürgerrechtsbewegung, ein imposanter Löwe von Mann, der die alten Spirituals so singen konnte, daß man sie bis ins Mark spürte.

Lola hatte ihn erst ein Jahr davor im Pavillon der Kitchawank Colony gesehen. Seinerzeit waren an die zweihundert Leute gekommen, in der Mehrzahl Bewohner der Colony, ergraute Anarchisten und Sozialisten, die in den Zwanzigern die Siedlung gegründet hatten, weil sie sich vom ungesunden Stadtleben freimachen und ihren Kindern eine liberale Erziehung angedeihen lassen wollten, und die linientreuen Kommunisten, die die Alten langsam abzulösen begannen. Die Leute hatten Brötchen mitgebracht und auf der Wiese gesessen – alte Ehepaare, Kinder, schwangere Frauen. Ärger hatte es keinen gegeben. Es war für alle ein schöner Tag gewesen. Ein bißchen Kultur in der Provinz.

Aber im Jahr darauf – im August, Ende August – war es anders. Lola arbeitete damals halbtags als Verkäuferin in der alten Bäckerei der van der Meulens in Peterskill, deshalb konnte sie nicht mit Hesh und Truman schon früher rausfahren. Walters Mutter aber kam mit. Christina schmierte ein paar Brote und füllte eine Thermoskanne mit Eistee, setzte Walter bei der Großmutter ab – er war gerade drei geworden, wußte er das etwa noch? –, dann kletterte sie mit ihrem Mann und dessen Kumpel Piet in Heshs 1940er-Plymouth.

Lola legte den Kopf zurück und sah sich im Zimmer um. Vor ihr stand eine Tasse schwarzer Kaffee, der kalt wurde. Sie zündete sich eine Zigarette an, machte das Streichholz aus und stieß den Rauch aus. »Das war vielleicht eine Type, der Piet«, sagte sie. »Ein kurzer, kleiner Kerl, ging mir höchstens bis ans Kinn. Und immer zu Streichen aufgelegt – weißt du, dein Vater hatte nämlich viel für Spaß übrig.« Sie trank einen Schluck kalten Kaffee. »Die beiden trieben andauernd Schabernack. Lauter dummes Zeug. Elektrische Schläge beim Händeschütteln und Einstecknelken, die Wasser spritzen, so was eben. Möchte wissen, was aus dem geworden ist – aus Piet, meine ich. Dein Vater hat jedenfalls große Stücke auf ihn gehalten.«

An dem Abend damals wurde nicht gescherzt. Hesh fuhr. Christina saß vorne, mit der Thermoskanne, der Schachtel mit den Programmzetteln und den Parteibroschüren; Truman und Piet waren auf dem Rücksitz eingezwängt zwischen der Lautsprecheranlage. Lola hatte vor, später nachzukommen, sobald sie mit der Arbeit fertig wäre. Es würde genügend Zeit bleiben – sie hatte um sieben Schluß, und das Konzert sollte frühestens um halb acht anfangen. Sie hoffte, daß sie ihr einen Sitz freihalten würden.

Das Konzert sollte unten am Fluß stattfinden, gleich bei der Van Wart Road, auf einem Grundstück von Peletiah Crane, der damals Schulinspektor von Peterskill war. (*Ja, genau*, hatte Lola gesagt, als sie ihm die Geschichte zum erstenmal erzählt hatte, *Toms Opa.*) Peletiah war zwar nicht in der Partei, aber er sympathisierte mit ihrer Sache und unterstützte seit Jahren die Kulturveranstaltungen in der Colony. Als sich herausstellte, daß diesmal viel mehr Leute als im Vorjahr zu dem Konzert und der Versammlung kommen würden – eine Solidaritätskundgebung für die progressiven Kräfte, die vielleicht zweieinhalbtausend Leute aus New York anziehen würde –, wurde der Kitchawank Colony Association klar, daß sie nicht genügend Platz besaß, um solche Massen unterzubringen, und sie zog ihre Schirmherrschaft zurück. Peletiah sprang in die Bresche. Er bot den Robeson-Leuten sein Land gratis an, und daraufhin zeigte sich ein Gewerkschaftsverband bereit, die Miete für Stühle, die Verstärkerausrüstung und eine Flutlichtanlage aufzubringen. Der Schriftsteller Sasha Freeman und der Bauunternehmer Morton Blum waren die verantwortlichen Organisatoren. Sie rechneten nicht mit Schwierigkeiten, aber man konnte nie wissen. Also baten sie Hesh und Truman, beides Parteimitglieder und starke, vom Krieg und von der Not abgehärtete Männer, für Ruhe und Ordnung zu sorgen.

Hesh hatte damals noch Haare, und bei all seiner Schroffheit war er im Herzen ein Teddybär. Truman war der bestaussehende Mann in ganz Peterskill, ein wilder Teufelskerl, der einmal mit einem geliehenen Flugzeug unter der Bear Mountain Bridge durchgeflogen war – noch dazu auf dem Kopf –, worauf ihm die Zivilluftfahrtbehörde den Pilotenschein entzogen hatte. Er und Hesh waren dicke Freunde (*Ja*, hatte Lola ihm beim erstenmal gesagt, *genau wie du und Tom*) – sie waren alle gute Freunde. Lola und Christina waren miteinander zur Schule gegangen, erst in die Freie Schule der Colony, später auf die Peterskill High-School. Nach dem Krieg, als Christina mit Walters Vater aufgetaucht war, hatten ihn sofort alle gemocht. (Er war fast ein Einheimischer, nicht ganz allerdings; er war in Verplanck aufgewachsen und in Hendrick Hudson zur Schule gegangen. Hesh hatte früher in Football-Turnieren gegen ihn gespielt, und auch Lola erkannte ihn sofort als den Bezwinger der Besten von Peterskill, als dreifache Bedrohung, die oftmals ihre Hoffnungen zunichte gemacht hatte, wenn er einen Baseball unwiederbringlich wegdrosch, in seinen glänzenden Shorts behende über das Basketball-Feld dribbelte oder beim Football die Linie der Verteidiger durchbrach und vorwärts stürmte, mit verdreckten Waden und den zornigen schwarzen Schminkstreifen, die seine Augen verbargen.) Er arbeitete in der alten Eisenschmelze der Van Warts, die während der Wirtschaftskrise geschlossen und später von einem einarmigen Kriegsveteranen aus Brooklyn wiederaufgebaut und modernisiert worden war, und er ging auf die Abendschule im City College, um einen Abschluß in amerikanischer Geschichte zu erwerben. »Ja, Geschichte«, sagte Lola und zog die Silben in die Länge, »das war seine Leidenschaft.«

»Der Vater deiner Mutter – er war Vorsitzender der Colony Association und Parteimitglied – gab Truman Bücher zum Lesen und diskutierte mit ihm über die Würde des Arbeiters, über den Mehrwert und den Konsumfetischismus – wir alle haben mit ihm diskutiert –, und es dauerte nicht lange, da wurde er Mitglied. Natürlich hat ihn im Grunde deine Mutter überzeugt, aber das ist eine andere Geschichte. In jenem Herbst heirateten sie und zogen in dieses kleine Zweizimmerhaus hinter den Rosenbergs – an das erinnerst du dich noch, oder?«

Lola hielt inne, um die Zigarette auszudrücken. »In diesem Sommer, Walter, im Sommer sechsundvierzig, bist du geboren worden.«

Walter wußte, wann er geboren war. Er hatte das Datum

mit drei oder vier gelernt, und falls es ihm je entfallen sollte, konnte er jederzeit in seinem Führerschein nachsehen. Er erinnerte sich auch undeutlich an das Zweizimmerhaus, sein Zuhause während der ersten Lebensjahre, ebenso wie er wußte, was jetzt kam. Trotzdem beugte er sich neugierig vor.

Truman trat also der Partei bei. Truman heiratete. Truman verbrachte zwei Abende pro Woche am City College in New York mit dem Studium der Amerikanischen Revolution zu, die restlichen fünf mit Kartenspielen im Wohnzimmer von Hesh und Lola. Manchmal kochte Christina gefüllten Kohl oder einen *hutspot*, den sie von ihrer Mutter gelernt hatte, oder knusprige Kartoffelpuffer; manchmal machte Lola einen Nudel-Käse-Auflauf. So war es. Lola konnte keine Kinder bekommen. Aber als Walter geboren wurde, kam Truman zu ihr und fragte sie, ob sie und Hesh nicht die Pateneltern des Jungen sein wollten, und die Abende verliefen weiterhin so wie vorher, nur daß jetzt Walters Wiege in der Ecke stand.

Und dann kam das Jahr 1949. Der August. Und die Partei wollte in Peterskill ein Konzert mit Paul Robeson veranstalten, und Sasha Freeman und Morton Blum wandten sich an Hesh und Truman. Wegen der Sicherheit. Es würde keinen Ärger geben. Nein, das glaubten sie nicht. Es würde ein friedliches Ereignis werden, Neger und Weiße gemeinsam, Werktätige, Frauen und Kinder und alte Leute, die zusammen ein Konzert und vielleicht ein paar politische Reden anhörten, einfach ihr Recht ausüben, sich zu versammeln und unpopuläre Ansichten zu äußern. Trotzdem wandten sich Sasha Freeman und Morton Blum an Hesh und Truman. Für alle Fälle.

Hesh bog von einem Schotterweg auf die Van Wart Road ein, es war noch eine knappe Meile bis zum Konzertgelände, und das erste, was ihm auffiel, waren die vielen Leute, die entlang der Straße standen. Manche bewegten sich gemächlich auf das Crane-Grundstück zu, in vereinzelten Gruppen von vier oder fünf, Bierflaschen in der

Hand; andere standen einfach am Straßenrand und warteten, wie bei einer Parade. Gleich darauf sah er die Autos. Massenhaft Autos parkten am Straßenrand, verstellten auf beiden Seiten die Böschung, so daß zwischen ihnen nur eine schmale Einbahngasse offenblieb. Es war erst halb sieben.

Für Hesh war es ein Rätsel. Peletiah hatte extra eine Viehweide von der Größe dreier Football-Felder zum Parken freigegeben, und hier standen sie auf der Straße aufgereiht wie Taxis am Flughafen und verstopften praktisch die Zufahrt zum Gelände. Busse mußten hier durch, Busse aus New York, und Camperwagen und weitere Busse aus den Erholungsgebieten in Rockland County und den Catskill Mountains. Ganz zu schweigen von Hunderten von Privatautos. Was war hier los? Warum waren die nicht auf den Parkplatz gefahren?

Die Antwort ließ nicht lange auf sich warten.

Niemand hatte sie beachtet, bis sie den Spießrutenlauf zwischen den geparkten Autos begannen; sobald sie in die schmale Gasse, die zum Konzertgelände führte, einbogen, wendeten sich die ersten Köpfe. Ein Mann mit der Schiffchenmütze der Armeeveteranen brüllte ein Schimpfwort, und dann knallte etwas gegen den Wagen. Diese Leute waren nicht gekommen, um sich das Konzert anzuhören – sie waren gekommen, um es zu verhindern.

Sasha Freeman und Morton Blum hatten nicht geglaubt, daß es Ausschreitungen geben würde – obwohl die Zeitung von Peterskill seit einem Monat Schmähungen gegen Kommunisten, Juden und Schwarze verbreitet hatte, obwohl die Ortsgruppe der Veterans of Foreign Wars mit der Abhaltung eines »Loyalitätstreffens« zum Protest gegen das Konzert gedroht hatte, obwohl auf jeder Veranda der Gemeinde Fahnen aggressiv flatterten und in den Schaufenstern Plakate aufgetaucht waren, die Robeson verunglimpften –, aber jetzt gab es sie doch. Vor dem Konzertgelände sah sich Hesh einer größeren, dichteren Menge gegenüber – zweihundert oder mehr –, die in Johlen und Beschimpfungen ausbrach, als deutlich wurde, daß er und seine Mitfahrer Konzertbesucher und keine verwandten Seelen waren. Sie kurbelten die Fenster hoch, obwohl es draußen dreißig Grad hatte, und Hesh schaltete herunter, als er sich dem Ende des schmalen Fahrwegs näherte, der auf Peletiahs Land führte.

»Niggerfreunde!« schrie jemand.

»Judenpack!«

»Ihr roten Judensäue!«

Ein Jugendlicher mit pomadisiertem Haar und vor Haß puterrotem Gesicht lief aus der Menge, um auf die Windschutzscheibe zu spucken; Hesh hatte genug und trat aufs Gas. Der Plymouth machte einen Satz nach vorn, und die Menge teilte sich unter Geschrei, man hörte das Dumdum-dum von wütenden Fäusten und Fußtritten gegen Kotflügel und Türen, dann waren sie durch, und die Menschenmenge wurde im Rückspiegel langsam kleiner.

Benommen fuhr Hesh auf die Weide und parkte neben einem gemieteten Bus. Drei weitere Busse, ein Laster mit der Aufschrift »Camp Wahwahtaysee« und etwa zwölf bis fünfzehn Personenwagen standen bereits da. Christinas Gesicht war kreidebleich. Truman und Piet sagten nichts. »Ärger«, knurrte Hesh, »verdammter Mist. Jetzt kriegen wir Ärger.«

Es wurde sieben, und nichts passierte. Kein Robeson, kein Freeman, kein Blum. Draußen auf der Straße rührte sich nichts. Die Zufahrtswege waren entweder blockiert oder mit den Autos und Bussen verhinderter Konzertbesucher verstopft, und niemand kam hinein oder hinaus. Mit Ausnahme der Patrioten allerdings, die mit Schlagringen und Brechstangen spielten, Zaunpfähle ausrissen und deren Gewicht prüften, auf der Asphaltstraße herumschlenderten, als gehörte sie ihnen. Und sie gehörte ihnen auch, jedenfalls für ungefähr vier Stunden an diesem Abend. Die paar Pechvögel, die es doch bis zur Van Wart Road schafften und sich darauf freuten, auf einer Decke im Gras zu sitzen, eine Coca oder ein Bier zu schlürfen und dabei Musik zu hören, wurden an dem abgesperrten Konzertgelände vorbeidirigiert, aus ihren Autos gezerrt und verprügelt. Zwischen Peterskill und der Kitchawank Colony wurde kein einziger Polizist gesichtet.

Etwa einhundertfünfzig Menschen waren vor der Bühne versammelt, als Hesh und die anderen eintrafen. Größtenteils Frauen und Kinder, die schon früher gekommen waren, um in den schattigen Wäldern von Westchester County den Abend zu genießen. Außer Hesh, Truman und Piet waren noch etwa vierzig Männer da; weiter hinten, jenseits der Baumreihe, die die Grenze von Peletiahs Besitz markierte, stürmten fünfhundert Patrioten die Straße auf und ab, auf der Suche nach Kommunisten.

Hesh übernahm das Kommando. Er schickte fünf Teenager – drei Jungen und zwei Mädchen, die von Staten Island hergekommen waren, um als Ordner mitzuhelfen – ans Tor, um die Menge dort im Auge zu behalten. »Wenn sie einen Fuß auf das Grundstück setzen, sagt Bescheid«, wies er sie an. »Und zwar sofort. Klar?« Er bat Truman und Piet, sechs Männer zu suchen, sich mit allem, was dazu taugte, zu bewaffnen und über die Wiese zu verteilen, um sicherzugehen, daß ihnen keiner dieser Fanatiker in den Rücken fallen konnte. Dann gruppierte er die übrigen Männer in Reihen, je acht Mann mit untergehakten Armen, und marschierte mit ihnen auf die Straße zu. Frauen und Kinder – darunter auch Walters Mutter – scharten sich um die leere Bühne. In der Ferne konnten sie das Klirren von Glas, gedämpfte Schreie, das Brüllen des Mobs hören.

Walter kannte doch die alte Straße zum Crane-Grundstück, oder? Heute war es nicht viel mehr als ein Gehweg, nach den Unruhen waren Mauern gebaut worden, aber damals war es eine ziemlich ausgefahrene Schotterstraße mit einem buckligen Grasstreifen in der Mitte. Allerdings recht schmal und mit steiler Böschung und undurchdringlichem Gestrüpp – Dornensträuchern und Giftsumach – zu beiden Seiten. Die Straße wand sich auf die Weide hinunter und wurde dann zu einem Pfad, der den Bach überquerte und den Hügel hinaufführte. Die Leute fuhren gerne dorthin, um ein bißchen allein zu sein – um beim Klang des Autoradios zu schmusen und Bier zu trinken. An manchen Abenden parkten an die zehn Autos auf der Weide. Jedenfalls gab es nur noch einen anderen Weg, der aber bloß für Fußgänger geeignet war – am anderen Ende der Weide, wo die Van Wart Road eine halbe Meile weiter oben wieder heranführte. Hesh dachte sich, wenn er die Einfahrt halten könnte, dann wären sie sicher. Falls es echten Ärger gäbe. Er hoffte, daß vorher die Polizei eintreffen würde.

Tat sie nicht.

Der erste Ansturm erfolgte gegen halb acht. Hesh und seine Männer hatten sich knapp außer Sichtweite des Mobs postiert, an der engsten Stelle der Straße, außerdem hatten sie den Lastwagen neben sich abgestellt, um das Durchkommen auf der Seite zu erschweren. Falls die Patrioten wild genug werden sollten, um anzugreifen – die Chancen dafür standen etwa fünfzehn zu eins –, mußten sie hier aufgehalten werden; wenn sie die Bühne erreichten, die Frauen und Kinder, konnte alles mögliche geschehen. Also standen sie dort mit untergehakten Armen und warteten. Zweiunddreißig Fremde. Ein schwarzer Dockarbeiter in Trainingsjacke und Jeans, eine Handvoll Männer in der Uniform der Handelsmarine, bierbäuchige Autohändler und Schnapslädenbesitzer und Büroangestellte, ein Lexikonvertreter aus Yonkers und drei verängstigte schwarze Priesterseminaristen, die wie die Teenager am Tor etwas früher gekommen waren, um als Ordner zu helfen. Reglos lauschten sie dem Johlen und Fluchen des Mobs und warteten darauf, daß die Polizei käme und die Menge auflöste. Keiner interessierte sich mehr für das Konzert, keinen verlangte es nach Reden, ja nicht einmal nach den unveräußerlichen Rechten, wie sie die Verfassung garantierte; alle wollten nichts wie weg.

Und dann fing es an. Der Mob brüllte auf, dem folgte ein langes Gezische und Geklapper, was an ein heftiges tropisches Gewitter erinnerte, das durch die Bäume fegte, und dann tauchten plötzlich die fünf Ordner in der Kurve auf – die drei Jungen und zwei Mädchen –, rannten inmitten eines Hagels von Steinen und Flaschen um ihr Leben. Den Ausdruck auf ihren Gesichtern hatte Hesh schon früher gesehen – auf Omaha Beach, in Isigny, St. Lo und Nantes. Beide Mädchen weinten, und einer der Jungen – er konnte nicht älter als fünfzehn sein – blutete aus einer Platzwunde über dem rechten Auge. Hesh und seine Rekruten ließen sie durch, dann hakten sie sich wieder unter.

Im nächsten Moment stürzte sich der Mob auf sie. Über fünfhundert Mann inzwischen, aber von dem schmalen Pfad getrichtert wie Rinder in einem Hohlweg, brachen sie in einem wütenden, stöckeschwingenden Ansturm über die Verteidiger herein. Hesh bekam einen Schlag ins Gesicht, eine Platzwunde hinter dem Ohr und blaue Flecken auf beiden Unterarmen ab. »Macht die Roten kalt!« skandierte der Mob. »Lyncht die Nigger!«

Es dauerte nicht länger als zwei oder drei Minuten. Heshs Leute bluteten und hatten Beulen, aber sie hatten die erste Welle zurückgeschlagen. Geifernd und Beleidigungen kreischend wich der Mob ein Stück zurück, um sich neu zu formieren; sie schleuderten Steine, Stöcke und was sonst noch zur Hand war. Die Mehrzahl von ihnen war betrunken, aufgepeitscht von irrationalen Haßgefühlen und Vorurteilen, die wie offene Wunden brannten, andere jedoch – sie standen dicht beieinander, trugen weiße Hemden, Krawatten und Frontkämpfer-Käppis – waren eiskalt wie Feldmarschälle. Bei dieser Gruppe stand auch Depeyster Van Wart, steif und förmlich, äußerlich gelassen, aber mit einem Blick, der Löcher in den Lastwagen hätte brennen können. Er besprach sich mit seinem Bruder – das war der, der später in Korea fiel – und mit LeClerc Outhouse, der später im Restaurantgeschäft einen Haufen Geld verdient hatte. Erinnerte sich Walter an den?

Walter nickte.

»Geht doch nach Rußland!« schrie einer und drohte mit

der Faust, und die anderen nahmen den Ruf auf. Sie wollten gerade vorwärts stürmen und erneut angreifen, als drei Polizisten erschienen. Sie waren vom Revier in Peterskill, keine Staatspolizei, und die Patrioten kannten sie beim Namen.

»Also, Jungs«, hörte Hesh einen von ihnen sagen, »uns gefällt das da ebensowenig wie euch, aber wir wollen uns doch an die Gesetze halten, oder?« Während seine Kollegen in ähnlichem Sinne auf den Mob einredeten – »Wenn's nach mir ginge, würde ich die wie Hunde niederknallen, auf der Stelle, aber ihr wißt doch, das geht einfach nicht; nicht in Amerika jedenfalls« –, zog sich der, der zuerst gesprochen hatte, den Hosenbund hoch, strich sich den Schritt glatt und schlenderte herüber zu Hesh und dessen böse zugerichteten Rekruten, die ihre blutenden Arme untergehakt hielten.

»Wer hat hier das Sagen?« wollte er wissen.

Hesh erkannte ihn sofort: Es war Anthony Fagnoli. Sie waren gemeinsam auf die High-School gegangen. Fagnoli war zwei Jahre jünger, ein Verbrechertyp mit Pomade im Haar, der sich dauernd Strafen eingehandelt hatte, weil er betrunken zur Schule gekommen oder beim Rauchen im Jungenklo erwischt worden war. Im zweiten Jahr hatte er die Schule abgebrochen, um einen der Müllwagen seines Onkels zu fahren. Jetzt war er Bulle.

Hesh sah sich um. Sasha Freeman hatte es nicht geschafft. Und Morton Blum auch nicht. »Wahrscheinlich ich«, sagte er.

»Aha, Sie also?« Fagnoli gab kein Zeichen des Wiedererkennens.

»Jude!« kreischte ein Patriot. »Hitler hat dich nicht erwischt, aber wir kriegen dich!«

»Verdammt noch mal, was glauben Sie eigentlich, was Sie hier machen, Mister?« fragte Fagnoli.

»Sie wissen ganz genau, was wir hier machen.« Hesh sah ihm fest in die Augen. »Wir üben – übrigens auf Privatbesitz – unser Recht aus, uns friedlich zu versammeln.«

»Friedlich?« Fagnoli brüllte das Wort heraus. »Friedlich?« wiederholte er und zeigte dann mit dem Daumen in Richtung der Menge. »Das nennen Sie friedlich?«

Hesh gab es auf. »Hören Sie«, sagte er, »wir wollen damit nichts zu tun haben. Das Konzert ist aus. Abgeblasen. Vorbei. Wir wollen nichts weiter als weg hier.«

Fagnoli grinste ihn jetzt frech an. »Weg?« sagte er achselzuckend. »Sie haben die Scheiße hier angerichtet, jetzt wischen Sie sie auch selber auf.« Und dann drehte er ihm den Rücken zu und ging davon.

»Officer. Bitte. Wenn Sie denen sagen, sie sollen nach Hause gehen, dann würden sie auf Sie hören.«

Fagnoli wirbelte herum, als hätte er einen Schlag in den Rücken bekommen. Seine Miene war wie eine geballte Faust. »Leck mich doch!« zischte er.

Hesh sah ihm nach, wie er zur Straße zurückstolzierte, sich einen Weg durch den Mob bahnte und kurz stehenblieb, um mit Van Wart und Outhouse und den anderen Rädelsführern zu konferieren. Dann wandte er sich an seine Kollegen und sagte mit so lauter Stimme, daß es bis zu Hesh und seinen Leuten hinüberdrang: »Die wollen weg hier, Jungs. Was sagt ihr dazu?«

Ein Mann mit Schiffchenmütze fing an zu grölen. »Weg? Niemals kommt ihr hier weg! Jedes Niggerschwein machen wir kalt! Und jede Judensau auch!« Die Menge begann zu brüllen. Fagnoli und die beiden anderen Bullen waren verschwunden.

Gleich darauf erfolgte der zweite Angriff. Die Patrioten stürmten johlend auf dem schmalen Weg heran, schwangen Zaunpfähle und Brechstangen, schleuderten Steine und Flaschen, warfen sich mit all der Macht und Wucht von denen, die hinter ihnen kamen, in die Verteidigungslinie. Hesh hielt die Stellung, packte einen Mann, der mit einer Latte auf ihn losging, und knallte ihm die Faust mitten ins Gesicht, bis er spürte, wie etwas brach. Wieder dauerte das Handgemenge nur wenige Minuten, dann fielen die Angreifer zurück. Aber Hesh war verletzt. Genau wie seine Mitstreiter. Verletzt und zu Tode erschrocken. Sie mußten unbedingt die Außenwelt benachrichtigen, die Polizei rufen, mit dem Gouverneur, mit der ›New York Times‹ telefonieren – sie mußten Hilfe holen. Und zwar schnell. Wenn nicht bald Hilfe käme, dann würden einige von ihnen tot auf der Straße liegen, ehe die Nacht zu Ende war, daran zweifelte niemand.

Zu diesem Zeitpunkt kam Truman zum Einsatz. Wie Hesh war er zwar vor fast vier Jahren aus dem Militär entlassen worden – aber im Gegensatz zu Hesh und den meisten anderen Veteranen hatte er sich nach dem Krieg die regelmäßigen Leibesübungen nicht abgewöhnt. Er hielt sich mit einem täglichen Programm von Gymnastik, Querfeldeinlauf und Gewichtheben in Form wie damals in seiner Zeit beim militärischen Abschirmdienst in England. Mit zweiunddreißig war er kaum weniger durchtrainiert als der achtzehnjährige Dynamo, der die Teams von Hendrick Hudson in zwei Sportarten zum Bezirkssieger gemacht hatte. Als Hesh klar wurde, daß jemand Hilfe holen mußte, gab es für ihn keine Frage: Truman war der Richtige dafür.

Nachdem er seine Truppe instruiert hatte, um jeden Preis auszuhalten, hastete er die Straße zur Weide zurück, vorbei an den lächerlich wenigen Autos und Bussen der Konzertbesucher und in weitem Bogen um die Bühne, wo tausend Klappstühle unbesetzt herumstanden. Im Laufen sah er kurz Christina, die blaß und mit finsterer Miene am Tisch vor ihren Flugblättern saß, und die anderen Frauen, die sich vor der leeren Bühne in Grüppchen zusammengeschart hatten. Da und dort spielten Kinder, aber leise und mit Bewegungen, wie sie für ein Unterwasserballett hätten einstudiert sein können. Eine der überrannten Ordnerinnen – ein sechzehnjähriges Mädchen – kauerte allein unterhalb der Bühne, auf dem Kragen ihrer Bluse erblühte eine grellrote Nelke aus Blut.

Als er Truman fand, lehnte der an einem Baum, von dem aus er die ganze Wiese bis zur Straße am anderen Ende des

Grundstücks im Blick hatte. Piet war bei ihm, und sie besprachen sich mit gedämpfter Stimme wie zwei Militärstrategen beim Anblick eines Schlachtfelds – was den Verhältnissen recht nahe kam. Ihr Trupp hatte zwei der Patrioten auf der Wiese erwischt und sie vertrieben, ansonsten war alles ruhig. Hesh erläuterte die Lage und fragte Truman, ob er versuchen wolle, sich zu einem Telefon durchzuschlagen. Es sei gefährlich, und er würde Christina zurücklassen müssen, aber wenn er nicht durchkäme, dann sehe es so aus, als wäre das Schlimmste zu befürchten.

Truman zuckte die Achseln. Klar, er wollte es versuchen.

»Gut«, sagte Hesh. »Gut. Wenn die Polizei erfährt, daß wir telefoniert haben, wenn sie erfährt, daß wir die Zeitungen informiert haben, dann können sie nicht mehr anders – sie müssen uns raushelfen.«

Truman starrte auf seine Schuhe. Er sah kurz zu Hesh auf, dann senkte er wieder den Blick. In der Ferne hörten sie das Gebrüll des Mobs. »In Ordnung«, sagte er. »Ich gehe. Aber Piet will ich mitnehmen.«

Hesh musterte Piet. Sein Gesicht war ausdruckslos und bleich, und seine Ohren wirkten unnatürlich groß im Verhältnis zum Körper. Er konnte nicht viel größer sein als einsfünfundvierzig, und wenn er vierzig Kilo wog, dann mußte die Hälfte davon in den komischen altmodischen Schnallenstiefeln, die er immer anhatte, stecken. »Was soll's«, murmelte Hesh. »Nimm ihn mit.« Piet hatte mit dem Ganzen ohnehin nichts zu tun – er war bloß aus Jux mitgekommen –, außerdem hätte er wohl nicht mal die Großmutter von einem der Hurrapatrioten zurückhalten können. »Bist du sicher, daß er dich nicht aufhält?«

Truman antwortete, Piet könne schon auf sich selbst aufpassen, dann drehte er sich um und ging quer über die Wiese. Der kleine Kerl hielt im Laufschritt mit ihm mit und verschwand beinahe im hohen Gras. Das war das letzte, was Hesh – oder sonst jemand – in jener Nacht von ihnen sah.

Lola machte eine Pause. Sie hatte noch eine Zigarette angezündet und sie verqualmen lassen. Die Kaffeetasse war leer. Als Walter die Geschichte zum erstenmal gehört hatte, hatte er sie an dieser Stelle unterbrochen, um zu fragen, was mit ihnen geschehen war; auch jetzt wollte er es wieder hören. »Was ist mit ihnen passiert?«

Das wußte niemand genau. Es war, als hätten er und Piet sich einfach in Luft aufgelöst. Bei der Polizei oder den Zeitungen war kein Anruf verzeichnet worden. Als Hesh am nächsten Morgen an die im holländischen Stil bemalte Tür von Piets möbliertem Zimmer in Peterskill klopfte, antwortete niemand, und auf keinen der Verletzten in den umliegenden Krankenhäusern paßten die Beschreibungen. Hesh befürchtete, sie seien ermordet worden, vom Mob totgeschlagen und in einen Wassergraben neben der Straße geworfen. Obwohl die Kopfschmerzen ihm wie ein Vorschlaghammer im Schädel dröhnten, obwohl er an den Unterarmen mit zehn Stichen und an der rechten Schläfe mit einem weiteren halben Dutzend genäht worden war, obwohl ihn der Streß und der Mangel an Schlaf völlig ausgelaugt hatten, war er am Morgen nach den Unruhen beim ersten Tageslicht unterwegs und durchstöberte die Büsche zu beiden Seiten der Van Wart Road. Er fand nichts. Zwar konnte er es damals nicht ahnen, aber es sollte fast fünfzehn Monate dauern, bis Lola und er Truman wieder zu Gesicht bekamen. Und Piet – Piet war endgültig verschwunden.

Zwei Tage nach den Unruhen tauchte Truman im Bungalow hinter dem Haus der Rosenbergs auf. Mittlerweile war Christina mit den Nerven am Ende. Walter war drei Jahre alt. Er klammerte sich an die Knie seines Vaters und schrie: »Daddy, Daddy!«, aber Truman beachtete ihn nicht. Er grinste Christina schief an und begann, seine Sachen zu packen. »Wir haben geglaubt, du wärst tot«, sagte sie. »Was ist passiert? Was tust du da?« Er antwortete nicht. Packte einfach nur seine Koffer. Pullover, Unterwäsche, Bücher – seine kostbaren Bücher. Walter weinte. »Haben sie dich geprügelt, ist es deswegen?« schrie Christina. »Truman, sag doch was!«

Ein Wagen stand vor dem Haus. Es war ein Buick, und so einen hatte damals Depeyster Van Wart. Auf dem Beifahrersitz, hinter dem Armaturenbrett kaum zu sehen, hockte Piet. »Tut mir leid«, sagte Truman, dann war er weg.

Es war fast ein Jahr nach dem Begräbnis, als er wieder auftauchte. Unrasiert, betrunken, eine jämmerliche Gestalt, von der die Kleider herabhingen wie Bettlerlumpen, so stand er vor Lolas Tür und verlangte, seinen Sohn zu sehen. »Er wurde ausfallend, Walter«, sagte Lola. »Ein völlig anderer Mensch. Er hat mich beschimpft.« Das war nicht der Mann, den sie gekannt hatte – das war irgendein Wahnsinniger von einer Ecke des Times Square, ein Penner. Als Hesh aus dem Keller heraufkam, um nachzusehen, was los war, versuchte Truman, sich an ihm vorbeizudrängen, und Hesh schlug ihn, schlug ihn erst ins Gesicht und dann in den Magen. Truman ging zu Boden, kauerte auf Händen und Knien auf der Veranda und keuchte, daß ihm die Tränen in die Augen traten. Hesh knallte die Tür zu.

Inzwischen waren alle davon überzeugt, daß Truman sie verraten hatte, daß er schon immer mit den »Patrioten« sympathisiert und seinen Freunden und seiner Familie auf brutalste und berechnendste Weise den Rücken gekehrt hatte. Rose Pollack, die an jenem Abend nicht bis zum Konzertgelände durchgekommen war, hatte ihn zusammen mit Depeyster Van Wart und LeClerc Outhouse auf der Straße stehen sehen, kurz bevor ein Verbrecher einen Ziegelstein durch ihre Windschutzscheibe warf, und an dem Tag, als er in der Colony aufgetaucht war, um Walters Mutter das Herz zu brechen und seine Bücher und Unterwäsche einzupacken, hatte Lorelee Shapiro ihn am Steuer von Van Warts Wagen gesehen. Jedenfalls sagte sie das.

Lola wußte nicht, was sie denken sollte – und Hesh auch nicht. Sie hatten ihn gern gehabt, diesen fröhlichen Burschen, der immer lächelte, er war ihr Genosse und Freund gewesen, der Mann von Christina Alving, der Vater ihres Patensohns. Nach den Unruhen waren die Leute hysterisch – man suchte nach Sündenböcken. Lola – und Hesh auch, Hesh auch – hatte an ihn glauben wollen, aber der Augenschein sprach gegen ihn. Zum Beispiel die Art, wie er sich davongemacht hatte. Und dann war da auch die schreckliche, schicksalhafte Nacht während der Unruhen.

Bei der Staatspolizei hatte Truman nie angerufen, bei der ›Times‹ auch nicht. Und zwanzig Minuten, nachdem er über die Wiese losgegangen war, schwärmten aus derselben Richtung einhundert Patrioten grölend herein – ungehindert. »War das ein Zufall, Walter? Glaubst du das?« Jetzt stellte Lola die Fragen. Walter antwortete nicht.

Es wurde dunkel, und auf der Straße hatte der Mob angefangen, Hesh und seine Mannen mit Steinen zu bewerfen – faustgroß oder größer, viele Hunderte von Steinen, die gegen die Seite des Lastwagens krachten, die Männer im Gesicht und im Unterleib, auf Brust und Beine trafen. Einer der Priesterseminaristen stürzte zu Boden, die Nase zu Brei zermalmt; der schwarze Docker, ein riesiger Kerl, der ein gutes Ziel abgab, blutete bereits aus einer Platzwunde am Kopf, als ihn eine Salve von Steinen in die Knie gehen ließ.

Die Patrioten waren jetzt noch zehn Meter entfernt und rückten immer näher. Ihre Arme schwangen vor, Steine prallten vom Wagen ab, kollerten über die Straße, trafen mit dumpfem, feuchtem Aufprall ihre Ziele. Ständig hörte Hesh dieses Geräusch, das klang wie ein Fleischerhammer auf einem Steak – klatsch, klatsch, klatsch –, und er wußte, daß sie am Ende waren. Er sah den Docker zu Boden sinken, dann wurde er selbst an beiden Beinen getroffen; im selben Moment streifte ein Stein seine Wange, und als er den Arm hob, um das Gesicht zu schützen, traf ihn eine

Bierflasche in die Rippen. Es war lächerlich. Sinnlos. Der reinste Selbstmord. Er war kein Märtyrer. »Weg hier!« schrie er plötzlich. »Rennt weg, los!« Blutend und zerschlagen, mit zerfetzten Anzügen und Sporthemden zogen sich die Verteidiger zurück, liefen um den Lastwagen und hetzten Hals über Kopf den dunklen Weg entlang. Mit wildem Geschrei stürzten ihnen die Patrioten hinterher.

Zunächst flüchteten Hesh und die anderen in heller Panik, ohne Ziel, jeder für sich. Doch das änderte sich, als sie das Konzertgelände erreichten. Die Wiese war hell erleuchtet – eine der Frauen hatte den Generator und die Bühnenlampen eingeschaltet, als es dunkel wurde –, und Hesh und seine benommenen Genossen mußten mitansehen, wie hundert Männer mit blutunterlaufenen Augen zwischen ihren Frauen und Kindern Amok liefen. Es war unerträglich. Ohne zu zögern – ohne auch nur das Tempo zu vermindern – schlossen sie sich wieder zusammen und warfen sich in keilförmiger Formation in den Kampf, schwangen Stöcke und Fäuste, wütend und wild und zum Sterben bereit. Unter der Wucht ihres Ansturms wichen die Patrioten zurück, und jene Frauen und Kinder, die sich auf der Wiese befanden, rannten zur Bühne hin, als wäre sie ein Rettungsboot in tosender See. Hesh und seine Männer rangen noch eine Weile mit ihren Gegnern und hasteten dann selbst auf die Bühne zu, als auch die Patrioten von der Straße auf sie losgingen. Da schleuderte eine unbekannte Hand die Flasche, die Hesh niederstreckte. Eben noch hatte er ein Kind auf die Bühne gehoben, im nächsten Augenblick lag er flach auf dem Boden.

Hesh erfuhr nie, wie lange er bewußtlos gewesen war – eine halbe, eine dreiviertel Stunde? Aber als er aufwachte, war es pechschwarze Nacht. Das einzige Licht kam von einem Lagerfeuer vor der Bühne, und die Patrioten waren weg. Ihre Wut hatten sie an den Klappstühlen, den Flugblättern, den Tischen und der Verstärkeranlage ausgelassen. Einer hatte die Lampen zerschlagen, und dann hatten sie auf der Wiese gewütet: Stühle zertrümmert, Bücher und Flugzettel verbrannt, die Scheiben der Autos und Busse auf dem Parkplatz eingeworfen. Sie waren wie Indianer im Film, sagte Christina später. Wie Wilde. Kreischten und heulten wie Tiere. Sie zerstörten alles, was sie in die Finger bekamen, und dann, wie auf ein verabredetes Signal, verschwanden sie. Ein paar der Frauen waren im Getümmel verletzt worden, ein Dutzend anderer schrie hysterisch (darunter auch Christina, die weder Truman noch Hesh entdecken konnte und das Schlimmste fürchtete), und mehrere der Männer hatten gebrochene Knochen und Platzwunden, die genäht werden mußten, aber niemand war gelyncht worden, niemand war tot.

Kurz nachdem Hesh wieder zu Bewußtsein gekommen war, näherten sich sechs Scheinwerferpaare oben auf der Schotterstraße, die von den Patrioten netterweise freigeräumt worden war, indem sie den Lastwagen ins Gebüsch gekippt und die Barriere auf der Van Wart Road teilweise beseitigt hatten. Fröstelnd und in Erwartung eines neuerlichen Verrats kauerten sich die Konzertbesucher auf der Bühne zusammen und sahen zu, wie die kalten Lichtkegel näherkamen. Dann wurden auf einmal die rotierenden Rotlichter auf den Streifenwagen eingeschaltet; und eine Frau rief: »Gott sei Dank, endlich sind sie da!«

Den Rest wollte Walter nicht hören. Er wollte nicht hören, wie Lorelee Shapiro die Staatspolizei erreicht hatte, die von der Sache längst wußte, aber sich verdammt viel Zeit ließ, bis sie am Tatort erschien, oder wie seine Mutter einen Nervenzusammenbruch hatte, oder wie Lola mithalf, das zweite Konzert zu organisieren, das eine Woche später auf demselben blutgetränkten Gelände abgehalten wurde. Bei diesem Konzert traten tatsächlich Paul Robeson und Will Connell auf, vor 20000 Zuhörern, und es gab keinerlei Probleme – bis das Publikum nach Hause wollte. Er wollte nichts über den zweiten Aufstand hören und darüber, wie die Autos und Busse entlang der ganzen Van

Wart Road bis zur Schnellstraße mit Steinen beworfen wurden, wollte nichts wissen von der heimlichen Duldung durch die Polizei, von den johlenden Veteranen des ersten Aufstands und deren Armbinden mit der Aufschrift WACH AUF, AMERIKA! PETERSKILL IST SCHON WACH! All das war Geschichte. Er wollte nichts anderes hören, als daß sein Vater kein Verräter, kein Überläufer, kein Spitzel und keine miese Type war.

»Beim zweiten Konzert war es noch schlimmer, Walter«, sagte Lola, die jetzt von ihrer eigenen Erzählung mitgerissen war, vor sich im Aschenbecher eine neue Zigarette, aber Walter hörte ihr nicht mehr zu. Er entsann sich der Szene in der Küche des Bungalows, so wie er sich an einen lange zurückliegenden Alptraum erinnern würde, erinnerte sich daran, wie er sich an die Beine seines Vaters geklammert hatte, während seine Mutter schrie, erinnerte sich an Trumans Geruch, an seinen Schweißgestank, wie ein geiler Kater, an den süßen, verderbten Duft nach Alkohol. Nein! hatte seine Mutter gekreischt. Nein! Nein! Nein!

»Aber wir mußten es einfach tun, Walter – wir konnten ihnen das nicht durchgehen lassen. Wir mußten ihnen zeigen, daß das hier Amerika ist, daß wir sagen und denken und tun dürfen, was wir wollen. Zwanzigtausend sind gekommen, Walter. Zwanzigtausend!«

Abschaum. Sein Vater war Abschaum. Einer, der seine Freunde verraten und Frau und Kind im Stich gelassen hatte. Warum dagegen ankämpfen? Das dachte Walter gerade, als er vom Tisch aufblickte und seinen Vater neben dem Ofen stehen sah, eingerahmt von Lolas Kopf und dem starren theatralischen Zeigefinger ihrer rechten Hand. Er sah aus wie neulich im Krankenhaus – ordentlich, in Anzug und Krawatte, das Haar frisch geschnitten und gekämmt, aber immer noch barfuß. *Glaub es nicht*, sagte Truman leise.

Lola sah und hörte ihn nicht. »Tiere, Walter. Sie waren wie die Tiere. Dreckiges Gesindel. Nazis.«

Gibt immer zwei Seiten, Walter, sagte sein Vater. *Jede Geschichte hat zwei Seiten.*

Plötzlich schnitt ihr Walter das Wort ab. »Ist gut, Lola. Danke. Ich habe genug gehört.« Er stieß sich vom Tisch hoch und kämpfte mit den Krücken. Draußen saßen die Vögel reglos in den Bäumen, und blaßgelbe Falter taumelten wie Konfetti durch Kathedralen aus Sonnenlicht. Truman war verschwunden. »Er muß einen Grund gehabt haben«, sagte Walter. »Mein Vater, meine ich. Niemand weiß, was wirklich passiert ist, oder? Du bist nicht mal dabeigewesen, und meine Mutter ist tot. Ich meine, niemand weiß es genau.«

Lola zog lang und tief an ihrer Zigarette, ehe sie antwortete. Ihr Blick war seltsam entrückt, ihre Gesichtszüge durch den Rauch verschleiert. »Geh doch und frag Van Wart«, sagte sie.

Unter Wilden

Sie lebte in einer Rindenhütte am Rand eines Dorfes der Weckquaesgeeks, von Buren und Rothäuten gleichermaßen geächtet, und sie hatte sich den Kopf mit einer Austernschale kahlgeschoren, zum Zeichen der Entsagung und der Buße. An jenem schicksalhaften Tag vor drei Jahren, als der Zorn Gottes die Eiche verschonte, nur um auf ihr Zuhause niederzufahren und ihre Familie auszulöschen, vergnügte sich Katrinchee, anstatt mit den anderen draußen auf dem Feld zu arbeiten und später, als der Blitz einschlug, bei ihnen in der Hütte zu kauern, an einem lauschigen Plätzchen mit Mohonk, dem Sohn des Sachoes, und einem Steinkrug voll Gin. Sie streichelte ihm über Brust, Schenkel und Lenden, so wie auch er sie streichelte, und sie trank Gin, um die Schuldgefühle zu lindern, die sie wegen des Todes ihres Vaters empfand. (O ja: diese Schuld verfolgte sie Tag und Nacht. Sie konnte keinen Suppentopf sehen, ohne an ihren Vater zu denken, und der Gedanke an Wild in jedweder Erscheinungsform war für sie so unerträglich, daß sogar ein im Wald aufgescheuchtes Reh ausreichte, sie schwindlig werden und ihr die Übelkeit im Hals aufsteigen zu lassen.) Als ein junger Kitchawanke in den Wigwam gestürzt kam, in dem sie Schutz vor dem Gewitter gesucht hatten, atemlos, mit rollenden Augen, die Zerstörung schildernd, die von den Himmeln geregnet war, stiegen die Schuldgefühle mit solcher Macht in ihr auf, daß sie fast erstickte. *Moeder*, keuchte sie, dann brach sie zusammen, als wären ihr die Beine weggeschossen worden. Wie sie so dalag in ihrer Benommenheit, verständnislos in die Gesichter von Mohonk, Wahwahtaysee und den wild bemalten Fremden starrte, die über ihr schwebten, spürte sie eine neue und unerträgliche Erkenntnis in ihren Venen pulsieren: Sie hatte sie alle getötet. Ja. Hatte sie genauso getötet, als hätte sie sie an die Wand gestellt und erschossen. Zuerst ihr Vater, und jetzt das: Sie hatte mit einem Heiden das Bett geteilt, und hier war die Rache Gottes. In ihrer Not und Verzweiflung schor sie sich den Skalp mit einer geschärften Muschel und vergrub sich dann in Mohonk.

Ihr Sohn Squagganeek* wurde im nächsten Jahr geboren. Seine Augen waren grün wie die von Agatha, und diese Besonderheit war Anlaß für beträchtliche Verwirrung bei den Kitchawanken. Es waren Augen der Habgier, die Augen eines Teufels, eines Zauberers, eines Weißen, so argumentierte die eine Fraktion und wollte den Säugling aussetzen, damit er die Ödnis der Welt durchwanderte. Doch eine andere Fraktion, darunter auch Wahwahtaysee, wies darauf hin, daß er der Sohn eines Häuptlingssohnes sei und daß ihm daher ein Platz innerhalb des Stammes zustehe. Wie sich zeigen sollte, war die ganze Debatte von wenig Belang. Denn es war Mohonk, und zwar Mohonk allein, der über das Schicksal seines Sohnes entschied.

Mohonk aber benahm sich sonderbar. Seitdem sie sich das Haar abgeschnitten hatte, kam er Katrinchee verändert vor. Er war reizbar. Er war mürrisch. Mit schwerer Zunge ließ er gegen gänzlich harmlose Gegenstände endlose Tiraden los – Steine, Erdklumpen, am Boden liegendes Laub. Er trank Gin, und er wurde verrückt davon. Schnee-Eule nannte er sie und zeigte höhnisch auf ihren kahlen Kopf. Ihr Haar war von der Farbe der Bauchfedern des Falken gewesen, kupferrot, geheiligt und unerreichbar. Jetzt aber, mit dem glatten weißen Schädel, der an eine runde Zwiebel erinnerte, und den Augen, die in unendlich tiefem Kummer vor sich hin starrten, sah sie aus wie eine Schnee-Eule. Eines Nachts, nach einem Dreitagesrausch von dem Wacholderschnaps, den er in Jan Pieterses Laden geklaut hatte, kam er schwankend auf die Beine und baute sich vor Katrinchee auf, die gerade den Kleinen stillte. »Schnee-Eule«, sagte er, und der Schein des Feuers zog seine Bak-

* Blätter-Auge

kenknochen in die Länge und verbarg seine Augen hinter Schatten, »geh und fang dir eine Maus.« Dann raffte er den Waschbärmantel fest um sich und taumelte staksig in die Nacht hinaus. Sie sah ihn niemals wieder.

Für die Weckquaesgeeks war sie eine heilige Närrin, eine der umherirrenden Wahnsinnigen, denen Visionen gewährt wurden. (Und Visionen hatte sie. Wenn sie fröstelnd in ihrer Hütte saß und Squagganeek die Brust gab, sah sie Harmanus mit den vom Sturz verrenkten Gliedern, wie er einen makabren Tanz aufführte; sie sah Agatha wütend den Besen schwenken; sie sah Jeremias und die gräßliche, verhärtete Narbe, in der sein Bein endete.) Am Tag nachdem Mohonk verschwunden war, hatte sie ihre Sachen gepackt, sich Squagganeek auf den Rücken geschnallt und war dem Fluß nach Norden gefolgt; zwei Tage später hatte sie mit letzter Kraft das Lager der Weckquaesgeeks erreicht, das auf einem öden, windgepeitschten Strandstück am Fuß des Suycker Broodt lag. Mit kahlgeschorenem Kopf, zerfetztem Kleid und bebenden Lippen, die pausenlos vor sich hin murmelten, kam sie ihnen vor wie eine Erscheinung, wie ein bleiches Gespenst, und alle liefen herbei, um sie und den Wechselbalg anzustarren, den sie in den Armen hielt. Erschöpft lehnte sie sich an einen Baum und sank zu Boden; nach wenigen Minuten war sie eingeschlafen.

Als sie am Morgen aufwachte, bemerkte sie, daß jemand ihr ein Bärenfell über die Beine gebreitet und eine Schale mit Maisbrei auf den Baumstumpf neben sie gestellt hatte. Die Weckquaesgeeks – ein Stamm verwahrloster Pechvögel, die ständig Finger, Zehen und Augen einbüßten und von Seuchen heimgesucht wurden – beobachteten sie aus ehrfürchtigem Abstand. Langsam, mit zitternden Händen und rollenden Augen, hob sie die Schale zum Mund und aß. Dann, nachdem sie Gesten des Dankes gemacht und Squagganeek gestillt hatte, stand sie auf und ging daran, sich an einem Baumstamm eine primitive Hütte zu bauen. Von da an fand sie jeden Morgen eine Schale mit Kürbismus oder Störfisch oder Eichelbrei vor ihrer Tür, manchmal auch eine Taube oder ein Kaninchen (aber kein Wild – nein, niemals Wild).

Die Zeit verging. Squagganeek wurde größer. Sie hockte in der Hütte und kaute Tierhäute weich, bis sie sich zum Verarbeiten eigneten, trug Mokassins und Lederschürze wie eine Squaw und schor sich den Kopf bis auf die Haut, sobald sie beim zufälligen Hinfassen frische Borsten sprießen fühlte. Winzig klein und verdreckt war ihre Hütte, eine Brutstätte für Zecken, Sandflöhe, Schnaken und Stechfliegen, kaum besser als der Bau eines Tiers. Doch was durfte sie anderes erwarten? Es war, was ihr gebührte.

Einmal dachte sie daran, um ihres Sohnes willen nach Van Wartwyck zurückzukehren, sich der Gnade des *patroon* auszuliefern und um Arbeit und ein Dach über dem Kopf zu betteln, doch sie wußte, daß sie keine Gnade finden würde. Sie war ein Indianerliebchen, eine Abtrünnige, eine Hure: Was sie getan hatte, war strafbar. Die holländischen Gesetze, waren sie auch durch bislang nicht formuliertes englisches Recht ersetzt worden, verlangten für den Beischlaf mit einer Squaw eine Geldstrafe von fünfundzwanzig Gulden, die sich auf fünfzig erhöhte, sofern sie empfing, und auf einhundert, wenn sie das Kind zur Welt brachte; der Gedanke, eine weiße Frau könne mit einem dieser schmierigen, nach Moschus riechenden Wilden Unzucht treiben, war den braven Bürgern und Bauern so absolut undenkbar gewesen, daß sie sich dafür kein spezielles Strafmaß ausgedacht hatten – Verstümmelung der Gliedmaßen und Verbannung würden es zur Not schon tun.

Und so blieb es – das Leben eine einzige Serie von Wunden, keine Freuden außer ihrem Kind, die Jahreszeiten folgten aufeinander in gleichförmiger Wiederholung –, bis eines Tages im Frühsommer eine ihrer Visionen Gestalt annahm und sie erlöste. Sie hockte in der Hütte und kaute Leder weich, Squagganeeks Weinen drang leise an ihr Ohr, während die Kinder der Weckquaesgeeks ihn wegen seiner grünen Augen und der verrückten weißen Mutter quälten, als in der Tür ein Gesicht auftauchte. Im Traum oder in der Glut des Feuers hatte sie dieses Gesicht schon tausendmal gesehen, doch jetzt war es irgendwie verändert, nicht mehr das Gesicht eines Jungen – nein, es war voller, härter, ausgeprägter. Sie kniff die Augen zusammen und murmelte eine Beschwörung. Nichts geschah. Das Gesicht hing weiterhin in der Tür, die so niedrig war, daß sich selbst ein Hund, der herein wollte, ducken mußte, hing dort wie körperlos, und die so vertrauten und doch so völlig fremden Züge furchten sich vor Schreck und Verblüffung. Sie wollte aufschreien, seinen Namen kreischen – irgend etwas tun, um den Bann zu brechen –, aber Jeremias kam ihr zuvor. Er sprach ein einziges Wort, und seine Stimme bebte ungläubig und erschüttert: »Katrinchee?«

Staats und Meintje hatten ihn bei sich aufgenommen, hatten ihn ernährt und eingekleidet und behandelt wie eines der eigenen Kinder. Er arbeitete mit Staats und dessen ältestem Sohn Douw auf dem Feld, schwang Sense und Bügelhacke wie ein Erwachsener, dabei war er erst sechzehn und hatte mit seiner Behinderung zu kämpfen. Wenn sie sich zu Tisch setzten, schob ihm Meintje das beste Stück Fleisch oder ein Extrastück Zucker für seinen Kakao zu, und immer nötigte sie ihm einen Nachschlag auf, als wollte sie die Zeit wiedergutmachen, in der er Not gelitten und niemand für ihn gesorgt hatte. Sie gaben ihm Liebe und Hoffnung, und Jeremias vergaß es ihnen nie. Doch wenn er an Van Wart dachte, der sich an der Arbeit anderer mästete, wenn er an den buckligen *schout* und diesen Fettarsch von Verwalter dachte, die ihn von dem Hof vertrieben hatten, auf dem seine Eltern gestorben waren, dann spürte er den Zorn brodelnd in sich aufsteigen wie Eiter in einer Wunde.

Zweieinhalb Jahre lebte er im Einklang mit sich, dachte weder an die Vergangenheit noch an die Zukunft, schnitzte sich alle paar Monate eine neue Stütze für sein Holzbein, denn er wuchs und entwuchs dem alten Holzpflock ständig, kratzte an der Akne herum, die ihm wie Brotschimmel auf Gesicht und Nacken sproß, jagte in den Wäldern und angelte im Fluß. Doch eines Nachmittags stand er in Jan Pieterses Laden – um Angelhaken zu kaufen, wie er sich sagte, aber in Wahrheit verspürte er eine Unruhe, eine Art Atemnot, eine nie gekannte, undefinierbare Unzufriedenheit, und er wollte einfach eine Zeitlang von der Farm weg –, und all das änderte sich schlagartig. Er stand im hinteren Teil des Ladens, genoß die Gerüche, die Stille, die satten, reglosen Schatten, die wie der Hintergrund eines Gemäldes waren, das er einmal im Mittelschiff der Kirche von Schobbejacken gesehen hatte, er schlenderte zwischen den Pelzen umher, die von geheimnisvollen, wilden Gegenden erzählten, zwischen Fässern mit Bier und Salzheringen, zwischen Säcken voll Gewürzen, Tuchballen und Schnapsbuddeln. Von draußen, durch die offene Tür, drangen die Stimmen von Jan Pieterse und dem Bauern Ten Haer gemächlich durch die sengend heiße Nachmittagssonne herein. Jeremias lehnte sich an einen Pelzstapel, die Angelhaken warm in seiner Hand, und schloß die Augen.

Als er sie wieder öffnete, stand ein Mädchen vor ihm, mit dem Rücken zur Wand, und machte ein Gesicht, als hätte sie eben eine Kröte im Butternapf entdeckt. »Oh«, sagte sie, sah beiseite, suchte seinen Blick und sah sofort wieder weg. »Ich wußte nicht, daß jemand hier drin ist.« In der Hand hielt sie einen Streifen Borte, und sie trug einen schlichten Rock, ein Leinenhäubchen und eine weiße Bluse, die ihre Arme über den Ellenbogen einzwickte.

»Ja, aber ich, äh, bin eben hier drin«, sagte Jeremias. Er kam sich blöd vor; es war, als hätte er Spinnweben im Hirn. »Äh, ich meine, ich wollte ein paar Angelhaken kaufen.« Er hielt ihr die offene Hand hin, um sie ihr zu zeigen.

»Tja«, sagte sie, »und ich wollte Borte kaufen.« Sie schlenkerte ein schwarzes Taftband und lächelte.

Er lächelte zurück und sagte, er habe sie noch nie hier gesehen.

Sie zuckte die Achseln, als fände sie, das sei eben Pech für ihn gewesen, und dann hielt sie es für notwendig, auf einem Bein zu balancieren und mit dem Zeigefinger ihr Haar einzudrehen, während sie erklärte, sie wohne in Croton, nahe beim Haus der Van Warts. Als Nachsatz fügte sie hinzu: »Aber *vader* nimmt mich manchmal mit, wenn er hier zu tun hat.«

Dann verstummten beide, und Jeremias wurde sich einer neuen Stimme draußen vor der Tür bewußt – einer Stimme, die er schon einmal gehört hatte, Kadenzen, die aus einem dunklen Winkel seiner Erinnerung emporstiegen. Er hörte Ten Haers Gruselgeschichten über Wolf Nysen, hörte Jan Pieterses spöttischen Kommentar dazu und dann diese andere Stimme, und es lief ihm kalt den Rücken hinab.

»Und du?« fragte sie schließlich.

Jan Pieterses Hund änderte mit genüßlichem Schnaufen seine Lage zwischen den Pelzen. Jeremias sah in ein Paar Augen, die so funkelten wie das Delfter Porzellan der Reichen und von einem Blau waren, so tief wie die Schelde. »Ich?« sagte er. »Ich wohne bei den van der Meulens, aber ich bin ein Van Brunt. Jeremias Van Brunt. Diesen Sommer werde ich siebzehn.«

»Ich bin Neeltje Cats«, sagte sie. »Ich bin gerade fünfzehn geworden.« Und dann, voller Stolz: »Mein Vater ist der *schout*.«

Ja. Natürlich. Der *schout*. Jeremias' Blick wurde hart, und er biß die Zähne zusammen.

»Was –?« begann sie und brach ab. Sie starrte auf sein schlaff hängendes Hosenbein. »Was ist denn mit dir passiert?«

Er blickte auf sein Holzbein hinunter, als sähe er es zum erstenmal. Plötzlich hatte sich die Atmosphäre verändert. Er sah nicht mehr die Pelze, sondern nur die Klauen, die im wabernden Licht der offenen Tür trübe schimmerten. »Ich hatte einen Unfall«, sagte er. »Als ich vierzehn war.«

Sie nickte, wie um zu sagen: Das macht doch nichts, es

ist eben eine rauhe Welt – jedenfalls waren ihre Eltern dieser Meinung. »Mein Vater sagt, Pieter Stuyvesant war auch ein großer Mann, obwohl er nur ein Bein hatte.«

»War er auch«, sagte Jeremias. »Ist er immer noch.« Und dann spürte er auf einmal, wie sich etwas in ihm löste, irgendein Band, das ihn eingeschnürt hatte, und plötzlich spielte er den Hanswurst, sauste mit seinem Holzbein über den Boden, Haarsträhnen in den Augen und mit grimmig verzerrtem Gesicht, und schwang ein imaginäres Schwert gegen die Engländer wie der große Kämpe höchstpersönlich.

Neeltje lachte. Rein, ungetrübt, so wunderbar wie Sphärenmusik, und bei diesem Lachen wurde er schwach. Nein, er stach sich nicht mit einem der Haken in den Finger oder fiel kopfüber in das Faß mit Schweinsfüßen in Sülze, aber schwach wurde er trotzdem. Ihr Lachen war eine Offenbarung. Er sah sie an, lachte jetzt selber, musterte sie genau, wie sie grinsend mit der Borte in der Hand dastand, und er sah seine Zukunft vor sich.

Als er auf den Bauernhof zurückkam, fragte er als erstes Staats über sie aus. Sein Adoptivvater stand draußen vor dem Haus auf einem Stuhl und strich die Wand mit einer Tünche aus zerstoßenen Austernschalen. »Cats?« fragte er und hielt inne, um den breitkrempigen Hut nach hinten zu schieben und sich mit der Handfläche über den kahlen Schädel zu wischen. »Kannte mal einen Cats drüben in Volendam. Ein übler Schnorrer. Voller Pisse und Essig.«

Es dämmerte, und Jeremias hörte höflich zu, wie sein Stiefvater ihm eine detaillierte Schilderung der Bagatellverbrechen und Skandale gab, die auf das Konto jenes unseligen Cats – an den Vornamen dieses *duyvil* konnte sich Staats nicht mehr erinnern – gingen, vor über zwanzig Jahren in Volendam auf der anderen Seite der Welt. Als Staats einmal Luft holte, brachte ihn Jeremias behutsam ins Hier und Jetzt zurück. »Aber was ist mit dem *schout* – Joost Cats?«

Wieder hielt Staats inne. »Joost?« fragte er und suchte

nach dem Zusammenhang. »Ach so, ja, Joost. Aber der hat doch keine Tochter, oder?«

Meintje war auch keine große Hilfe. Bei der Erwähnung des *schout* setzte sie eine kämpferische Miene auf und gab Jeremias den Rat, die Vergangenheit lieber ruhen zu lassen. »Wenn ich du wäre«, sagte sie, »würde ich ihm nicht zu nahe kommen, und seiner Tochter auch nicht.«

Ein Monat schleppte sich dahin. Jeremias rodete Land, brannte Baumstümpfe ab, schichtete Steinmauern auf, melkte und fütterte die Kühe, jätete das Gerstenfeld und schaufelte Mist. Er aß Fisch, Geflügel und Wild, dazu Maiskuchen, Haferbrei und *bruinbrod*, trank Apfelwein und 'Sopus-Ale. Er schlief auf einer Maisstrohmatratze neben Douw van der Meulen, stibitzte Tabak und probierte ihn hinter der Scheune, schwamm nackt im Van Wart Creek. Und es gab lange heiße Nachmittage, an denen er zu seinem alten Hof hinüberwanderte und stundenlang in die Asche starrte. Bei alledem aber konnte er nie das Bild von Neeltje Cats abschütteln.

Dann kam der Tag, an dem ein pockennarbiger Kitchawanke in ausladend weiten Hosen an die Tür klopfte. Es war Mitte Juni, das Sonnenlicht wie ein feiner Schleier, und Jeremias hatte sich gerade mit der Familie zum Abendessen gesetzt. Meintje öffnete die Tür einen Spaltbreit, so wie sie in Volendam einen Hausierer empfangen hätte. »Ja?« fragte sie.

Aber da sprang Staats schon auf. Jeremias, Douw und die drei jüngeren Kinder sahen ihn überrascht an. »Aber das ist ja der alte Jan«, sagte er, und Meintje machte die Tür ganz auf.

Der Kitchawanke hatte kein Hemd an, sein Oberkörper war eine Landkarte aus Narben, Schürfwunden und entzündeten Insektenstichen, die Mokassins zerrissen und schlammverschmiert. Er war in der Gegend als Gelegenheitsarbeiter bekannt, der von Dorf zu Dorf zog und für einen Deut oder einen Krug Bier Botschaften überbrachte. Er hatte die Windpocken überlebt, die seinen Stamm vor dreißig Jahren dahingerafft hatten, allerdings hatte das Fieber sein Hirn aufgeweicht. Staats kannte ihn aus Jan Pieterses Laden, Meintje hatte ihn noch nie zuvor gesehen.

»Was gibt's, Jan?« fragte Staats. »Hast du eine Botschaft für uns?«

Der Indianer stand reglos in der Tür, das Gesicht zerschunden und mitgenommen wie ein uralter Felsblock. »Ja, ich habe eine Botschaft«, sagte er in stockendem, gebrochenem Holländisch. »Für den da«, und dabei deutete er auf Jeremias.

»Für mich?« Jeremias stand verwirrt vom Tisch auf. Wer sollte ihm eine Botschaft senden? Außer den Nachbarsjungen und den Menschen, die um den Tisch versammelt waren, kannte er keine Menschenseele in der großen weiten Welt.

Der alte Jan nickte. Dann drehte er sich um und zeigte auf eine Lücke in den Bäumen hinter der Scheune, und Jeremias, der jetzt mit Staats und Meintje, mit Douw und Barent, Klaes und der kleinen Jannetje an der Tür stand, sah eine hagere, in einen Waschbärfellmantel gehüllte Gestalt aus den Schatten hervortreten. »Deine Schwester«, begann der alte Jan, indem er sich zu ihm wandte, und plötzlich spürte Jeremias in seinen Ohren das Blut rauschen. Katrinchee. An sie hatte er eine Ewigkeit nicht mehr gedacht. Sie hätte ebensogut tot sein können, so vollständig war sie aus seinem Leben verschwunden. »Deine Schwester«, wiederholte der Indianer, dann verstummte er. Er sah Jeremias mit blicklosen Augen an.

»Ja? Was ist mit ihr?« fragte Staats.

Vom Waldrand hörte man Mohonks Stimme, drängend und keifend, und der Kopf des alten Jan schnellte hoch, als wäre er im Schlaf aufgeschreckt worden. »Sie glaubt«, murmelte er, »du wärst verbrannt und tot. Sie ist –« Wieder verlor er den Faden.

»Jan, Jan – los, rede weiter«, knurrte Staats und packte den Indianer am Arm, aber es war der Klang von Mohonks Stimme, der ihn wieder zurückholte. Mohonk hob die

Hände zum Mund und rief ein zweites Mal, und der Blick des alten Jan klärte sich für einen Moment. Er betrachtete die Umstehenden abwesend und sagte: »Ein Glas Bier.«

»Ja, ja, Bier«, sagte Staats. »Aber erst die Botschaft.«

Jan sah sie an, als wäre er eben erst auf die Welt gekommen. »Deine Schwester«, wiederholte er nochmals, »sie ist eine Hure der Weckquaesgeeks.«

Staats van der Meulen war ein mitfühlender Mensch. Im Haus war kein Platz für sie, aber er machte ihr in dem baufälligen Stall ein Lager, und Katrinchee kroch mit ihrem Kind ins Stroh wie eine kahlgeschorene und verlassene Madonna. Ochsen schnaubten, Kühe brüllten, Schwalben huschten durch die Schatten. Meintje biß sich auf die Lippen und ließ ihr einen Korb mit altem Brot und etwas Frischkäse bringen. »Das ist aber nur vorübergehend«, warnte sie Staats und drohte ihm mit dem Holzlöffel. »Morgen –« und hier hätte sie ebensogut eine Aussätzige oder eine Muttermörderin meinen können – »morgen ist sie wieder weg.«

Aus morgen wurde übermorgen, und so weiter. »Wir können sie nicht einfach zu den Wilden zurückschicken«, argumentierte Staats, aber Meintje blieb hart wie Stein. Es war eine gefallene Frau, eine reulose Abtrünnige, eine Indianerhure, die man nicht in die Nähe der Kinder lassen durfte. »Ich gebe dir noch bis zum Wochenende Zeit«, drohte sie.

Jeremias bemerkte nichts von dem Konflikt, der um ihn tobte. Er verbrachte die meiste Zeit im Stall bei Katrinchee und Squagganeek, wo er die Vergangenheit wachrief, er war zu begeistert, um irgend etwas zu bemerken. Vor einer Woche noch vaterlos, mutterlos, seiner Geschwister beraubt, war sein nächster Verwandter ein Onkel in Schobbejacken gewesen, den er kaum kannte. Jetzt aber war ihm nicht nur seine Schwester wiedergegeben, sondern – Wunder über Wunder – er war zudem selbst Onkel. Stundenlang saß er bei Squagganeek, spielte Karten oder Murmeln mit dem Jungen, blickte ihm in die Augen und sah dabei Vater und Mutter, sah den kleinen Wouter vor sich. Er hegte keinerlei Zweifel: Natürlich würden Staats und Meintje sie aufnehmen. Natürlich würden sie das.

Doch als die Woche um war, nahm Meintje die Sache in die Hand. Es gab keine Tränen, keine Wutausbrüche oder Vorwürfe, kein lautes Geschrei. Als Staats und die Kinder im Morgengrauen erwachten, hörten sie das Meckern der Ziegen, die nicht gemolken worden waren, und das aufgebrachte Gackern der Hühner, die kein Futter bekommen hatten, der Ofen war kalt, und sie sahen Meintje im Nachthemd auf dem Schaukelstuhl hinten im Zimmer sitzen. Schlimmer noch, ihre Hände waren gefaltet wie zum Gebet, und sie starrte auf die Wand. »Meintje – was ist denn?« rief Staats und stürzte zu ihr. »Geht's dir nicht gut? Hast du die Grippe?« Sie antwortete nicht. Er nahm ihre Hände. Sie waren leblos, sie waren tot. Sie starrte auf die Wand.

Innerhalb weniger Minuten herrschte helle Aufregung. Meintje, die sich in ihrem ganzen Leben noch nie hingesetzt hatte, außer um Erbsen zu enthülsen oder Strümpfe zu stopfen, und deren Hände niemals untätig im Schoß lagen, war von irgendeiner schrecklichen Schwäche befallen – sie war zu einer lebenden Leiche geworden, taub, blind, reglos. *»Moeder!«* schrie Jannetje und warf sich ihr zu Füßen, während das Baby, der kleine Klaes, losheulte, als wäre ihm schlagartig der ganze Kummer dieser Welt offenbart worden. Meintje wandte ihnen nicht einmal den Kopf zu. Jeremias drückte sich unsicher im Hintergrund herum und wechselte Blicke mit Douw. Dann ging er hinaus, um nach seiner Schwester zu sehen.

Sechs Tage lang saß Meintje so da. Niemand sah sie sich bewegen, nicht einmal aufstehen, um ihre Notdurft zu verrichten. Manchmal waren ihre Augen geschlossen; manchmal fixierten sie mit starrem Blick die Wand. Mit ihr zu sprechen – sie zu fragen, ob sie essen oder schlafen wolle, ob man einen Arzt oder ihre greise Mutter aus Volendam holen solle –, war wie mit Steinen zu reden. Währenddessen behalf sich die Familie, so gut es ging. Douw und Barent versuchten sich mit Kochen, Staats machte die Wäsche, und einmal probierte Jeremias aus reiner Verzweiflung, ein Blech mit Maiskuchen zu backen, der wie die Überreste eines Kaminbrands aussah und auch so schmeckte. In kurzer Zeit war Meintjes Küche – vordem von allen Nachbarn bewundert, immer funkelnd wie ein vereister Teich und bis in die Dielenritzen blankgescheuert – ein verwesender Morast aus Speiseresten, Stallmist und zerbrochenem Geschirr. Endlich, am Abend des sechsten Tages, sprach sie.

Die ganze Familie erschrak. So gewohnt waren sie ihr Schweigen und ihre Reglosigkeit, daß sie ihre Anwesenheit schon fast vergessen hatten. Sie war nicht mehr die Frau und Mutter, die sie vor einer Woche gewesen war, sondern ein Möbelstück, eine Fußbank, ein Kleiderständer. Alles mögliche hatte sich rings um sie angesammelt wie Schutt: Socken, Gemüseschalen, eine halb abgekaute Karotte. Jannetjes Puppe lag mit dem Gesicht nach unten in ihrem Schoß, Klaes' Mütze hing über der Lehne, und irgendwie war zwischen ihrer Schulter und der Armlehne das Murmelbrett eingeklemmt worden. Als sie nun die Stimme erhob, fuhren alle zusammen, als hätten die Dielenbretter aufgeächzt: »Ihr trampelt auf uns herum!«, oder als hätte der Kessel geschrien, als das Brennholz unter ihm Feuer fing. Gemessen an ihrer Wirkung war Meintjes Aussage ziemlich schlicht. Staats schlug sich an die Stirn, Jeremias überlief es kalt. Meintje sprach zur Wand, vier Worte nur, jedes davon herausgepreßt, als kostete es tausend Gulden: »Ist sie schon weg?«

Für Jeremias war die Entscheidung klar. Er drehte sich um, polterte zur Tür hinaus und stampfte über den Hof zum Stall. Fünf Minuten später kam er wieder heraus, auf dem Rücken Squagganeek, neben sich die kahle Katrinchee mit dem wirren Blick. Er nahm nichts mit:

keine Kleider, kein Werkzeug, nichts zu essen. Er blickte sich kein einziges Mal um.

Staats brauchte fast eine Woche, um sie wiederzufinden. Er zog nach Süden bis ins Dorf Sint Sink, nach Norden bis zum Cold Spring und ostwärts bis Crom's Pond. Er klopfte an die Türen von Bauernhäusern, steckte den Kopf in Häuslerkaten, Wigwams und Kneipen, und überall bekam er die gleiche Antwort: einen einbeinigen Burschen hatte niemand gesehen, und ein glatzköpfiges *meisje* oder einen kleinen Indianerbastard auch nicht – es war fast, als wären sie vom Erdboden verschwunden. Doch Staats gab nicht auf. Er mußte sie finden, mußte Jeremias sagen, wie leid es ihm tat, mußte es ihm erklären und um Vergebung bitten. Es lag an Meintje – er konnte nichts dagegen tun. Wäre es nach ihm gegangen, hätte er auch für Katrinchee und ihren Bastard Platz unter seinem Dach gefunden. Das hätte er. Jeremias wußte das doch. Nur war Meintje eben eine willensstarke Frau, das war's, eine Frau, die an ihren Prinzipien festhielt...

Staats war kein Freund großer Worte, doch während er durch die Wälder trottete oder an den schimmernden Schlammufern des Flusses neben seinem Pferd herging, studierte er seine Rede ein wie ein geübter Volkstribun. Wenn aber Douw nicht gewesen wäre, hätte er nie die Gelegenheit gehabt, sie zu halten. Jeremias war weder in Croton noch bei Crom's Pond, weder in Beverwyck noch in Poughkeepsie. Das hätte ihm Douw vorher sagen können. Immerhin hatte er zweieinhalb Jahre mit ihm in einem Bett geschlafen; sie waren gemeinsam durch die Wälder gezogen, hatten in der Stube des alten Crane über Abc-Fibeln gebrütet, Kürbisse stibitzt und sich Seite an Seite an brütende Wachteln und dösende Frösche angeschlichen – Douw kannte ihn so gut wie sich selbst. Als seinem Vater endlich einfiel, ihn zu fragen, und Douw durchblicken ließ, wohin Jeremias höchstwahrscheinlich gegangen sein dürfte, war Staats zuerst völlig perplex, dann verfluchte er seine Dummheit. Natürlich: zum alten Hof.

An diesem Abend aß Staats rasch etwas Brot und Haferbrei, bevor er sich zu Fuß auf den Weg zum Van-Brunt-Hof machte. Es dunkelte schon, als er ankam; Glühwürmchen pickten Löcher in die Schatten, knorrige Stämme schienen näherzurücken und sich wieder zu entfernen, Zikaden zirpten, Moskitos schwirrten in der Luft. Zuerst sah er gar nichts – das heißt, er sah Blätter und Bäume, die Ruinen der Hütte, die Weißeiche in vollem Saft –, doch dann, im Näherkommen, stellte er fest, daß Jeremias' verfallener Unterstand, der Zufluchtsort seines Exils und der Verlassenheit, mit großen Stücken Ulmenrinde frisch gedeckt war. Und jetzt hörte er auch ein Geräusch, ein Kratzen oder Schaben, das von keinem Tier kommen konnte.

Er fand Jeremias über den Kadaver eines Kaninchens gekauert, den er mit einem geschärften Stein abhäutete. Katrinchee und Squagganeek, die gerade Feuerholz gesucht hatten, sahen verwirrt auf. »Jeremias«, sagte Staats, und als ihm der Junge einen kurzen Blick über die Schulter zuwarf, waren seine Augen wild und eiskalt.

Staats wiederholte den Namen noch zweimal, dann hielt er stockend seine Ansprache. Er hatte eine Axt und ein Messer mitgebracht, und die hielt er Jeremias jetzt hin, zusammen mit dem Korb voll Essen – Brot, geräucherte Alse und Kohl –, den Meintje gepackt hatte. Jeremias antwortete nicht. »Willst du nicht nach Hause kommen?« fragte ihn Staats, beinahe im Flüsterton.

»Das hier ist mein Zuhause«, sagte Jeremias.

Es war verrückt. Hoffnungslos. Unverantwortlich. Mitten im Juni, die Saat sollte längst in der Erde sein, und trotzdem wollte Jeremias es versuchen. Ein Krüppel mit einer halb wahnsinnigen Schwester und ihrem kleinen Hosenscheißer, und der wollte die Hütte neu aufbauen, die Felder pflügen, verspätet die Saat aussäen und vor dem Winter noch ernten. Meintje spitzte die Lippen, als sie das hörte, Douw starrte in seine Tasse mit Apfelwein. Doch am nächsten Morgen waren Staats, Douw und der zehnjährige Barent zur Stelle, mit ihren Gerätschaften und einem Essenskorb, der für die ganze englische Flotte gereicht hätte. Jeremias umarmte sie feierlich, einen nach dem anderen. Dann fingen sie mit dem Pflügen an.

In den kommenden Wochen sprang das ganze Dorf ein. Reinier Oothouse half bei der Zimmermannsarbeit, Hackaliah Crane kam mit seinen Leuten vorbei, Oom Egthuysen verlieh zeitweilig eine Milchkuh, die eigentlich dem *patroon* gehörte, und Meintje veranstaltete eine Sammlung unter den *huisvrouwen*, um ein paar Teller und Tassen, Bettzeug und Töpfe zusammenzusuchen. Sogar Jan Pieterse beteiligte sich an der Sache, indem er zwei Fässer 'Sopus-Ale, einen Sack Saatzwiebeln, eine neue Pflugschar und ein Streichblech beisteuerte. Es war nicht viel, aber es reichte aus, um ihnen auf die Beine zu helfen. Anfang Juli hatte Jeremias Mais und Weizen gesät, in einem Beet vor dem Haus sprossen Kürbisse und Rüben, und Katrinchee, die jetzt knapp neunzehn war, herrschte erstmals in ihrem jungen Leben über eine eigene Küche. Die Hütte war in zwei Wochen aufgebaut worden, direkt über den verkohlten Resten der alten, und obwohl sie primitiv, stickig, eng und feucht war, würde sie ihnen im Winter Schutz gewähren. Allmählich sahen die Dinge besser aus.

Wie der *patroon* davon Wind bekam, war Staats ein Rätsel (dem alten Van Wart taten nach einer ungestümen Gichtattacke alle Gelenke und Zehen weh, und er war seit über sechs Monaten nicht aus Croton heraufgekommen), jedenfalls bekam er davon Wind. Der *patroon* tobte. Man nutze ihn aus, während er auf dem Krankenbett leide. Wilde Siedler hätten sich auf Nysen's Roost niedergelassen, Schnorrer, Landstreicher, die sich dort eingeschlichen hätten wie feige Rothäute und sein Land beanspruchten, ohne seine Hoheitsrechte anzuerkennen oder sich die Mühe zu machen, Vereinbarungen zum Bezahlen der Pacht zu treffen. Das konnte nicht geduldet werden. Es war Frevel gegen die Gesetze Gottes und der Menschen, ein frecher Schlag ins Antlitz der Gesellschaft der

Gerechten. Er schickte den *schout* los, um die Sache zu untersuchen.

Joost gefiel der Auftrag überhaupt nicht. Und Neeltje wollte er schon gar nicht dabeihaben. Wirklich nicht. Zwar glaubte er nicht, daß es Ärger geben würde – einstweilen jedenfalls noch nicht –, aber er hatte Angst, sie könnte etwas sehen, das sie nicht sehen sollte. Wer wußte denn, was das für Leute waren? Womöglich verluderte Säufer, die in Sünde lebten, Aas fraßen und Austernschalen auslutschten, es konnten Halbindianer oder Yankees oder entlaufene Sklaven sein. Er wußte nur, daß eine Familie – Mann, Frau und Kind – sich auf Nysen's Roost eingenistet hatte, und daß es seine Aufgabe war, sie entweder ordnungsgemäß als Pächter einzumieten oder sie gewaltsam zu entfernen. Nein, seine Tochter wollte er dazu bestimmt nicht mitnehmen. Nur hatte Neeltje andere Pläne. »*Vader*«, bettelte sie und sah ihn mit einer Miene an, die selbst den Wächter am Himmelstor erweicht hätte, »nimmst du mich mit? Bitte?« Es wäre doch so einfach, erklärte sie. Er könnte sie bei Jan Pieterse absetzen, seinen Auftrag erledigen und sie danach wieder abholen. *Moeder* hatte eine lange Liste von dringenden Besorgungen, und warum sollte er nicht etwas Zeit sparen und sie die Sachen einkaufen lassen? Sie könnte auch gleich ein paar Geschenke für die Kleinen mitbringen. »O bitte, bitte«, flehte sie, und Ans und Trijintje, neun und zehn Jahre alt, warfen ihm hoffnungsvolle Blicke zu. »Wir brauchen so viel aus dem Laden.«

Also hatte er den einäugigen Klepper gesattelt und die Stute aus den Stallungen des *patroon* geholt, und sie waren zum oberen Gutshaus aufgebrochen, zum erstenmal seit dem Frühling und dem Streitfall Crane/Oothouse. Joost fühlte sich elend. Es war ein heißer Tag, die Viehbremsen belästigten und bedrohten ihn, das Degengehenk zerrte an seiner Schulter, die Silberfeder hing ihm in die Augen, und bei jedem taumelnden Schritt seines Pferds schimpfte er vor sich hin, daß er tausendmal lieber in der Bucht beim

Krebsefangen wäre, aber er ritt dennoch weiter, wie immer folgte er dem Ruf der Pflicht. Neeltje dagegen machte die Hitze nichts aus. Und die Viehbremsen auch nicht. Sie war auf dem Weg zu Jan Pieterse, und ihre Schwestern nicht. Das genügte ihr vollauf.

Am oberen Gutshaus rasteten sie kurz, um einen Happen zu essen, und dort hinter den starken, meterdicken Mauern war es kühl wie in einem Keller. Vrouw van Bittervelt, die sich zusammen mit dem Sklaven Cubit und dessen Frau um den Haushalt kümmerte, brachte ihnen eine kalte Rahmsuppe und gebackene Krebse. Sie begrüßten Gerrit Jacobzoon de Vries und seine Familie, die den oberen Hof und die Mühle bewirtschafteten, seit der Bruder des *patroon* gestorben war, und dann ritten sie weiter zum Blue Rock, wo Neeltje ihre Einkäufe machen sollte, während Joost sich um die Eindringlinge auf Nysen's Roost kümmern würde. Doch als sie ankamen, fanden sie den Handelsposten verlassen und die Tür verriegelt vor. Neeltje, die vor Enttäuschung auf der Unterlippe kaute, probierte wohl sechzehnmal, die Klinke zu drücken, und klopfte so lange an die Tür, bis Joost meinte, ihre Knöchel müßten bluten. Dann entdeckte sie Jan Pieterses Nachricht. Auf der Erde. *Bin Krebse fangen*, las sie laut vor. *Gegen sechs zurück.* Joost schüttelte den Kopf. Es war nicht einmal halb drei. Ihm blieb keine andere Wahl, als Neeltje mitzunehmen.

Als sie die Hügel hinter dem Acquasinnick Creek hinaufritten, durch die Wälder, in denen die Phantome ermordeter Kitchawanken und der unglücklichen Töchter des Wolf Nysen spukten, sagte er ihr, er rechne zwar nicht mit Schwierigkeiten, aber zu ihrer eigenen Sicherheit solle sie nicht näher kommen als bis an den Rand der Lichtung, und unter keinen Umständen solle sie den Versuch machen, sich einzumischen oder mit diesen Leuten zu reden. Ob sie verstanden hatte? Neeltje starrte verdrießlich auf die zerklüfteten Felsen und die faulenden Baumstämme, in die Schatten, die wie dunkle Flecken im Schlund einer

Höhle wirkten, und nickte. Sie interessierte sich nicht für das Grundstück und diese Leute, überhaupt waren ihr die Angelegenheiten ihres Vaters völlig egal. Wichtig war ihr nur Jan Pieterses Laden, und der mußte ausgerechnet heute, an diesem einen Tag, geschlossen haben. Sie war so enttäuscht, daß sie am liebsten gebrüllt hätte, bis ihre Lunge zersprungen wäre. Und das hätte sie auch getan, wäre sie allein gewesen – und dieser Wald nicht so unheimlich still und düster.

Bald hatten sie den Gipfel der Anhöhe erreicht und kamen auf eine Lichtung, die von einem einzelnen hohen Baum beherrscht wurde. Zur Linken stand eine verfallene Mauer, zur Rechten eine roh gezimmerte Hütte aus frischen, gekerbten Stämmen. Es gab keinen Stall, keinen Tisch, keinen Obstgarten und kein Vieh, bis auf eine klapprige Kuh, die am Baum angebunden war. Der Hof wirkte verlassen. »Du bleibst hier!« befahl ihr Vater, dann richtete er sich im Sattel auf und trabte zur Tür. »Hallo!« rief er. »Jemand zu Hause?«

Keine Antwort.

Ihr Vater rief nochmals, und die Kuh glotzte ihn zornig an, ehe sie den Kopf senkte, um an einem Grasbüschel am äußersten Ende ihrer Leine zu rupfen. In diesem Augenblick erschien eine Frau hinter dem Haus, in der Hand einen Eimer. Als erstes fielen Neeltje ihre Füße auf. Sie waren nackt und verdreckt, glänzten von frischem Schlamm, als wäre sie gerade aus einem Sumpf herausgewatet oder so ähnlich. Und dann ihr Kleid – es war offensichtlich ein abgelegtes Stück, voller Flicken, ausgeblichen und verschmutzt und so abgetragen, daß die Haut durchschien. Doch das war nicht das Schlimmste. Als sich die Frau ihrem Vater näherte, bemerkte Neeltje entsetzt, daß das, was sie für eine Haube gehalten hatte, gar keine Haube war – das war kein Leinen, sondern nacktes Fleisch. Die Frau war kahl! Skalpiert, geschoren, entblößt, ihr Kopf war so glatt und blaß und kahl wie der von Pastor Van Schaik. Neeltje spürte, wie es ihr den Magen umdrehte. Wie konnte eine Frau sich so etwas antun? fragte sie sich. Es war so... so häßlich. Wegen der Läuse, deswegen vielleicht? Oder war sie eine von den Dirnen, die man aus Connecticut ausgestoßen hatte? Eine römische Nonne? Hatten die Indianer sie eingefangen und... und sie *geschändet*?

»Ich bin hier der Schultheiß«, hörte sie ihren Vater sagen, »Joost Cats heiße ich. Ich bin vom rechtmäßigen Besitzer und Gutsherrn dieses Grundstücks geschickt worden, um über Eure Anwesenheit hier Nachforschungen anzustellen.«

Die Frau wirkte verwirrt und durcheinander, als wäre sie es, die zum erstenmal in ihrem Leben hier war, und nicht Neeltje. Verstand sie überhaupt Holländisch?

»Ihr habt kein Recht, hier zu wohnen«, sagte Joost. »Wer seid Ihr, und woher kommt Ihr?«

»Katrinchee«, sagte die Frau schließlich und setzte den Eimer ab. »Ich bin Katrinchee.«

Doch dann tauchten hinter der Ecke des Hauses zwei weitere Gestalten auf – ein Kind, dunkles Gesicht und helle Augen, und ein Mann, der auf einem dreckigen Holzfuß unbeholfen daherwankte. Sie brauchte eine Weile – alles war so anders, der Ort so fremd –, bis sie ihn erkannte. *Jeremias.* Der Name hatte ihr schon öfter auf der Zunge gelegen. Im Frühjahr. Etwa einen Monat lang, nach ihrem letzten Ausflug, da hatte sie in den seltsamsten Momenten an ihn gedacht – in den frühen Morgenstunden, beim Beten, beim Weben oder beim Buttern. *Jeremias.* Aber was hatte er hier zu suchen?

Ihr Vater war ebenso überrascht wie sie. Der *schout* warf den Kopf nach oben, als hätte ihn jemand am Kragen gepackt, und schnellte aus seiner gewohnten krummen Haltung hoch wie ein Stehaufmännchen. »Van Brunt?« fragte er ungläubig, mit gepreßter Stimme. »Jeremias Van Brunt?«

Jeremias ging quer über den Hof dorthin, wo der *schout* auf dem einäugigen Klepper saß. Er blieb direkt vor ihm stehen, nicht mehr als einen Meter entfernt, und maß ihn mit festem Blick. »Richtig«, sagte er. »Ich bin zurück nach Hause gekommen.«

»Aber Ihr könnt doch nicht... Das hier ist Privatbesitz.«

»Scheiß auf den Privatbesitz«, sagte Jeremias und bückte sich, um ein Stück Brennholz vom Boden aufzuheben. Die Frau wich zurück und drückte das Kind an sich.

Joost riß ärgerlich an den Zügeln, und das Pferd sträubte sich und bleckte protestierend die Zähne. Der Junge war unmöglich. Ein Abtrünniger. Ein geborener Verlierer. Er zeigte keinen Respekt vor Autoritäten, hatte keine Ahnung von der Welt und besaß nichts als dieses selbstgerechte Grinsen. Joost erinnerte sich an das trotzige kleine Gesicht damals in der Tür der van der Meulens, an die frech nach vorn drängenden Schultern bei Jan Pieterse, an das Gelächter seiner Tochter und an den geschenkten Zukkerbonbon, der ihn in seinem Vaterstolz verletzt hatte. Er war außer sich. »Ihr schuldet dem *patroon* etwas!« schnarrte er.

»Zur Hölle mit dem *patroon*«, sagte Jeremias, und das war nun zuviel für Joost. Ehe er sich's versah, war er über ihm, das Schwert seines Amtes fuhr aus der Scheide wie ein jäher greller Lichtstrahl, die Frau umklammerte das Kind, und Jeremias torkelte vor dem sich aufbäumenden Pferd zurück. »Nein!« schrie Neeltje, und Jeremias, der das Holzscheit hochhob, um sich zu verteidigen, blickte zu ihr hin – sie sah es genau, er blickte sie an –, gerade in dem Moment, als das Schwert fiel. Auch die Frau schrie. Dann war alles still.

Also suchte Walter den zwölften Erben des Van-Wart-Gutshauses auf, wie es ihm die rauchverschleierte Gestalt seiner Adoptivmutter geraten hatte, und dann, sechs Wochen später, heiratete er Jessica unter der uralten, knorrigen Weißeiche, die über Tom Cranes Hütte aufragte wie eine große gewölbte Hand.

Eigentlich suchte er Depeyster Van Wart nicht direkt auf, sondern lief ihm unverhofft über den Weg, als wäre ihr Zusammentreffen vorherbestimmt. An jenem Vormittag stand er vom Tisch in der Küche auf, in der immer noch der Geruch von Kartoffelpuffern hing, packte seine Krükken und sagte zu Lola, genau das wolle er tun: Depeyster Van Wart fragen. Er lieh sich ihren klapprigen Volvo – War er ganz sicher? Sollte er sich nicht besser ausruhen, wo er doch gerade aus dem Krankenhaus kam und so? – und setzte über den schmalen Kiesweg zurück, vorbei an den Bäumen voller Vögel, vorbei an den kinnhohen Maisstauden, den aufgebundenen Tomatenstauden und den verstreut wuchernden fetten Kürbissen in Heshs Garten, und fuhr auf den Asphalt der Baron de Hirsch Road, der in der Hitze zerfloß.

Wenn er all die Jahre hindurch geschlafen hatte, sich der Wucht der Geschichte und der Mythen, die ihn geformt hatten, nicht bewußt gewesen war, so war er immer noch nicht richtig wach. Zum Beispiel stellte er die Verbindung zwischen diesem Depeyster Van Wart und dem Namen der infernalischen Werkzeug- und Formgußfabrik nicht her, die ihn in den vergangenen zwei Monaten zum Mindestlohn beschäftigt hatte, assoziierte nie diese düstere Legendengestalt mit dem dunklen dröhnenden Loch, in dem er das Heulen der Drehbank so fürchten gelernt hatte, wie er das Kreischen eines Aasvogels gefürchtet hätte, der jeden Tag niederstieß, um ihm die Leber herauszuhacken.

Nein: Depeyster Manufacturing war bloß ein Name, sonst nichts. So wie Kitchawank Colony, Otis-Fahrstühle, Fleischmanns Hefepulver. So wie Peterskill oder Poughkeepsie. Für ihn hatte er keine Bedeutung.

Er legte den ersten Gang ein und fuhr ruckend los, der neue Fuß gefühllos auf dem Gaspedal, und er war bereits an der Kreuzung, als ihm klar wurde, daß er gar nicht wußte, wohin er fahren sollte. Van Wart. Wo würde er Van Wart überhaupt finden? Allein in Peterskill gab es wahrscheinlich an die dreißig Van Warts. Während er auf die Bremse trat und sich ratlos umsah, fiel sein Blick auf Skips Texaco-Tankstelle, auf die beiden Zapfsäulen und die Telefonzelle, direkt vor ihm auf der Straße. Er hielt an, hievte sich aus dem Wagen und blätterte im Telefonbuch.

VAN WART, las er, DEPEYSTER R. – VAN WART RD. 18, VAN WARTVILLE.

Er hatte einen Fuß verloren und war von den Gespenstern der Vergangenheit heimgesucht worden, er hatte stumm der Geschichte vom Verrat und der feigen Flucht seines Vaters zugehört; seine Sinne waren taub. Van Wartville. Es hatte für ihn keine Bedeutung. Nur eine Adresse.

Er nahm den Mohican Parkway zum oberen Ende der Van Wart Road, weil er nicht wußte, in welche Richtung die Hausnummern zählten, und stellte verärgert fest, daß er sich am falschen Ende befand. Der erste Briefkasten, an dem er vorbeikam, machte ihm das klar. Auf dem rostigen, zerfallenen Kasten, dem Opfer unzähliger Schrammen und anderer Verfehlungen des Straßenverkehrs, stand, in einer Schrift, die an abgewandeltes Aztekisch erinnerte: FAGNOLI, 5120. Auf dem Weg nach Südwesten, nach Peterskill hinein, sah Walter weder nach rechts noch links, die Straße war ihm so vertraut, daß er sie nicht mehr beachtet hatte, seitdem er in der achten Klasse auf dem Weg zur Musikstunde dort vorbeigekommen war. Er war nicht in Eile – so viele Jahre hatte es gedauert, bis er anfing, das Phantom seines Vaters zu verfolgen, also wozu sich hetzen? –, und doch, ehe er sich's versah, gab er Gas, der fremde Fuß trat das Pedal voll durch, und Hydranten und Briefkästen flitzten an ihm vorbei wie Seiten in einem hastig durchblätterten Buch. Er raste durch ein Wäldchen mit Ulmen, Eichen und Platanen, vorbei an Autowracks, verschreckten Fußgängern und sich kratzenden Hunden. Das blinkende gelbe Licht bei Cats' Corners nahm er mit hundert, für die S-Kurve dahinter schaltete er hinunter und kam mit hundertzwanzig aus der Rutschpartie heraus. Erst als er Tom Cranes Gelände passierte, die Radkappe am Baum und die schicksalsschwangere Viehweide dahinter, begann er langsam nach der Bremse zu tasten.

Die Häuser standen jetzt dichter, wichen zu beiden Seiten von der Straße zurück und machten Rasenflächen Platz, die wie grüne Buchten und Meeresarme wirkten; dann kam eine Kirche, ein Friedhof, wieder ein blinkendes gelbes Licht. Rechts vor sich sah er einen Kombiwagen rückwärts aus einer Einfahrt stoßen, und weiter vorn, auf der anderen Seite, wie den Bodensatz eines Alptraums, die rätselhafte Gedenktafel, mit der die ganze Sache angefangen hatte. Jeremy Mohonk, brummte er vor sich hin. Cadwallader Crane. Einen beflügelten Augenblick lang stellte er sich vor, wie er schwungvoll auf die Gegenfahrbahn brach und über die Böschung hinausschoß, in einer Staubwolke auf diese heimtückische Tafel losdonnerte und sie mit anderthalb Tonnen rachgierigem schwedischem Stahl dem Erdboden gleichmachte. Doch dann wich er dem Kombi aus – schaltete herunter, stocherte nach dem Bremspedal – und ließ die Tafel, immer noch höhnisch himmelwärts geneigt, hinter sich. Gleich darauf, kurz vor der Stadtgrenze von Peterskill, fand er, was er suchte: Nummer 18, die Ziffern waren in die steinerne Säule vor dem Tor zum alten Gutshaus auf dem Hügel eingraviert. Van Wart Manor. Van Wartville. Van Wart Road. Langsam verstand er.

Auf sein Klingeln öffnete eine ältliche Schwarze in Baumwollhemd und Schürze, und sie kam ihm so vertraut vor, daß er meinte, er würde wieder halluzinieren. »Ja-ah?« Sie dehnte die Frage zu zwei vollen, jubilierenden Silben, fast jodelte sie. »Kann ich Ihnen helfen?«

Walter stand auf einer Veranda, so groß wie das Achterdeck von einem der Geisterschiffe, die am Dunderberg vor Anker lagen. Das Haus, zu dem sie gehörte, ragte über ihm auf, verlor sich im Dunkel, erstreckte sich zu beiden Seiten wie ein riesenhaftes lebendiges Wesen, wie ein sintflutliches Monster, das aus der Tiefe aufgestiegen war, um ihn zu verschlingen. Er sah nackten Stein, in einem fernen Zeitalter aus der Erde gegraben und vom Alter geschwärzt; er sah Holzbalken, die vor vielen Jahrhunderten mächtige Eichbäume gewesen waren; er sah langettierte Schindeln, hölzerne Fensterläden, spitze Giebel, Kamine, ein Schieferdach von der Farbe des Morgenhimmels im Winter. Wie oft war er auf der Straße vorbeigefahren und hatte zu diesem Haus hinübergesehen, ohne ein Fünkchen Ahnung? Jetzt war er hier, stand auf der Veranda, vor der Tür, und er fühlte sich so wie am Morgen der Kartoffelpuffer. »Äh, tja«, sagte er. »Kann ich vielleicht mit Mr. Van Wart reden?«

Er hatte die Szene die ganze Fahrt über im Auto geprobt. Da würde er stehen, der Sohn seines Vaters, vornübergebeugt auf den Krücken. Van Wart würde die Tür öffnen, Van Wart selbst. Das Ungeheuer, der schwarze Mann, der unbelehrbare Naziteufel, der Anstifter jener Unruhen, die über seinen Vater Schande gebracht und seiner Mutter das Herz gebrochen hatten. Van Wart. Jener Mann, der ein für allemal Verdammnis oder Ehrenrettung für den Namen Truman Van Brunt bringen konnte. *Hallo*, würde Walter sagen, *ich bin Truman Van Brunts Sohn.* Oder nein. *Tag, ich heiße Walter Van Brunt. Sie haben doch meinen Vater gut gekannt, oder?* Doch jetzt stand er auf den Stufen einer Villa, eines riesengroßen Zuckerbäkkerhauses, das einer Erzählung von Hawthorne oder Poe entnommen sein konnte, und sprach mit einem Dienstmädchen, das aussah wie... wie... wie Herbert Pompey, und er fühlte sich fehl am Platze und seiner selbst nicht mehr so sicher.

»Tut mir leid«, sagte sie, musterte seine Krücken, sein Haar, das ihm weit über den Kragen und die Ohren fiel, die siebenundzwanzig schwarzen Punkte auf seiner Oberlippe, die ein Schnurrbart sein mochten oder auch nicht, »der ist gerade nicht da.« Das Dienstmädchen jodelte nicht mehr, hatte dafür eine mißtrauische Miene aufgesetzt. »Was woll'n Sie denn von ihm?«

»Nichts«, murmelte Walter, und er wollte gerade weitermurmeln, noch leiser und noch unverständlicher, daß er später wiederkommen würde, dachte bereits an die Bücherei von Peterskill, an die handgeschriebenen Karteikarten, die er für seine Schulaufsätze über den Staat Alaska, John Steinbeck und die Baltimore & Ohio Railroad benutzt hatte, und fragte sich gerade, ob er dort wohl einen Hinweis auf Mohonk oder Crane finden würde, als eine Stimme aus dem Innern des Hauses rief: »Lula? Lula, wer ist denn da?«

Durch die offene Tür sah Walter schwere dunkle Möbelstücke, einen verschlissenen Perserteppich und ein düsteres Porträt an der Wand. »Niemand«, rief das Dienstmädchen über die Schulter, dann wandte sie sich wieder Walter zu. Dies hätte er als Aufforderung zum Gehen verstehen, auf seinen Krücken umdrehen und die Stufen hinunterpoltern können, über die Auffahrt und in sein Auto zurück, doch das tat er nicht. Statt dessen blieb er stehen, in den Achselhöhlen aufgestützt, und wartete, bis die Schritte zur Tür kamen und er in das braungebrannte, neugierige Gesicht einer Frau blickte, das ihm so bekannt vorkam, als wäre es ihm im Traum erschienen.

Die Frau mußte etwa in Lolas Alter sein – oder nein, jünger, vierzig oder so. Sie trug Cordhosen und Mokassins und so etwas wie ein indianisches Stirnband, das mit Plastikperlen verziert war. Sie musterte ihn verwirrt, warf einen Blick zum Dienstmädchen und sah dann wieder ihn an. »Kann ich Ihnen helfen?« fragte sie.

Er halluzinierte, gar kein Zweifel. Das Dienstmädchen hatte Pompeys flache Nase und hervorquellende Augen, und diese Frau mit dem eisigen blauvioletten Blick, den hohen Backenknochen und dem ausgeprägten Kinn erinnerte ihn auf unheimliche Weise ebenfalls an jemanden. Aber an wen? Er hatte ein Gefühl von Déjà-vu, spürte das schmerzende Fleisch, als er über den harten, kalten Asphalt geschleudert wurde, hörte das spöttische Gelächter der Penner an Deck der »U. S. S. Anima«. Er hatte es fast – fast erinnerte er sich an das Gesicht –, als er erneut ihre Stimme hörte, weicher jetzt, beinahe beunruhigt. »Was ist denn mit Ihnen?«

»Ich bin der Sohn von Truman Van Brunt«, sagte er.

»Wessen Sohn?«

»Von Truman Van Brunt. Ich heiße Walter. Ich wollte eigentlich mit Mr. Van Wart reden... über meinen Vater.«

Sie zuckte bei dem Namen nicht zusammen, hob nicht die Hand vors Gesicht oder fiel in Ohnmacht. Aber ihr Blick, der gerade ein ganz klein wenig aufgetaut war, wurde wieder eisig. »Tut mir leid«, sagte sie. »Ich kann Ihnen nicht helfen.«

Soviel zu seinem Besuch.

Am nächsten Tag, nach einer nutzlosen Stunde in der Bibliothek (er fand Hinweise auf Henrik Mohn, das Mohole-Projekt, auf László Moholy-Nagy, die Mohrsche Waage und die Mohs-Härteskala, aber nichts über Mohonk, während die Cranes durch die Erinnerung an einen Rechtspfleger namens I. C. Crane, um 1800, verewigt waren), fuhr er zum Werk von Depeyster Manufacturing, um seine Lohntüte abzuholen und Doug, dem Vorarbeiter, zu sagen, daß er in etwa einer Woche wieder zur Arbeit kommen würde, aber wegen seines Beins nicht mehr an der Drehbank stehen könne. Das Werk war in einem alten Ziegelgebäude an der Water Street in Peterskill untergebracht, zwischen baufälligen Lagerhäusern und den Ruinen der Ofen-, Drahtwaren-, Hut- und Wachstuchfabriken, die noch aus der Blütezeit Peterskills am Ende des letzten Jahrhunderts stammten. Die Industrien waren hier am Ufer des Hudson entstanden, um dessen Wasser sowohl zur Kühlung wie zur Abfallentsorgung zu nutzen und weil diese Lage eine gute Verbindung zum Hafen und zur Eisenbahn bot. Aber die Sattelschlepper hatten die Lastkähne und Frachtwaggons verdrängt, Wachstuch wurde durch Resopal ersetzt, die bulligen Küchenöfen durch Gas- und Elektroherde, der Bedarf an Draht für Korsettstäbe ließ rapide nach, und Hüte trug auch niemand mehr. Für Walter waren die Ruinen an der Water Street natürlich ebenso bedeutungslos wie Stonehenge oder die Große Pyramide von Gise. Irgendwer hatte dort irgendwann irgendwas hergestellt. Was das gewesen war, wer es gemacht hatte oder wozu, das interessierte ihn nicht die Bohne.

Er parkte den Volvo auf dem Firmenparkplatz neben Peter O'Reillys vom Rostschutzanstrich gefleckten 55er Chevy, erwiderte den mürrischen Gruß des griesgrämigen Schwarzen mit dem Billardkugelschädel, der auf der Laderampe arbeitete und stets T-Shirts mit erhebenden Parolen wie »Bullen ins Schlachthaus!« oder »Freiheit für Huey« anhatte, dann schob er sich durch die große Stahltür mit der Aufschrift NUR FÜR BETRIEBSANGEHÖRIGE. Unglücklicherweise brachte ihn die schwere Tür aus dem Gleichgewicht, deshalb stolperte er in den höllischen Lärm der Werkshalle hinein wie ein betrunkener Staubsaugervertreter, fiel über seine Krücken und klammerte sich in Panik an die Stechuhr, um nicht kopfüber auf dem Betonfußboden zu landen. Im nächsten Moment überrollte ihn um ein Haar irgendein Idiot mit seinem Gabelstapler, und dann packte ihn Doug am Arm, führte ihn an der narbigen, verblichenen Ziegelmauer entlang in sein Büro.

Walter war seit fast drei Wochen krank geschrieben, und während dieser Zeit hatte er allmählich vergessen, wie widerlich die Halle wirklich war. Höhlenartig und in Zwielicht getaucht, hie und da von flackernden Neonröhren erhellt, die an Aluminiumstangen von der Decke herabhingen, nach Schneidöl und Fettentferner stinkende, pausenlos dröhnende Maschinen, hätte es einer der unterirdischen Ausbeuterbetriebe aus *Metropolis* sein können. Menschen rannten in dreckigen grünen Kitteln herum, huschten durch limonadenfarbene Dampfwolken, schrien in dem Getöse aufeinander ein wie bleiche, hektische Drohnen. Walter gefiel es nicht, gefiel es überhaupt nicht. Als er neben Doug herstakte, den alten Kollegen zunickte – sie sahen tiefäugig von ihren Drehbänken zu ihm auf, in Rauchschwaden gehüllt –, wußte er auf einmal mit Sicherheit, daß er nicht zurückkehren würde. Niemals. Selbst wenn sie ihm eine sitzende Arbeit in der Inspektion anboten, selbst wenn sie ihn zum Vorarbeiter, zum Präsidenten, zum Aufsichtsratsvorsitzenden machten. Der Job war sowieso eine Idee von Hesh gewesen. Etwas Vorübergehendes, etwas zum Überbrücken der Zeit, bis er wußte, was er nach seinem Studium machen wollte. Alles hatte sich jetzt geändert.

»Tja«, begann Doug, sobald er Walter in ein schmutziges Kabuff voller ölverschmierter Lumpen und Paletten unbrauchbarer Schwingzeuge und Krümpler gezogen hatte, die sich in wackligen Stapeln bis zur Decke auftürmten. »Das mit deinem Fuß, das haben wir gehört.«

Hier drinnen, hinter der schmierigen Glastür, war der Lärm zu einem dumpfen, beständigen Brummen abgeschwächt, das Geräusch einer fernen Phalanx von Zahnärzten, die ihre Bohrer aufheulen ließen. Walter zuckte die Achseln. Er stützte sich schwer auf die Krücken, und der Beinstumpf tat ihm weh. »Na ja«, sagte er.

Doug war etwa dreißig, ein Lebenslänglicher bei Depeyster Manufacturing, dessen hervorstechendstes Merkmal seine Oberlippe war: so breit, unbehaart und beweglich wie die eines Schimpansen. Einmal, als Walter die falsche Einstellung seiner Drehbank aufgefallen war, hatte Doug ihn daran erinnert, daß er nicht fürs Nachdenken bezahlt wurde, und dann, als belehrende Zusatzbemerkung, hatte er den Schlüssel seines beruflichen Erfolgs preisgegeben.

»Ich bin anders wie der Rest von euch Typen hier, daß ihr's nur wißt«, hatte er gesagt und bedeutsam genickt. »Und das könnt ihr mir glauben – ich hab nämlich einhundertfünf IQs.« Jetzt zündete er sich bedächtig eine Zigarette an, sah auf Walters Fuß hinunter und fragte: »Tut's weh?«

Wieder zuckte Walter die Achseln. »Hör mal, Doug«, sagte er. »Ich weiß nicht, ob ich je wieder arbeiten kann. Ich bin bloß gekommen, um mir meine Lohntüte abzuholen.«

Doug mußte husten. Er krächzte eine Weile herum, zog noch einmal an der Zigarette und beugte sich dann vor, um in den Papierkorb zu spucken. Seine Augen tränten, und er wirkte durcheinander, als hätte Walter ihn eben aufgefordert zu tanzen oder die Quadratwurzel aus 256 zu nennen. »Hab ich doch nich hier«, sagte er schließlich. »Da mußt du zum Büro nach vorn gehn für.«

Kurz darauf glitt Walter, auf der Suche nach dem Büro von Miss Egthuysen, über den Teppich eines Korridors, in dem ihn kühlende Brisen umspielten und einschmeichelnde Klänge von Violinen, Celli und Bratschen aus verborgenen Lautsprechern seine Ohren massierten. Topfpflanzen auf dem Boden, gerahmte Aquarelle an Wänden, die aussahen wie frisch gestrichen, und durch die Oberlichter flutete das Sonnenlicht herein wie ein Schauer aus Gold. Der Kontrast entging ihm nicht. Keine dreißig Meter von der Stelle, wo er über der Drehbank geschwitzt und die endlosen Minuten gezählt hatte, bis endlich um fünf die Sirene heulte, gab es das hier. Walter fühlte sich betrogen.

Miss Egthuysen war die Sekretärin. Doug hatte ihren Namen und die Nummer ihres Büros – Nr. 1, vielleicht auch Nr. 7, Walter war nicht ganz sicher – auf einen zerknüllten Zettel geschrieben und ihn durch die Tür zum hinteren Teil des Werks, ins Allerheiligste geführt. Dann war er ohne ein Wort herumgewirbelt und im Zwielicht der Halle verschwunden. Walter fluchte halblaut vor sich hin – verfluchte Doug, verfluchte die Stunden, die er in diesem dreckigen Loch verschwendet hatte, verfluchte Huysterkark und Mrs. Van Wart, verfluchte die Ungerechtigkeit und Heimtücke dieser Welt, die genauso korrupt war wie Sartre sie in Philosophie II beschrieben hatte –, als er Nr. 1 fand, eine Milchglasscheibe mit nichts als der einen Ziffer drauf. Er probierte die Tür. Sie war verschlossen. Niemand antwortete auf sein Klopfen.

Immer noch fluchend – er verfluchte jetzt Miss Egthuysen und die Bosse, die sie angestellt hatten, verfluchte die Eierköpfe in Schlips und weißem Kittel, die einmal im Monat aus ebendiesem Korridor in die Halle geschlendert kamen, um sich in Schnellheftern Notizen zu machen – wandte er sich um und sah noch einmal auf den Zettel in seiner Hand. Was er für eine Eins gehalten hatte, konnte durchaus auch eine Sieben sein. Oder eine Neun. Dougs Gekrakel war praktisch unleserlich – natürlich konnte man von Doug, bei seinem gigantischen IQ, kaum erwarten, daß er seine kostbaren geistigen Ressourcen auf so triviale Belange wie Schönschrift verschwendete. Walter wankte den Korridor wieder zurück, fand Tür Nr. 7 und drückte die Klinke.

Es war offen.

Mit den Krücken klappernd, preßte er sich gegen das Riffelglas und schob sich durch die Tür. Er sah einen Schreibtisch, einen Stuhl, Aktenschränke. Grünpflanzen. Gerahmte Bilder. Aber Moment mal: irgend etwas stimmte hier nicht. Wer da erschrocken aufblickte, rasch einen Umschlag in der Schublade versteckte und sie mit einem Knall zuschob, der an ein Schrotgewehr erinnerte, das war nicht Miss Egthuysen, sondern der Mann im hellbraunen Sommeranzug, den er früher ab und zu unter den herumschnüffelnden Eierköpfen an der Tür zur Werkshalle bemerkt hatte. »Ich, äh –« begann Walter.

Der Mann funkelte ihn jetzt an, durchbohrte ihn mit einem Blick von derartigem Ingrimm, daß Walter sich wünschte, er wäre wieder draußen in der Halle zwischen den stinkenden Dämpfen, oder im Krankenhaus, irgendwo anders, nur nicht hier. »Äh, ich wollte eigentlich zu Miss –« stammelte Walter und hielt abrupt inne. Auf dem Schreibtisch des Mannes stand ein Namensschild. Natürlich.

»Was suchen Sie hier?« wollte Van Wart wissen. Er war aufgestanden und schien beunruhigt. Wütend. Bedroht. »Sie waren doch gestern bei mir zu Hause, oder?«

»Ja, aber –« schuldig, schuldig, warum fühlte er sich immer schuldig? – »Ich... ich arbeite hier.«

Van Warts Gesichtsausdruck wurde völlig leer. »*Sie* arbeiten für *mich*?«

»Erst seit Ende Mai, aber ich wußte nicht... ich meine, ich hatte ja keine Ahnung –«

Doch der Namenspatron von Depeyster Manufacturing hörte nicht zu. »Das ist ja nicht zu fassen«, sagte er und ließ sich in den Drehstuhl fallen, als hätte ihm die Neuigkeit schlagartig die Knie weich werden lassen. »Unten in der Halle?«

»Äh, ja. Ich steh an einer von den Drehbänken.«

»Nicht zu fassen«, wiederholte Van Wart, und plötzlich durchzog ein Grinsen sein Gesicht wie eine aufbrechende Gletscherspalte. »Truman Van Brunts Sohn.« Dann sah er auf Walters Fuß, und das Grinsen verschwand. »Hat mir sehr leid getan, das mit Ihrem Unfall.« Stille. »Sie heißen Walter, nicht wahr?«

Walter nickte.

»Ich habe in der Zeitung davon gelesen.«

Walter nickte nochmals.

»Ich kannte Ihren Vater.«

Walter sagte nichts. Er wartete ab.

»Vor vielen Jahren.«

»Ich weiß.« Walter sprach mit leiser Stimme, flüsterte beinahe. Erneut herrschte Stille, während Van Wart die Schublade wieder aufzog und in seinen Papieren herumwühlte. »Deshalb bin ich ja zu Ihrem Haus gekommen«, gestand Walter. »Ich wollte von Ihnen etwas über ihn erfahren. Über meinen Vater.«

Van Wart wirkte zerstreut. Er sah alt aus und, in diesem Moment jedenfalls, verletzlich. Ohne den Umschlag aus der Lade zu nehmen, schob er sich eine Prise von irgend etwas in den Mund. »Über Truman?« sagte er schließlich. »Wieso, er ist doch nicht etwa wieder aufgetaucht?«

Walters Kopfschütteln schien Van Wart zu erleichtern. Er genehmigte sich eine weitere Prise aus dem kostbaren Umschlag, was immer er darin aufbewahren mochte, und starrte dann auf seine makellosen Manschetten und die gepflegten Hände. Das war also das Scheusal, dachte Walter, der Unmensch, der Faschist, der das Gemetzel an Unschuldigen geplant und in den Gutenachtgeschichten einer ganzen Generation von Kindern der Colony herumgespukt hatte. Irgendwie paßte er nicht in dieses Bild. Mit dem seidigen, exakt geschnittenen Haar, den blitzenden Zähnen und der gleichmäßigen Bräune, mit seiner wohlgefälligen Art und der präzisen, gesetzten Redeweise hätte er auch der gütige, nachsichtige Vater in einer Fernsehserie sein können, oder ein Richter, ein Professor, ein Pianist oder Dirigent.

Doch dieser Eindruck verflog im nächsten Augenblick. Van Wart sah auf und sagte plötzlich: »Glaub ihnen nicht, Walter. Hör nicht auf sie. Dein Vater war in Ordnung. Der war Gold wert gegen diese ganze Bande mit ihren gemeinen, dreckigen Lügen.« Er fixierte Walter, und es lag nichts Gütiges mehr in seinem Blick. Dieser Blick war zornerfüllt, furchterregend, dieser Blick war zu allem fähig. »Dein Vater –« er lehnte sich vor und schien sich nur mühsam zu beherrschen, »– dein Vater war ein Patriot.«

Dann war da noch die Hochzeit.

Wenn das Leben sich auch allmählich von Walter herunterschälte, Schicht für Schicht, wie eine große, unermeßliche Zwiebel, wenn auch all seine mysteriösen Manifestationen – der Unfall, die Gedenktafel, die Gespenster und die Kartoffelpuffer, das Gesicht in der Tür der Van-Wart-Villa, Van Wart selbst – Teile eines Puzzles waren, so war die Hochzeit wie ein frisches Lüftchen: die Hochzeit wenigstens war etwas Eindeutiges. Walter, ehemals der kritische, distanzierte Held, der verbindliche Beziehungen und die Ehe gescheut hatte wie der Teufel das Weihwasser, liebte Jessica, und sie liebte ihn. Nein, es war mehr als das. Oder vielleicht weniger. Walter brauchte sie – er stand nur noch mit einem Bein auf dem Boden –, und sie brauchte es, gebraucht zu werden.

Die Zeremonie wurde auf einer Wiese mit saftigem, kniehohem Gras abgehalten, zum schläfrigen Summen von Tom Cranes Bienen und nur einen Steinwurf von seiner Kate entfernt. Jessicas Familie hatte zwar auf eine traditionelle Trauung in der Episkopalkirche von Peterskill gedrängt, mit Orgelmusik, Strumpfbandwerfen und siebenstöckiger Torte, aber das hatten Braut und Bräutigam rundweg abgelehnt. Sie waren keine Sklaven der Tradition. Sie waren kühne Freidenker, überschwenglich und originell, und sie mußten keine fünf Minuten überlegen, um zum idealen Schauplatz für ihr Hochzeitsfest Tom Cranes Grundstück zu erwählen.

Was könnte geeigneter dafür sein? Keine korrupte Institution würde ihren düsteren Schatten auf die Zeremonie werfen, und die Natur selbst würde mitfeiern. Es sollte eine Freiluft-Hochzeit werden, respektlos und ungezwungen, mit gegrillten Steaks – und Tofu-Brötchen für die Vegetarier. Anstelle des bei standesamtlichen und kirchlichen Trauungen üblichen öden Geschwafels würden sie Lesungen aus Gurdjieff oder Kahlil Gibran veranstalten, und statt Mendelssohns Dudelei käme die Musik aus Herbert Pompeys Nasenflöte. Die Braut würde Blumen im Haar tragen. Der Bräutigam würde Blumen im Haar tragen. Und auch die Gäste, in bunten Ponchos, Stiefeln und Fransenlederwesten, würden Blumen im Haar tragen. Außerdem hatte die Wiese unterhalb von Toms Hütte für Walter natürlich ihre ganz besondere Bedeutung.

Walter kam früh. Nach seiner Junggesellenparty, die

mit mehreren gemischten Lagen im »Elbow« begonnen und mit Kochsherry und Kif in der Wohnung eines früheren Schulkameraden – er wußte nicht mehr, bei welchem – geendet hatte, fühlte er sich ausgelaugt und verkatert. Gegen vier war er endlich ins Bett gekommen, doch kaum hatte er die Augen zugemacht, war jedesmal eine stetige Prozession historischer Gedenktafeln zum Takt von »Yankee Doodle Dandy« in seinem Zimmer herummarschiert, und seine Träume waren die Träume eines Mannes gewesen, der seine Jugend hinter sich gelassen hatte. Um sieben wachte er auf, zerknittert und gerädert, weil er in seinem fehlenden Fuß heftigen Juckreiz verspürte. Er beschloß, seine Hochzeitskluft anzuziehen und zu Tom Crane hinüberzufahren.

Es war Ende September, ein warmer, dunstiger Morgen, die Sonne über den Baumwipfeln hielt ihm ihr Licht bündelweise entgegen. Er sah hinauf in das Geflecht der Äste, die über der Windschutzscheibe dahinzogen, und bemerkte, daß das Ahornlaub schon braun war, und obwohl es noch früh war, roch er den schwachen, beißenden Duft von brennenden Blättern in der Luft. Nach seinem Unfall, vor nunmehr fast zwei Monaten, hatte er aufgehört, sich zu rasieren, und er strich sich beim Fahren über die unregelmäßigen Stoppeln, die auf der Oberlippe und den Bakken sprießten. Er war ganz in Weiß gekleidet, wie ein Guru oder ein Osterlamm, in das Nehru-Hemd und die Hosen mit Schlag, die Jessica ihm als Hochzeits-Ensemble ausgesucht hatte. Sein Haar fiel, gemäß der Mode der Zeit, bis auf die Schultern herab. Er trug die gewohnten Dingo-Stiefel und hatte, der Farbe wegen und als Glücksbringer, einen Gürtel umgelegt, den seine seelenvolle, kummervolle Mutter als Mädchen im Sommerlager aus rosa und blauen Plastikschnüren geflochten hatte.

Er brachte das leichte Gefälle ohne größere Schwierigkeiten hinter sich – allmählich gewöhnte er sich an die Prothese, so wie er sich an sein erstes Paar Rollschuhe gewöhnt hatte; seit einer Weile stemmte er Gewichte, um seine Schenkelmuskulatur als zusätzliche Stütze zu kräftigen. Das Bein machte ihm keine Sorgen, eher schon sein Kopf. Der Kochsherry war ein Fehler gewesen, zweifellos. Auf dem abschüssigen Pfad, der ungefähr dem Lauf der alten Straße folgte, wich er hie und da einem Kuhfladen aus und empfand großen Neid auf Tom Crane, der die Kneipe unter dem Vorwand ehefördernder Verpflichtungen nach zwei Glas Bier verlassen hatte. Er blieb eine Zeitlang auf der in Nebel gehüllten Wiese am Rand des Baches stehen und dachte: *Hier war die Bühne und da der Parkplatz*, dann drehte er sich weg, stampfte über den Steg und schreckte die Schwalben auf, die darunter nisteten. Heute würde er heiraten. Hier. Ausgerechnet hier. Die Wahl des Ortes, dämmerte ihm, war nicht so originell, wie er zunächst gedacht hatte.

Walter kletterte den steilen Weg vom Van Wart Creek hinauf, zur Linken sprudelte der kleine Zufluß namens Blood Creek, zur Rechten lagen Tom Cranes Bienenstöcke und das immer noch üppige Gemüsefeld mit den prallen Zucchini, den Kürbissen und den späten Tomaten, als er auf den ersten ungebetenen Gast stieß. Sie stand mit dem Rücken zu ihm, ihre dicken Strümpfe waren über die Schuhe hinuntergerollt, und er konnte ihre Krampfadern sehen. Er erkannte sie sofort. Sie war vornübergebeugt, suchte etwas – oder nein, sie jätete Unkraut, hielt die Knie stocksteif und schwenkte das breite Hinterteil wie eine Zielscheibe auf dem Rummelplatz. Er erinnerte sich an den Tag, an dem ihm dieses Ziel so unwiderstehlich erschienen war, als sie sich über das Tulpenbeet vor dem Haus in Verplanck gebückt hatte, daß er es mit Erdklumpen bewerfen mußte, und er erinnerte sich auch an die nachfolgende Vergeltung, als sein Großvater vom Krebsefangen nach Hause gekommen war und ihn das Ende einer alten Falleine schmerzhaft hatte spüren lassen. Unkrautjäten. Das sah ihr ähnlich. Er erinnerte sich daran, wie sie jede pelzige Pfahlwurzel und jedes Queckenbüschel mit Schimpftiraden in dem Bauernholländisch verfluchte, das die Leute schon seit hundert Jahren nicht mehr sprachen, wie sie es der schweinsäugigen Mrs. Collins von gegenüber an den Hals wünschte, oder Nettie Nysen, dieser Hexe, die sie gezwungen hatte, das Telefon abzumelden. Im Frühling legte sie für jedes frische Päckchen Saat den gefrorenen Totenzauber eines Krebses – Augenstiele und Hirn – mit in die Erde. »Großmutter«, sagte er, und sie fuhr herum, als habe er sie aufgeschreckt.

Na, und wenn schon? – Er war wütend. Er war überzeugt gewesen, er hätte all das hinter sich, die Träume und Visionen wären im Krankenhaus oder am Straßenrand zurückgeblieben, er dachte, ein geopferter Fuß wäre genug. Aber da irrte er sich.

Sie lächelte jetzt, fett und rosig und gesund wie alle maßlosen Esser – diese Frau hatte nie im Leben etwas anderes gefrühstückt als gesalzenen Räucherhering, Marmeladekuchen und gezuckerten Kaffee, so dick und schwarz wie Motoröl. »Walter«, sagte sie leise mit ihrer keckernden Stimme, »ich wollte dir alles Gute zur Hochzeit wünschen.« Und dann, mit der ganzen Raffiniertheit einer Hinterhofklatschbase: »Na, und was macht der Fuß?«

Der Fuß? Am liebsten hätte er sie angebrüllt: *Hast du etwa damit was zu tun gehabt? Hast du?* Doch er starrte nur auf den Stumpf eines Baumes, den Jeremy Mohonk 1946 nach seiner Entlassung aus dem Gefängnis gefällt hatte. Seine Großmutter war verschwunden. Schon wieder Geschichte. Urplötzlich fühlte er sich sehr müde. Er wurde von Wehmut ergriffen, Wein wurde zu Essig, und aus den Bäumen, die ihn umzingelten wie ein feindseliger Mob, beschimpften ihn die Vögel. Er versuchte, diese Dinge aus seinen Gedanken zu verscheuchen, versuchte sich zu erinnern, daß er seinen Vater haßte und einen Dreck darauf gab, wo er jetzt war, daß er ein eigenes Leben hatte, eine Identität, die mehr war als die des verlassenen, mutterlosen Jungen, der unter Fremden aufgewachsen war. Er versuchte, an Jessica zu denken, an die Vereinigung, die ihn erlösen und heilen würde. Und schon holte sie ihn ein: die Vergangenheit.

Er stapfte den Hügel hinauf, und seine körperlose Großmutter flüsterte ihm ins Ohr, erzählte ihm eine seiner Lieblingsgeschichten – eine, die er noch lieber hörte als die vom Verrat an Minewa oder die vom übertölpelten Sachoes –, die Geschichte von der Hochzeit seiner Eltern. Was haben sie angehabt? hatte er sie damals immer gefragt. Wie sah meine Mutter aus? Erzähl mir von dem See.

Deine Mutter war wie eine Königin, antwortete sie ihm, und dein Vater war der schönste Mann in der ganzen Gegend. Ein Sportler, ein Possenreißer, stets zum Scherzen aufgelegt. Er hat in seiner Uniform geheiratet, mit den Medaillen an der Brust und seinen Sergeantstreifen auf der Schulter. Deine Mutter war eine Alving. Schwedin. Ihr Vater war Magnus Alving, der Architekt – er hat die Freie Schule in der Colony entworfen, wußtest du das? –, und ihre Mutter war holländischer Herkunft, eine Opdycke. Sie trug das Brautkleid ihrer Mutter – schwere Seide, besetzt mit Zuchtperlen und Madeiraspitze. Das Haar aufgesteckt, hochhackige weiße Schuhe, sie sah aus wie eine Märchenfee. Sie hielten die Trauung im Freien ab, am Ufer des Kitchawank Lake, obwohl es schon spät im Jahr und ein bißchen kalt war, und als der Standesbeamte sagte: »Sie dürfen die Braut jetzt küssen«, und dein Vater deine Mutter in die Arme nahm, da fingen rings um den See alle Gänse zu schnattern an, und die Fische schnellten aus dem Wasser wie Stückchen Stanniolfolie. Hesh war der Trauzeuge.

Er war beinahe auf dem Gipfel des Hügels angekommen, als eine zweite Stimme sich in sein Bewußtsein drängte. Er blickte auf. Direkt vor ihm, blaß, krummbeinig und nackt wie ein Waldschrat, stand Tom Crane. Der Heilige der Wälder hielt in der einen Hand eine Flasche Babyshampoo und in der anderen ein Handtuch, das steif wie ein Brett war. Er grinste und sagte etwas über kalte Füße, aber Walter verstand ihn nicht genau, weil ihm immer noch das Gemurmel seiner Großmutter in den Ohren klang. *Walter, Walter*, sagte sie mit schmerzensreicher, leiser werdender Stimme, *wirf es ihm nicht vor. Er hat sie geliebt. Wirklich. Nur hat er eben tief im Herzen... sein Vaterland noch mehr... geliebt.*

»Hey, Walter – Van –, reiß dich zusammen!« Der nackte Heilige stand jetzt einen halben Meter vor ihm, starrte ihm in die Augen wie durch ein Teleskop. »Bist du noch hinüber von gestern abend, oder was?«

Das war er. Ja. Allerdings. Er sah Tom Crane zum erstenmal genauer an und stellte fest, daß die schmächtige Gestalt des Heiligen mit Furunkeln, Flecken und Insektenstichen übersät war. Tom kratzte sich am Bart. Seine Rippen waren Zaunlatten, die Füße so weiß und lang und flach, als wären sie aus Teig geformt, der nicht aufgehen wollte. Seine Lippen bewegten sich, und er sagte etwas über ein kurzes Bad im Bach zum Aufwachen und heißen Kaffee mit Bourbon oben in der Hütte. Walter ließ sich den Hügel wieder hinunterführen, über den Steg und in das Farnkraut am Ufer.

Der Bach führte zu dieser Jahreszeit nicht viel Wasser, doch der Heilige der Wälder hatte ihn, zum Zwecke der Körperpflege, unter der Brücke aufgestaut – das so entstandene Bassin war etwa so tief und dreimal so breit wie eine Badewanne. Tom klemmte sein Handtuch in eine Astgabel und ging ins Wasser, wobei sein flacher, blasser Allerwertester aufblitzte, der nicht mehr von baumwollenen Unterhosen umhüllt worden war, seit seine Mutter zu Beginn seines Studiums an der Cornell-Uni vor vier Jahren aufgehört hatte, seine Wäsche zu waschen. Er senkte sich in den Bach wie eine mutierte Wasserspinne, den Hintern zuerst. Der Schock ließ ihn aufjohlen.

Walter brauchte länger. Von dem beschwerlichen Weg hügelabwärts war er außer Atem und schweißgebadet. Sein Bein fühlte sich auf einmal an, als wäre es vom Knie abwärts mit Peperoni eingerieben, und seine Augen spielten ihm immer noch Streiche. Keine größeren Probleme –

die Bäume verwandelten sich nicht in Klauen oder Dauerlutscher, und seine Großmutter war nirgends zu sehen –, aber alles wirkte verzerrt und verschwommen, die sichtbare Welt befand sich in wuselnder Bewegung, als betrachtete er einen Tropfen Tümpelwasser unter dem Mikroskop. Die Blätter über ihren Köpfen, der Steg aus gesprungenem Holz, die Rinde der Bäume und die Struktur der Felsen: alles war auf seine Bestandteile reduziert, zu einem Gitterwerk aus winzigen tanzenden Pünktchen. Das kommt von gestern nacht, nahm er an. Der Kochsherry. Das muß es gewesen sein. Er kauerte auf einem Stein und begann, an seinem linken Stiefel zu zerren.

Tom zappelte krampfartig mit allen Gliedern im Wasser und atmete schwer wie ein Seehund, der zum Luftholen auftaucht.

»Kalt?« fragte Walter.

»Nein, nein«, sagte Tom, etwas zu hastig. »Gerade richtig.« Er wandte den Blick ab, als Walter den anderen Fuß aus dem Stiefel zog.

Walter streifte sich das Nehru-Hemd über den Kopf, ließ Hose und Unterhose fallen und stand nackt zwischen Farnen und jungen Bäumen. Er spürte den Uferschlamm zwischen den Zehen seines linken Fußes; der rechte, der leblose Fuß steckte wie ein Stein im Boden. Noch niemand hatte ihn so gesehen, nicht einmal Jessica. Und Tom Crane, sein bester Freund und intellektueller Mentor, sah nicht hin.

»Weißt du was?« sagte Tom, warf einen Blick auf Walter, der sich ins Wasser gleiten ließ, und sah dann wieder weg. »Automobile. Autos. Am Anfang wollten sie Elektromäuse dazu sagen.« Er kicherte über diesen Gedanken. »Elektromäuse«, wiederholte er.

Das Wasser war kalt wie ein Gletscherbach. Walter schrie nicht auf, ihm stockte nicht der Atem, weder fluchte er noch planschte er herum. Er legte sich auf den Rücken, die Strömung hob seine Genitalien in die Höhe und floß hinter dem Nacken und den Schultern geschmeidig wieder ineinander. Nach einer Weile hob er das rechte Bein aus dem Wasser und legte den Plastikfuß auf einen Stein am Rand des Bachs.

»Petrolokomotiven«, sagte Tom. »Der Name war auch mit im Rennen damals.« Doch die Leichtigkeit war aus seiner Stimme gewichen. »So sieht es also aus«, sagte er. Und dann: »Wie fühlt sich's denn an?«

»Momentan tut es verdammt weh.« Walter verstummte, betrachtete die Kunststoffskulptur am Ende seines Beins. »Der Arzt meinte, ich werde lernen, damit zu leben.«

Die Sonne kletterte jetzt hinter den Bäumen empor, verdichtete die Schatten und durchflutete das Unterholz mit sattem goldenem Licht, das sich wie Pfannkuchenteig auf die Blätter legte. Walter zählte die Wedel des Farns neben sich, sah den Elritzen zu, die in der Strömung abtauchten und zwischen seinen Beinen spielten, lauschte einem trommelnden Specht und dem Ruf des Laubwürgers. Einen Augenblick lang fühlte er sich als Teil davon, als Kreatur des urzeitlichen Waldes, der weit älter war als Asphalt, gehärteter Stahl und seine Plastikprothese, doch dann holte ihn das Knattern eines Motorrads drüben auf der Van Wart Road wieder zurück. »So«, sagte er und erhob sich aus dem Wasser, in der langsamen, tastenden Art eines Achtzigjährigen. »Okay. Jetzt geht's mir besser.«

»Kannst ruhig mein Handtuch nehmen«, bot Tom an. Er saß aufrecht, keuchte und prustete immer noch, auf seinem pickeligen Rücken ringelte sich der lange nasse Schopf seines Haars wie etwas, das sich an ihn geklammert hatte und ertrunken war.

Walter rubbelte sich mit dem harten, stinkenden Handtuch ab, während rings um ihn Moskitos sirrten und der Schlick durch seine Zehen quoll. Er fühlte sich besser, kein Zweifel. Das Kopfweh hatte nachgelassen, die Blätter und Zweige, die nach ihm fingerten, schienen sich wieder verfestigt zu haben, und der Schmerz in dem tauben Bein war weg. In diesem Augenblick, als er auf dem schlammigen Ufer stand und im frühmorgendlichen Sonnenlicht zitterte, hatte er eine Offenbarung. Auf einmal wurde ihm klar, daß das ganze Alltagsgetue für ihn völlig unwichtig war, daß er keine Lust hatte, banale Konversation zu machen, nicht über Elektromäuse, die Party vom Vorabend, Nervengas oder die Revolution in Lateinamerika diskutieren wollte. Nein: in Wirklichkeit wollte er über seinen Vater reden. Er hätte gern diesem schlotternden, jämmerlichen, knochendürren Häufchen Gänsehaut, das da tropfnaß neben ihm stand, sein Innerstes geöffnet, wollte ihm erzählen, daß er sich etwas vorgemacht habe, daß es ihm jetzt und immerdar verdammt wichtig sei, wo sein Vater war, nichts anderes wollte er – gar nichts, weder Jessica noch das Fleisch und Blut, das ihm weggerissen worden war –, als ihn zu finden, ihm gegenüberzustehen, ihm den blutbefleckten Fetzen der Vergangenheit ins Gesicht zu klatschen und dadurch seine Gegenwart zurückzuerlangen. Er wollte nicht über seine Hochzeit, über Musik, gesunde Ernährung oder Ufos sprechen. Er wollte über die eingemotteten Schiffe und über Ahnenforschung sprechen, über seine Großmutter, über das Gespenst im Duft von Kartoffelpuffern und seine Augenprobleme, die das Gestern im Heute lebendig werden ließen.

Aber er bekam nicht die Chance dazu.

Denn der Heilige der Wälder, blau im Gesicht und mit vor Kälte klappernden Zähnen und ratternden Kiefergelenken, rieb sich mit dem schäbigen Handtuch die herabhängenden Schultern und den kahlen Hodensack und sagte plötzlich: »Was hast du eigentlich damals mit Mardi gemacht?«

Mardi. Sie war ein Schatten, eine fragmentarische Erinnerung, ein Fleck auf seinem Bewußtsein – sie war auch eins von den Gespenstern. »Mit wem?«

»Du weißt doch: Mardi. Mardi Van Wart.«

Walter wußte nicht. Wollte es auch nicht wissen. In seinen Ohren hallte ein Kreischen, ein gräßliches, unauslöschliches Getöse, das auf einmal aus dem blutgetränkten Boden vor ihm aufstieg. Er konnte die Schreie der Opfer hören, die sanfte Stimme seiner Mutter angstverzerrt, die geifernden, gierenden Flüche der Männer mit den Stöcken und Brecheisen und Zaunpfählen in den Händen. Jude, Nigger, Roter: er befand sich im Zentrum des Wirbelsturms. *Van Wart?* Mardi *Van Wart?*

»Sie hat gesagt, daß sie mit dir und Hector zusammen war in der Nacht, als... äh, als du den Unfall hattest, weißt du? Sie meinte, sie müßte dich dringend mal sprechen.«

Er spürte, wie es an ihm zerrte, etwas Obszönes, Unheiliges, Unwiderstehliches. »Du... du kennst sie?«

Tom Crane war lächerlich. Nackt und triefend, das stinkende Handtuch unter den Arm geklemmt und mit einer lässig heraushängenden Zahnbürste zwischen den Lippen, sah er kurz auf, um Walter einen höchst bedeutsamen, ziegenzähnigen Blick zuzuwerfen. »O ja«, sagte er, mitten im gellenden Geschrei der Unschuldigen, »ich kenne sie.«

Jessica trug ein Spitzenkleid, das unterernährte Lohnarbeiter am anderen Ende der Welt mühsam geklöppelt hatten, ein Paar schlichter weißer Sandalen und die elfenbeinerne Kameebrosche ihrer Großmutter. In ihrem glänzenden Haar, dessen strahlendes Blond selbst die Wikinger geblendet hätte, blitzten hie und da Träubelhyazinthen und Primelblüten auf. Walter stand neben ihr, inmitten der sorglosen Bienen und Schmetterlinge des Spätvormittags, flankiert von Hesh und Lola und Jessicas rosagesichtigen Eltern, während Tom Crane aus einem Science-fiction-Roman eine Passage über außerirdische Fortpflanzung vorlas und Herbert Pompey mit wahren Blumenmassen im Haar herumtanzte und auf seiner Nasenflöte die verschlungenen Melodien indischer Schlangenbeschwörer interpretierte. Jessica rezitierte ein paar Verse von einem obskuren Poeten zum Thema Liebe und Fisch, und dann trat Hesh vor, um die klimaktischen Sätze der standesamtlichen Zeremonie zu sprechen (»Willst du, Walter Truman

Van Brunt, diese Frau ... bis daß der Tod euch scheidet?«). »Ja«, sagte Walter und küßte die Braut in einer Aufwallung der Gefühle – in Liebe und Dankbarkeit und in vollem Begreifen des Lebens und der Jugend –, und vorübergehend entkam er der Gosse der Verwirrung, in die der Unfall ihn gestürzt hatte. In diesem Moment zündete Hector Mantequilla einen Satz Arecibo-Knallfrösche, und die Feier konnte endlich anfangen.

Jessicas Familie, die Conklins wie auch die Wings, gingen schon früh. Großmutter Conklin, eine steife alte Patrizierin mit leichenbleicher Haut, einer gewaltigen Nase und Schildkrötenaugen, war in eine Decke gewickelt den Hügel hinaufgetragen worden. Sie saß auf einem Klappstuhl im Schatten der Eiche, umringt von ältlichen Nichten aus Connecticut, einen unübersehbaren Klecks von Kuhscheiße auf ihren schwarzen Lackpumps, und musterte die Vorgänge mit sichtlichem Mißfallen. Eine halbe Stunde nach dem Ausschenken des Punsches und dem Anschneiden der Torte war sie verschwunden. Die ältlichen Nichten folgten ihr bald, und dann drückte John Wing höchstpersönlich – mit der Verbindlichkeit und der verlegenen Stattlichkeit des weisen Vaters einer Fernsehserie – Walter zum Abschied die Hand und bat ihn, gut auf sein kleines Mädchen aufzupassen. Am späten Nachmittag hatten sich alle Vertreter der älteren Generation verabschiedet, Insektenstiche kratzend und die sonnenverbrannten Gesichter mit Taschentüchern betupfend. Hesh, Lola und Walters Tante Katrina (voll wie eine Haubitze und mit den Tränen ringend) waren die letzten.

Das Gewitter begann sich gegen vier zusammenzubrauen. Jessica referierte mit blitzenden Augen und schwerer Zunge für Nancy Fagnoli die detaillierte Biographie von Herbert Axelrod, dem Schutzpatron der Tropenfische, Walter kippte sich bei den Bienenstöcken mit Herbert Pompey billigen Sekt hinter die Binde und rauchte einen Joint, Tom Crane hockte mit Hector und einem halben Dutzend weiterer Hochzeitszelebranten in einer

Rauchwolke auf der Veranda. Susie Cats, eine große, überkandidelte Frau mit weichgekochten Augen, war auf Toms Feldbett zusammengeklappt, nachdem sie vierzehn Tassen Tequila-Punsch getrunken und zwei Stunden lang unablässig geflennt hatte. Jetzt lag sie flach, und ihr leises, rhythmisches Schnarchen drang über die Lichtung zu Walter und Pompey. Irgendwo weiter oben im Wald spielte jemand Gitarre.

Walter musterte den tiefhängenden Bauch der Regenwolke, die sich über die Baumwipfel schob, den Einschnitt des Hügels hinter ihm auffüllte und sich aufblähte, als wollte sie die Sonne ersticken. Innerhalb weniger Minuten war der Himmel schwarz. Mit zum Schutz vor dem Rauch zusammengekniffenen Augen reichte ihm Herbert Pompey den gelbverfärbten Rest des Joints. »Sieht aus, als ob's auf deiner Party regnen wird.«

Walter zuckte die Achseln. Er fühlte sich ziemlich betäubt. Sekt, Gras, ein Schluck hiervon und ein Zug davon, der Bourbon im Kaffee am Morgen und die Exzesse der letzten Nacht: der kumulative Effekt machte sich langsam bemerkbar. Er war verheiratet, dort drüben unter der Eiche stand seine Braut, soviel wußte er noch. Er wußte zudem, daß sie in ein paar Stunden den Zug nach Rhinebeck nehmen und dort in einem altmodischen Hotel voll düsterer Winkel und verstaubtem Nippes absteigen würden, und dann würden sie vögeln und ineinandergekuschelt einschlafen. Was das Wetter anging, das war ihm scheißegal. »Was hast du denn erwartet?« sagte er und warf die leere Flasche ins Gras. Dann nahm er Pompey beim Arm und machte sich auf die Suche nach einer neuen.

Das Gewitter brach erst knapp eine Stunde später los, und inzwischen war der zweite nicht geladene Gast erschienen. Obwohl er dagegen angekämpft hatte, war sich Walter durchaus bewußt, daß er momentan für Geschichte, Erinnerungen und die Muster der Vergangenheit sehr empfänglich war, und den ganzen Tag lang hatte er ein wenig damit gerechnet, irgendwann aufzublicken und seinen Vater zu sehen, wie er auf dem Geländer der Veranda zwischen Tom Crane und Hector Mantequilla saß oder sich einen Weg durch das hohe Gras bahnte, eine Flasche billigen Sekt in der mächtigen Pranke. Doch es war nicht sein Vater, der aus dem Schatten der Bäume hervortrat, als Walter gerade an die Wand der Kate pinkelte – es war Mardi.

Sie kam direkt auf ihn zu, ein Anflug von Lächeln auf den Lippen, in der Hand hielt sie ein in Geschenkpapier gewickeltes Päckchen. Er versuchte sich in Nonchalance, doch ging er, wie er bald feststellte, beim Harnlassen etwas zu hastig vor, beim Einpacken und dem Zuziehen des Reißverschlusses, so daß er, als er sich zu ihr umdrehte, warmen Urin im Schritt seiner Hose und auf dem Oberschenkel spürte. »Hallo«, sagte sie. »Erinnerst du dich an mich?«

Sie war barfuß, hatte einen Minirock an (diesmal keinen aus Papier, nichts, was sich in seinen nassen Händen auflösen könnte, sondern einen aus Leder) und eine glitzernde, tief ausgeschnittene Bluse, die zu ihrer Augenfarbe paßte. Sie trug eine indianische Perlenkette um den Hals und Ohrringe aus winzigen Muscheln und Federn. Sie sah aus wie ihre Mutter. Sie sah aus wie ihr Vater. »Klar«, sagte Walter, »sicher erinnere ich mich«, und dann blickten sie beide auf seinen Fuß.

»Ich hab dir das hier mitgebracht«, sagte sie und gab ihm das Päckchen.

»Oh, Mensch, aber das brauchst du doch nicht –« begann er, wobei er sich reflexartig nach Jessica umsah, aber es war niemand in der Nähe. Sie standen allein hinter der Hütte; die Vögel waren schlagartig verstummt, und der Himmel sah aus wie die Unterseite eines Traums. Das Paket war klein und schwer. Er riß das Papier auf. Messing und Holz, metallene Schwere: Er hielt ein Fernrohr in der Hand. Oder nein, es war ein Fernrohr, an dem noch etwas anderes befestigt war, ein Viertelkreis aus stumpfem Messing, der eingeritzte Eichstriche trug und mit Klammern, Schrauben und Spiegeln besetzt war. Sie beobachtete ihn. Er fing ihren Blick auf und sah dann wieder auf das Objekt in seiner Hand, bemühte sich um eine würdigende Kennermiene. »Es ist, äh... hübsch. Wirklich hübsch.«

»Weißt du, was das ist?«

Er schüttelte langsam den Kopf. »Eigentlich nicht.« Das Messing hatte Grünspan angesetzt, die Holzteile des Fernrohrs waren abgestoßen und voller Kerben, als hätte in urdenklichen Zeiten ein ausgesetzter Seemann darauf herumgekaut. »Sieht alt aus«, versuchte er es.

Mardi grinste ihn an. Sie hatte kein Make-up aufgelegt – oder jedenfalls nur einen Hauch. Ihre Beine waren nackt und kräftig, und ihre Füße – gleichmäßig gebräunt, mit zarten Knochen, perfektem Rist und einem Netzwerk von tiefblauen Venen – waren wunderschön. »Das ist ein Sextant«, sagte sie. »So was haben sie früher zum Navigieren benutzt. Mein Vater hatte ihn herumliegen.«

»Ah«, sagte Walter, als hätte ihm das schon längst klar sein sollen. Er war frisch verheiratet, er war stoned und aufgedreht, der Himmel brach auf, und Blitze fuhren in die Bäume. Er hielt einen Sextanten in der Hand und fragte sich warum.

»Es ist so eine Art Witz«, sagte sie. »Damit du den Weg zu mir finden kannst, verstehst du?« Er verstand nicht, aber ihre Worte bewegten ihn. »Erinnerst du dich nicht? An die Nacht unten am Fluß?«

Er sah sie dumpf an: möglich, daß er sich erinnerte, vielleicht auch nicht. In jener Nacht war eine Menge passiert. Plötzlich, es machte ihn wahnsinnig, verspürte er ein furchtbares Jucken in seinem fehlenden Fuß.

Sie suchte nach etwas in ihrer Ledertasche. Walter sah einen Kamm, einen Spiegel, einen Lippenstift. »Ich meine unsere Verabredung.« Sie fand, wonach sie suchte – Zigaretten –, schüttelte eine aus der Packung und zündete sie an. Walter schwieg und beobachtete sie, als hätte er noch nie zuvor ein Streichholz oder eine Zigarette gesehen.

»Mein Vater hat ein Segelboot«, sagte sie. »Darin fahre ich mit dir zu den Geisterschiffen raus.« Sie sah ihn an, und ihre Augen waren kalt und hart wie Murmeln. Er spürte die ersten schweren Regentropfen durch den Hemdrükken. Dann donnerte es grollend. »Du hast das doch nicht vergessen?«

»Nein«, log er. »Nein, nein«, und in diesem Moment wußte er, daß er sie beim Wort nehmen würde. Er wußte, daß er zurückkehren und auf den öden, verrotteten Decks herumgehen würde, so wie er zu der Gedenktafel zurückgekehrt war und sehnsüchtig und verwirrt davorgestanden hatte; er wußte, daß er auf irgendeine beängstigende, unfaßliche Weise an sie gekettet war.

»Wie fühlt er sich an?« fragte sie unerwartet.

»Wer?« sagte er, aber eigentlich war die Frage unnötig.

»Na ja, dein Fuß.«

Der Regen fiel jetzt stärker, in dicken, trächtigen Tropfen, die ihn auf der Kopfhaut kitzelten und seine Wangen hinabrannen. Er zuckte die Achseln. »Überhaupt nicht«, sagte er. »Er fühlt sich tot an.«

Und dann, er wollte sich gerade umdrehen und zu den anderen hinübertrotten, die sich unter dem undichten Dach von Tom Cranes Veranda zusammendrängten, griff sie nach seinem Arm und zog ihn an sich. Ihre Stimme war ein heiseres Flüstern. »Kann ich ihn sehen?«

Der Donner rollte durch die Bäume, ein Blitzschlag ließ die Äste der großen Weißeiche aufleuchten, die sich über ihnen wanden. Er war sich nicht klar, was er für ein Gesicht machte, aber offenbar drückte es seine Gefühle deutlich aus. Sie ließ ihn los. »Nicht jetzt«, hörte er sie sagen, als er sich abwandte. Er stapfte durch den prasselnden Regen, und wieder tanzten sie ihm vor den Augen: die Nebelschleier, die Gedenktafel und der rasch vorbeiflitzende Schatten. »Ich meine ja nicht jetzt.« Er ging weiter. »Walter!« rief sie. »Walter!« Er hatte die Ecke der Hütte erreicht und konnte schon Jessica, Tom und Hector sehen, die sich rechtzeitig unter den Dachvorsprung geflüchtet hatten, als er stehenblieb und über die Schulter zurücksah. Dort stand Mardi, gleichgültig gegen den Regen. Das nasse Haar klebte ihr im Gesicht, die Hände waren flehentlich ausgestreckt. »Nicht jetzt«, wiederholte sie, und über ihr brach der Himmel entzwei.

Mit dem Segen des *patroon*

Pastor Van Schaik, noch ohne eigene Kirche, mußte für die Taufe den ganzen Weg zum Hof der Van Brunts zu Fuß gehen. Die Nacht davor hatte er auf einem Strohlager im oberen Gutshaus zugebracht, und sein Frühstück war Wasser und Zwieback gewesen, ehe er bei Tagesanbruch einen Gottesdienst für Vrouw Van Wart gehalten hatte, gefolgt von zwei harten Stunden des Gebets und der Meditation (hart war gar kein Ausdruck – diese Frau war eine Fanatikerin). Er spürte noch jedes Amen in den Knien, während er über den primitiven Steg wankte und sich den steilen, steinigen Pfad zum Hof hinaufmühte.

Es war Ende September, trotz der Wolken war es warm – sogar drückend schwül –, und nach der Hälfte des Anstiegs mußte er sich einen Augenblick hinsetzen und neben dem Bach ausruhen, der entlang des Pfades, gesäumt von Farnkraut und Stinkkohl, dahinplätscherte. Die Farmer der Gegend, fiel ihm ein, nannten das Rinnsal aufgrund irgendeines Aberglaubens Blood Creek, da gab es angeblich einen Kindesmörder, der in den Wäldern umherstreifte. Ländlicher Aberglaube machte wenig Eindruck auf den Pastor, der ein Anhänger des Franciscus Gomarus war und stets auf dem Pfad der Rechtschaffenheit wandelte, dennoch mußte er bekennen, daß dieser Wald besonders düster und unselig wirkte. Woran lag das? Die Bäume stehen wohl dichter, vermutete er, das Licht ist schwächer hier. Und es schien ungewöhnlich viele tote Stämme zwischen den gesunden Bäumen zu geben, große Giganten der Kreidezeit, die sich bedenklich an ihre kraftstrotzenden Nachbarn lehnten oder flach auf dem Boden lagen – mit in Fetzen herunterhängender Rinde und über und über bedeckt mit ohrförmigen Pilzwucherungen –, bis sie von den Schatten des Unterholzes verschlungen würden.

Der Pastor hatte sich gerade vorgebeugt, um mit gewölbten Händen aus einem klaren, steinigen Bassin zu trinken, als er aufsah und zwischen Eichengestrüpp und Berglorbeer die Gestalt eines Mannes ausmachte. Es war ein Schock, und trotz all seiner Gewißheit, trotz all seiner Verachtung für die Gespenster, die in einfältigen Seelen spuken mochten, fühlte er seinen Herzschlag aussetzen. Doch der Schreck währte nur einen Augenblick; das hier war kein rotbärtiger Schwede mit einer triefenden Axt, es war... nichts. Die Gestalt, wenn sie überhaupt dagewesen war, war im Unterholz verschwunden wie ein Phantom. Hatten seine Augen ihm einen Streich gespielt? Nein. Er hatte ihn klar und deutlich gesehen. Einen Mann aus Fleisch und Blut, groß und hager, mit den Zügen eines Eingeborenen und in einen Fellmantel gehüllt. Benommen stand der Pastor vorsichtig auf. »Hallo?« rief er. »Ist da jemand?«

Kein Blatt regte sich. Auf ihrem unsichtbaren Sitz hoch über ihm schrie eine Krähe in rauhen, höhnischen Tönen. Plötzlich ärgerte sich der Pastor über sich selbst – er war, wenn auch nur für einen Moment, dem Aberglauben zum Opfer gefallen. Doch der Ärger wich bald der Angst: rationaler, kühler, selbsterhaltender Angst. Wenn das, was er gesehen hatte, keine Erscheinung gewesen war, kam ihm in den Sinn, dann könnte womöglich ein Wilder in Kriegsbemalung auch jetzt noch im Gebüsch lauern und sich an ihn – den Pastor – heranpirschen, wie an einen Truthahn oder eine Wachtel. Erinnerungen an die während der vierziger Jahre von Indianern veranstalteten Massaker folgten dieser Einsicht, und der Pastor, vor dessen geistigem Auge verrenkte Gliedmaßen und vom Tomahawk abgetrennte Skalps aufstiegen, riß sich zusammen und setzte eilig seinen Weg fort.

Er war ziemlich außer Atem, als er die Hügelkuppe erreichte, und er blieb eine Weile stehen, um Luft zu holen und die verkommene kleine Farm zu mustern, die vor ihm lag. Das Grundstück sah noch schlimmer aus als erwartet. Vor kurzem hatte ein Gewitter den Hof vor dem Haus (wenn man es denn Haus nennen durfte) in einen Sumpf verwandelt, die Steinmäuerchen waren verfallen, und es lag ein beißender Gestank nach menschlichen Exkrementen in der Luft. Die Frau mit dem kahlgeschorenen Kopf und dem blöden Starren kam heraus, um ihn zu begrüßen. Sie trug ein Kleid, das sie von einer Leiche gefleddert haben mochte, und das Bastardkind – der Junge schien etwa zwei zu sein – wieselte ihr hinterher, nackt wie am Tage seiner Geburt. Der Pastor begrüßte sie, setzte sich auf den Hackklotz vor dem Haus, wo er schon wieder Wasser serviert bekam – wurde einem denn nirgendwo mehr Bier angeboten? – und auf einem säuerlichen Maiskuchen herumkaute, während das Kind losrannte, seinen Onkel zu holen, und eine Wildgans mit gestutzten Flügeln ihn hoffnungsfroh anblinzelte.

Der junge Van Brunt kam vom Feld und streckte eine schwielige Hand aus. »Schön, Euch wiederzusehen, Pastor«, sagte er. »Wir danken Euch sehr, daß Ihr gekommen seid.«

Eigentlich hatte der Pastor streng sein, dem Jungen seine Meinung sagen wollen, was ihm denn einfiele, einen Halbblut-Bastard aufzuziehen, die Macht des *patroon* in Frage zu stellen und sich mit dem *schout* anzulegen, doch Jeremias' freundlicher Gruß besänftigte ihn. Er ergriff die ausgestreckte Hand und blickte an der knallroten Narbe vorbei, die der Degen des *schout* auf dem Gesicht des Jungen wie das Bleilot eines Landvermessers hinterlassen hatte, in die unruhige Tiefe seiner Augen. »Es ist mehr als meine Pflicht vor Gott«, sagte er leise. »Es ist mir auch ein Vergnügen.«

Die Zeremonie war keine große Affäre – ein paar Worte gesprochen und etwas Wasser verspritzt, das die Frau aus dem Bach geholt hatte –, eine Zeremonie, wie er sie schon hundertmal und öfter vollzogen hatte; Probleme bereitete ihm lediglich der Name. Er verhaspelte sich zweimal, ehe ihn Jeremias mit sanfter, sicherer Stimme korrigierte. Jeremy – das Wort der Engländer für Jeremias – bot keine

Schwierigkeiten; es war der Nachname, der seine Zunge am Gaumen kleben ließ wie eine halbgare Honigwaffel. »Mohonk?« fragte er. »Stimmt das so?«

Zwei Monate vorher, an jenem stickigen Julinachmittag, als Jan Pieterse den Laden geschlossen hatte, um in der Acquasinnick Bay Krebse zu fangen, und Joost Cats zu Nysen's Roost hinausgeritten war, um die Geschäfte des *patroon* zu erledigen, jätete Jeremias Unkraut zwischen den hohen, knospenden Maisstauden hinter dem Haus. Das war ein ziemlich dreckiges Unterfangen. Die Erde war nach dem Gewitter der letzten Nacht naß wie ein Schwamm und zerrte an seinem Holzbein wie eine zupakkende, schmutzige Hand. Er schlug nach Insekten, Schweiß troff ihm von der Nase, er hatte gelbe Schlammstreifen im Gesicht, auf den Kleidern, auf dem Holzbein und auf der Pantine, die er am linken Fuß trug. Nur weil die Luft so heiß und still war – sogar die Vögel legten bis zur abendlichen Kühle eine Ruhepause ein –, konnte er das Scharren und Wiehern der Pferde hören, und dann die Stimmen – eine davon gehörte Katrinchee –, die in sonnenbeschienener Rhapsodie über das Feld drangen. Staats, dachte er. Oder Douw.

Auf dem Rückweg vom Feld fand er Squagganeek, der mit einem Stock über einen Ameisenhügel gebeugt stand, und nahm ihn bei der Hand. »*Grootvader* van der Meulen ist da«, sagte er. »Er ist uns auf seinem Pferd besuchen gekommen. Und Onkel Douw auch, das wette ich.« Doch als er mit dem Jungen an seiner Seite ums Haus kam, erkannte er seinen Irrtum – den bitteren, schmerzhaften Irrtum. Er hatte sich auf eine Umarmung von Staats, einen Spaziergang mit Douw, etwas Feines aus *moeder* Meintjes Ofen gefreut, und der Anblick des *schout*, mit seiner Nase wie ein Flügelhorn, dem krummen Rücken und dem häßlichen schwarzen Bartschopf, ließ ihn wie angewurzelt stehenbleiben. Einen Moment lang. Nur einen Moment lang. Dann packte ihn die Wut. Bebend vor Zorn, mit hämmerndem Herzen und ausgetrocknetem Mund überquerte er den Hof, hörte sich an, was der Esel zu sagen hatte, und bückte sich dann nach einem Stück Brennholz.

Er war so wütend – *schon wieder, dieser Dreckskerl wollte ihn schon wieder hinauswerfen* –, daß er kaum einen Blick auf das zweite Pferd warf, das am Waldrand zurückgeblieben war. Das heißt, bis sie schrie. Bis ihr Vater den Degen zog und über den Kopf hob; bis sie vor Schreck und Entsetzen aufschrie und in den durchdringendsten Tönen klagte. Jeremias blickte kurz zu ihr hinüber, ihr Name lag ihm auf den Lippen, als das Scheit in seinen Händen zersplitterte und der wuchtige Schlag des *schout* ihn in die Knie zwang. Er fühlte sich irgendwie unsicher und verlegen, schämte sich seiner Kleider und seines ungekämmten Haars, bereute seinen Wutausbruch, seine Armut, sein Leben, wollte sie nur im Arm halten, doch seine Arme waren leer. Dann rann ihm Blut in die Augen, und er lag am Boden.

Falls sich die Sonne am Himmel bewegte und die Schatten länger wurden, bemerkte er es nicht. Als er die Augen wieder aufmachte, sah er kaum etwas, so blutverklebt waren sie, aber er wußte, sie war da, über ihn gebeugt, betupfte eine Seite seines Gesichts mit etwas, das nach ihren intimsten Geheimnissen duftete, während Katrinchee irgendwo im Hintergrund schluchzte und Squagganeek, etwas näher, heulte wie ein wildes Tier. Dann wurde ihm klar: ihre Röcke. Er blutete, er war verletzt, und sie stillte das Blut mit ihren Röcken. Jetzt konnte er sie sehen, das Licht umflimmerte sie wie ein Heiligenschein, der nicht von dieser Welt war, ihr lockiges Haar fiel lose herab, ihr Gesicht war kreidebleich, und ihr Kleid war mit seinem feuchten, dunklen Blut getränkt. »Neeltje?« sagte er und versuchte, die Ohnmacht abzuschütteln und sich aufzusetzen.

»Ich bin ja da«, sagte sie und fügte bestürzt flüsternd seinen Namen an, »– Jeremias.«

Und dann war da die andere Stimme, jene Stimme, die

ihn vor Haß erbeben ließ, obwohl er flach auf dem Boden lag. »Tut mir leid, daß es so gekommen ist«, sagte der *schout*, und nun sah ihn Jeremias auch, riesengroß, nichts als Nase und breitkrempiger Hut, hoch wie ein Baum und dick genug, um die Sonne zu verfinstern, »und es tut mir leid, daß ich Euch geschlagen habe. Aber Ihr müßt lernen, Autorität zu respektieren, Ihr müßt wissen, wo Euer Platz ist.«

»Oh, *vader*, bitte. Du siehst doch, daß er verletzt ist!«

Der *schout* redete weiter, als hätte er sie nicht gehört, als wäre sie aus Papier oder aus Luft. »Kraft der Vollmacht, die mir der Herr und Besitzer dieser Ländereien, *patroon* Oloffe Stephanus Van Wart, verliehen hat«, begann er im näselnden Ton offizieller Ankündigungen, »setze ich Euch, Jeremias Van Brunt, hiermit in Kenntnis, daß Ihr Euch nunmehr in gesetzlichem Gewahrsam befindet.«

Jeremias ging die acht Meilen nach Croton zu Fuß. In seinen schmutzigen, blutverschmierten Kleidern, mit Gras und Blättern im Haar und einer Gesichtshälfte, die zur doppelten Breite angeschwollen und mit einem Umschlag aus Schlamm und Heilkräutern bedeckt war, den Katrinchee nach Art der Weckquaesgeeks auf die offene Wunde gepackt hatte. Seine Hände waren hinter dem Rücken gefesselt, als wäre er ein Dieb oder ein Mörder mit der Axt, und ein um seine Hüfte geschlungener Strick verband ihn mit dem Sattelknauf des *schout*. Es war ein beschwerlicher Weg. Immer wieder trabte das Pferd unerwartet an und riß ihn mit nach vorn, dann blieb es plötzlich fast stehen, was ihn zwang, nach rechts auszuweichen, wollte er einen Aufprall vermeiden, wobei sich der Holzpflock wie ein Stachel in den Stumpf seines Beins bohrte. Jeder andere hätte sich beklagt, nicht aber Jeremias. Mochten die Stiche der Viehbremsen und Moskitos ihn tanzen lassen, mochte er nach dem Blutverlust und vor Durst benommen sein, mochte die Wunde, die über seinem rechten Auge begann, den Knochen darunter freilegte und das Fleisch bis hinunter zum Kiefer klaffen ließ, sich anfühlen, als steckten glühende Nadeln darin, er sagte kein Wort. Nein: er konzentrierte sich auf die langsamen, schiebenden Bewegungen der Flanken des Kleppers und trat beiseite, wenn das Tier seine Notdurft verrichtete.

Neeltje ritt auf ihrer Stute voran. Ihr Vater hatte ihr mit metallischer Stimme befohlen, einen so großen Abstand zwischen sich und dem Gefangenen einzuhalten, wie es die Umstände erlaubten. Anfangs hatte sie protestiert – »Er ist doch bloß ein Junge, *vader*: Er ist verletzt, und er leidet« –, aber die harte, kalte Stimme hatte sich um sie geschlossen wie eine Falle aus Stahl. Resigniert ritt sie nun voraus – etwa zehn Meter vor ihrem Vater –, doch sah sie immer wieder über die Schulter und warf Jeremias einen Blick so voller Zärtlichkeit zu, daß er glaubte, er müsse auf der Stelle ohnmächtig werden. Entweder das, oder weitermarschieren, bis er den Erdball sechsmal umrundet hätte, hinter sich eine so tiefe Schleifspur, daß man einen Wagen hindurchlenken könnte.

Wie sich zeigen sollte, marschierte er weiter. Vorbei an der Abzweigung nach Verplanck's Landing und am Fluß entlang, wo es kein bißchen kühler war, durch Wiesen und Wälder, die er nie zuvor gesehen hatte, den ganzen Spätnachmittag über und in die Stille des Abends hinein. Er fixierte das hypnotisierende Auf und Ab der Pferdehufe, war nicht mehr achtsam genug, um den Dunghaufen auszuweichen, die das Tier ihm in den Weg warf, als sie um eine Biegung kamen und ihr Ziel erreicht hatten. Verwirrt sah er auf. Das untere Gutshaus mit seinen hohen Giebeln erhob sich beherrschend aus der Wiese vor ihm, mit einer weitläufigen Veranda davor und einem Steinkeller darunter, der allein schon halb so groß war wie das Haus in Van Wartville. Der *schout* stieg ab, befreite Jeremias' Hände, indem er grob an den Fesseln zerrte, riß eine Tür zum Keller auf und stieß ihn in eine Zelle von der Größe eines Planwagens. Die Tür schloß sich, und es war finster.

Ein leises Rasseln von draußen weckte ihn auf, das Klirren eines Schlüssels im Schloß, und dann flutete das grelle Morgenlicht herein, als die Tür in ihren rostigen Angeln knarrte. Eine Schwarze, deren Gesicht noch die Tätowierungen ihres verlassenen, fernen Stammes schmückten, stand in der Tür. Sie trug ein gewebtes Kleid, eine gebänderte Haube nach Art der Bauersfrauen von Gelderland bis Beverwyck und ein makelloses Paar Holzschuhe. »Friistick«, sagte sie und reichte ihm einen Becher Wasser, ein Stück Käse und einen kleinen, noch ofenwarmen Laib Brot. Er sah, daß er in einer Gerätekammer war, an den unebenen Wänden hingen hölzerne Harken, Schaufeln, ein vermoderndes Pferdegeschirr, ein Dreschflegel mit zersplittertem Klöppel. Dann krachte die Tür wieder zu, und er legte sich in das Stroh zurück, das den Lehmboden bedeckte, vertilgte sein Frühstück und starrte auf den Sonnenstrahl im Spalt zwischen der roh gezimmerten Tür und dem steinernen Rahmen.

Die Sonne war untergegangen, als die Tür erneut geöffnet wurde, die Dunkelheit in der Zelle so pechschwarz, daß er vor der brennenden Kerze, die ihm plötzlich vors Gesicht gehalten wurde, die Augen bedecken mußte. Den ganzen endlosen Tag lang war er allein mit seinen Gedanken gewesen, in unruhigen Schlummer gesunken und immer wieder abrupt daraus erwacht, hatte sich aufgesetzt und zögernd seine geschwollene Wange untersucht oder den Stumpf seines Beins gerieben, und im Laufe dieser vielen tatenlosen Stunden war der Schreck über das Zusammentreffen mit dem *schout* völlig aus ihm gewichen. In der Finsternis, in der Feuchtigkeit, in der undurchdringlichen Einsamkeit dieses sonderbaren Gefängnisses spürte er wieder die alte Wut in seinem Innern aufkeimen. In ihren Augen war er also ein Verbrecher. Aber was hatte er eigentlich getan? Ein Stück Land beansprucht? Sich bemüht, es zu bearbeiten und zu überleben? Nach welchem Recht gehörte denn dem *schout* sein netter kleiner Hof – oder dem *patroon* seine Ländereien? Je mehr er darüber nachdachte, desto zorniger wurde er. Wenn jemand ein Verbrecher war, wenn jemand eingesperrt gehörte, dann war es Joost Cats, dann waren es Oloffe Van Wart und sein fettärschiger *commis* mit den ledergebundenen Hauptbüchern. Sie waren die wahren Verbrecher – der *patroon* und seine Schergen, die Hochmögenden Herren der Generalstaaten, ja der englische König selbst. Es waren Blutegel, Parasiten, Kröten; sie krochen einem unter die Haut und ließen nicht ab, bis sie ihr Opfer ausgesaugt hatten.

Als die Tür diesmal aufging, war er bereit. Er war vom Boden aufgesprungen, die Harke in der Hand, hatte sie schon hoch über den Kopf erhoben wie einen Tomahawk und die Kerze weggestoßen, als sie seinen Namen aussprach und er sich erneut wie ein Dummkopf vorkam. »Psst!« zischte sie. »Ich bin's. Ich habe Ismailia bestochen und dir was mitgebracht.« Neeltje reichte ihm eine hölzerne Schüssel und zog die Tür hinter sich zu. Die Schüssel war warm und roch nach Kohl. Jeremias sah wortlos zu, wie sie das Binsenlicht wieder aufrichtete; es beleuchtete ihr Gesicht, das ihm vorkam wie etwas neu aus der Leere Geschaffenes. »Ich hasse meinen Vater«, sagte sie.

Jeremias umklammerte die Schüssel, als wäre es ein Felsen am Rande eines Abgrunds. Er konnte mit ihr fühlen, doch er bewahrte sein Schweigen.

»Er ist so, so…« Sie brach ab. »Geht es dir gut?«

Er musterte eine Locke ihres dünnen hellen Haars, die sich unter der Haube hervorgearbeitet hatte und auf schon vertraute Weise an einer Augenbraue hing. Er wollte etwas Wichtiges, Leidenschaftliches sagen, etwa *Ja, jetzt, wo du hier bist*, aber ihm fehlten die Worte. Als er endlich antwortete, klang die eigene Stimme fremd in seinen Ohren. »Ich werd's überleben.«

Sie bedeutete ihm, sich zu setzen, und kauerte neben ihm nieder, während er sich ins Stroh fallen ließ und behutsam aus der Schüssel nippte. »Ich habe sie reden hören«, sagte sie. »Meinen Vater und den *patroon*. Sie wollen dich noch eine Nacht lang hier drin lassen, um dir eine

Lektion zu erteilen. Danach wird der *patroon* anbieten, dir deinen Hof in Pacht zu geben.«

Jeremias hörte ihr kaum zu. Er gab einen Dreck auf den *patroon*, auf den Hof, auf alles – auf alles außer auf sie. Ihre Art zu sprechen, wie sie jedes Wort hervorstieß wie ein kleines Mädchen, wie ihre Lippen sich wölbten und ihre Hüften sich gegen die Nähte ihres Kleides drängten, als sie neben ihm hockte: jede ihrer Bewegungen, jede ihrer Gesten war eine Offenbarung. »Ja«, sagte er, um irgend etwas zu sagen. »Ja.«

»Freust du dich denn nicht?«

Ob er sich freute? Darüber, daß man ihm das Gesicht zerschlagen und die Hände gefesselt hatte, daß er in Schimpf und Schande davongezerrt und in dieses Loch geworfen worden war, während seine Schwester und der Kleine schutzlos allein blieben? Ob er sich freute? »Ja«, sagte er nach einer Weile.

»Ich muß jetzt gehen«, sagte sie und blickte zur Tür.

Auf einmal hörten sie die Nacht: das Sirren der Insekten, die klagenden Rufe und das leise Wispern dahinhuschender Vögel. Jeremias stellte die Schüssel ab und rutschte auf sie zu. Gerade als er nach ihr griff, gerade als er ihre Hand nehmen wollte, um sie an sich zu ziehen, schüttelte sie ihn ab und stand auf. Sie kniff plötzlich die Augen zusammen und kreuzte ein Bein vor das andere. »Wer war diese Frau?« fragte sie und beobachtete ihn genau. »Die auf deiner Farm.«

Frau? Farm? Wovon redete sie überhaupt?

»Das ist doch deine Frau, oder?«

Am nächsten Morgen wurde Jeremias dem *patroon* vorgeführt. Beim ersten Tageslicht weckte ihn die Schwarze mit den sonderbaren verschlungenen Narben um Lippen und Nasenlöcher. Sie gab ihm einen Eimer Wasser und eine Schale mit lauwarmem Maisbrei, dann bedeutete sie ihm in so ungehobeltem Holländisch, daß es klang wie das Zwiegespräch der Raubtiere, er solle sich nun besser für *mijn-*

heer Van Wart präsentabel machen. Als sie gegangen war, zog sich Jeremias das kratzige Wollhemd über den Kopf und hielt seine schmerzende Wange vorsichtig in den Eimer; er ließ sie eingetaucht, bis sich die Schlammschicht aufzulösen begann. Das Wasser wurde erst trüb und nahm dann die Farbe von Rinderbrühe an, Blattstückchen, verdrehte Zweige und seltsame getrocknete Blüten schwammen darin herum.

Nach einer Weile setzte sich Jeremias auf und betastete die Wunde zaghaft mit den Fingerspitzen; ein zackiger, aufgeplatzter Wulst verlief von der rechten Braue bis zum Kinn, er fühlte sich rauh an, eine Topographie von Schorf, Eiter und feuchtem Blutmatsch. Er untersuchte diesen neuen Teil seines sich wandelnden Ichs, strich mit den Fingern wieder und wieder darüber, bis die frischen Blutungen gestillt waren. Dann wusch er sich die Hände.

Ungefähr gegen neun holte ihn der *schout*. Die Tür flog auf, das Licht ergoß sich in den Raum wie die Brandung bei Flut über die Uferfelsen, und da stand er, vornübergebeugt wie ein großes schwarzes Fragezeichen auf dem unbeschriebenen Blatt des Tages. »Kommt, *younker*, der Gutsherr will jetzt mit Euch sprechen«, doch er sagte es irgendwie merkwürdig, seine Stimme klang hohl und unsicher. Einen Augenblick lang war Jeremias verwirrt – das war nicht der *schout*, den er kannte –, dann aber begriff er: Es lag an der Wunde. Der Mann war zu weit gegangen, und er wußte es. Er hatte die Hand gegen einen unbewaffneten, verkrüppelten Jungen erhoben, und der Beweis dafür war im Gesicht seines Opfers eingekerbt. Jeremias erhob sich vom Stroh und schritt aus der Zelle, das Zeugnis für die Schande des *schout* trug er wie einen Orden.

Cats eskortierte ihn ums Haus zur Küche/Speisekammer, wo Milch, Butter, Käse und andere Nahrungsmittel gelagert waren und wo die Bediensteten des *patroon* den größten Teil des Essens für den Haushalt zubereiteten. Kaum waren sie durch die Tür, trat die Schwarze aus dem Schatten und klopfte Jeremias' breiten Rücken, seine

Schultern und Arme und das Gesäß seiner ausgebeulten Hosen mit einem Besen ab, dessen Birkenreisig so steif war, als wäre es frisch geschnitten. Dann geleitete sie ein zweiter Schwarzer – ein schmächtiger Mann mit hängenden Schultern und einem Haarschopf, der von seinem Kopf abstand wie ein Barett – die Stufen hinauf zur darüber gelegenen Herrschaftsküche.

Dieser Raum wurde von einem großen runden Tisch aus Eichenbrettern beherrscht, in dessen Mitte ein Zuckerhut und eine blaue Vase mit Schnittblumen standen. Ein bunt gestrichener Schrank stand in der Ecke neben einer schweren Mahagoni-Anrichte, die auf dem Schiff vom alten Kontinent gekommen sein mußte, und der Kamin war ringsum mit blauen Keramikfliesen dekoriert, die biblische Themen wie die Erstarrung von Lots Frau zur Salzsäule und die Enthauptung von Johannes dem Täufer darstellten. All das nahm Jeremias in sich auf, während er vor der Tür strammstand. Der *schout* lümmelte sich neben ihm, den Federhut gezogen, während der Schwarze ehrfürchtig an die Tür zum Wohnzimmer klopfte. Von drinnen antwortete eine Stimme, der Sklave zog die Tür geräuschlos auf und blickte sie mit einem Grinsen an, das die scharfen, angefeilten Spitzen seiner blitzenden Zähne entblößte. »So, *patroon* jetz reinkomm lassen«, sagte er und trat mit schwungvoller Gebärde beiseite.

Jeremias erspähte Wände, die voller Porträts hingen, die massigen Quader dunkler, polierter Möbelstücke, echte Talgkerzen in silbernen Leuchtern, einen bunten handgewebten Teppich. Als er neben dem *schout* vorwärts hinkte, kam ein hoher, rechteckiger Tisch in Sicht, und er sah, daß dort zum Tee gedeckt war, eine silberne Kanne und Tassen aus bemaltem Porzellan, die die schmalen, ebenmäßigen Hände chinesischer Kaiser hätten zieren können. Die Schönheit der Szene, die Eleganz und Kultur überwältigten ihn geradezu, erdrückten ihn mit einem Heimweh, so heftig und reinigend wie ein Löffel Rettich. Einen Moment lang – nur einen Moment lang – war er der kleine Junge im

Schoße seiner Familie, den der Bürgermeister von Schobbejacken mit den Eltern an Martini zu sich in die gute Stube zum Tee einlud.

Mit einemmal wurde er sich des rauhen Kratzens seines Holzbeins auf dem Boden bewußt, bemerkte sein verdrecktes Hemd, die schmutzige Hose und den zerrissenen Strumpf, der ihm in Fetzen vom Schienbein hing: Er ging durch die Küche des *patroon*, betrat den Salon des *patroon*, und er kam sich sehr klein vor. Verglichen mit dem bescheidenen kleinen Bauernhaus der van der Meulens oder mit Jan Pieterses düsterem, zugigem Laden schien das hier unaussprechlich großartig, ein mitten in der Wildnis der Neuen Welt erstandener Sultanspalast. Zwar umfaßte das Gebäude in Wirklichkeit auf seinen zwei niedrigen Stockwerken nur sechs mäßig große Zimmer und war kaum zu vergleichen mit den Bürgerhäusern von Amsterdam oder Haarlem, geschweige denn mit den großen Landgütern des Adels, aber für den Bewohner eines Schuppens mit einem Fußboden aus gestampfter Erde, strohgedecktem Dach und Wänden aus ungehobelten, harztriefenden Stämmen, für jemanden, der aus Holzkannen trank, ärmliche Stückchen von sehnigem Kaninchenfleisch mit den Fingern aus dem Kochtopf fischte und sich den Mund mit dem Hemdsärmel abwischte, war das hier der Überfluß schlechthin. Trotz der Verzweiflung, trotz des Ärgers und des Grolls fühlte sich Jeremias eingeschüchtert und erniedrigt; er fühlte sich schwach und unbedeutend – er fühlte sich schuldbewußt; ja, schuldbewußt –, und er betrat Van Warts Wohnzimmer geduckt wie ein Sünder, der in die Sixtinische Kapelle hineinschlurft.

Der *patroon*, ein fleischiger, blasser kleiner Mann, dessen Züge hinter diversen Auswüchsen verborgen zu liegen schienen, war tief in die Kissen eines Diwans versunken, sein gichtiger Fuß lag weit über Augenhöhe auf einer provisorischen Stütze aus zwei Biberpelzen, einem Federkissen, der Familienbibel und einem Exemplar der ›Inleiding tot de Hollandsche Rechtsgeleerdheid‹ von Grotius, alles auf einem durchhängenden Stuhl in der Zimmerecke gestapelt. Neben ihm saß der *commis*, aufgeblasen und überheblich wie der zweitgrößte Ochsenfrosch im Teich; im Schoß des Verwalters lag, wie das Buch des Jüngsten Gerichts selbst, die Aufstellung der Pachtforderungen. Kaum hatte Jeremias ihn erblickt, war all seine Demut verflogen; statt dessen fühlte er eine berauschende Woge von Haß in sich aufsteigen. Er wollte keine Äcker bestellen, für seine Schwester sorgen, ein gutes Einkommen haben oder Neeltje aus der Macht ihres Vaters entreißen – in diesem Moment hatte er nur das Bedürfnis, den Degen des *schout* zu packen, um ihn in die teigigen, madenartigen Körper von Verwalter und *patroon* zu stoßen und danach alles zu zerstören, die Möbel zu zertrümmern, das Geschirr in tausend Stücke zu schlagen, die Hosen hinunterzulassen, den Darm in die silberne Teekanne zu entleeren ... doch dieser Impuls erstarb, noch ehe er ihn ganz ergriffen hatte, war totgeboren, und an seine Stelle trat ein Augenblick atemloser Überraschung. Denn plötzlich bemerkte Jeremias, daß *patroon* und *commis* nicht allein im Raum waren. Auf einem Stuhl in der Ecke, stumm und reglos wie eine Schlange, saß ein Mann, den Jeremias noch nie zuvor gesehen hatte.

Er war jung, dieser Fremde – höchstens fünf oder sechs Jahre älter als Jeremias –, in Samt und Seide herausgeputzt wie einer der Hochmögenden Herren höchstselbst. Das eine in Seide gehüllte Bein über das andere geschlagen, auf den Lippen ein spöttisches Grinsen von unbezwingbarer Überlegenheit, warf er einen eiskalten, abschätzigen Blick auf Jeremias, der sich in diesen hineinfraß wie Säure. Einen erstaunten Moment lang hielt Jeremias diesem Blick stand, dann sah er zu Boden, von neuem gedemütigt. Die Wunde auf seinem Gesicht brannte, jetzt kein Symbol des Sieges mehr, sondern ein Kainsmal, das Zeichen des Verbrechers. Er hob den Blick nicht mehr.

Zu allem, was folgte – von der nicht enden wollenden, erst mahnenden, dann versöhnlichen Ansprache des *pa-*

troon über das sinnlose Geschwafel des Verwalters bis zur wortkargen, gedämpft vorgebrachten Aussage des *schout* –, sagte Jeremias kein Wort außer *ja* oder *nee*. Der Mann in der Ecke (wie sich bald herausstellte, war es *jongheer* Stephanus Oloffe Rombout Van Wart, Oloffes einziger Sohn und Erbe, der soeben frisch von der Leydener Universität eingetroffen war, um angesichts der schwindenden Kräfte seines Vaters selbst nach dem Besitz zu sehen) stopfte indessen eine Tonpfeife mit Virginiatabak, schlürfte ein Glas portugiesischen Wein und verfolgte die Vorgänge mit einer Miene, als beobachte er Mistkäfer, die sich um ein Kügelchen Dung stritten. Er saß einfach nur da, die dünnen, hochmütigen Lippen zu einem ironischen Grinsen verkniffen, und schien über der ganzen Angelegenheit zu stehen – jedenfalls bis zu dem Moment, als sein Vater die Bedingungen von Jeremias' Pachtvertrag erwähnte. Da erwachte er zum Leben wie ein lauerndes Raubtier.

»In unserem, äh, Großmut«, intonierte der *patroon* mit seiner pfeifenden Stimme, die von angegriffener Gesundheit und schlecht gezügeltem Appetit zeugte, »werden wir die Rückstände aus Zins und Schadenersatz, welche uns durch seinen, äh, seligen Vater in jenem unseligen Jahr 1663 erwachsen sind, wohlwollend ruhen lassen. Hierbei nehmen wir, äh, Bezug auf die ausständige Pacht, den Diebstahl und die mutwillige Schlachtung eines Ebers zur, äh, Brunstzeit sowie die sorglose Behandlung unseres Viehs, die das verfrühte, äh, Ableben zweier Milchkühe und eines gescheckten Ochsen zur Folge hatte.«

Der *commis* setzte zu einem Einwand an, doch der *patroon* bedeutete ihm mit ungeduldiger Gebärde zu schweigen und fuhr fort: »Wir sind der Meinung, daß die körperliche –« hier hielt er inne und holte unter hörbarem Pfeifen tief Luft – »äh, Verunstaltung, die er durch die, äh, Hand von Joost Cats, äh, unlängst erfahren hat, bereits Strafe genug ist für seine Rechtsverletzung und willentliche, äh, Mißachtung der überkommenen Gesetze, und werden daher auf das Einfordern einer Geldstrafe oder die Verurteilung zum, äh, Pranger verzichten, da uns ein solcher, äh, ohnehin nicht zur Verfügung steht.« Hier war die Stimme des *patroon* so heiser geworden, daß sie nicht mehr weiter trug als das Kratzen einer Feder auf Pergament, und Jeremias mußte sich weit vorbeugen, um ihn noch zu verstehen. Nachdem er in die offene Faust gehustet hatte, nahm der Alte einen Schluck vom Portwein, den ihm der Verwalter reichte, und starrte dann Jeremias aus glasigen Augen an. »Der Pachtzins bleibt der gleiche wie der seines, äh, Vaters zuvor, zahlbar in Naturalien und englischen Pfund Sterling oder *seawant*-Muscheln, wie es ihm lieber ist, fällig jeweils, äh, am –«

»*Vader*«, warf hier eine Stimme aus der Ecke des Raumes ein, und alle Augen richteten sich nun auf den *jongheer*, »ich bitte Euch, diese Entscheidung nochmals zu überdenken.«

Der alte Mann schnappte nach Luft, und Jeremias mußte an eine Schleie denken, die er vor vielen Jahren einmal auf den Pflastersteinen von Schobbejacken hatte zappeln sehen. »Der Pachtzins«, begann der *patroon* von neuem, brach aber ab, da seine Stimme in einem tonlosen Pfeifen erstarb.

Der junge Van Wart war aufgesprungen, die Hände zum Protest erhoben. Jeremias warf ihm einen verstohlenen Blick zu und studierte dann wieder die Dielen. Der *jongheer* hatte sich irgendwann einen gewaltigen Biberpelzhut mit schlottriger Krempe und einer halbmeterlangen Feder aufgesetzt, was seine Erscheinung derart hervorhob, daß er die ganze Zimmerecke auszufüllen schien. »Ich achte Euer gutes Herz, *vader*«, sagte er, »und ich stimme darin überein, daß es uns zum Nutzen gereichte, auf Nysen's Roost einen Pächter einzusetzen, aber ist dies der Mann – oder vielmehr der Bursche –, dem wir diese Aufgabe anvertrauen sollten? Hat er sich denn nicht schon als Verbrecher erwiesen, der keinen Respekt vor dem Gesetz hat, als degenerierter Nachfahr eines degenerierten Vaters?«

»Nun ja, nun ja –« begann der *patroon*, doch sein Sohn schnitt ihm das Wort ab. Indem er Jeremias einen Blick zuwarf, wie er ihn für eine unselige Nacktschnecke reserviert haben mochte, die in einer feuchten Nacht in seinen blitzblanken Lederschuh kroch, hob Stephanus die Hand und fuhr fort: »Und wird er imstande sein, die Pacht zu zahlen, dieser einbeinige Krüppel in seinen verschmierten Lumpen? Glaubt Ihr wirklich, daß dieser ... dieser Bettler seine Schulden wird begleichen können, abgesehen davon, daß er auch noch sich selbst und die Sippe von nackten Mischlingswilden ernähren muß, die er dort draußen im Dreck gezeugt hat?«

Jeremias war geschlagen. Er brachte keine Erwiderung zustande, konnte dem jungen Van Wart nicht einmal in die Augen sehen. Die Kluft zwischen ihnen – er war kräftig und strotzte vor Jugend, dieser *jongheer*, gutaussehend wie das Bildnis des Erlösers im Seitenschiff der Kirche von Schobbejacken, machtvoll, reich und gebildet – war unüberbrückbar. Was ihm Verwalter, *schout* und das Untier im Teich mit ihren Hauptbüchern, Rapieren und unbarmherzigen Kiefern nicht hatten nehmen können, hatte ihm der *jongheer* mit seinem Hohnlächeln und einem halben Dutzend ätzender Sätze geraubt. Jeremias ließ den Kopf hängen. Die bodenlose Verachtung in der Stimme des Mannes – er hätte ebensogut von Schweinen oder Rindern reden können – sollte er bis an sein Lebensende nicht vergessen.

Letztendlich aber behielten Verwalter und *patroon* ihren Willen, und Jeremias wurde als Pächter eingesetzt, auf eine Gnadenfrist von einem Jahr, was den Zins anging (dazu die Warnung, er werde mit gezücktem Degen vom Grundstück gejagt werden, wenn er am Ende dieser Frist in seinen Zahlungen auch nur einen Stüber schuldig bliebe), doch für Jeremias war es keineswegs ein Sieg. Nein: er verließ das Gutshaus in Schimpf und Schande, mit knurrendem Magen und schmutzigen Kleidern, das Mal des *schout* loderte auf seiner Wange, und die Worte des *jongheer* waren für immer in sein Herz eingebrannt. Er blickte nicht zurück. Nicht einmal, als Neeltje vor die Tür der Hütte ihres Vaters trat, um ihm stumm und mit feucht schimmernden Augen nachzusehen, als er den Weg hinaufhumpelte. Nicht einmal, als sie schließlich verletzt und verständnislos seinen Namen rief – nicht einmal das konnte ihn dazu bewegen, den Blick von dem ausgetretenen Weg zu heben, der vor ihm lag.

Als Jeremias am nächsten Morgen eine Bestandsaufnahme seiner Lage vornahm, wurde ihm deutlich, daß die Alternativen begrenzt waren. Er war gerade siebzehn geworden. Er war einen Fuß kürzer gemacht und trug das Mal des Geächteten im Gesicht; seine Eltern waren tot, seine Schwester hatte ein Hirn wie ein Schmetterling, der Frost abbekommen hatte, und der weit aufgesperrte, hungrige Mund seines halbblütigen Neffen verfolgte ihn bis in den Traum. Was konnte er tun – den *patroon* und seinen hohnlächelnden Sohn vor Gott um Vergebung flehen lassen, nachdem er im winterlichen Wald verhungert war? Müde und unter Schmerzen (der Stumpf seines Beins brannte, als setzte sein Vater in diesem Augenblick die Säge an) stand er von dem feuchten Strohlager auf, aß ein paar Bissen Maisbrei und ging hinaus an die Arbeit. Er führte die unterbrochene Jätarbeit zu Ende, hackte dann anderthalb Klafter Brennholz, um den Klang der spöttischen Stimme des *jongheer* in seinem Kopf loszuwerden, und beschloß zwischen zwei ziellosen, ansonsten kaum bemerkenswerten Schlägen mit der Axt, seinen Neffen kirchlich taufen zu lassen und ihn zum Gemeindemitglied zu machen, zum Holländer und freien Bürger der New Yorker Kolonie.

Als er Katrinchee diesen Einfall unterbreitete, senkte sie den Blick auf die Hände. Squagganeek saß auf dem Boden und musterte ihn mit Harmanus' Augen. »Ich dachte, wir könnten ihn nach *vader* nennen«, schlug Jeremias vor.

Davon wollte Katrinchee nichts wissen. »Ich war schuld«, flüsterte sie, dann erstarb ihre Stimme.

»Na, wie wär's denn dann mit ›Wouter‹?«

Sie biß sich auf die Lippen und schüttelte langsam und bedächtig den Kopf.

Zwei Tage später, als Jeremias vom Feld heimkam, lächelte ihn die Schwester über ein Blech mit aufgehendem Teig hinweg an. »Ich möchte ihn ›Jeremias‹ nennen«, sagte sie. »Oder wie heißt das bei den Englischen – ›Jeremy‹?«

Der Nachname bot das nächste Problem. Einerseits war der Junge ein Van Brunt – man brauchte ihm nur in die Augen zu sehen –, andererseits aber wieder nicht. Und wenn er auf den Namen Van Brunt getauft würde, wen sollte der Pastor dann als Vater eintragen? Sie plagten sich einen sengend heißen Nachmittag und eine moskitosirrende Nacht lang herum: Am Morgen kamen sie überein, daß der Junge nach seinem tatsächlichen Vater benannt werden sollte, der ja immerhin ein Häuptlingssohn war. Das war nur recht und billig. Jeremias ging die Kühe melken, dann ließ er Pastor Van Schaik holen.

Es wurde September, bis der Pastor es schließlich auf den Hof schaffte, um die Taufe zu vollziehen, aber weder Katrinchee noch Jeremias kümmerte die Verzögerung. Da sie ihre Entscheidung einmal getroffen hatten, war es ebensogut, als wäre die Sache bereits erledigt. Jetzt war alles rechtens. Sie hatten das Schlimmste durchgemacht, waren verwaist und verlassen, waren vertrieben und gemieden worden, jetzt aber kehrten sie in die Gemeinschaft zurück, als ehrbare Leute in den Augen Gottes, der Menschen und des *patroon* gleichermaßen.

Und so wurde es Herbst, die Tage neigten sich immer rascher der Nacht zu, es kam die Ernte, die nicht eben reichlich, aber auch nicht mager ausfiel, die einlullende Wärme des Altweibersommers wich dem kalten Biß der ersten scharfen Fröste. Dann, eines Nachmittags im späten Oktober, Jeremias verbrannte gerade am Ende des Maisfelds einen Baumstumpf und dachte daran, wie Neeltjes Bluse sich an ihre Oberarme schmiegte, als ihn urplötzlich namenlose Ängste und vage Befürchtungen überfielen.

Sein Puls beschleunigte sich, der Rauch biß ihm in die Augen, und er konnte spüren, wie die Narbe auf seiner Wange zum Leben erwachte. Keine zwei Tage vorher hatte er aufgeblickt, in der Hand einen halb gerupften Puter, die Finger klebrig von Federn, in Gedanken bis nach Croton hinüberschweifend, und auf einmal klar und deutlich die Gestalt seines Vaters gesehen, wie er in seinem dampfenden Nachthemd übers Feld wetzte. Jetzt aber, obwohl ihm das Blut in den Schläfen pochte und seine Kopfhaut kribbelte wie von unsichtbaren Fingern massiert, obwohl er über beide Schultern spähte und das Feld in alle vier Himmelsrichtungen absuchte, sah er nichts.

Kaum hatte er sich jedoch wieder der Arbeit zugewandt, ließ ihn eine Stimme zusammenzucken, die aus dem Feuer zu kommen schien, als ob die Flammen selbst zu ihm sprächen. »Du da! Wer gibt dir das Recht, hier das Feld zu bestellen?« donnerte die Stimme in sehr schlechtem Holländisch. Jeremias rieb sich den Rauch aus den Augen. Und sah einen Mann – einen rotbärtigen Riesen, in Felle gekleidet, eine Holzfälleraxt über die Schulter geschwungen – rechts neben dem brennenden Stumpf stehen. Der Rauch waberte, und der Riese machte einen Schritt vorwärts.

Jeremias konnte ihn jetzt deutlicher sehen. Sein Gesicht war schwarz verschmiert wie das eines Bergmanns, er trug lederne Steghosen nach Indianerart, und er stierte ihn mit der glotzäugigen Vehemenz eines Wahnsinnigen an. Zwei bluttriefende Wildkaninchen baumelten von seinem Gürtel. »Wer gibt dir das Recht?« wiederholte er.

Jeremias trat einen Schritt zurück und überlegte, wie er diesem Irren mit seinem Holzbein entkommen könnte, und bemerkte, daß er dabei den Namen seines Herrn und Meisters vor sich hin murmelte wie eine Beschwörung. »Oloffe Stephanus Van Wart«, erwiderte er, »...der *patroon*.«

»Ach so, der *patroon*, ja?« gab der Irre spöttisch zurück. »Und wer gibt *dem* das Recht dazu?«

Jeremias versuchte, dem Blick des Fremden standzuhalten und sich gleichzeitig nach etwas umzusehen, womit er sich verteidigen könnte – ein Stein, ein Ast, der Unterkiefer eines Esels, irgend etwas eben. »Die... die Hochmögenden Herren«, stammelte er. »Ursprünglich, meine ich. Jetzt sind es der Herzog von York und König Charles von den Englischen.«

Der Irre grinste. Ein mattes, tonloses Lachen entsprang seinen Lippen. »Hast deine Lektion gut gelernt«, sagte er. »Und was bist du, Bursche? Ein Mann, der sein Schicksal in die Hand nimmt, oder der Niggersklave von irgendwem?«

Auf einmal bäumte sich das ganze Universum auf und gellte ihm in den Ohren, das schrille Geheul der vertrockneten, verdorrten Toten dieser Welt: auf einmal begriff Jeremias, wer da vor ihm stand. Verzweifelt packte er einen Stein und kauerte sich nieder, David in Goliaths Schatten. Er begriff, daß er nahe daran war zu sterben.

»Du da«, sagte der Irre und lachte wieder. »Weißt du, wer ich bin?«

Jeremias brachte kaum eine erstickte Antwort heraus. Die Knie wurden ihm weich, und seine Kehle war trocken. »Ja«, flüsterte er. »Du bist Wolf Nysen.«

Marguerite Mott, die ältere Schwester von Muriel Mott, rückte dichter an Depeyster heran, wobei sie mit den Beinen des Stuhls im William-and-Mary-Stil den uralten Parkettboden zerschrammte. Wie ihre Schwester war sie eine dicke, mondgesichtige Blondine Mitte Fünfzig mit einer Vorliebe für falsche Wimpern und Cocktailkleider in Farben wie Champagner und Chartreuse. Im Gegensatz zu ihrer Schwester verdiente sie allerdings ihr Geld mit Arbeit. Sie war Grundstücksmaklerin. »Er hat das Angebot ausgeschlagen«, sagte sie und sah von den Papieren in ihrem Schoß auf.

»Mist.« Depeyster Van Wart stand auf und sprach mit schrillem Kreischen weiter. »Hast du das auch streng vertraulich behandelt? Er hatte keine Ahnung, daß ich es ihm mache?«

Marguerite klimperte in gespielter Scheu mit den Wimpern und blickte ihn mit großäugiger Redlichkeit an. »Wie du es mir aufgetragen hast«, sagte sie. »Ich habe ihm ein Angebot im Auftrag eines Klienten aus Connecticut gemacht.«

Entnervt wandte sich Depeyster ab. Er hatte gute Lust, etwas von der Anrichte zu nehmen – ein antikes Tintenfaß, ein Porzellannippes – und durch das Fenster zu schmettern. Darin war er ein Meister. Als Junge hatte er mit Modelleisenbahnen, Spieldosen und Krocketschlägern um sich geworfen und, als er älter wurde, mit Squash- und Golfschlägern und Whiskygläsern. Er hatte sogar schon etwas in der Hand, irgendeinen blödsinnigen Indianerkitsch – was war das, ein Kalumet? ein Tomahawk? –, ehe er die Beherrschung wiederfand. Er stellte das Ding ab und griff in die Brusttasche, um eine beruhigende Prise Kellerstaub zu sich zu nehmen.

»Du meinst also«, begann er und drehte sich zu ihr um,

»das Grundstück ist nicht zu verkaufen – für niemanden? Du meinst, der alte Scheißer braucht das Geld nicht?«

»Doch, verkaufen will er schon. Man erzählt, daß er Geld zusammenkratzen will, um seinem Enkel etwas zu hinterlassen.« Marguerite klappte eine Puderdose auf, starrte in den Spiegel wie in einen endlos tiefen Brunnen und betupfte sich dann die Nasenflügel. »Nur, sechstausend findet er eben zuwenig, das ist alles.«

Natürlich. Dieser Dreckskerl. Dieser Heuchler. Jedem nach seinen Bedürfnissen, jedem das gleiche, Eigentum ist Diebstahl und der ganze Mist. Große Sprüche, sonst nichts. Wenn es darauf ankam, war Peletiah Crane so käuflich wie alle anderen auch. Sechstausend Dollar pro Hektar Land, das schon für die Indianer völlig wertlos gewesen war, sechstausend pro Hektar für ein Grundstück, das er Depeysters Vater für ein Hundertstel dieses Preises praktisch gestohlen hatte. Und die sechstausend reichten ihm noch nicht einmal. »Was will er denn haben?«

Marguerite blinzelte ihn nochmals geziert an und senkte die Stimme, um den Schlag etwas zu dämpfen. »Eine Zahl hat er genannt.«

»Wieviel?«

»Jetzt reg dich nicht gleich auf. Denk dran, wir handeln noch mit ihm.«

»Ja, ja. Also, wieviel will er?«

Ihre Stimme war ein Nichts, ein Hauch, eine Stimme, die aus den Tiefen einer Grotte empordrang. »Achttausendfünfhundert.«

»Achttausendfünfhundert!« echote er. »Achttausendfünfhundert?« Erneut mußte er sich abwenden, um mit zitternden Händen schnell eine frische Prise Dreck zu schnupfen. Wie unfair das alles war! Schwindel und Betrug! Er war ja kein größenwahnsinniger Rinderbaron, kein landgieriger Parvenü: er wollte nichts weiter als ein kleines Stück seines Eigentums zurück.

»Das handeln wir noch runter, bestimmt.« Marguerites Stimme hob sich zu einem fröhlichen Crescendo, kräftig und voll, gestärkt von der Vorfreude auf das Feilschen. »Ich brauche nur grünes Licht von dir.«

Depeyster hörte nicht zu. Er grübelte deprimiert darüber nach, wie tief die Van Warts gesunken waren. Seine Vorväter – mächtige, unbeugsame Männer mit Habichtsaugen, die das Land unterworfen, Bären geschossen, Biber abgezogen, Industrie und Agronomie ins Tal geholt hatten, Männer, die *Profit* gemacht hatten, zum Teufel – waren die Eigentümer von halb Westchester County gewesen. Sie hatten etwas Einmaliges, etwas Großartiges aufgebaut, und jetzt war es alles weg. Stück für Stück weggeknabbert von blinden Gesetzgebern und raffgierigen Einwanderern, von Schwindlern und Pennern und Kommunisten. Zuerst hatten sie überall Ortschaften gegründet, dann ihre Straßen und Chausseen gebaut, und ehe man ihnen hatte Einhalt gebieten können, hatten sie die Rechte der Grundbesitzer niedergestimmt und das Land den Pächtern übereignet. Pah, *Demokratie*: nichts als eine Farce. Eine Spielart des Kommunismus. Raub an den Reichen, ein Arschtritt für all jene, die die Dinge vorantrieben, für die risikofreudigen Pioniere und Industriekapitäne, und dann durften diese Nullen abstimmen und sich jeder ein Stück vom Kuchen der anderen abschneiden.

Und als ob die Politiker nicht schon schlimm genug wären, standen ihnen die Gauner und Hochstapler in nichts nach. Sein Urgroßvater war damals beim *Quedah-Merchant*-Skandal ausgenommen worden, sein Großvater hatte die eine Hälfte seines Vermögens an miese Berater und Tipgeber verloren, die andere an Thespisjüngerinnen in Tournüren und schwarzen Strümpfen, und sein eigener Vater schließlich, ein Mann von Kultur und Geschmack, war wie ein schwer getroffener Toreador unter die trampelnden Hufe der Börsenmakler geraten. Sicherlich, es waren noch vier Hektar übrig, es gab noch das Haus und die Fabrik und diverse Beteiligungen hie und da, aber das war nichts. Eine Farce. Ein winziger Bruchteil von dem, was es einmal gewesen war. Ohne Land und ohne Erben stand

Depeyster Van Wart in jenem ehrwürdigen Salon, der letzte Sproß einer Familie, die bis hinauf zur Grenze mit Connecticut geherrscht hatte, und giftete sich wegen zwanzig Hektar. Zwanzig Hektar. Auf zwanzig Hektar hätten seine Vorväter nicht mal geschissen.

»Was meinst du? Sollten wir ihm auf halbem Wege entgegenkommen, bei siebenzwofünfzig?«

Er hatte Marguerite nicht vergessen – sie saß in seinem Rücken, rechnete hin und her, eine klägliche Verbündete –, aber er war zu vertieft in verbittertes Grübeln, um ihr zu antworten. Ganz besonders ärgerte ihn, daß diese sabbernde, vollgepißte, senile alte rote Ratte ihre subversiven Versammlungen auf dem Grundstück abgehalten hatte – auf Grund und Boden, der seit unvordenklichen Zeiten im Besitz der Familie Van Wart gewesen war. Geschändet, besudelt, mit Blut befleckt. Für dieses Land hatten Depeysters Ahnen gegen die Indianer gekämpft, und der alte Crane hatte daraus einen Picknickplatz für seine Gesinnungsgenossen gemacht. Zugegeben, Depeyster hatte dafür Rache genommen – und sie war süß gewesen –, die Patrioten-Aufmärsche organisiert und später die Schulbehörde so lange unter Druck gesetzt, bis der alte Hochstapler vorzeitig in Pension geschickt worden war, trotzdem bekam er noch heute, nach all den Jahren, bei dem Gedanken an all dieses Nigger- und Judengesindel, das singend auf seinem Grundstück herumgetrampelt war, ein vor Wut knallrotes Gesicht.

»Depeyster?«

»Hm?« Er drehte sich wieder um. Marguerite beugte sich so weit vor, daß sie aussah wie ein Sprinter, der über dem Startblock kauert.

»Was meinst du dazu?«

»Wozu?«

»Sich auf halbem Wege zu treffen. Bei siebenzwofünfzig.«

Seine Meinung dazu war, daß er siebentausendzweihundertfünfzig pro Hektar nicht einmal für die Spitze des Ararat bei Beginn der nächsten Sintflut ausgeben würde. Statt dessen würde er einfach abwarten, bis der alte Mistkerl ins Gras biß, und sich dann an den schwachsinnigen Enkelsohn halten. Deshalb sagte er nur: »Vergiß es.«

Falls Marguerite widersprechen wollte, so bekam sie keine Gelegenheit dazu. Denn in diesem Augenblick flog die Tür auf, und eine Horde marodierender Zigeuner drang in die kühlen, antiken Räumlichkeiten des Salons ein. Depeyster sah flüchtig ein paar Halstücher, Federn und Stirnbänder, Haar filzig wie Hundefell, den geistlosen, höhlenbewohnerartigen Gesichtsausdruck des ausgebrannten Dropouts und Drogensüchtigen: Seine Tochter war wieder da. Aber damit nicht genug: hinter ihr, mit hängenden Schultern und glänzender Haut, als hätte er sich mit Bratfett eingerieben, stand irgendein Kanake mit einem Ohrring und den stumpfen, blöden Augen einer Kuh mit Magenkolik, und hinter *dem* wiederum – wenn man vom Teufel spricht – kam Crane junior herein und sah aus, als hätte man ihn eben aus dem Schwarzen Loch von Calcutta herausgehievt. »Oh«, murmelte Mardi, ausnahmsweise einmal in der Defensive, »ich dachte, du ... äh, du wärst in der Firma.«

Was sollte er sagen? Im eigenen Wohnzimmer in Verlegenheit gebracht, blamiert vor Marguerite Mott (sie starrte die Invasoren an wie esoterische Spielarten der Fauna, die ihre Schwester an tansanischen Wasserlöchern fotografiert haben könnte), sein Allerheiligstes, sein Heim und Herd, in ein Hippie-Matratzenlager umfunktioniert. Er konnte den Tratsch schon hören: »Ja, seine Tochter. Runtergekommen wie 'ne Fixerin oder 'ne Nutte oder so. Und zusammen mit diesem, diesem – mein Gott, ich weiß gar nicht, *was* das für einer war, womöglich ein *Puertoricaner* – und dem jungen Crane, der aus Cornell rausgeflogen ist. Ja, da war wohl Rauschgift im Spiel, hab ich gehört.«

Der Kanake schenkte ihm ein zähnefletschendes Grinsen. Mardi, die jetzt in die Offensive ging, warf ihm einen Blick voll abgrundtiefer Verachtung und Abscheu zu, und

Crane stand so latschig da, daß sein Körper in sich zusammenzufallen schien. In diesem Moment wünschte sich Depeyster nichts mehr als lässig zu wirken, an sich zu halten, das Ganze von sich abperlen zu lassen, als wäre es nur eine unbedeutende Unannehmlichkeit der Umwelt, vergleichbar mit den im Schwimmbecken treibenden Samenschoten des Trompetenbaums oder den Moskitos, die am frühen Abend in großen, sirrenden Wolken die Veranda umschwärmten. Aber es gelang ihm nicht. Er war zu angespannt. Zuerst die Nachricht über das Grundstück, und nun das. Er senkte den Blick und sah, daß er krampfartig mit der Hand wedelte, als wollte er Fliegen verscheuchen. »Raus hier!« hörte er sich sagen. »Verschwinde!«

Darauf hatte Mardi nur gewartet: auf eine Öffnung, einen Riß in seinem Panzer, eine Stelle, in die sich die Nägel einschlagen ließen. Sie blickte kurz über die Schulter, um sich des Rückhalts zu vergewissern, richtete sich auf und stellte sich breitbeinig hin, bevor sie loslegte: »Aha, so springst du mit mir um, ja? Raus hier? Bin ich vielleicht dein Hund oder so was?« Sie hielt einen Sekundenbruchteil lang inne, um ihre Worte wirken zu lassen, dann verabreichte sie den Gnadenstoß: »Zufällig wohne ich hier, weißt du? Ich meine«, hier füllten sich die großen, schwarzgeränderten Augen mit Tränen, und ihre Stimme troff vor Gefühl, »ich bin schließlich deine Tochter.« Pause. »Auch wenn ich weiß, daß du mich haßt.«

Der Kanake hinter ihr grinste nicht mehr, sondern scharrte mit den Füßen; der junge Crane, den offenbar eine spontane Lähmung der Gesichtsmuskulatur befallen hatte, war bereits halb zur Tür hinaus. Depeyster stand reglos da, schwankte angesichts des unschönen häuslichen Szenarios, das sich auf dem Perserteppich abspielte, zwischen Kummer und Verdrängung, während Marguerite Mott abwartend zusah. Würde er vor Wut losbrüllen, seine Tochter in den Arm nehmen und sie trösten, aus dem Zimmer stampfen und den nächsten Flug nach San Juan buchen? Er wußte es selbst nicht. Sein Hirn war gelähmt.

Und dann dachte er plötzlich, unerklärlicherweise, an Trumans Sohn – an Walter –, daran, wie er im Büro vor ihm gestanden hatte, auf die Krücken gestützt. Sein Haar war länger, als es Depeyster lieb war, und auf seiner Oberlippe deutete sich ein erster, halbstarker Schatten von Schnurrbart an, aber er sah wie ein anständiger Junge aus, derb und mit festen Knochen, mit dem Unterkiefer, den Backenknochen und den blassen, verwaschenen Augen seines Vaters. Mardi hatte ihn an jenem Nachmittag in der Küche erwähnt. Sie kannte ihn. Hatte noch versucht, ihren Vater damit zu schockieren. Nun, das schockierte ihn keineswegs. Ihm genügte ein Blick auf diese Versager, mit denen sie sich herumtrieb, und er *wünschte* sich sogar, sie würde etwas mit einem wie Walter haben.

»Na gut!« sagte sie, und nun war jegliche Spur von Kläglichkeit aus ihrer Stimme verschwunden; als sie es gleich noch einmal wiederholte, lag die Schlagkraft eines Kriegsrufs darin.

Er antwortete nicht. Oder wenn er es doch tat, dann mit der gleichen scheuchenden Gebärde, wobei seine Hand aus eigenem Antrieb agierte. Nein, er war kein schlechter Bursche, dieser Walter. Ein bißchen konfus vielleicht, aber wer wäre das nicht, wenn die eigene Mutter verrückt wurde und sich zu Tode hungerte und der Vater mit eingeklemmtem Schwanz davonrannte – schlimmer noch, davonrannte und den Sohn bei einer Bande von Scheißliberalen und Genossen und derlei Gesindel aufwachsen ließ. Es war eine Schande. Der Junge hatte sein Leben lang nur eine Version der Geschichte gehört – die falsche Version, die verdrehte, verlogene, entstellte Version. Natürlich war es lediglich ein Anfang gewesen, ein Schuß ins Blaue, eine einsame Stimme, die sich gegen das Geheul der Masse erhob, aber immerhin hatte Depeyster versucht, ihm an jenem Nachmittag ein paar Dinge klarzumachen. Angefangen bei seinem Vater.

Patriot, hatte Walter angewidert gesagt. Was meinen Sie damit, er war ein Patriot?

Ich meine damit, daß er sein Vaterland geliebt hat, Walter, und auch dafür gekämpft hat – in Frankreich und in Deutschland, und zu Hause, hier in Peterskill. Depeyster hatte die Finger zum Dreieck aneinandergelegt, sich tief in seinen Sessel zurückgelehnt und dabei Walters Augen beobachtet. Es lag etwas darin – Wut natürlich, Verwirrung und Verletztheit –, aber zugleich etwas anderes: Walter *wollte* ihm glauben. Für Depeyster war das eine Offenbarung gewesen. Mochten Kinder ihre Eltern zurückstoßen, mochte Mardi herumstolzieren wie eine Hure und ihren billigen Radikalismus am Eßtisch feilhalten, ihrem Vater ins Gesicht spucken und alles unterminieren, was der Gesellschaft heilig war, hier war einer, der bereit war, sich umstimmen zu lassen. Seine Eltern – Adoptiveltern: Juden, Kommunisten, der letzte Dreck – hatten ihn sein Leben lang mit Haß und Lügen und mit gemeiner Propaganda gefüttert, bis er fast daran erstickt war. Er war Lehm. Lehm, der geformt werden konnte.

Glauben Sie, die Vorfälle von Peterskill waren unwichtig? fragte Depeyster. Walter starrte ihn wortlos an. Überlegen Sie doch mal, was Ihre Kommunisten vier Jahre später mit den Geheimplänen für die A-Bombe gemacht haben. Ein Patriot bekämpft so etwas, Walter, bekämpft es aus ganzem Herzen. Und deshalb sage ich, daß Ihr Vater ein Patriot war.

Walter verlagerte sein Gewicht, lehnte sich in den Krükken nach vorn. Ach ja? Und verrät ein Patriot etwa auch seine Freunde, seine Frau, seinen Sohn?

Ja, wollte Depeyster sagen, *wenn es sein muß*. Doch dann fiel sein Blick auf den glänzenden neuen Stiefel an Walters rechtem Fuß, und er ermahnte sich, behutsam vorzugehen. Sehen Sie mal, Walter, sagte er und versuchte es anders, Sie scheinen mich nicht verstanden zu haben. Der Kommunismus funktioniert nicht, das ist doch offensichtlich. Sehen Sie sich bloß Rußland heute an. China. Vietnam. Den ganzen verfluchten Eisernen Vorhang. Wollen Sie etwa so leben?

Walter schüttelte den Kopf. Aber darum geht es doch nicht, sagte er.

Nein, natürlich nicht, aber es war die Wahrheit, und Depeyster hielt ihm trotzdem seinen Vortrag. Er spannte den Bogen von den Pilgervätern über Thoreau und die Brook Farm bis zu den Hippiekommunen, beklagte das Schicksal der Kulaken, wetterte gegen den Vietcong und zeigte mit dem Finger auf die Fratze der Kommunistischen Weltverschwörung, Walter jedoch weigerte sich, ihm zu folgen. Schlimmer, er brachte das Thema immer wieder auf diesen einen wunden Punkt, der zwischen ihnen lag wie ein blutiger Knüttel. Ob der Kommunismus funktionierte oder nicht, darum ging es nicht, wandte Walter beharrlich ein – es ging vielmehr darum: Was war 1949 in jener heißen Augustnacht auf dem Grundstück von Peletiah Crane passiert? Depeyster drückte sich um die Antwort – zu früh noch, zu früh – betonte aber vehement, er sei damals im Recht gewesen, und was er getan habe, würde er jederzeit wieder tun. Er blickte Walter ins Gesicht und sah dort Truman, und in diesem Moment begriff er, daß er gar nicht mehr den verschwundenen Vater verteidigte – Truman war verrückt, ihn konnte man nicht verteidigen –, nein: er verteidigte sich selbst.

Er wollte es ihm unverblümt sagen, wollte ihm erklären, wie verdammt weit Morton Blum und Sasha Freeman gegangen waren, um die Konfrontation zu provozieren – wie auch er selbst sich hatte aufstacheln lassen, obwohl er wohl besser gar nicht darauf reagiert hätte –, wollte ihn fragen, ob er wirklich glaubte, eine friedliche Versammlung wäre der Bewegung damals nützlicher gewesen als eine laute, schmutzige Schlägerei, mit Schlagzeilen und Fotos von blutüberströmten Frauen, kreischenden Kindern und zusammengeschlagenen Farbigen, die aussahen wie Preisboxer nach einer einstimmigen Entscheidung auf technischen K. o. Doch er hielt sich zurück. All das gehörte erst in die nächste Lektion.

Hören Sie, hatte Depeyster am Ende gesagt, ich weiß,

wie Ihnen zumute ist. Ich gebe zu, Ihr Vater hatte kein Recht, einfach abzuhauen und seine Familie im Stich zu lassen – und ich gebe auch zu, daß er ein ziemlich verrückter Kerl war –, aber was er getan hat, geschah im Namen von Freiheit und Gerechtigkeit. Er hat sich geopfert, Walter – er war ein Märtyrer. Seien Sie stolz auf ihn.

Aber was? fragte Walter atemlos. Was war es denn? Was hat er eigentlich getan?

Depeyster senkte den Blick und hätte gerne in die Lade gegriffen, um sich mit einer Prise Dreck zu stärken, aber er besann sich rechtzeitig. Ehe er antwortete, sah er auf. Er war auf unserer Seite, Walter, sagte er und knallte die Schublade zu. Er war die ganze Zeit auf unserer Seite.

Doch da verblich Walters Bild, und Depeyster starrte wieder in die nichtssagenden Gesichter der Revoluzzer und Wehrdienstverweigerer, die seine Tochter mitgebracht hatte. Abschaum, und das hier in seinem Haus, unter seinem Dach; Marguerite mußte am Ende noch denken, daß er ihr Tun billigte, sie akzeptierte, Joints und Sojakeimling-Sandwiches mit ihnen teilte. »Raus!« wiederholte er.

Durch ihre wilden Kraushaarfransen hindurch musterte ihn Mardi mit einem halb haßerfüllten, halb erschrockenen Blick. Vielleicht war er zu weit gegangen. Ja: er sah es an ihrer Miene. Er wollte es zurücknehmen, den harten Schlag mildern, aber er brachte es nicht fertig.

»Na gut«, brüllte sie zum dritten-, »na gut« zum viertenmal, »ich gehe.« Im Flur entstand ein Gedränge, der Kanakenkerl sprang ihr behende aus dem Weg; Tom Cranes Hände flatterten wie aufgescheuchte Wachteln, das Krachen der zufallenden Tür ließ den Rahmen erbeben, und dann waren sie weg.

Depeyster sah Marguerite an. Unter der Rougetünche war sie bleich geworden, ihre Pupillen waren geweitet, und sie streckte nervös die Zungenspitze heraus. Es schien, als erwachte sie gerade aus einer Trance. Sie murmelte: »Ich, äh«, suchte ihre Sachen zusammen, raschelte mit den

Papieren und griff nach dem Mantel, »ich muß jetzt weiter. Termine, Termine.«

An der Tür setzte er an, sich für seine Tochter zu entschuldigen, doch sie winkte ab. »Siebenzwofünfzig«, sagte sie und wurde wieder etwas lebhafter. »Denk mal darüber nach.«

Es war später Nachmittag, und er lockerte im Garten die Erde um die Rosen auf, als ihm Joanna einfiel. Bei einem Gang ins Haus, um einen Fischerhut zum Schutz vor der Sonne zu holen, war ihm flüchtig aufgefallen, daß Lula den Eßtisch nur für eine Person gedeckt hatte. Und jetzt, während er die satte schwarze Erde des Rosenbeets mit dem Spaten umwälzte, stieg das Bild dieses einsamen Essensplatzes wieder vor seinem inneren Auge auf, bis er keine Wurzeln und Lehmbrocken mehr sah, sondern das gemusterte Porzellan, das geschliffene Kristallglas, die gefaltete Serviette, das blinkende Silber. Es war sonderbar. Mardi würde nicht mitessen – würde wohl nicht einmal nach Hause kommen nach dieser Szene im Salon –, aber wo war eigentlich Joanna? Sie war am Vortag frühmorgens zur Shawangunk-Reservation aufgebrochen, der Kombiwagen bis zum Dach vollgepackt mit abgelegten Trainingsanzügen, Jeans und Korsarenhosen, die sie im Rahmen ihrer halbjährlichen Altkleider-Sammelaktion von den Nachbarn erbettelt hatte. Und das bedeutete, daß sie die Nacht wie immer im Hiawatha Motel verbracht hatte und am Abend zum Essen zurück sein würde. Wie immer. Trotzdem war er sicher, nur ein Gedeck auf dem Tisch gesehen zu haben.

Das gab ihm Stoff zum Nachdenken, während er sich über die Rosen beugte, die Erde unten an den Stämmen zu kleinen Pyramiden aufwarf und über den Wurzeln feststampfte. Er war gerade dabei, die Laubdecke vom Vorjahr aus dem Graben rings um die Helen Traubels zu exhumieren, als sich ihm plötzlich ein Gedanke aufdrängte: Sie hatte einen Unfall gehabt, das mußte es sein. *Den* Unfall.

Den er sich immer ausgemalt hatte. Auf seinen geknechteten Blattfedern dahinschlingernd, war der Kombi in einer der tückischen Kurven der Fernstraße von der Fahrbahn abgekommen und auf dem Kopf im eisigen klaren Wasser des Beaverkill gelandet; ein Sattelschlepper war ausgeschert und hatte das Auto zerquetscht wie eine Blechdose: Joanna war nicht mehr. White Dream, La Paloma, Jack Frost – er konnte den Duft der Blüten schon riechen. Doch nein. Wenn etwas Ernstes – etwas Tödliches – passiert wäre, hätte Lula es ihm erzählt.

Rosen. Schon Mitte Oktober, und er machte sich erst jetzt daran, die Beete für den harten Frost der kommenden Monate vorzubereiten. Nicht daß er sie vernachlässigt hätte – er schwärmte für seine Zuchtrosen, sie waren sein ganzer Stolz, den Gärtner ließ er nicht einmal in ihre Nähe –, nur war im September eben prachtvolles Wetter gewesen – ein Altweibersommer, wie er im Bilderbuch stand –, und er war praktisch jeden Nachmittag unterwegs gewesen, an Bord der »Catherine Depeyster«. Oder auf dem Golfplatz. Nein, ihr war ein Reifen geplatzt, das mußte es sein. Der Motor hatte einen Kolbenfresser, der Keilriemen war gerissen, und sie saß fest in Olean, Elmira oder Endicott. Er stand auf und klopfte seine Arbeitshandschuhe ab. Little Darling, Blaze, Mister Lincoln, Saratoga: allein bei den Sortennamen empfand er Befriedigung. Er würde morgen weitermachen, die Stöcke mit Sackleinen umwickeln und Dünger aufschütten. Aber wo war sie nun? Vielleicht hatte sie ihn verlassen. War verschwunden. Davongerannt. Während er den Hügel zum Haus hinaufging, übermannte ihn einen kurzen, schuldbewußten Moment lang ein kleiner Tagtraum – Mardis dicke, sommersprossige Zimmergenossin im Studentenheim, splitternackt, ihr massiger Körper war über ihm und bockte wie ein wildes Tier, und er konnte spüren, wie sein Sperma sein Ziel fand, konnte sie schon sehen – seine Söhne, die aus ihrem heißen, fruchtbaren Leib hervormarschierten wie aus der Öffnung einer urzeitlichen Höhle.

Lula machte eine verlegene Miene, als er das fehlende Gedeck erwähnte. »Ach du gütiger Jesus, hab ich das doch völlig vergessen!« Die Küche mit all ihren Konzessionen an die Moderne – Geschirrspüler, Elektroherd, Kühlschrank mit Abtau-Automatik – funkelte hinter ihr wie eine Reklame für das neueste Wunderputzmittel. Sie klopfte gerade auf dem Küchentisch Kalbfleisch weich, als er hereinkam. »O mein Gott, mein Gott!« jammerte sie, daß man meinen konnte, sie habe soeben ihre gesamte Familie bei einem Zugunglück verloren, »weiß gar nicht, wie mir das passieren konnte!«

Depeyster lehnte sich gegen die blitzblanke Arbeitsplatte und verschränkte die Arme.

»Ein Uhr nachmittags war's, da hat sie angerufen. Irgendwas ist da oben los, ein Protestmarsch oder so was – hier, ich hab's aufgeschrieben.« Sie stand vom Tisch auf, eine massige Frau, solide wie die Eichen neben der Auffahrt, und zog einen Zettel unter dem Telefon hervor. »Hier steht's«, keuchte sie nach dieser Anstrengung. »›Sechs Stämme gegen den Krieg‹. Sie meinte, daß sie erst morgen um diese Zeit wieder zurück ist.«

Sechs Stämme gegen den Krieg: was für ein Blödsinn. Er ließ die Worte eine Zeitlang auf der Zunge zergehen, ehe er sie mit bitterem, verächtlichem Beiklang nochmals aussprach. Sechs Stämme gegen den Krieg. Er konnte sich das gut vorstellen – ein Haufen arbeitsloser, angetrunkener, wohlgenährter, Plakate schwenkender Indianer in Korsarenhosen, vorneweg seine Frau mit Lockenwicklern und Perlenmokassins, und die ganze Bande marschierte in Jamestown vor dem Futtermittelgeschäft auf und ab. Wenn es nicht dem Vietcong in die Hände gespielt hätte, wäre es nahezu lächerlich. Und Joanna mittendrin. Diese Hilfsaktionen waren schlimm genug, aber das – das war würdelos. Seine eigene Gattin bei einer Demonstration. Was würde als nächstes kommen?

»Heute gibt's Piccata«, murmelte Lula und schlurfte zu ihrem Kalbfleisch zurück.

»Und Mardi?« fragte er nach kurzer Pause.

Lula zuckte nur die Achseln.

Er blieb noch einen Augenblick stehen, hörte den Kühlschrank ächzend anspringen und starrte auf den einzelnen, anklagenden Teller auf dem Eßtisch. An der Wand über der Anrichte hing ein düsteres Ölgemälde von Stephanus Van Wart, dem Erben des *patroon* und ersten Lords von Van Wart Manor; er war es gewesen, der den ursprünglichen Besitz verdoppelt und verdreifacht hatte, um ihn dann nochmals zu verdoppeln und zu verdreifachen, bis ihm alle Bäche und Hügel, jeder Farn, jede Pute, jede Kröte und jede Distel zwischen dem glatten grauen Hudson und der Grenze nach Connecticut gehörten. Depeyster blickte zu den stolzen, spöttisch lächelnden Augen seines Ahnen auf und stellte fest, daß er den Appetit verloren hatte. »Gib dir keine Mühe, Lula«, sagte er. »Ich esse auswärts.«

Als Joanna am nächsten Abend schließlich doch heimkam, war es spät – nach zehn –, und Depeyster saß vor dem warmen Kamin, blätterte lustlos in einer Biographie von General Israel Putnam, dem Mann, der im August 1777 allen Gesuchen um Milde ein taubes Ohr entgegengebracht und Edmund Palmer auf dem Galgenhügel als Spion gehängt hatte. Zweimal hintereinander hatte der Erbe von Van Wart Manor einsam in einer sauberen, hellerleuchteten Nische der Imbißstube von Peterskill zu Abend gegessen, und zum zweitenmal plagte ihn eine Magenverstimmung. Er fühlte sich überhaupt ziemlich mies – frustriert wegen der Sache mit dem Grundstück, wütend über seine Tochter (die noch nicht zurückzukehren geruht hatte), tief gedemütigt von dem Gedanken, daß seine Frau sich öffentlich zur Schau stellte, wenn auch nur im hintersten Winkel der bewohnten Welt. Als er sich daher beim Geräusch der Tür umdrehte und sich mit dem Anblick seiner verspäteten Gattin in ihrem lachhaften Indianeraufzug konfrontiert sah, gab er sich dem Poltern und Toben eines netten, heilsamen, kathartischen Wutausbruchs hin. »Wo zum Teufel bist du gewesen?« wollte er wissen, sprang auf und schleuderte das Buch zu Boden.

Joanna trug Mokassins und Stirnband, ihre Stammesabzeichen seit der Zeit, als sie erstmals ihren Kampf im Namen der Indianer aufgenommen hatte. Jetzt aber steckte sie aus irgendeinem unerfindlichen Grund darüber hinaus noch in einem zerlumpten Rehlederkleid und in Leggins. Das Kleid erinnerte ihn an einen dieser Lappen, mit denen man nach einem Wolkenbruch sein Auto trockenpoliert.

»Nein, sag's mir nicht – du warst auf einer Kostümparty, stimmt's? Oder trägt so was die modebewußte Demonstrantin von heute?« Die gefüllten Paprika aus der Imbißstube drängten seine Luftröhre aufwärts und entfachten ein Feuer in dem Hohlraum unter seinem Brustbein. Er unterdrückte einen Rülpser.

Joanna antwortete nicht. Ein eigenartiger Blick lag in ihren Augen, ein Blick, den er aus ferner Vergangenheit kannte. Es war der Blick, mit dem sie ihn bei ihren ersten Verabredungen immer angesehen hatte, während der Flitterwochen, und als sie ein hoffnungsfrohes junges Paar mit einer pausbäckigen, gesunden kleinen Tochter gewesen waren. Sie kam quer durchs Zimmer auf ihn zu, und er bemerkte, daß ihr Haar nach Indianerart mit Streifen von Birkenrinde zu Zöpfen geflochten war. Und dann lagen ihre Hände auf seinen Schultern – sie roch nach Lagerfeuer, wilder Minze, ein gewisses urtümliches Moschusaroma der freien Natur, von dem er weiche Knie bekam –, und sie fragte ihn, mit laszivem Flüstern, ob sie ihm gefehlt habe.

Gefehlt? Sie zog ihn an sich, hängte sich an seinen Hals wie ein Schulmädchen, drückte ihre Lippen, die leicht nach wilden Zwiebeln und Hagebutten dufteten, auf seinen Mund. Gefehlt? Seit fünfzehn Jahren hatten sie nicht mehr miteinander geschlafen, und sie fragte ihn, ob sie ihm gefehlt habe?

Fünfzehn Jahre. Während dieser Zeit war Depeysters

Sexualleben auf eine triste Serie von Paarungen reduziert gewesen, vergeudeter Samen in der Wüste, ein paar Wochenenden mit den Miss Egthuysens dieser Welt oder mit der einen oder anderen der aggressiven, sonnengebräunten Löwinnen, denen man im Country Club begegnete. Niemals aber mit Joanna, nie mit seiner Frau. Es hatte aufgehört, als sie seine Lotionen und Tinkturen und Aphrodisiaka zusammengerafft und ihm ins Gesicht geschmissen hatte, als sie seine Liebesratgeber zerrissen und seine Ovulationskalender zerfetzt hatte, als sie gefragt hatte, ob sie für ihn nichts als eine prämierte Zuchthündin, eine Gebärmaschine sei. Mardi war damals fünf oder sechs gewesen, kam gerade in die Vorschule – oder war es die erste Klasse? Von diesem Tag an schliefen sie in getrennten Räumen.

Und nun saß sie hier, fuhr mit der Zunge über seinen Gaumen, drängte sich auf der Couch an ihn, zog ihn auf dem Teppich vor dem Kamin zu Boden. War sie betrunken? fragte er sich flüchtig, als sie an seiner Hose zerrte. Sie streifte ihr Kleid ab, und er sah mit Entzücken, daß sie darunter nichts anhatte, straffe, feste Brüste, nichts an ihr warf Falten oder hing herab, dreiundvierzig Jahre alt und geschmeidig wie eine Studentin. Als sie sich auf ihn senkte, war er außer sich vor Freude, dankbar und hoffnungsfroh, seine Phantasie mit dem dicken, sommersprossigen Mädchen wurde hier auf dem Teppich im Salon mit seiner eigenen Frau Wirklichkeit, und er schloß die Augen und konzentrierte sich auf den Erben, der da kommen würde. O ja, es würde einen Erben geben. Mußte einfach. So lange hatte er gewartet, und jetzt... es war wie im Märchen. Der geduldige Holzfäller Gepetto, Dornröschen vom Kuß des Prinzen erweckt. Glücklich überließ er sich dem Rhythmus.

Joanna ihrerseits tat, was sie tun mußte. Sie verspürte durchaus eine gewisse nostalgische Regung bei ihrer Pflichtübung, und es war ja auch nicht direkt widerlich oder so. Sie glaubte ihn sogar irgendwie zu lieben, diesen blutleeren Mann, ihren Ehemann. Er war nicht übel – sie konnte sich nicht vorstellen, mit einem anderen verheiratet zu sein –, nur war er eben unfähig, sie anzurühren, sie in ihrem tiefsten Inneren zu erregen, er wußte oder wollte nichts wissen von Liebe, Romantik und Leidenschaft. Er war kalt, kalt wie etwas, das am Flußufer entlangkroch und mit den Scheren wackelte. Er wollte sie nicht lieben, er wollte nicht einmal ficken – er wollte sich fortpflanzen.

Also gut. Sie war keine Molly Bloom, aber die Romantik holte sie sich seit fünfzehn Jahren anderswo. Und jetzt war es notwendig, das hier zu tun. Mit ihrem Mann. Ihrem angetrauten Ehegatten. Dem vorgeblichen Vater des Kindes, das sie gebären würde, gebären wollte.

Denn sie war nicht bei den Indianern gewesen in den letzten zwei Tagen, war nicht zu der Demonstration gefahren, hatte in Wahrheit Peterskill gar nicht verlassen. Nein, nicht bei den Indianern. Aber bei *einem* Indianer, einem *bestimmten* Indianer, das schon.

Der Klabautermann vom Dunderberg

Es war kein Tag für eine Vergnügungsfahrt. Der Wind heulte aus der Wildnis Kanadas herab, es war kalt genug, die Wikinger zur Umkehr zu bewegen, und der Himmel wirkte tot, dicht über den Bergen aufgespannt wie ein zum Trocknen ausgebreitetes Fell. Walter spürte seine Zehen nicht mehr, und jedesmal wenn er versuchte, den Joint wieder anzuzünden, den er eisern zwischen Daumen und Zeigefinger festhielt, blies eine heftige Bö das Streichholz aus. Dreimal hintereinander. Schließlich gab er auf und schnippte das Ding ins Wasser. Es war kaum zu fassen. Ende Oktober, Halloween, und kalt wie im Dezember.

Walter stellte den Kragen seiner Jeansjacke auf und beobachtete ein Entenpaar, das sich im Windschatten der Bootsrampe zusammenkauerte. Ringsherum, auf Anhängern, auf Zementblöcken, aufgebockt auf rissige Betonstützen, als erwarteten sie eine zweite Sintflut, standen Boote. Schoner und Schaluppen, Brigantinen und Kajütboote, Jollen und Yachten und Katamarane. Und dann die Boote, die nie wieder das Wasser sehen würden, uralte Rümpfe, bis zur letzten Schraube durchgerostet, verfault wie Aussätzige, zersplittert und gebleicht und auf den Kielen kippend, als hätte ein Hurrikan sie an Land geschleudert. Das war der Bootshafen von Peterskill. Drei Blocks weiter kam Depeyster Manufacturing und gleich hinter den Eisenbahngleisen lagen der verdreckte Bahnhof und die verlassenen Fabriken, deren Ziegel so alt waren, daß sie die Farbe von Schlamm angenommen hatten. Walter stand da, um zwei Uhr nachmittags, an Halloween, und wartete auf Mardi. Ist doch echt angemessen, oder? hatte sie am Telefon gesagt. Ich meine, an Halloween zu den Geisterschiffen rauszufahren. Toll, was?

Toll. Dieses Wort hatte sie verwendet. Walter spuckte ins Wasser und warf dann einen suchenden Blick über die

Schulter. Ein halbes Dutzend Autos stand auf dem Parkplatz, aber keins von ihnen schien Mardi zu beherbergen. Es war schon komisch. Da wollte er mit ihr aufs Wasser hinaus, bei dieser Grabeskälte, und er wußte nicht einmal, was für einen Wagen sie fuhr. Er sah über den Parkplatz hinweg auf die Schlange der rostigen Güterwaggons, die sich aus dem Bahnhof hinaus und um eine Kurve bis zur Mündung des Van Wart Creek erstreckte, und dann hinauf zu den Hügeln von Peterskill, einer Ansammlung von Dächern zwischen den großen, bergan strebenden Bäumen. Im Vordergrund, winzig im Windschatten irgendeines ozeantüchtigen Monstrums mit funkelnder Reling und Vorhängen in den Fenstern, stand sein Motorrad, frisch lackiert, mit neuer Fußraste und neuem Gashebel. Der Helm, den ihm Jessica geschenkt hatte, klemmte am Lenker, und selbst auf diese Entfernung waren die stumpfen Flecken zu erkennen, wo er mit dem Taschenmesser die Gänseblümchen-Aufkleber heruntergekratzt hatte.

Das hatte ihr nicht gefallen, diese Verunstaltung seines Geburtstagsgeschenks, aber er hatte ihr erklärt, daß Aufkleber mit Gänseblümchen einfach nicht zu seinem Image paßten. Er sei kein Blumenkind – er sei härter, kälter, immer noch der Nihilist und existentialistische Held. Dann grinste er, als hätte er bloß einen Scherz gemacht, und sie grinste zurück.

Jessica. Sie war jetzt arbeiten. Seine Frau, die ihm zuliebe auf die meeresbiologischen Fakultäten von Scripps, Miami, New York und Mayaguez verzichtet hatte, saß an ihrem Arbeitsplatz, wo sie in Formalin konservierte Fischlarven zählte. Die Stelle hatte ihr Tom Crane besorgt. Drüben im Atomkraftwerk, dessen Schlote und Kühltürme am nahen Ufer emporragten wie die Minarette von Kuppeln einer fantastischen High-Tech-Moschee. Das Larvenzählen war Teil einer Umweltbelastungs-Studie, finanziert von der Elektrizitätsgesellschaft Con Ed, die auf diese Weise dafür Buße tat, daß sie mit ihren Ansaugstutzen ständig gewaltige Berge von stinkendem Fisch aufsaugte.

Ein früherer Bio-Kommilitone hatte Tom den Job vermittelt, zweimal pro Woche das Boot für das Projekt zu steuern, und als die Stelle im Labor frei wurde, hatte Tom an Jessica gedacht. Und jetzt saß sie da drüben. Atmete Formalin ein, von den Dämpfen tränten ihre Augen.

Walter selbst war arbeitslos. Nicht daß er nicht arbeiten wollte – irgendwann, vielleicht, wenn sich was Gutes auftat. Nur konnte er sich nicht vorstellen, den ganzen Tag an einer öligen, heulenden Drehbank zu stehen und diese kleinen geflügelten Maschinenteile zu produzieren, die, soweit er wußte, zu nichts auf der Welt nütze waren (höchstens, so ging das Gerücht, für Splitterbomben, um in Orten mit Namen wie Dak Fu oder Bu Wop kleine Kinder zu zerfetzen). Jedenfalls sagte er das zu Hesh und Lola. Allerdings verschwieg er ihnen, daß Van Wart ihm einen Schreibtischjob angeboten hatte. Gleich morgen. Ohne Bedingungen.

Ich mag Sie, wissen Sie? hatte Van Wart an jenem Nachmittag im Büro gesagt. Er hatte die Frage nach den Unruhen eine halbe Stunde lang vermieden, hatte Walter geraten, etwas über Geschichte zu lesen, und ihm versichert, wo immer sein Vater sei – am Leben oder tot –, er könne jedenfalls stolz auf ihn sein. Walter, der irgendwann zwischen der Verfolgung der Kulaken und dem Fall von Chiang Kai-shek Platz genommen hatte, wollte sich gerade zum Gehen erheben, als Van Wart ihm seine Wertschätzung ausdrückte. Sie beeindrucken mich, sagte Van Wart. Sie haben Grips. Vielleicht liegen wir politisch nicht auf derselben Linie, aber das ist nicht so wichtig. Er war aufgestanden, rieb sich die Hände und strahlte wie ein Hemdenverkäufer. Ich will damit sagen, Sie haben ein Uni-Diplom, und bei mir hier ist die Stelle eines stellvertretenden Managers frei, elftausend Dollar im Jahr und alle Sozialleistungen. Und Sie brauchen nicht auf Ihrem Bein da herumzustehen. Was meinen Sie?

Nein, hatte Walter gesagt, fast reflexartig, nein danke, denn er sah sich bereits in Schlips und weißem Kragen, hinter einem Schreibtisch verschanzt, die schwer faßbare Miss Egthuysen jederzeit zu seinen Diensten, Doug und all die übrigen Tagelöhner mit einem einzigen Schlag abgesägt, stellte sich schon den neuen Triumph TR 5 vor, schnittiges Grün, Speichenräder, von null auf hundert in neunkommadrei Sekunden ... aber für Van Wart arbeiten? Das war undenkbar. (Zwar hatte er genau das zweieinhalb Monate lang getan – aber in völliger Unwissenheit.) Nein, sagte er zu ihm. Er sei für das Angebot dankbar, aber nach dem Schock des Unfalls und so, da brauche er jetzt erst mal ein bißchen Zeit zum Erholen, ehe er einen solchen Schritt unternehme.

Später, bei nochmaligem Überdenken, wußte er nicht recht, warum er es ausgeschlagen hatte. Elftausend Dollar waren ein Haufen Geld, und Van Wart war, trotz seines Gelabers, seiner herablassenden Art und seiner ultrarechten Allüren, trotz des Hasses, den er bei Tom Cranes Großvater, bei Hesh und Lola und all denen hervorrief, in Wirklichkeit gar nicht so übel. Kein Menschenfresser, bestimmt nicht. Kein hirnloser, steinewerfender Rassist. Er besaß einen gewissen Stil, eine Willenskraft und Gewandtheit, die Hesh wie einen Bauerntölpel erscheinen ließen. Und er glaubte an das, was er sagte, die Überzeugung lag tief in seinen Augen – zu tief für eine Lüge. Tatsächlich hatte Walter gegen Ende ihrer kleinen Plauderei begonnen, ihm gegenüber weich zu werden. Mehr noch: er hatte begonnen, ihn auf seltsame und irgendwie beunruhigende Weise zu mögen.

Über all das dachte Walter nach, und er dachte auch darüber nach, was für eine absolut merkwürdige Aktion er hier lieferte – kaum einen Monat verheiratet, und schon schlich er sich zum Bootshafen hinunter, zum Stelldichein mit der Tochter des Ex-Menschenfressers –, da spürte er, wie ihm jemand auf die Schulter tippte. Es war Mardi. In Strickmütze und Öljacke, Matrosenschuhen, Jeans und mit schwarzen Lederhandschuhen sah sie aus, als wäre sie gerade mit der halben Handelsmarine von einem Lastkahn heruntergekommen. Bis auf ihre Augen. Die Augen steckten wie Nadeln in ihrem Kopf, hart und kalt wie Murmeln, die Pupillen zu kleinen Pünktchen geschrumpft. »Hallo«, sagte sie mit rauher Stimme, und dann küßte sie ihn. Zur Begrüßung. Aber es war kein Küßchen auf die Wange – es war eine Vereinigung erster Ordnung, bei der auch ihre Zunge mitwirkte. Walter wußte nicht, was er tun sollte, also erwiderte er den Kuß.

»Alles klar?« fragte sie und grinste ihn an.

»Schon«, sagte Walter und wippte auf seinem gesunden Fuß nach hinten. »Glaube ich jedenfalls.« Er zeigte vage auf den Fluß, auf den Himmel. »Willst du diese Sache wirklich durchziehen?«

Seit der Hochzeit hatte er Mardi nur einmal gesehen. Er und Jessica und Tom Crane waren vor zwei Wochen abends im »Elbow« gewesen, hatten die Musikbox gefüttert und Pool gespielt, als Mardi mit Hector hereingekommen war. Beim Billard zu dritt spielte jeder gegen jeden, Walter war an der Reihe und nahm gerade Jessicas letzte Kugel aufs Korn, während sie herumwitzelte, von hinten sein Queue anstieß und überhaupt versuchte, ihn abzulenken, durcheinanderzubringen und zu verwirren. Mardi trug ein gebatiktes T-Shirt ohne Ärmel, ohne BH. Walter fuhr zusammen. Tom Crane jedoch flitzte hinüber und umarmte sie mit fuchtelnden Ellenbogen und schlenkernden Beinen, sein fransiger Zopf hüpfte dabei hin und her wie der Haarschweif über einem Pferdearsch, dann begrüßte er Hector mit dem Händedruck der Freiheitskämpfer und zerrte die beiden an ihren Tisch. Walter begrüßte Hector, nickte Mardi kurz zu, und sein Stoß ging daneben.

Später, nach ein paar Glas Bier, noch mehr Pool, unzähligen Gängen über die riesige Fläche schmutzigen Sägemehls, das den Boden wie Knochenmehl bedeckte – zum Pinkeln in den stinkenden Klos und um heimlich einen Zug von irgend etwas zu nehmen, das Hector gerade in den Kopf seiner Pfeife gestopft hatte –, fühlten sich alle ziemlich gut drauf. Jessica stand vom Tisch auf und entschuldigte sich. »Für Damen«, lallte sie und schleppte sich durch den Raum wie eine Schwerverwundete.

Tom war verschwunden, und Hector stand an der Bar und bestellte eine Runde Tequila. Der Tisch, der plötzlich sehr klein schien, war übersät mit Erdnußschalen, Asche, Kippen, Tellern, Flaschen und Gläsern. Walter legte ein vorsichtiges, schmales Lächeln auf seine Lippen. Mardi lächelte zurück. Und dann, wie aus dem Nichts, fragte sie Walter, ob es ihm immer noch ernst sei mit den Geisterschiffen – wenn ja, würde sie ihn demnächst mal anrufen, ganz einfach. Walter gab keine Antwort. Statt dessen stellte er selbst eine Frage. »Was sollte das eigentlich neulich bei der Hochzeit?« fragte er und bemühte sich um eine ruhige Sprechweise. »Du weißt schon. Wegen meinem Fuß. Das fand ich nicht so gut.«

Sie schwieg einen Moment lang, dann schenkte sie ihm ein Lächeln, das die Polkappen geschmolzen hätte. »Nimm das doch nicht so ernst, Walter«, sagte sie und starrte in ihr Glas. »Ich schockiere eben gerne Leute, das ist alles – um zu sehen, wie sie reagieren. Weißt schon: *épater les bourgeois.*« Walter wußte nichts. In Französisch war er durchgefallen.

Sie sah ihn an und lachte. »Komm schon, das war doch bloß ein Witz. Ich bin gar nicht so wild unterwegs, wie ich tue. Wirklich nicht.« Und dann beugte sie sich vor. »Nur eins will ich wissen: Kommst du mit oder nicht?«

Deshalb war er jetzt am Hafen, eingezwängt zwischen Spieren und Falleinen und Ankerketten, atmete den vertrauten Geruch des Geistes seines Großvaters ein und stand wieder einmal mit dem Rücken an der Wand. »Das glaube ich einfach nicht«, sagte Mardi, und ihre Miene verlor einen Moment lang jeden Ausdruck. »Hast du etwa Angst vor dem bißchen Gischt?« Walter zuckte die Achseln, wie um zu sagen, daß ihm gar nichts angst mache – weder Kälte noch Hagel, noch bösartige Schatten, die im Morgengrauen über menschenleere Straßen huschten. »Gut«, sagte sie und grinste ihn so breit an, daß er ihre

Backenzähne golden aufblitzen sah, und dann folgte er ihr durch die aufgebockten Boote zum Pier und den Hellingen an dessen Ende.

Nur zwei Schiffe waren im Wasser. Die »Catherine Depeyster«, eine zehn Meter lange Schaluppe mit Hilfsmotor und auf Hochglanz polierten Holzteilen, war an der verlassenen Kaimauer vertäut. Das andere Schiff, ein undefinierbares Ding mit breitem Kiel, abblätternder Farbe, gebrochenem Mast und mit Spuren von Trockenfäule über der Wasserlinie, lag dahinter vor Anker und sah aus, als wäre es vergangene Woche vom Grund des Flusses geborgen worden. Walter wollte eben nach Mardi an Bord der »Catherine Depeyster« gehen – sie stöberte bereits im Bootsschrank nach den Regenhäuten –, da sah er das Rauchwölkchen über dem Schornstein des verkommenen Wracks. Zuerst traute er seinen Augen nicht. Aber es stieg, unzweifelhaft, aus dem rußgeschwärzten Rohr eine dünne Rauchsäule auf. Er faßte es nicht. Jemand lebte tatsächlich auf diesem Ding da drüben, irgendeine wahnsinnige Wasserratte, die eines Morgens beim Aufwachen feststellen würde, daß sie sich vier Meter unter der Wasseroberfläche befand. Es mußte eine Sinnestäuschung sein. Aber nein, jetzt qualmte der Schornstein stetig, der Rauch wurde vom Wind niedergedrückt und zu ihm herübergeweht, ein satter, speicheltreibender Duft nach gebratenem Speck lag darin. »Mann«, sagte er zu Mardi, »ich glaub's einfach nicht.«

»Was glaubst du nicht?« sagte sie und reichte ihm einen schwarzen Südwester, als er an Bord kam.

»Da drüben. Dieses kaputte Wrack, dieses schwimmende Stück Schrott. Da wohnt jemand drauf.«

»Ach, du meinst Jeremy«, sagte sie.

Die Kälte stach ihm in den Ohren. Sein Blick wanderte von dem abgetakelten Wrack zu Mardi und wieder zurück. Der Wind drehte das Schiff langsam um seinen Anker und brachte nun das Heck in Sicht. »Jeremy?« wiederholte er, ohne das Schiff aus den Augen zu lassen.

Hinter sich hörte er Mardi antworten. Sie sagte, Jeremy habe den ganzen Sommer über dort gewohnt, ein bißchen gefischt und am Hafen diverse kleine Jobs gemacht. Er sei Zigeuner oder Indianer oder so was, und für einen alten Knacker eigentlich ganz in Ordnung. Walter hörte sie wie aus weiter Ferne, die Worte hallten in seinem Kopf wider, während er zusah, wie sich das Schiff gemächlich drehte und seinen Namen offenbarte, in bröckligen, verblichenen Lettern. Mit einem Mal bekam er ein komisches Gefühl. Er spürte, ohne zu wissen warum, den Zugriff der Geschichte wie eine Schlinge um den Hals. Der Name des Schiffs war »Kitchawank«.

Keine Frage: es war kalt. Aber sobald sie aus dem Hafen ausgelaufen waren und die Segel gesetzt hatten, sobald sie den Puls des Flusses unter den Füßen und den ersten eisigen Schlag der Gischt im Gesicht spürten, machte das nichts mehr aus. Mardi, die ihre Strickmütze tief in die Stirn gezogen hatte, saß an der Ruderpinne, trank Kaffee aus einer Thermoskanne und blinzelte in die Sonne, als wäre es Juni, und Walter, in Gummistiefeln, Ölhosen und Regenmantel, lehnte sich weit über die Reling wie ein Kind, das zum erstenmal in einem Segelboot sitzt. Seit dem Tod seines Großvaters war er nicht mehr segeln gewesen, war seit damals überhaupt nie wieder auf den Fluß hinausgefahren. Es ließ sein Herz schneller schlagen, überflutete ihn mit Erinnerungen: es war wie eine Heimkehr. Gegen die Alpen oder die Rockies mochten diese Berge Zwerge sein – sowohl der Dunderberg wie auch Anthony's Nose waren keine vierhundert Meter hoch –, von hier unten aber, vom Fluß aus, ragten sie steil auf wie ein Traum von Gebirge, hoch, massiv und bedrohlich. Direkt vor ihnen lag der Dunderberg, aus dem Wasser aufsteigend wie ein schlafender Riese, die Geisterflotte an seinen Fuß geschmiegt. Weiter südlich lag Indian Point mit den Kraftwerken und Brackwasserbiologen, wo Jessica ihre eingelegten Fische zählte; nach Norden hin, wo all die hohen

Berge – Taurus, Storm King, Breakneck und Crow's Nest – in den Fluß hineinwateten, öffnete sich wie ein düsterer Schlund das Tor zu den Highlands.

Dies war das Reich des Klabautermanns vom Dunderberg, eines eigenwilligen Gnoms in Pluderhosen und mit Spitzhut auf dem Kopf, der den Fluß in seinem tückischsten Abschnitt beherrschte, zwischen Dunderberg und Storm King. Er war es, der Stürme zusammenbraute und urplötzlich Blitze auf die ahnungslosen Kapitäne der Schaluppen von dannomals herabschleuderte, er war es, der Männer lächerlich dastehen ließ und ihnen Versuchungen in den Weg legte, er war es, der über Captain Kidds Schatz wachte und jedes Schiff, das sich ihm näherte, ins Verderben riß. Er war es, der alle Verschlüsse an Stuyvesants Fässern hatte platzen lassen, als der Alte mit dem Silberbein flußaufwärts gesegelt war, um die Mohikaner zu strafen, er war es, der die Nachthaube der Gattin des Pastors Van Schaik vom unantastbaren Schädel stibitzt und auf dem Turm der Esopus-Kirche, vierzig Meilen weit weg, deponiert hatte. Sein Lachen – das wilde, stoßweise Wiehern der Geistesgestörten und Unzurechnungsfähigen – erklang im Heulen des Windes, und noch bei der heftigsten Bö konnte man sein spitzes Hütchen unbewegt auf dem Großmast sitzen sehen. Nicht einmal der abgefeimteste Seebär hätte im Traum daran gedacht, Kidd's Point zu umsegeln, ohne vorher ein Hufeisen an den Mast zu nageln und dem Herrn vom Dunderberg einen Schluck Barbados-Rum darzubringen.

Jedenfalls ging so die Legende. Walter kannte sie gut. Kannte sie, wie er über alle Hexen, Kobolde, *pukwidjinnies* und Klageweiber genaustens Bescheid wußte, die angeblich das Hudsontal heimsuchten. Dafür hatte seine Großmutter gesorgt. Aber wenn er einst daran geglaubt hatte, wenn noch ein Fünkchen der uralten Lust am Irrationalen in ihm gewesen war, der Lust des Kindes, das vor einem Leberwurstbrot gesessen und gebannt der Geschichte vom Verrat an Minewa oder der Legende des kopflosen Reiters von Sleepy Hollow gelauscht hatte, so war dieses Fünkchen im Seminar über zeitgenössische Philosophie mit Schwerpunkt auf Todessehnsucht und existentialistischem Denken ausgelöscht worden, und nur die Asche des Zynismus war zurückgeblieben.

Doch als die »Catherine Depeyster« jetzt auf den Fuß des schwarzen Berges zuhielt, unter einem noch schwärzeren Himmel, mußte er trotzdem an den verrückten kleinen Herrn des Dunderbergs denken. Was für eine Vorstellung. Nicht miese Navigation oder Trunkenheit oder Nebel waren also schuld an den vielen Schiffsunglücken in den Highlands seit den Zeiten von Peter Minnewit und Wouter dem Zweifler, sondern die bösen Kräfte des Übernatürlichen, verkörpert von einem grinsenden kleinen Homunkulus – in weiten Kniehosen und Schnallenschuhen, dem Herrn des Dunderbergs –, dessen Lebenszweck darin bestand, Segelboote auf die Klippen zu locken. Walter erinnerte sich daran, wie sein Großvater bei jeder Umschiffung von Kidd's Point zwei Becher Kornschnaps eingegossen hatte: einen für den Bauch und einen für den Fluß. Wozu soll das gut sein? hatte Walter, zwölf Jahre alt und gewaschen mit allen Wassern der Welt, eines Tages gefragt. Für den Herrn vom Berg, hatte sein Großvater geantwortet und dabei mit der Zunge geschnalzt. Das bringt Glück. Walter hatte nicht gewagt, den humorlosen Alten weiter zu befragen, im stillen aber den Klabautermann herausgefordert. Bring uns doch um, hatte er geflüstert. Komm schon: Du traust dich nicht. Laß einen Blitz niederfahren. Kipp das Boot um. Traust dich ja doch nicht.

Der Klabautermann war an jenem Tag ruhig geblieben. Die Sonne hing schwer am Himmel, die Netze waren voll, zum Abendessen gab es Coca und gebackene Krebse. Natürlich, als Walter beim nächstenmal mit seinem Großvater um Kidd's Point und durch die enge Schlucht fuhr, dabei an Baseball dachte, oder an eine neue Angel oder an die Art, wie Susie Cats' Sporthosen sich am Schnittpunkt ihrer Oberschenkel wölbten, da verfinsterte sich plötzlich der

Himmel, der Wind pfiff von den Bergen herab, und der Motor stotterte, spotzte und starb dann ab. Was zum –? hatte sein Großvater geflucht, sich über den fetten Bauch nach vorn gebeugt und automatisch voll Zorn am Starterzug gerissen. Sie hatten gerade West Point umrundet und fuhren in Martyr's Reach hinein, den meistgefürchteten der vierzehn Abschnitte, in die man den Hudson zwischen New York und Albany unterteilte, eine Wasserstrecke, die bei Generationen von Matrosen für ihre heimtückischen Winde, unberechenbaren Strömungen und abweisenden Ufer bekannt war. Gleich dahinter, siebzig Meter flußabwärts, lag World's End, das Grab unzähliger Schaluppen, Dampfer und Kabinenkreuzer gleichermaßen, wo verrottende Rundhölzer in einer Strömung knarrten, die so unvorhersehbar war wie der Wind, und wo noch niemals eine Leiche hatte geborgen werden können, ein bodenloses Loch im Fluß, der sonst selten tiefer als dreißig Meter war. Hier war 1824 die »Neptune« gekentert, mit fünfunddreißig Passagieren an Bord, und hier war auch Benjamin Hunt, der Kapitän der »James Coats«, ins Jenseits gegangen, als ihn in einer scharfen Bö das Großsegel im Genick getroffen und enthauptet hatte. Bei stürmischem Wetter hörte man immer noch seinen erschrockenen Ausruf und dann, gleich danach, das gräßliche Aufklatschen des abgetrennten Kopfes. Jedenfalls erzählten sich das die Leute.

Walters Großvater gefiel die Sache gar nicht. Er fluchte und hantierte am Motor herum, während die Ebbe sie flußabwärts riß und die ersten Regentropfen auf dem Wasserspiegel kleine Krater entstehen ließen. An die Ruder! brüllte er, und Walter gehorchte ohne zu zögern. Er hatte Angst. Noch nie hatte er am hellichten Tag eine solche Dunkelheit erlebt. Dreh um! Und dann volle Kraft, Richtung Heimat! fauchte sein Großvater. Los, rudern! Walter ruderte, ruderte, bis ihm die Arme lahm wurden und sein Rücken sich anfühlte, als hätte jemand glühende Splitter hineingetrieben, aber vergebens. Dicht vor West Point erwischte sie der Regen mit voller Wucht. Nicht nur der Regen, obendrein hagelte es noch. Und in der Schlucht zwischen den Bergen hallten die Donnerschläge wider wie eine Seeschlacht. Schließlich gingen sie unter einem Überhang am Westufer vor Anker, kauerten sich zitternd aneinander und wagten sich nicht wieder aufs offene Wasser hinaus, weil sie die Blitze fürchteten, die über ihren Köpfen den Himmel zerfetzten. Zwei Wochen später bekam Walters Großvater seinen Schlaganfall und fiel in den Trog mit Köderfisch.

Jetzt, als er den Berg düster über ihnen aufragen sah, stand Walter auf und machte sich auf den Weg nach hinten, wo Mardi an der Ruderpinne saß.

»Na, macht's dir Spaß?« brüllte sie gegen den Wind an.

Er grinste nur zur Antwort, wiegte sich mit dem Schiff, dann ließ er sich neben ihr nieder und goß sich aus der Thermoskanne eine Tasse Kaffee ein. Der Kaffee war gut, heiß und schwarz, und schmeckte nach Depeyster Van Warts zehn Jahre altem Cognac. »Den Klabautermann schon gesehen?« fragte er sie.

»Wen?«

»Du weißt schon, dieses kleine Kerlchen mit dem Spitzhut und den Schnallenschuhen, das immer irgendwo auf einem Segelmast sitzt und Stürme losheulen läßt und so.«

Mardi sah ihn lange und mißtrauisch an, und nach kurzem Zögern lächelte sie ihm mit feuchten Lippen zu. Sie sah gut aus, die Mütze tief in die Stirn gezogen und ihr Haar flatternd im Wind. Verdammt gut. Sie hakte ihren freien Arm durch seinen und zog ihn näher heran. »Was hast *du* denn geraucht?« fragte sie.

Es war Halloween, die Nacht, in der die Toten aus den Gräbern steigen und die Menschen sich hinter Masken verbergen. Halloween, und es wurde dunkel. Walter stand an Deck der »Catherine Depeyster« und starrte auf die weiten, unermeßlichen Schattenmassen der stillgelegten Flotte, die sich zu beiden Seiten über ihm erhoben. Diesmal versuchte er nicht, sich an der Ankerkette zur

»U. S. S. Anima« emporzuhangeln, und auch nicht zu einem der übrigen Schiffe. Diesmal war er damit zufrieden, nur die Hände tief in die Taschen zu schieben und zu ihnen hinaufzustarren.

Mardi war in der Kajüte, wo sie Cognac schlürfte und sich am elektrischen Strahler aufwärmte. Sie hatte die Segel eingeholt und den Motor gestartet, als sie nahe herangekommen waren, weil sie fürchtete, der Wind könne sie gegen eines der großen Schiffe prallen lassen. Nachdem sie das Boot zwischen die stählernen Monster manövriert und geankert hatten, war sie mit der Thermoskanne in die Kajüte gegangen. »Komm rein«, sagte sie, »dieser Wind ist ja schrecklich«, aber Walter rührte sich nicht. Noch nicht jedenfalls. Er dachte an Jessica und spürte bohrend die Schuld und den Verrat, denn er wußte genau, was passieren würde, sobald er zu Mardi in die Kajüte ging. Klar, er konnte es hinauszögern, seine Willenskraft unter Beweis stellen, hier draußen im Wind stehenbleiben und die Schiffe anglotzen, als bedeuteten sie ihm irgend etwas, aber früher oder später würde er ihr in die Kajüte folgen. Es war unvermeidlich. Vorbestimmt. Eine Rolle in einem Stück, die er sein ganzes Leben lang geprobt hatte. Dafür war er zu den Geisterschiffen mitgekommen – dafür und für sonst nichts. »Los, komm«, wiederholte sie, ihre Stimme leise wie ein Schnurren.

»Gleich«, sagte er.

Die Kajütentür klappte zu; er wandte nicht einmal den Kopf. Das Schiff direkt über ihm, mit der rostigen Ankerkette und dem von Vogelscheiße bekleckerten Rumpf, war plötzlich etwas Faszinierendes, Fesselndes, außergewöhnlich und einmalig auf der Welt. Er dachte an nichts. Der Wind war schneidend. Er zählte dreißig Sekunden ab und wollte sich gerade umdrehen und dem Unvermeidlichen stellen, als plötzlich etwas – eine leichte Verschiebung der Schatten, eine verstohlene Bewegung – seine Aufmerksamkeit erregte. Dort oben. Hoch oben an der Reling des Schiffs.

Es war fast dunkel. Er war sich nicht sicher. Aber doch, da war es schon wieder: Irgend etwas lief dort oben herum. Ein Vogel? Eine Ratte? Er bemühte sich, die Stelle genau im Auge zu behalten, doch irgendwann mußte er wohl geblinzelt haben – denn plötzlich sah er etwas auf der Reling hocken, wo einen Sekundenbruchteil zuvor noch nichts gewesen war. Von unten, vor der mächtigen, steil aufragenden Schiffswand, sah es aus wie ein Hut – mit breiter Krempe und hoher Krone, von einer Art, die seit Jahrhunderten aus der Mode war, ein Hut, wie ihn die Pilgerväter getragen haben mochten, oder Rembrandt persönlich. In diesem Augenblick, während Walter noch über die schattenhafte Erscheinung nachsann, deutete sich auf einmal ein seltsames, furzendes Geräusch an in der Nische zwischen dem Klatschen der Wellen und dem Ächzen des Windes, ein Geräusch, das Erinnerungen an die Grundschule, an Spielplätze und Sportstadien mit sich brachte: Jemand verspottete ihn hörbar.

Walter sah nach rechts, dann nach links. Er sah nach hinten, nach oben, riß die Bootskiste auf, spähte über die Reling, suchte den Himmel ab – vergebens. Das Geräusch schien von überall und nirgendwo zu kommen, hörte sich an wie ins Gefüge der Nachtluft selbst gewoben. Der Hut lugte immer noch über die Reling des verrotteten Frachters vor ihm, und Mardi – er konnte sie durch die kleinen rechteckigen Fenster erkennen – saß immer noch bequem in der Kajüte. Der furzende Ton wurde lauter, schwoll ab und wieder an, und allmählich merkte Walter, wie ihn ein sonderbares Gefühl beschlich, ein Déjà-vu, ein Gefühl, das zur Vergangenheit gehörte, zum Tag seines Unfalls.

Ja genau, als er jetzt wieder hinaufsah, standen an der Reling des Schiffs dicht gedrängt zerlumpte Gestalten – Penner, dieselben Penner, die er in der Nacht des Unfalls gesehen hatte –, und jeder einzelne ließ die Zunge zwischen den Lippen vibrieren. Und dort, mitten unter ihnen, hockte ihr Rädelsführer – der kleine Kerl in den weiten Hosen und den Arbeitsstiefeln, den sein Vater Piet genannt hatte. Piets Miene war ausdruckslos – stoisch wie die eines Scharfrichters –, und der altmodische Hut saß ihm jetzt auf dem Kopf wie ein umgestürzter Milchkrug. Als Walter ihn genauer betrachtete, sah er, wie der Zwerg die Zungenspitze zwischen den eng zusammengepreßten Lippen hervorschob, um den höhnischen Chor mit seinem eigenen dünnen, aber deutlich unterscheidbaren Beitrag zu verstärken.

Da stand also Walter, der Empiriker, auf dem Deck einer Kreuzfahrtyacht mitten auf dem dunklen Hudson, in der Nacht vor Allerheiligen, sah sich mit einem Mob spottender Phantome konfrontiert und wußte nicht, was er als nächstes tun sollte. Er halluzinierte. Irgend etwas stimmte nicht mit ihm. Er würde zum Psychiater gehen, sich den Kopf bandagieren lassen – irgendwas. Aber vorerst fiel ihm nur eine einzige Reaktion ein, die altbewährte Antwort aus der Schule, wenn ihm jemand die Zunge herausgestreckt und dieses Geräusch gemacht hatte: Er reckte ihnen den Mittelfinger entgegen. Alle beide. Und dann fluchte er los, verfluchte sie mit wütender, rauher, kreischender Stimme, bis er heiser wurde, bohrte die ausgestreckten Mittelfinger in die Luft, und seine Füße tanzten in zorniger Ekstase.

Alles schön und gut. Aber sie waren verschwunden. Er beschimpfte ein verlassenes Schiff, beschimpfte leere Decks und Kojen, in denen seit über zwanzig Jahren niemand mehr geschlafen hatte, beschimpfte toten Stahl. Das prustende Geräusch war völlig verschwunden, und das einzige, was er noch hörte, war das Flüstern einer menschlichen Stimme in seinem Rücken. Mardis Stimme. Er drehte sich um und sah sie in der Kajütentür. Die Tür stand offen, und sie war nackt. Er sah ihre Brüste – seidig und glatt, spitz zulaufend, er erinnerte sich an diese Brüste aus der Nacht seines Zusammenstoßes mit der Geschichte. Er sah ihren Nabel und darunter den faszinierenden Haarbusch, sah ihre Füße, ihre Waden, ihre festen Schenkel, sah die Heizspirale in der abgedunkelten Kajüte hinter ihr einladend glimmen. »Walter, was machst du denn?« fragte sie mit einer Stimme, die ihn wachrubbelte. »Sag mal, ich warte doch auf dich.«

Das Blut schoß ihm aus dem Kopf in die Lenden.

»Komm rein und wärm dich auf«, flüsterte sie.

Es war nach sieben, als die »Catherine Depeyster« in den Bootshafen getuckert kam. Walter war spät dran. Um halb sieben hätte er im »Elbow« sein sollen, und zwar kostümiert, um Jessica und Tom Crane dort zu treffen. Sie wollten etwas trinken und dann auf eine Party in der Colony fahren. Aber Walter würde sich verspäten. Er war draußen auf dem Fluß gewesen und hatte mit Mardi Van Wart gevögelt. Beim erstenmal – an der Kajütentür – hatte er sich praktisch auf sie geworfen, nach ihrem Fleisch gegrabscht wie ein geiler Satyr, wie ein Sittenstrolch, all seine Dämonen konzentriert auf den Schlitz zwischen ihren Beinen. Das zweite Mal war ruhig, behutsam, liebevoll. Sie streichelte ihn, fuhr mit der Zunge über seine Brust, hauchte ihm ins Ohr. Er streichelte sie ebenfalls, verweilte lange bei ihren Brustwarzen, hob ihren Körper über sich – er vergaß sogar für Augenblicke den verkrüppelten, abgerissenen Stumpf seines Beines und das leblose Stück Plastik, in dem es endete. Jetzt, während er ihr beim Vertäuen der Yacht half, wußte er nicht genau, was er empfand. Schuldgefühle auf jeden Fall. Schuldgefühle und das heftige Bedürfnis, ihr die Hand zu schütteln, einen Kuß aufzudrücken oder so und dann zu verschwinden. Sie hatte erzählt, sie fahre noch auf eine Party nach Poughkeepsie, und er könne mitkommen; er hatte gestottert, daß er im »Elbow« mit Jessica und Tom verabredet sei.

Er beobachtete ihre Miene, als sie die Taue verknotete und ihre Sachen einpackte. Sie war unverbindlich. Er dachte an sein Motorrad, einen schnellen Abgang, überlegte sich schon eine passende Entschuldigung für Jessica und wie er wohl in den verbleibenden fünf Minuten noch rasch irgendein Kostüm auftreiben könnte.

Mardi richtete sich auf und wischte die Hände an der Öljacke ab. »Hey«, sagte sie heiser, fast flüsternd. »Das hat Spaß gemacht. Wollen wir das mal wieder machen, irgendwann?«

Er wollte gerade sagen: ja, nein, vielleicht, als plötzlich das Bild des Geisterschiffs vor ihm aufstieg und er das Gefühl hatte, sein Bein – das gesunde – würde gleich einknikken und ihn auf die kalten, harten Planken des Piers werfen. Er wurde verrückt, das mußte es sein. Hatte Erscheinungen. Halluzinierte wie einer der Quatschköpfe in Matteawan.

»Na?« sagte sie, umfaßte seinen Arm und schmiegte sich an ihn. »Du hast es doch schön gefunden, oder?«

In diesem Moment bemerkte er die Gestalt im Schatten am Ende des Piers. Er dachte an einen Raubüberfall, an einen Halloween-Schabernack, er dachte an Jessica und an seinen Vater. »Hallo?« rief er. »Ist da jemand?«

Das Licht war schlecht, der Himmel stockdunkel, nur eine einzelne Laterne erhellte die tote Geometrie aus Masten und Kränen am Ende der Anlegestelle. Walter spürte, wie sich Mardi neben ihm anspannte. »Wer ist da?« fragte sie.

Ein Mann schälte sich aus dem Schatten und kam auf sie zu, die Bretter des Piers stöhnten unter seinen Schritten. Er war groß, seine Schultern wirkten wie nachträglich angehämmert, er trug ein kariertes Flanellhemd, das trotz der Kälte bis zum Nabel offenstand, und sein ergrauendes Haar fiel in einem dicken geflochtenen Zopf den Rücken hinab. Walter schätzte ihn auf fünfundfünfzig oder sechzig. »Bist du das, Mardi?« fragte der Mann.

Sie ließ Walters Arm los. »Meine Güte, Jeremy, du hast uns zu Tode erschreckt!«

Er stand jetzt vor ihnen, grinste übers ganze Gesicht. Zwei Vorderzähne hatten goldene Ränder, und er trug eine Halskette aus Knochen, von der eine einzelne weiße Feder baumelte. »Buh!« machte er mit gebrochener, asthmatisch rasselnder Stimme. Dann stellte er die Standardfrage der bettelnden Kinder an Halloween: »Was ist dir lieber: gute Miene oder böses Spiel?«

Mardi grinste jetzt ebenfalls, Walter aber blickte verdrießlich drein. Ganz egal, was sich hier ergab, er wollte nichts damit zu tun haben. Sehnsüchtig sah er zu seiner Maschine hinüber, dann wandte er sich wieder dem Fremden zu. »Ich mach lieber die gute Miene«, sagte Mardi.

»Tja, sieht ja auch aus, als hättest du dein Spielchen schon gehabt«, sagte der Mann und lächelte Walter schief an.

»Oh«, sagte sie und packte Walter von neuem am Arm, »ach so« – hier schlug sie sich flüchtig gegen die Stirn, als wäre ihr etwas eingefallen. »Das hier ist mein Freund –«

Doch der Indianer – denn daß es ein Indianer war, wurde Walter jetzt schlagartig klar – schnitt ihr das Wort ab. »Ich kenne dich«, sagte er und sah Walter tief in die Augen.

Walter hatte ihn noch nie zuvor gesehen. Er spürte, wie sich ihm der Magen zusammenzog. »Ach ja?«

Der Fremde zerrte am Kragen seines Arbeitshemdes und verzog das Gesicht, als würde er gewürgt. Dann spuckte er aus und starrte Walter an. »Sicher«, knurrte er. »Van Brunt, stimmt's?«

Walter war wie betäubt. »Aber, aber woher –?«

»Ihr zwei Kröten könntet aus demselben Ei geschlüpft sein, du und dein Vater.«

»Sie haben meinen Vater gekannt?«

Der Indianer nickte, senkte den Kopf und spuckte nochmals aus. »Allerdings hab ich den gekannt«, erwiderte er. »Ja, ich hab ihn gekannt. Das war ein echter Scheißkerl.«

Mohonk oder Eine Dolchstoßlegende

Geboren war er 1909 in der Shawangunk-Reservation in Jamestown, New York, als grünäugiger Sohn eines grünäugigen Vaters. Seine Mutter, eine *ye-oh* vom Stamm der Seneca, deren kriegerische Ahnen von niemand anderem als George Washington persönlich befriedet worden waren, hatte Augen so schwarz wie Oliven. Ohne diese schwarzen Augen und das dahinter versteckte streitlustige Temperament in Rechnung zu ziehen, folgte Mohonk *père* dem patrilinearen Brauch seines eigenen Stammes, der Kitchawanken, deren vermutlich letzter lebender Angehöriger er war, und gab seinem Sohn den Namen Jeremy Mohonk junior. Die Mutter war hell empört. Ihr Volk, die harten Krieger aus dem Norden, sah für die Herkunft den Mutterleib als ausschlaggebend an. Der Junge war, so beharrte sie, von Rechts wegen ein Seneca und mußte Tantaquidgeon heißen. Falls er innerhalb des Clans heiratete, würde er damit sogar Inzest begehen. Doch Mohonk der Ältere blieb ungerührt. Zweimal im ersten Daseinsmonat von Klein Jeremy schlug er seiner Frau einen halbfertigen Schneeschuh auf den Kopf, und nach einem besonders vehementen Disput jagte er sie einmal sogar über den Futterplatz von Jamestown, in der Hand ein Pflanzholz, dessen scharfe Spitze es zu einem tödlichen Speer machte.

Dieser Streit gipfelte in einer informellen Messerstecherei zwischen Mohonk *père* und seinem Schwager Horace Tantaquidgeon. Die beiden schuppten am Ufer des Conewangos Fische ab – Gelbbarsche, Zander, Muskellungen. Ihre Messer blitzten in der Sonne. Mohonk *fils*, der kaum den Kopf geradehalten konnte, saß festgeschnallt auf dem Rücken seiner Mutter und starrte hinauf ins tanzende Grün der Bäume und in den gleichmütigen, unbewegten Himmel, der sich überall rings um ihn erstreckte, ozeanisch und blau. Die Hände der Männer trieften vor Blut, vor Schleim. Durchscheinende Schuppen klebten an ihren Unterarmen. Kein Geräusch war zu hören außer dem Schaben der Messer und dem wilden Gebrumm der Fliegen. Plötzlich, ohne jede Vorwarnung, stand Horace Tantaquidgeon auf und stieß dem vorletzten Kitchawanken das Messer in den Rücken. Zitternd blieb es stecken, das Heft ragte wie ein langer Splitter zwischen den Graten zweier Lumbalwirbel hervor.

Einen Moment lang geschah gar nichts. Mit nacktem Oberkörper und fleckigen Arbeitshosen kauerte Mohonk der Ältere weiterhin unverändert über seinem Fischhaufen. Und dann gefror auf einmal sein Blick, als er begriff, er fiel auf den Hintern, saß aufrecht zwischen den zerhackten, glotzenden Fischen, die unter ihm hervorglitschten, als wären sie zu neuem Leben erwacht... aber er blieb nicht einfach so sitzen, er sank langsam nach hinten; seine Beine, sein Bauch, seine Eingeweide waren plötzlich taub geworden, sie schwebten ihm davon wie abgeschnittene, mit Helium gefüllte Luftballons.

Die Tantaquidgeons waren zerknirscht und reumütig. Horace zog einen zerknitterten Schein aus der Rolle mit acht Dollar, die er in einer vergrabenen Kalebasse hinter seinem Haus hortete, ging zu Fuß die sechs Meilen nach Frewsburg und erstand von der Witwe eines Weißen, der im Spanisch-Amerikanischen Krieg verkrüppelt worden war, einen Rollstuhl. Den schob er den weiten Weg entlang der staubigen Straße zurück nach Hause in die Reservation. Und Mildred, die zänkische Gattin, war nicht länger zänkisch. Nicht nur überging sie fortan das Thema der Abstammung des kleinen Jeremy (der Junge war seines Vaters Sohn, ein Kitchawanke, einer der zwei überlebenden Mitglieder des einst so mächtigen Schildkröten-Clans und der rechtmäßige Erbe des Stammeslandes der Kitchawanken im Süden, und damit Schluß), sondern sie widmete auch den Rest ihres Lebens der Pflege ihres Mannes. Sie kochte ihm Opossum und Wildbret, sammelte im Wald Beeren für ihn, fettete ihm das Haar ein und windelte ihn wie einen zweiten Sohn. All das war auch nötig, und mehr als das. Denn Jeremy Mohonk, der Nachfahre unzähliger Kitchawanken, vorletzter seines Volkes, sollte nie wieder laufen können.

Dort in der Reservation, wo das Licht etwas war, das der sichtbaren Welt ihre Pracht verlieh, wo Flüsse sich vereinten, Bären umherstreiften und die Wolken sanft wie die Hand einer Mutter die sinkende Sonne umfingen, wuchs der Junge zum Manne heran. Er lauschte dem Tau, der des Nachts aufs Gras niedersank, sah der Sonne zu, wenn sie am Morgen aus den Bäumen emporstieg, jagte Wild, spießte Frösche auf, angelte und kletterte und schwamm. In der Reservationsschule lernte er lesen und schreiben, und ein weißer Mann mit gestärktem Kragen und einem Gesicht wie eine überreife Pflaume erzählte ihm dort von Amerigo Vespucci und Christoph Kolumbus; abends hockte er neben dem Rollstuhl seines Vaters und entdeckte die Geschichte seines Volkes.

Sein Vater saß steif und kerzengerade da, die Arme, die sich beharrlich gegen die Taubheit in Unterleib und Eingeweiden anspannten, auf die Stuhllehne gestemmt. Die Verletzung hatte ihn hager gemacht, er schien von Jahr zu Jahr, von Tag zu Tag dünner zu werden, als hätte Horace Tantaquidgeons Klinge seinen Geist wie Luft aus dem Körper entweichen lassen, so daß nur eine leere Hülle zurückgeblieben war. Trotzdem erzählte er die alten Legenden mit kräftiger, überzeugender Stimme, erzählte sie im Einklang mit dem Atem der Geschichte. Beim erstenmal war Jeremy kaum älter als vier oder fünf gewesen; als er sie zum letztenmal hörte, war er ein erwachsener Mann von achtzehn Lenzen.

Sein Vater erzählte ihm, wie Manitou seine Große Frau auf die Erde gesandt hatte, und sie hatte sich in das Wasser gehockt, das damals alles bedeckte, und das feste Land geboren. Unverzagt nach dieser gewaltigen Entbindung kreißte sie gleich noch einmal und gebar die Bäume und die Pflanzen, und zuletzt drei Tiere: das Reh, den Bären und den Wolf. Von diesen stammen alle Menschen auf Erden ab, und jeder von ihnen – Mann, Frau und Kind – besitzt das Wesen eines dieser Tiere. Es gibt jene, die unschuldig und zaghaft sind wie das Reh; jene, die tapfer, verläßlich und nachtragend sind wie der Bär; schließlich jene, die falsch und blutrünstig sind wie der Wolf.

Abgezehrt, mit verhärmtem Gesicht und bis auf die Knochen eingefallenen Wangen, saß Mohonk der Ältere da, auf dem Kopf den Zylinder, den ihm die Tantaquidgeons als Teilwiedergutmachung für die Verletzung geschenkt hatten, und erzählte seinem Sohn von Gott und dem Teufel, von Seelen und Geistern, die den Dingen innewohnen, von *pukwidjinnies, neebarrawbaigs* und den Klabautermännern, die in den stillen, abgeschiedenen Lagunen des Hudson spuken. Jeremy war elf, dann zwölf, dann vierzehn. Sein Vater starb dahin, doch die Geschichten nahmen kein Ende. In der Schule lernte er, daß Lincoln die Sklaven befreit habe, daß zwei die Quadratwurzel von vier und alles auf der Erde aus Atomen aufgebaut sei. Zu Hause saß er mit seinem Vater vor dem Kamin und sah zu, wie die Seele der Flammen mit den Fühlern über ein knisterndes Holzscheit tastete.

Nach dem Tode seines Vaters sah der Letzte der Kitchawanken keinen Grund mehr, noch länger in der Reservation herumzuhängen. Seine Mutter, jene alte Feindin seines Stammes und Verräterin seines Vaters, nahm einen neuen Ehemann, ehe das Gras auf dem Grab gelb geworden war. Horace Tantaquidgeon, der ihn jagen und fischen und tönerne Kochtöpfe brennen gelehrt hatte, kehrte ihm den Rücken, als wäre mit dem Tod seines Vaters die alte Schuld beglichen. Jeremy hatte zwar die Schule abgeschlossen, ein Weißendiplom in der Tasche, dennoch stand er in Jamestown vor verschlossenen Türen. Hey, Häuptling, riefen ihm die Leute auf der Straße zu, wo ist denn dein Wigwam? He, du da, Geronimo! Nein, Jamestown konnte er vergessen. Daher war es für ihn eine ganz natürliche Entscheidung, seine Habe in ein Bündel zu pakken – das Messer, das seinem Vater den Boden unter den Füßen weggeschnitten hatte, einen Schlafsack aus Bärenfell, zwei Streifen gedörrten Aal, eine zerlesene Ausgabe von Ruttenburrs »Indianerstämme im Gebiete des Hudson« und den Wirbelstrang eines Störs, den sein Vater immer um den Hals getragen hatte, als Erinnerung an die Charakterlosigkeit der Fische – und nach Osten zu gehen, am Susquehanna und am Delaware entlang, dann über die Catskill Mountains zur Bear Mountain Bridge, jener funkelnden Krone moderner Technologie, und über den sagenumwobenen Strom in die Hügel von Peterskill.

Es überraschte ihn beinahe, daß auf diesen Hügeln Häuser standen, daß die Straßen mit Ziegel- und Kopfstein gepflastert waren und sich überall Autos und Telegrafenmasten aneinanderreihten. Wer so wie er mit Legenden gespeist worden war, erwartete anderes. Wenn schon nicht tauschimmernde Wälder, frei dahinströmende Bäche und offene Lagerfeuer, dann doch zumindest einen verschlafenen holländischen Weiler mit auf der Straße dösenden Hunden und einer mittäglichen Stille, die einem bis ins Mark drang. Er wurde bitter enttäuscht. Denn 1927 fieberte Peterskill noch im klirrenden Taumel der industriellen Revolution: alles arbeitete, daß die Fetzen flogen, und die Dollars sprudelten nur so; für einen Indianer aus der Reservation war es ein schmutziges Gewimmel, das Inferno schlechthin. Andererseits kein übler Ort zum Untertauchen. Keiner erkannte einen Indianer auf der Straße. Es wußte ja keiner, was Indianer überhaupt waren. Hier kannte man Polacken, Spaghettis, Slawomirs, irische Suffköppe, Krämerjuden, gelegentlich sah man auch mal einen Nigger – aber einen Indianer? Indianer trugen Stirnbänder und komische Unterhosen und wohnten in Tipis drüben im Westen.

In den Arbeitshosen und dem ausgebleichten Flanellhemd aus der Reservation, das Haar kurz geschoren mit der Klinge, die in seinem Vater gesteckt hatte, erschien Jeremy eines Morgens um 7.00 Uhr am Tor der Gießerei Van

Wart und fragte nach Arbeit. Eine halbe Stunde später schlängelte er sich, Hammer und Feile in der Hand, zwischen Kesseln mit rotglühender Schmelze hindurch und hackte klumpenweise Gußgrate von den Eisenstücken. In der ersten Woche schlief er in einem Büschel Wasserpfeffer nahe der Mündung des Acquasinnick Creek, wo ihn zweimal der Regen überraschte; sobald er den ersten Lohn in der Tasche hatte, nahm er ein Zimmer in einer Pension am westlichen Ende der Van Wart Road. Von dort wanderte er an den kürzer werdenden Samstagnachmittagen und an windigen Sonntagen zu den Hügeln hinauf, um mit dem Geist seiner Ahnen Einkehr zu halten.

Auf einer dieser Wanderungen traf er Sasha Freeman.

Ohne irgendein Gepäckstück, an dem ein zufälliger Beobachter ihn als den harmlosen Spaziergänger und Naturliebhaber hätte erkennen können, der er war – weder Rucksack noch Alpenstock, keine Feldflasche, keine in Pergamentpapier gewickelten Butterbrote –, stiefelte Jeremy eines warmen Septembernachmittags zum Van Wart Creek hinauf, mied die Straßen und hielt sich abseits der Hütten und Höfe. Er wollte nicht auf Zäune oder Verbotsschilder stoßen, keinen Wachhunden oder neugierigen weißen Gesichtern begegnen. Weiße Gesichter sah er bei der Arbeit zur Genüge. In seinem ureigenen Element, in den Wäldern, die sein Volk hervorgebracht hatten, wollte er sehen, wie die Hirsche zum Trinken an den Bach kamen, wie die Wachtel im Gras nistete, er wollte die Forellen in der Strömung wedeln sehen und sich an Schnelligkeit mit jener messen, die sein Mittagessen werden sollte... mit Antipathie hatte es nichts zu tun, aber außerhalb der Mauern der Gießerei wollte er die Welt so sehen, wie sie gewesen war, und weiße Gesichter gehörten da nicht hinein.

Doch es war ein weißes Gesicht, das ihn plötzlich erschreckt aus einem Berglorbeerbusch ansah, als er um eine Biegung des Baches kam und behende, ohne sich dessen bewußt zu sein, über eine umgestürzte Birke flankte.

Das Gesicht war bärtig, mit Brille und schmalen, mißtrauischen Augen, und es saß auf dem blassen Körper eines splitternackten Mannes, der ein Buch in der Hand hielt. Jeremy erstarrte mitten in der Bewegung, mindestens ebenso verblüfft wie der nackte Mann, der sich dort unter dem Lorbeerbusch ausstreckte wie im eigenen Bett, und war etwas unsicher, ob er im Unterholz verschwinden oder seinen Weg einfach fortsetzen sollte, als wäre nichts passiert. Doch ehe er sich für das eine oder andere entscheiden konnte, kam der Weiße auf die Beine; er hüpfte in eine ausgebeulte kurze Hose hinein, rief einen Gruß und streckte freundlich die Hand aus, alles gleichzeitig. »Sasha Freeman«, sagte er und drückte dem Indianer die Hand, als hätte er ihn schon den ganzen Tag erwartet.

Jeremy starrte verwundert auf ihn hinunter. Er war mindestens einen Kopf größer als der Fremde, der schmal und mit hängenden Schultern vor ihm stand, mit der Muskulatur eines heranwachsenden Mädchens und wild wuchernden schwarzen Locken, die ihm wie ein Pelz auf Armen und Beinen, auf dem Rücken, sogar auf Händen und Füßen sprossen. Etwas spärlicher wuchs sein Haar offenbar nur auf dem Kopf, denn dort dünnte es bereits etwas aus, obwohl er kaum älter als zwanzig sein konnte. »Auch ein Frischluftfanatiker, nehme ich an?« sagte der Fremde und blinzelte zu den Bäumen hinauf.

»Sicher«, murmelte Jeremy und schüttelte abwesend die dargebotene Hand. »Frischluftfanatiker. Ja, genau.« Er war verlegen, ungeduldig, wütend auf diesen Fremden, der seine Einsamkeit störte; am liebsten wäre er weiter den Bach entlanggewandert, hätte den Zufluß erkundet, der zur Linken von dem dicht bewaldeten Hügel heruntersprudelte. Doch Sasha Freeman grinste wie ein irres Pferd, hüpfte wild herum, faßte ihn am Arm, offerierte Sandwiches, etwas zu trinken, einen Platz auf der Decke, und aus irgendeinem Grund – aus Einsamkeit oder weil er nett sein wollte – setzte sich Jeremy zu ihm.

»Also, wie sagtest du, heißt du?« Sasha Freeman reichte

ihm ein mit Eiern belegtes halbes Sandwich und eine Blechtasse mit Obstpunsch.

»Mohonk«, sagte Jeremy und sah beiseite. »Jeremy Mohonk.«

»Mohonk«, wiederholte der Fremde nachdenklich, »den Namen habe ich noch nie gehört, glaube ich. Ist das eine Art Abkürzung für irgendwas?«

Das war es in der Tat.

»Kommt von Mohewoneck«, sagte Jeremy und starrte auf seine Schuhe. »Das war ein großer Häuptling meines Stammes.«

»Deines *Stammes*?« Mit der drahtgefaßten Brille wirkte Sasha Freeman ohnehin wie ein wirrer Student, und jetzt war er vollkommen verdutzt. »Dann bist du … dann bist du also ein –?«

»Stimmt genau«, sagte Jeremy und fühlte sich stark werden, als wäre er ein fest verwurzelter Baum, als zöge alle Stärke des Bodens, in dem seine Urahnen begraben lagen, mit einem Mal in ihn ein. Er hatte es immer für sich behalten, aber jetzt sprach er es aus. »Ich bin der Letzte der Kitchawanken.«

Es war der Anfang einer Freundschaft.

In den nächsten zwei Jahren – bis zum Ausbruch der Wirtschaftskrise, die Sasha zwang, wieder zu seinen Eltern in die Lower East Side zu ziehen, und der Gießerei den Garaus machte, so daß Jeremy seine Stelle verlor und die Pension verlassen mußte, um bei Rombout Van Wart sein Geburtsrecht einzufordern – trafen sie fast jedes Wochenende zusammen. Keiner von beiden besaß ein Auto, daher fuhr Sasha mit dem Fahrrad vom Haus seiner Großeltern in der Kitchawank Colony herüber, und dann wanderten sie am Fluß entlang, angelten in den Buchten oder kletterten auf einen der Gipfel der Highlands und übernachteten dort wie Jeremys Vorfahren, in einem Wigwam aus geflochtenen Zweigen. Oder sie nahmen den Zug nach New York und gingen in den neuesten Film von Chaplin, Pickford oder Fairbanks, hörten Vorträge über die Volksrevolution in Rußland oder besuchten Versammlungen der Industrial Workers of the World.

Sasha Freeman seinerseits, Stadtkind und Schriftsteller in spe, der in jenem Herbst 1927 sein Examen an der New York University gerade drei Monate hinter sich hatte und für ein Trinkgeld an der Freien Schule der Colony unterrichtete, fand in Jeremy den Weg zu einem älteren, tieferen Wissen. Es war, als hätte die Erde sich aufgetan und die Felsen zu sprechen begonnen. Jeremy lehrte ihn nicht nur, wie man einen Fuchs von einem Reh am Laufgeräusch unterschied oder welche Kräuter wie zubereitet man gegen Nesselausschlag, Mitesser und Diphtherie auflegte, vermittelte ihm nicht nur die Fähigkeit, ohne viel mehr als die eigenen Kleider am Leib im Wald zu überleben – nein, er gab ihm mehr, viel mehr. Er gab ihm seine Geschichten: Legenden. Historisches Wissen. Sie saßen ums Lagerfeuer gedrängt, auf Anthony's Nose oder Breakneck Ridge im stiebenden Schnee, und Sasha Freeman erfuhr die Geschichte von Jeremys Volk, einem Volk, das ebenso in der Diaspora lebte wie sein eigenes, in Reservationen zusammengetrieben, die ihn an die Gettos von Krakau, Prag und Budapest erinnerten. Er lauschte den Erzählungen von Manitous Großer Frau, von Horace Tantaquidgeons Verrat, von der Indianerschule und dem Chauvinismus des pflaumengesichtigen Oberlehrers im gestärkten Kragen. Der Rauch stieg zum Himmel auf. Es wurde Frühling, Sommer und wieder Herbst. Der Indianer grub jede Legende, jede Erinnerung aus, gab seine Geschichte preis, als wäre es ein Letzter Wille.

Acht Jahre später veröffentlichte Sasha Freeman sein erstes Buch, eine Polemik mit dem Titel ›Marx unter den Mohikanern‹. Darin ließ er den erhabenen Vater des Kommunismus in die Zeit der Ureinwohner Amerikas zurückreisen und Punkte gegen den Sklavenstaat der modernen Industriegesellschaft sammeln. Was machte es schon, wenn nur siebenundfünfzig Exemplare verkauft wurden, die Hälfte davon bei einer Versammlung der Liga der Jungen Sozialisten, zu der sechs seiner Cousins aus der Pearl Street gekommen waren? Was machte es schon, daß es in einem Keller gedruckt worden war und der Einband aus Papier zerfiel, wenn man nur zweimal scharf hinsah? Es war ein Anfang.

Und was bekam Jeremy als Gegenleistung? Vor allem einen Freund – Sasha Freeman war der erste Weiße, den er je zum Freund gehabt hatte, und auch sein einziger Bekannter in Peterskill. Aber das war noch nicht alles. Auch Jeremy war zu einer neuen Denkungsart erwacht, zu einem neuen Blickwinkel auf die Welt, die sein Volk aufgefressen hatte wie Lämmer auf der Weide: Er wurde radikal. Sasha nahm ihn mit zu geheimen Treffen der I. W. W., lieh ihm ›Zehn Tage, die die Welt erschütterten‹ und ›Der 18. Brumaire des Louis Bonaparte‹, gab ihm Marx, Lenin und Trotzki, Bakunin, Kropotkin, Proudhon und Fourier zu lesen. Jeremy lernte, Eigentum sei Diebstahl und die umstürzlerische Tat die wirksamste Propaganda. Vor einer Schuhfabrik in Paramus, New Jersey, wurde er von gedungenen Schlägern verprügelt, auf den Straßen von Brooklyn, Queens und im unteren Manhattan bekam er Totschläger, Gummiknüppel, Schlagringe und Dachlatten zu spüren, doch das machte ihn nur härter. Sein Volk hatte das Land nie besessen, sondern bewohnt, hatte mit ihm gelebt, als Teil dieses Landes. Sie hatten nichts gekauft und verkauft oder Produktionsmittel enteignet – sie hatten in ihren Clans gelebt, zusammengearbeitet, gemeinsam gesät und geerntet, das Wild miteinander geteilt, ihre Kleider und Werkzeuge aus Naturprodukten hergestellt. Genau. Erst die Weißen – die Kapitalisten mit ihrer Gier nach Fellen, Holz und Grundbesitz – hatten alles verändert, eine großartige, eine freigebige, eine kommunistische Gesellschaft erdrosselt. Sasha Freeman schrieb ein Buch. Jeremy Mohonk stieg den Hügel zu Nysen's Roost hinauf, einem sagenumwobenen Ort, der wie kein anderer zu ihm sprach, und schlug Rombout Van Wart nieder – das Symbol, den Prototyp des Enteigners –, klatschte ihn zu Boden wie eine Fliege.

Im Zuchthaus war er widerborstig, hart und unnachgiebig wie die Steinblöcke, die bei der Errichtung des Baus übereinandergestapelt worden waren. Das ist so Vorschrift, sagte der Wärter, als er ihn durchs Eingangstor und den langen Gang entlang auf den Friseurstuhl führte. Mohonk hatte sein Haar wachsen lassen, bis es ihm in einem armdicken Zopf den Rücken hinunterhing, und den Wirbelstrang des Störs trug er um die Stirn geschlungen wie Gummiband. Und während er dünn und schlaksig gewesen war, als er Sasha Freeman kennengelernt hatte, war er jetzt achtzehn Kilo schwerer – und nahm weiter zu. Vier Männer mußten ihn niederhalten, als man ihm den Kopf kahl schor. Sie rissen ihm den Wirbelstrang von der Stirn und warfen ihn zum Müll. Um ihm Benehmen beizubringen, bekam er erst mal drei Wochen Einzelhaft.

Als die drei Wochen um waren, wies man ihm eine Doppelzelle zu. Sein Mitinsasse war ein weißer Einbrecher, dessen Haut die Farbe von rohem Teig hatte und über und über mit Tätowierungen verunstaltet war wie mit Blaubeerflecken. Jeremy redete kein Wort mit ihm. Er sprach mit gar niemandem – weder mit den anderen Häftlingen, den Wärtern und Kalfaktoren noch mit dem armseligen Fettarsch von Priester, der alle paar Monate den Kopf durch die Zellentür steckte. Er haßte einen wie den anderen, die ganze Rasse, die sein Blut besudelt, sein Land gestohlen und seine Freiheit geraubt hatte, die Rasse der geldgeilen Kapitalisten. Er war zwanzig, und für jedes Jahr, das er gelebt hatte, mußte er ein Jahr absitzen: zwanzig Jahre, hatte der Richter intoniert, mit Worten, so gellend wie sein herabknallender Hammer. Zwanzig Jahre.

Im zweiten Monat nahm ihn einer der Wärter – ein schwabbeliger, verpickelter Kerl, ein ungebildeter Ire aus Verplanck – aufs Korn und reizte ihn mit all den alten Spottnamen: Häuptling, Hiawatha, Squaw, Hundefresser. Als Jeremy nicht darauf reagierte, trieb es der Ire noch weiter, indem er ihn kübelweise mit Dreckwasser überschüttete, durch die Gitterstäbe anspuckte und mitten in der Nacht für sinnlose Inspektionen weckte. Jeremy hätte ebensogut taubstumm oder eine Steinskulptur sein können. Nie wehrte er sich, sagte irgend etwas dazu, brachte Erstaunen oder Unruhe zum Ausdruck. Doch eines Morgens, in aller Frühe, als die Lampen gegen das Grau der Dämmerung ihre Kraft verloren, stand er bereit, wartete im Schatten der Zellenwand. Der Ire machte seinen Rundgang zum Wecken, marschierte mit dem Knüppel durch den Zellentrakt und fuhr damit klirrend am Gitter entlang, hinter sich die Flüche, das Stöhnen, das Ächzen und Prusten der Männer, die sich aus ihren Betten wälzten. »Zeit zum Aufstehen!« rief er schadenfroh, wiederholte es ständig, während er sich Jeremys Zelle näherte, »los jetzt, auf die Beine!« Der Indianer lauerte ihm auf, reglos, wachsam wie auf der Pirsch nach Hirschen oder Bären. Und dann war der Ire da, der Knüppel knallte gegen das Gitter, seine Stimme war strafend und sadistisch: »Hey, Jeronimo. Hey, Arschloch. Raus aus'm Bett!«

Jeremy stieß beide Arme durch die Stäbe und packte ihn am Hals. Sie hatten ihn im Steinbruch schuften lassen, und sein Griff war so fest wie der Griff der Mohonks sämtlicher Generationen. Der Wärter ließ den Knüppel klappernd zu Boden fallen, zerrte verzweifelt an den Handgelenken des Indianers. Sein Gesicht war eine Pustel. Und schwoll an. Wurde rot und immer dicker. Nur Zentimeter entfernt. Jeremy mußte nur lange genug drücken und sie würde ein für allemal platzen. Aber plötzlich war jemand hinter ihm – sein Zellengenosse, dieser tätowierte Idiot –, brüllte und riß an seinen Armen, und dann kamen noch zwei, drei Wärter dazu, ihre Knüppel prasselten auf seine Hände, seine Finger nieder, der ganze Trakt war in hellem Aufruhr. Schließlich lösten sie seinen Griff, doch er packte dafür die fette weiche Hand von einem der anderen und quetschte sie so lange zusammen, bis er die Knochen knakken spürte. Dann waren sie in seiner Zelle, fielen gemeinsam über ihn her und ließen auf ihre Weise Gerechtigkeit walten.

Als es vorüber war, bekam er drei Monate Einzelhaft und an seine Strafe zwei Extrajahre angehängt.

So ging es während seiner gesamten Zeit in Sing-Sing. Er bekämpfte sie jede Minute – jede Sekunde – jeden Tages. Auch als der Krieg ausbrach und sie Straßendiebe, Einbrecher und Brandstifter entließen, damit sie gegen die Faschisten in den Krieg zogen, gab er nicht nach. »Die Faschisten seid ihr«, sagte er dem Direktor, dem Rekrutierungsoffizier, den Wärtern, die ihn ins Büro der Zuchthausleitung schleppten. »Die Revolution wird euch alle überrollen.« Es waren die ersten Worte, die man ihn seit Jahren hatte sagen hören. Die Zellentür fiel krachend hinter ihm zu.

Trotz all seiner Entschlossenheit, trotz seiner Härte machte ihn das Zuchthaus letztendlich doch mürbe. Er kannte Häftlinge, die hingerichtet wurden, sah Männer, die ihr ganzes Leben hinter Gittern verbracht hatten, mit krumm gewordenen Rücken und eingefallenen Gesichtern. Er war noch jung. Der Letzte seiner Sippe. Seine Aufgabe im Leben war es, etwas von dem zurückzuerlangen, was sein Volk verloren hatte, sich eine Frau mit reinem Blut zu suchen – eine Shawangunk, eine Oneida, zur Not eine Seneca wie sein Vater – und den Stamm am Leben zu erhalten. Er war dazu bestimmt, die Wälder zu durchstreifen, sich der alten Lebensweisen zu erinnern, die heiligen Orte zu ehren – es war ja kein anderer da, der es hätte tun können, kein einziger unter all den wimmelnden Horden, die sich wie Heuschrecken auf der Erde ausbreiteten. Dieses Wissen machte ihn gelassener. Die Kriegsjahre zogen vorbei, Sing-Sing war ruhig, unterbelegt. Er vermied Ärger. 1946, fünf Jahre vor Ablauf seiner vollen Haftdauer, ließ man ihn frei.

Um acht Uhr morgens an einem eiskalten, windigen Dezembermorgen trat er durch das Tor, in einem billigen Anzug und einem Mantel aus der Schneiderwerkstatt des

Gefängnisses, den lächerlichen Lohn für siebzehn Jahre Zuchthausarbeit tief in die Brusttasche geschoben. Bei Einbruch der Dunkelheit war er wieder auf Nysen's Roost, hockte am Lagerfeuer mit einer Dose Corned Beef und mit einem Messer aus einer Pfandleihe in Peterskill, einem Messer wie dem, das Horace Tantaquidgeon einst seinem Vater zwischen die Lendenwirbel gestoßen hatte, zu einer Zeit, die so weit entfernt schien wie der Anbeginn der Geschichte.

Er verbrachte dort ein ganzes Jahr, ehe ihn jemand bemerkte. Aus Holz und Teerpappe hatte er sich eine Hütte gebaut, etwa halb so aufwendig wie Thoreau vor hundert Jahren. Hatte sie unter der Weißeiche errichtet, an jenem Platz, der zu ihm sprach, genau da, wo vor zwanzig Jahren seine erste Hütte nur allzu kurz gestanden hatte. Was ihm fehlte – Nägel, eine Axt, Plastik zum Bespannen der Fenster –, eignete er sich von den Städtern an, die sich am Rande seines Reiches auf ihren Asphaltstraßen und den gemauerten Grillplätzen herumdrückten. Als der Gefängnisanzug in Fetzen fiel, machte er sich aus der Haut eines Rehs einen Lendenschurz und eine Weste. Der Tontopf, den er zum Kochen verwendete, war nach jahrhundertealtem Brauch geformt, bearbeitet und gebrannt.

Man schrieb das Jahr 1947, es wurde Herbst. Standard Crane, Peletiahs Sohn, ein hakennasiger, glupschäugiger Schlaks von Anfang Dreißig, jagte Eichhörnchen und stieß eines Morgens plötzlich auf die Hütte. Jeremy kam heraus, in seinem fleckigen Lendenschurz, die Schwingenfedern des Rotschwanzbussards ins Haar geflochten, und warf ihm einen vernichtenden Blick zu. Verwirrt senkte Standard den Lauf seiner Schrotflinte, schob sich die Mütze in den Nacken und kratzte sich am Kopf. Einen Moment lang war er so durcheinander, überrascht und verdutzt, daß er nur eine Serie von Räusperlauten von sich geben konnte, die der Indianer für einen rudimentären Jägerlockruf hielt. Dann aber brachte er, unter verlegenem Füßescharren, ein »Guten Morgen« hervor und erkundigte sich, ob er und Jeremy einander schon kennengelernt hätten. Der Indianer erinnerte sich an Van Wart und gab keine Antwort. Nach einer Weile tippte Standard an die Mütze und wanderte auf dem Pfad davon.

Doch Standard Crane war nicht Van Wart. Ebensowenig sein Vater Peletiah, der trotz einer bösen Erkältung, tränender Augen und einem schmerzenden Knie bei vier Grad unter Null den weiten Weg zur Hütte zu Fuß ging, um dieses Wunder zu bestaunen, diesen Indianer mit grünen Augen, der sein Land besetzt hatte. Jeremy erwartete sie. Vor der Hütte. Auf alles gefaßt. Doch Peletiah grüßte ihn nur mit einem Kopfnicken und nahm ungezwungen auf der roh gezimmerten Stufe neben ihm Platz. Standard, der seinen Vater hergeführt hatte, hielt sich im Hintergrund und grinste verlegen. Peletiah lud den Indianer auf eine Prise Kautabak ein, nachdem er ein Stanniolpäckchen aus der Innentasche seines rotschwarz karierten Jägermantels gezogen hatte; anschließend erzählte er in höchst nachbarschaftlichem Ton, er habe das Land dem verstorbenen Rombout Van Wart abgekauft.

Der Indianer war ein schwieriges Publikum. Den Tabak wies er mit einer so schroffen Gebärde ab, als wollte er Fliegen verscheuchen, dann ließ er das Gesicht zur Maske erstarren. Zwar verriet es seine Miene nicht, doch insgeheim vernahm er mit Freude, daß das Land sich nicht mehr im Besitz der Van Warts befand, und tiefste Befriedigung verschaffte ihm die Nachricht, daß der Dreckskerl, der ihn hinter Gitter gebracht hatte, nicht mehr unter den Lebenden weilte. So lauschte er, stumm wie die abgeschälten Stämme seiner Veranda, dem kurzatmigen weißen Mann, der mittlerweile bei der Geschichte des Grundstücks angelangt war und dabei um die Frage nach Jeremys Identität kreiste wie ein Moskito auf der Suche nach einem Fleck nackter Haut. Aber als Jeremy ihn mitten im Satz unterbrach und anfing, Proudhon zu zitieren, und mit allem Nachdruck feststellte, Eigentum sei Diebstahl und er habe das Stammesrecht, hier unter der heiligen Eiche zu leben, und alle Diebe und Enteigner mögen zum Teufel gehen, da überraschte ihn Peletiah.

Nicht nur konnte dieser knochendürre, triefäugige Weiße mit der spitzen Nase genausogut mit Zitaten um sich werfen, er war zudem seiner Meinung. »Na ja, auf dem Papier mag ich der Besitzer des Bodens sein«, sagte Peletiah, senkte den Kopf, um auszuspucken, und blickte dann in die Runde, ein versonnenes Lächeln auf den zusammengekniffenen Lippen, »aber in Wirklichkeit gehört das Land hier jedem, jedem Menschen auf Erden. Verbotsschilder wirst du hier keine finden.«

Jeremy sah zu den Bäumen auf, wie um für diese Erklärung eine Bekräftigung zu suchen, und starrte dann in die ausdruckslosen Augen des Eichhörnchenjägers. Standard lehnte mehr als sechs Meter weit entfernt an einem Baum und bohrte nachdenklich in der Nase. Bei der Erwähnung der Verbotsschilder machte er tief in der Kehle ein Geräusch, das wohl humorig und vergnügt klingen sollte, aber eher herauskam wie das Todesröcheln eines Ertrinkenden.

»Ich habe das Land gekauft, weil ich das Geld dafür aufbringen konnte, als niemand sonst welches hatte, und weil es für einen Spottpreis zu kriegen war«, erklärte Peletiah weiter. »Irgendwie hat es mir hier gefallen. Ich dachte, vielleicht baue ich mal ein Haus drauf, aber wie das eben so ist...« Er winkte müde ab. Er hatte schlaue Augen; das angedeutete Lächeln lag immer noch auf seinen Lippen. »Willst du es haben?« fragte er nach kurzer Pause. »Willst du hier wohnen, im Bach baden, im Wald umherstreifen? Nur zu. Es ist deins. Mach was draus.«

Zwei Jahre später dehnte Peletiah diese Einladung auf 20000 Gleichgesinnte aus, und die Wiese unter der Eiche, jenseits des Acquasinnick Creek, war von ihnen bevölkert. Das war eine feine, großartige Sache, aber ein paar Wochen davor war es wirklich kritisch gewesen – am Abend des vereitelten Konzerts. Damals kamen nicht einmal hundertfünfzig Leute, um ihre Picknickkörbe und Decken im Gras auszubreiten. Jeremy beobachtete die Szene vom Waldrand aus. Er hatte keine Ahnung, daß Sasha Freeman der Organisator der Veranstaltung war – hatte seit zwanzig Jahren nichts mehr von ihm gehört –, doch es ging um etwas, das er billigen konnte, das er lobend anerkennen und unterstützen konnte.

Als der Ärger anfing, zögerte er keine Sekunde. Er umkreiste die Arena, ein Schatten im Schutz der Schatten, und überraschte knüttelschwingende Patrioten und heranschleichende Halbstarke, indem er mit gellendem Schrei aus den Büschen sprang oder einfach vor ihnen auftauchte wie ein zorniger Dämon. Die meisten gaben bei seinem Anblick Fersengeld, nur ein paar von ihnen – betrunkener und dümmer als der Rest – gingen auf ihn los. Darauf wartete er nur. Er zertrümmerte Nasenbeine, ließ Lippen platzen, prellte Rippen – und jeder Tritt, jeder Schlag war eine zurückgezahlte Schuld. Ein bierbäuchiger Weltkriegsveteran kam mit einer Brechstange auf ihn zu. Jeremy trat ihm in den Unterleib. Einem Mann mit tiefliegenden, rotfleckigen Schweinsaugen entriß er einen Zaunpfahl und versohlte ihm damit den Hintern, bis er zu quieken begann. Irgendwann entdeckte er Blut auf seinen Händen und Unterarmen; er hielt inne, um sich damit unter beide Augen einen karminroten Strich zu ziehen, und dann, als er grimmig und eingeboren aussah wie ein Krieger aus alten Zeiten, hetzte er zwei halbwüchsige Jungen, bis sie in Tränen ausbrachen und um Gnade flehten. Gnade war ihm unbekannt, doch er hielt sich im Zaum, denn er dachte an Peletiah, er dachte, ausnahmsweise einmal, an die Folgen. Er ließ sie laufen. Als das Zwielicht allmählich die Zweige der Bäume verdichtete und das Gebrüll von der Straße her immer wirrer und teuflischer wurde, zog er sich instinktiv nach Norden auf die Weide zurück, und dort, in der hereinbrechenden Dämmerung, machte er die Bekanntschaft von Truman Van Brunt.

Truman hatte ein Polohemd und ausgebeulte weiße Hosen an und besprach sich gerade mit einem Mann mit mächtigen Oberarmen, der ein blutverschmiertes Arbeitshemd trug; neben ihnen stand ein Junge von sechs oder sieben Jahren. Obwohl der Indianer Truman noch nie gesehen hatte und auch seinen Namen erst am nächsten Morgen bei Peletiah in der Küche erfuhr, kam ihm irgend etwas an dem Mann bekannt vor, etwas, das an seinem Bewußtsein nagte wie ein nur halb erinnerter Traum. Tief ins Gebüsch geduckt, beobachtete Jeremy die Männer. Und lauschte.

Der Mann mit den breiten Oberarmen war aufgeregt, er blickte wild um sich, kratzte sich an den Armen, als hätte er einen unerträglichen Juckreiz. Er wollte von dem Mann im Polohemd wissen, ob er ein Opfer bringen wolle, ob er versuchen würde, durch den Mob hindurchzuschlüpfen, um Hilfe zu holen – denn wenn nicht bald Hilfe käme, dann wären sie verloren. Truman zauderte nicht lange. »In Ordnung«, sagte er, »ich gehe, aber nur, wenn ich Piet mitnehmen darf«, wobei er auf den Jungen zeigte. Erst als der Junge etwas sagte – »Scheiße, Mann, das will ich auch hoffen, daß du mich mitnimmst!« –, erkannte Jeremy seinen Irrtum. Das war kein Junge – nein, es war ein Mann, ein Zwerg, auf dessen verzerrtem kleinem Gesicht ein bleicher, böser Ausdruck lag, es war der zum Leben erweckte *pukwidjinny*. Etwas stimmte hier nicht, stimmte ganz und gar nicht. Plötzlich drang ein Schrei aus der Richtung des Konzertpodiums herüber, und der kräftige Mann warf einen nervösen Blick über die Schulter. »Dann nimm ihn eben mit«, sagte er, und Truman ging mit dem Zwerg über die Wiese davon.

Der Indianer wartete eine Minute, bis der Mann mit den breiten Oberarmen sich umgedreht hatte und zurück zur Arena rannte, dann verließ er den Wald und machte sich an die Verfolgung Trumans. Still und bedächtig wie eine Statue in Bewegung, tief vornübergebeugt im Pirschgang, schlich er sich an den Mann im Polohemd und seinen kleinformatigen Gefährten heran. Truman blickte sich kein einziges Mal um. Im Gegenteil, er schlenderte über die Wiese, als hätte er nicht die geringste Sorge, als ginge er gemütlich zum Frühschoppen ins Wirtshaus, anstatt zur Straße, wo die tollwütigen Hunde sich auf ihn stürzen würden. Der Indianer, der jetzt etwas näher herankam, hielt ihn für übergeschnappt. Entweder das, oder er war der tapferste Mann der Welt.

Plötzlich brachen aus den Bäumen am Straßenrand drei Gestalten hervor und liefen auf Truman und den Zwerg zu. Sie trugen Veteranenmützen und schmutzige T-Shirts. Alle drei schwenkten Schlagwaffen – Schraubenschlüssel und Schneeketten, die sie sich in der Eile aus dem Kofferraum gegriffen hatten. »Hey, ihr Niggerfreunde«, rief der mittlere, »kommt doch mal zu Papa.«

Jeremy duckte sich tief ins Gras, machte sich auf Ärger gefaßt. Doch das Merkwürdige war: Es gab keinen Ärger. Truman ging einfach auf sie zu und sagte etwas mit leiser, eindringlicher Stimme – etwas, das der Indianer nicht genau verstand. Aber was es auch war, es schien zu besänftigen. Statt ihre Waffen zu gebrauchen und auf ihn einzuprügeln wie die tollen Hunde und Handlanger des Kapitals, die sie waren, zogen sie die Köpfe ein und grinsten, als hätte er soeben den Witz des Jahrhunderts erzählt. Und dann, Wunder über Wunder, hielt einer von ihnen eine Flasche hin, und Truman trank einen Schluck. »Depeyster Van Wart«, sagte Truman, und jetzt war seine Stimme plötzlich so klar verständlich, als stünde er direkt neben dem Indianer, »den kennt ihr doch?«

»Sicher«, kam die Antwort.

»Wo finde ich den – vorne auf der Straße, oder wo?«

In diesem Moment tönte ein dumpfes Brüllen vom Konzertgelände herüber, und alle fünf – der Zwerg, die Patrioten und Truman – wandten den Kopf. Jeremy hielt den Atem an.

»Hab ihn vorhin da hinter der Kurve gesehen, bei der Einfahrt zum Crane-Grundstück«, sagte der Mann mit der Schneekette in der Hand, das trockene Rasseln seiner

Stimme wurde durch das Klirren von Stahl auf Stahl akzentuiert. »Wir machen einen Sturmangriff auf die Scheißer da, sobald es dunkel ist.«

»Bringt mich zu ihm, ja?« sagte Truman, und den Indianer, der im Gras verborgen lag wie eine Leiche, durchfuhr eiskalt eine Vorahnung wie ein Dolchstoß in den Rücken, wie die scharfkantige Botschaft, die sein Vater vor langer Zeit von Horace Tantaquidgeon erhalten hatte. »Ich habe Neuigkeiten für ihn.«

»Juden und Nigger, Juden und Nigger«, sang der Zwerg mit hoher, näselnder Stimme, wie ein seltsames Echo seiner selbst, als wäre er in der Flasche verschwunden, die Truman ihm gereicht hatte. Dann verschwanden alle fünf zwischen den Bäumen, die die Straße säumten. Sobald sie außer Sicht waren, erhob sich Jeremy Mohonk aus dem Gras. Weiße. Sie hatten die Kitchawanken, die Weckquaesgeeks, die Delawares und die Canarsees verraten, und ihr eigenes Volk verrieten sie ebenfalls. Er hatte ihn auf der Zunge: den Geschmack der Scheiße, die er im Zuchthaus hatte schlucken müssen. Er dachte an Peletiah, dachte an die Männer, die er im Wald gestraft hatte, dachte an die Frauen und Kinder, die sich mit ihren Flugblättern und Picknickkörben drüben um die Bühne drängten. Dachte an all diese Menschen und sprang aus dem Gestrüpp, um den Spitzel im Polohemd zu verfolgen.

Draußen auf der Straße herrschte ein heilloses Chaos. Manche der an der Böschung geparkten Wagen hatten die Scheinwerfer an, und auf dem Asphalt glitzerten Glassplitter. In diesem grellen weißen Licht sah der Indianer Gruppen von Männern und Jugendlichen in alle Richtungen durcheinanderlaufen, während Hunde herumschnüffelten und andere Männer auf Kühlerhauben hockten oder in ihren Autos saßen, als warteten sie auf ein Feuerwerk oder auf die Bekanntgabe der Preiskuh bei einer Landwirtschaftsmesse. In der Luft lag der Gestank von verbranntem Lack, von verdampfter Holzimprägnierung und schwelendem Gummi. Irgendwo plärrte ein Radio. Jeremy preßte die Schultern nach hinten und trat zwischen zwei geparkten Autos aus dem Gebüsch. Er wich einem Grüppchen junger Frauen aus, die eine Flasche Wein herumreichten, und ging die Straße entlang. Niemand sprach ihn an.

Der Lärm wurde lauter, je mehr er sich der Einfahrt zum Konzertgelände näherte – Quietschen, Schreien, Fluchen, grölendes, betrunkenes Gelächter und das Heulen gequälter Motoren. Gruppen von Männern mit provisorischen Schlaginstrumenten stampften an ihm vorüber, und mehrere Jungen, manche kaum älter als neun oder zehn, rannten mit Säcken voller Steine die Straße hinauf. Weiter vorn lag ein rußgeschwärztes Auto umgestürzt mitten auf der Straße, gleich dahinter brannte lichterloh ein zweites. Er beschleunigte das Tempo, reckte den Kopf, um den Judas im Polohemd und seinen obszönen kleinen Gefährten irgendwo zu entdecken. Ein Mann mit Schiffchenmütze und massenhaft Medaillen auf der Brust rief ihm etwas zu, eine alte Frau in hochgekrempelten Bluejeans wedelte mit einer Fahne vor seinem Gesicht herum, Rauch stieg ihm in die Nase, das Blut unter seinen Augen war getrocknet. Er wollte gerade in Laufschritt fallen, da sah er ihn, Truman, wie er sich in das Fenster eines nagelneuen Buick beugte. Im selben Augenblick machte er auch den Zwerg aus; der lehnte nonchalant am Kotflügel und musterte sichtlich zufrieden das flammende Inferno ringsherum.

Der Indianer setzte seinen Weg fort, und im Vorbeigehen fiel sein Blick auf den Mann am Steuer des Buick. Er erkannte das Gesicht, obwohl er es nie zuvor gesehen hatte, er kannte den humorlosen Mund und das vorgereckte Kinn, diese Augen wie Brandeisen: Es war das Gesicht des Mannes, der ihn ins Gefängnis gebracht hatte, das Gesicht eines Van Wart. Da er spürte, daß der Zwerg ihn musterte, widerstand er der Versuchung, sich umzudrehen, und ging weiter. Er wollte gerade umkehren – wenn er diesen rothaarigen Verräter nur allein erwischen könnte! –, als eine Horde von Freizeitsoldaten, angeführt von Trumans Kumpel mit der Schneekette, an ihm vorbeitrampelte.

Im Schutz dieser Ablenkung – alle, selbst der Zwerg, drehten den Kopf, um den Männern nachzusehen, die gegen die Wehrlosen auf der Weide losstürmten – duckte sich Jeremy zwischen zwei Autos und wartete. Kurz darauf stieg Van Wart aus dem Buick, sagte etwas zu Truman und ging dann auf die Barrikaden am Eingang zum Konzertgelände zu. Truman und sein *pukwidjinny* schlossen sich ihm an, und der Indianer zählte bis zehn, dann erhob er sich aus dem Dunkel, um ihnen zu folgen. Damit ging er ein Risiko ein – der Mob konnte jeden Augenblick über ihn herfallen, denn seine Haut, seine Haare, seine Kleidung mußten denen völlig fremd sein, sah ja aus wie so 'n Nigger oder Kommunist –, aber das war ihm egal. Der Haß trieb ihn an, und er schlängelte sich durch das Gewirr der wütenden Männer, als wäre er unsichtbar.

Als er sich den Barrikaden näherte, wurde das Gedränge noch dichter, vor dem grellen, statischen Licht der Scheinwerfer, von dem der schmale Schotterweg erhellt wurde, wanderten düstere Silhouetten hin und her. Hier war das Zentrum von Chaos und Unruhe, in allen Gesichtern funkelte Wut, die Stimmen waren auf ein kollektives Knurren reduziert, während der Mob mal dahin, mal dorthin wogte. Beinahe verlor Jeremy seine Beute aus den Augen – die Gesichter sahen alle gleich aus, die Hemden und Schultern und Mützen, das Gewühl der Körper –, dann aber entdeckte er Van Wart, der mit einem Glatzkopf mit weit offenem weißem Hemd konferierte, und gleich hinter ihm standen Truman und der *pukwidjinny*. Truman konferierte mit niemandem. Er bahnte sich einen Weg durch die Menge, ein Mann in Eile, die Straße hinauf, bloß weg vom ekligen Geschäft von Verrat und Fanatismus; der Zwerg folgte ihm auf den Fersen, erkennbar nur als ein dahintreibender Graben im stehenden Feld des Mobs. *Er macht sich aus dem Staub*, dachte Jeremy und stürmte rücksichtslos vorwärts, stieß die Freizeitsoldaten aus dem Weg wie

Strohpuppen. »Hey!« brüllte ihm jemand nach, »du da!«, doch er drehte sich nicht um.

Als Jeremy sich aus der Menschenmenge lösen konnte, waren Truman und der Zwerg bereits hundert Meter entfernt, schwarze Punkte, die sich von der vieltönigeren Färbung der Nacht abhoben. Sie hasteten auf der dunklen Straße an einer Reihe von steckengebliebenen, verbeulten Autos vorüber und bogen dann auf einen unbefestigten Weg ab, der sich durch die Wälder in Richtung Peterskill wand. Jeremy rannte jetzt. Vorbei an zwei Jugendlichen, die sich in der Finsternis über einen Benzinkanister beugten, er wich einem Mann aus, der breitbeinig und verblüfft mitten auf der Straße stand, aus einem festgefahrenen Auto blickte ihn ein verängstigtes schwarzes Gesicht an; im nächsten Augenblick hatte er die Abzweigung erreicht. Sofort wurde ihm klar, was für ein Glücksfall das war. Der Lärm des Mobs war hier kaum noch zu hören, der Waldweg nahezu menschenleer: Das war die Chance, auf die er gewartet hatte.

Ohne Vorwarnung ging er auf Truman los, mit raschen, leisen Schritten huschte er über den Erdboden und warf sich auf die Schattengestalt wie ein Footballspieler beim Training mit dem Rammbock. Er erwischte ihn im Nakken – etwas gab nach: Knochen, Knorpel, ein ungeöltes Scharnier – und rammte sein Gesicht nach vorn in den Boden. Im Augenblick des Zusammenpralls sprang der Zwerg mit einem schrillen Schrei beiseite, und Truman stieß ein überraschtes Keuchen aus, bevor die harte, gestampfte Erde ihm den Atem nahm. Der Indianer wußte, daß er diesen Dreckskerl im Polohemd, diesen feigen Verräter, diesen Weißen töten wollte, und er schnürte ihm mit dem Arm die Kehle zu und preßte sein Gesicht in die Erde. Wenn er mit ihm fertig wäre, würde er aufstehen und den Zwerg zerquetschen wie ein rohes Ei.

»Laß mich los!« stöhnte Truman und riß am Arm des Indianers. »Laß mich… los!«

Kreischend und manisch hüpfte der Zwerg auf und ab

wie ein Nagetier im Käfig. »Mörder!« piepste er. »Hilfe! Mörder!«

Der Indianer drückte fester zu.

Und so wäre es gekommen – trotz seiner Körperkräfte wäre Truman durch den Überraschungsangriff niedergeworfen und von der Wut des unerwarteten Widersachers überwältigt worden, das erste Todesopfer der Unruhen ... so wäre es gekommen, wenn nicht der Zwerg gewesen wäre. Er kreischte, und schon kamen sie gelaufen, Unmengen von Freizeitsoldaten, rasende Schlägertypen und abgefeimte Rassisten mit Blut an den Händen. Das allein war schlimm genug, aber der kleine Wicht konnte unangenehmer werden, als der Indianer gedacht hätte. Er hatte ein Messer. Acht Zentimeter lang. Kein Vergleich mit Horace Tantaquidgeons Fischersäbel, aber immerhin ein Messer. Und dieses Messer zog er nun aus der Tasche, ließ mit leisem, teuflischem Klicken die Klinge aufspringen und fing an, Satzzeichen in den Rücken des Indianers einzugraben. Als erstes einen Punkt, dann einen Doppelpunkt, dann machte er Kommas, Bindestriche und ein großes, klaffendes Ausrufungszeichen.

Eine halbe Sekunde, länger dauerte es nicht. Der Indianer bäumte sich auf und schlug nach dem Zwerg, so wie er nach einer Fliege geschlagen hätte, aber diese winzige Ablenkung bot Truman Gelegenheit, sich freizumachen. Im nächsten Moment war er auf den Füßen, rang nach Atem und teilte wilde Schläge gegen den Angreifer aus, der aus der Dunkelheit aufragte wie eine Wanderdüne. Wortlos, ohne Schmerz oder Anstrengung auch nur mit einem Brummen zu quittieren, gab der Indianer die Schläge zurück. Mit Zinsen. »Wohl wahnsinnig geworden!« keuchte Truman, während er schützend die Arme hochriß. »Bist du ein Verrückter oder was?« Hinter ihnen nahten die dünnen weißen Lanzen von Taschenlampen und eilige Schritte.

Jeremy spürte einen schwachen Fausthieb seitlich sein Gesicht streifen, dann einen zweiten. Er verringerte die

Distanz zu Truman. Jetzt sah er den Mann, den er umbringen wollte, zum erstenmal deutlich vor sich. Der heller werdende Schein einer Taschenlampe flackerte über das Gesicht des Verräters, und wieder spürte der Indianer tief im Innern, daß er diesen Mann kannte, mit ihm auf eine Weise verbunden war, die mit seinem Stamm zu tun hatte. Truman mußte sich wohl auch Jeremy genau angesehen haben, denn er ließ plötzlich verblüfft die Fäuste sinken. »Wer zum –?« begann er, aber es war zu spät, sich einander vorzustellen. Der Indianer hechtete nach seiner Kehle und bekam ihn wieder zu fassen, beide Hände packten die Luftröhre in unbarmherzigem Griff, einem Griff, bei dem Kaninchen nur noch mit den Ohren zucken und Gänse sofort kalt werden. Jeremy hätte die halb formulierte Frage beantwortet, hätte es Truman ebenso gesagt, wie er es Sasha Freeman oder Rombout Van Wart oder sonst jemandem gesagt hatte, der es hatte wissen wollen, doch ihm blieb keine Zeit dafür. Mit einem Mal waren die Patrioten da, fielen mit ihren Stöcken und Brecheisen und Ketten über ihn her.

Es war genau wie damals in Sing-Sing mit den Zuchthauswärtern. Jeremy ließ nicht locker, wie die Sumpfschildkröte, nach der sein Clan benannt war – sie mochten ihn erschlagen, erstechen, seinen Kopf abschneiden, aber sein Würgegriff reichte bis in den Tod und noch weiter –, trotz seiner Wunden am Rücken und der Finger, die an seinen Handgelenken zerrten. Dann schlug ihm jemand eine Eisenstange auf den Hinterkopf, und er spürte, wie Truman seinen Händen entglitt. Kurz bevor er zu Boden ging, warf er sich, von der Schildkröte geleitet, verzweifelt nach vorn und bohrte die Zähne ins Fleisch des Verräters – ins Ohr, ins rechte Ohr – und biß zu, bis er Blut schmeckte.

Als er die Augen wieder öffnete, war alles still, und im ersten Moment glaubte er, wieder in seiner Hütte zu liegen und den Grillen zuzuhören, wie sie die Sekunden bis zur Morgendämmerung mitzirpten. Niemand brüllte mehr. Keine Reifen quietschten, keine Motoren heulten auf, man hörte keine Schreie der Not oder Wut. Aber er war nicht in seiner Hütte. Er lag rücklings im Straßengraben, und die Dämonen des Schmerzes hatten von seinem Körper Besitz ergriffen. Man hatte ihn geprügelt, getreten, mit Messern verletzt; sein linker Arm war an zwei Stellen gebrochen. Wie er so dalag und durch die Lücken zwischen den Bäumen zu den Sternen emporsah, lauschte er für eine Weile dem Gesang der Grillen und untersuchte im Geiste jede einzelne Wunde. Er dachte an seine Vorfahren, an die Krieger, die ihren Schmerz als Waffe benutzten, ihre Folterknechte noch verhöhnten, wenn die Klinge den Nerv freilegte. Dann erhob er sich mühsam und machte sich auf den Weg zu Peletiahs Haus.

Sechs Monate später kehrte Jeremy Mohonk den Hügeln von Van Wartville den Rücken. Die Ohnmacht, die im Zuchthaus an ihm genagt hatte, das Gefühl von Verfall und Sinnlosigkeit vertrieben ihn aus seiner Kate unter der Weißeiche, was kein Mensch vermocht hätte. Er kehrte zurück in die Reservation bei Jamestown, um nach einer Mutter für seine zwanzig Söhne zu suchen. Seine eigene Mutter war tot. Vor zehn Jahren, als er in den Mauern von Sing-Sing geschmachtet hatte, war sie einer mysteriösen, auszehrenden Krankheit zum Opfer gefallen, die ihr den Appetit geraubt und sie binnen kurzem in einen jahrhundertealten, mumifizierten Leichnam verwandelt hatte. Ihr Bruder, der mit der perfiden Klinge, war von zäherer Natur. Jeremy fand ihn in einem vollgestopften, kleinen Haus am Flußufer. Verschrumpelt und mit einigen wenigen Zahnstümpfen im Mund, das weiße Haar zum Knoten hochgebunden und den Anzug für den Sarg bereits über einen Stuhl in der Ecke gebreitet, starrte er seinen Neffen mit einem Ausdruck an, als könnte er sich kaum an ihn erinnern. Was Jeremys Altersgenossen anging, die feingliedrigen Knaben und die aufblühenden Mädchen seiner Schulzeit, so hatten sie entweder derart massiv Fett angesetzt, daß ihre Augen kaum mehr zu sehen waren, oder sie waren in die Welt der Ausbeuter verschwunden. Jeremy suchte sich einen Job als Obstpflücker – es war gerade Traubenzeit, danach kamen Äpfel an die Reihe – und heiratete noch im selben Monat eine Cayuga namens Alice Ein-Vogel.

Sie war eine große Frau, diese Alice, mit Waden, die unter ihrer Fülle anschwollen, und einem breiten, offenen Gesicht, das von freundlichem Wesen und Optimismus zeugte. Ihre beiden Söhne aus einer früheren Ehe waren erwachsene Männer, und sie gab sich zwar als Vierunddreißigjährige aus, war aber eher vierzig. Jeremy war ihr Alter egal, solange sie Kinder empfangen konnte, und ihre Söhne – beide lang aufgeschossen und mit messerscharfen Blicken – bezeugten dies zur Genüge. Er pflückte Trauben, er pflückte Äpfel. Im Herbst ging er auf die Jagd. Als der Schnee wie Schimmelpilz den Boden bedeckte und die Speisekammer leer war, arbeitete er als Packer in einem Supermarkt in Jamestown.

Ein Jahr verstrich. Dann zwei, drei. Nichts geschah. Alice Ein-Vogel wurde zwar immer fetter, trug aber kein Kind in sich. Jeremy war dreiundvierzig Jahre alt. Er konsultierte einen Shawangunk-Medizinmann, den sein Vater gekannt hatte, und der Alte verlangte eine Locke von Ein-Vogels Haar. Jeremy schnitt sie ihr im Schlaf ab und brachte sie ihm. Mit zittrigen Fingern wählte der Medizinmann ein Büschel von Jeremys Haar aus, schnitt es knapp über dem Kopf ab und rollte die beiden Strähnen heftig in den Handflächen, als wollte er Feuer machen. Nach einer Weile teilte er die Strähnen wieder und ließ sie nacheinander auf eine Zeitung fallen. Lange Zeit betrachtete er schweigend die Anordnung der Haare. »Es liegt nicht an dir«, sagte er schließlich, »es liegt an ihr.«

Am nächsten Morgen brach Jeremy nach Van Wartville und zu der verfallenen Kate auf, die er vor drei Jahren verlassen hatte. Bis auf das strukturelle Gerippe war nicht mehr viel davon übrig. Die Elemente hatten dem Bau ihren Tribut abgefordert, Vögeln und Kleintieren hatte er gleichermaßen als Schlafplatz wie als Misthaufen gedient, und Vandalen hatten alles zerstört, was sich nicht wegschleppen ließ. Aber egal. Der Indianer lebte auf seine alte Weise, still und verborgen, fing Kaninchen und Opossums mit Schlingen; was ihm fehlte, ließ er aus den Häusern und Garagen und Werkzeugschuppen der Lohnsklaven mitgehen, die sich von allen Seiten an das Grundstück drängten. Im Laufe der folgenden Jahre wanderte er mehrmals zwischen Peterskill und Jamestown hin und her, zog es ihn doch einerseits in die Gegend seiner Vorväter, andererseits zu seinem Volk. Ein-Vogel hieß ihn immer freudig willkommen, gleichgültig wie lange er fort gewesen war, und er war ihr dankbar dafür. Seine natürlichen Triebe ließen ihn sogar dann und wann zu ihr ins Bett steigen, doch blieb dies eine Übung ohne Hoffnung oder Sinn.

Der Letzte der Kitchawanken wurde älter und dabei verbittert. Die Welt erschien ihm als freudloser Ort, beherrscht vom Stamm der Wölfe, den Bossen ging es immer besser, die Werktätigen waren niedergeworfen. Er war dem Untergang geweiht. Sein Volk war dem Untergang geweiht. Nichts besaß mehr Bedeutung – nicht die Sonne am Himmel, nicht der große Blue Rock am Ufer des Hudson oder der mystische Hügel oberhalb des Acquasinnick Creek. Ein Jahrzehnt kam und ging. Er war in den Fünfzigern – immer noch voller Kraft und Vitalität, immer noch jung –, aber er wollte sterben.

Tja. Und dann traf er Joanna Van Wart.

Das Klageweib

Der erste aller Jeremy Mohonks, der Sohn von Mohonk, dem Sohn des Sachoes', und der entfernte Urahn jenes traurigen, radikalisierten Knastbruders, mit dem der Stamm der Kitchawanken drei Jahrhunderte später zum Aussterben verurteilt schien, war gerade zweieinhalb Jahre alt und brachte stammelnd seine ersten Worte auf holländisch hervor, als sich Wolf Nysens Schatten über seine Welt legte wie ein Monat sternloser Nächte. Es war im Oktober 1666, am späten Nachmittag eines düsteren, freudlosen Tages mit der Aussicht auf einen frühen Sonnenuntergang und starken Nachtfrost. Jeremy spielte unter dem Küchentisch mit Stöckchen und Lehmklumpen und übte die beiden Wörter, die ihm am besten gefielen – *suycker* und *pannekoeken* –, während seine Mutter das Feuer schürte und die Suppe rührte. Nebenbei beobachtete er die Füße der Mutter, die mal beim Kohlschneiden vor dem Tisch stand, dann wieder den Raum durchquerte, um im Feuer zu stochern und den rußgeschwärzten Kessel auf seinem Gestell zurechtzurücken. Als er sah, daß diese Füße in die Holzpantinen schlüpften und durch die Tür in Richtung des Schuppens strebten, kroch er unter dem Tisch hervor. Im nächsten Moment stand er draußen vor der Hütte und bestaunte die großen, wirbelnden Rauchsäulen, die am hinteren Ende des Maisfelds den Himmel verfinsterten. Obwohl er es noch nicht in Worte fassen konnte, erfaßte er die Situation intuitiv richtig: Onkel Jeremias verbrannte die Strünke.

Jeremy war zweieinhalb und wußte schon einiges. Zum Beispiel wußte er, daß sein Name vor kurzem noch Squagganeek gewesen war und er in einer verqualmten, feuchten Hütte in einem verqualmten, feuchten Indianerdorf gewohnt hatte. Er wußte auch, daß in den Wäldern, die ringsum drohend aufragten, Wölfe, Riesen, Kobolde,

Menschenfresser und Hexen lebten und daß er sich niemals aus der unmittelbaren Umgebung des Hauses entfernen durfte, außer in Gesellschaft seiner Mutter oder des Onkels. Und er kannte die Strafe für das Übertreten dieser Vorschrift. (Kein *suycker*. Keine *pannekoeken*. Drei deftige Hiebe aufs Hinterteil und ohne Abendessen ins Bett.) Dennoch konnte er sich den Figuren, die diese Rauchsäulen beim Emporsteigen am Himmel bildeten – hier ein Schmetterling, da der Kopf einer Kuh –, nicht entziehen. Ehe er sich noch besann, war er schon weg. Die Stufen hinab, über den Hof und ins Feld hinaus, die verwitterten Furchen entlang und zwischen den wie Leichname verschnürten Garben hindurch.

Er rannte wie ein Regenpfeifer, mit steifen Knien und trippelnden Schritten, hüpfte von einer Ackerfurche zur nächsten, platschte durch Pfützen, fiel der Länge nach aufs Gesicht und rappelte sich rasch wieder auf. Als er zum hinteren Ende des Feldes kam, sah er die Strünke, wie eine ganze Armee enthaupteter Zwerge, denen Rauch aus den kopflosen Rümpfen quoll. Sein Onkel war nirgends zu sehen. Doch da, vor seiner Nase stob eine Schar Waldhühner auseinander, und er scheuchte sie jauchzend vor sich her. Immer im Kreis jagte er sie, mitten durch den Rauch und in ein halb gerodetes Dickicht hinein, bis dicht an den Waldrand. Auf einmal blieb er stehen. Da stand Jeremias, direkt vor ihm. Und noch ein zweiter Mann. Ein großer Mann. Ein Riese.

»Weißt du, wer ich bin?« donnerte der Riese.

Sein Onkel wußte es, aber er sprach so leise, daß der Junge ihn kaum verstand. »Wolf«, sagte er, und im selben Moment rief Jeremy nach ihm.

Wie sich herausstellte, hackte Wolf Nysen Jeremias nicht in Stücke. Noch zündete er den Schweinestall an, vergewaltigte Katrinchee oder verschlang die Haustiere. Tatsächlich bedachte er Jeremias nur mit einem schiefen Grinsen, tippte sich an die Krempe seiner Hirschledermütze und verschwand wieder in den Wald. Trotzdem war das Unheil geschehen: Kaum hatte sich Jeremias unters Joch begeben, kaum hatte er den Kopf gesenkt und die Herrschaft des *patroon* akzeptiert, schon kam dieser Abtrünnige, um ihn zu verspotten und all seinen alten Haß und Zorn von neuem zu entflammen. *Wer gibt dir das Recht?* Die Worte des Schweden hallten in seinen Ohren wider, als er sich am Abend über die Suppe beugte, als er in der Nacht den Kopf aufs Kissen bettete und als er am Morgen die Unterwäsche überstreifte. Doch das war nicht das Schlimmste, noch lange nicht. Es folgte ein stetiger Niedergang der Geschicke der kleinen Familie auf Nysen's Roost, als wäre der Wahnsinnige wirklich der böse Geist dieses Ortes und sie die Opfer seines Fluchs.

Zwar waren sie mittlerweile gut ausgestattet (außer den Sachen, die ihnen die van der Meulens und die anderen geschenkt hatten, war auch vom *patroon*, der seinen neuen Pächtern damit eine nette Geste erweisen wollte, eine Wagenladung mit Gerätschaften für Farm und Haushalt geschickt worden – leihweise natürlich –, außerdem ein Gespann rachitischer Ochsen, drei Hampshire-Ferkel und ein einjähriges Kalb, dazu die Gutshofkuh, die ihnen Oom Egthuysen geborgt hatte), aber Jeremias hatte die Saat zu spät ausgebracht und erntete nur wenig. Der Weizen, der normalerweise im Herbst, nicht erst im Frühjahr, gesät wurde, entwickelte sich dürftig, ebenso wie die Felder mit Roggen und Erbsen, die er als Winterfutter eingeplant hatte. Gute Erträge gab es beim indianischen Mais, größtenteils dank Katrinchees Sachverstand, und ihr Küchengarten – Kohlköpfe, Rüben, Kürbisse und Kräuter – gedieh aus demselben Grund. Trotzdem, da kaum Korn für Brot und Brei blieb, weil der Löwenanteil der Maisernte für das Vieh reserviert bleiben mußte, würde die Familie auf Nysen's Roost im kommenden Winter fast gänzlich auf Jagdwild angewiesen sein.

Das Problem war nur, das Wild war verschwunden.

In den Tagen und Wochen, die auf Wolf Nysens Besuch

folgten, wurde das Wild immer seltener, beinahe als hätte der Wahnsinnige Vögel und Tiere wie ein unersättlicher Rattenfänger mit sich genommen. Wo Jeremias einst ein Dutzend Tauben geschossen hatte, kam er jetzt mit einer einzigen nach Hause. Wo er früher die Truthähne von den Ästen geschüttelt und einen Sack mit ihnen gefüllt hatte, den er kaum noch hatte tragen können, fand er jetzt gar keine mehr. Enten und Gänse mieden die Marschwiesen, das Rotwild war verschwunden, und die Bären, die sowieso nach Tannenzapfen und Talg schmeckten, hatten früh im Jahr den Winterschlaf begonnen. Selbst Eichhörnchen und Kaninchen schienen abgewandert zu sein. Gezwungenermaßen ging Jeremias angeln, und für eine Weile ernährte sie der Fluß. Den November hindurch und an den harten, rasch vergehenden Tagen des frühen Dezembers, an denen die Sonne am Himmel verblaßte und der Atem der Arktis eine dünne Eisschicht über den Acquasinnick Creek breitete, machte Katrinchee Fischbällchen, Fischauflauf, gefüllten Fisch, Bratfisch, Kochfisch, Fisch mit Rüben und Pinienkernen, Fisch mit Fisch. Dann aber brach der Winter mit voller Macht herein, das Eis reichte vom diesseitigen Ufer bis zum Fuß des Dunderbergs hinüber, und es gab nichts mehr zu angeln.

Mit jedem Tag wurde es kälter. Den Brunnen überzog eine Eisdecke, Wölfe hechelten vor der Tür. Im Wald froren Spechte und Spatzen an ihren Schlafästen fest, leblos und hart wie Steingutbehang am Weihnachtsbaum. Zu Neujahr blies ein eisiger Sturm, gefolgt von fallenden Temperaturen und Schneewächten so hoch wie die Sanddünen Ägyptens. Als die Wölfe eines der Ferkel rissen, holte Jeremias die Tiere in die Hütte.

Trotz alledem schien Katrinchee täglich stärker zu werden. Die Fisch-Diät überstand sie mühelos, nahm sogar zu, ließ ihr Haar wachsen. Zum erstenmal seit Jahren schlief sie wieder die ganze Nacht durch. Als Jeremias mit den Maisvorräten Bestandsaufnahme machte und die Tagesrationen halbierte, entwickelte sie sich zu einem Genie in Sparsamkeit. Obwohl es immer weiter schneite und Jeremias sich erkältete, obwohl die Stürme mit solcher Macht durchs Haus heulten, daß sie die Kerze auf dem Kaminsims ausbliesen, und es um ein Uhr mittags noch stockfinstere Nacht war, hörte man keinen Laut der Klage von ihr. Nicht einmal die unangenehme Nähe der Tiere konnte sie entmutigen, mochten einem die Ferkel auch zwischen den Beinen herumwieseln, mochte die alte Kuh im Dunkeln brüllen wie ein Untoter auf der Suche nach seinem Grab, mochten die Ochsen geifern, stinken, wiederkäuen, ihren Dung auf den Boden platschen lassen und ihr den heißen, übelriechenden Atem ins Gesicht blasen. Nein, es war eine Nebensächlichkeit, die ihr schließlich den Gleichmut raubte: Eines frostklirrenden Morgens gegen Ende Januar machte Jeremias eine unerwartete Entdeckung.

Was er dort auf der Veranda erblickte, war wie ein erhörtes Gebet: Fleisch. Sattes, rotes, lebenserhaltendes Fleisch. Er hatte die Tür aufgezogen, um draußen auszutreten, und lief direkt in den abgehäuteten und frisch ausgenommenen Kadaver eines Rehs, der an den Hinterläufen vom Verandadach herabhing. Er konnte es nicht fassen. Ein Reh. Hing einfach so da. Und schon geschlachtet. Jeremias stieß zwei hungrige Freudenschreie aus – Staats, das konnte nur Staats gewesen sein –, und in der Zeit, die es dauert, bis man ein Messer zieht, drehte sich eine Keule auf dem Spieß, und eine zweite brodelte im Topf. Er war so aufgeregt, daß seine Hände bebten. Den Gesichtsausdruck seiner Schwester bemerkte er nicht.

Als er ihn schließlich doch bemerkte, erfüllte das Aroma von gebratenem Wild den Raum. Katrinchee war in die Ecke zurückgewichen, eingeschrumpft wie eine verhungerte Spinne in ihrem Netz. »Bring das weg hier!« sagte sie. »Bring es raus!«

Schon beleckten die Flammen von unten das Fleisch; das Fett färbte die Keule golden und tropfte zischend in die Kohlenglut. Der kleine Jeremy stand wie gebannt vor dem

Feuer, die Hände in den Hosen und ein verzücktes Lächeln auf den Lippen, während Jeremias im Zimmer herumstöberte, auf der Suche nach etwas Gemüse für den Suppentopf. Der Tonfall seiner Schwester ließ ihn abrupt innehalten. »Was? Was sagst du da?«

Sie zwirbelte den Saum ihres Kleides mit beiden Händen, als wollte sie eine Puppe erwürgen. Das Haar hing ihr ins Gesicht. Und ihr Gesicht – eingefallen und kreidebleich, die Augen vor Entsetzen geweitet – war das Gesicht einer Verrückten, die an den Gittern des Irrenhauses von Schobbejacken rüttelte. »Dieser Geruch«, murmelte sie kaum hörbar. Im nächsten Augenblick kreischte sie los: »Bring es raus! Bring es fort von hier!«

Jeremias konnte kaum sprechen, so lief ihm das Wasser im Munde zusammen, er konnte kaum denken, weil er sich vorstellte, wie Messer und Gabel das Fleisch zerteilen würden, und er sah sie nur verschwommen, weil sich die Bilder der goldbraunen, triefenden Keule am Spieß und des süßen kleinen Hufs, der aus dem Kochtopf ragte, dazwischendrängten. Doch dann blickte er sie fest an, und auf einmal begriff er: sie meinte das Fleisch. Das Wild. Sie wollte es ihm wegnehmen. Als er sprach, sprudelten die Worte nur so hervor. Das war doch alles Vergangenheit, sagte er ihr – sie mußte jetzt vernünftig sein. Was sollten sie denn essen? Schon jetzt brachen sie das Saatgut an. Sollten sie vielleicht die Tiere schlachten und im nächsten Jahr verhungern? »Es ist nur ein Reh, Katrinchee. Frisches Fleisch. Sonst nichts. Iß davon, damit du bei Kräften bleibst – oder iß es nicht, wenn du wirklich nicht kannst. Aber du kannst doch nicht... willst du mich wirklich daran hindern, deinen eigenen Bruder? ...und was ist mit deinem Sohn?«

Sie schüttelte nur den Kopf, unerbittlich, untröstlich, erschüttert vor Gram. Sie schluchzte. Kaute auf den Nägeln. Jeremy kuschelte sich in ihren Rock; Jeremias kam vom Herd herüber, um sie in den Arm zu nehmen, sie zu beruhigen, auf sie einzureden. »Nein«, sagte sie, »nein,

nein, und tausendmal nein«, und schüttelte bis tief in die Nacht hinein den Kopf, während ihr Bruder und ihr Sohn am Tisch saßen und jeden einzelnen Knochen des Rehs abnagten, ehe sie ihn mit dem Hammer aufbrachen, um an das nahrhafte, körnige Mark zu gelangen. Katrinchee war inzwischen alles egal. Zum zweitenmal in ihrem kurzen Leben stand sie auf der Kippe und stürzte hinunter.

Es war Februar. Der Schnee fiel unbarmherzig und ohne Unterlaß, Berge davon überzogen die Landschaft mit eisblauen Wellen wie der Faltenwurf eines Totenhemdes. Mittlerweile waren sie bei Viertelrationen Mais angelangt, und selbst damit dezimierten sie die Saat für das Frühjahr. »Ein halber Scheffel davon«, rechnete Jeremias, während er die harten Körner zerstampfte, »würde uns im Sommer hundert Pflanzen bringen. Aber was soll man machen?« Katrinchee konnte vor Schuldgefühl kaum den Löffel zum Mund heben. Schlafen konnte sie auch nicht mehr richtig, denn die Visionen von Vater, Mutter, dem kleinen Wouter verfolgten sie, sobald sie die Augen schloß. Das Reh war nicht von Staats gewesen – er durchstöberte selbst die Wälder verzweifelt nach Fleisch, hatte er ihnen neulich erzählt, eine Woche nachdem das zweite Reh, ausgenommen, abgehäutet und zerlegt, auf geheimnisvolle Weise vor dem Haus erschienen war. Sie hatte es die ganze Zeit gewußt. Nicht von Staats, nicht vom lieben Gott im Himmel. Nein, ihr armer Vater, den sie so gräßlich verbrüht hatte, war es gewesen ... um sie zu bestrafen.

Eines Nachts erwachte Jeremias aus einem traumlosen Schlaf und spürte einen kalten Luftzug im Gesicht. Als er die Augen aufschlug, sah er, daß die Tür offenstand und daß die Hügel und die Berge und die tristen Schneeflächen zu ihm ans Bett gekommen waren. Fluchend stand er auf und durchquerte den Raum, um die Tür zuzuknallen, doch im letzten Moment machte ihn etwas stutzig. Spuren. Da waren Spuren – Fußspuren – im frischen Pulverschnee auf der Veranda. Jeremias betrachtete sie eine Weile verdutzt, dann schob er die Tür leise zu und flüsterte heiser den Namen seiner Schwester. Sie antwortete nicht. Als er die Kerze anzündete, bemerkte er zu seinem Schrecken, daß der kleine Jeremy allein im Bett lag. Katrinchee war weg.

Diesmal – das erste Mal – fand er sie, zusammengekauert unter der Weißeiche. Sie war im Nachthemd, und sie hatte sich mit einem Messer das Haar abgeschnitten; Strähnen davon lagen um sie herum im Schnee wie die Überreste einer nachtblühenden Pflanze. Im Haus versuchte er, sie zu besänftigen. »Es ist ja gut«, tröstete er sie und drückte sie dabei an sich. »Was hast du denn – war es ein böser Traum?«

Es war eine Szene wie auf einem Gemälde: die Tiere an der Krippe, das schlafende Kindlein, der verstümmelte Bruder, die wahnsinnige Schwester. »Ein Traum«, echote sie, und ihre Stimme klang abwesend und weit weg. Hinter ihnen blökte unglücklich das Kalb, und die Eber grunzten im Schlaf. »Ich fühle mich so... so...« (eigentlich wollte sie »schuldig« sagen, aber es kam anders heraus) »...so *hungrig*.«

Jeremias brachte sie zu Bett, legte Brennholz nach und kochte Milch für einen Haferbrei. Katrinchee lag reglos auf der Maisstrohmatratze und starrte zur Decke. Als er ihr den Löffel an die Lippen hielt, schob sie ihn weg. Genauso war es am nächsten Tag und am Tag darauf. Er machte einen Eintopf aus Rüben und Stockfisch, buk ein schweres, hartes Brot (das Mehl war leider voller Würmer), reichte ihr ein dickes Stück Käse dazu, schnitt einem der Ferkel die Ohren ab, um eine Fleischbrühe daraus zu kochen, aber sie wollte einfach nichts essen. Sie lag da und starrte vor sich hin, das pergamentene Weiß ihres Schädels leuchtete durch die Stoppelhaare, die Wangen sanken immer tiefer ein.

Anfang März, in einer Nacht, in der die Hoffnung auf warmes Wetter aus der Regenrinne tropfte, machte sie sich zum zweitenmal davon. Diesmal zog sie die Tür hinter sich zu, und Jeremias bemerkte ihr Fortgehen erst bei

Morgengrauen. Unterdessen hatte es zu schneien begonnen. Feuchte, dicke Flocken, die zweimal in Nieselregen übergingen, eine Weile an der Grenze zum Frost zögerten und sich schließlich, unter den Windstößen, die vom Fluß heraufbliesen, in einen Wirbelwind von harten, brennenden Eiskörnern verwandelten. Bis Jeremias den Jungen angezogen und sich auf die Suche gemacht hatte, blies der Wind stetig, und man sah keine zehn Meter weit.

Diesmal gab es keine Spuren. Den Jungen auf dem Rükken, mit dem Holzbein dahinrutschend, beschrieb Jeremias immer größer werdende Kreise um die Hütte und schrie ihren Namen in den Wind. Keine Antwort. Die Bäume blieben stumm, nur der Wind warf seine Stimme auf hundert kunstvolle Weisen zurück, Eisperlen rollten ihm über Mantel, Mütze und Schal. Erschöpft stolperte er dahin, fürchtete im Schnee die Orientierung zu verlieren, fürchtete um Jeremys Leben wie um sein eigenes, daher kehrte er schließlich um und humpelte zur Hütte zurück. Am frühen Nachmittag versuchte er es noch einmal, schaffte es bis zu dem Maisfeld, wo er Wolf Nysen getroffen hatte. Einen Moment lang glaubte er, sie zu hören, weit weg in der Ferne, die Stimme zu einem markerschütternden Jammern erhoben, doch dann heulte der Wind auf, und er war sich nicht mehr sicher. Er rief ihren Namen, wieder und wieder, bis sein Fuß taub wurde und der Wind ihm die Kraft aus dem Körper sog. Kurz vor Einbruch der Dunkelheit brachte er Jeremy zu Bett und ging nochmals hinaus, aber die Schneewehen waren dermaßen hoch, daß seine Kräfte versagten, ehe er das Maisfeld erreichte. »Katrinchee!« brüllte er, bis er heiser wurde. »Katrinchee!« Als Antwort hörte er nur den seltsam wehklagenden Ruf einer großen Schnee-Eule, die durch den Sturm flatterte wie eine verdammte Seele.

Es schneite zwei Tage und zwei Nächte lang. Am Morgen des dritten Tages fütterte Jeremias die Tiere, verriegelte das Haus und kämpfte sich, seinen Neffen auf den Rücken geschnallt, durch den Schnee zum Hof der van der

Meulens. Staats holte die Cranes, Reinier Oothouse und die Leute vom oberen Gutshaus zu Hilfe, dann ritt er zu Jan Pieterse hinüber, um nachzusehen, ob sie dort aufgetaucht war, und falls nicht, um einen indianischen Fährtenleser anzuheuern.

Am Nachmittag desselben Tages machte sich ein Trupp Kitchawanken auf den Weg, kam jedoch mit leeren Händen zurück: Der Schnee hatte jede Spur verwischt. Wenn ihr Hemd einen Zweig geknickt oder ihr Fuß ein Steinchen verschoben hatte, so war das Indiz jetzt unter einer meterdicken Schneedecke verborgen. Jeremias war verzweifelt, gab aber nicht auf. Am nächsten Morgen ließ er Jeremy in Meintjes Obhut zurück, lieh sich Staats' Kutschpferd und durchkämmte mit Douw jeden Hain und jedes Dickicht, suchte wieder und wieder die Täler und Flußläufe ab, klopfte an die Türen abgeschiedener Höfe. Sie suchten in südlicher Richtung bis hinüber zum Dorf der Kitchawanken am Indian Point, nach Norden bis zur Weckquaesgeek-Siedlung am Suycker Broodt. Nicht die geringste Spur von ihr.

Es war Jan Pieterse, der sie schließlich fand, und zwar zufällig. Eines Morgens gegen Ende des Monats ging er hinter seine Handelsniederlassung, um wie jeden Tag einen Eimer Spülicht vom Blue Rock in den Fluß hinunterzukippen. An den jungen Van Brunt mit dem Holzbein und seine wirre Schwester, diese kahlgeschorene Verrückte mit dem Indianerbastard, dachte er am allerwenigsten, als ihm plötzlich etwas weiter vorn auf dem Pfad ins Auge fiel. Ein blauer Farbfleck. In einer Schneewehe am Fuß von Blue Rock, keine dreißig Meter von seinem Laden entfernt. Der blaue Fleck machte ihn neugierig, und er setzte den Eimer ab, um durch den verharschten Schnee zu stapfen und ihn näher zu begutachten. In den letzten Tagen war es wärmer geworden, daher gewöhnten sich seine Augen allmählich wieder an den Anblick von Farbe in einer Welt, die monatelang eintönig wie unbemalte Leinwand gewirkt hatte. Wie Schorf kam auf dem Trampelpfad die Erde durch, die grauen Wolken, die wie schmutzige Laken am Himmel gehangen hatten, waren dem prachtvollen Tiefblau eines Sommertages gewichen, die Weiden entlang der Van Wartville Road trugen Kätzchen, und winzige, noch fest verschlossene Knospen prangten an Holunder und Platane. Doch das hier, das war etwas anderes. Etwas vom Menschen Gemachtes. Etwas Blaues.

Im nächsten Augenblick stand er über dem Fleck in leicht prekärer Stellung zwischen dem wegrutschenden Schnee auf der einen und dem großen, glatten Felsblock auf der anderen Seite. Er starrte auf ein Stück Stoff hinunter, das aus dem Schnee ragte wie ein Zipfel von etwas Größerem. Als Ladenbesitzer kannte er diesen Stoff. Es war blauer Kersey. Er verkaufte ihn ballenweise an Indianer und Farmersfrauen. Die Indianer nahmen ihn für Dekken. Die Farmersfrauen machten gerne Schürzen daraus. Und Nachthemden.

Jeremias begrub sie unter der Weißeiche. Pastor Van Schaik kam und sprach am Grab ein paar Worte; als Trauergäste waren die sechs van der Meulens, in Schwarz gehüllt wie ein Schwarm *maes dieven*, gekommen. Jeremias kniete am Grab nieder, seine Lippen bewegten sich wie im Gebet. Aber er betete nicht. Er verfluchte Gott im Himmel und die ganze Engelschar, verfluchte den heiligen Nikolaus und den *patroon* und die öde, feindselige Landschaft, die sich rings um ihn wie eine Gehenna von Bäumen, Tälern und dornigen Hügeln erhob. Wären sie nur in Schobbejacken geblieben, sagte er sich immer wieder, und nichts von alledem wäre passiert. Er kniete dort und bedauerte Katrinchee, seine Eltern und den kleinen Wouter, bedauerte sich selbst, doch als er schließlich aufstand und seinen Platz unter den Trauernden einnahm, lag ein harter, kalter Blick in seinen Augen, ein Blick der Unversöhnlichkeit, der Unbesiegbarkeit, wie er ihn schon mehrmals auf den *schout* gerichtet hatte: Am Boden lag er, aber bezwungen war er nicht. O nein, bezwungen war er noch lange nicht.

Was den dreijährigen Jeremy anging, der wußte nicht, was Niederlage – oder auch Triumph – war. Er hielt sich im Hintergrund, als zuerst sein Onkel und dann *grootvader* van der Meulen mit den übrigen am Grab niederknieten. Er weinte nicht, verstand auch den Verlust gar nicht. Was sah er schon anderes vor sich als einen Haufen nackter Erde, nichts weiter als Ackerfurchen, wie sie Jeremias mit dem Pflug aufwarf? Maulwürfe lebten unter der Erde, Käfer, Engerlinge und Schnecken. Seine Mutter lebte nicht unter der Erde.

Als sie danach bei Apfelwein und Fleischpastete zusammensaßen, die Meintje für den Leichenschmaus mitgebracht hatte, entzündete Staats seine Pfeife, stieß einen langen Seufzer aus und sagte mit unnatürlich hoher Stimme: »Das war ein schlimmes Jahr für dich, *younker*.«

Jeremias hörte ihm kaum zu.

»Du weißt, daß du jederzeit zu uns zurückkommen kannst.«

Barent, der jetzt elf war und den kantigen Kopf und die weizenblonden Haare seiner Mutter geerbt hatte, lutschte schmatzend an einem Stück Wildfleisch. Die jüngeren Kinder – Jannetje, Klaes und der kleine Jeremy – saßen stumm wie Steine vor ihren Tellern. Meintje lächelte. »Ich hab einen Vertrag mit dem *patroon*«, sagte Jeremias.

Staats verwarf den Einwand mit einer Handbewegung. »Ohne Frau kannst du nicht weitermachen«, schmetterte er. »Du hast doch den Jungen, kaum drei Jahre alt, und niemanden, der sich um ihn kümmert.«

Natürlich wußte Jeremias, daß sein Adoptivvater recht hatte. Er konnte den Hof nicht weiterführen ohne jemanden, der die Arbeit mit ihm teilte – besonders wenn Jeremy dauernd herumwuselte. Jeremias mochte dickschädlig, eigensinnig, stur und zäh sein, aber ein Dummkopf war er nicht. Schon am Tag von Katrinchees Verschwinden, als die Stunden ohne Hoffnung verstrichen und er die Wälder durchkämmte, bis sein Bein versagte, war in ihm der erste Funke einer Idee geboren. In seinem Kopf war schon alles festgelegt. Ein Plan. Praktisch und romantisch zugleich: ein Plan für den Eventualfall. »Ich besorg mir eine«, sagte er.

Staats knurrte verblüfft. Meintje blickte vom Teller auf, und sogar Douw, der eben noch seine gesamte Aufmerksamkeit auf die Fleischpastete und den eingelegten Kohl konzentriert hatte, warf ihm einen fragenden Blick zu. Es herrschte kurz Schweigen, da nun auch die kleinen Kinder zu essen aufhörten und sich umschauten, als hätte ein Geist das Zimmer betreten. Meintje begriff als erste. »Du meinst doch nicht etwa –?«

»Genau«, sagte Jeremias. »Neeltje Cats.«

»Jetzt hab ich's vergessen – magst du nun Tofu oder nicht?«

»Sicher«, sagte sie, »ich mag alles.« Sie hockte zusammengekauert in einer Ecke von Tom Cranes Bett, voll angezogen, in Handschuhen, Maximantel und Strickmütze, und nippte sauren Wein aus einem Senfglas. Nur einmal, höchstens zweimal im Leben war ihr kälter gewesen. Sie zog sich die muffigen, kalten Laken und Daunendecken über den Kopf und versuchte, das Zittern ihrer Schultern zu unterdrücken.

»Gemüsezwiebeln?«

»Gerne«, kam die Antwort gedämpft durch den Stoff.

»Knoblauch? Sojafleisch? Kürbis? Bierhefe?«

Jessicas Kopf schob sich durch die Decken. »Hab ich mich jemals beschwert?« Sie befand sich zwei Meter über dem Boden, denn dort hatte Tom Crane sein Bett gebaut – hoch oben, direkt unter dem nackten Dachgebälk voller Spinnweben, herabbaumelnden Hülsen toter Insekten, schlierigem Vogel- oder Fledermauskot und Schlimmerem. Als sie das erste Mal im Blockhaus gewesen war – im vorletzten Sommer, zusammen mit Walter –, hatte sie Tom wegen des Hochbetts gefragt. Er hatte neben dem speckigen Fenster in einem speckigen Secondhand-Sessel von der Heilsarmee gesessen, die Haare schon damals mehr als schulterlang, und aus einem Bierkrug, der von einem irischen Pub in New York ausgeborgt war, ein übel aussehendes Gebräu aus Trockenmilch, Eigelb, Lezithin, Proteinpulver und Weizenkeimen geschlürft. »Komm mich mal im Winter besuchen«, hatte er geantwortet, »dann fragst du nicht mehr.«

Jetzt verstand sie. Hier oben, auf dem luftigen Ehrenplatz, spürte sie allmählich erste schwache Ausstrahlungen des Holzofens. Sie streckte ihm ihr Glas hin. »Du meinst, da unten wird es überhaupt nie warm?«

In seinem zerschlissenen Fliegermantel, einem schweißfleckigen Thermo-Unterhemd und den Stiefeln mit kaputten Reißverschlüssen flitzte unter ihr Tom in der Einzimmerhütte herum wie der Koch von »Fagnoli's Pizza« nach dem Basketballspiel der High-School. Obwohl er gleichzeitig Brennholz nachlegen, Zwiebeln, Sellerie und Schnittlauch kleinhacken, in einem verdreckten Gurkenglas acht Tassen braunen Reis abmessen und das siedende Öl am Boden eines 25-Liter-Topfes umrühren mußte, der so schwarz war, daß er ein Relikt des Feuersturms von Dresden hätte sein können, kam er nicht aus dem Takt. »Hier unten?« wiederholte er, indem er mit einer Hand das Gemüse in die Tiefen des Kessels schüttete und die andere galant nach oben streckte, um ihr Wein nachzuschenken. »An guten Tagen – also, dann hat's draußen nur so vier bis sechs Grad unter Null –, wenn ich da dem Ofen wirklich volles Rohr gebe, dann schaffe ich's, daß am Fußboden so etwa plus zehn sind.« Er sah nachdenklich drein, während er sich einen zweiten Becher von dem sauren, öligen Wein eingoß, und schien kurzfristig völlig im Berechnen kalorischer Variablen zu versinken, während im Topf hinter ihm das Öl zischte und das Leck am Ofenrohransatz Rauch ins Zimmer spuckte. »Da oben, würde ich sagen, können es in einer guten Nacht sogar fünfzehn Grad plus werden.«

Es drohte keine gute Nacht zu werden. Erst halb sieben, und schon war das Quecksilber in dem rostigen Thermometer vor dem Fenster auf minus achtzehn gefallen. Immerhin, man mußte es Tom lassen, bereits wenige Sekunden, nachdem er durch die Tür gekommen war, war er mit dem Ingrimm des halb erfrorenen, verzweifelten Greenhorns in der Jack-London-Geschichte ans Einheizen gegangen. Aber die Hütte, so erklärte er, während er auf dem Schneidbrett Gemüse hackte, brauchte eben eine Weile zum Warmwerden. Jessica dachte gerade, dies sei wohl eine Untertreibung erster Güte, als Tom einen verzinkten Eimer packte und zur Tür stürzte. »Warum rennst du denn jetzt wieder raus?« fragte sie ehrlich entsetzt.

Die Antwort kam in Form eines verzerrten Zweisilbers, während er an den Knöpfen seines Fliegermantels fummelte und mit dem Eimer versehentlich klirrend gegen eine Kiste stieß, auf der sich vergilbte Wäsche häufte. »Wasser!« kreischte er, raste an ihr vorbei und knallte die Tür hinter sich zu.

Zu Beginn dieses Tages – im fahlen Licht des Morgengrauens, um genau zu sein – hatte Jessica, die nun schon zwölf Wochen verheiratet war, sich bei ihrem Mann beklagt, der Wagen wolle nicht anspringen, und wenn der Wagen nicht anspränge, würde sie zu spät zur Arbeit kommen. Walter war ihr keine große Hilfe gewesen. Arbeitslos, unrasiert und verkatert, nach einer der üblichen langen Nächte im »Elbow«, lag er reglos in der Mitte des Bettes, wie eine Mumie in die Steppdecke gewickelt, die ihnen Großmutter Wing zur Hochzeit geschenkt hatte. Sie sah die Schlitze seiner Augen sich einen Spaltbreit öffnen. Die Lider waren zentimeterdick geschwollen. »Ruf Tom an«, krächzte er.

Tom hatte keinen Strom. Tom hatte kein fließendes Wasser. Er hatte keine elektrische Zahnbürste, keinen Fön und kein Waffeleisen. Ein Telefon hatte er erst recht nicht. Und selbst wenn er eins gehabt hätte, wäre es kaum von Nutzen gewesen, führte doch kein Telefonkabel durch die Wälder über den Van Wart Creek und den Hügel hinauf zu seiner Kate. Während Jessica in ihrem Maximantel mit Fischgrätmuster nervös auf und ab ging, sich kalten Kaffee in die Kehle schüttete und mit der Bürste hastig durch das seidige blonde Haar fuhr, versuchte sie, ihrem dahingestreckten Mann dies klarzumachen.

Die reglose Decke schien das Leben darunter in stummem Bann zu halten. Kurz darauf hörte sie, wie sein Atem in den sanften, autonomen Rhythmus des Schlafes zurückfand. »Walter?« Sie stieß ihn an. »Walter?«

Seine undeutlich gemurmelten Worte klangen wie von

der anderen Seite einer unüberwindbaren Kluft herüber: »Melde dich doch krank«, knurrte er.

Eine verführerische Idee. Draußen war es so kalt, daß es einem das Fleisch von den Knochen schälte, und bei dem Gedanken, acht Stunden lang bei Neonlicht Formalin einatmen zu müssen, sehnte sie sich zu den Seminararbeiten, Abschlußexamen und Laborprotokollen des letzten Jahres zurück. Seit einigen Wochen widerte der Job sie an: Larven zählend und Listen schreibend saß man immer nur herum und sah auf die Uhr – erst im März würden sie wieder aufs Wasser hinausfahren können. Sogar Tom, der eigentlich zur Handhabung des Schleppnetzes auf dem großen Firmenboot eingestellt worden war, beugte sich seit neustem über Glasschalen mit Algenteilen und den Larven von Insekten und Fischen und inhalierte stinkende Dämpfe. Nein: zur Arbeit hatte sie keine Lust. Schon gar nicht, wenn sich ihr auf dem Weg dorthin arktische Sturmböen und eine eingegangene Batterie entgegenstellten.

»Du weißt genau, daß das nicht geht«, wandte sie ein und schüttelte sich, weil der Kaffeesatz so übel schmeckte. Sie hoffte, er würde ihr widersprechen, ihr sagen, sie solle den Job doch zum Teufel wünschen und ins Bett zurückkommen, aber er schnarchte schon wieder. Sie setzte den Kessel für eine zweite Tasse auf, tappte in Pantoffeln über das kalte Linoleum und durchwühlte den Schrank nach dem Pulverkaffee, als sie plötzlich krampfartig von Schuldgefühlen übermannt wurde. Sie *mußte* zur Arbeit gehen, gar keine Frage. Schließlich hatte sie an ihre Karriere zu denken – sie wußte genau, wie gut sich dieser Job in ihrem Lebenslauf machen würde, wenn sie sich im Herbst wieder für ein Graduiertenstipendium bewarb –, und außerdem, prosaischer betrachtet, brauchten sie einfach das Geld. Walter hatte seit seinem Unfall nicht gearbeitet. Er behauptete, er wäge noch die Alternativen ab, taste sich an die Entscheidung erst heran. Er versuche, mit seinem Trauma fertig zu werden. Lehrer wolle er werden, Verkäufer oder Versicherungsagent, bei einer Bank oder beim Gericht anfangen, er wolle wieder auf die Uni gehen, eine Motorrad-Werkstätte aufbauen, ein Restaurant eröffnen. Es könne nicht mehr lange dauern. Jessica drehte die Flamme unter dem Wasserkessel ab und ging ins Nebenzimmer, um ihren Vater anzurufen. Mit etwas Glück würde sie ihn noch erreichen, bevor er zum Bahnhof losfuhr…

Sie hatte Glück. Letzten Endes traf sie nur zwanzig Minuten zu spät ein und bekam noch genug Formalin in die Nase, den ganzen langen grauen Vormittag und während des trüben, endlosen, hyperboreischen Nachmittags.

Tom hatte sie nach Hause gebracht. Im Dunkeln. Auf dem Soziussitz seiner klappernden, verrosteten Suzuki 50 ohne Auspuff, und zwar unter Wind-Kälte-Bedingungen, die jenen auf der Eisstation Zebra nahegekommen sein dürften. Dann war sie, indem sie sich wild abklopfte und hektisch die laufende Nase tupfte, in Windeseile die Stufen des süßen, kleinen Bungalows in der Kitchawank Colony (Miete: $ 90 pro Monat, plus Nebenkosten; sie und Walter hatten ihn unter hundert identischen süßen, kleinen Bungalows der Kitchawank Colony ausgesucht) hinaufgerannt, nur um festzustellen, daß Walter nicht da war. Tom stand hinter ihr, den Helm in der Hand, den gelben Schal um die untere Gesichtshälfte gehüllt wie die *kaffiyeh* eines Kameltreibers. »Er ist nicht zu Hause«, sagte sie und sah ihn an.

Toms tränende Augen über dem Schal starrten geistesabwesend in Küche und Wohnzimmer herum. »Nein«, sagte er, »anscheinend nicht.«

Ein langer Moment verstrich, ihre Enttäuschung war wie eine schwere Last, die sie auf einmal beide zu tragen hatten – sie wollte es nicht wahrhaben, eine kalte Nacht allein, aufgetaute Enchiladas und Quesadilla-Chips mit dem Geschmack und der Konsistenz von Vinyl als Abendessen –, bis Tom sich den Schal von den Lippen wegschob und fragte, ob sie nicht bei ihm draußen etwas essen wolle. Sie könnten ja einen Zettel für Walter dalassen.

Und nun war sie hier, preßte die Knie gegen die Brust und sah zu, wie ihr Atem vor dem Gesicht kondensierte, während ein Potpourri widerstreitender Düfte ihre Nase umwehte. Da war der kalte, schweißige Gestank ungewaschener Socken und Unterhosen, der Mief von Schimmel und faulem Holz, die beißende Schärfe des Rauchs und das unbezwingbare, unübertreffliche, köstliche, süße, speicheltreibende Aroma von bratendem Knoblauch. Sie wollte gerade hinabhüpfen, um umzurühren, als der Heilige der Wälder zurückkam, mit flatternden Ellenbogen, triefend vor Nässe, und wie ein Schlagzeuger in voller Aktion herumtrampelte. Er atmete schwer, seine Nase hatte die Farbe von Lachs aus der Dose. »Wasser«, keuchte er, stellte den Eimer neben den Ofen und maß augenblicklich vierundzwanzig Tassen davon für den Reis ab. »Blood Creek«, setzte er grinsend hinzu. »Der läßt mich nie im Stich.«

Später, nachdem sie jeder zwei randvolle Blechteller klebrigen Reis und Gemüse mit in Knoblauch geschwenktem Tofu und Sojawürfel *à la maison* verschlungen hatten, teilten sie weitere fünf oder sechs Becher Wein und einen Grasjoint eigener Ernte, hörten sich auf Toms batteriebetriebenem No-Fidelity-Plattenspieler die Bobby Blue Band mit »Call on Me« an und diskutierten mit der Leidenschaft von Talmudschülern, die in die Mysterien der Kabbala eintauchen, über Herbert Axelrod, sprechende Schimpansen und Ufos. Irgendwann hörte Jessica lange genug zu bibbern auf, um vom Hochbett hinunterzuklettern und sich, knapp außerhalb des Einäscherungsbereichs, vor den Ofen zu setzen, dessen Tür Tom offengelassen hatte. Sie erzählte die Geschichte, wie Herbert Axelrod einmal an der Uni von San Juan zu einem Vortrag eingeladen war und beim Verlassen des Flugzeugs in einer Pfütze neben der Rollbahn ganz nebenbei eine neue Fischspezies entdeckt hatte. Tom seinerseits erzählte ihr über das Yerkes-Primaten-Zentrum, von trigonometrisch begabten Delphinen und von dem Ufo, das er gleich um die

Ecke, auf der Van Wart Road, gesehen hatte. Schließlich und unausweichlich jedoch kam das Gespräch auf Walter.

»Ich mache mir Sorgen um ihn«, gestand Jessica.

Tom machte sich auch Sorgen. Seit seinem Unfall war Walter zunehmend sonderbar geworden, zeigte ein zwanghaftes Interesse an Straßenschildern, Geschichte und den Robeson-Unruhen, quatschte dauernd von seinem Vater, als wohnte er mit ihm zusammen, und redete am späten Abend im »Elbow« regelmäßig nur noch dummes Zeug. Schlimmer, er halluzinierte. Sah hinter jedem Baum seine Großmutter und ganze Armeen von Kobolden, sah seine Mutter, seinen Vater, seine Onkel und Cousins und Vorfahren. Klar: es mußte schrecklich sein, wenn einem so der Fuß abgehackt wurde, und sicherlich brauchte man Zeit, sich daran zu gewöhnen, aber allmählich wurde es ein bißchen zuviel. »Hat er dir davon erzählt, daß er komische Sachen sieht?«

Jessica blickte ihn scharf an, als er sich vorbeugte, um Brennholz nachzulegen. »Komische Sachen?«

»Ja, na, zum Beispiel Leute. Leute, die tot sind?«

Sie überlegte eine volle Minute lang, ihre Gedanken waren vom Wein leicht betäubt, eine ganz sachte Übelkeit streckte ihre Fühler ins Innerste ihrer Eingeweide aus. »Ja, seinen Vater«, sagte sie schließlich. »Er hat mir einmal erzählt – das muß kurz nach dem Unfall gewesen sein –, er hätte seinen Vater gesehen. Andererseits« – sie zuckte die Achseln – »kann er ihn ja wirklich gesehen haben.«

»Ist der nicht tot, oder was?«

Der Wein stieg ihr zu Kopf. Oder vielleicht das Gras. Oder der Tofu. »Wer?«

»Walters Vater.«

Wieder zuckte sie die Achseln. »Das weiß keiner genau.«

In diesem Moment hörten sie trampelnde Schritte auf der Veranda draußen vor der Hütte, hier mitten im Nirgendwo, ein Geräusch wie das Klopfen fleischloser Knöchel am Deckel eines Fichtensarges. Sie zuckten beide zusammen. »Walter«, murmelte Jessica im nächsten Atemzug, und sie entspannten sich wieder. Doch dann flog die Tür auf, und herein kam Mardi, in Seehundfellstiefeln und einem schäbigen Waschbärmantel, der ihr bis zu den Knien reichte, und brüllte: »Hey, Tom Crane, du bäriger alter Satyr, du Alter vom Berge! Rat mal, was ich dir mitgebracht hab?«

Jetzt war sie drin, die Tür krachte hinter ihr ins Schloß, sie wärmte sich über dem Feuer die Hände und stampfte kurz in einem wilden Fellstiefel-Fandango mit den Füßen, ehe sie Jessicas Anwesenheit bemerkte. »Oh«, sagte sie, der große, kalte Mantel streifte Jessicas Gesicht, und musterte sie mit aufgequollenen, rotgeäderten Augen, »oh... hallo.«

Tom goß ihr ein Glas Wein ein, während sie lautstark über den Pfad von der Straße zur Hütte klagte – »Scheiße, alles total vereist, wie 'ne Rodelbahn oder so« – und erzählte, wie sie mindestens sechsmal auf den Arsch gefallen war. »Seht ihr?« sagte sie und hob den Mantel, um ihr Hinterteil vorzuführen, das die ausgebleichten, engen Jeans faltenlos im Griff hatten.

Plötzlich hatte Jessica ein Gefühl, das ebenso säuerlich war wie der gallige Wein in ihrer Magengrube.

»Wißt ihr was?« begann Mardi, warf ihren Mantel in die Ecke und brachte darunter einen Skipullover zum Vorschein, dessen Muster offenbar ein Rudel bumsender Rentiere darstellen sollte, sprach aber nicht weiter, sondern quietschte beim Anblick des Topfes auf (»Ach, was haben wir denn da? Mmmmmmh...«) und fing an, Kürbis- und Tofustückchen daraus zu klauben. »Mmmmmmm, schmeckt gut. Was ist das? Tofu?« Sie lehnte mit mahlenden Kiefern an der Tischkante und leckte sich die Fingerspitzen ab. Ihre Hände waren schmal und zart, nicht größer als die eines Kindes, und an jedem Finger trug sie zwei oder drei Ringe. »Wißt ihr was?« wiederholte sie.

Schweigen. Jessica konnte das leise Ächzen und Schlotzen des Ofens hören, das Knacken und Pfeifen des Saftes im brennenden Holz. Tom grinste Mardi an wie ein Bauernlümmel die Attraktionen auf dem Rummelplatz. »Was?« fragte er schließlich.

Mardi stieß sich mit dramatischer Geste vom Tisch ab und warf die Arme in die Höhe wie eine Varietésängerin. »Dope!« verkündete sie. »Gelber Libanese!« Sie habe, versicherte sie, das beste, reinste, stärkste Haschisch, einfach wahnsinnig, ungestreckt, absolut dröhnend, das hervorragendste Dope, das sie je würden probieren dürfen, und sie habe sogar, setzte sie mit einem schiefen Grinsen hinzu, fünf Gramm zu verkaufen. Zwar sei sie versucht, es allein für sich zu behalten – nur um immer was davon dazuhaben, sie wüßten ja –, und normalerweise mache sie solche Sachen wie Dealen und so ja auch nicht, nur brauche sie eben, na ja, momentan ein bißchen Cash.

Jessica bemühte sich, sie bemühte sich redlich. Aber diese Frau mit dem Waschbärpelzmantel hatte irgend etwas an sich, das sie im Innersten ihrer Seele irritierte, so daß sie am liebsten die Zähne gefletscht und sie angefaucht hätte. Nicht nur, daß Mardi primitiv, laut, verschlampt und aufdringlich war – es hatte eine tiefere Ursache. Irgend etwas im Klang ihrer Stimme, ihrer Art, sich zu bewegen, mit dem Finger über den weggeschminkten Leberfleck im Mundwinkel zu streichen oder durch die Lücke zwischen den Vorderzähnen zu atmen, irgend etwas an Mardi brachte Walters gutmütige Gattin aus dem Gleichgewicht. Jedes ihrer Worte, jede ihrer Gesten war ein Splitter, den sie Jessica unter die Nägel trieb.

Mardi war stoned und quasselte ununterbrochen. Ausführlich und wirr erzählte sie, wie sie zwei ihrer Professoren am Bard College verführt hatte, fachsimpelte mit Tom über Motorräder – *sie* würde sich ja im Frühling die große Honda, die 750er, zulegen – und bekam einen Lachanfall bei der Erinnerung an ein Erlebnis bei irgendeinem Konzert, auf dem die beiden gewesen waren. Zwischendurch zog sie eine Pfeife aus der Innentasche des Waschbärmantels, zündete sie an, nahm einen gewaltigen Zug davon und gab sie an Tom weiter. Harzig und satt, mit einem Duft, der sogar den beißenden Gestank des qualmenden Holzes überlagerte, erfüllte das Aroma des schwelenden Rauschmittels die Hütte. Tom reichte Jessica die Pfeife.

Was Haschisch anbelangte, war Jessica keineswegs unerfahren. Hustend wie ein Tuberkuloseopfer hatte sie im Studentenheim mit ihren Zimmergenossinnen die eine oder andere Wasserpfeife geraucht und des öfteren hinter dem »Elbow« aus Walters mit Stanniol ausgekleideter Pfeife einen verstohlenen Zug gemacht, und sie war immer gut drauf gewesen, alles super. Mardis Stoff aber überrumpelte sie. Vor allem nach dem vielen schlechten Wein, dem Tofu und Tom Cranes eigenem, fest gedrehten kleinen Gras-Joint. Fünf Minuten nachdem Mardi die Pfeife angeraucht hatte, war Jessica, als sänke sie durch den Boden hindurch, gewaltige pulsierende Farbflecken blitzten in ihrem Blickfeld auf wie Rasterpunkte auf einer leeren Leinwand. Die Übelkeit, die sie bereits vorher gespürt hatte, wanderte auf einmal aufwärts, aus den Eingeweiden in den Magen, und kroch ihre Kehle hinauf wie die körperlose Hand in ›Das Ungeheuer mit fünf Fingern‹. Sie begann zu würgen, wollte gerade aufspringen, zur Tür hinausstürmen und Kürbis, Tofu, Naturreis und sauren Weißwein in die kristalline, unverfälschte Nacht erbrechen, als die Tür von selbst aufging.

Und wer stand da, gestützt auf sein gesundes Bein und umrahmt von ebendieser arktischen Nacht, in einem Wintermantel von der Heilsarmee und einem völlig verdreckten Schal voller abgerissener Blätter, Kletten, Zweige und sonstigem Unrat des Waldes? Wem konnten diese Dingo-Stiefel gehören, die bis zur Unkenntlichkeit verdreckt waren? Wer sah aus, als wäre er nicht einmal oder zweimal, sondern unzählige Male ausgerutscht und zu Boden gefallen? Es war Walter.

General MacArthur bei seiner Landung auf den Philippinen hätte kaum mehr Aufregung verursachen können. Tom sprang auf, durchquerte mit zwei großen Sätzen den

Raum und begrüßte den verirrten Wanderer mit Schulterklopfen, Jessicas Magen beruhigte sich kurzfristig, und auch sie sprang auf, um ihn zu umarmen und mit einem Kuß zu begrüßen, und Mardi rührte sich zwar nicht von der Stelle, leistete sich aber dafür ein breites, boshaftes, laszives Grinsen und ließ das Licht des Erkennens – des Erkennens im engsten, höchst euphemistischen biblischen Wortsinn – in ihren vollkommenen, gletscherkalten, tiefliegenden und spöttisch funkelnden violetten Augen aufblitzen.

Also gut. Fragen stürmten auf ihn ein. Nein, gegessen hatte er noch nichts. Klar, ein bißchen Tofu wäre prima. Ja, er war in einer Bar unten in Verplanck gewesen, hatte mit Hector Billard gespielt und auf die Zeit nicht geachtet. Mmh, ja, den Zettel hatte er gelesen. Wahrscheinlich keine zehn Minuten, nachdem sie losgefahren waren. Na ja, er hatte sich dann erst mal frisch gemacht, geduscht und so, und irgendwie hatte er Lust bekommen, in dieser kältesten Nacht seit Menschengedenken rüberzufahren und nachzusehen, wie der Heilige der Wälder die Lage meisterte. (Dies mit einem Grinsen zu Tom Crane, der schon am Ofen stand und mit wilden, spastischen Verrenkungen seines knochigen Arms in den Tiefen des Kessels rührte.) Und, tja, auf dem Pfad hierher mußte er an die hundertmal hingesegelt sein – dieser beschissene, nutzlose Fuß war ihm dauernd weggerutscht.

»Willst du mal ziehen?« Mardi, die wieder am Tisch lehnte, beugte sich zu ihm hinüber, ihre Stimme klang gepreßt in dem Bemühen, den wertvollen Rauch in der Lunge zu halten, und streckte Walter die Pfeife wie ein Sühneopfer entgegen.

»Klar«, sagte Walter und berührte ihre Hand, »danke«, und da entdeckte Jessica etwas in seinem Blick. »Wie geht's denn so, Mardi?« fragte er, indem er die Pfeife zum Mund führte, und Jessica hörte etwas in seiner Stimme. Sie sah zu Mardi, die dasaß wie eine Katze mit lauter Federn im Maul, dann sah sie zu Walter, der durch den Rauch hindurch Mardi anblinzelte, und auf einmal kam ihr ein entsetzlicher, herzzerreißender und ekelhafter Gedanke.

Jetzt redete Mardi wieder, redete schnell und mit harter, rasiermesserscharfer Stimme, erzählte Walter dieselbe Geschichte, die sie bereits vor einer Viertelstunde zum besten gegeben hatte, über die Unidozenten und sich selbst, die Provokante und Unwiderstehliche. Und Walter, der sich im Sessel lümmelte, den Mantel aufknöpfte und zwischendurch an der Pfeife zog, hörte ihr zu. Aber nein. Nein. Das war nur die übliche Paranoia, sonst nichts. Es lag am Haschisch. So wirkte es immer auf sie. Was hieß es denn schon, daß Walter nicht zum Abendessen nach Hause kam, was hieß es, daß er jede zweite Nacht im »Elbow« herumhing, was hieß es, daß Mardi *nur wenige Minuten vor ihm* hereingekommen war – was bewies das schon? O nein, da lag sie völlig schief.

Dennoch sprang sie im nächsten Augenblick auf, das halbvolle Senfglas krachte zu Boden wie eine Bombe, sie raste zur Tür hinaus auf die Veranda, wo sie sich übers Geländer beugte und all das Feuer aus ihren Eingeweiden entleerte und dabei in cinem Brechreiz, der weder aufhören noch nachlassen wollte, derart heftig und unkontrolliert würgte, daß sie lange Zeit dachte, sie sei vergiftet worden.

Eine andere Frau war es nicht, dessen war sie sicher. Aber irgend etwas stimmte nicht, stimmte ganz und gar nicht, da bestand für Christina gar kein Zweifel. Sie lehnte sich auf dem nach Hund riechenden Diwan zurück, den ihre Mutter für sie aus dem Keller geholt hatte, hob die dampfende Tasse Pulverkaffee an die Lippen und starrte durch die gelb verstaubten Fenster des Bungalows hinaus in die satte Abenddämmerung, die sich in den Bäumen sammelte wie der Vorbote eines heftigen Unwetters. Alles war still. Walter schlief schon, Hesh und Lola waren ausgegangen. Als sie den Blick vom Fenster auf den Kiefernschreibtisch darunter senkte (den Schreibtisch ihres Mannes mit der massigen schwarzen Smith-Corona und den ordentlich ausgerichteten, kleinen Bändchen mit geheimnisvollen Titeln wie ›Agrarkonflikte im New York der Kolonialzeit‹ oder ›Van Wart Manor: Damals und Heute‹), empfand sie eine stechende Trauer, als hätte sie etwas Verkrüppeltes, Entstelltes zur Welt gebracht, häßlich wie eine Lüge. Als sie wieder aufsah, biß sie sich in den Ringfinger, um nicht laut loszuweinen.

Eine andere Frau war es nicht, doch wünschte sie beinahe, es wäre so. Zwar hatte sie nicht die geringste Ahnung, was schiefgegangen war, aber sie brauchte Truman nur in die Augen zu sehen, um zu wissen, daß die Dinge schlecht standen. Seit kurzem ging er abends nach der Arbeit in eine der umliegenden Kneipen, um dort »abzuschalten«, und kam erst gegen Mitternacht mit wildem Blick und einer hochprozentigen Fahne hereingewankt, abweisend wie ein Außerirdischer, der von einem anderen Stern neben ihr im Bett gelandet war. Abschalten. Ja. Aber schon seit einer Weile – diesen ganzen verteufelten Sommer lang – wurde er immer merkwürdiger und zurückgezogener, so daß sie ihn kaum noch wiedererkannte. Mit starren, verhärteten Gesichtszügen, aus denen jede Sympathie gewichen war, schleppte er sich jeden Tag aus der Gießerei nach Hause. Er entzog sich ihrer Umarmung, wirbelte Walter durch die Luft und goß sich einen Drink ein. Dann setzte er sich meist an den Schreibtisch und schlug ein Notizheft auf, in dem er sich bis zum Abendessen verlor. »Wie war's bei der Arbeit?« fragte sie. Oder: »Was dagegen, wenn's noch mal grüne Bohnen gibt? Sind die Marsmenschen gelandet?« Völlig sinnlos. Keine Reaktion. Wie aus Stein gemeißelt saß er da, ein Mönch seiner geheiligten Texte. Nach dem Essen las er seinem verdutzten Sohn mit tonloser, gleichgültiger Stimme ein Kapitel aus Diedrich Knickerbockers ›Geschichte New Yorks‹ vor, dann kehrte er zu den Büchern zurück. Manchmal wachte sie auch unter der Woche um ein oder zwei Uhr morgens auf, und da saß er immer noch, las, unterstrich etwas, machte sich Notizen, ging mit seinem ganzen Ich in der Seite auf, die er gerade las.

»Du arbeitest zuviel«, sagte sie.

Er fuhr hoch wie ein an der Beute überraschtes Raubtier, das Buch lag aufgeschlagen in seinem Schoß, als wäre es ein Wesen, das er belauert und gerissen hatte, blutiges Fleisch, an dem er im Schutz seiner Höhle nagte. »Nicht genug«, knurrte er.

Anfangs war sie verständnisvoll gewesen. Immer wieder hatte sie sich gesagt, es sei alles in Ordnung, ihm werde einfach die Belastung zuviel, sonst nichts. Trotz der Vierzigstundenwoche pendelte er regelmäßig in die Stadt zu den Abschlußseminaren in Pädagogik und Geschichte, nahm an Parteiversammlungen teil, hielt Auto, Garten und Haus in Schuß, und neben alldem versuchte er, in dem knappen Zeitraum von zehn Wochen seine Diplomarbeit zu recherchieren und zu schreiben: Das reichte wohl, um jemanden aus der Bahn zu werfen. Doch als der Sommer ins Land ging und er sich immer mehr in sich kehrte, lieblos, verbohrt und feindselig wurde, sah sie langsam ein, daß sie sich etwas vormachte und das Problem größer war, als sie zu ahnen gewagt hatte. Irgend etwas, das außerhalb von ihm lag, etwas Giftiges und Unwiderrufliches, verwandelte ihn. Er verhärtete zusehends. Er trieb einen Keil zwischen sie. Er entglitt ihr.

Es hatte im Juni angefangen, als Sasha Freeman und Morton Blum verkündeten, daß die Partei eine Veranstaltung in Peterskill plante, und Truman sein Abschlußprojekt am New York City College begann, die Diplomarbeit. Als Thema hatte er eine obskure historische Episode aus der Gegend gewählt – Christina hatte noch nie davon gehört –, und er nahm die Arbeit mit der monomanischen Konzentration eines Edward Gibbon in Angriff, der die Chronik des Niedergangs von Rom verfaßte. Auf einmal hatte er keine Zeit mehr für Abendessen mit Hesh und Lola, keine Zeit mehr zum Kartenspielen oder für Fahrten ins Autokino, keine Zeit mehr, mit Walter Ausflüge an den Fluß zu unternehmen oder an kühlen Abenden ein bißchen Baseball zu spielen. Auch für Sex hatte er keine Zeit. Er arbeitete die halbe Nacht lang, runzelte in der Lichtpfütze seiner Schreibtischlampe die Stirn und kam ins Bett wie ein Mann mit einem Pfeil im Rücken: Die Tür quietschte kurz in den Angeln, er machte drei Schritte und fiel in die Kissen und schlief schon, ehe er richtig lag. Die Wochenenden verbrachte er in der Bibliothek. Sie versuchte, mit ihm darüber zu reden. »Truman«, flehte sie, während er Notizen niederschrieb oder ein Buch beiseite warf, um nach dem nächsten zu greifen, »du schreibst doch nicht die Geschichte der abendländischen Kultur; mach doch mal eine Pause, geh es ein bißchen langsamer an. Truman!« rief sie erregt, »es geht doch bloß um ein Examen an der Uni!«

Er machte sich nicht einmal die Mühe, ihr zu antworten.

Und worüber schrieb er? Womit brachte er sich halb um, Tag und Nacht, bis seine Frau sich wie eine Witwe fühlte und sein Sohn ihn kaum noch kannte? Eines Nachmittags riskierte sie einen Blick. Eines prachtvollen, sonnigen Nachmittags, als Truman in der Fabrik war und Walter sich Erbsensuppe ins Hemd schmierte. Sie trug gerade den Müll aus der Küche, die Arme beladen mit zwei prallen Tüten voller Knochen und Schalen und gebrauchter Kaffeefilter, da lag er plötzlich vor ihr, der Mittelpunkt des Zimmers, des Hauses, der Stadt, des Staates, ja der ganzen Welt: Dort, mitten auf seinem Schreibtisch lag der zerschlissene Schutzumschlag, den er nie aus den Augen ließ, außer wenn er bewußtlos auf dem Bett ausgestreckt lag oder für die Bosse in der Gießerei schuftete. Wie ein Magnet zog der Umschlag sie an, ein Nonplusultra und eine Conditio sine qua non. Sie nahm ihn in die Hand.

Darin steckte ein Stapel so dick wie das Telefonbuch, Hunderte von Seiten liniertes gelbes Papier, die mit den wilden Schleifen und Strichen seiner winzigen, engen Handschrift bedeckt waren. *Großgrundbesitz und Rebellion: Die Crane/Mohonk-Verschwörung*, las sie, *von Truman H. Van Brunt*. Sie blätterte um. »Die Geschichte von Van Wart Manor ist eine Geschichte von Unterdrückung, Lüge und Verrat, ein dunkler Punkt in den Annalen der kolonialen Siedlerbewegung...« Der Stil war ausschweifend, voller Klischees, leidenschaftlich und pathetisch – beinahe hysterisch. So eine historische Betrachtung hatte sie noch nie gesehen. Ein ahnungsloser Leser hätte glauben müssen, der Verfasser sei persönlich betroffen, das Opfer einer schreienden Ungerechtigkeit oder fälschlichen Beschuldigung. Sie las fünf Seiten und legte den Umschlag dann weg. War es das? Hatte das von ihm Besitz ergriffen?

Sie bekam ihre Antwort drei Wochen später.

Es war an einem Samstagnachmittag, eine Woche vor dem Konzert. Das Seminar war vorbei, die Arbeit fertig (mit zweihundertsiebenundfünfzig eng betippten Seiten war sie fünfmal so lang wie jede andere in diesem Semester), das Diplom verliehen. Als sie nach der Verleihungszeremonie den Zug zurück nach Peterskill nahmen, drückte sie sich in dem sachte schwankenden Abteil an Truman und dachte: *Jetzt. Jetzt können wir endlich durchatmen.* Am Spätnachmittag kamen sie zu Hause an. Truman durchquerte das Zimmer und ließ sich krachend in den Schreibtischstuhl fallen, immer noch in Barett und Talar – die geliehenen akademischen Kleider, die er sich beharrlich zurückzugeben weigerte –, der Schweiß sickerte in dunklen Flecken und spitzen Halbmonden durch den schweren schwarzen Musselin. »Komm, laß uns feiern«, sagte sie, »wir holen Walter ab und gehen irgendwohin essen – in ein nettes Restaurant. Nur wir drei.«

Er starrte zum Fenster hinaus. Er wirkte nicht wie jemand, der gerade drei Jahre harter Arbeit mit einem gewaltigen, dauerhaften Triumph gekrönt hatte – eher wie ein Dieb, der in Kürze an den Galgen geführt werden sollte.

»Truman?«

Langsam drehte er ihr das Gesicht zu, und in seinen Augen lag dieser seltsam nervöse, leere Blick, den sie bei ihm seit Wochen kannte. »Ich muß noch fort«, sagte er und sah wieder weg. »Mit Piet. Ich muß Piet was an seinem Auto helfen.«

»Piet?« Sie warf den Namen zurück wie einen Fluch. »Piet?« Sie konnte ihn vor sich sehen, diesen Piet, blaß wie eine nackte Made, auf den Lippen das nie erlöschende Grinsen. »Und was ist mit mir? Was ist mit deinem Sohn? Ist dir klar, daß wir nichts mehr gemeinsam unternommen haben seit – ja, seit Monaten?«

Er zuckte nur die Achseln. Seine Oberlippe zitterte, als hielte er mit Mühe ein boshaftes, gemeines Hohnlächeln zurück: *Ja, ja, ich bin schuld, ich bin ein Schwein, beschimpf mich, haß mich, reich die Scheidung ein.* Er konnte ihrem Blick nicht standhalten.

Fast vier Jahre waren sie nun verheiratet – bedeutete ihm das denn gar nichts? Was war los? Was war mit dem Mann passiert, in den sie sich verliebt hatte, dem tollkühnen Burschen, der stets lächelte, der unter der Bear Mountain Bridge durchgeflogen war und sie im Sturm erobert hatte?

Er wisse es nicht, sagte er. Er sei müde, sonst nichts. Er wolle sich nicht streiten.

»Sieh mir in die Augen«, sagte sie und packte ihn am

Arm, als er zum Gehen aufstand, krallte die Finger in den rauhen Talar. »Du triffst dich mit einer anderen, stimmt's?« Dabei steigerte sich ihre Stimme zu einem gellenden Klagen, das ihren Kopf anfüllte, bis sie glaubte, er würde gleich platzen. »Stimmt das?«

Sie wußte im selben Moment, daß sie unrecht hatte, und dieses Wissen zerknitterte sie wie zusammengeknülltes Stanniolpapier. Eine andere Frau war es nicht. Ebensowenig wie die Crane/Mohonk-Verschwörung oder die vierzig Stunden pro Woche in der Gießerei. Sie blickte in sein Innerstes, und was sie dort sah, war ebenso endgültig und unwiderruflich wie eine herabsausende Guillotine: Er war praktisch schon weg.

Die Diplomarbeit war fertig, und er hatte nun Barett und Talar, die Insignien seines akademischen Strebens. Die restliche Woche über schlief er in ihnen, trug sie zur Arbeit, kam damit in Outhouses Kneipe hereinstolziert wie ein gelehrter Zigeuner, das quadratische Barett neckisch weit in den Nacken geschoben, als wäre es vom Himmel gefallen und wundersamerweise dort gelandet. Sie sah ihn im weichen Morgenlicht, wenn er in seine Stiefel mit den Stahlspitzen schlüpfte, und sie sah seine Silhouette vor dem kalten gelben Schein der Lampe im Wohnzimmer, wenn er nachts hereintorkelte: In jener trostlosen, zerrissenen Woche, die mit der Zeremonie an der Uni begann und mit dem Konzert endete, verbrachte er keinen einzigen Abend zu Hause.

Morgens protestierte sie, um Mitternacht flehte sie, und in den Stunden danach ließ sie ihrer Wut und Verzweiflung freien Lauf. Er blieb ungerührt. Er lag betrunken im Bett, den zerfetzten Talar um die Beine gewickelt, der Atem pfiff durch seine Lippen. Beim Schrillen des Weckers sprang er aus dem Bett, zwängte sich in die Stiefel und wankte zur Tür hinaus – ohne Kaffee, ohne Cornflakes, ohne guten Morgen und auf Wiedersehen. Und so ging es bis zum Samstag, dem Tag des Konzerts. An jenem lauen und so verhängnisvollen Morgen war Truman beim ersten Lichtstrahl wach, grinste sie übers ganze Gesicht an, briet Eier und Würstchen, kasperte mit Walter in der Küche herum, hatte ein Sieb als Hut aufgesetzt. Konnte wirklich einfach alles wieder in Ordnung sein? fragte sie sich. Die Eierkuchen standen auf dem Tisch, Walter kicherte über seinen albernen Vater, Christina lächelte zum erstenmal in dieser Woche, und Truman feixte wie ein Hofnarr, wie ein Hanswurst, wie ein Wahnsinniger, der sich ans Gitter seines Käfigs klammert, riß sich das ausgefranste, akademische Gewand herunter und schleuderte es in weitem Bogen quer durch den Raum in den Papierkorb. Dann verschwand er augenzwinkernd im Schlafzimmer und kehrte kurz darauf in einem brandneuen Polohemd zurück – einem Hemd, das sie noch nie gesehen hatte, einem Wunderwerk von einem Hemd –, frisch aus der Verpackung und mit prächtigen Streifen in Rot, Weiß und Blau.

Walter wurde von seinen Großeltern abgeholt, um einen faszinierenden Tag beim Fischen auf dem Hudson zu verbringen, während Truman und Hesh die Verstärkeranlage auf den Rücksitz von Heshs Plymouth verluden und Christina Sandwiches, Kekse und eine Thermoskanne mit Eistee einpackte. Summte sie vor sich hin? Lächelte sie gar im stillen? Sie hatte es in seinen Augen gesehen, hatte gespürt, daß er ihr gegenüber nichts mehr empfand, aber sie wollte es nicht glauben. Sie wollte glauben, daß dieser Morgen des Konzerts ein neuer Anfang war, strahlend und vielversprechend. Er war darüber hinweg, kam zu ihr zurück – es war doch nur die Belastung gewesen, und jetzt war es vorbei. Er hatte sein Diplom gemacht, seinen Talar getragen, bis er in Fetzen hing. Was machte es schon, daß er ein bißchen Dampf abgelassen hatte? Das war nur natürlich.

Während sie Sandwiches einwickelte, dachte sie an das Konzert im vorigen Jahr, im Festzelt der Colony, als sie händchenhaltend auf einer Decke im Gras gesessen hatten, neben sich den schlafenden Walter. Robeson hatte ›Go

Down, Moses‹ gesungen, danach ›Swing Low, Sweet Chariot‹ und etwas aus Händels ›Messias‹, und sie war in die Geborgenheit von Trumans Armen gesunken, hatte die Augen geschlossen und die mächtige, tiefe, wohltönende Stimme jede Faser im Resonanzboden ihres Körpers in Schwingungen versetzen lassen. Damals hatte es keinen Piet gegeben, keine Diplomarbeit, keine Crane/Mohonk-Verschwörung. Damals hatte es nur Truman gegeben, ihren Ehemann, den Mann mit dem Lächeln für alle Welt, den Sportler, Gelehrten, Parteihelfer und Held – nur Truman und sie.

Und dann war der Morgen vorüber, sie ordnete ihre Flugblätter und dachte daran, daß sie vielleicht am nächsten Wochenende nach Rhinebeck oder so fahren könnten – um ein paar Tage lang von allem wegzukommen. Sie könnten in diesem alten Gasthaus am Fluß übernachten und segeln oder reiten gehen. Ihre Finger waren voller Druckerschwärze. Es wurde drei Uhr, vier. Sie saß am Fenster und hörte Radio, wartete auf ihren Mann und Hesh, die bei einer letzten Lagebesprechung mit Sasha Freeman und Morton Blum waren, und als sie aufblickte, sah sie Heshs himmelblauen Plymouth in die Auffahrt einbiegen. Sie rannte zur Tür hinaus, den Picknickkorb in der einen, eine Plastiktüte mit Flugblättern in der anderen Hand, ehe das Auto ausgerollt war. »Hallo«, wollte sie gerade rufen, »ich dachte schon, ihr hättet mich vergessen«, doch sie schluckte es hinunter. In diesem Moment nämlich bemerkte sie, voller Angst und Ekel und mit einem beklemmenden Gefühl der Niederlage, daß die Männer nicht allein waren. Wie die Puppe eines Bauchredners, die kleinen nackten Hände gegen das Armaturenbrett gestützt und ein irres, böses Hohnlächeln des Triumphes auf den Lippen, hockte zwischen ihnen Piet.

Wenn sie auf diesen Abend zurückblickte, den Abend, der ihr Leben zerbrach, sah sie Gesichter. Piets Gesicht im Auto, das sich auf unaussprechliche Weise zwischen sie und ihren Mann schmuggelte. Trumans Gesicht, von ihr abgewandt, hart und ohne jedes Lächeln. Heshs Gesicht: derb, offen und ehrlich, als sie auf den Sitz neben ihn rutschte, starr und für den Tod gefaßt, als er bewußtlos auf den abgenutzten Kiefernbrettern der Bühne lag, während die Verbrecher und Braunhemden wie Dämonen durch die Nacht heulten. Und dann waren da die Gesichter des Mobs selbst: die wütenden Frauen mit ihren obszönen Gebärden und den haßerfüllten Augen; der Junge, der auf die Windschutzscheibe spuckte; ein Mann, den sie aus dem Fleischerladen von Peterskill kannte, der wie ein Hund die Zähne fletschte, mit beiden Händen seine Genitalien packte und dann in der universalen Geste von Verhöhnung und Verachtung Unterarm und Mittelfinger nach oben reckte. Ein Tag verging, zwei, drei, vier, eine Woche, ein Monat, und immer noch sah sie diese Gesichter. Sie bemühte sich auf jede erdenkliche Weise, ihnen zu entfliehen, sie kniff die Augen fest zu, ging im Zimmer auf und ab, sehnte den Schlaf herbei, sie verfolgten sie trotzdem. Sie waren da, häßlich und unleugbar, wenn sie aus dem unruhigen Schlaf hochfuhr, der sie im Morgengrauen übermannte, sie kamen am Nachmittag, wenn sie schluchzend auf dem Diwan saß, und im schwarzen Rachen der Nacht, wenn die Dunkelheit ihre Bilder heraufbeschwor. Dies waren ihre Geister, dies war ihre Attacke der Geschichte.

Aufgetaucht waren sie schon in jener ersten Nacht, als sie die besorgten Anrufe beendet hatte und Heshs Blut auf ihrer Bluse eingetrocknet war. Sie hatte alle Krankenhäuser, die im Telefonbuch für Westchester und Putnam County verzeichnet waren, angerufen und erfahren, daß in keinem davon ein blutender Athlet mit kupferfarbenem Haar und zerrissenem Polohemd eingeliefert worden war. Sie stellte sich vor, wie er bewußtlos im Graben lag oder sich heimwärts schleppte wie ein auf der Schnellstraße überfahrener Hund. Müde und mit eingefallenen Augen saß sie neben dem Telefon und hoffte, er möge endlich anrufen. Er rief nicht an. Die Nacht schritt fort, hartnäckig und unerbittlich. Vom hinteren Zimmer kam das arrhythmische Knirschen und Schaben von Walters Zähnen, Schmelz rieb auf Schmelz. Und dann begannen, vom Fenstergeviert umrahmt, über der Buntnessel schwebend, hinter dem Radioapparat hervorlugend, die Gesichter aufzutauchen. Piets Gesicht und Trumans und Heshs, die verzerrte, raubtierartige Grimasse des Mannes aus dem Fleischerladen.

Den nächsten Tag über saß Lola neben ihr, den nicht enden wollenden Vormittag, den unerträglichen Nachmittag und die sternlose Nacht hindurch, die auf sie herabfiel wie ein Fluch. Keine Angst, sagte Lola mit sanfter, den Schmerz lindernder Stimme, er wird schon wieder auftauchen. Er ist in Sicherheit, das weiß ich. Er konnte im Auto von irgendwelchen Konzertbesuchern nach New York entkommen sein oder auf Schleichwegen Piets Haus in Peterskill erreicht haben. Er ruft sicher an, sagte sie, es dauert nicht mehr lange. Nicht mehr lange.

Sie hatte unrecht. Gut gemeint, aber schlecht geraten. Er rief nicht an. Hesh suchte das Gelände ab und fand nichts. Lola fragte, ob sie eine Schlaftablette haben wolle. Es war elf Uhr abends. Seit siebenundzwanzig Stunden hatte niemand Truman gesehen oder von ihm gehört. Scotch? Wodka? Gin?

Dann kam der Montag, es war früh am Morgen – sieben oder acht, sie wußte es nicht. Lola stand hinter dem Ladentisch der Bäckerei van der Meulen, und Hesh war, mit rauh verschorften Armen und das Gesicht blaurot geschwollen wie ein Stück Obst, auf dem Weg zu »Solovays Autoglaserei« auf der Houston Street. In diesem Moment kam er herein. Christina hatte seit fünfzig Stunden nicht geschlafen und sah Gesichter, der drei Jahre alte Walter krümmte sich wie ein Derwisch in seinem eigenen Tanz von Trotz und Trauma, der Mülleimer quoll über, die Speisekammer war leer, ihre Mutter eilte aus dem Urlaub in Vermont zurück, um ihr beizustehen in dieser Stunde des Bankrotts, und er kam zur Tür herein.

Er hinkte. Er war betrunken. Unter dem linken Auge prangte ein dunkelroter, häßlicher Bluterguß, ein Ohr war verbunden, und seine Kleidung – noch dieselbe wie beim Konzert – war zerrissen, schmutzig, blutgetränkt. Was sollte sie zu ihm sagen? Wir haben uns furchtbare Sorgen gemacht, wo warst du bloß, haben sie dir weh getan, ich bin so froh, wir sind so froh, Walter, sieh doch nur, sieh doch, wer da gekommen ist. Sie sprang vom Diwan auf und stürzte auf ihn zu, Walter war neben ihr, sie flogen der familiären Umarmung entgegen, Tränen der Freude, Odysseus' Heimkehr aus der Fremde, hißt die Banner, stoßt in die Posaunen, Licht, Kamera ab... er aber zeigte keinerlei Reaktion. Im nächsten Augenblick schob er sich an ihnen vorbei, hielt die Hand vors Gesicht wie ein Gangster vor dem Gerichtssaal, und dann stand er im Schlafzimmer, die Kofferdeckel auf dem Bett klafften wie ein weit aufgerissenes Maul.

»Was tust du denn da?« Sie ging auf ihn los, zerrte ihn am Arm. »Truman, was ist los? Antworte mir! Truman!« Neben ihr klammerte sich Walter an die Beine seines Vaters und stieß ein monotones Wimmern aus: »Daddy, Daddy, Daddy!«

Er war durch nichts zu rühren. Er schüttelte sie ab, wie er zu seinen besten Zeiten gegnerische Verteidiger abgeschüttelt hatte, zielstrebig und rücksichtslos, unhaltbar auf seinem Sturm zur Torlinie. Bücher, Kleider, seine Notizen, das Manuskript: das Haus stand in Flammen, ein Waldbrand tobte. »Tut mir leid«, flüsterte er, auf den Lippen jenes bebende, verkrampfte Verrätergrinsen – sie existierte nicht, Walter war unsichtbar –, und dann näherte er sich wieder der Tür.

Draußen wartete ein Buick. Später sagten die Leute, es sei Van Warts Wagen gewesen, aber woher hätte sie das wissen sollen? Er war lang, schwarz, leichenwagenartig. Sie hatte ihn nie zuvor gesehen. »Truman!« Sie war an der Tür, stand auf der Schwelle. »Sprich mit mir!« Er sprach nicht mit ihr, sah sie nicht einmal an. Er warf den Koffer auf den Rücksitz und hechtete auf den Fahrersitz wie ein Gehetzter, dann ruckte der Wagen an und rollte rückwärts die Auffahrt hinunter. Sie stand da wie angewurzelt und sah ihn durch den langsamen, traurigen Tanz des Sonnenlichts auf der Windschutzscheibe in diesem Augenblick zum letztenmal. Den Mund verkniffen, der Blick ausdruckslos, wandte er nicht einmal den Kopf.

Ganz ohne Abschiedsgeste blieb die Szene aber doch nicht. Als der Wagen nach links auf die Kitchawank Road hinausfuhr und ihr die lange, funkelnde rechte Breitseite zukehrte, tauchte plötzlich im offenen Fenster Piet auf, wuchs wie ein Giftpilz aus den sonnenlosen Tiefen des Wageninneren hervor. Er drehte sich zu ihr um, langsam und mechanisch wie ein Uhrwerk, und hob die bleiche, gekrümmte Kinderhand zu einem kaum merklichen, nur angedeuteten Winken.

Bye-bye.

Als Anna Alving knirschend auf der Auffahrt bremste, war es kurz nach zwei Uhr nachmittags, und ihre Hände am Lenkrad zitterten. Um sieben Uhr früh war sie von der Ferienhütte am Lake St. Catherine aufgebrochen, gefolgt von ihrem Mann im zweiten Auto. Irgendwo vor Hudson hatten sie kurz gerastet (Magnus war so besorgt wegen seines verschwundenen Schwiegersohns, daß er sein Thunfisch-Brötchen kaum anrührte, und sie war derart durcheinander, daß sie ihre Plunderhörnchen mit sechs Tassen Kaffee hinunterspülte), dann waren sie im Konvoi weitergefahren. Der Chevrolet war ein Rennpferd im Vergleich zu Magnus' lahmem Nash, und obwohl sie versuchte, nicht zuviel Gas zu geben und ihn in Sichtweite zu behalten, hatte sie im Rückspiegel nur leeren Asphalt, als sie Claverack erreichte. Sie dachte kurz daran anzuhalten, um auf ihn zu warten, doch dann gewann die kritische Lage die Oberhand, und sie drückte das Gaspedal voll durch. *Mama*, drang die Stimme ihrer Tochter an ihr Ohr, wie in der vergangenen Nacht am Telefon, *Mama, er ist weg*, und sie warf den Wagen mit einem Tempo in die Kurven, das die Reifen rauchen ließ und ihr beinahe das Lenkrad aus den Händen riß. Als sie vor dem stillen Bungalow stehenblieb, dem Häuschen, das frisch gestrichen unter dem schattigen Gitterwerk der Blätter stand, sah es friedlich aus, normal und bieder; sie ließ das Lenkrad los und zog den Zündschlüssel ab. Einen Moment lang blieb sie sitzen, lauschte dem Ächzen und Knacken des ersterbenden Motors, dann nahm sie ihre Handtasche und setzte eine gefaßte Miene auf. Schließlich ging sie die Stufen zur Tür hinauf.

Sie fand Christina auf den Diwan gekauert, die Schultern hochgezogen, die Beine an die Brust gepreßt. Neben ihr lag Walter, flach ausgestreckt auf einer Lawine von Kinderbüchern. Er war eingeschlafen – mit weit aufgesperrtem Mund und halbgeschlossenen Lidern –, und sie las ihm vor. Völlig abwesend. Ihre Stimme war ein monotoner Singsang. »Hans Herrje trank keinen Tee«, las sie, »doch seine Frau wollt' keinen Kakao.«

»Christina?«

Christina blickte auf. In den letzten sechs Stunden hatte sie jedes Märchen und jedes Kinderlied, die im Haus zu finden waren, vorgelesen. Aschenputtel, Schneewittchen, Rumpelstilzchen, sie alle lebten glücklich und zufrieden bis an ihr Lebensende. Babar, Alice und ihr Wunderland, der verwunschene Prinz, glücklich bis an ihr Lebensende. Und von einem Hans zum nächsten – Hans Liederlich, Hans im Glück, Gretels Hänsel – und dann Humpty Dumpty, das tapfere Schneiderlein und der standhafte Zinnsoldat. »Haben sie ihn schon gefunden?« fragte ihre Mutter.

Langsam und ehrfürchtig, als wäre es Teil eines Rituals, schloß Christina das Buch in ihrem Schoß. Direkt vor ihr stand ihre Mutter, sonnengebräunt nach einem Monat Urlaub am Kieselstrand des Lake St. Catherine, mit neuer Frisur und einer Miene gewohnheitsmäßiger Besorgnis. Wen gefunden? Viel wichtiger war doch das Schicksal des armen Zinnsoldaten.

Die Stimme der Mutter drang erneut zu ihr durch. »Geht es ihm gut?«

Sie sah ihrer Mutter ins Gesicht, in das Gesicht, das ihr Sonne und Mond gewesen war, Trost und Zuflucht, seit sie hilflos in der Wiege gelegen hatte, das Gesicht, das all diese scheußlichen anderen Gesichter besiegen hätte können, die in den Schatten waberten und durch ihre Träume spukten, aber sie konnte an nichts anderes denken als an den armen Zinnsoldaten, der sich aus lauter Liebe zu der schönen Tänzerin ins Feuer stürzt. »Sie haben ihn gefunden«, sagte sie schließlich.

Ihre Mutter ballte unbewußt die Hände zu Fäusten, man hörte das Knirschen eines zweiten Wagens auf der Auffahrt, und Walter murmelte etwas im Schlaf. »Sie haben ihn gefunden«, wiederholte Christina. Eine Autotür knallte zu. Sie konnte die Schritte ihres Vaters auf den Steinen, auf der Veranda hören, sie sah durch das Fliegennetz der Eingangstür sein besorgtes Gesicht.

»Ja?« fragte ihre Mutter nach.

»Ja«, sagte sie. »Er ist tot.«

Tot war er nicht, aber das wäre besser gewesen. Bei Einbruch der Nacht hatten die Alvings die Gerüchte gehört – sowohl Heshs Version wie auch die von Lola, von Lorelee Shapiro und Rose Pollack –, und Christina, die der Länge nach auf ihrem alten Kinderbett ausgestreckt lag wie ein zum Balsamieren bereiter Leichnam, gestand schließlich die Wahrheit. Truman hatte sie verlassen. Hatte sie erst beim Konzert schutzlos zurückgelassen, sie anschließend zwei qualvolle, schlaflose Tage und Nächte lang allein gelassen und schließlich seine Sachen gepackt, um sie für immer im Stich zu lassen. »Ich kann es nicht glauben«, sagte ihre Mutter. Ihr Vater stand auf. »Ich bringe ihn um«, sagte er.

Am nächsten Wochenende war das zweite Konzert, das im Schatten der Niederlage ein Riesentriumph wurde, und auf den August folgte der September mit den letzten warmen Tagen und den verirrten Schmetterlingen, mit jener Fülle, die vor dem Zerfall kommt. Als die Blätter gelb wurden, hatte Christina zehn Kilo abgenommen. Zum erstenmal seit ihrem fünfzehnten Lebensjahr wog sie weniger als fünfundvierzig Kilo, und ihre Mutter machte sich Sorgen. »Iß«, sagte sie, »du fällst ja völlig vom Fleisch. Vergiß ihn endlich. Vergiß ihn, und iß etwas. Du mußt bei Kräften bleiben. Denk an Walter.«

An Walters Zukunft dachte sie. Am ersten Oktober, als ihre Mutter einmal nicht da war, traf sie sich mit einem Rechtsanwalt aus Yorktown und sorgte dafür, daß im Falle ihres Todes die Vormundschaft für Walter seinen Pateneltern übertragen würde. Die Aufforderungen ihrer Mutter hatten für sie keine Bedeutung. Essen? Ebenso hätte man ihr sagen können, sie solle fliegen. Man aß, um sich zu stärken, um Zellen zu erneuern, um Knochensubstanz, Muskeln und Fettgewebe aufzubauen, um zu leben. Sie wollte nicht mehr leben. Sie hatte keinen Hunger. Fleisch ekelte sie an, Essensgeruch war ihr ein Greuel, Obst stieß sie ab, und von Gemüse wurde ihr schlecht. Milch, Brot, Reis, Haferflocken, sogar Kartoffelpuffer – all das war Gift in ihren Augen. Ihre Mutter machte ihr Pudding, Krapfen, Zabaglione, sie kam mit einem Tablett mit Salzkeksen und heißer Brühe ins Zimmer und hielt ihr scheltend den Löffel an die Lippen, als wäre sie ein kleines Kind, aber es half alles nichts. Christina mochte sich zwingen, einen Schluck zu nehmen, und sei es nur, um die Sorgenfalten in dem gütigen, bekümmerten Gesicht zu glätten, das sich über sie beugte, doch die Brühe war wie Säure in ihrem Magen; kurz darauf beugte sie sich über die Toilette und würgte sie wieder heraus, bis ihr die Tränen in die Augen stiegen.

Dr. Braun, der Hausarzt der Familie, der die Fieberanfälle ihrer Kindheit gelindert, ihre Windpocken behandelt und ihr Knie genäht hatte, als sie von der obersten Stufe des Schulbusses gestürzt war, verschrieb ein Sedativ und meinte, es würde ihr vielleicht guttun, einmal mit seinem

Kollegen Arkawy zu plaudern, einem Psychiater. Sie wollte nicht plaudern. Sie spuckte die Beruhigungspillen aus, preßte sich Walter und seine bunten, hoffnungsfrohen Bücher an die Brust und sah Gesichter, wutschnaubende, haßerfüllte Gesichter, in Trumans Gesicht war der größte Haß zu lesen. Am ersten November wog sie nur noch vierzig Kilo.

Im Kreiskrankenhaus von Peterskill ernährte man sie intravenös, doch sie riß sich den Dauerkatheder aus dem Arm, sobald die Schwester das Zimmer verließ. Während der Verlegung in die andere Klinik war sie bewußtlos, aber auf dem kurzen Weg vom Krankenwagen zu der schweren Festungstür roch sie den Fluß. Als sie ihr die Arme festschnallten und Leben in sie hineintropfen ließen, konnte sie spüren, wie das Wasser rings um sie anstieg. Graue, schwappende Wellen, nichts Heftiges, ein Kräuseln, das sich über die weite Fläche ausbreitete und das Boot so sanft schaukelte wie ein Lufthauch die Wiege des Babys hoch oben in den Baumwipfeln. Auf einmal war sie wieder mit Truman zusammen, vor langer Zeit, lange vor Walter, vor dem Bungalow, lange vor der Diplomarbeit und den Büchern und Parteiversammlungen, und seine Hand lag in der ihren. Lange vor alledem. Sie waren draußen auf dem Fluß im Boot seines Vaters; es stank nach Fisch, und die Dollborde trugen von der Reibung tausender Taue, die Geheimnisse aus der Tiefe gehievt hatten, glatt gerundete Kerben. Er hatte im Bug eine Decke für sie ausgebreitet, sie roch den vertrauten widerlich-süßen Gestank der Auspuffgase, die Sonne stand hoch und der Wind war völlig abgeflaut. *Was ist das?* fragte sie. *Dort drüben? Die Landzunge da?* Er saß an der Ruderpinne und grinste: *Kidd's Point, nach dem Piraten benannt. Dahinter, das ist der Dunderberg, und gleich danach kommt der Abschnitt, den sie Horse Race nennen.*

Sie spürte das Wasser unter sich aufwallen. Sie blickte den Fluß hinauf, wo die Berge in Kontinente von Schatten zerfielen und Seemöwen in Ozeanen aus gebrochenem

Licht schwebten. *Und sobald wir um die Biegung sind,* sagte er, *ist der Fluß bis West Point ganz ruhig. Und dann kommen wir nach Martyr's Reach.* Dort kannte er eine wunderschöne Stelle, eine Insel mitten im Fluß, zwischen Storm King auf der einen und Breakneck auf der anderen Seite. Er hatte gedacht, sie könnten dort landen und etwas zu Mittag essen.

Mittagessen. Ja, Mittagessen.

Das Pech war nur, daß sie überhaupt keinen Hunger hatte.

Es war der Morgen von Neeltjes sechzehntem Geburtstag, ein Morgen wie jeder andere: feucht, trübe, in der Monotonie der Routine erstarrt. Eier mußten gesammelt, Enten, Gänse und Hühner gefüttert werden. Es gab Feuer zu schüren, Haferbrei zu rühren, und allein beim Gedanken an das bevorstehende Spinnen, Buttern und Walken wurden ihr die Finger steif. Ihr Vater war im Auftrag des *patroon* irgendwo hingeritten, kam erst in der Nacht zurück, und obwohl es noch gar nicht richtig hell war, saß ihre Mutter schon kerzengerade vor dem Spinnrad, ihr rechter Arm hob und senkte sich mechanisch, ihr Blick war starr auf die Spindel gerichtet. Ihre Schwestern, kleine Mädchen noch, wärmten sich vor dem Kamin und spähten erwartungsvoll in den Topf. Niemand sah sich auch nur nach ihr um, als sie den Umhang vom Haken nahm und in die Pantinen schlüpfte.

Verletzt und wütend – sie hätte ebensogut einer der schwarzen Niggersklaven des *patroon* sein können, so gleichgültig war sie den anderen – knallte Neeltje die Tür zu, durchquerte den Hof und ging daran, das Gras nach den morgendlichen Eiern abzusuchen. Sie verlangte ja nicht viel – ein Lächeln, herzliche Glückwünsche, eine Umarmung von ihrer Mutter –, aber was bekam sie? Nichts. Es war ihr Geburtstag, und keiner kümmerte sich darum. Weshalb sollten sie auch? Sie war lediglich ein Paar Hände zum Schälen und Melken und Waschen, ein Rükken zum Schleppen, Beine zum Umherhuschen. Heute wurde sie sechzehn, war eine fertige Frau, eine Erwachsene, und niemand machte sich das geringste daraus.

Mit solch verbitterten Gedanken bückte sie sich nach den Eiern, die Röcke schon vollgesogen mit Tau. Ungemolken brüllten die Kühe nachdrücklich im Stall, während rings um sie eine Schar von zerrupften Hennen herumpickte und die Köpfe schieflegte, um sie mit glänzenden Augen vorwurfsvoll anzusehen. Der Dunst zog wie ein Leichentuch vom Fluß herüber, roch nach Schlamm, nach Toten und Ertrunkenen, und sie fröstelte, zog sich den Umhang enger um den Hals. Sie fand im jungen Gras am Zaun ein Ei, zwei weitere unter dem schützenden Dach des Holzschuppens, und richtete sich schließlich auf, um sich an der Schürze die Hände abzutrocknen. In diesem Moment – als sie gerade aufrecht stand, den Korb in der Armbeuge, die Hände in den Falten der Schürze verborgen – bemerkte sie zu ihrer Linken, dort, wo sich die Kontur des Stalls im Dunst auflöste, eine Bewegung. Instinktiv wandte sie den Kopf, und da stand er, hatte ein Bein vorgeschoben, lächelte kaum merklich und beobachtete sie.

»Jeremias?« Sie machte eine Frage daraus, ihre Stimme hob sich überrascht, da ihr plötzlich klar wurde, daß sie nichts auf dem Kopf hatte, ihr Umhang und ihre Röcke von gräßlicher Schlichtheit und die gelben Bauernpantinen schlammverkrustet waren.

»Pssst!« Er hielt einen Finger an die Lippen, winkte sie zu sich und verschwand im Nebel hinter dem Stall. Sie sah sich zweimal um – die Kühe protestierten, die Hühner gackerten, Enten und Gänse veranstalteten unten am Teich ein gotteslästerliches Gezeter – und ging ihm nach.

Hinter dem Stall, zwischen dem Dornengestrüpp und dem Unkraut, umgeben vom aufwallenden Duft der Kuhfladen, nahm er sie bei der Hand und gratulierte ihr zum Geburtstag *(gefeliciteerd met je verjaardag)*. Dann sagte er etwas leiser, die Eier seien jetzt nicht so wichtig.

»Nicht so wichtig? Wie meinst du das?«

Der Nebel hüllte ihn ein. Sein Lächeln war verschwunden. »Ich meine, die brauchst du nicht mehr. Jetzt nicht mehr.« Er öffnete den Mund, um diese überraschende und ziemlich kryptische Aussage näher zu erläutern, schien sich aber eines Besseren zu besinnen. Er blickte zu Boden. »Weißt du nicht, weshalb ich gekommen bin?«

Neeltje Cats war an diesem Tag sechzehn geworden, sie

war klein und schmächtig wie ein Kind, aber sie hatte die uralte Weisheit ihrer unternehmerischen und poetischen Vorfahren, der Barden und Ladenbesitzer Amsterdams geerbt. Ihr war klar, weshalb er gekommen war – auch wenn er ihr nicht den alten Kitchawanken Jan gesandt hätte, und das gleich dreimal in den letzten acht Monaten. »Doch«, flüsterte sie und fand, der Form halber müsse sie eigentlich ohnmächtig werden oder so etwas.

Er hatte in seinem Rausch der Beredsamkeit zum Thema Eier ihre Hand losgelassen und stand jetzt etwas verlegen da, seine Arme baumelten herab wie leere Jackenärmel. Verärgert, ungeduldig, leidend brüllten die Kühe. »Geht das also klar?« fragte Jeremias endlich und richtete dabei das Wort an einen Baumstamm fünf Meter hinter ihr.

Klar? Sie hatte von diesem Augenblick seit Monaten geträumt, wenn sie mitten in der tiefen schwarzen Nacht zwischen ihren Schwestern auf der groben Matratze ausgestreckt lag und versuchte, sich vor dem Einschlafen sein Bild vor Augen zu rufen (Jeremias, der Prinz, der die Leiter ihrer Zöpfe erklimmen und sie aus dem Hexenturm befreien würde, der für sie Drachen erschlagen und Bösewichter zermalmen würde, Jeremias mit der Statur eines Steinmetzes und den meergrünen Augen). Sie hatte nie gezweifelt, daß er sie holen käme. In seinen Augen hatte sie es gesehen, in seinen gesenkten Schultern, als er gedemütigt an ihr vorbeigehumpelt und die Straße nach Peterskill entlanggewankt war, sie hatte es an seiner Berührung gespürt, in seiner Stimme gehört. Als der alte Jan sie beiseite nahm, nachdem er die Nachrichten für den *patroon* überbracht und ihrer Mutter einen in drei Noten gesungenen Gruß von einer Base aus Crom's Pond ausgerichtet hatte, war ihr klargewesen, daß Jeremias Van Brunt ihr seine Ehrerbietung und schöne Grüße sandte, noch ehe die Worte über die Lippen des Indianers gekommen waren. Und auch als er ihr das Stück Papier in die Hand gedrückt hatte, hatte sie gewußt, daß es von Jeremias war und daß es ihr ein neues Leben eröffnen würde.

Mit klopfendem Herzen war sie aus dem Kreis der Familie verschwunden, die sich um den gebrechlichen Indianer geschart hatte, und durch die Tür hinaus Richtung Latrine gehuscht. Sobald sie außer Sicht war, sobald sie sicher war, daß die neugierigen Blicke der Eltern und Schwestern sie nicht mehr suchten, faltete sie den Zettel auseinander. Darauf fand sie eine sorgfältig abgeschriebene Fassung von Jacob Cats' Lobgesang auf die Freuden des Ehestandes. Sie überflog die Zeilen, doch nicht das Gedicht rührte sie, sondern der Abschiedsgruß darunter. Mit seiner ungelenken Hand hatte Jeremias in wackligen Blockbuchstaben *Ich werdich holn komm* geschrieben und dann über den Rest der Seite in einer wahren Sintflut von Schlenkern und Strichen seine Unterschrift gesetzt. Und jetzt, als Neeltje ungekämmt und in schlammigen Pantinen vor ihm stand, Schlaf in den Augen, den Korb mit den Eiern an den Busen gepreßt, wurde ihr bewußt, daß er gekommen war, um sein Versprechen zu erfüllen. Klar? Es war einfach perfekt.

»Dein Vater hält wohl nicht viel von mir«, sagte er.

Sie streckte die Hand nach der Narbe aus, die quer über seine Wange verlief. »Macht nichts«, flüsterte sie. »Ich schon.«

Er brauchte eine Minute – eine ganze Minute, die vom Brüllen der Rinder akzentuiert und vom fischigen Gestank des Flusses durchströmt war –, bis er ihr in die Arme fiel. Es umfing sie der Nebel, das Gackern der Hühner, der üppige, wilde Duft einer neu anbrechenden Zeit. Als er endlich sprach, war seine Stimme belegt. »Stell den Korb da weg«, sagte er.

Um vier Uhr nachmittags, als Joost Cats sich den knochigen Rücken Donders, seines halbblinden Kleppers, hinunterschwang und das Hinterteil seiner mächtigen, schweißdurchnäßten Tuchhosen glattklopfte, stand der Korb immer noch im Kot. Er war den ganzen Tag in Van Wartville gewesen und hatte wieder mal einen Streit zwischen Hakkaliah Crane und Reinier Oothouse schlichten müssen –

diesmal ging es um das Schicksal einer mageren, schlaffbäuchigen Sau, die der Yankee beim Aufwühlen seiner Zwiebelsaat ertappt hatte –, bevor er nach Hause galoppierte, in der Tasche in Paar von Jan Pieterses besten Seidenstrümpfen für Neeltje zum Geburtstag. Als er den keuchenden Gaul in den Stall führte und dabei daran dachte, wie Reinier Oothouse sternhagelvoll vor dem Yankee auf die Knie gefallen war und um das Leben seiner Sau gebettelt hatte wie ein Vater, der um sein Kind fleht (»Bringt sie nicht um, tut meiner kleinen Speelgoed nicht weh, sie hat's nicht so gemeint, ist noch nie bös gewesen, alles, ich geb Euch alles, was Ihr wollt«), da stürzten seine beiden Jüngsten mit wirbelnden Armen und Beinen aus dem Haus, aus ihren Gesichtern strahlte die reinste Sensationslust. *»Vader! Vader!«* riefen sie atemlos in gepiepstem Unisono, »Neeltje ist weg!«

Weg? Was redeten sie denn da? Weg? Doch im nächsten Moment sah er seine Frau in der Tür stehen, sah ihre Miene, und da wußte er, daß es stimmte.

Angeführt von der quirligen Trijintje und der wie trunkenen Ans umrundeten sie den Stall und betrachteten grübelnd den umgestürzten Korb, die Spuren im Schlamm und die zerbrochenen Eier. »Das waren *bestimmt* Indianer!« schrie Ans. »Ob die sie wohl entführt haben und jetzt eine weiße Squaw aus ihr machen?«

Gekrümmt wie eine Sichel stand Joost da, strich sich das feiste Kinn und versuchte, es sich vorzustellen – nackte rote Teufel, die im Unterholz lauerten, um seine arme, wehrlose Neeltje niederzuknüppeln, die derbe Hand, die sich über ihren Mund schloß, eine stinkende Hütte mit schimmeligen Fellen, die öligen, geilen Krieger, wie sie vor dem Eingang Schlange standen und einander in die Rippen boxten... »Wann?« brachte er hervor, an seine Frau gewandt.

Geesje Cats war ein mürrisches Weib, keine Hüften, kein Fleisch auf den Knochen, abgemagert, eine Frau, die nur Töchter gebar und ihre Sorgen in den Mundwinkeln zur Schau trug. »Heute morgen«, sagte sie mit furchtsamem Blick. »Trijintje war's – die hat ihn gefunden, den Korb. Wir haben gerufen und gerufen.«

Die Spuren im Schlamm waren stumme, gekräuselte Münder, die dem *schout* rein gar nichts sagten. Während er auf den traurig umgekippten Korb und die ausgelaufenen Eidotter starrte, die sich wie Finger einer zugreifenden Hand in den Boden krallten, durchlebte er noch einmal all die Akte von Gewalt und Verworfenheit, die er in seinen sieben Jahren als *schout* miterlebt hatte: Ertrunkene und Erstochene, die vor seinen Augen im Fluß dahintrieben; geschändete, hilflose, vergewaltigte Frauen; aus dem Fleisch ragende Knochen; Augen, die nie wieder sehen würden. Als er wieder aufblickte, brüllte er: »Habt ihr den Obstgarten abgesucht? Den Fluß? Den Teich? Habt ihr beim *patroon* gefragt?«

Durcheinander und verschüchtert senkten die Töchter und seine Frau die Augen. All das hatten sie getan. Ja, *vader,* ja, *echtgenoot,* das hatten sie.

Tja, äh, waren sie schon bei den de Groodts, den Coopers, den van Dincklagens gewesen? Im Wirtshaus? Bei der Anlegestelle der Fähre? Auf der Weide, im Pferdestall, oben bei den van der Donks?

Es hatte zu nieseln begonnen. Die zehnjährige Ans begann zu wimmern. »Also gut!« schrie er, »also gut. Dann geh ich jetzt zum *patroon.*«

Der *patroon* aß gerade zu Abend, saß tief gebeugt über einem Teller mit eingelegten Rüben, Hartkäse und Hering in saurer Sahne, den er verdrießlich in sich hineinlöffelte, als wollte er auf den meilenweiten Unterschied zu Sprotten aus der Zuidersee hinweisen, als Joost ins Zimmer geführt wurde. Die freie Hand des *patroon* war gegen die Messerstiche der Gicht mit Bandagen umwickelt, und sein Gesicht hatte die Farbe eines uralten Rotweins. Vrouw Van Wart, eine Frau, die dem Fleisch entsagte, saß stocksteif an seiner Seite, vor sich einen trockenen Brotkanten, während die Witwe seines Bruders und deren Tochter Mariken auf der harten Holzbank daneben hockten. Der *jongheer*, angetan mit einem Spitzenkragen von der Größe eines Gouda-Laibes, hatte den Ehrenplatz gegenüber seinem Vater inne. »Gütiger Herr im Himmel!« rief der *patroon* aus. »Was ist denn, Cats, daß Ihr nicht eine Minute warten könnt?«

»Meine Tochter, *mijnheer*: sie ist verschwunden.«

»Wie bitte?«

»Neeltje. Meine Älteste. Sie ist heute früh zum Arbeiten in den Hof gegangen und seither nicht mehr aufgetaucht.«

Der *patroon* legte die Gabel beiseite, nahm aus der Zinnschale vor sich ein Stück Brot und betrachtete es von allen Seiten, als handle es sich um das einzige verräterische Indiz, das am Schauplatz des Verbrechens zurückgeblieben war. Joost wartete geduldig, während der rotgesichtige kleine Mann den Laib auseinanderbrach und ihn dick mit Butter bestrich. »Bei den anderen, äh, Pächtern, habt Ihr schon nachgefragt?« keuchte der *patroon* mit seiner trockenen, dünnen Stimme.

Joost war außer sich vor Verzweiflung – es war doch wirklich nicht der Moment für das nette Hin und Her eines gemütlichen Frage-Antwort-Spiels. Sie hatten seine Tochter geraubt, die Herz und Seele und freudiger Mittelpunkt seines Daseins war, und er mußte sie retten. »Das waren die Kitchawanken«, brach es aus ihm heraus, »da bin ich sicher. Die haben sie geraubt –« hier unterbrach er sich schluchzend – »haben sie geraubt, gerade an, an ihrem –«

Bei der Erwähnung der Indianer sprang der *jongheer* in die Höhe. »Hab ich's dir nicht gesagt?« schrie er seinen Vater an. »Diese zerlumpten Bettler. Eingeborene, Verbrecher, Ungeziefer, Drecksgesindel. Die hätten wir schon vor zwanzig Jahren in den Fluß treiben sollen.« Mit zwei großen Schritten durchquerte er das Zimmer und nahm die Arkebuse von der Wand.

Der *patroon* stand nun ebenfalls auf seinen gichtigen Füßen, und die Damen hielten sich die gepuderten Hände vors Gesicht. »Aber, äh, was soll denn das, *mijn zoon*?« ächzte der *patroon* leicht beunruhigt. »Was hast du vor?«

»Was ich vorhabe?« kreischte der *jongheer* mit hochrotem Gesicht. »Einem Ehrenmann haben sie die Tochter geschändet, *vader*!« Die Arkebuse war etwa so handlich wie ein Schmiedeamboß und doppelt so schwer. Mit einer Hand schwang er sie über seinem Kopf. »Ich werde sie ausrotten, vernichten, abschießen wie Füchse auf der Jagd, wie Ratten, wie, wie –«

In diesem Augenblick klopfte es an der Tür.

Ehrerbietig steckte der tätowierte Sklave den Kopf zwischen Eichentür und weißgetünchter Wand herein. »Is ein roter Mann gekommen, *mijnheer*«, sagte er in seinem rudimentären Holländisch. »Sagt, hat Botschaft für den *schout*.«

Ehe noch *patroon* oder *jongheer* den Befehl dazu geben konnten, flog die Tür auf, und unter erregten Ausrufen der Damen wankte der alte Jan ins Zimmer. Er trug eine zerrissene Soutane, löchrig an Ellenbogen und Schultern, und einen uralten, zerbeulten Schlapphut, dem die halbe Krempe fehlte. Der Lendenschurz hing ihm von der Hüfte herab wie eine Zunge, seine Beine waren mit Schlamm bespritzt, und seine Mokassins waren schwarz wie der Schlick in den Austerbänken der Tappan Zee. Einen ewigen Moment lang stand er nur so da, schwankte leicht und blinzelte im Licht der Kerzen, die überall im Zimmer brannten.

»Nun, Jan«, fragte der *patroon* mit pfeifender Stimme, »was ist los?«

»Bier«, sagte der Indianer.

»Pompey!« rief Vrouw Van Wart, und der Schwarze steckte erneut den Kopf herein. »Bring Bier für den alten Jan.«

Pompey schenkte ein, Jan trank. Der *patroon* wirkte überfordert, der *schout* war gespannt, der *jongheer* zornig. Mariken, die oft mit Neeltje gespielt hatte, beobachtete die Szene mit der blassen, angestrengten Miene eines Harlekins.

Der alte Indianer setzte den Becher ab, sammelte sich kurz und begann einen langsamen, schlurfenden Tanz um den Tisch, dabei sang er ständig *Ay-yah, neh-neh, Ay-yah, neh-neh* vor sich hin. Nach einem halben Dutzend Runden skandierte er schließlich seine Botschaft – auf drei Tönen und zum selben Takt:

> Toch-ter / schickt dir
> be-ste Grü-ße / neh-neh.

Und dann hörte er auf. Hörte auf zu singen, zu tanzen. Wie angewurzelt blieb er stehen, wie die Figur an einer Turmuhr, nachdem die Stunde geschlagen hat. »Schnaps«, sagte er. »Genever.«

Diesmal jedoch bekam Pompey keine Gelegenheit, den Wunsch zu erfüllen. Ehe er auch nur den zustimmenden Blick des *patroon* einholen, geschweige denn die Tonflasche nehmen und einschenken konnte, hatte der *jongheer* den Indianer gegen die Wand gedrängt. »Wo ist sie?« wollte er wissen. »Geht es um Lösegeld, ist es das, was ihr wollt? Na?«

»Laßt ihn!« Joost packte Stephanus am Arm und schob sich zwischen die beiden. »Jan«, sagte er mit versagender Stimme, »wer ist es gewesen? Wer hat sie jetzt? Mohonk? Wappus? Wennicktanon?«

Der Indianer starrte auf seine Füße. Auf seinem Gesicht war etwas Dreck verschmiert. Er schmollte wie ein trotziges Kind. »Das war ganze Botschaft«, sagte er.

»Sonst nichts? Das war schon alles?«

»Hör zu, du Hundsfott«, begann Stephanus und wollte wieder auf ihn losgehen, doch Joost hielt ihn zurück.

»Aber – aber wer hat dir die Botschaft aufgetragen?«

Der Indianer sah sich suchend im Zimmer um, als versuchte er sich zu erinnern. Im Hintergrund hörte Joost, wie Vrouw Van Wart mit scharfer, rasselnder Stimme auf ihren Gatten einredete. »Sie selber«, sagte Jan schließlich.

»Neeltje?«

Der Indianer nickte.

»Aber wo ist sie? Wo hat sie es dir gesagt?«

Das war schon schwieriger. Joost goß Jan einen Zinnbecher mit Genever ein, während der *jongheer* vor Wut schnaubte und der *patroon*, seine Frau, seine Schwägerin und seine Nichte wie gebannt zusahen, als wären sie im Theater. Plötzlich zog der Indianer mit der flachen Hand einen schrägen Strich durch die Luft; dann machte er mit den Fingern das Zeichen von zwei marschierenden Beinen.

»Was?« fragte Stephanus.

»Nun rede er endlich, Mann«, krächzte der *patroon*.

Nur Joost hatte verstanden, und er verdaute dieses Wissen einen ohnmächtigen Moment lang, so wie das Opfer eines Bauchstichs fassungslos auf das Heft des Messers blickt. Der Indianer hatte das Zeichen für den Krüppel gemacht, für den mit dem halben Bein – das Zeichen für Jeremias Van Brunt.

Am nächsten Morgen, ehe die Hunde noch die Schnauzen aus dem warmen Nest ihrer Vorderpfoten gehoben und der Hahn Gelegenheit gehabt hatte, sich den Schlaf aus den Flügeln zu schlagen, sattelte Joost den lahmen, widerwilligen Donder und machte sich auf den Weg nach Nysen's Roost. Begleitet wurde er vom *jongheer*, der ein unerwartet heftiges Interesse am Wohlergehen seiner Tochter an den Tag legte, und mit sich nahm er ein Paar Duellpistolen, vom *patroon* feierlich einer Truhe im herrschaftlichen Schlafzimmer entnommen (natürlich zusätzlich zu dem silberbeschlagenen Rapier, das schon einmal erhebliche Verwüstungen in der Physiognomie des jungen Van Brunt angerichtet hatte). Der *jongheer*, in Seidenwams, Rüschenmanschetten und mitternachtsblauem Umhang mit dazu passenden Kniehosen, hatte die sperrige Arkebuse gegen eine mit Taubenschrot geladene Büchse und einen florentinischen Dolch eingetauscht, der an ein chirurgisches Instrument erinnerte. Zur Vervollständigung dieses

Ensembles trug er ein juwelenbesetztes Rapier an der Seite, einen weichen Filzhut, der von einer meterlangen gelben Feder gekrönt war, und so viele Schnallen aus Silber und Messing, daß er wie ein Sack voller Kleingeld klimperte, während sein Pferd den Pfad entlangtrottete.

Es war ein typischer Apriltag im Tal des Hudson – kalter Nieselregen, die Erde verströmte Dampf, als täte sie den letzten Atemzug –, und sie kamen auf dem glitschigen Uferweg nur langsam voran. Erst spät am Vormittag passierten sie die Ansammlung von Häusern, die eines Tages zu Peterskill werden sollte, und wandten sich auf der Van Wart Road ostwärts. Der *schout* hockte vornübergebeugt im Sattel und hatte wenig zu sagen. Während er im erratischen Rhythmus des Kleppers gerüttelt und gebeutelt wurde, stellte er sich Jeremias Van Brunts Gesicht mit derartiger Intensität vor, daß er dabei seine Umwelt völlig vergaß. Er sah die wachsamen Katzenaugen, die gegen die grelle Sommersonne anblinzelten, sah das kantige Kinn und das trotzige Grinsen, sah die Klinge herabsausen und das Blut fließen. Und er sah Neeltje, wie sie über dem niedergestreckten Landbesetzer kniete und ihren Vater anfunkelte, als wäre er der Verbrecher, der Besitzstörer, der Verhöhner aller Gesetze Gottes und der Menschen. War sie etwa freiwillig mit ihm gegangen? Konnte das denn sein? Der Gedanke betäubte ihn.

Mochte Joost auch wenig mitteilsam sein, dem *jongheer* fiel es gar nicht auf. Seit ihrem Aufbruch aus Croton plapperte er unaufhörlich, bis sie an dem vom Regen angeschwollenen Van Wart Creek eine Furt erreichten und Joost ihn zum Schweigen brachte, indem er gebieterisch den Finger an die Lippen legte. Stephanus, der vom Indianerproblem bis zu van den Vondels Gedichten alle möglichen Themen durchgegangen war und trotz der unwirtlichen Witterung und des tödlichen Ernstes ihrer Mission keine fünf Minuten zuvor noch ein Volksliedchen gesummt hatte, stieg nun mit wachsamem Blick vom Pferd. Joost tat es ihm nach und führte seinen Klepper auf dem steilen, rutschigen Hügel nach Nysen's Roost hinauf hinter sich her. Nasse Zweige klatschten ihnen ins Gesicht, der *jongheer* glitt aus, und als er sich erhob, war er von oben bis unten mit Schlamm beschmiert; Armeen von Schnaken attackierten ihnen Mund und Nase und umschwärmten ihre Augen. Auf halber Höhe ging das Nieseln in handfesten Regen über.

Das Haus lag schweigend da. Kein Rauch stieg aus dem Schornstein auf, keine Tiere tummelten sich auf dem Hof. Der Regen fiel herab wie ein Vorhang aus flüssigem Zinn. »Was meint Ihr?« flüsterte der *jongheer*. Er hatte den Umhang fest um sich geschlungen, das Wasser rann in Strömen von seiner Hutkrempe.

Joost zuckte die Achseln. Da drin war seine Tochter, das wußte er. Bot ihm die Stirn, hinterging ihn, lag in den Armen dieses Abtrünnigen, dieses Grimassenschneiders, dieses unverbesserlichen Dickkopfs. »Er hat sie mit Gewalt genommen«, raunte Joost. »Gebt ihm kein Pardon.«

Vorsichtig näherten sie sich dem Haus. Joost spürte, wie der Schlamm an seinen Stiefeln zerrte; die Hutfeder hing ihm schlaff ins Gesicht, und er fegte sie mit der triefnassen Hand beiseite. Dann riß er das Rapier heraus. Er blickte zum *jongheer* hinüber, der ebenfalls blankzog, die Feuerwaffen waren durch die Nässe nutzlos geworden. Dem *jongheer* tropfte Wasser von der Spitze seiner wohlgeformten Nase, die gelbe Feder klebte an seinem Rücken wie ein toter Fisch, und seine Miene wirkte seltsam erregt, als wäre er auf einer Fuchsjagd oder beim Taubenschießen. Sie hatten noch etwa sieben Meter bis zur Tür, als ein plötzlich einsetzendes Geräusch ihren Schritt gefrieren ließ. Es war sehr wohl jemand im Haus, und wer es auch sein mochte, er sang – und Joosts Ohren klang es vertraut wie ein Wiegenlied daheim in Volendam:

> Guten Abend, mein Liebchen,
> Mein kleines, süßes Stück,
> Küß mich, jetzt sind wir allein…

…du bist mir Herz und Trost, mein Schatz,
Oh! Oh, jetzt hab ich dich rumgekriegt!

Jemand kicherte, und dann drang Neeltjes tiefer Alt (unzweifelhaft, kein Irrtum möglich, der *schout* kannte diese Stimme so gut wie seine eigene) durch das Prasseln des Regens, um die letzte Zeile aufzunehmen – »Oh! Oh, aber *ich* hab doch *dich* rumgekriegt!« –, gefolgt von wildem Applaus.

Das reichte, das war nun wirklich zu viel, in diesem Moment bestätigten sich seine schlimmsten Befürchtungen und düstersten Ahnungen. Ohne nachzudenken rannte der *schout* über den Hof und stieß die Tür auf, schwenkte das Rapier wie der Erzengel sein Schwert und sprudelte hervor: »Sünde! Sünde und Verdammnis!«

Der Raum war dunkel, kalt, feucht wie eine Höhle; er stank wie ein Schweinekoben, und drinnen tropfte der Regen beinahe ebenso hartnäckig wie draußen. Joost sah einen roh gezimmerten Tisch, eine Wand, an der Küchengerätschaften hingen, den kalten Herd – und dort, ganz hinten, das Bett. Da lagen sie. Zusammen. In ihren Nachthemden und einen Berg stinkender Felle über sich getürmt. Er sah das Gesicht seiner Tochter als weißen Fleck im Zwielicht, ihren Mund zum Schrei geöffnet, die Augen weit aufgerissen. »Schlampe!« röhrte er los. »Dreckstück, Dirne, du Hure Babylons! Steh auf aus diesem Bett der Unzucht!«

Im nächsten Augenblick ging es drunter und drüber. Alles passierte auf einmal: Aus dem Dunkel flitzte wie eine Katze der kleine Wechselbalg hervor und huschte durchs Zimmer, um hinter seinem Onkel Schutz zu suchen; im Eingang erschien affektiert grinsend und mit gezücktem Schwert der *jongheer*; ein Kochtopf polterte zu Boden; Neeltje schrie auf. Und Jeremias, der ohne den stützenden Holzfuß überrascht worden war, sprang aus dem Bett und kam auf den *schout* zu, mit übelwollender Miene.

Kein Hieb diesmal, sondern ein Stoß, der töten sollte,

der *schout* stellte sich vierschrötig auf und stieß den Arm nach vorn; er hätte Jeremias aufgespießt wie eine Bratwurst und seine Tochter nach der Ehre auch noch des Gatten beraubt, wäre Jeremias nicht gestolpert. Doch er stolperte und fiel krachend zu Boden, während die Spitze des Rapiers über seinem Kopf zitterte wie eine wütende Hornisse.

Nun war Joost Cats durchaus ein beherrschter Mann, der weder zu Temperamentsausbrüchen noch zu Gewaltakten neigte und viel lieber die Rolle des Mittlers als jene des Vollstreckers einnahm. An jenem kalten Novembertag, als der diensteifrige, pflaumenärschige Esel von *commis* ihn, den *schout*, in die nackte Wildnis hinausgezerrt hatte, um einen halbverhungerten Burschen von einem wertlosen, unheilbringenden Stück Land zu vertreiben, hatte ihm der junge Van Brunt leid getan; wie ein beschämter Narr hatte er am Herd von Meintje van der Meulen gestanden, den Federhut verlegen in der Hand, und den Hieb, den er dem Jungen übergezogen hatte, von ganzem Herzen bereut. Aber trotz alledem wollte er ihn jetzt umbringen. Er sah seiner Tochter in die Augen und dann hinunter auf diesen menschlichen Abschaum, der sie ihm geraubt hatte, und er wollte ihn erschlagen, abstechen, ihm Herz und Leber, beide Augäpfel sowie Blase und Milz durchbohren.

War der erste Hieb noch instinktiv geführt, so war der zweite ein Akt der Befreiung. In ihm brachen sich Schuld, Wut, Angst, Ärger und Eifersucht Bahn, und er stieß mit der ganzen Wucht seines hervorschnellenden Arms zu. Jeremias wich ihm aus. Er rollte nach rechts. Neeltje schoß mit ausgebreiteten Armen aus dem Bett hoch, der *jongheer* trat unsicher in den Raum, das Kind greinte, der Regen auf dem Dach steigerte sich zum Crescendo. *»Spuyten duyvil!«* fluchte Joost und führte einen dritten Hieb aus, der wieder weit daneben, in die zertrampelte feuchte Erde des Fußbodens ging.

Er sammelte sich gerade für den vierten, den tödlichen

Stoß, als Neeltje sich mitten ins Getümmel und über Jeremias warf. Dabei brüllte sie: »Töte mich! Töte mich!« Joost stand tief vornübergebeugt, sein Rücken schmerzte ihn unsäglich, Vernunft und Beherrschung waren längst dahin, und er hielt nur kurz inne, um sie mit der freien Hand zu packen und roh beiseite zu schleudern. Sie haßte ihn, seine eigene Tochter, fletschte die Zähne, riß ungestüm an seinem Ärmel, aber egal. Die Klinge blitzte in seiner Hand auf, und er dachte nur an den nächsten Stoß, und den nächsten und den darauffolgenden – er würde ein Nadelkissen aus diesem Schweinehund machen, ein Sieb, einen Schweizer Käse!

Doch Joost hatte nicht nur die Beherrschung, sondern auch den Überblick verloren: Sein Rapier hatte nämlich den letzten Stoß bereits getan. In dem Getümmel war Jeremias auf die Beine (vielmehr auf das Bein) gekommen und hatte sich eine primitive Waffe gegriffen, die in der Kaminecke hing, und zwar einen *pogamoggan* der Weckquaesgeeks, in der Gegend als Kuriosum der Eingeborenen bekannt. Es handelte sich dabei um einen biegsamen Kirschholzstecken, an dem vorne mit Lederriemen ein scharfkantiger, fünf Pfund schwerer Granitbrocken befestigt war. Jeremias holte einmal aus, erwischte den *schout* direkt über dem Ohr und entsandte ihn in die abrupt hereinbrechende Dunkelheit der Zwischenwelt einer traumlosen Ohnmacht, worauf er sich sofort *jongheer* Van Wart als nächstem Gegner zuwandte.

Der Gutshof-Erbe jedoch wirkte wie jemand, der in der Opernloge kurz eingenickt war und plötzlich mitten in einer Bärenhatz erwachte. In dem Moment, da der *schout* dumpf auf dem Boden aufschlug, erlosch das Grinsen auf den Lippen des *jongheer*. Dies hier war mehr, als er eingeplant hatte. Es war schmutzig, primitiv, tierisch – es besaß so ganz und gar keinen Platz im Erfahrungsschatz eines gebildeten Menschen. Er versuchte, sich aufzurichten und die Autorität seines Vaters, des *patroon*, auszustrahlen, dessen Rechte, Privilegien und Pflichten dereinst auf ihn übergehen würden. »Legt sofort Eure Waffe nieder«, befahl er mit einer Stimme, die ihm selbst fremd vorkam, »und ergebt Euch der rechtmäßigen Gewalt des *patroon*!« Dann wurde er leiser. »Ihr seid von jetzt an in meinem Gewahrsam.«

Neeltje war über ihren Vater gebeugt, drückte ein Taschentuch auf seinen Kopf. Das Kind hatte mit dem schauerlichen Gebrüll aufgehört, und Jeremias stützte sich gegen eine Stuhllehne. Die Steinkeule baumelte, mit menschlichem Haar und Blut verklebt, lose in seiner Hand, und die Narbe prangte deutlich sichtbar auf seinem Gesicht. Er gab keine Antwort, sondern wandte nur den Kopf und spuckte aus.

»Vader, vader!« weinte Neeltje. »Weißt du nicht, wo du bist? Ich bin's, die kleine Neeltje. Deine Tochter.« Der *schout* stöhnte. Auf das Dach trommelte der Regen. »Bei allem gebührenden Respekt, *mijnheer*«, sagte Jeremias, der sich sichtlich mit Mühe beherrschte, »Euch mag die Milchkuh gehören, der Boden unter meinen Füßen und das Haus, das ich mit meinen eigenen Händen erbaut habe, aber Neeltje gehört Euch nicht. Und ich ebensowenig.«

Der *jongheer* hielt den Degen vor sich ausgestreckt, als wäre es eine Angel oder eine Wünschelrute, als wüßte er nicht recht, wofür er gut sei. Er war bis auf die Haut durchnäßt, seine Kleider waren verschmutzt, ruiniert, und die Hutfeder der Autorität hing schlaff über die Krempe herab. Dennoch lächelte er wieder. »O doch«, sagte er so leise, daß es kaum zu hören war, »o doch, das alles gehört mir.«

Daraufhin schwang sich Jeremias lässig die Kriegerkeule über die Schulter, so daß die Last des Steinbrockens das Holz wie den Arm eines Katapults durchbog. Die Tür stand immer noch offen, und der urtümliche Geruch der Erde stieg ihm in die Nase, ein Duft von Lebenskraft und Fäulnis, von Geburt und Tod. Er blickte dem *jongheer* direkt ins Gesicht. »Dann kommt doch und holt mich«, sagte er.

Zwei Wochen später, an einem Nachmittag im Mai, so mild und himmlisch wie jener damals, als sie sich zwischen den Pelzen und Fässern in Jan Pieterses Handelsniederlassung zum erstenmal getroffen hatten, wurden Neeltje Cats und Jeremias Van Brunt von dem kleinlauten, feierlichen Pastor Van Schaik getraut, keine zehn Meter von der Stelle entfernt, an der Katrinchee begraben lag. Die Hochzeit war in jeder Hinsicht ein rauschendes Fest. Meintje van der Meulen buk drei Tage lang ununterbrochen, und ihr Mann Staats zimmerte provisorisch zwei riesige Tische zusammen, die allen Zechern und Schlemmern von Sint Sink bis Rondout Platz boten. Für diesen Tag begruben selbst Reinier Oothouse und Hackaliah Crane das Kriegsbeil und tranken einträchtig auf das Wohl der Braut. Es gab Hirschbraten und Fisch, Käse und Kohl, es gab Geschmortes und Kuchen und Puddings. Zu trinken natürlich auch: 'Sopus-Ale, Apfelwein und holländischen Genever aus einem Steinkrug. Und Musik. Was wäre eine Hochzeit ohne Musik? Der junge Cadwallader Crane hatte seine Rohrflöte dabei, Vrouw Oothouse brachte neben ihrem mächtigen Hinterteil auch ein Tamburin ins Spiel, das mit einer Schweinsblase bespannt war; einer zupfte die Laute, ein anderer klopfte mit Holzlöffeln auf einen umgedrehten Kochtopf. Mariken Van Wart kam aus Croton herauf und tanzte den ganzen Nachmittag hindurch mit Douw van der Meulen, Staats wirbelte seine Meintje im frenetischen Taumel von »Jimmy-be-still« ein halbes dutzendmal herum, und Jan, der alte Kitchawanke, tanzte mit einem Bierkrug, bis die Sonne hinter den Bäumen versank. Neeltjes Schwestern waren herausgeputzt wie kleine Puppen, ihre Mutter weinte – ob vor Freude oder vor Kummer, wußte keiner so recht –, und der *patroon* schickte Ter Dingas Bosyn, den *commis*, als seinen offiziellen Vertreter. Die Krönung des Tages jedoch, da waren sich alle einig, war der Moment, als der *schout*, ganz in Schwarz wie bei einer Beerdigung, nur um den Kopf eine schneeweiße Bandage, so aufrecht, wie sein Leiden es eben zuließ, in blitzblanken neuen Lederstiefeln heldenmütig über den Hof schritt und die Braut freigab.

Als Mohonk, der Sohn des Sachoes, drei Monate später auf der Schwelle des kleinen Bauernhofs von Nysen's Roost erschien, war Jeremias ein anderer Mensch. Verschwunden war der wild funkelnde Blick des Rebellen, des armen Teufels, des ruhelosen Tiers; an seine Stelle war eine Miene getreten, die sich nur als restlos zufrieden beschreiben ließ. Tatsächlich hatte sich Jeremias noch nie im Leben glücklicher gefühlt. Das Getreide gedieh prächtig, Rot- und Schwarzwild waren zurückgekehrt, die primitive Kate hatte durch Anfügung eines zweiten Raumes den Status eines Wohnhauses erhalten, mit Möbeln, die Funktionalität mit gefälligen Formen verbanden, und jenem wesentlichen Symbol zivilisierten Lebens: einem sauberen, glattgehobelten und abgeschliffenen Dielenboden, volle fünfzig Zentimeter über dem kalten Lehm des Erdbodens. Und vor allem war da Neeltje. Sie war die Stimme in seinem Herzen, der gute Geist, der ihn nie verließ, auch wenn er im Kanu auf dem Fluß trieb oder mit der von Staats geliehenen Muskete die kahlen Hügel durchstreifte; sie umfing ihn wie eine zweite Haut, und jeder Augenblick mit ihr war wohltuend und heilsam. Sie bemutterte Jeremy, besorgte den Haushalt, spann, nähte und kochte, massierte ihm die Verspannungen aus den Schultern, saß mit ihm am Fluß, wenn im seichten Wasser die Fische hüpften und die blauen Schatten sich langsam über die Berge breiteten. Sie schloß Frieden mit ihrem Vater, sie gestaltete das vordere Zimmer wieder und wieder um, bis es aussah wie eine gutbürgerliche Stube in Schobbejacken. Sie tat ihr möglichstes, und noch einiges mehr. Wesentlich mehr: sie trug ein Kind unter dem Herzen.

All dies sah der Indianer in Jeremias' Gesichtsausdruck, als die Tür aufging. Doch schon im nächsten Augenblick veränderte sich dieser Ausdruck. *»Du?«* schluckte Jeremias. »Was willst *du* denn hier?«

Mohonk war hagerer als je zuvor, sein Gesicht zerknittert und von den faltigen Spuren des ausschweifenden Lebens durchzogen. Er war eine Nase, ein Adamsapfel, zwei tief eingesunkene, starre schwarze Augen. *»Alstublieft«*, sagte er, *»dank U, niet te danken.«*

»Wer ist denn da?« rief Neeltje aus dem hinteren Zimmer. Sie hatten gerade zu Abend gegessen – Erbsensuppe, Brot, Käse und Bier –, und sie brachte Jeremy ins Bett. Es dämmerte schon, und im Haus war es dunkel geworden.

Jeremias gab keine Antwort. Er stand in der Tür und wurde allmählich zornig. Es war dieser Mann gewesen, derselbe kotbeschmierte, gottlose, feige Wilde, der seine Schwester erst ruiniert und dann im Stich gelassen hatte. Und jetzt kam er hierher, dreckig und zerlumpt, schlaksig wie ein Storch, pflanzte sich vor dem Haus auf und konnte kein bißchen besser Holländisch als damals vor vier Jahren. »Ich hab nichts für dich«, sagte Jeremias, wobei er die Worte wie ein Sprachlehrer intonierte, deutlich und jede Silbe einzeln. »Verschwinde hier!« In diesem Moment berührte ihn etwas am Bein, und als er hinunterblickte, sah er Jeremy neben sich stehen. Der Junge starrte wie verzückt auf die Erscheinung im Waschbärfellmantel.

»Alstublieft«, wiederholte Mohonk, drehte sich um und rief etwas in der Sprache der Kitchawanken; die Wörter polterten wie Steine aus seinem Mund.

Daraufhin traten aus dem Schatten an der Hausecke zwei Indianer. Der eine war der breit grinsende alte Jan; er trug Fetzen aus speckigem Hirschleder am Leib und roch nach Sumpf. Der andere war ein junger Halbstarker, den Jeremias aus Jan Pieterses Laden kannte. Das Gesicht des Halbstarken war bunt bemalt, in seiner rechten Hand baumelte wie ein Spielzeug ein Tomahawk, der mit den Kammfedern von Tangare und Schneeammer geschmückt war. Instinktiv griff Jeremias nach unten und schob seinen Neffen zurück ins Haus. »Hast du eine Botschaft für mich?« fragte er und sah von dem jungen Indianer auf Jan.

Die drei blieben vor der Schwelle stehen. Der Halbstarke verzog keine Miene. Jan grinste. Mohonk raffte seinen Mantel um sich, als wäre ihm kalt. »Ja«, sagte der alte Jan schließlich, »ich habe eine Botschaft.«

Neeltje, die jetzt hinter ihrem Mann stand, drückte Jeremy an ihre Röcke und wiegte ihn sachte hin und her. Am Westhimmel schwand das Tageslicht dahin.

Jan grinste immer noch, als hätte er das Schwerefeld seines Alkoholrausches überwunden und ein Reich schwindelerregender Leichtigkeit erreicht. »Von ihm hier«, sagte er und deutete mit einem abrupten Lachen auf Mohonk. »Von Mohonk, dem Sohn des Sachoes.«

Der Sohn des Sachoes zuckte nicht mit der Wimper. Jeremias musterte ihn eine Sekunde lang und wandte sich dann wieder an Jan. »Also?« fragte er.

Plötzlich senkte der alte Kitchawanke den Kopf und begann, mit den Füßen zu scharren. »Ay-yah, neh-neh«, skandierte er, »ay-yah, neh-neh«, doch Mohonk unterbrach ihn scharf. Er stieß etwas hervor, rauh und schnell wie eine Gewehrsalve, und der alte Jan sah blinzelnd auf. »Er will seinen Sohn zurück.«

Hätten die drei nicht so jammervolle Figuren abgegeben, wäre der alte Jan vom Alter, von den Pocken und vom Fluch des Feuerwassers weniger ausgezehrt gewesen, wäre Mohonk nicht ein so degenerierter Schwächling und der Halbstarke ein bißchen gewitzter gewesen, hätte alles ganz anders ausgehen können. Wie die Dinge jedoch lagen, machten sie einen entscheidenden Fehler. Der über das Ansinnen erzürnte Jeremias wehrte mit schroffer Gebärde und einem nachdrücklichen *»Nee!«* ab und trat dann zurück, um die Tür zuzuschlagen; genau diesen Augenblick suchte sich der Halbstarke aus, um den Tomahawk zu schleudern. Die Waffe sauste mit todbringendem Schwirren durch die Luft, prallte allerdings von der Türkante ab und fiel mitten im Zimmer harmlos zu Boden. Einen Moment lang – nur ganz kurz, den Bruchteil eines Sekundenbruchteils lang – machten die Indianer einen reumütigen und zutiefst beschämten Eindruck, dann stürmten sie auf die Tür los.

Oder vielmehr der Halbstarke. Mohonk drängte seinen langen, breiten Fuß, der in einem schmutzigen Mokassin steckte, zwischen Tür und Rahmen, während der alte Jan das Gleichgewicht verlor, ein überraschtes Grunzen ausstieß und mit dem Hinterteil auf der feuchten Erde aufsaß.

Als Reaktion auf die Bedrohung stieß Jeremias seinem einstmaligen Schwager die Tür gegen den Fuß, und als sie nach dem Kontakt mit diesem knochigen Beinfortsatz zurückprallte, hatte er zu seiner Verblüffung plötzlich den ehrwürdigen *pogamoggan* in der rechten Hand. (Neeltje hatte sich an ihren Vater erinnert und die Keule aus der Kaminecke geholt.) Als erster durch die Tür gestürzt kam der Halbstarke, unter dessen verlaufener Kriegsbemalung das unsichere Gesicht eines Fünfzehnjährigen zu sehen war; ihn traf die volle Wucht des Granitbrockens in den Unterleib, und er ging stöhnend zu Boden, wo er sich mehrere Minuten lang krümmte wie ein Aal im Topf. Mohonk hüpfte auf einem Bein herum und hielt sich mit beiden Händen den schmerzenden Fuß. Jeremias führte einen halbherzigen Schlag nach ihm, der aber danebenging und unter einem Schauer von Holzsplittern in die Wand krachte.

Dann jedoch nahm die Sache eine häßliche Wendung. Denn Mohonk, der in seiner Würde verletzt war, fletschte die Zähne, setzte den schmerzdurchzuckten Fuß ab und zog ein spitzes Knochenmesser aus den untadeligen Falten seines Waschbärmantels. Und dann kam ebendieser Mohonk – Liebhaber und Verführer von *meisjes* und Squaws, Erzeuger von Jeremias' Neffen und Gatte seiner teuren, toten, geliebten Schwester – auf Jeremias zu, und der Sinn stand ihm nach Mord.

Wenn er später daran zurückdachte, erinnerte sich Jeremias an das Gefühl dieser primitiven Waffe in seiner Hand, an das Wippen des Kirschholzgriffs, als der Schlagstein wie aus eigenem Antrieb vorwärtsschnellte, und den todbringenden, feuchtdumpfen Aufprall gleich darauf, der den Schädel des Indianers zerschmetterte wie einen angefaulten Kürbis. Er erinnerte sich auch an den Blick seines Neffen – des Jungen, der zu klein war, um zu verstehen, wer dieser hagere, stürzende Riese war, und doch mit diesem Moment ein Bild verknüpfte, das er sein Leben lang nicht vergessen sollte –, und dann an den Rückzug des gedemütigten Halbstarken, und an das endlose, keuchende, markerschütternde Wehklagen des alten Jan.

Mohonk, die letzte Frucht von Sachoes' Lenden, war niedergestreckt worden.

Jeremias tat es leid. Von Herzen leid. Doch er hatte nur getan, was jeder andere in seiner Situation auch getan hätte: Sein Heim und seine Familie waren bedroht worden, und er hatte sie verteidigt. Zerknirscht und reuevoll bettete er die Leiche danach auf den Tisch und ließ den *schout* holen. Stunden später machte sich der alte Jan, ermüdet vom tristen Geleier der eigenen, vom Whiskey gebrochenen Stimme, nach Indian Point zum Dorf der Kitchawanken auf, die traurige Nachricht zu überbringen.

Am nächsten Morgen, so früh, daß die Erde noch keine Farbe angenommen hatte, erschien, schwer vornübergebeugt und um hundert Jahre gealtert, Wahwahtaysee die Leuchtkäferfrau, um die Leiche abzuholen. In der ganzen Gegend, von Croton bis hinauf zum Suycker Broodt, würden die Indianer diesen Angriff auf die Weißen büßen müssen – dafür würde der *schout* sorgen, und das wußte Wahwahtaysee. Ihr Stamm hatte die Mohawk überlebt, die Holländer und die Briten. Zorn war nutzlos. Vergeltung brachte nur Gegenvergeltung, Vergeltung brachte Ausrottung. So machte es eben das Volk der Wölfe: Täuschung und Verrat. Ein freundliches Lächeln und das Messer in den Rücken. Sie war nicht verbittert, nur verständnislos.

Sie stand in dem dunklen Zimmer dieses unseligen Ortes, verströmte einen Duft, so wild und unvergänglich wie die Fährte des flinken Wesens mit dem dichten weißen Pelz, dem sie ihn verdankte, stieß ihren uralten Klagegesang aus und balsamierte die Haut ihres Sohnes mit den

Salben und Harzen der Götter ein, als sie aufblickte und in der Zimmerecke eine kleine Gestalt mit dunklen Augen sitzen sah, eine Frau, eine weiße Frau mit einem Kind im Leib. Wahwahtaysee sah eine Weile in diese dunklen Augen, dann wandte sie sich wieder ihrem toten Sohn zu.

Fünf Monate später, der Boden war mit einer Schneekruste bedeckt, setzten Neeltjes Wehen ein. Ihre Mutter war gekommen, um ihr beizustehen, eine Yankee-Hebamme war auch da. Ihr Vater, der *schout,* konnte sich noch nicht überwinden, das verderbte Haus wieder zu betreten, daher war er als Gast von Vrouw Van Wart im oberen Gutshaus aufgenommen worden, die dort wieder einmal in religiöser Einkehr ihren Leib kasteite. Jeremias wartete im vorderen Zimmer vor dem Kamin, neben sich den grünäugigen Neffen und den Adoptivvater, und lauschte den Schmerzensschreien seiner Frau. »Schon gut«, beschwichtigte Vrouw Cats hinter der Tür. »Na, na!« sagte die Hebamme.

Irgendwann steigerten sich die Schreie zu einem Crescendo und wichen dann auf einmal der Stille, so dicht wie das Verderben. Man hörte das Rascheln von Röcken, das Klappern von Pantinen auf Dielenbrettern, und schließlich einen neuen Schrei, dünn und zitternd, einen Schrei, der sich erst noch an Kehlkopf und Stimmbänder, an Lungen und Luft gewöhnen mußte. Gleich darauf erschien Vrouw Cats in der Tür. »Es ist ein Junge«, sagte sie.

Ein Junge. Jeremias erhob sich, und auch Staats stand auf, um ihn zu umarmen. »Gratuliere, *mijn zoon!«* sagte Staats, zog die Pfeife aus dem Mund, legte ihm die Hände auf die Schultern und sah ihm tief in die Augen. »Habt ihr denn schon einen Namen für das Wunderkind?«

Jeremias fühlte sich benommen und schwindlig, er fühlte sich, als hätte er die Grenzen jenes kleinen Lebens, das er bisher geführt hatte, überschritten und eine neue und glorreiche Stufe des Daseins erreicht. »O ja«, sagte er leise. »Ja, wir wollen ihn Wouter nennen.«

In einer anderen Ära, in der man Fleisch und Brot in Plastikfolie kaufte und Kohlköpfe zwischen Zwiebeln und Broccoli unvermittelt in den Gemüseabteilungen der Supermärkte auftauchten, lehnte Walter Van Brunt an einem gemauerten Kamin im Haus eines ihm völlig Fremden, schlürfte lauwarmen Billigsekt aus einem Styroporbecher und verdaute gerade eine hirnrissige Tirade über die Bedeutung von Smaug dem Drachen für den Krieg in Südostasien. (»*Logisch*, Mann – ich meine, wie hätte Tolkien es denn noch deutlicher sagen können, ohne einen direkt mit der Nase drauf zu stoßen? – Smaug steht natürlich für Nixon, klar?«) Walter hatte schon einen mächtigen Rausch, ihm war halb übel, er war von Angst gepeinigt und von Reuegefühlen umschwirrt wie von pfeifenden Kugeln, und er versuchte gleichzeitig, noch betrunkener zu werden, in der Menge nach Mardi Ausschau zu halten und den Schwätzer abzuwehren, der ihn am Kamin festgenagelt hatte. »Und der *feurige Atem*?« brüllte der Schwätzer, der das Haar zu Zöpfen geflochten trug, selbst einen ziemlich feurigen Atem verströmte und vor zwei Tagen seinen Einberufungsbefehl bekommen hatte. »Was glaubst du wohl, wofür der steht, na?«

Walter hatte nicht die geringste Ahnung. Er schüttete den Rest des Sekts in sich hinein, der jetzt mit Styroporkrümeln durchsetzt war, und spürte den Griff des Schwätzers am Unterarm. »Napalm, Alter«, flüsterte ihm die Nervensäge mit wissendem Kopfnicken ins Ohr, »das hat Tolkien damit gemeint.«

Indem er dem zukünftigen Rekruten furchtlos in die rotgeäderten Augen sah, sagte Walter, er stimme hundertprozentig mit ihm überein, dann schob er ihn beiseite und versuchte, das Klo zu erreichen. Auf dem Weg dorthin mußte er über ein halbes Dutzend hingestreckter Körper steigen, sich behutsam einen Pfad durch die torkelnden, unberechenbaren, mit den Armen fuchtelnden Tänzer bahnen und wäre beinahe in einen vertrockneten Weihnachtsbaum gefallen, der mit Zigarettenpapier und den baumelnden, abgerissenen Gliedmaßen von Plastikpuppen behängt war. Mardi war nirgends zu sehen.

Man feierte die Silvesternacht 1968/69, und das hier war das fünfte oder sechste Haus voller wildfremder Leute, in das ihn Mardi geschleppt hatte. Um einen draufzumachen. Irgendwann an der verschwimmenden Peripherie des Abends hatten sie in einer vorstädtischen Wohnzimmereinrichtung gesessen, und irgend jemandes glotzäugige, zahnsteinige Eltern waren nicht daran zu hindern gewesen, Toddy mit ihnen zu trinken, und dann hatte Mardis Vater gefragt: »Aber die Strangs besuchst du doch? Und die Hugleys auch, ja?«, worauf Mardi höhnisch geantwortet hatte: »Na klar, und beim Nähkränzchen der Vaterlandsfreunde schauen wir sicher auch noch vorbei.« Dann der Sekt, die Flasche zu $ 1,79, mexikanisches Gras, das schmeckte, als wäre es mit Fensterputzmittel getränkt, die kleine gestreifte Pille, die Mardi ihm zugesteckt hatte, als sie wegen der Kälte kurz in einem Café untergeschlüpft waren, und all diese Häuser, Häuser voller besoffener, grienender, mißtrauischer, langzähniger, hundegesichtiger, strohdummer Fremder. Und nun dieses Haus: drekkige Holzverkleidung an den Wänden, gnadenlos plärrende Top-Ten-Hits und ein wehrpflichtiger Hermeneutiker. Er wußte nicht einmal genau, wo er überhaupt war – vermutlich irgendwo am hintersten Ende von Tarrytown oder Sleepy Hollow. Jedenfalls war es ihm so vorgekommen, als Mardi, rittlings auf der Norton und an seinem Rücken festgeklammert wie ein Bergsteiger an eine vom Wind gepeitschte Felswand, ihm »Hier ist es!« ins Ohr gebrüllt hatte und er quer über den Rasen gefahren und gegen die Steinplatte am Fuß der Veranda gerutscht war, kein Problem, alles klar?

Das war vor einer Stunde gewesen. Mindestens. Jetzt

war er auf der Suche nach dem Klo. Er tappte in die Küche, wo er zwei Burschen in bunten Umhängen und Cowboyhüten aufschreckte, die gerade einer Marihuanastaude die Blätter abzupften, und riß die Tür zum Besenschrank auf. »Noch 'n Stück den Gang runter, Mann«, sagte der eine Cowboy mit einem Akzent, der direkt aus dem westlichen Queens stammte.

Als er die Toilette endlich gefunden hatte und die Tür aufriß, starrte er in die glasigen Augen einer Frau mit krausem Haar, der die blauen Cordhosen um die Knöchel hingen und die sich gerade sehr damenhaft auf der Sitzbrille niederließ; sie warf ihm einen Blick zu, der Metall hätte zerfressen können. »'Tschuldige«, murmelte er und wich zurück wie ein Krebs, der in seinen Unterschlupf verschwindet. Als die Tür ins Schloß fiel, spürte er einen vertrauten Griff am Arm und fuhr herum, um sich schon wieder mit dem wirren Wehrpflichtigen konfrontiert zu finden. »Tolle Braut, was?« sagte der Schwätzer und wischte sich die Hände an Walters Jackenärmeln ab.

»Wer?« fragte Walter, obwohl ihm klar war, daß er besser nicht darauf reagieren sollte. Sie waren allein im Korridor. Vom Wohnzimmer dröhnte stampfende Musik herüber, die Cowboys aus Queens lachten hinter ihnen in der Küche. Allmählich vergaß Walter, wie Mardi überhaupt aussah.

»Na, meine Schwester«, sagte der Wehrpflichtige. Er konnte kaum älter als zwanzig sein, aber mit dem Bart, dem langen Haar und dem verzerrten, manischen Grinsen, das jetzt plötzlich aufblitzte und seine Züge zerriß, wirkte er wie der alte Seefahrer aus Coleridges Gedicht höchstpersönlich, der den Hochzeitsgast mit festem Griff gepackt hielt. »Die da drin im Klo«, setzte er mit bedeutsamem Nicken hinzu. »Erinnert sie dich nicht an Galadriel – du weißt schon, die Elfenprinzessin? In der Szene, wo Elrond sich an sie ranmacht? Du weißt doch, welche ich meine, oder?«

Nein, das wußte Walter nicht. Und er hörte jetzt sowieso nicht mehr zu – er lehnte mit unerträglich praller Blase an der Wand, und bei dem brausenden, tosenden Lichtstrom, der wie schwerer Seegang in seinem Kopf wogte, schloß er sogar kurzzeitig die Augen. Er dachte an Jessica und Tom Crane, Hector, Herbert Pompey – an die, bei denen er jetzt sein sollte und bei denen er nicht sein konnte. Er dachte an jenen trüben, kalten Samstagnachmittag vor drei Wochen, die Sonne hatte milchigblaß durch die zerschlissenen Vorhänge des Schlafzimmers geschienen, und Jessica, in Stiefeln und Handschuhen, von den sehnigen, graziösen Füßen bis zur glänzenden, aufwärts geschwungenen Spitze ihrer angelsächsischen Stupsnase vermummt und eingewickelt, hatte sich zu ihm hinabgebeugt, während er zwischen Schlafen und Wachen gefangen lag. »Wohin?« hatte er genuschelt.

Sie wollte Weihnachtseinkäufe machen. Natürlich.

»So früh am Morgen?«

Sie lachte. Es war halb eins. »Was meinst du zu einem Cocktail-Shaker?« rief sie aus dem Nebenzimmer. »Für deine Tante Katrina?« Er meinte gar nichts. Sein Mund war trocken, er mußte dringend pinkeln, und das Innenfutter seines Hirns schien über Nacht wie Hefeteig aufgegangen zu sein. »Ich dachte...«, murmelte sie, jetzt redete sie mit sich selbst, ihr forscher Trommelschritt näherte sich der Tür, die Angeln quietschten, ein eisiger Luftzug drang herein, und nachdem die Tür leise hinter ihr zugefallen war, hingen noch ihre letzten Worte im Raum, »...für Daiquiris mit Eis und so was.«

In der nächsten wachen Minute wurde er sich einer neuen Stimme – Mardis Stimme – bewußt, die kraftvoll aus dem vorderen Teil des Hauses hereindrang. »Hey! Jemand zu Hause? Juh-huh! Von draußen vom Walde komm ich her und der ganze Scheiß!« Die Tür knallte hinter ihr zu. »Walter?«

Er stützte sich auf einen Ellenbogen auf, strich sich den Schnurrbart glatt und die Haare aus den Augen. »Hier drinnen«, rief er.

Seit dem Nachmittag bei den Geisterschiffen hatte er Mardi drei- bis viermal pro Woche getroffen und sich dabei ziemlich mies gefühlt. Kaum war er vier Monate verheiratet, betrog er schon seine Frau. Schlimmer noch: er tat es, während sie bei der Arbeit war und das Geld verdiente, das er für Bier und Zigaretten und Steaks ausgab. Wenn er sich gestattete, darüber nachzudenken, fühlte er sich wie ein Arschloch – ein echtes, erstrangiges Auslese-Arschloch garantiert höchster Spitzenklasse. Andererseits war er immer noch seelenlos, hart und frei, oder? Verheiratet oder nicht. Was hätte Meursault in seiner Lage getan? Beide gebumst, natürlich. Oder keine. Oder überhaupt ganz jemand anderen. Sex war unwichtig. Nichts war wichtig. Er war Walter Van Brunt, nihilistischer Held, Walter Truman Van Brunt, hart wie Stein.

Außerdem konnte er von Mardi einfach nicht genug bekommen. Sie war gefährlich, wild, unberechenbar – sie gab ihm das Gefühl, hart am Abgrund zu leben, mit ihr fühlte er sich schlecht im besten Sinne, wie James Dean, wie Belmondo in ›Außer Atem‹. Bei Jessica fühlte er sich nur einfach schlecht, Punktum. Wenn sie von der Arbeit nach Hause kam, stank sie nach Formalin und hatte gerötete Augen. Die Tüte mit den Einkäufen gegen die hohen spitzen Brüste gepreßt, stand sie im Zimmer, während er sich inmitten des Drecks, der sich so ansammelte, auf der Couch lümmelte, und sie sagte kein Wort dazu. Fragte ihn nie, ob er schon einen Job habe oder ob er nun wieder auf die Uni gehen wolle, machte ihm nie Vorwürfe wegen der Stapel von dreckigem Geschirr, wegen der Bierflaschen, die wie Kegel auf dem Beistelltischchen aufgereiht standen, oder wegen des scharfen Marihuanageruchs, der in den Gardinen hing, in die Möbel sickerte und die Fenster beschlug. Nein. Sie lächelte nur. Liebte ihn. Ging an die Arbeit, wusch mit einer Hand das Geschirr, zauberte mit der anderen gebratene Forelle mit Mandeln, Fettuccine »Alfredo« oder ein scharfes Chili nach Texas-Art mit einem vor Vitaminen nur so strotzenden Spinatsalat, und nebenbei sang sie die ganze Zeit zu einer Platte von Joni Mitchell oder Judy Collins, in ihrem hohen, reinen Sopran, dessen unwahrscheinliche Schönheit alle Engel im Himmel gerührt hätte. O ja, er fühlte sich echt schlecht.

Er wußte jetzt, daß er die ganze Zeit über vorgehabt hatte, sie zu verletzen, sie vor den Kopf zu stoßen und auf die Probe zu stellen – liebte sie ihn, liebte sie ihn *wirklich*? Gleichgültig, was passierte? Wenn er schlecht und gemein war, wenn er nichts wert war – der wertlose Sohn eines wertlosen Vaters –, dann würde er diese Rolle auch bis zur letzten Konsequenz spielen und sie genauso wie sich damit peinigen. Als sie mit dem Cocktail-Shaker für Tante Katrina heimkam – auf ihren Lippen das strahlende Wohltäterlächeln, in Goldfolie eingepackte Geschenke raschelten in ihren Armen, sie summte getragene Choräle und zeitlose Weihnachtslieder – und das abgedunkelte eheliche Schlafzimmer betrat, da hatte er wohl gewollt, daß sie ihn dort so überraschte: nackt und auf Mardi Van Wart einrammelnd. Er mußte es gewollt haben – warum hätte er es sonst getan?

Den Wagen hatten sie zwar nicht hören können, aber die Eingangstür war unverwechselbar. Krach. »Walter?« Näherkommende Schritte, raschelnde Pakete. »Walter?«

Aber Mardi war auch beteiligt gewesen. Hatte auf ihm gelegen, sich an ihn gedrückt, mit der hektischen Hast einer Mund-zu-Mund-Beatmung ihre Lippen auf die seinen gepreßt. Sie hörte die Tür knallen. Sie hörte die Schritte und Jessicas Stimme – hörte sie ebenso wie er. Er wollte sich von ihr losmachen, davonlaufen, sich verstecken, eine Show abziehen – er käme gerade aus der Dusche, Mardi hätte Kopfschmerzen gehabt und sich im Schlafzimmer ein bißchen hingelegt, nein, das wäre nicht ihr Auto vor der Tür –, doch sie ließ ihn einfach nicht los, hörte nicht auf. Er war in ihr, als Jessica durch die Tür kam. Dann, erst dann blickte Mardi auf.

Jessicas Vater kam zwei Tage danach ihre Sachen holen. Walter lag bewußtlos auf dem Sofa, total betrunken, weil er sich haßte. Die Tür krachte, und John Severum Wing von der Investment-Beratungsfirma Wing, Crouder &Wing stand im Zimmer. »Steh auf, du Dreckskerl!« zischte er. Dann trat er gegen das Sofa. John Wing, 48, Rotarier, Sponsor des Baseball-Jugendteams, Kirchgänger, Vater von vier Kindern, gleichmütig wie eine in der Sonne dösende Dosenschildkröte, ließ seinen wildlederbeschuhten Fuß vorschnellen und erschütterte das Sofa bis in die Spanplatten. Walter fuhr hoch. John Wing stand über ihm und stieß mit gepreßter Stimme Beleidigungen hervor. »Du Schleimscheißer«, flüsterte er. »Abschaum. Schwein.«

Walter kam es vor, als hätte sein Schwiegervater in diesem Ton noch ewig fortfahren können, die untersten Schichten seines Vokabulars auslotend und seine Stiche immer tiefer führend, wäre nicht plötzlich Jessica aufgetaucht. In diesem Augenblick stürzte sie durch die Tür, das Haar aus der blassen, patrizischen Stirn gekämmt und ein Taschentuch vors Gesicht gepreßt, als wollte sie sich vor dem Gestank von etwas seit langer Zeit Verwesendem schützen, und verschwand im Schlafzimmer. In der Stille, die nun über sie kam wie der Schock nach einem Artilleriebeschuß, hörten Walter, sitzend, und John Wing, stehend, das Knallen und Schaben von heftig aufgezogenen Schubladen, das Klacken von hastig aus dem Schrank gerissenen Kleiderbügeln, das Geklapper von Nippsachen, Parfümflaschen, Kinkerlitzchen, Andenken und all den scharfkantigen Kleinigkeiten des Lebens, die achtlos in Tüten und Schachteln gestopft wurden. Und sie hörten auch noch etwas anderes, ein gedämpftes Geräusch, viel leiser, das Zucken von Hypothalamus und Kehlkopf: Jessica weinte.

Walter stand auf. Er suchte nach einer Zigarette.

John Wing trat gegen den Beistelltisch. Er trat gegen die Wand. Er schleuderte ein Kissen in die Küche wie einen Football über den Torpfosten. »Wie konntest du das tun?« fauchte er. »Antworte mir!«

In diesem Moment haßte sich Walter, und wie; er fühlte sich schlecht bis auf die Knochen. Er zündete sich eine Zigarette an, ließ sie von der Unterlippe herabbaumeln wie Belmondo und blies John Wing den Rauch ins Gesicht. Dann nahm er seine Lederjacke vom Stuhl und schlenderte zur Tür hinaus, zwar schwankend, aber doch auch gelöst. Die Tür schloß sich hinter ihm, und der Wind fuhr ihm ins Gesicht. Er kniff die Augen zusammen, weil ihm Rauch hineingekommen war, bestieg seine Norton, gab ihr einen Tritt, der einem John Wing das Bein abgerissen hätte, und löschte mit einer Drehung des Gashebels das Universum aus.

Jetzt aber, da er die schwindenden Minuten des alten Jahres im Korridor eines ihm fremden Hauses zubrachte, da er dringend pissen mußte, von fremden Gesichtern umringt und von Schwätzern und Schwachköpfen belästigt wurde, verspürte er natürlich eine gewisse Reue. Jessica redete nicht mehr mit ihm. (Er hatte sie ungefähr fünfzigmal angerufen, und weitere fünfzigmal auf seiner Norton vor dem Haus ihrer Eltern auf sie gewartet, bis John Wing herausgestürmt war und ihm mit der Polizei gedroht hatte.) Auch Tom Crane redete nicht mehr mit ihm. Bis jetzt jedenfalls nicht. Und Hector hatte sich zwar auf ein Bier zu ihm gesetzt, dabei aber ein Gesicht gemacht, als hätte Walter plötzlich eine hochinfektiöse Lepra oder so. Sogar Hesh und Lola verübelten es ihm. Er hatte begonnen, sich wie eine Figur in einem Country & Western-Song zu fühlen – hab das Liebste im Leben verloren, ach was bin ich einsam, und all diese Schnulzen. Jetzt natürlich, wo er sie nicht mehr hatte – sie nicht haben konnte –, jetzt wollte er sie mehr als alles auf der Welt. Oder etwa doch nicht?

»Und Mordor?« sagte der Schwätzer zu ihm. »Was glaubst du wohl, wofür das steht? Häh?«

In diesem Augenblick ging die Klotür auf, und Galadriel stolzierte heraus, wobei sie Walter einen vernichtenden Blick zuwarf und die Nase rümpfte, als wäre sie in Hundedreck getreten. Ihr Bruder – falls er tatsächlich ihr Bruder war – war zu aufgeregt, um sie überhaupt wahrzunehmen. Er packte Walters Arm noch fester und drängte sich dicht an ihn heran. »Die guten alten USA«, sagte er. »Dafür steht es nämlich.«

Eine kleine Pille, halb so groß wie ein Aspirin, und durch Walter rasten Ströme von Licht. Jessica. Ihre Stupsnase, die langen Beine, ihr Märtyrertum in der Küche: wer brauchte sie denn? Er hatte schließlich Mardi, oder nicht? »Erzähl das doch den Schlitzaugen«, sagte er und starrte den Schwätzer durchdringend an. Dann war er im Klo und verriegelte die Tür hinter sich.

Im Spiegel sah er Augen, die aus nichts als Pupillen bestanden, einen zuckenden Schnurrbart und die um seine Ohren paradierenden Haare. Indem er auf dem gesunden Fuß balancierte, klappte er mit der Spitze des anderen die Brille hoch, verfehlte dann aber sein Ziel, weil das Klobekken unerwarteterweise beiseite rutschte und durch den Raum tanzte. Er zog gerade den Reißverschluß hoch, als er seine Großmutter bemerkte. Sie lag in der Wanne. Auf dem Kopf eine Duschhaube, die mit Fröschen in Rosa, Grün und Blau dekoriert war. Das Badewasser, seifig, dunkel wie der Hudson, umspülte ihre großen, teigigen nackten Brüste, die sie von Zeit zu Zeit mit einem Waschlappen abrubbelte. Sie sprach kein Wort, bis er sich umdrehte, um hinauszugehen. »Walter?« rief sie, als er den Riegel aufschob. »Hast du dir auch brav die Hände gewaschen?«

Der Korridor war leer, weder der Wehrpflichtige noch seine Schwester waren zu sehen. Die Cowboys hatten die Küche freigegeben. Aus dem Wohnzimmer jedoch erscholl wirres Geschrei und trötendes Partyhupen, und als Walter eintrat, sah er, daß sich alle Fremden des Hauses dort versammelt hatten, grinsend mit Konfetti um sich warfen und einander wie im Delirium in die Arme fielen. »Proosneujaah!« brüllte einer der Cowboys. Strahlend wie ein Engel im Lichterkranz schritt Walter mitten in die Menge hinein, stieß ein schmusendes Pärchen mit der

Schulter beiseite und packte einen Burschen mit Spiegelsonnenbrille, der gerade eine Flasche Jack Daniels zum Mund hob, am Arm. »Hey!« schrie er lauter als das Getöse der Rasseln und Blechtuten, »hast du Mardi gesehen?«

Der Typ trug rosa Hosenträger und eine Armeejacke mit abgeschnittenen Ärmeln über einem Mickymaus-T-Shirt. Er war schon älter, vielleicht sechsundzwanzig, siebenundzwanzig. Er schob die Sonnenbrille zurück und sah Walter an, schwere Tränensäcke unter den Augen. »Wen?«

Walter wehrte eine Attacke von hinten ab – ein großes Pferd von einer Frau mit verschmiertem Lippenstift und einem kegelförmigen, über die Nase gerutschten Papierhütchen, das sie einem Nashorn ähneln ließ, rammte mit voller Wucht gegen seinen Plastikfuß, rülpste eine Entschuldigung und kreischte ihm dann »Prost Neujaaah!« ins Gesicht – und versuchte es noch einmal. »Mardi Van Wart – du weißt schon, mit der bin ich doch hergekommen.«

»Scheiße, Mann«, der Kerl zuckte die Achseln und streichelte zärtlich die Flasche, »ich kenn hier überhaupt keinen. Ich bin aus New Jersey.«

Aber jetzt stand die massige Frau vor ihm, schwankte unsicher hin und her. »Mardi?« wiederholte sie überrascht, als hätte er sich nach Jackie Kennedy oder der Königinmutter erkundigt. »Die is schon weg.«

Die Hupen dröhnten ihm in den Ohren. Alles drehte sich. Er bemühte sich, mit beherrschter Stimme zu sprechen. »Weg?«

»Jaja. Muß schon 'ne Stunde her sein. Mit Joey Bisordi – du kennst doch Joey, oder? – und ich weiß nich, mit wem sonst noch alles. Die wollten zum Times Square.« Sie hielt inne und beobachtete Walters Gesicht, dann setzte sie ein schlaffes Grinsen auf. »Weißt schon«, sagte sie und wakkelte mit ihren mächtigen Hüften. »Is eben Silvester.«

Das neue Jahr war etwa zehn Minuten alt, als Walter seine Norton anwarf, sie von der Veranda herumschwang und erneut über den Rasen pflügte. In ihm pulsierte noch immer kometenhaft das Licht, doch jetzt war in seinem Innern auch ein dunkler Fleck – so dunkel und bedrohlich wie die Rückseite des Mondes –, der zusehends größer wurde. Er fühlte sich beschissen. Hätte am liebsten losgeheult. Keine Jessica, keine Mardi, überhaupt niemand. Und es war verflucht kalt. Er wich einer kränklichen Azalee aus, holperte über etwas hinweg, das unter dem Hinterrad auseinanderbrach – Ziegel? Feuerholz? –, und dann war er auf der Straße.

So weit, so gut. Aber wo war er eigentlich? Er überfuhr die erste Kreuzung und bog bei der zweiten ab, in einen langen, düsteren Tunnel aus abgerindeten, verwachsenen Bäumen. Er war etwa eine Meile weit gefahren, viel zu schnell – er legte sich tief in jede Kurve und beschleunigte im Auslauf sofort wieder mit einer heftigen Drehung des Gashebels –, als er über eine alte Holzbrücke donnerte, hinter der die Straße aufhörte. Quer über die Fahrbahn spannte sich am Ende des Brückengeländers eine Eisenkette, so dick wie eine Ankertrosse. An den Bäumen dahinter prangten rotgelbe Reflektoren und ein Schild mit der Aufschrift PRIVAT. Er fluchte laut, wendete die Maschine und fuhr dieselbe Straße zurück.

Wenn er nur das Schulgebäude finden könnte, dachte er, dann wäre alles klar. (Sleepy Hollow. Er erinnerte sich noch aus seiner eigenen Schulzeit daran, als er beim Peterskill-Basketballteam im Angriff gespielt hatte – die versifften Duschen, eine Turnhalle, in der es nach Bohnerwachs und Schweiß stank, ein großes, altes Backsteingebäude dicht neben der Hauptstraße.) Von dort aus waren es nicht mehr als zwanzig Minuten bis nach Peterskill und zum »Elbow«. Er hatte vor, dort hereinzuschneien und ein paar Bier zu trinken, vielleicht mit Hector oder mit Herbert Pompey – wollte seinen Kummer ersäufen, sein Los beklagen, ihnen beim Billard seine Version der Geschichte erzählen und vielleicht einen Joint durchziehen, der das dröhnende Gleißen in seinem Kopf etwas dämpfen würde –, als er trotz des Röhrens des Motors und des stechenden Pfeifens des Windes ein Geräusch in seinem Rücken wahrnahm. Kehlig, zwingend, allgegenwärtig kam es auf ihn zu wie das Donnern einstürzender Berge, das Tosen eines Hurrikans. Er wandte den Kopf.

Hinter ihm, aus dem Nichts der Sackgasse heranrasend, fuhr ein Trupp von Motorrädern. Ihre Scheinwerfer erhellten die Nacht, so daß die fleckige Asphaltstraße und die Phalanx der nackten Baumstämme wie eine grell erleuchtete Bühne wirkten. Fast unwillkürlich nahm er das Tempo zurück. Es mußten an die dreißig Mann sein, das Dröhnen der Motoren wurde ständig lauter. Wieder sah er über die Schulter zurück. Waren es die »Apostel«? Der New Yorker Zweig war Hell's Angels? Aber was hatten die hier draußen zu suchen?

Lange brauchte er sich das nicht zu fragen, denn schon im nächsten Moment holten sie ihn ein, ganz gemächlich, der Donner der dreißig schweren Motorräder trommelte wie eine Faust in seiner Brust. Als er sich zurückfallen ließ, um sich einzureihen, kamen sie auf beiden Seiten heran, und jetzt konnte er sie auch sehen, weit zurückgelehnt auf ihren Choppern, die Westen flatterten in der finsteren Nacht. Zwei, sechs, acht, zwölf: er war im Zentrum des Hurrikans. Die Maschinen röhrten und surrten, sie hämmerten, heulten, spuckten Feuer. Vierzehn, achtzehn, zwanzig.

Aber Moment mal: da stimmte etwas nicht. Das waren keine Angels – das waren eisgraue, klapprige Kerle mit ledrigen, verknöcherten Gesichtern, struppigen gelben Bärten und pissefarbenen Mähnen, die der Wind straff nach hinten wehte. Und – ja, ja – Walter dämmerte es wie das Eröffnungsmotiv eines altbekannten Alptraums, als ein alter Knacker vor ihm einscherte und die Aufschrift seiner Jacke ihm aus der Dunkelheit in die Augen sprang wie ein Gesicht. DIE ABTRÜNNIGEN stand dort in eng gesetzten, kantigen Blockbuchstaben über einem geflügelten Totenschädel, und darunter: PETERSKILL. Ja. Walter drehte den Kopf nach links, und da war er – der zu kurz geratene Holländer, der Klabautermann, aller Logik und dem Fahrtwind zum Trotz mit seinem Spitzhut auf dem Kopf, die grobe Jeansweste über ein sackartiges Nesselhemd gezogen, das aussah wie im Museum geklaut. Ja. Und die Lippen des Klabautermanns bewegten sich: »Frohes neues Jahr, Walter«, schien er in all dem Getöse zu sagen.

Walter zögerte keinen Augenblick. Er warf den Kopf zur anderen Seite – nach rechts –, und natürlich, dort war sein Vater, fuhr direkt neben ihm auf einem Harley-Chopper, auf dessen Benzintank wie Geierklauen Aufkleber mit lodernden Flammen prangten. Die Augen des alten Mannes waren hinter einer antiquierten Schutzbrille verborgen, das Haar flatterte ihm in fettigen roten Strähnen um den Kopf. Zuerst zeigte er Walter das Profil, dann drehte er ihm das Gesicht voll zu. Da war der Gestank der Auspuffgase, der sausende Wind, das Donnern der Motoren in der Nacht und ein einziger, langgezogener Moment, in dem die Zeit zwischen ihnen stillzustehen schien. Dann grinste Walters Vater und wiederholte den Wunsch des Zwergs: »Frohes neues Jahr, Walter.« Der Freundlichkeit konnte Walter nicht widerstehen – er spürte, wie ein Lächeln in seinen Mundwinkeln zuckte –, als sein Vater urplötzlich, ohne jede Vorwarnung, die Hand ausstreckte und ihm einen Stoß versetzte.

Einen Stoß.

Die Nacht war schwarz, die Straße völlig leer. Die makabre, mörderische Parabel des Unheils hatte Walter eingeholt und wieder zu Boden geworfen, zum zweitenmal zu Boden geworfen. Mehr Glück hätte er gehabt, wenn es die rechte Seite gewesen wäre, schließlich bestand die ohnehin nur aus Plastik und Leder. Doch soviel Glück hatte er nicht. O nein. Er flog nach links vom Motorrad.

Teil II
World's End

SIMEON: Ganz der Papa.
PETER: Wie aus dem Gesicht geschnitten!
SIMEON: Alle gegen alle!
PETER: Tja ja.

Eugene O'Neill, ›Gier unter Ulmen‹

Diesmal war das Zimmer goldgelb gestrichen, und der Arzt hieß Perlmutter. Walter lag sediert auf dem unbequemen Bett mit beweglichem Kopfteil, Hesh und Lola wachten an seiner Seite, und die gedämpften Töne aus der Gegensprechanlage raunten ihm ins Ohr wie Stimmen von körperlosen Toten. Der linke Fuß, sein guter Fuß, war zu nichts mehr gut.

Wie er so dalag, die Miene so gelöst wie die eines schlafenden Kindes – es war ihm nichts anzusehen, das Haar aus der Stirn gestrichen, wo Lolas Hand geruht hatte, mit geöffneten Lippen und in den Tiefen jenseits des Bewußtseins flatternden Lidern –, stürmten Träume auf ihn ein. Doch diesmal war alles anders, diesmal blieben seine Träume verschont von höhnischen Vätern, salbungsvollen Großmüttern und bis auf die Knochen ausgemergelten Kadavern. Statt dessen träumte er von einer menschenleeren Landschaft, dunstig und trübe, in der Himmel und Erde ineinander zu fließen schienen und die Luft wie eine Decke war, die sich über sein Gesicht zog. Als er halb erstickt erwachte, beugte sich Jessica über ihn.

»Oh, Walter«, stöhnte sie mit einem dumpfen Laut des Kummers, der wie Gas aus ihrem Inneren emporstieg. »Oh, Walter.« Aus irgendeinem Grund glänzten ihre Augen feucht, und über ihren zarten Nasenflügeln verlief die Wimperntusche in zwei schwarzen Bahnen.

Verwirrt blickte sich Walter im Zimmer um, sah die schimmernden Instrumente, den Venentropf, der über ihm hing, das leere Bett neben ihm und das kalte graue Auge des Fernsehers hoch oben in der Ecke. Er starrte auf das fröhliche Gelb der Wand, ein erhebendes Frühstücksnischen-Gelb, und schloß wieder die Augen. Jessicas Stimme drang durch die Dunkelheit zu ihm. »Oh,

Walter, Walter... ich fühle mich so furchtbar schlecht deinetwegen.«

Schlecht? Seinetwegen? Weshalb sollte sie sich schlecht fühlen?

Diesmal nahm er nicht ihre Hand, preßte nicht seine Lippen auf die ihren, nestelte nicht an den Knöpfen ihrer Bluse. Er schlug nur abrupt die Augen auf und warf ihr einen giftigen Blick zu, einen Blick voller Groll und Vorwurf, den Blick des Antihelden auf dem Weg zur Tür hinaus; beim Sprechen bewegte er kaum den Mund. »Geh weg«, brummte er. »Ich brauche dich nicht.«

Erst am späten Nachmittag wurde sich Walter seiner prekären Lage voll bewußt, als er in der infernalischen Hitze seines Invalidenzimmers erwachte, vor dessen Fenster der Schnee stiebte, und Huysterkark grinsend ins Zimmer geschlurft kommen sah. Jetzt, erst jetzt tastete er nach seinem linken Fuß – seinem Lieblingsfuß, seinem kostbaren, einzigen Fuß – und begriff, daß er nicht mehr Teil von ihm war. Das Bild der öden Traumlandschaft verschmolz in diesem Moment mit dem grinsenden Gesicht seines Vaters.

»Soso, soso«, sagte Huysterkark, rieb sich die Hände und grinste, grinste. »Mr. Van Brunt – *Walter* Van Brunt. Tja.« Zwischen dem rechten Arm und seiner Brust hielt er, fest eingeklemmt, als wäre es ein zusammengerolltes Exemplar der ›Times‹, die neue Fußprothese. »Tja«, wiederholte Huysterkark strahlend, griff sich einen Stuhl und schleifte ihn zum Bett, »und wie geht es uns heute bei diesem schönen Schneegestöber da draußen?«

Wie es uns ging? Diese Frage ließ sich unmöglich beantworten. Wir hatten panische Angst, wir rangen mit Verzweiflung und Fassungslosigkeit. Wir waren wütend. »Sie, Sie –«, sprudelte Walter hervor. »Sie haben meinen, meinen einzigen –« Er fühlte sich überwältigt von Selbstmitleid und Kummer. »Verdammt noch mal!«

knurrte er mit Tränen in den Augen. »Sie konnten ihn nicht retten? Haben Sie's nicht mal versucht?«

Die Frage hing zwischen ihnen in der Luft. Vor den Fenstern tobte der Schneesturm. *Dr. Rotifer in die Notaufnahme, Dr. Rotifer bitte,* krächzte die Lautsprecheranlage.

»Sie haben enormes Glück gehabt«, sagte Huysterkark schließlich, nickte heftig und legte den Zeigefinger nachdenklich an die blassen Lippen. Er zog den Fuß unter dem Arm hervor und senkte die Stimme. »Enormes Glück«, flüsterte er.

Wie Huysterkark ihn informierte, war Walter zwei Tage lang bewußtlos gewesen. Sie hatten ihn – halb erfroren – erst kurz vor Morgengrauen eingeliefert. Er konnte von Glück reden, daß er überhaupt noch lebte, daß ihm nicht auch noch Finger und Nase abgefroren waren. Hielt er denn das Krankenhauspersonal hier für inkompetent? Oder teilnahmslos? Er hatte ja keine Ahnung, wie verstümmelt dieser Fuß gewesen war – multiple Splitterfraktur, Sprunggelenk total zertrümmert, Bindegewebe zu Brei zerquetscht. Was wußte er schon davon, daß die Doktoren Yong, Ik und Perlmutter zweieinhalb Stunden lang im OP versucht hatten, seinen Kreislauf wiederherzustellen, die zermalmten Knochen zusammenzufügen, Blutgefäße und Nerven zu vernähen? Er konnte von Glück reden, daß er nicht irgendwo im Landesinneren oder am anderen Ufer des Hudson verunglückt war – oder angenommen, es wäre im Süden oder in Italien oder Nebraska passiert, oder in irgendeinem anderen gottverlassenen Nest, wo die Chirurgen nicht auf der Hopkins University ausgebildet worden waren wie Yong und Ik und Perlmutter? War ihm überhaupt klar, was für ein Glück er gehabt hatte?

Walter war das nicht klar, nein, obwohl er sich Mühe gab. Obwohl er zuhörte, wie Huysterkarks Stimme die ganze Bandbreite des Ausdrucks durchmaß, vom *sforzando* der Einschüchterung über das *allegro* des Dankgebets bis zum geschäftigen, jovialen *brio* des geübten Vertreters. Er konnte nur an eines denken, nämlich wie unfair das alles war, diese unablässigen, lähmenden, grauenerregenden Attacken der Geschichte, der Vorsehung, eines ihn bewußt belauernden Schicksals – lauter Attacken, die alle auf ihn, und nur auf ihn zielten. Es brodelte in ihm, bis er die Augen schloß und Huysterkark mit ihm machen ließ, was er wollte; er schloß die Augen und sank zurück in seine Träume.

Es war am Nachmittag des dritten Tages, als Mardi auftauchte. Sie hatte ihren Waschbärpelzmantel gegen ein schwarzes Samtcape getauscht, das ihre Schultern betonte und ansonsten wie ein Leichentuch herabhing. Darunter trug sie Bluejeans, bemalte Cowboystiefel und eine durchsichtige Bluse, rosa schimmernd wie der Broadway an einem regnerischen Abend. Und Perlen um den Hals. Acht bis zehn Ketten. Hinter ihr in der Tür stand ein Typ, den Walter noch nie gesehen hatte.

Er war benommen von den Schmerztabletten, dem einschläfernden Muff des Zimmers; am bleiernen Himmel vor dem Fenster hingen wilde schwarze Wolkenbänder wie Gitterstäbe. »Du armes Ding«, gurrte sie, während sie klappernd über das Linoleum kam. Sie beugte sich in einer schweren Parfümwolke vor und fuhr ihm mit der Zunge flüchtig in den Mund. Er fühlte, wie der Strahlenkranz ihres Haars sein Gesicht umrahmte, wie Empfindungen mit feinen Tentakeln das stumpfe, tote Feld seines Schmerzes durchstießen, und wider Willen verspürte er ein schwaches Rühren der Erregung. Dann richtete sie sich wieder auf, öffnete die Schnalle ihres Capes und deutete mit einer ruckartigen Kopfbewegung auf ihren Begleiter. »Das ist Joey«, sagte sie.

Walters Blick schoß zu ihm hinüber wie ein Messer. Joey war jetzt im Zimmer, sah ihn aber nicht an. Er starrte aus dem Fenster. »Joey ist Musiker«, sagte Mardi.

Joey war angezogen wie Little Richards Kostümdesigner, drei verschiedene, überhaupt nicht zueinander passende Kaschmirmuster und eine tillamookfarbene Krawatte, die ihm bis zum Nabel reichte. Nach einer Weile warf er einen kurzen Blick auf Walter, der ohne Füße in seinem Bett hingestreckt lag, und fragte, ohne jeglichen Anflug von Ironie: »Was tut sich denn so, Alter?«

Was sich tat? Er war verstümmelt, das tat sich hier. Amputation. Dezimierung des Fleisches, Vierteilung des Geistes, Metastase des Schreckens.

»Mein Gott!« Mardi saß jetzt auf dem Bettrand, das Cape stand weit offen und gestattete einen Blick auf ihre durchsichtige Bluse und alles, was darunter zu sehen war. »Wärst du doch bloß neulich abends mit Joey und Richie und mir mitgekommen – rüber zum Times Square, meine ich...« Sie führte diesen Gedankengang nicht zu Ende. Ihn weiterzuführen hätte bedeutet, das Unaussprechliche auszusprechen. Sie begnügte sich deshalb mit einer Feststellung über den Mangel an Symmetrie im Kosmos: »Das ist alles so irre schräg.«

Bis zu diesem Moment hatte Walter kein Wort gesagt. Allerdings hatte er das durchaus noch vor. Er wollte der Empörung Luft machen, die an ihm nagte, wollte sie fragen, was sie sich dabei gedacht hatte, ihn in einem Haus voller fremder Leute allein zurückzulassen, während sie mit diesem blasierten Milchbubi in Beatles-Stiefeln und affigem Schlips nach New York abgerauscht war, wollte sie fragen, ob sie ihn noch liebte, ob sie trotzdem wieder mit ihm ins Bett gehen würde, ob sie die Tür abschließen und die Vorhänge zumachen könnte und dann Joey sagen, er solle sich mal die Beine vertreten, doch sie machte plötzlich ein seltsames Gesicht, und er bremste sich. Langsam ließ sie den Blick über seinen Körper auf dem Bett schweifen, dann sah sie ihm direkt ins Gesicht. »Tut's weh?« fragte sie leise.

Es tat weh. O Gott, tat es weh. »Was glaubst du denn?« fragte er zurück.

In diesem Augenblick stieß Joey einen Juchzer aus, der spöttisch gemeint sein konnte, ebensogut aber auch als

Symptom für Schwierigkeiten beim Atmen hätte durchgehen können, und vergrub sein Gesicht in einem gepunkteten Taschentuch von der Größe eines Gebetsteppichs. Walter musterte ihn scharf. Zuckten nicht seine Schultern? Fand er das Ganze etwa witzig, war es denn möglich?

Mardi nahm Walters Hand. »Also«, sagte sie in dem Versuch, einen Anknüpfungspunkt zu finden, »dann, äh, wirst du jetzt wohl nicht mehr Motorrad fahren können, wie's aussieht, oder?«

Verbitterung stieg in ihm auf, schoß durch seine Adern wie heißes Wachs. Motorrad fahren? Mit Glück würde er laufen können, obwohl ihm Huysterkark forsch versichert hatte, in einem Monat wäre er wieder auf den Beinen und im nächsten könnte er dann schon die Krücken weglegen. Keine Krücken. Er konnte es sich vorstellen: ohne Gleichgewicht, ohne Verbindung zum Boden würde er über den Gehsteig wanken wie ein Betrunkener, der barfuß über ein glühendes Kohlenbett ging. Am liebsten hätte er geheult. Und er hätte es auch getan, wäre nicht Joey im Zimmer und die Atmosphäre so betont cool gewesen. Ob Lafcadio geheult hätte? Oder Meursault? »Das war alles deinetwegen«, sagte er plötzlich und mußte ungewollt schlucken. »Es war deine Schuld – du hast mich da allein gelassen, du Miststück!«

Mardis Miene wurde eiskalt. Sie ließ seine Hand los und stand abrupt vom Bett auf. »Nun schieb das mal nicht mir in die Schuhe«, sagte sie, wobei ihre Stimme einen weiten Sprung die Tonleiter hinauf machte und zwischen ihren Augen eine tiefe Furche erschien. »Da warst du schon selber schuld dran – total besoffen, völlig zugekifft... Scheiße, du hast uns ja fast umgebracht, als du gegen die Veranda geknallt bist – oder hast du das etwa vergessen, häh? Und falls es dich interessiert, wir haben überall nach dir gesucht neulich – sind mindestens zwanzigmal durch diese beknackte Bude gewandert, stimmt's, Joey?«

Joey starrte aus dem Fenster. Er gab keine Antwort.

»Du verfluchter Vampir!« kreischte Walter. »Leichenschänderin!«

Eine Krankenschwester steckte den Kopf zur Tür herein, aus ihrem Gesicht war alle Farbe gewichen. »Es tut mir sehr leid«, sagte sie im Hereinstürmen, »aber der Patient darf wirklich nicht –«

Langsam und feindselig drehte sich Mardi, gletscherkalte Augen und unbezähmbare Haare, zu ihr um. »Halt's Maul!« knurrte sie, und die Schwester wich vor ihr zurück. Dann wandte sie sich wieder Walter zu. »Und du nenn mich nicht noch mal Miststück«, sagte sie mit leiser, kehliger Stimme, »du, du Wunderknabe ohne Füße.«

Diesmal lachte Joey tatsächlich – ganz unverkennbar: ein hohes, unverschämt schallendes Gelächter, das mittendrin abbrach. Und dann machte er Walter blitzartig das Friedenszeichen und folgte Mardis Cape zur Tür hinaus. Aber damit war die Sache nicht beendet. In der Tür blieb er stehen, um Walter über die Schulter ein sehr effektvolles Augenzwinkern zuzuwerfen. »Bis dann, Alter«, sagte er.

Damit war Walters Maß voll. Er stieß die Schwester beiseite und setzte sich kerzengerade auf, die Adern an seinem Hals schwollen vor Zorn purpurrot an. Er begann zu brüllen. Flüche, Verwünschungen, Schimpfwörter aus dem Kindergarten – was ihm gerade in den Kopf kam. Er brüllte wie ein Muttersöhnchen mit blutender Nase auf dem Spielplatz, schrie alle Fotzen und Arschlöcher und Schweinepriester und Drecksäue heraus, die er aufbringen konnte, heulte seine Wut und seine Ohnmacht hinaus, bis die Gänge der Station davon widerhallten wie der Aufenthaltsraum eines Irrenhauses, und er kreischte und schimpfte und faselte so lange, bis ihn die groben Arme der Pfleger in die Kissen preßten und die Spritze ihren Weg in die Vene fand.

Als er aufwachte – am nächsten Tag? am übernächsten? –, fiel ihm als erstes auf, daß jemand in dem zweiten Bett lag. Es war mit Vorhängen abgeschirmt, aber er konnte den

Ständer des Venentropfs oben hervorragen sehen, und am Fußende des Betts teilten sich die Stoffbahnen, weil dort ein Gipsbein herausragte, das über dem frisch gewaschenen Weiß des Lakens schwebte. Er sah scharf hin, als könnte er irgendwie die Vorhänge durchdringen; er war neugierig, wie jeder bettlägrige Patient, der gerade aufwachte – was gab es schon für Abwechslung außer Essen, Huysterkark und Fernsehen? –, und zugleich auf perverse Weise befriedigt: Jemand anders litt ebenfalls.

Erst beim Mittagessen – die Suppe schmeckte wie Soße, die Soße wie Suppe, dazu gab es acht nahezu unverdauliche Wachsbohnen, einen Klumpen undefinierbarer, fleischähnlicher Substanz und Wackelpudding, den ubiquitären Wackelpudding – zog die Krankenschwester die Vorhänge zurück, so daß er einen Blick auf den Zimmergenossen und Leidensgefährten werfen konnte. Anfangs sah er ihn in dem Wirrwarr von Kissen und Bettdecken nicht, da ihm die Sicht zudem durch das massige Hinterteil der Schwester Rosenschweig verstellt war, die sich über den Neuankömmling beugte, um dessen Nahrungsbedürfnisse zu stillen – gütiger Gott, hatte der etwa die Arme auch noch verloren? –, dann aber, als die Schwester sich aufrichtete, bekam er seinen Kameraden in der Not endlich richtig zu Gesicht. Ein Kind. Winzig und schrumplig, in dem gigantischen Bett wirkte es wie ein ausgestopftes Spielzeug.

Dann sah er genauer hin.

Er sah zwei bleiche kleine Hände mit behaarten Knöcheln hektisch herumwirbeln, Messer und Gabel blitzten auf, und dann, bevor ihm neuerlich der Glutaeus maximus von Schwester Rosenschweig die Sicht nahm, fiel sein Blick kurz auf einen patriarchisch weißen Haarschopf. Merkwürdiges Kind, dachte er und kratzte geistesabwesend den engen Verband an der Wade, als die Krankenschwester plötzlich verschwunden war und er mit offenem Mund in das Gesicht aus seinen Alpträumen starrte.

Piet – denn Piet war es unzweifelhaft, unvergeßlich, so

augenfällig und widerwärtig wie eine festgebissene Zecke an einem Hundeohr – lehnte halb aufgesetzt im Bett und spießte vergnügt Stückchen des smaragdgrünen glitzernden Wackelpuddings auf die Zinken seiner Gabel. Seine Nase und seine Ohren wirkten riesig, standen in absurdem Mißverhältnis zu seinen verkürzten Gliedmaßen, weiße Haare sprossen aus seinen Nasenlöchern wie erfrorenes Unkraut, seine Lippen waren schlaff und zum Schmollmund verzogen, vom Kinn tropfte Soße. Volle fünf Sekunden donnerten vorbei, ehe er das Schweigen brach. »Schönen Tag auch, Meister«, sagte er mit diabolischem Grinsen, »ganz gut, der Fraß hier, was?«

Walter hatte sich in einem Kabinett des Schreckens verirrt, in einem Raum ohne Ausgang, im dunklen, tropfnassen Kellerverlies eines Irrenhauses. Er hatte Angst. Todesangst. War am Ende sicher, daß er den Verstand verloren hatte. Er wandte sich von dem grienenden kleinen Homunkulus ab und fixierte betäubt die Brühe auf seinem Tablett; dabei versuchte er verzweifelt, sich seine Sünden zu vergegenwärtigen, und seine Lippen bebten, als ob sie etwas murmelten, das ein Gebet hätte sein können, wäre ihm das Beten nur vertraut gewesen.

»Was ist denn los?« krähte Piet. »Zunge verschluckt? He, du da! Ich red mit dir.«

Das Elend lastete derart schwer auf ihm, daß Walter es kaum schaffte, die Augen zu öffnen. Wie hießen doch die fünf Stadien des Sterbens, überlegte er, während er langsam den Kopf wandte: Schock, Wut, Verleugnung, Bewältigung und –?

Piet, der über sein in der Luft ragendes Bein gebeugt saß wie ein bekümmerter Wasserspeier an einer gotischen Kirche, betrachtete ihn mitleidig. »Nimm's nicht so schwer, Kleiner«, sagte er dann, »du kommst schon drüber weg. Bist ja jung und kräftig, hast das ganze Leben noch vor dir. Hier« – er streckte einen verkümmerten Arm aus, an dessen verkümmertem Ende eine verkümmerte Hand eine halbvolle Schale mit Wackelpudding hielt –, »willst du meinen Nachtisch?«

Walters Wut brach mit der vollen Vehemenz einer zubeißenden Schlange heraus. »Was willst du eigentlich von mir?« zischte er.

Der kleine Kerl war verblüfft. »Ich von dir? Ich will überhaupt nichts von dir – ich biete dir meinen Nachtisch an. Kann sein, daß ich schon ein, zwei Bissen davon gegessen hab, aber was soll's, ist doch kein Mallör – ich meine, ich bin ja nicht hier, weil ich Beulenpest hab oder so was.« Er zog den Wackelpudding zurück und deutete auf den eingegipsten Fuß, der über ihm schaukelte. »Hab mir den Zeh verstaucht!« grölte er und stieß ein so irres Gelächter aus, daß er nach Luft schnappen mußte.

Als die Schwester zurückkam, gluckste er immer noch vor sich hin. »Hab ihm grade erzählt, daß ich... daß ich... mir...« – er konnte nicht mehr weiterreden, es war zuviel für ihn. Er war wie ein Luftballon, aus dem alle Luft entwichen war, war von der Komik des Ganzen restlos erschöpft. »Daß ich mir den Zeh verstaucht hab!« brachte er schließlich keuchend heraus und kicherte von neuem.

Schwester Rosenschweig betrachtete ihn geduldig, während er seine drolligen Verrenkungen vollführte; ihr breites, mit Sommersprossen übersätes Mondgesicht, die herabhängende Unterlippe animierten ihn nur noch mehr. Als er seine Pointe endlich losgeworden war, bemerkte sie als Kommentar nur: »Na, was sind wir heute wieder lebhaft.« Dann wandte sie sich Walter zu.

»Hey, Schwesterchen!« rief der Zwerg auf einmal, und seine Stimme zwitscherte vor Frohsinn. »Wollen wir ein Tänzchen wagen?«

Das reichte. Jetzt hatte Walter wirklich genug. »Wer ist dieser Mann?« wollte er wissen. »Was hat er hier zu suchen? Warum in Gottes Namen haben Sie den zu mir ins Zimmer gelegt?«

Schwester Rosenschweig war keine säuerliche Jungfer,

wie sie eben hinreichend bewiesen hatte, doch bei Walters Protest verhärteten sich ihre Gesichtszüge. »Wenn Sie ein Einzelzimmer wollen, müssen Sie entsprechend Vorsorge treffen«, sagte sie. »Und zwar im voraus.«

»Aber – aber wer ist dieser Mann da?« Langsam dämmerte Walter eine Einsicht, mochte er auch noch so verwirrt, elend, betäubt und gepeinigt sein. Und zwar: wenn die Schwester real war – immerhin redete und rechtete sie mit ihm, schien aus Fleisch und Blut und Knochen zu bestehen –, und wenn sie Piets Existenz zugab, dann war entweder die ganze Welt eine Halluzination oder das Phantom im Nachbarbett war kein Phantom.

»Piet Aukema heiß ich«, schnarrte der Zwerg und beugte sich über die Kluft zwischen den Betten, um ihm die Hand entgegenzustrecken, »und ich freue mich, dich kennenzulernen.«

Schwester Rosenschweig richtete ihren vernichtend funkelnden Blick auf Walter, der sich widerwillig hinüberlehnte, um die dargebotene Hand zu drücken. »Walter«, brachte er heraus, die Worte blieben ihm im Hals stecken, »Walter Van Brunt.«

»Na bitte, das ist doch gleich viel besser«, sagte die Schwester und strahlte Walter an wie eine zufriedene Lehrerin, als Piet plötzlich Walters Hand losließ und in seinem Bett hochfuhr. Er schlug sich auf die Stirn und ächzte: »Van Brunt? Hast du eben Van Brunt gesagt?«

Matt, schwach, beinahe unmerklich nickte Walter.

»Ich hab's gewußt, ich hab's gewußt«, jauchzte der Zwerg. »Sofort, als ich dich gesehen hab, hab ich's gewußt.«

Der eisige Hauch der Geschichte umwehte ihn von neuem – Walter konnte ihn spüren, so vertraut wie Zahnschmerzen, und er schauderte innerlich.

»Klar«, sagte der Zwerg, der nun seine Züge zu einer obszönen Parodie von gutem Willen und Treuherzigkeit zurechtrückte. »Ich hab deinen Vater gekannt.«

Jedesmal, wenn Walter im Laufe der folgenden drei Tage die Augen aufschlug, war Piet da, der Fixstern, um den sich das Zimmer, das Krankenhaus, das ganze Universum drehte, wichtigstes und einziges Objekt seines Interesses. Am Morgen weckte ihn der kleine Kerl mit einem gegrölten »Auf, auf, ihr müden Glieder!« Tagsüber erwachte er aus qualvollem Schlummer, während Piet sich gelassen die Fingernägel abknipste oder krachend in einen Apfel biß; er schreckte aus dem Dämmerzustand vor der Flimmerkiste auf und hatte Piet beim Blättern in einem Pornoheft vor Augen, der ihm mit komplizenhaftem Grinsen das Aufklappfoto in der Mitte hinhielt. Trotzdem fiel es Walter schwer zu glauben, daß er nicht halluzinierte – bis ihn dann Lola besuchen kam und den verschrumpelten Winzling auf Anhieb erkannte. »Piet?« sagte sie und kniff die Augen zusammen, um ihn genau zu mustern, so wie sie die schemenhaften Gestalten auf einem verblaßten Foto gemustert hätte.

Der Zwerg reckte den Kopf wie ein Hund, der in der hintersten Ecke der Küche ein leises Klingeln von Silberbesteck wahrgenommen hat. »Dich kenn ich doch«, sagte er, und seine dicken, ledernen Lippen verzogen sich zum originalgetreuen Faksimile eines Lächelns. »Lola, stimmt's?«

Lola fuhr sich mit den Händen durchs Haar. Sie nestelte an ihrer Tasche und dem schweren Mantel, dann ließ sie sich in den Besucherstuhl fallen. Eine Verwandlung ging durch ihr Gesicht, ihr Mund wurde hart, ihre Lippen begannen zu zittern.

»Wie lange ist das jetzt her?« fragte er. »Zwanzig Jahre?«

Mit tonloser Stimme antwortete sie: »Nicht lange genug.«

Piet fuhr fort, als hätte er sie nicht gehört, und informierte sie über die Wechselfälle seines Schicksals während der vergangenen zwei Jahrzehnte. Unter viel Schmunzeln, Blinzeln, Augenrollen und so heftigem Gestikulieren, daß die Haltedrähte seines Streckverbands erbebten, erzählte ihr der kleine Mann von seinen Karrieren als Zimmermann, in einem Kellertheater (Nebenrolle in einem kurzlebigen Musical nach Motiven aus Todd Brownings Film *Freaks*), im kommerziellen Fischfang, als Inhaber einer Grill-Bar im Putnam Valley, beim Hausieren mit ofenwarmen Pfannkuchen und als Verkäufer von Renaults, VWs und Mini-Coopers auf einem Autoplatz in Brewster. Eine geschlagene Stunde lang plapperte er so dahin, johlte über seine eigenen Witze, senkte die Stimme zu einem ominösen Schnarren, um schwere Zeiten hervorzuheben, und glühte vor Leidenschaft, wenn er von seinen Liebschaften und Triumphen berichtete, und so ging es immer weiter, mit großen Gebärden, lautem Gelächter und Witzeleien führte er die große Symphonie seines kleinen Lebens auf, vor einem Publikum, das an seine Sitze gefesselt war. Den Namen Truman erwähnte er kein einziges Mal.

Sobald Lola gegangen war, drehte sich Walter zu ihm um. Piet war nach seiner abenteuerlichen Litanei aufgeblasen wie eine Kröte und musterte ihn listig. »Du, äh, du sagtest doch, daß du meinen Vater gekannt hast«, begann Walter und zögerte dann.

»Stimmt genau. Der war echt 'ne Marke, dein Alter.«

Wann hast du ihn zum letztenmal gesehen? Was ist aus ihm geworden? Lebt er noch? In Walters Kopf kreisten die Fragen wie Jumbo-Jets über dem La Guardia Airport – Warum hat er uns verlassen? Was geschah in jener Nacht 1949? Hat er Schiß bekommen? War er ein Spitzel? Ein Überläufer? War er wirklich das wertlose, perfide, doppelzüngige, hinterhältige Dreckschwein, als das ihn alle hinstellen? Doch bevor er die erste davon stellen konnte, plauderte Piet wieder aus dem Schatzkästchen seiner Erinnerungen.

»Echt 'ne Marke«, wiederholte er und schüttelte ungläubig den Kopf. »Kennst du die Geschichte mit –?« Walter kannte sie nicht. Und wenn doch, würde er sie eben noch einmal anhören müssen. Indem Piet wie ein Dirigent mit den Stummelarmen herumwedelte und dabei griente, Grimassen schnitt, gluckste und kicherte, tischte er ihm die alten Anekdoten auf. Zuerst die tollkühnen Streiche – wie er mit dem Fahrgestell nach oben unter der Bear Mountain Bridge hindurchgeflogen war, wie er aus der Krippe vor der Kirche Unserer Mutter der Unbefleckten Empfängnis die lebensgroßen Figuren geklaut und sie am Flaggenmast vor dem Denkmal in der Washington Street hochgezogen hatte, wie er einmal beim Treffen der Kriegsveteranen am Heldengedenktag den Wodka mit destilliertem Essig vertauscht hatte; es ging um Sauftouren und Frauen, ums Krebseessen und Kartenspielen – Namen, Orte und Daten, die Walter nichts sagten. Endlich verstummte die schnarrende, atonale Stimme für einen Moment, wie um sich zu sammeln – als wären ihr womöglich am Ende doch die Geschichten ausgegangen –, da warf Piet den Kopf ins Kissen zurück, klatschte sich erregt mit der flachen Hand auf den steinharten Gips und rief einen einzigen, verblüffenden Eigennamen aus, einen Namen, der in Walters Gegenwart seit dem Tode seiner Großmutter nicht mehr genannt worden war. »Sachoes«, sagte der Zwerg mit so etwas wie einem einleitenden Seufzer.

»Sachoes?« Walter spielte den Ball sofort zurück. »Was war mit dem?«

Piet bedachte ihn mit einem langen, vergnügten und überaus selbstzufriedenen Blick, wobei er sich gleichzeitig im Ohr bohrte und mit der knorrigen Hand durchs Haar fuhr. »Truman hat von nichts andrem geredet, als ich ihm zum erstenmal begegnet bin damals, wann war das gleich? – 1940, glaube ich, kurz vor dem Krieg. Sachoes hier, Sachoes dort. Weißt schon, der Indianerhäuptling. Dem hat hier alles gehört« – seine Hand beschrieb einen Halbkreis durch den Raum; die Geste deutete wohl den zweifelhaften Wert nicht nur des kargen Krankenzimmers, sondern auch der grauen Landschaft an, deren kahle Baumwipfel vor dem Fenster emporragten –, »bis wir Weiße es ihm weggenommen haben jedenfalls. Verteufelte Sache. Ein paar Monate lang hat sich dein Vater da richtig reingesteigert damals, als könnte man die Geschichte rückgängig machen oder so.« Piet – der häßliche Wasserspeier, der Klabautermann – sah ihm direkt in die Augen. »Kennst du die Geschichte?«

Walter kannte sie gut – sie gehörte zum Standardrepertoire seiner Großmutter –, und plötzlich sah er das kleine Haus hoch oben über dem Fluß vor sich, eine lähmend kalte Nacht, sein behaarter Großvater hockte vor dem Fenster, zupfte und rupfte an seinem nach Schlick stinkenden Treibnetz wie eine alte Dame an ihrer Stickarbeit, während die Großmutter in einem Wirrwarr von Zeitungspapier auf dem Küchentisch geschäftig Ton modellierte. Sie versuchte sich an etwas Großem – ihrem endgültigen Trash-Art-Kommentar zu Fischen: ein Blumenkasten in Form von drei ineinander verschlungenen Karpfen mit offenen Mäulern. Walter war neun oder zehn – es war der Winter, in dem Hesh und Lola über Weihnachten Urlaub in Miami gemacht und ihn bei seinen Großeltern gelassen hatten. Ein Fernsehgerät gab es nicht – seine Großmutter mißtraute dem Fernseher ebenso wie dem Telefon, vermutete darin neugierige Augen und Ohren, Kanäle, durch die ihre Feindinnen Bosheiten leiten konnten –, aber ein Radio hatten sie. Weihnachtslieder vielleicht, die leise im Hintergrund erklangen. Plätzchen im Ofen. Schnee stob gegen die dunklen, undurchdringlichen Scheiben des großen Erkerfensters, von dem aus man über den Fluß sehen konnte. Oma, sagte Walter, erzähl mir eine Geschichte.

Ihre Hände – große, fleischige Hände, mit Altersflecken übersät – bearbeiteten den Ton. Sie rollte daraus eine Wurst, formte sie zu einem O und verpaßte dem vorderen Karpfen einen Lippenwulst. Zunächst glaubte er, sie habe ihn nicht gehört, doch dann begann sie zu sprechen, ihre Stimme übertönte kaum das Knistern des Feuers, die Weihnachtslieder, den über das Dach pfeifenden Wind: In jenem Winter, nachdem sie Minewa begraben hatten, war Sachoes, der berühmte *sachem* der Kitchawanken, in großer Verzweiflung. Eingerieben mit Otterfett als Schutz gegen die Kälte, eingehüllt in das Fell von Konoh dem Bär, starrte er finster ins Feuer, während der Wind lautstark an dem mit Ulmenrinde und Lindenborke gedeckten Dach rüttelte, bis er hätte schwören können, daß ihm alle Gänse dieser Welt um den Kopf flatterten.

Verzweiflung? fragte Walter. Was ist denn das?

Warte nur, knurrte sein haariger Großvater, der kurz von seinem zerrissenen Netz aufsah, *wirst es bald rausfinden. Nur allzubald.*

Walters Großmutter warf ihrem Mann einen ungehaltenen Blick zu, ritzte unter der Kiemenplatte des mittleren Karpfens eine Dreiergruppe von Schuppen ein und wandte sich wieder an ihren Enkel. Er war traurig und enttäuscht, Walter. Hatte die Hoffnung verloren. Aufgegeben. Er saß in seinem Landhaus mit Wahwahtaysee, mit seinen ältesten Söhnen Matekanis und Witapanoxwe, und mit Mohonk, dem schlaksigen, plattfüßigen Jungen, der seine Mutter so enttäuschen sollte, und stocherte in der Glut aus Tabakbröseln und Kornelkirschrinde im Kopf seiner Pfeife. Jeden Morgen stand Jan Pieterse an der Tür und brachte Geschenke. Ein Paar gelbäugiger Hunde, Kessel, die härter als Stein waren, Messer, Scheren, Äxte, Decken, bunte Glasperlen, neben denen selbst die blankpolierteste *wampumpeak*-Muschel nur wie ein hübscher Kiesel aussah. Ja, Geschenke: Aber jedes Geschenk hat eben seinen Preis.

Als Jan Pieterse sechs Jahre zuvor bei ihnen aufgetaucht war, hatten die Kitchawanken nicht nur den unerschöpflichen Vorrat an gut verarbeiteten und wundersamen Dingen bestaunt, die er für den Tauschhandel mitbrachte, sondern auch seine Hartnäckigkeit und Raffinesse beim Feilschen und seinen nie versiegenden Redefluß in plumpem, verballhorntem mohikanischen Dialekt, der sich von seinen Lippen ergoß. »Nichts-als-Mund« nannten sie ihn, und stolz und würdevoll gingen sie zu ihm, um ihre Felle gegen die feinen Waren einzutauschen, mit denen seine kleine Schaluppe bis zu den Dollborden beladen war. Doch er wollte von ihnen nicht nur Biberpelze, nein – das Land wollte er haben. Es ging ihm um Blue Rock und das umliegende Gebiet. Als Häuptling und großer alter Mann der Stammespolitik übernahm es Sachoes, mit ihm zu verhandeln.

Und was bekam Sachoes als Gegenleistung für das Land, auf dem Nichts-als-Mund die kistenförmige, ungastliche Festung seines Handelspostens errichtete? Gegenstände. Besitztümer. Objekte der Begierde und des Neides. Äxte, deren Schäfte splitterten und deren Schneiden stumpf wurden; Krüge, die entzweibrachen; Scheren, die Rost im Gelenk ansetzten und dann nicht mehr zu gebrauchen waren; und die glänzenden, unwiderstehlichen Münzen, die Diebstahl und Mord in das Rindenhüttendorf an der Acquasinnick Bay brachten. Und wo waren diese Gegenstände jetzt? Alle spurlos dahingeschwunden – sogar die Decken hatte eine mysteriöse Fäulnis von innen heraus zerfressen –, während die Biber, die ihren Erwerb ermöglicht hatten, inzwischen so spärlich geworden waren wie Haare auf dem Schädel eines Mohawk. Nichts-als-Mund war kein Dummkopf. Er hatte das Land. Unvergänglich und ewigwährend.

In der ersten Zeit war Jan Pieterse zu ihnen gekommen. Jetzt aber kamen sie zu Jan Pieterse. Dezimiert von der englischen Krankheit, benommen vom Schnaps, ausgehungert vom härtesten Winter, an den sich selbst Gaindowana, der Stammesälteste, erinnern konnte, schleppten sie sich in ihrer Not wie geschlagene Hunde vor die große, verrammelte Tür des Handelspostens von Nichts-als-Mund und flehten ihn an im Namen des Landes, das sie ihm gegeben hatten. Sie wollten Stoff, Nahrung, Dinge aus Eisen, schöne Dinge – und, zu ihrer ewigen Schande, sie wollten auch Rum. Sicher, erwiderte ihnen Nichts-als-Mund, natürlich und warum denn nicht. Kredit, sagte er in seinem marktschreierischen Kauderwelsch, ein holländisches Wort, das tief in dem erfreulich klingenden Satz auf mohikanisch schwärte: Ihr kriegt alle Kredit, und ganz besonders du, mein verehrter Freund, mein lieber, lieber, lieber Sachoes.

Umsonst ist der Tod, sagte Walters Großmutter und machte mit einer knappen Drehung des kleinen Fingers dem hinteren Karpfen ein rundes Glotzauge. Der alte Häuptling stand bei dem schlauen Holländer in der Schuld, und er wußte es.

Nun hatte Jan Pieterse, so geht die Geschichte, einen Freund. Zwei Freunde. Das waren die Brüder Van Wart, Oloffe und Lubbertus. Oloffe hatte Einfluß in der Compagnie und bekam von den Hochmögenden Herren eine *patroonschappij* zugesprochen, die nicht nur das gesamte Stammesterritorium der Kitchawanken umfaßte, sondern auch das der Sint Sinks und der Weckqueasgeeks. Sie war längst abgegrenzt und in den Karten verzeichnet, genug für ihn und seinen Bruder und die halbe Bevölkerung der Niederlande dazu. Er mußte nur noch die ursprünglichen Besitzer dafür entschädigen. Diese aber waren, wie jedermann in Haarlem wußte, eine Horde von nackten, primitiven, trunksüchtigen, seuchengeplagten Bettlern, die nicht einmal ihre Finger und Zehen zusammenzählen, geschweige denn Land vermessen oder das Kleingedruckte in einem wichtigen, bindenden, gesetzmäßigen, hieb- und stichfesten Vertrag lesen konnten. Als Kenner der indianischen Lebensart sollte Jan Pieterse sein Mittelsmann sein. Gegen ein Entgelt natürlich.

Sachoes hatte freilich von alledem keine Ahnung – konnte sich nicht einmal ansatzweise die Polder und Deiche und Kopfsteinpflaster, die Fabriken, Brauereien und die gemütliche Schlichtheit der guten Stuben jener fernen, legendären holländischen Heimat vorstellen –, aber er wußte, daß am nächsten Morgen, sobald die blassen Streifen des arktischen Tageslichts aufleuchteten, Nichts-als-Mund auf der Schwelle seiner Hütte stehen würde, im

Schlepptau diesen großen, schnurrbärtigen, schwabbelbäuchigen *patroon*-Häuptling. Und der *patroon*-Häuptling lechzte danach zu besitzen, was niemand zu besitzen ein Recht hatte: den unvergänglichen Boden unter seinen Füßen. Aber was konnte Sachoes tun? In den Wäldern krepierte jämmerlich das Jagdwild, Mutter Mais lag bis zum März im Koma, und sein Volk gierte nach allem, was der Händler zu verkaufen hatte. Wenn er nicht mit Jan Pieterse einig wurde, dann würde es Wasamapah werden, sein erbitterter Rivale um die Macht über den Stamm, ein Mann, der Kredit begriff, mit dem Wind Zwiesprache hielt und hohe Bäume mit einem einzigen Satz übersprang. Und Manitou mochte dem alten Häuptling beistehen, wenn er sich von Nichts-als-Mund und dem *patroon*-Häuptling überlisten ließe.

Aber sie haben ihn doch überlistet, sagte Walters Großmutter und stand mit einem Seufzer auf, um sich in der Küche die Hände zu waschen. Und weißt du, wie sie's gemacht haben? fragte sie über die Schulter.

Walter war neun Jahre alt. Höchstens zehn. Er wußte nicht allzuviel. Wie denn? fragte er.

Sie kam ins Zimmer zurückgeschlurft, eine große, grauhaarige Frau in einem bunten Kattunkleid, und rieb Daumen und Zeigefinger aneinander. Geschmiert worden ist jemand, sagte sie, so haben sie's gemacht.

Als Sachoes sich am nächsten Morgen mit Nichts-als-Mund und dem *patroon*-Häuptling und dessen Bruder im Zelt zusammensetzte, war auch Wasamapah dabei. Und dies mit gutem Grund. Denn Wasamapah war das Gedächtnis des Stammes. Jedesmal, wenn eine Klausel des Vertrags vereinbart wurde, wählte er aus dem Haufen, der vor ihm auf der Erde lag, sorgfältig eine der Austern-, Venus- oder Miesmuscheln aus und fädelte sie auf eine lange Lederschnur. Jede Klausel, jede Bedingung, jeder Zusatz und jeder Nachtrag hatte seine eigene Muschel zur Kennzeichnung; und später, wenn der Staub sich über den riesigen Berg von ausgetauschten Geschenken gelegt hätte, würde Wasamapah den Rat der Ältesten zusammenrufen und ihnen wieder und wieder die Bedeutung jeder einzelnen abgestoßenen und rundgewaschenen Muschel erklären.

Und so geschah es. Sachoes setzte sein unbewegtestes Gesicht auf, der *patroon*-Häuptling zog unruhig an den Gelenken seiner plumpen Finger, Nichts-als-Mund redete, bis er heiser war, und Wasamapah fädelte Muscheln auf. Würdevoll und mit einer Erhabenheit und Gemütsruhe, die seine Nervosität überspielte, akzeptierte Sachoes die Geschenke, stellte im Namen des Stammes seine Forderungen und gab hie und da widerwillig dem verbalen Ansturm von Nichts-als-Mund nach. Dann rauchten sie eine Pfeife und aßen ein Festmahl, wobei der *patroon*-Häuptling nur wenig von der Rinderzunge in Maisbrei nahm, dafür aber um so kräftiger bei den holländischen Sachen zuschlug, die er mitgebracht hatte – stinkenden Käse, steinhartes Brot, gesalzenes Dies und eingelegtes Das. Die neuerworbenen Hunde kümmerten sich um die Überreste.

Als er an der Pfeife zog, an dem übelriechenden Käse nagte und auf der Rinderzunge herumkaute, war Sachoes in bester Laune. Zusätzlich zu dem Stapel von Geschenken, der sich vor dem Langhaus auftürmte und unter dem ganzen Stamm verteilt würde, hatte sein Verhandlungsgeschick Fässer mit Mehl, Decken und ballenweise Tuch, Zentner von Perlen, stabile eiserne Pflugscharen, Beile und Kochtöpfe eingebracht. Darüber hinaus hatte er den Bruder des *patroon*-Häuptlings überredet, auf den Goldring an seinem kleinen Finger zu verzichten, Jan Pieterse war mit einem gerahmten Spiegel und einem Fäßchen Schwarzpulver dabeigewesen, und im krönenden Moment der Verhandlungen hatte der *patroon*-Häuptling höchstpersönlich Sachoes seinen großen, breitkrempigen Spitzhut übereignet, auf dem eine Feder prangte, die halb so lang war wie sein Arm. Und das beste dabei war, daß Sachoes dafür praktisch nichts hatte hergeben müssen – bloß ein kleines Stück Land, das sich vom Blue Rock nach Norden bis zum Zweifach Gegabelten Baum erstreckte, nach Süden nur bis zum Wildpfad und nach Osten bis zum Murmelnden Bach. So gut wie nichts! Das ganze Gebiet hätte er an einem Nachmittag dreimal der Länge und der Breite nach abschreiten können. Endlich, endlich hatte er sie überlistet. Ja, dachte er, während er an der zeremoniellen Pfeife zog und innerlich frohlockte, was für ein Geschäft!

Doch seine Freude war von kurzer Dauer. Denn Wasamapah, dem daran gelegen war, den alten Häuptling bloßzustellen, und in dessen Mokassin ein Schuldschein des *patroon* über zweitausend Gulden steckte, hatte heimlich der Vertragskette drei schartige brüschenfarbige Muscheln hinzugefügt – drei Muscheln, die die Grenzen des vom *patroon* erworbenen Gebietes dermaßen erweiterten, daß sie auch den letzten Werst, Morgen und Acre des Stammeslandes der Kitchawanken umfaßten. Wo für Sachoes vom Zweifach Gegabelten Baum die Rede gewesen war, hatte Wasamapah, so behauptete er, von dem Zweifach Gegabelten und Zweimal vom Blitz Getroffenen Baum gehört. Und wo Sachoes dem Nahen Wildpfad als Südgrenze zugestimmt hatte, verzeichnete Wasamapahs Muschelkette dafür den Fernen Wildpfad, was etwas ganz anderes hieß; und so war es auch beim Murmelnden Bach, der bei Wasamapah Murmelnder Bach im Winter hieß. Als Wasamapah vor dem Rat der Ältesten die Muscheln des Vertrages erläuterte, legte sich wachsende Empörung auf die zerfurchten, müden Mienen jener erhabenen Körperschaft, und ein anklagendes Blitzen flackerte in ihren uralten Augen.

Sechs Monate später starb Sachoes. Den alten Häuptling, der seit den Verhandlungen weder essen noch schlafen, weder stehen noch sitzen noch sich zur Ruhe legen konnte, zerfraß der Kummer über das, was er getan hatte. Oder vielmehr über das, was Jan Pieterse, Oloffe Van Wart und Wasamapah ihm angetan hatten. Nicht ein Krieger im ganzen Stamm war für ihn eingetreten – er sei ein seniler Schwätzer, eine Squaw im Lendenschurz, und er habe die Seele seines Stammes verspielt: für eine Handvoll Tand, für Hunde, die längst entlaufen waren, für einen Weißenhut, an dem der Schimmel nagte, für Essen, das verzehrt war, und Perlen, die im Gras verlorengingen. Er war erledigt. Am Ende. Der strenge, selbstgerechte, unversöhnliche Wasamapah, ein Mann von plötzlichem Wohlstand und Vertrauter des großen *patroon*-Häuptlings, der jetzt die Herrschaft über sie ausübte, sprang in die Bresche, um ihn zu ersetzen. Ausgestoßen, gramgebeugt, als Verräter am eigenen Volk schwand Sachoes dahin, sein Lebensfaden so zart wie der Flaum, der am Löwenzahn haftet. Wahwahtaysee versuchte, ihn zu beschützen, vergeblich. Eines Tages, mitten in dem seltsam fahlen und winterlichen Sommer, der auf den Coup des *patroon* folgte, blies der Wind. Blies stark. Blies in einem regelrechten Sturm. Und das war das Ende von Sachoes.

»Tja, der Sachoes«, seufzte Piet, und Walter fuhr hoch und blickte um sich, als wäre er in einer Alptraumwelt. »Einer seiner eigenen Leute hat ihn reingelegt, so war's doch, oder?« Der Kobold griente ihn jetzt an, sein Grinsen legte breite Flächen Zahnfleisch frei, die Augen waren tief eingesunken in die zwei Ausgußlöcher der runzligen Höhlen. »Verraten, beschissen, und 'n Dolch im Rücken. Stimmt's?«

Walter starrte ihn nur an.

Und dann beugte sich Piet weit über den Abgrund zwischen den Betten, das Gesicht immer noch zu diesem ruchlosen Grinsen verzogen, und versetzte Walter einen Puff, so fest er konnte. »Na, und was hörst du so von deinem Alten?«

Was er von ihm hörte? Die Frage ließ Verbitterung in ihm aufwallen – beinahe versagte seine Stimme. »Nichts höre ich von ihm. Überhaupt nichts. Das letztemal – da war ich elf.« Er sah zu Boden. »Ich weiß nicht mal, ob er noch am Leben ist.«

Der Zwerg fiel vor Überraschung – oder gespielter

Überraschung – in sein Bett zurück. Seine Augenbrauen zogen sich in die Höhe. Hektisch fächelte er sich mit der Hand Luft zu. »Elf? Teufel auch. Mann, und ich hab grade erst 'ne Postkarte von ihm gekriegt – wann war das? – Scheiße, das muß kurz vor meinem Unfall gewesen sein.«

Walters gesamtes Wesen bestand nur noch aus dem Pochen seines Herzens. »Woher?« stieß er hervor. »Wo ist er?«

»Arbeitet als Lehrer«, sagte Piet und ließ einen Moment verstreichen. »In Barrow.«

»Barrow?«

»Point Barrow.« Pause, Grinsen, Lippenlecken. »Weißt schon, in Alaska.«

Am nächsten Morgen war Piet weg. Walter erwachte vom Herumgeklapper der Tagesschwester und den verstohlenen Klängen von Wahn und Verzweiflung, die vom Korridor zu ihm hineinsickerten, und sah, daß das Bett in der Ecke frisch bezogen war, als hätte nie jemand darin gelegen. Nach dem Frühstück kam Lola und holte ihm von einem Regal im Vorraum den großen, staubigen, leinengebundenen Atlas, und Walter fand kaum die Zeit, ihr kurz die Wange zu küssen, bevor er ihn ihr aus der Hand riß. »Barrow, Barrow, Barrow«, murmelte er vor sich hin, blätterte ungeduldig die Seiten um und betrachtete dann die vergletscherten, zerklüfteten Umrisse des öden, geheimnisvollen großen Bundesstaats, als sähe er ihn zum erstenmal. Er fand Anchorage, die Halbinsel Kenai, Spenard und Seward. Er machte die Aleuten aus, die Talkeetna Mountains, Fairbanks und die Kuskokwim-Gebirgskette. Nur Barrow nicht. Er mußte im Register nachschlagen – G 1 – und mit dem Finger auf der Karte bis ganz nach oben fahren. Da war es: Barrow, die nördlichste Stadt der Welt. Barrow, wo der eisige Wind die Temperaturen auf minus fünfundsiebzig Grad sinken ließ und drei Monate des Jahres hindurch ewige Nacht herrschte.

Lola, die ihm versonnen lächelnd zusah, stellte eine Frage: »Wieso interessierst du dich eigentlich plötzlich für Alaska – willst du auf Seehundjagd gehen?«

Er fuhr hoch, als hätte er vergessen, daß sie da war. »Im Fernsehen kam was darüber«, sagte er und setzte sein fröhlichstes Lächeln auf. »Dachte mir, ich sollte mal verreisen.«

»Du meinst wohl: *vereisen*?«

Sie lachten. Aber sofort, nachdem sie gegangen war, ließ er sich von der Telefonistin mit einem Reisebüro in Croton verbinden. Allein der Flug von Kennedy Airport nach Anchorage/Fairbanks und zurück kam auf sechshundert Dollar plus Umsatzsteuer, und die Verbindung von Fairbanks nach Barrow war recht lückenhaft und kostete mindestens weitere hundert Dollar, ganz zu schweigen von den Ausgaben für Taxis, Essen und Übernachtungen. Woher sollte er soviel Geld nehmen?

Als Walter zum zweitenmal aus dem Krankenhaus entlassen wurde, um seine Genesung zu Hause fortzusetzen, holte ihn nicht die süß duftende Jessica mit einer Flasche Champagner ab; diesmal verließ Walter die deprimierenden mandarinen- und avocadofarbenen Gänge in Gesellschaft seiner Adoptivmutter, und die Geister der Vergangenheit begleiteten ihn mehr denn je. Lola saß am Steuer; weiße Haare, die Haut gebräunt wie Leder, in den Ohren die Türkis-Clips, die sie sich damals in New Mexico gekauft hatte. Der Volvo klapperte und spotzte. Ob er einen Monster-Burger wollte? fragte sie nebenbei. Mit Gurken, scharfer Soße, Mayonnaise, Senf und Drei-Sterne-Chili drauf? Oder wollte er lieber gleich nach Hause und sich hinlegen? Nein, sagte er, nach Monster-Burgern stehe ihm nicht der Sinn, obwohl das Essen im Krankenhaus der reinste Fraß gewesen sei – ohne jeden Geschmack, total zerkocht und viel zuviel Wackelpudding –, aber nach Hause wollte er auch nicht.

Also wohin dann – zu »Fagnoli's«? Eine Pizza essen?

Nein. Eigentlich auch nicht. Im Grunde wollte er zu Depeyster Manufacturing. In der Water Street.

Depeyster –?

Ja, genau. Er mußte sich da nach einem Job umsehen.

Aber er war doch gerade erst aus dem Krankenhaus entlassen worden. Hatte das nicht noch etwas Zeit?

Nein, hatte es nicht.

Den Eingang mit der Aufschrift PERSONAL ließ Walter links liegen – er wies Lola an, direkt vor dem Haupteingang zu parken und stieß kraftvoll die große Doppeltür auf, durch die man in die teppichgepolsterte Vorhalle der inneren Gemächer gelangte, gelenkig wie ein Turner stürmte er auf seinen Krücken voran, das Gewicht auf die Arme gestützt und auf das, was jetzt, in Ermangelung eines besseren, sein gutes Bein war. Auch Miss Egthuysen ließ er links liegen, stampfte den Gang entlang, als wäre er dort zu Hause, hielt einen Sekundenbruchteil inne, bevor er an die Milchglastür des Chefbüros mit der Nummer 7 klopfte, wartete nicht erst auf eine Antwort, sondern schob sich sofort in den Raum hinein.

»Walter?« sagte Van Wart überrascht und stand vom Schreibtisch auf. »Aber ich dachte... na ja, meine Tochter hat mir erzählt –«

Doch Walter hatte keine Zeit für Erläuterungen. Er beugte sich vor, die Polster seiner Krücken bohrten sich wie Messer in die Achselhöhlen, und winkte alle Einwände beiseite. »Wann kann ich anfangen?« fragte er.

Na gut, dachte er, das Haus konnte mal wieder einen neuen Anstrich gebrauchen, die Glyzinie lockerte die Schieferschindeln in den Stufengiebeln der Vorderfront, die Fensterrahmen waren verzogen, das Dach war undicht und die Innenräume waren trotz ihrer Größe inzwischen zu klein geworden für das Durcheinander der geerbten Möbelstücke, aber in seinen Augen war Van Wart Manor immer noch das besterhaltene Haus seiner Art im ganzen Hudson Valley, ohne Ausnahme. Sicher, es gab die Museen – Philipsburg Manor, Sunnyside, das untere Gutshaus der Van Warts selbst –, aber das waren seelenlose Häuserhülsen, unbewohnt, gespenstisch und zu nichts nütze. Schlimmer noch waren die renovierten Privatvillen wie die von Terboss in Fishkill oder das Haus der Kents in Yorktown, mittlerweile im Besitz von Fremden, Parvenüs, Eindringlingen mit Namen wie Brophy, Righetti oder Mastafiak. Keine Spur von Tradition – ging alles auf irgendein Auswandererschiff zurück, das 1933 von Palermo in See gestochen war. Ein Witz war das. Ein schlechter Witz.

Depeyster Van Wart stand in der lehmhaltigen Erde seines Rosengartens am Fuß des großen Rasenhanges vor dem Gutshaus und betrachtete mit aufwallendem Besitzerstolz seine Residenz: Er war sich seiner Rechte und seines Ranges sicher, und jetzt, nach der kaum noch erhofften wunderbaren Neuigkeit von Joanna, war auch die Zukunft gesichert. *Er* war kein Parvenü – er war hier geboren, im herrschaftlichen Schlafzimmer im oberen Stock, zwischen der Chippendale-Kommode mit Aufsatz und dem Duncan-Phyfe-Kleiderschrank. Auch sein Vater war hier geboren, im Schatten desselben Schranks, und vor ihm auch dessen Vater. Seit mehr als dreihundert Jahren waren ausschließlich Van Warts über den Parkettboden gegangen, nur Van Warts hatten die ächzenden Treppen erklommen oder im urväterlichen Staub des ältesten und tiefsten Kellers gehockt. Und nun hatte er in seinem Herzen endlich auch die Gewißheit, daß nichts davon sich jemals ändern würde, daß Van Warts, und nur Van Warts, durch diese ehrwürdigen Gänge in eine goldene, grenzenlose, unermeßliche Zukunft schreiten würden.

Denn Joana war schwanger. Die dreiundvierzigjährige Joanna, seine Geliebte aus Jugendzeiten, die Mutter seiner Tochter, Expertin für Cremes, Lotions und die Kochkunst Neapels, des Languedoc und der Fidschiinseln, Streiterin und Lumpensammlerin für die Entrechteten – Joanna, diese Fremde in seinem Bett, war schwanger. Nach fünfzehn Jahren des verzweifelten Sehnens, der Anschuldigungen, der Bitterkeit und Verzweiflung war sie zu ihm gekommen, und er war bereit gewesen, keine Frage. Er hatte sich der Lage gewachsen gezeigt, hatte sie angebumst, geschwängert, ihr ein Kind gemacht. Aber nicht einfach ein Kind, nicht *irgendein* Kind – es würde ein Junge werden. Natürlich würde es ein Junge.

Er erinnerte sich an die grausame Enttäuschung, die jenem berauschenden, urwüchsigen, spontanen Stelldichein vor dem Kamin im letzten Herbst auf den Fersen gefolgt war – *Liebling,* hatte sie ihm einen knappen Monat danach gesagt, *ich glaube, ich bin schwanger.* Schwanger? Vor Staunen hatte es ihm beinahe die Sprache verschlagen. Waren seine Gebete erhört, seine Hoffnungen exhumiert worden? Schwanger? Konnte es denn wahr sein? Hatte er tatsächlich noch eine Chance bekommen?

Die Antwort war unmißverständlich wie der Strom des Blutes: nein, er hatte nicht. Es war falscher Alarm. Ihre Periode hatte sich verspätet, das war alles, und er verfiel in eine abgrundtiefe Verzweiflung, wie er sie noch nie erlebt hatte. Doch dann, kurz nach Neujahr, war sie wieder zu ihm gekommen. Und dann noch einmal. Sie hatte sich wie toll gebärdet, drängend und wild, ihre Haut war dunkel getönt gewesen von irgendeinem rötlichen Pigment, ein Geruch nach Sumpf und Lagerfeuern und bitteren, wilden

Beeren hatte in den dicken Zöpfen ihres Haars gehangen, Wildleder auf nacktem Fleisch. Er war John Smith gewesen, und sie Pocahontas, ungezähmt, wild, fiebernd hatten sie sich gepaart, als ginge es um Leben und Tod. Wer war sie, diese Fremde unter ihm mit dem Moschusduft und dem entrückten Blick? Es war ihm egal. Er hatte sie bestiegen und penetriert, hatte seinen Samen tief in ihr vergossen. Selig. Dankbar. Und gedacht: diese Indianermarotte ist vielleicht doch nicht so übel.

Dann kam der zweite Alarm, die Fahrt zum Arzt, der Test, die Untersuchung, die Unbestreitbarkeit des Resultats: Joanna war schwanger. Was machte es da aus, daß sie vollkommen übergeschnappt war? Was machte es, daß sie ihn jetzt noch stärker mied als je zuvor und ihre Besuche in der Reservation verdoppelte? Was machte es, wenn sie ihn mit ihrer Kriegsbemalung und den Lederhosen und alldem in der Öffentlichkeit der Lächerlichkeit preisgab? Sie war schwanger, und Van Wart Manor würde seinen Erben bekommen.

Und deshalb hatte Depeyster an diesem besonderen Tag – diesem Tag aller Tage – beim Rosenschneiden ein großartiges Gefühl. Überall im Haus waren an strategischen Punkten große Kristallvasen zur Erbauung der Schaulustigen und Hobbyhistoriker aufgestellt, die jeden Augenblick mit angemessen ehrfürchtigen, respektvollen Mienen eintreffen würden. Depeyster fühlte sich überschwenglich und unschlagbar; er fühlte sich wie Salomon, der die morgendlichen Bittsteller erwartete. Es war Juni, seine Frau war schwanger, die Sonne schien in all ihrer segnenden Herrlichkeit auf ihn herab, und sein Haus – das ehrwürdige, einzigartige, stattliche Haus von so unschätzbarem Wert – war für die Allgemeinheit geöffnet und machte sich hervorragend.

»Hast du das von Peletiah Crane gehört?«

Marguerite Mott, die dicht neben ihrer Schwester Muriel saß, balancierte eine Tasse aus weißem, dünnem Porzellan und sah erwartungsvoll zu ihrem Gastgeber auf. Der Nachmittag war fortgeschritten, und ein kleines Grüppchen von historisch Interessierten nahm, mit glasigen Blicken nach der aufreibenden dreistündigen Führung durch Haus und Grundstück, bei der jede Dachschindel erläutert und jede Nische erforscht worden war, im vorderen Salon Erfrischungen ein. Lula, mit einer weißen Schürze und einem Häubchen angetan, hatte soeben Tee und einen sehr alten, leicht modrigen Sherry sowie eine Platte mit Leberpastete aus der Dose auf altbackenen Salzkeksen serviert, und das Grüppchen – zwei Nonnen, ein Automechaniker und Autodidakt, eine Anwaltsgehilfin aus Briarcliff und der achtzigjährige, verhutzelte Schatzmeister der Heimatkundegesellschaft von Hopewell Junction, außerdem Walter Van Brunt, LeClerc, Ginny Outhouse und *last not least* die respektheischenden Mott-Schwestern – fiel über diese bescheidenen Gaben her wie Überlebende einer Wüstendurchquerung.

Marguerites Frage riß den zwölften Erben mitten aus einer komplexen architektonischen Abhandlung darüber, wie sich das Haus in seiner heutigen Form im Laufe von Generationen aus dem bescheidenen Salon entwickelt hätte, in dem sie jetzt stünden. Mit der Energie und Lebhaftigkeit eines Mannes von der Hälfte seiner Jahre hatte Depeyster den Schatzmeister und die Anwaltsgehilfin schwungvoll in die Ecke getrieben, gegen einen Rosenholzflügel von Nunns, Clark & Co., und sie gezwungen, die Stärke und Festigkeit der Wand dahinter zu bewundern. »Aus Feldsteinen der Umgegend und mit Mörtel aus Austernschalen gemauert, die Wand steht seit 1650«, sagte er. »Natürlich haben wir sie seitdem gestrichen, neu verputzt, kleine Schäden repariert – nur zu, fassen Sie ruhig hin –, aber das ist sie, die Originalmauer, die Oloffe und Lubbertus Van Wart vor dreihundertneunzehn Jahren hochgezogen haben.« Depeyster redete seit drei Stunden, und er hatte nicht vor, jetzt aufzuhören – nicht solange er noch Publikum hatte. »Der *patroon* ließ sich in Croton, im unteren Gutshaus, nieder – Sie wissen ja, das *Museum* –, und dieses hier baute er für seinen Bruder, aber nachdem Lubbertus verstorben war, wechselte er zwischen den beiden hin und her. Ironischerweise verlor unsere Familie das ›Unterhaus‹ kurz nach der Revolution – aber das ist eine andere Geschichte –, während das ›Oberhaus‹ stets von den Van Warts bewohnt war, seit jenem Tag, als –« Er hielt abrupt inne und wandte sich an Marguerite. »Was hast du gesagt?«

»Peletiah. Hast du das von Peletiah Crane gehört?«

Sofort waren die Anwaltsgehilfin und der Schatzmeister vergessen, und Depeysters Herz machte einen Satz. »Ist er tot?« quietschte er, fast außer sich vor Aufregung.

Der Automechaniker beobachtete ihn; LeClerc und Walter, die sich angeregt unterhielten, blickten neugierig auf.

»Nein«, wisperte Marguerite, schürzte die Lippen und zwinkerte ihm geschäftsmäßig zu, »das noch nicht.« Sie ließ einen Moment voll lastender Bedeutsamkeit verstreichen und spielte dann ihren Trumpf aus: »Einen Schlaganfall hat er gehabt.«

Er wollte nicht allzu gespannt wirken – die Anwaltsgehilfin schien leicht unruhig, getraute sich nicht, die Tasse abzustellen, und der alte Knacker aus Hopewell Junction machte den Eindruck, als träfe ihn gleich selber der Schlag –, deshalb zählte er leise bis drei, ehe er fragte: »Ist es… ernst?«

Marguerites Lächeln war dünn, die hell geschminkten Lippen preßten sich fest zusammen, die Grundierung in ihren Augenwinkeln wies nur feine Risse auf. Es war ein Immobilienmaklerlächeln, aus dem leiser Triumph sprach, da ein dorniges Geschäft endlich zum Abschluß kommen würde. »Er kann nicht mehr laufen«, sagte sie. »Sprechen und essen auch nicht. Er dämmert nur noch so dahin.«

»Ja«, bestätigte Muriel, die nun ihr lasiertes Gesicht dazwischenschob, »es sieht schlecht aus.«

Sieht schlecht aus. Die Worte erregten ihn, stimmten ihn

froh, erfüllten ihn mit rachsüchtigem Vergnügen. Also ging der alte Landräuber, diese Kommunistensau mit der langen Nase endlich doch über den Jordan, gab endlich den Löffel ab... und dann wäre sein Enkel – dieser Drogenfreak – Besitzer des Grundstücks. Es war einfach zu perfekt. Von wegen achttausendfünfhundert pro Hektar – ha! Er würde es für die Hälfte, für ein Viertel davon kriegen – dem würde er nur das zu bezahlen brauchen, was der nächste Schuß oder Trip kostete, oder was der Bursche auch immer nehmen mochte... ja, und dann würde er sich ein Pferd kaufen, einen Kentucky Walker, wie sein Vater einen gehabt hatte, gute alte Zucht, Blesse auf der Stirn; er würde die Stallungen renovieren, im Stadtrat dafür Stimmung machen, daß wieder eines dieser Reiterweg-Schilder oben an der Einfahrt zum Grundstück angebracht wurde, und dann würde er, seinen Sohn vor sich im Sattel, jeden Morgen als erstes über sein Anwesen traben, das Funkeln der Sonne wie Feuer auf dem Bach, das Knacken der Hikkorynüsse unter den Hufen, ein warmes Frühstück auf dem Tisch...

Unglücklicherweise wurde der grandiose Triumphzug seiner Gedanken schlagartig lahmgelegt. Denn durch das Fenster sah er Joanna, in voller Indianermontur, ein Bündel von der Größe und Form eines Büffelkopfs auf den Schultern. Sie kam zurück. Zu früh. Zerrte Gerümpel aus dem Kombiwagen, und das mitten im Blickfeld der Anwaltsgehilfin und des keuchenden Opas aus Hopewell Junction. Aber was macht sie denn so früh zu Hause? dachte er in wachsender Panik. Sollte sie nicht weit weg in Jamestown sein und die große Dosenmais-Verkaufsaktion oder so was Ähnliches leiten? Abrupt setzte er sich in Bewegung, entfernte sich unter heftigem Kopfnicken aus der Reichweite der Mott-Schwestern und ihrem wächsernen Lächeln, schüttelte eine Frage des Automechanikers über Wärmedämmung und Heizkosten ab und versuchte verzweifelt, seine Frau abzufangen.

Er kam zu spät.

Die Flügeltür zum Salon öffnete sich, und da stand sie, ausgefranste Lederhosen und Plastikperlenkette, ihre Haut hatte die dunkle Farbe von rotem Burgunder. »Oh«, brachte sie hervor, sah sich verwirrt im Zimmer um und wandte sich dann an ihren Mann, »ich hab die vielen Autos gesehen ... aber ich bin einfach – da haben wir wohl heute Tag der offenen Tür – oder was?«

Schweigen regierte den Raum wie Angst.

Die Nonnen wirkten verwirrt, die Anwaltsgehilfin entsetzt; Ginny Outhouse lächelte gezwungen. Erst Lula brach den Bann, indem sie ihr das Tablett mit den Keksen und der Leberpastete offerierte. »Paar Plätzchen vielleicht, Missis Van Wart?« fragte sie. »Sie müssen ja nach der Fahrt halb verhungert sein.«

»Dank dir, Lula, nein«, sagte Joanna und ließ ihr Bündel klatschend zu Boden fallen, »ich hab unterwegs etwas – etwas Trockenfleisch gegessen.«

Mittlerweile war Depeyster vorgetreten, um sie steif zu begrüßen. Muriel hatte begonnen, belangloses Geplapper von sich zu geben (»Ja, wie *geht* es dir denn, meine Liebe, so schön, dich wieder einmal zu sehen, du siehst ja blendend aus, aha, und du rettest immer noch die Indianer, wie ich sehe«), und die anderen hatten ihre geraunten Unterhaltungen wiederaufgenommen.

Depeyster war es schrecklich peinlich. LeClerc und Ginny waren ja alte Freunde – sie wußten, daß Joanna zunehmend verschrobener wurde, also machte es nichts. Fast nichts jedenfalls. Und Walter war sein Protegé, auch kein Problem. Aber die übrigen, die Mott-Schwestern und diese Fremden – was mußten die denn denken? Und dann kam ihm eine Idee. Er würde sie beiseite nehmen, einen nach dem anderen (genau, das war die Lösung), und ihnen erläutern, daß die Aufmachung seiner Frau ganz dem Geist des Tags der offenen Tür entspreche, denn ihre spontane, historische Improvisation gehe zurück auf die Ureinwohner des Hudson Valley und so weiter – ganz nett, was?

Der Einfall beruhigte ihn, und er wollte sich gerade mit einer Anekdote auf den Lippen der kleineren der Nonnen zuwenden, als die Tür nochmals aufflog und seine streunende Tochter Mardi ins Zimmer gestürzt kam. »Hallo, hallo, alle zusammen!« rief sie, »ist das nicht ein herrlicher Tag heute?« Sie trug einen Bikini mit Leopardenfellmuster, der mehr von ihr zeigte, als ihr Vater sehen wollte, und ihre Haut war vom langen Sonnenbaden beinahe so rot wie die ihrer Mutter. Als erstes ging sie auf die Sherrykaraffe los, kippte ein Glas, zog ein säuerliches Gesicht und kippte ein zweites.

Das war zuviel, das war unmöglich.

Depeyster wandte sich von dieser entsetzlichen Szene ab und tastete nach einer Prise Kellerstaub, um sie sich in den Tee zu streuen; der Mechaniker drängte sich an ihn, die Nonnen standen mit offenem Mund da, die Anwaltsgehilfin machte sich bereit zum Gehen. »Oh, hallo, LeClerc«, hörte er seine Tochter sagen, ölig und gekünstelt wie ein Versicherungsvertreter. »Muß 'ne Stange Geld kosten, das Haus hier zu heizen«, bemerkte der Mechaniker.

Das nächste, was er mitbekam, war, daß Mardi Walter aus dem Zimmer führte – »Komm mal mit nach oben«, schnurrte sie, »ich will dir was zeigen« –, die Nonnen dankten ihm für den wunderbaren Nachmittag, Joanna hatte mitten auf dem türkischen Läufer ihr Bündel aufgewickelt und angefangen, indianische Töpferwaren feilzubieten, und LeClerc und Ginny machten Pläne fürs Abendessen. »Oder mit dem Chinesen in Yorktown?«

Und dann stand er an der Haustür, schüttelte betäubt dem Mechaniker die Hand, der für zwei unglasierte indianische Aschenbecher je fünf Dollar hingeblättert hatte (sahen aus wie mißlungene Übungen aus dem Kindergarten – was sollten die Dinger überhaupt darstellen: Fische?) »Was dagegen, wenn ich mir noch mal kurz die Verrohrung ansehe?« Der Mechaniker – ein junger Mann, aber kahl wie ein Ei – bedachte ihn mit einem warmen, beinahe frommen Blick. »Würde mich echt interessieren, wie sie die Leitungen durch diese meterdicken Mauern gelegt haben.«

»Oder vielleicht das Restaurant in Amawalk? Steaks und Hummer? Was sagst du dazu, Dipe?« sagte LeClerc und zog ihn von dem Mechaniker weg.

Was er dazu sagte? Die Mott-Schwestern schirmten ihren Rückzug mit einem Sperrfeuer von Klischees und Unaufrichtigkeiten ab, der alte Knacker aus Hopewell Junction verkündete mit Trompetenstimme, jemand müsse ihn zur Toilette führen, und die Anwaltsgehilfin war ohne ein Wort gegangen. Depeyster war benommen, geschlagen, traumatisiert, er konnte überhaupt nichts dazu sagen. Der Tag lag in Trümmern.

Für Walter dagegen begann der Tag eben erst.

Er hatte mit LeClerc Outhouse herumgesessen, sich in dem modischen Leinenanzug und dem die Kehle zuschnürenden Schlips höchst unwohl gefühlt, nach der Tour durch das Anwesen taten ihm die Waden weh, er hatte unaufrichtig und mit wenig Überzeugung die moralische Notwendigkeit des amerikanischen Engagements in Indochina diskutiert – wonach die USA praktisch die Pflicht hätten, die Schlitzaugen dort so lange zu bombardieren, bis sie endlich klein beigaben. Und jetzt folgte er auf einmal Mardis verlockendem Hintern die Treppe hinauf in die verführerische Zuflucht ihres dunklen, nur von einer Schwarzlichtlampe erhellten Zimmers. Sie redete nebensächliches Zeug, plapperte daher. Ob er schon wüßte, daß Hector bei der Marineinfanterie war? Oder daß Herbert Pompey mit der »La Mancha«-Truppe eine Tournee machte? Oder daß Joeys Band auseinandergebrochen war? Mit Joey habe sie übrigens Schluß gemacht, wußte er das schon?

Sie waren jetzt in Mardis Zimmer, und sie drehte sich um und sah ihn an, während sie diesen letzten Satz sprach. Die Wände waren schwarz gestrichen, die Vorhänge zugezogen. Hinter ihr, im Schein der Schwarzlichtlampe, schimmerte böse ein Poster von Jimi Hendrix, das Gesicht verzerrt in der Ekstase des Gitarren-Feedbacks. Walter grinste sie zynisch an und ließ sich auf dem Bett nieder.

Tatsächlich wußte er nichts davon, daß Hector zu den Marines und Herbert auf Tournee gegangen war – seit der Entlassung aus dem Krankenhaus hatte er sich nicht mehr im »Elbow« sehen lassen. Und was Joey anging, so hätte sich bei ihm höchstens ein Gefühl überschwenglicher Freude eingestellt, wäre die Band nicht nur auseinandergebrochen, sondern in die Luft geflogen und in tausend Stücke zerfetzt worden. Mardi hatte ihn verletzt. Hatte ihn tief getroffen. Ihn an einer Stelle verwundet, wo Meursault nicht verwundbar gewesen wäre. Und das hatte ihm gutgetan. Er war jetzt stärker. Härter und leidenschaftsloser denn je, losgerissen von all seinen Ankern – von Jessica, von Tom, von Mardi und Hesh und Lola –, der einzelgängerische Wolf, der einsame Cowboy, der Einzelkämpfer auf der Suche nach der Wahrheit. Liebe? Das war doch ein Dreck.

Nein. Mit Mardi, Tom, Jessica war er nicht zusammengekommen – mit keinem von ihnen. Um so öfter war er dafür mit Miss Egthuysen zusammengewesen. Siebenundzwanzig Jahre, geschlitzte Röcke, Lippen wie Schmetterlinge. Und mit Depeyster war er auch viel zusammen. Sehr viel. Lernte von ihm das Geschäft, lernte Geschichte. Er war aus dem Schindelbungalow in der Kitchawank Colony in eine eigene Wohnung umgezogen – in ein efeubewachsenes Gästehaus hinter der großen alten Villa über dem Bach in Van Wartville. Und die Norton war auch weg. Er fuhr jetzt ein MGA-Kabriolett, schnittig, kehlig und schnell.

Mardi zog die Tür zu. Die Haare hingen ihr ins Gesicht, die glatte, makellose Fläche ihres Bauchs war von der Sonne feuerrot, um einen Knöchel schlang sich ein Goldkettchen. Sie ging durch das Zimmer, um die Nadel auf eine Schallplatte aufzusetzen, und der Raum füllte sich mit tosendem Schlagzeugdonner und dem dünnen, manischen

Jaulen einer Gitarre. Walter grinste immer noch, als sie sich wieder zu ihm umdrehte. »Also, was wolltest du mir zeigen?« fragte er.

Sie tappte durch das Zimmer zurück, ein Musterbild nackten Fleisches – Walter dachte an seine Vorfahren und daran, welche Wallungen bei ihnen bereits der Anblick eines entblößten Knöchels entfacht hatte –, und streckte ihm die geballte Faust entgegen. »Das hier«, sagte sie und öffnete die Hand, um ihm einen dicken gelben Joint zu zeigen. Sie ließ einen kurzen Moment verstreichen, dann machte sie das Bikini-Oberteil auf und schlüpfte aus dem Leopardenfellhöschen. »Und das«, flüsterte sie.

In de Pekel zitten*

Nun gut, da trieben also eine Van Wart und ein Van Brunt Unzucht in historischer Umgebung, doch hatte es drei Jahrhunderte gebraucht, bis ihnen eine so demokratische Vereinigung möglich war. Einst wäre so etwas undenkbar gewesen. Unsagbar undenkbar. Genauso absurd wie die Paarung von Löwen mit Kröten oder von Schweinen mit Fischen. In jenen lang vergangenen Tagen, als Jeremias Van Brunt sich abrackerte, um seinen Pachtvertrag zu erfüllen, als die Autorität des Gutsherrn unangefochten war und jene, die dessen Ländereien bestellten, gesellschaftlich wenig mehr galten als russische Leibeigene, kam es zu Annäherungen zwischen den Van Brunts und den Van Warts höchstens bei Gelegenheiten wie dem Vorfall mit dem *pogamoggan*, bei dem besagter Jeremias gedroht hatte, dem *jongheer* den Schädel einzuschlagen.

Zu jener Zeit war der Vorfall als ernsthafte Herausforderung gutsherrlicher Hoheitsrechte erschienen – beinahe als ein Akt der Revolte –, doch im Laufe der Jahre wurde all das vergessen. Oder jedenfalls mit einigen Schaufeln Erde zugedeckt, wie ein überstürzt begrabener Leichnam. Da er vollauf damit beschäftigt war, für seine prächtig gedeihende Familie zu sorgen und den anarchischen Kräften der Natur zu trotzen, die den kleinen Bauernhof jederzeit zu überwältigen und Jeremias in jene elende Armut zurückzustürzen drohten, wie er sie nach dem Tode seiner Eltern durchlitten hatte, verschwendete er kaum mehr als hin und wieder einen flüchtigen Gedanken auf den *patroon*. Eigentlich wurde er auch nur einmal im Jahr an den Mann erinnert, der über ihn herrschte und mit dessen gnädiger Duldung er

* Wörtlich übersetzt: »In der Salzlake sitzen«

sein täglich Brot verdiente und ein Dach über dem Kopf hatte: im November, wenn der Pachtzins zu leisten war.

Jedesmal tobte, wütete und schimpfte er schon Wochen vor dem Fälligkeitstag über die himmelschreiende Ungerechtigkeit, und der alte flammensprühende Geist der Widerspenstigkeit erhob sich wie ein Phönix aus der Asche seiner Zufriedenheit. »Ich zieh von hier fort!« schrie er dann. »Eh' ich diesem dreckigen Fettarsch von Parasiten auch nur einen einzigen Penny zahl, pack ich lieber die Möbel, den letzten Teller und die letzte Tasse und Untertasse ein und fahr zurück nach Schobbejacken!« Und jedes Jahr flehten ihn Neeltje und die Kinder an, bettelten und baten und redeten auf ihn ein, und letztlich riegelte er sich dann am Fünfzehnten, wenn Ter Dingas Bosyn im Planwagen des *patroon* dahergerumpelt kam, mit einer Flasche Rum im Hinterzimmer ein und ließ seine Frau die Münzen auf den Tisch zählen, die Töpfe mit Butter, die Viertelscheffel Weizen und die vier fetten Poularden abliefern, die der Gutsherr jährlich als Pacht einforderte. Wenn er am nächsten Tag dann kleinlaut und mit verschwiemelten Augen wieder hervorkam, wanderte er wortlos in den Hof hinaus, um das Scheunentor zu reparieren oder die Wand des Hühnerhauses auszubessern, durch die sich die Stachelschweine einen Weg genagt hatten.

Auf der Gegenseite sah sich Stephanus, der seinem Vater als *patroon* gefolgt war, als die Pestilenz von '68 den alten Mann in einem Hustenanfall dahingerafft hatte, viel zu beschäftigt damit, in dem vom Gouverneur eingesetzten Rat der Zehn (dessen Leitstern und Vorsitzender er war) seine politischen Manöver zu kalkulieren, die vom Vater geerbte Reederei zu führen und nebenbei seine eigene Familie großzuziehen, als daß er sich persönlich um irgendeinen ignoranten Ackerbauern auf einem fernen, unwichtigen Grundstück kümmern konnte. Ihm genügte es, daß dieser Ackerbauer seine jährliche Pacht entrichtete – und das war ordnungsgemäß im Hauptbuch des *commis* für das jeweilige Jahr verzeichnet. Darüber hinaus konnte Jeremias, was Stephanus Van Wart anlangte, dreimal zum Teufel und wieder zurück gehen.

So weit, so gut. Zwölf Jahre lang gingen die Van Warts und die Van Brunts dergestalt ihrer eigenen Wege, die Wunden verheilten langsam, und eine Art Waffenstillstand legte sich über das Tal.

Aber man kratze am Schorf, und sei es noch so sachte, schon blutet es von neuem.

Und so geschah es, daß im Sommer des Jahres 1679, kurz nach Jeremias' dreißigstem Geburtstag, Neeltjes Vater, der gefürchtete *schout*, dem Hof auf Nysen's Roost einen Besuch abstattete und dabei eine Botschaft des *patroon* mitbrachte. Joost traf am späten Nachmittag ein, da seine Runde durch die benachbarten Höfe ihn den größten Teil des Tages gekostet hatte. Inzwischen war er fünfzig und seine Haltung krummer denn je; der Buckel hatte sich so verschlimmert, daß er den Kopf auf dem Brustbein zu balancieren schien, und sein Pferd war genauso klapprig, eingefallen und bösartig wie Donder, der Klepper, den er zuvor geritten und dessen Tod niemand beklagt hatte. Mit seinem feurigen Schwiegersohn hatte er sich längst versöhnt (obwohl ihm jedesmal die linke Schläfe pochte und er Ohrensausen bekam, wenn sein Blick auf den *pogamoggan* am Haken neben dem Herd fiel), daher willigte er gern ein, als Neeltje ihn bat, über Nacht zu bleiben.

Beim Abendbrot – oder vielmehr kurz danach, als Neeltje Kümmelplätzchen und einen dampfenden, nach Zimt duftenden Glühwein servierte – tischte Joost ihnen die Neuigkeit auf. Die ganze Familie saß um den großen Tisch versammelt, wo Neeltje das zartgeäderte Porzellan und das Zutphen-Glasgeschirr gedeckt hatte, das sie beim Tod ihrer Mutter geerbt hatte. Jeremias – behäbig, mit struppigem Schnurrbart und ohne Hut auf dem Kopf – schob mit einem Seufzer seinen Stuhl zurück und zündete sich eine Pfeife an. Auf der Bank neben ihm saßen die Jungen, aufgereiht wie die Orgelpfeifen: sein Neffe Jeremy mit dem wilden Blick und den pechschwarzen Haaren, inzwischen fast fünfzehn und so verschlossen, daß er selbst Steine zur Verzweiflung brachte; der elfeinhalbjährige Wouter, der seinem Vater wie aus dem Gesicht geschnitten war; und schließlich Harmanus und Staats, acht und sechs Jahre alt. Die Mädchen – alle drei ebenso zart, dunkeläugig und hübsch wie ihre Mutter – hatten ihren Platz auf der anderen Seite des Tisches, neben dem Großvater. Geesje, die Neunjährige, half ihrer Mutter beim Tischdecken. Agatha und Gertruyd waren vier und zwei. Sie warteten auf die Kümmelplätzchen.

»Also, *younker*«, begann Joost, während er den Kopf einer Tonpfeife, die halb so lang war wie sein Arm, mit Tabak stopfte, »ich habe dir einen Auftrag des *patroon* auszurichten.«

»Aha«, sagte Jeremias so gleichgültig, als ginge es um den Kaiser von China, »und was will er?«

»Nicht viel«, brachte Joost zwischen tiefen, schmatzenden Zügen am Mundstück seiner Pfeife hervor, »nicht viel. Nur eine Straße bauen.«

Jeremias sagte nichts. Geesje räumte die Zinnschüsseln der Kinder und die Reste der Milchsuppe weg. Kerzengerade und mit unergründlicher Miene wechselte Jeremy Mohonk mit Wouter einen Blick. »Eine Straße bauen?« echote Neeltje und stellte die Schale mit dem Glühwein ab.

»Mm-mh«, machte ihr Vater, dabei sog und paffte er derart hektisch, als wäre er ins eisige Wasser des Acquasinnick Creek gefallen. »Er will den Rest des Sommers hier im oberen Gutshaus verbringen. Mit einem Zimmermann aus New York. Er hat nämlich vor, das Haus aufzuputzen und zu reparieren. Sein Bruder hat zwar keine Lust, aus Haarlem herüberzukommen und es zu übernehmen, aber inzwischen ist wohl Lubbertus' Junge alt genug, um dort einzuziehen und eine Familie zu gründen...«

»Und was hab ich damit zu schaffen?« fragte Jeremias, der jetzt selbst rauchte und eine bittere schwarze Qualmwolke ausstieß.

»Na ja, darum geht's ja, weißt du – deshalb mache ich ja diese Runde zu den Pächtern. Der *patroon* will –«

Jeremias schnitt ihm das Wort ab. »*Patroon* gibt's gar keinen mehr – das ist jetzt eine englische Kolonie.«

Joost blies Rauch aus und ließ den Einwand mit einem ungeduldigen Wedeln der Hand zu. Sein Kopf hob sich von der Brust, und er fuhr fort: »*Patroon*, Gutsherr – wo liegt da schon der Unterschied? Jedenfalls verlangt er von jedem Pächter, mit seinem Ochsengespann fünf Tage lang für ihn zu arbeiten – er will die Straße von Jan Pieterses Laden zum oberen Gutshaus erweitern und dann bis zu den neuen Höfen bei Crom's Pond verlängern. Eines Tages wird hier einmal eine Postkutsche verkehren, und *mijnheer* will sichergehen, daß sie auch bei ihm hält.«

Jeremias legte die Pfeife beiseite und schöpfte sich eine Tasse voll Glühwein. »Da mach ich nicht mit«, sagte er.

»Du willst nicht mitmachen?« Joosts Miene wurde hart. Er beobachtete, wie sich die Narbe auf der Wange seines Schwiegersohns vor Zorn rötete und gleich wieder kalkweiß wurde. »Dir bleibt keine Wahl«, sagte er. »Es steht in deinem Vertrag.«

»Scheiß auf den Vertrag.«

Also ging wieder alles von vorn los. Jeremias würde es nie lernen, nie akzeptieren, und wenn man ihn hundert Jahre lang in eine Zelle sperrte. Doch diesmal ließ sich Joost zu nichts hinreißen. Diesmal lagen die Dinge anders. Jetzt saß der Abtrünnige mit ihm am selben Tisch, war der Mann seiner Tochter, der Vater seiner Enkelkinder. »Aber der *patroon* –«, begann Joost mit größter Zurückhaltung und versuchte, vernünftig mit ihm zu reden.

Er verschwendete seine Puste.

Jeremias' Faust krachte mit solcher Wucht auf den Tisch nieder, daß die Teller hüpften und die kleine Gertruyd vor Schreck in Tränen ausbrach. »Scheiß auf den *patroon*!« fauchte er.

Während sein Vater diesen Wutanfall hatte, saß Wouter stumm und mit gesenktem Kopf dabei, den Blick auf den Teller mit Kümmelplätzchen in der Mitte des Tisches geheftet. »Jeremias«, sagte seine Mutter mit dieser leise tadelnden Stimme, die Wouter nur allzugut kannte, »du weißt doch, es ist deine Pflicht. Wozu dagegen ankämpfen?«

Kaum waren die Worte ihrem Mund entschlüpft, richtete sich der Zorn seines Vaters sofort gegen sie – Wouter hätte ihn vorhersagen können: den sturen, streitsüchtigen Ton in der Stimme des Alten, der nun immer lauter brüllte und schließlich eine donnernde Haßtirade gegen den *patroon*, den Gouverneur, den Pachtzins, die Steuern, den steinigen Boden, Holzwürmer, Termiten, Ohrenkneifer und alles andere losließ, was ihm in den Sinn kam. Als sein Vater sich der Mutter zuwandte und sie unwillkürlich vom Tisch zurückwich, schnappte Wouter blitzschnell nach den Kümmelplätzchen, stopfte sich eine Handvoll davon ins Hemd und nickte Jeremy zu. »Wouter hat alle Plätzchen genommen!« heulte der kleine Harmanus, doch niemand hörte in der Hitze des Gefechts auf ihn. Während die beiden Komplizen sich vom Tisch wegstahlen und zur Tür hinausschlüpften, erhob nun auch Großvater Cats die Stimme und schrie alle an, sich zu beruhigen, sich bitte endlich zu beruhigen!

Weder Wouter noch Jeremy sprachen ein Wort, als sie sich im Zwielicht des Abends den Pfad zum Acquasinnick Creek hinabtasteten. Sie waren den Weg unendlich oft hinauf- und hinuntergegangen, und obwohl man kaum noch etwas sah, kannten sie jede Senke, jeden Abhang, jedes Loch und jeden Steingrat, als hätten sie den Pfad selbst angelegt. In weniger als fünf Minuten saßen sie auf der hohen, unterspülten Uferböschung, lauschten dem Glucksen und Platschen der auftauchenden Forellen und der aufgeblasenen Klage des Ochsenfrosches. Wouter hatte sich mit sechs Plätzchen aus dem Staub gemacht. Drei davon reichte er seinem Vetter.

Lange Zeit kauten sie nur stumm, das Wasser umspülte die Felsen zu ihren Füßen, Moskitos schwirrten durch die Luft, Grillen zirpten. Dann brach Wouter das Schweigen. »Ich will verdammt sein, wenn ich mir für den *patroon* den Rücken zerschinde«, stieß er in einer Art versonnenem, oktavenübergreifendem Aufschrei hervor. Er stand in einer Phase des Lebens, in der sein Vater eine kleine Gottheit für ihn war, angebetet, weise und unfehlbar, ein kompetentes Orakel für alle Wahrheiten und Entscheidungen. Wenn Jeremias ihm einreden wollte, Gänse verstünden etwas von Algebra und der Bach flösse bergauf, würde er niemals daran zweifeln, trotz offensichtlicher Beweise für das Gegenteil.

Jeremy sagte nichts. Was nicht ungewöhnlich war, da er nur selten sprach, selbst wenn man ihn etwas fragte. Der große, dunkle Junge hatte die spinnenartigen Gliedmaßen und den hervorspringenden Adamsapfel seines verstorbenen Erzeugers geerbt, und obwohl er sowohl Holländisch wie Englisch konnte, verwendete er beide Sprachen nicht; vielmehr kommunizierte er mit Gurgel-, Grunz- und Rülpslauten oder mit Hilfe einer ausgefeilten Zeichensprache, die er selbst erfunden hatte.

»Du weißt genau, *vader* wird es nicht tun«, sagte Wouter, fing ein Glühwürmchen aus der Luft und schmierte sich das phosphoreszierende Licht in einem grünlichen Streifen über den Arm. »Er ist kein Sklave.«

Die Nacht um sie herum wurde dichter. Irgendwo stromabwärts, in Richtung der Brücke, klatschte etwas. Jeremy sagte nichts.

»Am Ende sind nämlich *wir* wieder dran«, sagte Wouter. »*Vader* wird's nicht tun, und dann bringen *moeder* und *grootvader* Cats uns dazu. Genau wie damals mit dem Holz. Erinnerst du dich?«

Das mit dem Holz. Ja. Jeremy erinnerte sich gut. Als im vergangenen November die Pacht fällig war und Jeremias sich wutschnaubend im Hinterzimmer verriegelt hatte, da waren es nicht nur Pfund und Pence, nicht nur Butter,

Weizen und Poularden gewesen, die der patroon forderte, sondern zwei Klafter Brennholz obendrein. *Auf keinen Fall wird mein Sohn,* wetterte Jeremias, *und mein Neffe auch nicht*... doch seine Stimme verklang, er nahm einen Schluck aus der Flasche und wankte in den Hof hinaus, um allein zu sein mit seiner Empörung und seinem Zorn. Neeltje, *moeder* Neeltje, hatte dafür gesorgt, daß Wouter, Harmanus und Jeremy das Holz für den *patroon* schlugen und kleinhackten. Zu dritt – Harmanus war erst acht und zu nicht viel nütze – arbeiteten sie zwei bitterkalte Nachmittage hindurch, und dann mußten sie noch den Ochsenkarren anspannen und das Brennholz zum oberen Gutshaus hinaufbringen, damit die verrückte Mutter des *patroon* sich wärmen konnte, dieses alte Gerippe, das dort lebte, seitdem der alte Gutsherr abgekratzt war. Im November hatte das Holz geschlagen werden müssen. Und jetzt im Juli mußte die Straße verbreitert werden.

»Na, also, ich mach es jedenfalls nicht«, knurrte Wouter. »Ganz egal, was *moeder* dazu sagt.«

Obwohl er ihm aus vollem Herzen beipflichtete, sagte Jeremy immer noch nichts.

Lange Minuten verstrichen, ringsherum knisterte der nächtliche Wald, das Wasser plätscherte noch lauter über die Steine unter ihnen. Wouter warf eine Handvoll Kiesel in den schwarzen Strudel, dann stieß er sich hoch. »Was sollen wir nun tun?« fragte er. »Ich meine, wenn der *patroon* kommt.«

Jeremys Stimme war so kehlig, so gepreßt, so voller Schnalzer und Grunzlaute und Pausen, daß ihn niemand außer Wouter, sein Busenfreund und Bettnachbar, überhaupt verstanden hätte. Doch Wouter verstand ihn so deutlich, als wäre es das reinste Oxford-Englisch – oder Leydener Holländisch –, und er lächelte in der Dunkelheit vor Befriedigung. Was sein Vetter gesagt hatte, in seiner rätselhaften, verzerrten Redeweise, war folgendes: »Kommt *patroon*, wir erledigen ihn.«

So unabwendbar wie Frost im Winter, wie Mehltau oder Brotschimmel, wie die Krähe sich auf den toten Ochsen stürzt oder die Fliege über der Schüssel mit aufgehendem Hefeteig schwirrt, kam der *patroon*. Er kam mit der Schaluppe, legte bei Jan Pieterses Kill an, und mit ihm kamen seine Frau Hester Lovelace (die dank einem glücklichen Zufall die Nichte des mächtigsten Mannes von New York war, nämlich Seiner Lordschaft des Gouverneurs), seine vier Kinder, Möbel für drei Zimmer, zwei Kisten mit Geschirr, ein Spinett und mehrere düstere Familienporträts, die ein wenig Leben in die trostlose Atmosphäre des oberen Gutshauses bringen sollten. Pompey II., der mittlerweile achtzehnjährige einzige männliche Nachkomme aus der Verbindung von Ismailia und Pompey I., den beiden Haussklaven des verstorbenen alten *patroon*, saß rittlings auf den Kisten mit Küchengerät, Proviant und Mobiliar. Pompeys Schwester Calpurnia, die wesentlich hellere Haut hatte und mit ihrer gekrümmten Nase und den seltsam, beinahe spastisch verrenkten Gliedern an den alten *patroon* erinnerte, hielt die drei Söhne des *mijnheer* davon ab, sich zu ertränken, und kümmerte sich um die Frisur von Saskia, der feingliedrigen zehnjährigen Tochter des *patroon*.

Am Blue Rock wurde Stephanus von dem inzwischen fetter, älter und beträchtlich reicher gewordenen Jan Pieterse empfangen, nebst einer Delegation von trägen Bauern mit ausgebeulten Hosen, die in den Haaren Schuppen und in den Jackentaschen Tonpfeifen hatten. Sein Faktotum, ein salbungsvoller, pausenlos zappelnder, schlangenartiger Kerl namens Aelbregt van den Post, beaufsichtigte das Umladen der Kisten von der Schaluppe auf die beiden Wagen, die bereitstanden, um den *patroon* und seine Habe zu befördern. Van den Post hatte angeblich seinerzeit einen Schiffbruch vor Cape Ann überlebt, indem er sich an eine Planke geklammert und drei Wochen lang von Quallen ernährt hatte; nun nahm er all seine sehnige Energie zusammen und ging ans Werk wie ein Besessener: Er wieselte den großen Felsblock hinauf und hinunter, kommandierte die apathische Besatzung der Schaluppe lautstark herum, geleitete *mijnheers* Gattin über die Gangway, beschwichtigte die Pferde, versetzte dem Pechvogel von Zimmermann Knüffe, weil er sein Werkzeug zu langsam auslud, keifte mit Pompey und schimpfte mit den Kindern und fand dabei trotzdem noch Zeit, vor den Füßen seines Herrn zu dienern und katzbuckeln wie ein sabbernder Spaniel. Als alles bereit war, fuhren der *patroon* und seine Familie in dem leichteren Wagen voran, mit Pompey auf dem Kutschbock. Van den Post und der Zimmermann kauerten sich auf den primitiven Bohlensitz des total überladenen, von einem Paar stinkender Ochsen gezogenen Bauernwagens und bildeten die Nachhut.

Der *patroon* hatte es eilig, ans Ziel zu kommen. Als er im Frühling das obere Gutshaus besucht hatte, war er schokkiert gewesen, wie heruntergekommen es war: Die Mühlsteine waren zu Staub zermahlen, die Äcker verwahrlost, das Haus selbst stand schief wie ein krängendes Schiff bei hohem Seegang. Mißwirtschaft, das war der Grund. Das und seine eigenen anderweitigen Beschäftigungen. Weshalb sollten seine Pächter denn auch rascher vorankommen als im Schneckentempo, wenn niemand da war, der die Peitsche über ihnen knallen ließ?

Nun ja, all das würde sich jetzt ändern.

Er hatte vor, das obere Gutshaus bis zum Einbruch des Winters selbst zu bewohnen, die Pächter fester an die Kandare zu nehmen und die Dinge in Ordnung zu bringen, damit er danach seinen Vetter, diesen Schwachkopf, dort einziehen lassen konnte, ohne fürchten zu müssen, daß das Gut in Schutt und Asche fiel. In zehn Jahren brauchte er das Haus für Rombout, seinen ältesten Sohn, und wenn er selbst einmal starb, dann würde das untere Haus – und auch der Hof von Cats – an Oloffe, den mittleren, und Pieter, den jüngsten Sohn fallen. Einstweilen aber sollte die ganze Familie hier leben unter dem Dach des schönen alten Hauses, das sein Vater und sein Onkel vor kaum dreißig

Jahren erbaut hatten, und Stephanus wollte diesem Unternehmen seine gesamte Kraft widmen. Der alte Ter Dingas Bosyn, der *commis*, würde sich um das untere Gutshaus und die Warensendung kümmern, die am Ende des Monats aus Rotterdam erwartet wurde, und Cats würde in Croton nach dem Rechten sehen. Schließlich ging er nicht auf eine einsame Insel, ins Exil oder so – das untere Gutshaus war keinen halben Tagesritt entfernt, falls irgend etwas passierte.

Es dauerte eine Woche, bis er sich eingerichtet hatte. Seine Mutter, die zuvor allein dort gewohnt hatte, war kühl und reizbar, und er brachte die ersten paar Tage in dem Bemühen zu, sie von der fixen Idee abzubringen, man wolle sie verstoßen und dem Märtyrertod unter den wilden Tieren überlassen. Dann war da noch die Haushälterin, Vrouw van Bittervelt, die jeden Änderungsvorschlag als persönlichen Affront betrachtete, Pompey und Calpurnia für Kannibalen in holländischer Verkleidung hielt und erbittert gegen jedes Möbelstück, jeden Teller und jede Tasse kämpfte, die Hester ins Haus brachte, und schließlich mußte noch das heikle Problem mit der Familie de Vries aus der Welt geschafft werden. Gerrit Jacobzoon de Vries, seine Frau und seine zwei schwachsinnigen Söhne hatten das Haus in all den Jahren verwaltet – und zwar verdammt schlecht. Am ersten Abend, nach einer Mahlzeit mit gekochtem Aal und Kohl, den Vrouw van Bittervelt mit Mordlust in den Augen aus reiner Gehässigkeit im Topf hatte anbrennen lassen, bestellte Stephanus Gerrit de Vries zu sich in den vorderen Salon. Er verlieh zunächst seiner Dankbarkeit für die vielen Jahre Ausdruck, in denen Gerrit ihm und davor seinem Vater gedient hätte, umriß dann kurz die Pläne, die er mit dem oberen Gutshaus und der Mühle hatte, und schloß damit, daß er ihm einen neuen Hof hinter dem der van der Meulens anbot – zu denselben Bedingungen, die er jedem neuen Pächter bieten würde: Er bekäme Baustoffe, Vieh und Akkergerät teilweise gestellt, und alle Verbesserungen wären

Eigentum des *patroon*, der Pachtzins würde jeweils im November fällig.

De Vries verschlug es die Sprache. Sein Gesicht lief rot an; er drehte den Hut in seinen groben Händen. Endlich faßte er sich und stammelte im Holländisch der einfachen Bauern: »Ihr – Ihr meint, so ganz von vorne anfangen?«

Mijnheer nickte.

Der Rest war einfach. De Vries spuckte ihm vor die Füße, und der *patroon* ließ ihn von van den Post hinauswerfen. Am nächsten Morgen war die Familie de Vries verschwunden, nach dreizehn Jahren im oberen Gutshaus.

Sobald das geklärt war, ließ der *patroon* van den Post die Feldarbeit einteilen und befahl dem Zimmermann, das Dach des Hauses neu zu decken und danach Steine für einen zweistöckigen Anbau herbeizuschleppen, der den bisherigen Platz mehr als verdoppeln würde. Dann richteten sich seine Gedanken darauf, eine Straße zu bauen. Und die bisherige zu erweitern.

An einem schönen, heißen Augustmorgen, während die Brombeeren in den Wäldern reiften, der Mais auf den Feldern süß wurde und die Krebse aus der Bucht heraus und direkt in den Kochtopf krochen, befahl der *patroon* seine Pächter herbei, damit sie den ihm zustehenden Arbeitseinsatz leisteten. Um acht Uhr waren sie da, versammelten sich mit ihren Karren und Gespannen, ihren Äxten und Schaufeln und Eggen vor dem Haus. Der *patroon*, angetan mit weiten Reithosen und einem ärmellosen Seidenwams, hatte sich den geschmeidigen Narragansett-Hengst satteln lassen, den ihm der *schout* aus Croton heraufgebracht hatte, und begrüßte jeden von ihnen mit herrischem Kopfnicken – zuerst die van der Meulens, den alten Staats und seinen Sohn Douw, der inzwischen selbst einen Hof gepachtet hatte; dann die Cranes, die Ten Haers und den Sohn von Reinier Oothouse, der die Farm übernommen hatte, als seinem Vater vom Delirium tremens das Hirn weich geworden war; schließlich die Lents, die Robideaus, die Mussers und die Sturdivants.

Alles in allem lebten an die zweihundert Menschen auf den Ländereien der Van Warts, wenn man das obere und das untere Gutshaus zusammennahm, doch die meisten von ihnen siedelten am Hudson in Croton oder verteilten sich landeinwärts entlang des Croton River. Hier oben, am nördlichen Ende von Stephanus' Besitzungen, gab es nur zehn Höfe mit insgesamt, nach neusten Zählungen, neunundfünfzig Seelen – ausgenommen natürlich die verkommene Bande der Kitchawanken bei Indian Point und die sechsundzwanzig freien Kronbürger, die rings um Pieterses Kill Grundstücke bestellten, die ihnen der Händler zum Fünfzigfachen des ursprünglichen Kaufpreises übereignet hatte. Zehn Höfe. Das waren zwar viel mehr als zu den Zeiten seines Vaters, doch in den Augen des *jongheer* war es nichts. Nicht einmal ein Anfang.

Er hatte Land dazugekauft, im Osten von einem degenerierten Connecticut-Stamm und im Süden von den Sint Sinks. Und durch geschicktes Anwerben unter den benommenen, seekranken Einwanderern, die mit kaum mehr als dem Wind im Rücken und verschnupften Nasen in Manhattan an Land wankten, war es ihm gelungen, für fast jedes der prächtigen Grundstücke in Croton einen Pächter zu finden – und er würde noch mehr finden, Hunderte von ihnen, um die Wildnis hier oben zu kultivieren. Was ihm vorschwebte, war nicht weniger als die größte Länderei der gesamten Kolonie, ein Großgrundbesitz, neben dem selbst die größten Güter in Europa nur ein paar Gemüsebeete waren. Es war seine Obsession geworden, ein unbezähmbarer Wunsch, das einzige, was ihn die gepflasterten Straßen, die gemütlichen Kneipen, die Musik, Kunst und Gesellschaft von Leyden und Amsterdam vergessen ließ. Er musterte die sonnenverbrannten Gesichter der Farmer, die gekommen waren, um eine Straße für ihn zu bauen – eine Straße, auf der dankbare Bauern in Scharen vom Fluß heraufziehen würden, um für ihn die Bäume zu fällen, die Stümpfe abzubrennen und den Boden zu pflügen –, und für den Bruchteil einer

Sekunde sah er es alles vor sich, wie es eines Tages sein würde: die Hügel voller wogender Weizenfelder, aus dem Sumpfland sprießende Zwiebeln, Gurken und Kürbisse und Kohlköpfe, angehäuft wie Schätze, wie Goldstücke...

Doch dann räusperte sich einer der Bauern und ergriff das Wort, und das Bild verflog. Es war Robideau, ein verbitterter, lederhäutiger Franzose; er hatte ein Ohr bei einer verheerenden Schlägerei vor Ramapos Kneipe verloren, die eine Woche danach unter ungeklärten Umständen bis auf die Grundmauern niedergebrannt war. Robideau saß hoch oben auf dem harten Kutschbock seines Wagens, seine dicht beieinanderstehenden Augen funkelten, und er knallte nachlässig mit der Peitsche nach den Fliegen, die sich auf den Flanken seiner ausgemergelten Ochsen niederließen. »Und wo ist Van Brunt?« fragte er. »Der mit'm Holzbein. Was ist mit dem?«

Van Brunt? Einen Augenblick lang war der *patroon* verwirrt, denn er hatte die Erinnerung an jene lang vergangene und unerfreuliche Konfrontation so erfolgreich verdrängt, daß ihm Jeremias' Existenz nicht mehr gewärtig war. Doch im nächsten Moment war er wieder dort, in jener erbärmlichen Kate, der *schout* lag hingestreckt auf dem harten Lehmboden, Jeremias Van Brunt lehnte sich gegen ihn auf, forderte ihn mit einer primitiven Schlagwaffe der Eingeborenen heraus, und die schlanke, hübsche Neeltje Cats mit den dunklen Augen sah von ihrem Lotterbett aus zu. *Neeltje gehört Euch nicht*, hatte Jeremias gesagt. *Und ich ebensowenig.*

»Hat vielleicht damit zu tun, daß er dem *schout* seine Tochter geheiratet hat – kriegt er deswegen 'ne Extrawurst?«

Van Brunt. Ja, zum Donnerwetter, wo war er? Stephanus wandte sich an den *schout,* der am Vorabend aus Croton heraufgeritten war, um die Straßenbauarbeiten zu überwachen. »Nun?« fragte er.

Cats, fast bis zum Boden gebeugt, schlurfte heran und brachte seine Entschuldigungen vor. »Ich weiß nicht, wo er ist, *mijnheer*«, sagte er stockend und widerwillig, als ob er an jedem Wort würgte. »Ich habe ihn benachrichtigt, und – und er sagte, er würde kommen.«

»Aha, soso, hat er das gesagt?« Der *patroon* lehnte sich im Sattel nach vorn, die gerafften, aufgeplusterten Falten seiner Reithosen flatterten ihm um die Strümpfe, die Schnallenschuhe und bis auf die Steigbügel. »Wie großzügig von ihm.« Dann richtete er sich wieder auf, so daß er hoch über dem *schout* aufragte wie ein zum Leben erwachtes Reiterstandbild, und fluchte so unflätig und leidenschaftlich, daß der junge Johannes Musser erschrocken die Hand vor den Mund hob und Mistress Sturdivant, die stämmigste Frau in ganz Van Wartwyck, auf der Stelle in Ohnmacht fiel. »In einer Stunde ist er mir hier«, stieß er zwischen den zusammengepreßten Zähnen hervor. »Verstanden?«

Der Tag war zur Hälfte vorbei und der *patroon* so sehr in Rage, daß er sich einem apoplektischen Anfall näherte, als endlich der Wagen der Van Brunts, gezogen von einem Paar abgehärmter, zahnloser und huflahmer Ochsen, an der Wegbiegung auftauchte und in schläfrigem Tempo auf die Gruppe der Arbeiter zuhielt. Joost Cats, der seinen Klepper am Zaumzeug führte und so tief gebückt ging, daß es aussah, als würde er gleich der Länge nach in den Dreck fallen, hinkte nebenher. Der *patroon* sah mit wütender Miene kurz auf, wandte sich dann dem Bauern zu, der ihm am nächsten stand – dem jungen Oothouse –, und begann eine angeregte Unterhaltung über Kuhdung oder Trokkenfisch oder einen ähnlichen Unsinn; er hatte nicht vor, Van Brunt damit Genugtuung zu verschaffen, daß er, Stephanus Oloffe Rombout Van Wart, Grundbesitzer, *patroon*, Reedereimagnat und Mitglied des Gouverneursrats, ob des Verbleibs einer so unwichtigen Kreatur auch nur die geringste Unruhe verspürte.

Die Arbeiter – Männer wie Frauen, einschließlich der wiederbelebten Mistress Sturdivant – hatten bereits den zu verbreiternden Weg vor dem Haus des *patroon* gerodet und begradigt, und jetzt hielten sie ihre Mittagspause. Sie machten es sich im Schatten bequem, benutzten das Stammsegment eines der gefällten Bäume als Tisch und kauten hartes Schwarzbrot, kalten Speck und Käse. Einer von ihnen – nach dem Aussehen seiner Schuhe und Strümpfe zu urteilen, war es Robideau – schnarchte glückselig unter einem Brombeerstrauch, ein schmutziges weißes Taschentuch übers Gesicht gelegt. Während der *patroon* zuhörte, wie der junge Oothouse die Vorzüge des Kuhmists lobte, nahm er dennoch jede quietschende, revolutionäre Drehung der Wagenräder hinter sich wahr, jedes Prusten und Keuchen der kurzatmigen alten Ochsen. Schließlich kam der Wagen in seinem Rücken mit einem qualvollen Kreischen der Achsen zum Stehen.

Indem er die Nase reckte und mit all der herrischen Energie herumwirbelte, die er aufbringen konnte, war der *patroon* im Prinzip bereit, sich besänftigen zu lassen, da ja Van Brunts Anwesenheit – mochte er auch nur widerwillig und höchst verspätet gekommen sein – den untrüglichen Beweis darstellte, daß er ihm sehr wohl gehörte, genau wie ihm auch der Rest dieser armseligen Dreckbuddler gehörte, daß sein Wort Gesetz war und er das Recht auf Zwangsräumung und Verbannung besaß. Er drehte sich um, doch mit dem, was er dort sah, hatte er ganz und gar nicht gerechnet. Das war nicht Van Brunt, der da die Zügel hielt – das war ein Junge, ein Indianerbastard mit den glasigen, starren Augen der geistig Minderbemittelten. Und neben ihm saß ein zweiter Junge, noch kleiner, schwächlicher, dünner als der erste, ein Kind, wie man es zum Nüssesammeln schickte, nicht zum Straßenbau.

»Es – es –« Cats versuchte, etwas zu sagen. Der *patroon* durchbohrte ihn mit einem schneidenden Blick. »– Es tut mir leid, aber mein Schwiegersohn, äh, ich meine, der Bauer Van Brunt ist, äh, unpäßlich, und deshalb hat er, äh, seine, äh –«

»Ruhe!« Der *patroon* explodierte jetzt. »Ich habe Euch doch befohlen«, polterte er und kam in den riesigen, kahnartigen Galoschen, die seine Schnallenschuhe vor dem schmutzigen Erdreich schützen sollten, auf den im Boden versinkenden *schout* zu, »ihn hierherzubringen, oder etwa nicht?«

»Das stimmt, *mijnheer*«, sagte der *schout*, riß sich den Hut vom Kopf und drehte ihn in den Händen. Er starrte auf seine Füße. »Aber statt dessen, weil er doch, äh, krank ist –«

In diesem Moment begann der Junge – der Kleinere, der Weiße – zu reden. Seine Stimme klang so hoch und schrill und gellend wie eine schlecht gespielte Pikkoloflöte. »Ist doch gar nicht wahr, *grootvader*«, sagte er und richtete sich langsam auf. Dann wandte er sich direkt an den *patroon*, keck wie ein Dieb. »Er will nicht herkommen, ganz einfach. Er sagt, daß er zu tun hat. Und daß er seine Pacht gezahlt hat. Und daß er ebenso viel wert ist wie Ihr.«

Dem *patroon* fehlten die Worte. Er drehte sich um, schlurfte zu seinem Hengst hinüber, schleuderte die Galoschen beiseite und schwang sich in den Sattel. Dann winkte er dem jungen Oothouse. »Du da«, fauchte er, »geh und hol *heer* van den Post!« Alle – sogar Mistress Sturdivant, die sich einem Auflauf aus Hackfleisch und Kartoffeln von der Größe eines Fußballs gewidmet hatte – sahen Oothouse nach. Niemand rührte sich, und niemand sagte ein Wort, bis er wiederkam.

Der junge Oothouse, ein eher träger junger Mann, der schon Fett ansetzte und sonst zu maßvollem Tempo neigte, legte die Strecke im Dauerlauf zurück, und als er an der Kurve wieder auftauchte, war er knallrot im Gesicht und schweißgebadet; neben ihm trabte mit leichten Schritten van den Post. Er stand im nächsten Augenblick vor dem *patroon* und blickte unter der Krempe seines Spitzhuts gelassen zu ihm auf. »Ja, *mijnheer*?« fragte er, kaum keuchend.

Mit kalter, spröder Stimme sagte der *patroon* von seiner

erhöhten Stellung auf dem Pferderücken: »Aelbregt, Ihr werdet jetzt zu *heer* Cats gehen und ihm dem Federhut und das silberbeschlagene Rapier abnehmen, die die Insignien seines Amtes sind – sie gehören nunmehr Euch.« Und dann, an Joost gewandt, der wie betäubt dastand, während van den Post ihm das Rapier abnahm: »*Heer* Cats, Ihr werdet heute nachmittag die Arbeiten an der Straße beaufsichtigen, und danach kehrt Ihr auf Euren Hof zurück.«

Immer noch hatte niemand sonst ein Wort gesagt, doch in aller Mienen stand Bestürzung geschrieben. Joost Cats war der *schout* gewesen, solange sich irgend jemand erinnern konnte, und ihn einfach so abzusetzen – das war unerhört, schlechthin unmöglich.

Im nächsten Moment stand van den Post vor seinem *patroon*, grinsend wie ein Haifisch, auf dem Kopf den Hut mit der Silberfeder und das Rapier am Gürtel, und wartete auf weitere Instruktionen.

»*Heer schout*«, sagte Stephanus mit so lauter Stimme, daß alle ihn hören konnten, »Ihr werdet diese zwei jungen Halunken mitnehmen«, wobei er auf Wouter und Jeremy Mohonk deutete, »und sie wegen Unbotmäßigkeit und Aufwiegelung im Rübenkeller des Gutshauses einsperren.«

Dies hatte ein Raunen des Protests unter den Bauern zur Folge, insbesondere seitens Staats van der Meulen, der sich wutschnaubend von den Resten seiner Mahlzeit erhob. Jemand nieste, und einer der Ochsen ließ einen Furz fahren. Robideaus Schnarchen sägte an der reglosen Mittagsluft. Keiner wagte es, Einspruch zu erheben.

»Und wenn Ihr das getan habt, möchte ich, daß Ihr zu Nysen's Roost hinaufreitet und den Pächter dort, einen gewissen Jeremias Van Brunt« – hier machte der *patroon* eine Pause und blickte drohend in die Gesichter der Leute, die sich unter den Bäumen scharten – »davon in Kenntnis setzt, daß seine Pacht hiermit gekündigt ist. Habt Ihr verstanden?«

Van den Post krümmte sich nahezu vor Vergnügen. »Jo«, sagte er und leckte sich die Lippen. »Wollen wir heute noch räumen?«

Vor lauter Zorn, Rage und Erbitterung hätte Stephanus um ein Haar ja gesagt. Doch dann setzte sich sein Pragmatismus durch, und er ließ sich erweichen, vor allem von dem Gedanken an das reife Korn auf den Feldern. »Im November«, sagte er schließlich. »Wenn er seine Pacht bezahlt hat.«

Garten Eden

Einen Zentimeter größer, zehn Pfund hagerer, die eingefallenen Wangen unter dem wild wuchernden Unkrautbart eines Propheten oder Wahnsinnigen verborgen, so schob Tom Crane, der selbsternannte Held des Volkes und Heilige der Wälder, fröhlich seinen Einkaufswagen durch die kühlen, schattigen Gänge im »Garten Eden« von Peterskill. Es war Hochsommer, und er war entsprechend gekleidet: Huaracho-Sandalen, gestreifte Hosen mit Schlag, auf denen man ein Picknick hätte veranstalten können, ein T-Shirt mit Batikmuster – konzentrische Zielscheibenringe in drei Schattierungen von Fuchsrot –, außerdem diverse Halstücher und Stirnbänder und funktionslos herumbaumelnde Lederstreifen, und über dem Ganzen ein zigeunerhaftes Gewirr von Perlen, Ringen, Cocopah-Gottesaugen, Atomgegner-Abzeichen aus Zinn, Black-Power-Ansteckern und Federn. Im Gegensatz dazu wirkte der Einkaufswagen geradezu spartanisch. Er war herrlich frei von den trügerisch glitzernden Schachteln mit den neuesten, verbesserten Wunderprodukten, die einem als Verbraucher von den tollwütigen Profitkrämern, den Werbefachleuten der Verpackungsindustrie aufgenötigt wurden. Der Heilige der Wälder ließ sich von bunten Schleifchen und falschen Versprechungen nicht ins Bockshorn jagen; er kaufte nur die Basisverpflegung – keine Tiefkühlkost, lediglich vegetarische Grundnahrungsmittel in schlichter Verpackung.

Zu Hause in seiner Hütte, wo in den Dachbalken die Nager raschelten und zarte, irisierende Fliegen sich auf den fettigen Tellern niederließen, war die Speisekammer leer; zwar erbrachte der Gemüsegarten mehr Kohlrabi, Chinakohl und Rüben, als er verbrauchen konnte, aber es waren ihm diverse Grundstoffe ausgegangen – Feldbohnen, ungeschälter Reis, Hefe und Sojafleisch. Auch Seife und Spiritus, Ysop und Teriyaki fehlten ihm. Zum Frühstück hatte es Toast ohne Gemüsepaste, wäßrigen Tee aus dreimal ausgekochten Blättern und Hafergrütze ohne den kleinsten Schuß Kondensmilch gegeben, und nun war er der Meinung, es lange genug hinausgezögert zu haben. Deshalb war er hier, ging einkaufen. Fröhlich pfiff er ein schmissiges Arrangement von »76 Trombones« für Triangel und Kuhglocken mit, schockierte Witwen mit glasigen Augen in der Fleischabteilung und drückte an Grapefruits herum; sein Auf und Ab durch die Gänge des Supermarkts war eine klingelnde Spur wie ein Glockenspiel, und er verströmte einen ganz eigenen Geruch nach moderndem Laub, der ihn überallhin zu verfolgen schien. Insgesamt war er die glücklichste Seele zwischen Peterskill und Verplanck.

Glücklich? Ja. War er doch inzwischen nicht mehr der geile, aber zölibatäre, mönchische Heilige, der er so lange gewesen war – die Dinge hatten sich geändert, radikal geändert: Er hatte jetzt eine Gefährtin. Eine Bettgefährtin. Eine Geliebte, die das Gemüse-Potpourri und den Mungobohnen-Eintopf mit ihm teilte und seine Socken auf die Wäscheleine hängte, wenn die Sonne durch den grünen Schirm der Wälder drang, um die bemoosten Ufer von Blood Creek zu wärmen. Diese Liebe machte ihn selig und verzückt, ja geradezu albern: Am liebsten hätte er auf dem Parkplatz Purzelbäume geschlagen wie Herbert Pompey, wenn er im ›Mann von La Mancha‹ über die Bühne wirbelte, oder die alte Mrs. Fagnoli abgeküßt, die sich gerade vor dem Postamt aus ihrem Auto hievte. Tom Crane hatte den Schritt von der Heiligkeit zur Ekstase vollzogen.

Glücklich machten ihn auch noch einige andere Dinge. Zum Beispiel war er zum drittenmal nacheinander bei der ärztlichen Musterung für den Wehrdienst durchgefallen. Zu mager. Er hatte den ganzen Juni lang gefastet (kam ja nicht in Frage, daß er zum Werkzeug der kapitalistischen Unterdrücker wurde und gegen seine revolutionären Brüder in Vietnam die Waffe erhob.) Er war ins Einberufungsamt getaumelt und hatte bei seinen 188 cm nur 55,8 kg auf die Waage gebracht. Jetzt brauchte er nicht nach Kanada oder Schweden zu fliehen oder sich den Streß eines vorgetäuschten Selbstmords anzutun. Und als sei das noch nicht genug Anlaß zur Freude, waren am selben Tag, als die Musterungsbehörde ihn abgelehnt hatte, die Bienen in sein Leben getreten. Vierzig Bienenstöcke. Zum Verkauf ausgeschrieben von irgendeinem bankrott gegangenen konservativen Scheißer, einem klapprigen Alten aus Hopewell Junction, und das für einen Spottpreis, für einen Bruchteil ihres Wertes. Jetzt hatte Tom sie. Bienen. Eine tolle Idee: die machten die ganze Arbeit, und er strich den Gewinn ein. Es war wie mit der Gans, die goldene Eier legte. Er brauchte das Zeug nur einzusammeln, zu schleudern und in die alten Steinguttöpfe zu gießen, die er bei seinem Großvater im Keller gefunden hatte, um sie draußen an der Straße zu verkaufen, mit gummierten Etiketten (fünfundzwanzig Cents die Großpackung) verziert, auf denen in Jessicas schönster Schrift TOM CRANES GOLD zu lesen war.

Und dann, als wäre das Maß seines Glückes noch immer nicht voll, gab es die »Arcadia«.

Seitdem er die Uni hingeschmissen hatte, war sein Leben ein zielloses, unengagiertes Dasein gewesen, geprägt von Komposthaufen und ziegendreckgedüngten Marihuanaplantagen; er hatte sich von einer lässigen Sache zur nächsten treiben lassen, wie eine Wasserkastanie, bevor sie Wurzeln schlägt. Die »Arcadia« war der Boden für diese Wurzeln. Wenn es einen Gott gab, und wenn Er aus den Pforten des Himmels getreten und alle Beschäftigungen und Begeisterungen der Welt durchgegangen wäre, um Tom Crane mit dem geeignetsten, dem einzig für ihn angemessenen, schlichtweg urtypischen Metier zu versorgen, Er hätte nichts Besseres finden können als die »Arcadia«.

Zum erstenmal davon gehört hatte er im April bei einem Treffen der Sumpflilien-Umweltschutz-Vereinigung von Manitou-on-Hudson. Der Redner dieses Abends, ein kleiner bärtiger Mann, der ständig die Faust aufs Pult krachen ließ, hielt einen Vortrag über die Arcadia-Stiftung. Zwischen den Fausthieben gab er einen kurzen historischen Abriß der jüngst gegründeten Organisation zum besten, wetterte gegen die Verschmutzer und Verpester des Flusses, verteilte Beitrittsformulare und ließ den Klingelbeutel (in Gestalt eines flachen Filzhuts) herumgehen. Mehr noch, er zeigte Dias von der »Arcadia« selbst, dem Wirklichkeit gewordenen Segelschiff aus Will Connells Phantasie.

Offenbar hatte Will, der bärbeißige, radikale Folksänger und Naturfreund, dessen Stimme an jenem unseligen Tag im Jahre 1949 laut und deutlich über Peletiah Cranes Viehweide erschollen war, einen Traum gehabt. Eine Vision. In der sanfte Brisen, halkyonische Tage, knatternde Segel und Takelagen und Teakholzplanken eine Rolle spielten. Er hatte ein altes, eselsohriges Werk gelesen (›Unter Segeln auf Hudsons Fluß‹ von Preservation Crane, New York 1879), das an vergangene Zeiten gemahnte, als dickbäuchige, breitmastige Schaluppen der Holländer den Hudson bevölkert hatten, die bald danach von Dampfschiffen abgelöst worden waren, und plötzlich schälte sich aus den nebligen Tiefen irgendeines alten Shantys, der ihm durch den Kopf spukte, die »Arcadia« heraus. Noch am selben Nachmittag band er sich die Mandoline auf den Rücken und trampte nach Scarsdale zum Haus von Sol und Frieda Löwenstein.

Die Löwensteins waren Kommunisten, die die McCarthy-Ära überstanden und danach in der Schallplattenindustrie einen Reibach gemacht hatten. Sie waren seit langem Freunde von Will und Verehrer seiner Musik und außerdem für ihre großzügige Unterstützung gerechter Anliegen bekannt. Im Salon der Löwensteins ließ sich Will auf die weiße Leinencouch plumpsen, zupfte ein paar Lieder auf der Mandoline und dachte laut darüber nach, warum es eigentlich auf dem Hudson keine dieser alten Schaluppen mehr gäbe, diese Art Schiff, die man in Kneipen mit Namen wie »Zum Sicheren Hafen« oder »Walfängertreff« auf alten Gemälden und Daguerreotypien sah. Ihr wißt schon, sagte er, so große, stille Schiffe mit weißen Segeln, die den Menschen noch eine Beziehung zum Fluß vermittelten, und dann zeigte er ihnen ein paar Bilder aus Preservation Cranes Buch. Sol und Frieda wußten nichts davon, aber sie waren bereit, eine Stange Geld auszugeben, um es herauszufinden. Das Ergebnis war die Arcadia-Stiftung, achthundertzweiundsechzig Mitglieder stark, ein gemeinnütziger, steuerlich anerkannter Verein, der sich für die Säuberung des Flusses, für die Rettung des Löffelstörs, des Fischadlers und der Sumpflilie und für die »Arcadia« selbst einsetzte, für jeden der zweiunddreißig Meter dieser funktionstüchtigen Nachbildung einer der traditionellen Schaluppen, die den Fluß auf und ab fahren sollte, um für die gute Sache zu werben. Der Stapellauf von einer Werft in Maine war für den Nationalfeiertag, den 4. Juli, angesetzt.

Tom war wie elektrisiert gewesen. Es war, als hätten sich in diesem einen erleuchteten Augenblick plötzlich all die disparaten Fragmente seines Lebens vereinigt. Hier war etwas, hinter dem er stehen konnte, ein Slogan, ein Banner, ein Daseinsgrund: Rettet den Fluß! Heil Arcadia! Alle Macht dem Volke! Hier bot sich die Gelegenheit, mit einem Schlag gegen den Krieg zu protestieren, sein extraterrestrisch-vegetarisch-gewaltloses Hippie-Credo auszuleben, dem Establishment einen Stachel ins Fleisch zu jagen und außerdem den Fluß sauber zu kriegen. Es war einfach perfekt. Der Name Will Connell stellte das Verbindungsglied zu den lang vergangenen Tagen des Kampfes dar, der den Boden geweiht hatte, auf dem seine Hütte heute stand, und der ökologische Aspekt an der Sache brachte die ungeklärten Fragen seines Jobs bei der Elektrizitätsgesellschaft Con Ed einer Lösung näher – mit seiner Erfahrung, seinem Grips und seinem Know-how konnte er als Mannschaftsmitglied an Deck der »Arcadia« gehen, vielleicht sogar als Kapitän! Die Neonröhren an der Decke knisterten, der kleine Redner erhob beschwörend die Faust, und Tom stellte sich vor, wie er am Ruder stand, der Retter armer kleiner Barsche und Neunaugen, Todfeind aller Flußverschmutzer, Raubritter, Kriegstreiber und Waisenmacher, auf seinem glorreichen Schiff, das mit hoch aufragendem Mast gischtend stromaufwärts fuhr wie die Arche Noah selbst, eine Bastion der Rechtschaffenheit, des Guten und des Lichts.

Er trat am selben Abend bei. Am nächsten Morgen kündigte er den Zwei-Tage-die-Woche-Job bei Con Ed (*er* würde kein Formalin mehr einatmen!) und donnerte mit dem Packard hinüber nach South Bristol in Maine, wo die »Arcadia« vor Anker lag. Dort bot er unentgeltlich seine Mitarbeit als Zimmermann, Mechaniker, Topfschrubber und Handlanger an. Beim Stapellauf war er dabei, gehörte auf der Überführung von New England zum Hudson zur Mannschaft, und in zwei Wochen – waren es bloß noch zwei Wochen hin? – würde er einen Monat lang als Steuermann an Bord gehen.

Wahnsinn, Wahnsinn, Wahnsinn. Allein der Gedanke daran – an alles: Liebe, Freiheit, die Bienen und das Segelboot – ließ ihn im Supermarkt umhertollen wie ein Clown im Narrenkostüm. Tatsächlich jonglierte er gerade zwei Orangen und eine Avocado, blickte starr auf seine Hände und vergrößerte langsam die Spannweite des Bogens, als er aufsah und Walter vor ihm stand.

Es war ein Schock. Seine Stimmung verflog, die Konzentration war dahin. Eine der Orangen driftete nach rechts ab und verschwand in einem Korb mit Sojasprossen; die andere landete mit ekligem Klatschen auf seinem Fuß. Walter fing die Avocado auf.

Der Heilige stieß ein Keuchen aus, murmelte zwei oder drei unsinnige Phrasen wie »Was kunst die Macht?« und fuhr sich aus Versehen mit dem Einkaufswagen über den kleinen Zeh des rechten Fußes.

Walter gab keine Antwort. Er stand nur da, lächelte matt, ganz der weise Professor angesichts eines unbeholfenen Studenten. Zu Toms Erstaunen trug er elegante Schuhe, ein schickes Hemd, einen hellbeigen Sommeranzug und einen gemusterten Schlips. Er sah gut aus, braungebrannt, stand groß und gerade auf seinen gefühllosen Füßen, als hätte er niemals die rohe Gewalt eines Chirurgenmessers verspürt. »Tom Crane«, sagte er schließlich und lächelte noch breiter, so daß die kräftigen weißen Zähne zu sehen waren, »verdammt noch mal, wie geht's dir so? Wohnst du immer noch in der Hütte draußen?«

Tom ging es gut. Und ja, er wohnte immer noch in der Hütte. Und obwohl man es ihm nicht ansah – und er sich auch nicht so fühlte –, freute er sich, Walter wiederzusehen. Jedenfalls hörte er sich so etwas sagen, die Worte purzelten aus seinem Mund, als wäre er eine grinsende kleine Holzpuppe und jemand anders besorgte das Reden: »Schön, dich mal wiederzusehen.«

»Find ich auch«, sagte Walter. »Ist ja ziemlich lange her.«

Die beiden sinnierten einen Augenblick über die Gewichtigkeit dieser Bemerkung, während andere Supermarktkunden seltsam stumm an ihnen vorüberglitten, wie an ihren Einkaufswagen befestigt. Tom bückte sich nach der zerquetschten Orange und legte sie gerade verstohlen zurück auf den Stand, als Walter ihm die Frage stellte, die er befürchtet hatte: »Hast du Jessica mal gesehen in letzter Zeit?«

Wenn nun die obenerwähnte Geliebte, die eine so große Rolle in der Verwandlung von Tom Cranes Leben spielte, auch bis zu diesem Zeitpunkt noch nicht direkt genannt wurde, so dürfte ihre Identität doch kaum überraschen. Die Geliebte war natürlich Jessica. Wen sonst hatte der Heilige insgeheim sein ganzes jämmerliches Leben über – oder jedenfalls viele Jahre lang – angebetet? Wen sonst hatte er zu heiraten geträumt, bis Walter ihr den Ring an den Finger steckte und der Himmel über der Hütte so dunkel und stürmisch wurde wie die ungestümen Gefühle in seiner Seele? Wer sonst hatte im Kino immer zwischen ihm und Walter gesessen, wo er danach gelechzt hatte, ihre Hand zu halten, sie auf den Hals zu küssen, ihr ins Ohr zu tuscheln? Konnte er überhaupt zählen, wie oft er gebannt vor Lust zugesehen hatte, wie sie in einer Boutique Kleider anprobiert, an einer Doppelportion Schokoladen-Erdbeer-Softeis mit Karamelstücken geleckt oder ihm mit ihrer sanften, zaghaften Kleinmädchenstimme laut aus ›Franny und Zooey‹ oder ›Gammler, Zen und hohe Berge‹ vorgelesen hatte? Oder wie oft er sich vorgestellt hatte, ihr süßer, schlanker, blondbebuschter Körper läge neben ihm auf seinem muffigen Eremitenbett ausgestreckt?

Jessica. Ja, Jessica.

Verletzt, verwirrt, außer Fassung und von plötzlichen Schnief- und Schneuzanfällen heimgesucht, mit zitternden Knien und schwer deprimiert war sie zu ihm gekommen, zu ihrem alten platonischen Freund, um Trost zu suchen. Und er hatte sie allmählich erobert, mit gebratenen Okraschoten und Naturreis zu geriebenen Karotten und Pinienkernen, in friedlichen Winternächten, an lauen Frühjahrsmorgen und erholsamen, nie enden wollenden Mittsommerabenden in seiner Hütte, mit den Vögeln, den Glühwürmchen, beim Quaken liebeskranker Kröten, in der zeitlosen Ruhe, die sich abseits von Straßenlaternen und Asphaltfahrbahnen ausbreitete. Wie sollte er es beschreiben? Eins hatte zum anderen geführt. Die Liebe war erblüht.

Walter war verrückt. Walter war verkrüppelt. Walter war voller Mißmut, Zorn und Selbstzerstörung. In seiner Wonne, in seinem eifersüchtig gehüteten Glück hatte der Heilige der Wälder seinen alten Freund und Weggefährten vergessen. Walter war zur anderen Seite übergewechselt – arbeitete jetzt mit dem Faschisten Van Wart *zusammen*, nicht bloß *für* ihn –, und schließlich hatte er sie ja verstoßen, keine Frage. Hatte sie gedemütigt, beiseite geworfen wie ein Stück Dreck. Nein, Tom Crane empfand keinerlei Schuldgefühle, nicht im geringsten. Warum auch? Trotzdem, während er reichlich durcheinander vor Walter stand und dessen kurzgeschnittenes Haar mit dem messerscharfen Scheitel und den kurzen Koteletten betrachtete, mußte er ständig an Jessica denken, wie sie gerade im Waschsalon nebenan die Maschinen mit Unterwäsche, Bettzeug und vor Schmutz starrenden Jeans vollstopfte – beziehungsweise daran, daß sie ihn jeden Moment hier treffen sollte.

»J-Jessica?« stammelte er als Antwort auf Walters Frage. »Ja. Nein. Ich meine, diesen Job bei Con Ed mach ich nicht mehr, hab ich dir das nicht erzählt?«

Walters Lächeln verschwand. Ein Rest davon blieb in seinen Augen zurück, doch er kniff die Lippen zusammen und runzelte überrascht die Stirn.

»Du weißt doch, der Job mit Jessica? Am Indian Point.«

»Nein, wußte ich nicht«, murmelte Walter und wandte sich zur Seite, um in einen Korb mit Pflaumen zu fassen; die dunklen, fleckigen Früchte wirkten in seiner Hand wie seltsame Münzen, »– ich wollte bloß... na ja, wissen... ob es ihr gutgeht und so.«

Der Heilige der Wälder warf einen nervösen Blick den Gang hinauf, sah an den Kassen, den gemächlichen Ladenhilfen und den ungeduldigen Hausfrauen vorbei auf die automatische Tür. Es war eine gewöhnliche Supermarkttür – Eingang und Ausgang nebeneinander –, doch plötzlich hatte sie einen neuen, höllischen Aspekt gewonnen.

»Dann hast du wohl auch nicht mehr so viel mit ihr zu tun, was?« fragte Walter und ließ eine Handvoll Pflaumen in eine Plastiktüte fallen. Tom bemerkte, daß er den Einkaufswagen dazu benutzte, sich abzustützen, ihn so verwendete wie eine alte Frau mit einem kaputten Hüftgelenk eine Gehhilfe aus Aluminium.

»Na ja, nein, das würd ich auch wieder nicht sagen...« Er atmete tief ein. Was soll's schon, dachte er, ich kann es ihm genausogut gleich sagen – irgendwann kriegt er's sowieso mit. »Also, eigentlich ist das so, äh« – andererseits, warum sich diesen wunderschönen Nachmittag verderben? – »Mist, verdammter, ich glaube, ich hab mein Geld im Auto vergessen, also ich werde dann mal lieber, äh, na ja –«

Aber es war zu spät.

Da kam sie. Jessica stob durch die Tür wie ein zum Leben erwachtes Plakat, wie Miss America, die über die vernichtend geschlagenen Nummern zwei, drei und vier hinwegschritt, mit glänzendem Haar, tadelloser Haltung, goldbraunen Beinen. Tom sah das sanfte Lächeln der Vorfreude auf ihren Lippen, beobachtete die graziösen Wendungen ihres Kopfes, während sie die Gänge nach ihm absuchte, und dann das volle Erstrahlen ihres Lachens, als sie ihn erblickte und winkte. Er winkte nicht zurück – er schaffte es kaum, zu nicken und die Lippen zu einem paralysierten Grinsen zu verziehen. Seine Schultern schienen im Brustkorb zu versinken.

Walter hatte noch nicht aufgesehen. Er kämpfte mit einem widerspenstigen Bund Bananen, hielt sich etwas unsicher auf den Beinen und wartete darauf, daß Tom seine Bemerkung über das vergessene Geld fortsetzte. Jessica hatte schon die Hälfte des Gangs zurückgelegt, stand gerade zwischen den Auberginen und den Kürbissen, als sie ihn entdeckte. Tom sah, wie ihr Lachen erstarb und sie rot anlief. Verwirrung – nein, geradezu Panik – lag in ihren Augen und sie strauchelte, fiel beinahe über einen fetten Sechsjährigen, aus dessen Mund ein Milky Way wie eine zweite Zunge hervorragte. Tom versuchte, sie mit Blicken zurückzuschicken.

Und dann sah Walter Tom an und bemerkte, daß Tom jemand anders ansah.

»Jessica!« rief Tom und versuchte, möglichst viel Überraschung in seine Stimme zu legen. »Wir haben – gerade haben wir von dir geredet!«

Walter war wie gelähmt. Er umklammerte den Einkaufswagen so fest, daß sich die Knöchel weiß verfärbten, und die Bananen hielt er im Arm, als wären sie lebendig.

Jessica stand jetzt bei ihnen, unsicher, etwas zu groß und schlaksig, mit nackten Armen und Beinen, das knappe Oberteil war zu knallig, die emaillierten Clips brannten ihr an den Ohren. »Stimmt«, murmelte Walter, sah erst zu Boden und dann direkt in ihre Augen, »haben wir. Wirklich.« Und dann, mit leiser Stimme: »Hallo.«

»So ein Zufall aber auch«, preßte Tom hervor und klatschte zur Bekräftigung in die Hände. »Mann«, sagte er, »Mann, du siehst vielleicht gut aus, Jessica. Findest du nicht auch, Van?« und beendete das Ganze mit einem mühsamen Lachen.

Jessica hatte ihre Haltung wiedergefunden. Sie näherte sich Tom, aufrecht und selbstbewußt, die Haare hingen ihr über die Schultern, sie reckte den Hals, preßte die Lippen fest aufeinander und schlang ihren Arm um seine Hüfte. »Wir leben zusammen, Walter«, sagte sie. »Tom und ich. Draußen in der Hütte.«

In diesem Augenblick fühlte sich Tom so klein und gemein, wie es einem Heiligen nur möglich ist. Er beobachtete Walter – seinen ältesten und engsten Freund –, der um seine Beherrschung rang, und er kam sich vor wie ein Lügner, wie ein Verräter, wie der Skorpion im Stiefel des Wanderers. Jessica drückte ihn noch fester. Sie lehnte sich mit praktisch ihrem gesamten Gewicht (das nach letzten Messungen gut fünf Pfund höher war als sein eigenes) gegen ihn, so daß er in der unangenehmen Lage war, sich gegen sie stemmen zu müssen, um nicht rücklings in die Zwiebeln zu torkeln. Sie hatte entschieden und geradeheraus gesprochen, alle Emotionen weit von sich gewiesen, doch jetzt bebte ihre Unterlippe, und ihre Augen schimmerten feucht.

Auf Walters Gesicht hatte sich anfangs der Schock des Wiedersehens abgezeichnet; als sie neben ihnen stand, hatte er sie mit schweren Lidern und schwachsinnigem Grinsen begrüßt, voller versöhnlicher Anklänge, und dabei offen, hoffnungsfroh, auf ehrlichste und naivste Weise erfreut ausgesehen. Jetzt, da er ihre Worte langsam verdaute, verhärteten sich seine Züge, jedes Gefühl schwand daraus, bis er schließlich die perfekte, undurchdringliche Maske des Ausgestoßenen trug, die kalten Augen und das steinerne Herz eines Mannes, der nichts mehr empfand. Er wollte etwas sagen, schluckte es aber hinunter.

»Ist ja wirklich schon lange her«, lenkte Jessica ein. »Wir – also Tom und ich – haben oft an dich gedacht und überlegt, wie du wohl klarkommst« – an dieser Stelle blickte sie auf seine Füße – »und wir hätten dich vielleicht auch mal angerufen, ehrlich, aber ich wußte nicht so genau, ob dir das recht gewesen wäre, ich meine wegen damals im Krankenhaus und alldem ...« Sie ließ den Satz in der Luft hängen, weil ihre Stimme versagte.

Walter sagte kein Wort. Tom konnte ihm nicht in die Augen sehen; er versuchte, an angenehme Dinge zu denken, an gute, an erdverbundene Dinge. Wie seine Ziege, seine Kohlköpfe, seine Bienen. »Du und Tom«, sagte Walter schließlich, als ob er die Wörter zum erstenmal ausprobierte; »du und Tom«, wiederholte er, diesmal klang es giftig.

Tom spürte, wie sich Jessica neben ihm anspannte; sie verlagerte ihr Gewicht, und er mußte sich hastig am Einkaufswagen festhalten, um nicht die Balance zu verlieren. »Stimmt genau«, sagte sie mit eisiger Stimme. »Tom und ich. Hast du was dagegen?«

Ein Arrangement von ›Love Me Do‹, für Fahrradhupe und Chor, rieselte aus verborgenen Lautsprechern. Ein ältlicher Mann, der den Einkaufswagen mit dem massigen Bug seines Spitzbauchs vor sich herschob, bahnte sich einen Weg zwischen ihnen und begann, in den Zwiebeln zu wühlen, als suchte er nach Gold. »Hey, Ray!« blaffte der Geschäftsführer einen unsichtbaren Lagerburschen an, »setz dich mal ein bißchen in Bewegung, verstanden?«

Toms Befürchtungen bewahrheiteten sich. Walter hatte etwas dagegen. Er zeigte dies zunächst nonverbal, indem er seinen Einkaufswagen mit beiden Händen packte und mit einem unverwundbaren Fuß dagegen stieß, daß das

Drahtgestell zitterte, dann aber wurde er sarkastisch. Und rhetorisch. »Was dagegen?« höhnte er. »Wer, ich? Ich bin doch bloß dein Mann – warum soll ich denn was dagegen haben, daß du mit meinem besten Freund fickst?«

Der Zwiebelwühler warf ihnen einen scharfen Blick zu. Tom kam sich wie ein Eindringling vor. Oder schlimmer noch: wie ein Lustmolch, wie eine Schlange im Gras, und er stellte sich Walters Hände an seiner Kehle vor, Walters Faust in seinem Gesicht, Walters sechsundachtzig Kilo (ohne Füße), die ihn gegen das Regal mit Sojafleisch und Reis schleuderten. Abrupt ließ Jessica ihn los, riß den Arm von seiner Hüfte und reckte markig den Mittelfinger. »Du hast mich verlassen«, sagte sie mit zusammengepreßten Zähnen, und dabei war jede Silbe von einem initialen Schluchzer gefärbt.

»*Du* hast *mich* verlassen«, schlug Walter zurück. Groß wie Billardkugeln schossen seine vor Wut geweiteten Augen zwischen Jessica und Tom hin und her.

Aus dem Augenwinkel sah Tom, wie der alte Zwiebelwühler die Hände in den Hüften aufstützte, als wollte er sagen: »Jetzt reicht's aber!« Trotz aller Aufregung wirbelte der Heilige den Kopf herum und warf dem blöden Knacker seinen finstersten »Verpiß dich«-Blick zu (der allerdings nicht allzu finster ausfiel). Als er sich wieder Jessica zuwandte, trampelte sie auf dem Fußboden herum wie eine Flamencotänzerin, die langsam in Schwung kam. »Ich brauche mir das nicht anzuhören, diese, diese –« ihre Stimme überschlug sich mit einem rauhen Kreischlaut – »diese Scheiße!«

Daraufhin trat Walter zurück und musterte sie alle – Tom, Jessica, den alten Mann mit der Tüte voll Zwiebeln und das halbe Dutzend Hausfrauen, die beim Rosenkohl stehengeblieben waren, um zu lauschen – mit einem Blick abgrundtiefer Verachtung. Dann nickte er fünfzehn- bis zwanzigmal mit dem Kopf, wie um seine Niederlage zu bekennen, und zuckelte mit dem Einkaufswagen davon;

sie sahen ihn unsicher den Gang entlangschlurfen, bis er bei den Gewürzen um die Ecke bog und verschwand.

Jessica nahm es nicht auf die leichte Schulter. Sie tastete um sich wie eine Blinde, wischte sich mit dem feuchten Handgelenk die Augen ab und schoß ohne ein Wort auf den Ausgang zu. Als Tom, der seine Einkäufe zurückgelassen hatte und hinter ihr hergestürzt war, das Auto erreichte, schluchzte sie. Sie schluchzte, während er losfuhr, sie schluchzte, als sie sich den Seesack mit der noch feuchten Wäsche an die Brust drückte und von der Straße weg den steilen Pfad entlangstolperte, über die Weide und den Fußsteg und den Hügel zur Hütte hinauf. Sie schluchzte, während Tom den letzten Rest seiner Reisvorräte kochte und ein paar Zucchini aus dem Garten unter den Rapunzelsalat mischte, und sie schluchzte immer noch, als sie in der hereinbrechenden Dunkelheit einen einsamen Joint und zwei Marmeladengläser mit saurem Wein teilten.

Bei Einbruch der Nacht hatte sich ihr anfallsartiges Jammern und Wimmern zu einem regelmäßigen, langen, ächzenden, weltmüden Seufzen abgeschwächt. Der Heilige der Wälder war gütig und sanft, linkisch und unbeholfen. Er spielte den Clown für sie, er witzelte, sie solle besser Salztabletten nehmen, um die lebenswichtigen Mineralien zu ersetzen, die sie streuerweise ausgeschieden habe, und er fiel sogar – teils absichtlich, teils aus Versehen – rücklings über das Geländer der Veranda in den großen Badezuber mit dem schmutzigen Spülwasser. Letzteres ließ sie die Lippen zu einem kläglichen Lächeln verziehen, und er setzte noch eins drauf, machte einen Handstand, balancierte einen Besen auf der Nase und noch vieles mehr. Sie lachte. Ihr Blick wurde wieder klar. Sie gingen ins Bett.

In dieser Nacht schlief der hagere Heilige mit ihr, sanft und therapeutisch, und er war dabei so behutsam und zaghaft, als wäre es das erste Mal. Als sie eingeschlafen war, lag er im Dunkeln neben ihr und ließ die Ereignisse des Tages wieder und wieder in Gedanken vorbeiziehen. Bei der

Erinnerung an seine Lügen und seine Feigheit, an die Rolle, in die ihn Walters unverhofftes Auftauchen gedrängt hatte, zuckte er zusammen, doch als er an Jessicas Verhalten dachte, bekam er es mit der Angst.

Er streckte die Hand aus, um sie zu berühren, ihren Arm zu streicheln, als wollte er sich vergewissern, daß sie noch da war. Ihr untröstlicher Blick und der schmerzverzerrte Mund, die triefende Nase und die bebenden Schultern von vorhin machten ihm schwer zu schaffen. Sie gehörte nicht zu ihm, sondern zu Walter – warum würde sie sonst so reagieren?

Traurig bis ins Mark, eifersüchtig und verunsichert, verletzt und voller Reue lag der Möchtegern-Heilige im Dunkeln. Sie gaben doch ein so großartiges Paar ab, er und Jessica – beide liebten Fische, den Hudson, Ziegen und Bienen und selbstgepreßten Apfelwein. Das taten sie. Natürlich taten sie das. Und als er an all die Dinge dachte, die sie gemeinsam hatten, fühlte er sich langsam besser. Sicher empfand sie noch etwas für Walter – schließlich hatten die zwei eine üble Sache durchgemacht –, aber für ihn empfand sie auch etwas. Er wußte es, und sie wußte es auch. Sie paßten zusammen. Sie waren füreinander geschaffen. Mit ihr erlebte er – das Wortspiel fuhr ihm durch den Kopf wie ein schmerzlinderndes Mittel, wie eine kalte Kompresse auf einer frischen Prellung – den Garten Eden.

Eine Frage des Gleichgewichts

Kühl und methodisch, jede Kaufentscheidung gewissenhaft überdenkend, setzte Walter seinen zweimal wöchentlich stattfindenden Besuch im Supermarkt fort, als wäre nichts geschehen. Brauchte er neue Zahnseide oder nicht? Geröstete Erdnüsse? Lakritze? Zwiebeln? Er überlegte lange bei den Teigwaren – Linguine, Vermicelli oder Bandnudeln? –, klopfte an den Wassermelonen herum, entschied sich statt für das Echt Mexikanische TV-Dinner »Pancho Villa« (Enchilada mit Reis, Bohnen und grüner Soße, dazu einen Klecks Eiercreme) doch lieber für »I Ging« (Frühlingsrolle, gebratener Reis mit Schweinefleisch, Kanton-Strudel und ein Überraschungskeks). Ohne den Kopf zu heben und den Blick um die Ecken und durch die Gänge schweifen zu lassen, musterte er jeden Artikel, als hätte er so etwas noch nie gesehen, als böte ihm jede Packung Wunder dar, die an blutende Statuen oder Beweise für außerirdisches Leben heranreichten.

Er mochte gelassen wirken, doch unter den breiten Revers und der engen Taille seines beigen Bertinelli-Anzugs kochte er vor Wut. Und er schwitzte. Seine Achselhöhlen waren feucht – Deo, brauchte er nicht ein Deo? –, unter seinem Arrow-Hemd rann ihm die Nässe den Rücken hinunter, so daß es auf der Haut klebte, und zwischen den Beinen war auch alles klamm. Während er an der Kasse stand und die Herde der wiederkäuenden Angestellten, schwangeren Hausfrauen, quengelnden Kinder und verpickelten Ladengehilfen feindselig musterte, hatte er gute Lust, laut loszubrüllen, irgend etwas zu zerschlagen, die Faust auf den Kassentisch krachen zu lassen, bis die nackten Knochen seiner Hand unter der zerfetzten Haut zum Vorschein kämen, gebrochen, weiß und bis ins Mark verletzt. Tom Crane und Jessica. Das konnte nicht wahr sein. War es auch nicht. Sie hielten ihn zum Narren – es war nur ein Scherz, nichts weiter.

Er neigte sich vor und versuchte, sich auf ein schmutziges Papierknäuel zu konzentrieren, das unter dem Süßwarenständer herumlag. Er zählte bis zwanzig. Schließlich, als er es nicht mehr aushalten konnte, hob er den Kopf und sah sich verstohlen um. Ein rascher Blick: erst rechts, dann links, dann nach vorne und zum Fenster hinaus auf den Parkplatz.

Sie waren weg.

Verdammter Mist. Am liebsten hätte er den ganzen Laden kurz und klein geschlagen, hätte sie umgebracht, und ihn gleich mit. »Hey, mal ein bißchen Tempo da vorne!« hörte er sich fauchen und sah, wie die Kassiererin, die Frau vor ihm in der Schlange und der magere Ladengehilfe plötzlich blaß wurden. »Glaubt ihr denn, ich hab den ganzen Tag Zeit?«

Draußen stampfte er als erstes – noch bevor er seine Lebensmittel im Kofferraum des MG verstaute, sich das verschwitzte Jackett auszog und die Hemdsärmel aufkrempelte – am Waschsalon vorbei zum Getränkemarkt hinüber und kaufte eine Flasche Old Inver House. Normalerweise trank er nachmittags nicht – nicht einmal samstags –, und richtig besoffen oder stoned war er seit der Silvesternacht nicht mehr gewesen, seit seinem zweiten folgenschweren Irrtum angesichts der Geschichte. Aber jetzt lagen die Dinge anders. Diese Situation verlangte nach lindernden Maßnahmen, einem Dämpfen und Besänftigen des Geistes, einem Kontrollverlust. Er kippte die Einkäufe in den Kofferraum und rutschte hinter das Lenkrad. Gleich an Ort und Stelle, obwohl das Verdeck aufgeklappt war und alle Welt ihn sehen konnte, machte er den Scotch auf und nahm einen langen, brennenden Schluck. Und noch einen. Einer alten Frau mit fetten Armen, die ihn so mißtrauisch beobachtete wie seine Großmutter, warf er einen bösen Blick zu, dann schleuderte er den Schraubverschluß nach hinten, rammte sich die Halbliterflasche zwischen die Schenkel und schoß in einer Wolke von Auspuffqualm davon, wobei er eine Reifenspur zurückließ, als ob er ein Tier enthäutet hätte.

Die Flasche war halb leer, und er donnerte den Mohican Parkway hinauf, vollauf damit beschäftigt, die widerspenstige weiße Tachonadel genau über einem Staubkörnchen zu fixieren, das auf der Drei von 130 haftete, als ihm auf einmal Miss Egthuysen – Laura – einfiel. Auch wenn er jetzt wirklich der Prototyp des bindungslosen Helden war, entfremdet von seinen Freunden, seiner Frau und der Familie (die letzten beiden Abendessen bei Hesh und Lola hatten in lauten Streitereien über seine Beziehung zu Depeyster Van Wart geendet), ja den Gefühlen selbst entfremdet, so hatte er doch immerhin Laura. Als Trostpflaster. So wie Meursault seine Marie gehabt hatte (»Kurz darauf fragte sie mich, ob ich sie liebe. Ich antwortete, das spiele keine Rolle; höchstwahrscheinlich aber nicht.«), so hatte Walter seine Laura. Und das war etwas wert. Besonders in Zeiten wie diesen.

Er hätte hier anhalten können, um über den Aufruhr seiner Gefühle nachzudenken und sich zu fragen, warum er plötzlich so bitter und verzweifelt war, obwohl er doch vorgeblich einen Dreck darauf gab, was Jessica, Tom Crane, Mardi oder der Papst in Rom taten oder nicht taten. Aber er hielt nicht an. Die Bäume zischten an ihm vorbei, ein endloses Flirren in Grün, der Wind riß an seinem Haar, und in seinem fiebrigen Hirn stieg das Bild von Miss Egthuysen auf. Er sah sie auf der schwarzen Samtcouch in ihrem Wohnzimmer, nackt ausgestreckt, die Lippen zu einem spitzen Kuß vorgeschoben, die Hände auf den Busen gelegt, ihre Schamhaare so blond, daß sie schon beinahe weiß waren. Mit einem Mal lag im sausenden Fahrtwind der süße Duft des Vanillearomas, das sie sich hinter die Ohren, auf Hand- und Fußgelenke und zwischen die Brüste tupfte (extra sahnige Milchshakes, Zabaglione, Buttercremetorten, an so etwas dachte er, wenn er die Augen schloß und sich in ihr samtweiches, duftendes Inneres versenkte), und er trat so fest auf die Bremse, daß der Wagen ausbrach und erst neunzig Meter weiter quietschend zum Stehen kam. Im nächsten Moment rumpelte er über den grasbewachsenen Mittelstreifen – aus beiden Richtungen kam gerade keiner, Gott sei Dank – und fegte auf der anderen Fahrbahn davon, zurück nach Süden.

Die Flasche war zu zwei Dritteln leer, und die zweite Enttäuschung dieses Tages bahnte sich an, als er heftig auf das drückte, was vorübergehend den schimmernden Nabel von Miss Egthuysens Dasein darstellte: den Klingelknopf an ihrer Tür. Er lauschte, erst noch in Vorfreude, dann ungeduldig und schließlich voller Verzweiflung, die bereits in Wut umschlug, wie der gellende Ton des Summers durch den unaufgeräumten Korridor schallte, der ihm so vertraut war. Es war niemand zu Hause. Er fühlte sich geschlagen. Ausgezählt. Mißbraucht. Diese Schlampe, murmelte er. Er setzte sich schwerfällig auf die Eingangsstufen und spähte in den Hals der Flasche wie ein Juwelier beim Prüfen eines Edelsteins. Wie es der Zufall wollte, setzte er sich in irgend etwas Harziges, Klebriges – etwas, das den Farbton seiner beigen Anzughose auf irreversible Weise umzuwandeln begann, doch er war viel zu hinüber, um das zu bemerken.

Übermannt von trunkener Schwermut setzte Walter die Whiskeyflasche wieder an und trank; zwischendurch fiel sein Blick auf die verkniffenen Zensorenzüge von Mrs. Deering, Lauras Hausherrin, die hinter dem sonnenbeschienenen Fenster der Nachbarwohnung stand und ihn angewidert musterte. Walter ließ die Flasche kurz sinken und gönnte ihr das grimmige, bestialische Grinsen eines unzurechnungsfähigen Lustmörders, so daß sie vom Fenster zurückschreckte, als hätte sie gerade einen Schwachsinnigen beim Masturbieren beobachtet. Ihn keine Sekunde aus den Augen lassend, verschwand sie in der Festung ihrer Wohnung, zweifellos in der Absicht, den Sheriff, die Staatspolizei und die nächste Kaserne der Nationalgarde zu alarmieren. Bitte sehr. Was kümmerte das

Walter? Was konnten die ihm schon anhaben – ihn an den Füßen aufhängen? Bei dieser Idee lachte er rauh auf, doch verstärkte sie nur noch seine Schwermut. Tatsache war, daß ihm Miss Egthuysens zuckersüße Erquickungen nicht zur Verfügung standen und die Flasche beinahe leer war. Ja, und seine Frau lebte mit seinem besten Freund zusammen, er selbst war ein Krüppel, ungeliebt und von der Geschichte gegeißelt, und all seine Briefe an Truman Van Brunt, postlagernd Barrow/Alaska, hatten sich in der verschneiten Ödnis verloren, blasse Botschaften, die im unendlichen Weiß begraben lagen.

Fluchend packte er das rostige Eisengeländer und zog sich daran hoch. Er blieb einen Moment stehen, schwankte wie ein junger Baum im Sturm und starrte zornig auf Mrs. Deerings Fenster, als forderte er sie heraus, sich nochmals dort zu zeigen. Dann leerte er die Flasche endgültig, warf sie ins Gebüsch, wischte sich die Hände am Hemd ab. Als er auf sein Auto zuwankte, kam ein Junge – ungefähr neun Jahre alt, rotes Haar und Sommersprossen – auf seinem Fahrrad den Gehweg entlanggesaust, und Walter konnte nur mit Mühe ausweichen. Leider forderte ihm das rasante Manöver derart viel Konzentration und Willenskraft ab, daß er anderen Hindernissen keine Beachtung schenkte. Wie etwa dem Hydranten. Im nächsten Augenblick war der Junge verschwunden, Mrs. Deering stand wieder an ihrem Fenster, und Walter lag mit dem Gesicht nach unten auf dem Rasen.

Als er endlich im Auto saß, untersuchte er die Grasflekken auf seinen ehemals beigen Hosen und den verräterischen Klecks auf der gemusterten Krawatte. Was denn noch alles? knurrte er wütend, riß sich den Schlips herunter und schleuderte ihn auf die Straße. Es dauerte eine Weile, bis er den Schlüssel in den schmalen silbernen Schlitz des Zündschlosses hineinbugsiert hatte, das ihm ständig auswich und dann wieder zurückfederte, wie der Schwimmer, wenn ein Fisch am Köder knabbert, aber schließlich gelang es doch, und er ließ den Motor mit vibraphonischem Klirren der Kipphebel aufheulen. Er sah sich kurz um, die Welt wirkte plötzlich fremdartig, sein Gesicht prickelte, als wäre ein Schwarm winziger Tierchen mit haarigen Beinen unter der Haut eingefangen und versuchte sich verzweifelt zu befreien. Dann legte er krachend den Gang ein und fuhr mit einem Quietschen davon, das Mrs. Deering nie wieder vergessen sollte.

Ehe er sich's versah, war er auf der Van Wart Road. In westlicher Richtung. Und damit auf dem Weg zu diversen wichtigen Orientierungspunkten in seinem Leben. Tom Cranes Radkappe war einer davon. Van Wart Manor ein anderer. Und noch etwas lag dort vor ihm: die geheimnisvolle, inzwischen wieder aufgestellte und renovierte Gedenktafel, an der sein Leidensweg begonnen hatte.

Und wohin wollte er eigentlich?

Erst als er bei Cats' Corners um Haaresbreite einen Kleinbus voller Teenager verfehlte, die ihm die Fäuste nachschüttelten, erst als er mit Mühe die tückische S-Kurve gleich dahinter meisterte und dann vor Tom Cranes Ulme das Tempo verlangsamte, um den Wagen, der dort am Straßenrand geparkt stand, mit Blicken zu durchbohren, wurde es ihm richtig bewußt: Er fuhr zum Haus der Van Warts. Zu Mardi. Der MG kam zum Stehen, und Walter starrte trübselig auf die Radkappe, die ihn vom knorrigen Stamm der Ulme anlachte – *Ja, ich bin zu Hause*, schien sie zu höhnen, *und sie auch* –, bis ein Kombiwagen laut hupend auf der Überholspur an ihm vorbeidonnerte und ihn wieder zur Besinnung brachte. Er riß das Lenkrad herum und ließ die symbolische Radkappe abrupt hinter sich, erpicht auf Van Wart Manor und Mardis Tröstungen, doch kaum hatte er Gas gegeben – der Kies flog durch die Luft, die Reifen protestierten, Jessicas Käfer blieb hinter ihm zurück –, da tappte er wieder nach dem Bremspedal. Mit aller Macht. Verzweifelt.

Dort vor ihm, über die ganze Straßenbreite und die Böschung verteilt, so weit sein Auge reichte, stand eine Ansammlung von Menschen. Ausflügler. Die Männer mit

Hüten und ausgebeulten Jeans, Frauen in Hosenröcken, Sandalen und Söckchen, alle bepackt mit Picknickkörben, Kindern, Liegestühlen, Zeitungen zum Ausbreiten im Gras. Er hielt direkt auf sie zu, ihre panischen Schreie gellten ihm furchtbar in den Ohren, die Menschen sprangen beiseite wie umfallende Dominosteine, nur eine einzelne Frau – einen Stapel Flugblätter unter den Arm geklemmt, an der Hand ein kleines Kind – blieb wie angewurzelt auf der Fahrbahn stehen, und sein Fuß, dieser unfähige Fremdkörper von Fuß fand erst jetzt die Bremse. Er hörte einen Schrei, sah einen Blizzard von Papier, sein eigenes Gesicht und das seiner Mutter, dann waren sie weg, und er rang mit dem Lenkrad, weit drüben auf der anderen Straßenseite.

Er hatte nicht darauf zugesteuert, hatte es nicht gewollt – er war betrunken, weggetreten, er halluzinierte –, doch da stand sie. Die Gedenktafel. Direkt vor ihm. Als er sie erreichte, fuhr er nicht mehr viel schneller als dreißig, kämpfte darum, nicht im Graben zu landen, gewaltige Staubwolken stoben hinter ihm auf – und das alles auf der falschen Straßenseite, verdammt! Jedenfalls prallte er dagegen, voll ins Schwarze, die Stoßstange des MG, wie der Bug eines Eisbrechers, wirbelte kryptische Cranes und unergründliche Mohonks durch die Luft, Metall knirschte auf Metall. Im nächsten Moment hatte er die Kontrolle wiedergewonnen und schleuderte auf die Fahrbahn zurück, gerade noch rechtzeitig, um die Einfahrt zwischen den Steinpfosten zu erwischen und die scharfe Kurve auf den langen, vornehm gewundenen Weg zum Haus der Van Warts zu nehmen.

Hier herrschte Frieden. Die Welt war statisch, still und zeitlos, versunken im weichen Daunenbett von Privileg und Wohlstand. Hier gab es keine Trugbilder, keine Spuren von Klassenkampf, von gierigen Einwanderern, Gewerkschaftlern, Arbeitern, Kommunisten und Unzufriedenen, keinerlei Hinweis darauf, daß sich die Welt im Laufe der letzten dreihundert Jahre verändert hatte. Walter betrachtete die mächtigen Ahornbäume, die von Plattenwegen unterbrochenen weiten Rasenflächen und die sanften Pastelltöne der Rosen vor dem saftigen Hintergrund des Waldes, und er fühlte, wie die Panik allmählich nachließ. Alles war in Ordnung. Wirklich. Er war bloß ein bißchen betrunken, sonst nichts.

Als er um die gekrümmte Auffahrt bog und sich dem Haus selbst näherte, sah er drei Autos davor geparkt: den Mercedes von Dipe, Joannas Kombiwagen und Mardis Fiat. Er rangierte etwas unkonzentriert – beim Einlegen des Rückwärtsgangs nickte er beinahe ein –, dennoch schaffte er es, sich zwischen den Kombi und den Fiat zu zwängen, ohne irgendwo anzustoßen. Das heißt, soweit er es bemerkte. Er kauerte gerade leicht benommen vor dem MG und inspizierte die Stoßstange, wo sie die Tafel touchiert hatte, als er die Haustür knallen hörte. Er blickte auf und sah Joanna die Treppe herunter und auf sich zukommen.

Sie trug Mokassins und Leggings aus fransigem Wildleder, das mit Fett- oder Tintenflecken oder ähnlichem bespritzt war, und ihre Haut war seltsam rotbraun getönt, in der Farbe von alten Ziegeln. Kleine Federn und Muscheln und alles mögliche baumelte in ihrem struppigen, verfilzten Haar, das derart vor Fett glänzte, als hätte sie eine Kurspülung mit Salatöl gemacht. In den Armen hielt sie einen Karton. Einen großen Pappkarton aus dem Supermarkt mit einer Waschmittelwerbung drauf: Bringt strahlende Frische in Ihre Hemden und in jeden neuen Tag. Der Karton war total überladen, und sie balancierte ihn auf der Spitze ihres vorstehenden Bauchs. Sie watschelte ein wenig, und auf ihren Lippen lag ein seliges Lächeln.

»Hallo«, sagte Walter, richtete sich auf und rieb sich die Hände, als wäre es die natürlichste Sache der Welt, daß er vor ihrem Haus am Boden kauerte. »Wollte nur mal nachsehen, äh, ob die Karre immer noch Öl verliert, wissen Sie?« nuschelte er und machte aus dem Satz Frage, Verteidigung und Ausrede zugleich.

Joanna hatte ihn offenbar nicht gehört. Watschelte weiter auf ihn zu, in den Armen den riesigen Karton voller – ja, was war eigentlich drin, Puppen? »Hallo«, sagte Walter noch einmal, als sie vor ihm stand, »kann ich Ihnen das abnehmen?«

Erst jetzt schien sie ihn wahrzunehmen. »Oh, hallo«, begrüßte sie ihn, aber so ruhig und gefaßt, als hätte sie ihn schon erwartet, »Sie haben mich aber erschreckt.« Sie hatte Augen wie Mardi, nur daß in ihren alles Eis geschmolzen war. Sie machte überhaupt keinen erschreckten Eindruck. Hätte Walter sie nicht gekannt, hätte er vermutet, sie wäre stoned. »Ja«, sagte sie und schob ihm ihre Last in die Arme, »gerne.«

Walter nahm den Karton. Es lagen Puppen drin. Oder vielmehr Puppenteile: Köpfe, Torsos ohne Gliedmaßen, einzelne Arme und Beine mit aufgemalten Socken und Schuhen. Jedes Stück – ob Gesicht, Arm oder Bein, ob Hinterteil, Bauch oder Brustkorb – war mit einer Art Lack oder Paste beschmiert, was dem Ganzen ein rostfarbenes Aussehen verlieh, Fleisch in der Farbe von Gartenwerkzeug, das im Regen liegengeblieben ist. Walter preßte sich den Karton gegen die Brust, während Joanna in ihrer Handtasche aus Kaninchenfell nach den Schlüsseln für die Heckklappe des Kombi suchte.

Sie brauchte eine halbe Ewigkeit. Walter fühlte sich langsam unwohl, wie er in seiner verdreckten Hose und dem schweißnassen Hemd unter der gnadenlosen Augustsonne stand und betrunken diesen Haufen abgetrennter Gliedmaßen, die starr lächelnden Münder und wild klimpernden Augenlider anglotzte, daher fragte er: »Für die Indianer?«, nur um irgend etwas zu sagen.

Sie nahm ihm die Last wieder ab und warf ihm einen Blick zu, der ihn erneut daran zweifeln ließ, ob sie wußte, wer er war, dann schob sie den Karton auf die Ladefläche und warf die Hecktür zu. »Natürlich«, antwortete sie, wandte sich ab und ging auf die Fahrertür zu, »für wen denn sonst?«

Als nächstes traf er Lula.

Die kannte ihn inzwischen natürlich, kannte ihn gut – er war ja mit ihrem Neffen Herbert befreundet und einer von Mr. Van Warts leitenden Angestellten. Und außerdem war er ein ganz spezieller Freund von Mardi. Lula empfing ihn an der Tür mit einem Lächeln, das alle Füllungen in ihrem Gebiß freilegte. »Sie sehn ja aus, als wärn Sie überfahren worden«, sagte sie.

Walter grinste sie schief an und betrat die Vorhalle. Er sah erst nach oben, zur Tür zu Mardis Lasterhöhle, die am Ende der Treppe im Schatten verborgen lag, und dann nach links, wo die vertraute Düsternis des alten Salons von gedämpftem Sonnenlicht durchflutet wurde.

»Mardi ist oben«, sagte Lula und sah ihn dabei durchtrieben an, »und Mr. Van Wart ist hinterm Haus – der bastelt irgendwas im Stall rum. Zu wem von den beiden wolln Sie denn?«

Walter bemühte sich um Nonchalance, doch der Scotch bohrte ihm Löcher ins Gehirn, und seine Füße schienen sich soeben krank zu melden. Er tastete nach dem Geländer, um sich abzustützen. »Ich glaube, ich will zu Mardi«, sagte er.

Erst jetzt fiel ihm auf, daß Lula ein Täschchen in der Hand hielt und daß auf ihrem taifunartigen Haarschopf ein kleiner weißer Strohhut saß. »Bin gerade beim Weggehen«, sagte sie, »aber ich ruf mal kurz nach ihr.« Ihre Stimme steigerte sich zu einem sonoren Brüllen, lang geübt, kraftvoll und vertraut – »Mardi!« rief sie, »Mardi! Da will dich jemand besuchen!« –, bevor sie den Mund nochmals zu einem breiten, lüsternen Grinsen verzog und zur Tür hinaushuschte.

Für einen Augenblick herrschte eine nervöse Stille, als hielte das alte Haus in dem winzigen Sekundenbruchteil zwischen zwei Atemzügen die Luft an, dann ertönte – quengelig, teilnahmslos und so von Langeweile gezeichnet, daß es beinahe wie ein Jammern klang – Mardis Stimme: »Na und, wer ist es denn – Rick?« Stille. Leiser und gedämpft, als hätte sie bereits das Interesse verloren und sich abgewandt, rief sie dann: »Na, schick ihn rauf.«

Walter war nicht Rick. Tatsächlich kannte Walter gar keinen Rick, und er war auch nicht scharf darauf. Unsicher und wacklig hob er seine bleischweren Füße, klammerte sich an das Geländer wie an eine Rettungsleine und bewältigte so die Treppe. Mardis Zimmer war das erste rechts. Die Tür, auf der mehr schlecht als recht das knallige Poster einer Popgruppe befestigt war, von der Walter noch nie etwas gehört hatte, stand einen Spaltbreit offen. Er zögerte eine Weile, starrte auf die ausgezehrten, unverschämten Gesichter der Bandmitglieder und versuchte, die schwerfällig dahinpolternden Silben ihres esoterischen Namens auszusprechen. Er überlegte, ob er anklopfen sollte. Der Schnaps nahm ihm die Entscheidung ab. Walter drückte die Tür auf.

Im Zimmer war es so dunkel wie in der finstersten Höhle, ein leises Grollen von Baß und Gitarre drang aus einem Lautsprecher, Mardi kauerte im Lichtschein, der vom Flur hereinfiel, in der Mitte des Bettes vor einem Aschenbecher. Außer T-Shirt und Slip hatte sie nichts an. »Rick?« fragte sie und blinzelte gegen das einfallende Licht.

»Nein«, murmelte Walter, der sich jetzt unermeßlich müde fühlte, mächtig besoffen, »ich bin's, Walter.«

Das Licht fiel auf ihr Gesicht, auf den wilden zerzausten Haarschopf. Sie hob eine Hand, um sich vor dem Licht zu schützen. »Verdammte Scheiße«, fauchte sie, »mach wenigstens die Tür zu! Mein Schädel fühlt sich an, als ob er gleich auseinanderfliegt.«

Walter trat ein und schloß die Tür. Es dauerte eine Weile, bis seine Augen sich an das Dunkel gewöhnt hatten; währenddessen gesellte sich dem Klagen von Baß und Gitarre noch ein zittriger, verschwommener Vokalpart hinzu – irgendein Typ, der klang, als hielte er sich beim Singen die Socken vor den Mund. Ein Ton wie vom Boden einer Senkgrube. In der Hölle. »Netter

Sound«, sagte Walter. »Wer ist denn das – die Jungs auf der Tür?«

Mardi reagierte nicht. Ihre Zigarette – oder nein, es war ein Joint, das roch er jetzt – glühte in der Dunkelheit auf.

Er ging auf das Bett zu, in der Absicht, darauf niederzusinken, vielleicht einen Zug von dem Joint zu nehmen, ihr aus dem T-Shirt zu helfen und eine Zeitlang alles zu vergessen. Nur schaffte er es nicht bis dorthin. Ein hartes Hindernis – die schräge Kante ihres Schreibtisches? – rammte sich in seinen Unterleib, und gleich darauf trat er mit dem Fuß gegen etwas anderes, etwas Zerbrechliches, das auf dem Boden lag und mit splitterndem Krachen nachgab.

Mardi reagierte noch immer nicht.

»Also Kopfschmerzen hast du?« sagte er, um sein Gleichgewicht kämpfend, und bückte sich zum Fußende ihrer Matratze hinunter, »oder wie?« Und dann, Gnade und Barmherzigkeit, sank er auf das Bett nieder, endlich nicht mehr auf den Beinen und so nahe neben ihr, daß er die Hitze ihres Körpers spürte, ihr Haar roch, ihren Schweiß und den schwachen, erregenden Duft ihrer Intimsphäre.

»Ich warte auf Rick«, sagte sie mit einer Stimme, die seltsam fern und verfremdet klang, als wäre sie nicht richtig angeschlossen. »Rick«, murmelte sie noch einmal. Und dann: »Ich bin drauf, total drauf. Fahr nur noch ab. Ich sehe Sachen. Schreckliche Sachen.«

Walter überdachte diese Enthüllung eine Zeitlang und gestand dann, daß er auch nicht gerade voll auf der Höhe sei. Dies, so hoffte er, würde zu aufbauenden Umarmungen und tröstlichem Sex überleiten, doch gleich darauf zerrannen seine Erwartungen, denn sie sprang vom Bett hoch wie von der Tarantel gestochen, durchquerte den Raum und riß die Tür auf. Ihr Gesicht war wutverzerrt, und in ihren Augen zog sich die Iris kalt und hart um die stecknadelgroßen Pupillen zusammen. »Los, raus!« schrie sie und kreischte das Richtungswort geradezu heraus.

Der Begriff »ausgerastet« kam ihm in den Sinn, obwohl er nicht wußte, ob er besser auf Mardi oder ihn selbst zutraf. Jedenfalls rappelte er sich schleunigst vom Bett auf, denn er stellte sich den rachedurstigen Depeyster vor, wie er die Treppe heraufstürmte, um nachzusehen, was sein bester Mitarbeiter mit seiner halbnackten, hysterischen Tochter in der Dunkelheit ihres Zimmers anstellte. Als er aber auf die Tür zuwankte, begannen all die Verletzungen und Zerrüttungen des Tages in ihm zu schwären, deshalb blieb er stehen und verlangte eine Erklärung von ihr, etwa in der Art von *Ich dachte, wir wären Freunde* und *Was war denn das vor einem Monat, als wir beide... und dann...?*

»Nein«, sagte sie zitternd in ihrem T-Shirt; ihre Brustwarzen hoben sich ab, der Nabel lag frei, ihre Beine waren kräftig, nackt und braungebrannt, »nie wieder. Nicht mit dir.«

Sie standen einander jetzt Auge in Auge gegenüber, wenige Zentimeter voneinander entfernt. Er sah zu ihr hinunter; ein nervöser Tic hatte ihre rechte Gesichtshälfte erfaßt, ihre geöffneten Lippen waren ausgetrocknet. Urplötzlich überkam ihn der Drang, sie zu würgen, sie zu erdrosseln, diesen perfekten Hals so lange zuzudrücken, bis alle Spannung daraus wich, bis sie aus seinem Griff zu Boden sank wie ein Fisch, den man gegen die Bootskante geklatscht hat. Doch in diesem Augenblick brüllte sie: »Du bist genau wie er!«, und diese Anschuldigung brachte ihn aus dem Konzept.

»Wie wer?« stotterte er und fragte sich dabei, wovon sie überhaupt redete und womit er sich eigentlich im Verlaufe von nur zwei Minuten derartig verquatscht hatte, und einen ganz kurzen Moment lang fragte er sich sogar, wer er war. Er sah sie scharf an, betrunken, aber wachsam. Sie schwankte leicht. Er schwankte ebenfalls. Ihr Atem fuhr heiß über sein Gesicht.

»Wie mein Vater!« kreischte sie und ging auf ihn los, schlug mit geballten Fäusten auf den Resonanzkörper seines Brustkorbs ein. Er versuchte, sie bei den Handgelenken zu fassen, aber sie war zu schnell für ihn. »Sieh dich doch an«, fauchte sie und stieß ihn so heftig von sich, daß er beinahe rückwärts über das Geländer getaumelt und unten auf dem erbarmungslosen Parkettboden aufgeschlagen wäre. »Sieh dich an, mit deinem schicken Anzug und diesem beschissenen Kurzhaarschnitt – was denkst du denn, wer du bist, irgend so ein Clubheini oder was?«

»Mardi?« rief Depeyster von irgendwo im Haus. »Bist du das?«

Sie stand reglos in der Tür und durchbohrte Walter mit einem Blick, der die letzten verbliebenen Fetzen seiner Selbstachtung zerriß. »Ich sag dir, was du bist«, fuhr sie fort und senkte die Stimme wie ein wütender Stier die Hörner, »du bist genauso ein Faschist wie er. Ein Faschist«, wiederholte sie und dehnte die Zischlaute, als wäre sie Adam, der gerade die Namen aller Dinge lernte – Verräter, Bulle, Spitzel, Faschist –, dann knallte sie mit Nachdruck die Tür zu.

Na wunderbar, dachte Walter, als er allein im leeren Korridor stand. Er hatte weder Füße noch Vater, keiner liebte ihn, seine Frau lebte mit seinem besten Freund zusammen, und die, um derentwillen er sie verlassen hatte, hatte offenbar für Mussolini mehr übrig als für ihn. Und zu alledem war ihm jetzt speiübel, sein Kopf schmerzte, und an seinem Wagen hing die Stoßstange schief. Was denn noch alles?

Walter stützte sich auf das Geländer und spähte in den Treppenschacht hinab. Unter ihm, am Fuß der Treppe, in einer alten Arbeitshose und einem verschlissenen blauen Hemd, das zu seiner Augenfarbe paßte, stand Depeyster Van Wart – Dipe –, sein Boß und Mentor. Er hielt irgend etwas in der Hand – es sah aus wie ein Pferdehalfter oder eine Trense – und sah irritiert zu ihm hinauf. »Walter?« fragte er.

Walter machte sich an den Abstieg. Er zwang sich zu einem Lächeln, obwohl seine Gesichtsmuskulatur wie abgestorben war und er sich fühlte, als würde er gleich entweder ohnmächtig zu Boden gehen oder in einen Weinkrampf ausbrechen – mochte er auch noch so hart, seelenlos und frei sein. Alles in allem hielt er sich recht gut. Als er die letzte Stufe erreichte, grinste er wie ein Kinderschänder, streckte die Hand aus und brüllte: »Hallo, Dipe«, als begrüßte er ihn über das Spielfeld des Yankee Stadium hinweg.

Einen Moment lang verharrten sie so am Fuß der Treppe. Walter verlor jede Kontrolle über sein Mienenspiel, der Gutsherr ließ den Halfter fallen – ja, ein Halfter war es –, um sich am Hinterkopf zu kratzen. »War das eben Mardi?« fragte er.

»Mm«, machte Walter, doch ehe er diese knappe und gänzlich unzureichende Antwort ausfeilen konnte, schnitt ihm Depeyster mit einem leisen Pfiff das Wort ab. »Meine Güte«, sagte er, »du siehst ja vollkommen fertig aus, weißt du das?«

Später, nach mehreren Tassen Kaffee im uralten Gewölbe der Küche, in der solche Anachronismen wie Geschirrspüler, Toaster, Kühlschrank und Komfortherd blinkten, genoß Walter die Erlösung der Beichte. Er erzählte Depeyster von Jessica und Tom, von der Halluzination auf der Landstraße, von seiner tiefen Niedergeschlagenheit und der merkwürdigen Konfrontation mit Mardi. Depeyster hörte ihm zu, die ganze Zeit mit einem in Klauenfett getränkten Lappen das Zaumzeug bearbeitend, und sah von Zeit zu Zeit auf, wobei seine aristokratischen Züge priesterlich gelassen, in höchstem Maße unbeteiligt wirkten. Hie und da ermutigte er ihn mit einem fragenden Murren oder einem Einwurf, hörte sich alles an und nahm dann ohne Zögern Stellung. »Ich sage es nur sehr ungern, Walter« – er sprach deutlich, in abgehackten, schneidenden Silben, »– aber das mit deiner Frau klingt, als ob sie übergeschnappt ist. Ich meine, was soll man von jemandem halten, der in eine Baracke zieht, in der es nicht mal elektrischen Strom gibt, geschweige denn fließendes Wasser –

und noch dazu mit einem zugekifften Wirrkopf wie diesem Crane? Das ist doch nicht normal, oder?«

Nein, natürlich war es das nicht. Es war irrational, dumm, ein großer Fehler. Walter zuckte die Achseln.

»Du hast dich geirrt, Walter, aber jetzt vergiß es. Wir können uns alle mal irren. Und was Mardi angeht – na ja, vielleicht ist das auch besser so.« Depeyster sah ihn lange an. »Ich gebe es zu, Walter, ich hatte gehofft, daß du sie vielleicht, na ja ...« Er brach seufzend ab. »Ich sag das nur sehr ungern über meine eigene Tochter, aber du bist zehnmal so viel wert wie sie.«

Walter blies den Dampf von seiner fünften Tasse Kaffee und stocherte in einem Stück Pfirsichkuchen. Er fühlte sich jetzt besser, seine Übelkeit war vorerst weg, seine Verzweiflung in Absolution geläutert. Und er empfand noch etwas anderes, eine Ahnung, daß der Augenblick des Triumphes und der Entscheidung kurz bevorstand: Sein Leben hatte einen kritischen Punkt erreicht, und nun, so dachte er, zwar immer noch betrunken, aber von einer Art alkoholischer Verzückung ergriffen, war die Erlösung nah. »Weißt du, ich hab doch all diese Briefe an meinen Vater geschrieben«, begann er plötzlich. »Nach Barrow.«

Falls Depeyster von dieser abrupten Wendung der Unterhaltung überrascht war, so zeigte er es nicht. Er lehnte sich auf seinem Stuhl zurück und legte das Zaumzeug auf die Zeitung, die er vor sich über den Tisch gebreitet hatte. »Ja«, sagte er, »und was ist damit?«

»Ist nie was zurückgekommen.« Walter machte eine Pause, um diese Feststellung wirken zu lassen.

»Du glaubst also, er lebt da oben, ja?«

»Allerdings. Aber ich will es genau wissen.« Walter hob die Tasse zum Mund, setzte sie jedoch in seiner Erregung wieder ab, ohne getrunken zu haben. »Ich habe was gespart. Ich werde da hinfliegen.«

»Walter, hör mal zu«, begann Depeyster, »das finde ich großartig, einfach wunderbar – aber hast du dir das auch gut überlegt? Was ist, wenn er doch nicht dort lebt? Dann hast du viel Zeit und Geld verschwendet. Und wie fühlst du dich *dann*? Oder was ist, wenn er nicht mit dir reden will? Oder wenn er sich verändert hat? Du weißt ja, daß ihm der Alkohol zu schaffen gemacht hat. Wenn er nun ein Säufer ist, der in der Gosse lebt? Sieh mal, ich will dir ja nicht den Mut nehmen, aber glaubst du nicht, er hätte auf deine Briefe geantwortet, wenn er dich wirklich wiedersehen wollte? Das ist doch jetzt elf, zwölf Jahre her, oder? Da kann eine Menge passiert sein, Walter.«

Walter hörte ihm zu – Dipe wollte nur sein Bestes, das wußte er. Und er war ihm dankbar dafür. Trotzdem mußte er hin. Er hatte Depeyster nichts von der Gedenktafel erzählt – der hätte nie geglaubt, daß es kein normaler Unfall gewesen war –, jedenfalls war die Tafel jetzt weg: demoliert, zerstört, ausradiert. Es gab nichts mehr, was ihn hier noch hielt – weder Hesh und Lola, noch Mardi, Jessica, Tom Crane oder Laura Egthuysen. Mit dieser Gedenktafel hatte der ganze böse Kreislauf seinen Anfang genommen, und jetzt war er am Ende angekommen – jedenfalls was Van Wartville anging. Nun blieb ihm nichts weiter übrig, als seinen Vater zu suchen und die Geister für immer zu begraben.

»Ich glaube, du spinnst«, sagte Depeyster. »Du bist doch ein gesunder, intelligenter junger Mann, Walter. Du hast viele gute Eigenschaften und siehst gut aus. Vielleicht hast du ein bißchen Pech gehabt – schreckliches, verfluchtes Pech –, aber ich finde, du solltest das Vergangene ruhen lassen und in die Zukunft blicken. Bei deinen Fähigkeiten kannst du es weit bringen – und ich meine nicht nur in meiner Firma, sondern in allem, was du machen willst.« Depeyster schob seinen Stuhl zurück und ging zum Herd. »Noch etwas Kaffee?«

Walter schüttelte den Kopf.

»Bist du sicher? Glaubst du, du kannst Auto fahren?« Depeyster goß sich eine Tasse ein, durchquerte den Raum und setzte sich wieder an den Tisch. Draußen vor dem Fenster waren der Rasen und das Rosenbeet dahinter in den massigen, monolithisch schwarzen Schatten des Hauses getaucht. »Ich zahle dir ein gutes Gehalt, Walter – ein verdammt gutes für einen so jungen Burschen«, setzte er hinzu. »Aber du bist jeden Cent davon wert. Arbeite weiter für mich. Es kann für dich nur immer besser werden.«

Ruckartig stand Walter vom Tisch auf. »Ich muß jetzt gehen, Dipe«, sagte er. In ihm stieg ein beängstigendes Gefühl von Dringlichkeit auf, es war, als wollte ihn etwas erdrücken.

Als er an der Haustür stehenblieb, um Depeyster die Hand zu schütteln, waren seine Emotionen dermaßen aufgewühlt, als bräche er in diesem Moment in die düstere Ödnis des Nordens auf; er kam sich vor wie ein Draufgänger, der am eisigen Rand der Niagarafälle in ein Faß klettert. »Danke, Dipe.« Er brachte die Worte kaum heraus. »Danke fürs Zuhören und – na, du weißt schon, für deine Ratschläge und so.«

»Gern geschehen, Walter.« Depeyster setzte sein aristokratisches Lächeln auf. »Paß auf dich auf, ja?«

Walter ließ die Hand sinken und sagte dann, vom Hochgefühl überwältigt: »Ach so, noch etwas, Dipe – ich werde zwei Wochen Urlaub brauchen… Ich meine, wenn es irgendwie geht.«

Sofort erstarrte Depeysters Gesicht. Der Blick, mit dem er Walter jetzt ansah, war der gleiche wie der, den Hesh immer aufsetzte, wenn er sich angegriffen fühlte oder enttäuscht war. Walter wurde unsicher und spürte, wie es ihn heiß durchfuhr, denn diese Miene beantwortete bereits seine Frage, und gleichzeitig fiel ihm seine letzte Begegnung mit Hesh vor etwa einem Monat ein. Es war während des Abendessens – Walters Lieblingsgericht: Borschtsch, Lammkoteletts und Kartoffelpuffer mit Sauerkraut, selbstgemachter Apfelsoße und frischem Salat aus dem Garten –: Walter kam auf seinen Vater – Truman – zu sprechen, und Hesh machte irgendeine abfällige Bemerkung über ihn. *Kann schon sein, daß du sauer auf ihn bist,* platzte Walter heraus, *aber Depeyster sagt –*

Allein bei Depeysters Namen ging Hesh geradezu in die Luft, sprang von seinem Stuhl auf, schlug mit der Faust auf den Tisch und beugte sich vor, um Walter seine Wut ins Gesicht zu schreien wie ein tollwütiger Hund. *Ach, Depeyster sagt,* spottete er. *Wer zum Teufel, glaubst du, hat dich großgezogen, hä? Etwa dieser Penner, der dich als Waise zurückgelassen hat? Oder dieser, dieser Raubritter, dieser Gangster, der dir lauter komische Ideen in den Kopf setzt – der etwa? Was bildet der sich überhaupt ein?*

Hesh! Lola stand jetzt neben ihm, ihre schmale, blaugeäderte Hand lag auf seinem wuchtigen Unterarm, sie versuchte, ihn zu besänftigen, doch er schüttelte sie ab. Walter saß wie erstarrt auf seinem Stuhl.

Hesh richtete sich zu voller Größe auf, sein kahler Schädel war hochrot, und auch seine Nase hatte nun dieselbe Farbe wie der Borschtsch im Teller vor ihm. Seine Stimme wurde um eine Oktave tiefer, als er sie mühsam zu beherrschen versuchte. *Als ich dir damals die Stelle bei Depeyster Manufacturing besorgt habe, bin ich dafür zu Jack Schwartz gegangen, weil ich den schon lange kenne. Ich dachte, es könnte dir nicht schaden, ein bißchen Realitätssinn zu bekommen und etwas Geld zu verdienen... aber das jetzt, das ist doch verrückt. Der Mann ist ein Monster, Walter, merkst du das nicht? Ein Nazi, ein Feind der Gewerkschaften. Depeyster sagt dies, Depeyster sagt das. Er war es, der deinen Vater ruiniert hat, Walter. Sei dir darüber klar. Beim Grabe deiner Mutter, sei dir darüber klar.*

Der gleiche Blick. Und jetzt richtete ihn Depeyster auf Walter. »Walter, du weißt doch, daß jetzt in der Produktion Hochbetrieb ist. Bis Monatsende müssen wir sechstausend Schwingzeuge und dreitausend Krümpler an Westinghouse liefern. Es kommen stapelweise Aufträge rein. Und dann hat doch in der Lackiererei gerade einer gekündigt, oder?«

Walter mochte zwar keinen Vater haben, aber alle schienen sich um diese Rolle zu reißen. »Du läßt mich also nicht gehen?«

»Walter, Walter«, sagte Depeyster und legte ihm wiederum den Arm um die Schulter, »ich will doch nur dein Bestes. Hör zu, wenn du wirklich da hinfahren möchtest – hat das nicht noch ein bißchen Zeit? In zwei Monaten, was meinst du? Ich gebe dir deinen Urlaub in zwei Monaten, im Herbst, wenn im Betrieb nicht mehr so viel los ist und du mehr Zeit zum Nachdenken gehabt hast – was meinst du dazu?«

Walter gab keine Antwort. Er riß sich los, raffte seine ganze Würde zusammen – was nicht leichtfiel, angesichts des zerknautschten Hemdes, der verdreckten Hose und der ersten Stiche eines mörderischen Katers, die ihm jetzt durch den Schädel fuhren – und begann, die Stufen der Veranda hinunterzuhinken.

»Walter!« rief ihm Depeyster nach. »Hey, jetzt sieh mich doch mal an.«

Walter drehte sich um, als er den MG erreicht hatte, und wider Willen lächelte er seinen Boß und Mentor reuig an.

»Du, das Beste hab ich dir ja noch gar nicht erzählt!« rief Depeyster, als Walter den Motor anließ. Während der Wagen unter ihm virbrierte, wartete Walter auf Depeyster, der die Treppe hinuntersprang und sich über die Beifahrertür lehnte. Er hielt immer noch den Halfter in der Hand, und jetzt schwenkte er ihn triumphierend wie ein Jäger einen erlegten Fasan. »Ich kaufe mir ein Pferd!« jubelte er, und rings um ihn schien der Abend den schönsten Hoffnungsschimmer zu verströmen; das goldene Licht der sinkenden Sonne beschien sein strahlendes Gesicht, als wäre das Ganze die letzte Einstellung eines Spielfilms mit Happy-End.

Den Heimweg überstand Walter ohne Zwischenfälle – keine Kollisionen mit der Geschichte, keine plötzlich auftauchenden Schatten, keine Geister, Luftspiegelungen oder sonstige Sinnestäuschungen. Er bog in die Auffahrt des einsamen kleinen Häuschens ein, in dem er zur Miete wohnte, schaltete den Motor ab und blieb sitzen, während die Luft um ihn sich langsam verdichtete. Je länger er dasaß, desto klarer wurde ihm, daß irgend etwas nicht stimmte mit dieser Luft, die offenbar er mit sich gebracht hatte – sie roch vergoren und faulig, es war der üble Gestank von Fischmärkten oder Müllhalden. Jetzt erst fiel ihm der Kofferraum ein.

Er machte die Haube auf und sah die Bescherung: durcheinandergerollte Dosen, verwelkter Salat, zerbrochene Eier, verdorbenes Fleisch. Das war zuviel für ihn. Der Fäulnisgeruch, der aus dem heißen Kofferraum aufstieg, ließ ihn zurücktaumeln, rammte ihm eine Faust in den Bauch und fuhr tief in seinen Schlund hinein. Er verlor das Gleichgewicht und ging in die Knie, was sein Glück war, denn nun kamen ihm Old Inver House, Kaffee, Pfirsichkuchen und das längst vergessene Frühstück hoch. Eine halbe Ewigkeit kniete er dort, über die kleine Pfütze seines säuerlichen Erbrochenen gebeugt. Von weitem hätte man meinen können, daß er betete.

In jenem fernen, schwülen Sommer des Jahres 1679, in dem der *patroon* nach Van Wartville kam, um durch eine Verbreiterung der Straße seinen Besitz zu modernisieren, und Jeremias Van Brunt sich unverfroren dagegen auflehnte, schätzte der *jongheer* diese Auflehnung durchaus richtig ein: als neuerlichen frechen Schlag, der sich gegen das System bürgerlicher Ordnung selbst richtete. Keine halbe Meile entfernt von der Viehweide, auf der es eines Tages zu den Unruhen von Peterskill kommen sollte, und unwesentlich weiter von der Stelle, an der Walter vor seinem Mietshaus kniend jene Katharsis erlebte, entschloß sich Stephanus zum Durchgreifen. Wenn schon dieser ungebildete, ungewaschene, gewalttätige, einbeinige Lump ihn herausfordern konnte, was hielt dann verkommene Subjekte wie Robideau oder solch gerissene Schlangen wie Crane davon ab, es ihm gleichzutun? Er hatte keine andere Wahl: Gab er auch nur einen Zoll nach, zeigte er sich im geringsten nachgiebig oder unschlüssig, würde ihm das gesamte Gebäude des Großgrundbesitzertums um die Ohren fliegen. Und wie wäre das mit seinem Plan zu vereinbaren, ein Gut zu schaffen, neben dem sich Versailles wie ein Rübenbeet ausnähme?

Und so kam es, daß der *patroon*, vor Wut kochend, seinen Schultheiß Joost Cats degradierte, Van Brunts vorlauten Sohn und seinen Halbblut-Neffen einkerkern und dem Drückeberger selbst mitteilen ließ, sein Pachtverhältnis sei mit kommendem November gekündigt. Dann befahl er dem Zimmermann, die Dachdeckerarbeiten einzustellen und mit dem Bau eines Prangers zu beginnen. Unter eifrigem Schwatzen, in dem Empörung und eine gehörige Portion Angst um die eigene Haut mitschwang, nahm das einfache Volk – die Cranes, Sturdivants, van der Meulens und all die anderen – Axt und Schaufel wieder auf und ging zurück an die Arbeit. Sensen hoben und senkten sich, Bäume fielen, Staub wirbelte auf, und Viehbremsen umschwirrten die dampfenden Kittel und schweißnassen Gesichter. Doch sie waren nur mit halber Aufmerksamkeit bei der Sache, denn ein Auge behielten sie auf den Weg gerichtet – auf die Abzweigung nach Nysen's Roost.

Erst am Spätnachmittag – nach vier, schätzte Staats – tauchten in der Ferne zwei Gestalten auf. Die eine war van den Post, unverkennbar durch seinen gewaltigen neuen Hut mit der Silberfeder und das hell aufblitzende Rapier an seinem Gürtel, aber neben ihm – also, Jeremias war es jedenfalls nicht. Auf keinen Fall. Die Gestalt war kleiner, viel kleiner, und auch schmächtiger als er. Zudem sah man an ihr nichts von dem typischen, weitausholenden Schaukelgang jenes Mannes, der in frühester Jugend ein Bein verloren hatte und seither mit Hilfe eines Eichenstabes die Verbindung zum Erdboden herstellte. Jedermann – und jede Frau – auf der Baustelle hielt inne; alle stützten sich auf Hacken- oder Schaufelstiele, brachten ihre Ochsengespanne zum Stehen und senkten die Sensen. Und dann ging auf einmal, als die Ankömmlinge sich näherten, ein Flüstern durch die Menge. »Es ist Neeltje!« rief einer, und die übrigen wiederholten es.

Sie mußten einen Jungen zu Stephanus schicken, denn der hatte sich auf eine Erfrischung ins Gutshaus zurückgezogen. Inzwischen fiel Neeltje blaß und zitternd ihrem Vater in die Arme, während Staats und Douw die Leute zurückdrängten, um den beiden Platz zu verschaffen. Van den Post stolzierte mit triumphierendem Grinsen durch die Menge, stützte lässig einen staubigen Stiefel auf einen Baumstamm und zapfte sich einen Becher Apfelwein aus dem Fäßchen, das der *patroon* zur Freude seiner Pächter hatte bereitstellen lassen. Er nahm einen langen Schluck, spuckte den Bodensatz auf die Erde und wischte sich mit dem Ärmel die Lippen ab; dann zog er mit geübt überheblicher Geste seine Pfeife hervor und legte eine Rauchpause ein.

Neeltjes Gesicht war tränennaß. »*Vader*«, rief sie, »was sollen wir nur machen? Er... er hat uns gekündigt und die Jungen eingesperrt, und trotzdem will Jeremias nicht kommen.«

Der ehemalige *schout*, der tief vornübergebeugt stand und doppelt so bejahrt wirkte, wie es seinem ohnehin stattlichen Alter entsprach, wußte darauf keine Antwort. Indem er insgeheim den Tag verfluchte, an dem Jeremias Van Brunt in ihr Leben getreten war, umarmte er seine Tochter, klammerte sich geradezu an sie, als stünde er in einem reißenden Bach und ginge gleich unter.

»Er kann doch nicht... Er hat kein Recht dazu, ihn... nach so vielen Jahren einfach –« stammelte Staats. »Das werden wir nicht zulassen, auf keinen Fall!«

Doch jetzt kam Robideau heran und schob sein kantiges, ledriges Gesicht vor. »Was meinst du damit, er hat kein Recht dazu?« schnarrte er. »Das Wort des *patroon* ist Gesetz, das weiß jeder. Ist doch keiner hier von Sinnen gewesen, wie er den Pachtvertrag unterschrieben hat, und ich wüßte wirklich keinen Grund, warum *mijnheer* diesen Dreckskerl nicht rausschmeißen sollte, wenn ich hier in der Hitze den Buckel krumm machen darf, während der feine Herr bei einem Becher Punsch auf seiner Farm sitzen bleibt.«

Von der Menge kam zustimmendes Gemurmel, doch Staats fuhr dazwischen, loyal wie eine Bulldogge, und warnte Robideau, er solle sich da raushalten.

Darauf hatte der Franzose nur gewartet. Er machte einen Schritt nach vorn und versetzte Staats einen Stoß, daß dieser Neeltje und ihrem Vater in die Arme taumelte. »Leck mich doch am Arsch, du Käsefresser«, zischte er dabei.

Diese Obszönität war zuviel für die keuschen Ohren von Goody Sturdivant, die ihren zweiten spitzen Schrei an diesem Tage ausstieß und mit orkanartigem Luftsausen ohnmächtig vornüber in den Staub fiel. Im selben Moment stellten sich Douw und Cadwallader Crane zwischen die

Streithähne. »Sei doch vernünftig, *vader*«, beschwichtigte Douw, »das hat ja keinen Sinn«, während auf der anderen Seite der hagere, gelenkige junge Crane den wild um sich tretenden Franzosen in so festem Griff hielt, als wären seine langen, dünnen Arme Hanfstricke, die er zweimal um Robideau geschlungen hatte. »Laß mich los!« keuchte der Franzose, während er auf der Stelle hüpfte und einen Schwall von Flüchen hinausbrüllte, der jeden Matrosen verlegen gemacht hätte. »Laß mich los, du Drecksau!«

Die Gemüter waren also erhitzt, die Menschen standen gedrängt, und Mrs. Sturdivant lag am Boden hingestreckt wie eine kranke Kuh, als der *patroon* auf seinem Vollblut angeritten kam. Seine gestrenge, tadelnde Miene ließ die schmalen Nasenflügel erbeben. »Was zum Donnerwetter geht hier vor?« polterte er, und sofort löste sich das Handgemenge auf. Neeltje hob das tränenüberströmte Gesicht, Meintje van der Meulen beugte sich zu der armen Mrs. Sturdivant hinunter, Robideau kam von Cadwallader Crane los und sah sich wütend um. Niemand sagte ein Wort.

Der *patroon* musterte die Menge von oben herab, bis sein schweifender Blick schließlich an van den Post hängenblieb. »Aelbregt«, bellte er, »könnt Ihr mir erklären, was hier vorgeht?«

Van den Post trat mit einer Verbeugung vor, die Enden seines Schnurrbarts zuckten in einem breiten, boshaften Grinsen, und sagte: »Sehr wohl, *mijnheer*. Es scheint, als hätten Van Brunts kriminelle Gedanken seine Nachbarn angesteckt. Bauer van der Meulen zum Beispiel –«

»Genug!« Stephanus warf einen vernichtenden Blick auf die Farmer, ihre Frauen und Kinder, die allesamt mit gesenkten Köpfen dastanden, dann wandte er sich wieder an van den Post. »Ich möchte nur eines wissen: Wo ist er?«

»Mit Verlaub, *mijnheer*, er wollte nicht mitkommen«, erwiderte van den Post. »Hättet Ihr befohlen, Gewalt anzuwenden«, fuhr er fort, und sein Grinsen war das des Mannes, der sich unbegrenzt von Quallen und Salzwasser ernähren konnte, »dann, so versichere ich Euch, stünde er schon hier.«

In diesem Augenblick trat Neeltje vor, bahnte sich ungestüm einen Weg zwischen den Nachbarn hindurch, ihr Gesicht wie ein offenes Buch. »*Mijnheer*, bitte«, flehte sie, »die Farm ist alles, was wir haben, wir sind immer gute Pächter gewesen, und wir haben die Äcker für Euch auf das mehr als Zehnfache vergrößert – erst dieses Frühjahr haben wir einen ganzen Morgen Wald gerodet und Roggen als Viehfutter gesät, und Erbsen außerdem...«

Stephanus war nicht in der Stimmung, Appelle an Mitgefühl oder Vernunft anzuhören. Er war ein mächtiger Mann, ein gebildeter Mann, ein Mann von Geschmack und Kultur. Er sah auf Neeltje in ihren ärmlichen Kleidern hinab, die nach all den Jahren immer noch hübsch war, und hatte dabei vor Augen, wie sie damals in jenem Lotterbett gelegen hatte, mit zerwühltem Haar und dem Wortschatz einer Hure. Es war ein Bild, wie es kein Gentleman in sich tragen sollte, und er knirschte mit den Zähnen. Als er schließlich sprach, fiel ihm die Beherrschung schwer; er richtete sich im Sattel auf und blickte wie ein Zentaur über die kraftvolle, vollkommen geformte Schulter seines Reittiers, mit dem er eins war. »Das Halbblut und der andere, der Junge mit dem losen Mundwerk, sind in unsrem Gewahrsam«, sagte er, kaum die Lippen bewegend. »Morgen, wenn der Pranger fertig gezimmert ist, werden sie ihre Strafe antreten.« Hier machte er eine Pause, damit seine Worte wirken und auf die abschließende Verkündung hinführen konnten. »Und ich versichere Euch, *huisvrouw,* die beiden werden so lange an diesen Pranger gestellt werden, bis Euer Gatte in mein Haus kommt und sich mir vor die Füße wirft, um darum zu bitten – ja, zu bitten –, mir dienen zu dürfen.«

Der Rübenkeller war voller Mäuse, Ratten, Nacktschnekken und anderer niederer Kreaturen, die abseits des Lichtes gedeihen. Es war rabenschwarz wie an den entlegensten Rändern eines Universums ohne Sonnen, immerwährende Mitternacht, und naß war es, triefend naß wie auf dem Grund eines tiefen, einsamen Grabes. Wouter gefiel das gar nicht. Er war elfeinhalb Jahre alt, und seine Phantasie schmückte die unsichtbare Decke mit den hämischen Gesichtern der Kobolde, Teufel und barbarischen Götter, die in stillen Winkeln des Tals hausten; mit der blutigen Fratze der alten Baronin Hobby, die von einem ruchlosen Sint Sink skalpiert und ihrem Schicksal überlassen worden war; mit Wolf Nysens flammendrotem Bart und seinen Schlächteraugen. Dicht an seinen Vetter gepreßt, um Trost und Wärme von ihm zu empfangen, beherrschte er sich so lange wie möglich – das waren dreieinhalb Minuten, nachdem van den Post den schweren Holzdeckel über ihren Köpfen zugeklappt hatte –, ehe er eingestand, daß er sich fürchtete. Sie saßen in der ein Meter zwanzig tiefen Grube, die man in die Erde des Kellerbodens gegraben hatte, und die Falltür über ihnen war mit dem Gewicht dreier Oxhoftfässer voll Ale gesichert. »Ich hab Angst, Jeremy«, sagte Wouter mit dünnem Piepsen in der undurchdringlichen Finsternis.

Wie so oft sagte Jeremy nichts.

»*Vader* sagt, sie haben den Bruder vom alten *patroon* hier ganz in der Nähe begraben, gleich hinterm Haus... Was ist, wenn, wenn er noch, na, du weißt schon – wie so ein Geist? Der könnte doch durch die Erde reinkommen, und dann –«

Jeremy knurrte. Dann folgte eine Serie von Geräuschen, die tief im Innern seines Schlunds erzeugt wurden: Schnalzen, Zwitschern, Gurgeln, all die gedämpften Laute eines privaten Sprachsystems. Was er sagte, war: »Du reißt deine Klappe auf, und die schmeißen uns in die hier rein.«

Gegen die Richtigkeit der Feststellung konnte Wouter nichts einwenden, doch war sie ihm kein großer Trost. Sein Hosenboden war klatschnaß, und darunter begann es zu jucken. Es kam ihm vor, als wäre das Dunkel jetzt sogar schwärzer als vorher. Er rückte noch näher an den Vetter heran. »Ich hab Angst«, sagte er.

Irgendwann – wieviel später, wußte er nicht – drang ein Potpourri von vertrauten Geräuschen aus der Leere über ihnen in die Zelle, dann ertönte das eilige Getrappel von Schritten auf der Falltür, dem das zittrige Krächzen einer alten, verdorrten Stimme folgte. »So, mein Junge«, schnaufte sie, »du rollst jetzt diese Fässer wieder dorthin, wo sie immer stehen, und dann machst du die Klappe auf, aber schnell!« Von oben schien matt und diffus etwas Licht herein. Fässer rumpelten über ihren Köpfen. »So etwas kann man doch nicht angehen lassen«, fuhr die Stimme auf holländisch leise nörgelnd fort, »kleine Jungen einfach wie abgefeimte Verbrecher zu behandeln...«

Als die Falltür aufgegangen war, reckten sie die eingeschlafenen Beine und steckten die Köpfe durch den Spalt wie zwei Murmeltiere am Ausgang ihres Baus. Genauso neugierig, wie sie emporspähten, spähte von oben, ganz in Schwarz gekleidet, die bucklige, uralte Mutter des *patroon* herab; vor sich hielt sie wie einen Talisman eine Talgkerze. Neben ihr stand, mit funkelnden Augen, ein Sklave, der nicht viel älter war als Jeremy – und ein Wesen, das Wouter in seiner Verwirrung zunächst für einen Engel aus Elysium hielt. Dann aber kicherte der Engel, und der Bann war vorerst gebrochen. »Wollt ihr wohl endlich da rauskommen!« zeterte die Alte, als hätten sie sich selbst in dieses stinkende, stickige Loch gesperrt, weil die Lust darauf schlichtweg unwiderstehlich gewesen war.

Wouter sah Jeremy an. Das steinerne Profil seines Vetters zeigte keinerlei Regung, doch sein vorspringender Adamsapfel hob und senkte sich zweimal rasch hintereinander. Daraufhin stieg Jeremy behende und so gelassen wie der *patroon* persönlich aus der Grube und stand vor der kleinen Gruppe, die sich in dem größeren Kellerraum, wo auf roh gezimmerten Holzregalen Fässer voll Bier, Apfelwein und Butter, Kannen mit Milch und Käselaibe bis unter die Decke gestapelt waren, versammelt hatte. Wouter war eingeschüchtert und orientierungslos, immer noch drohten gespenstische Bilder seinen Augen Streiche zu spielen: die alte Vrouw Van Wart hätte ein in Leichentücher gehüllter Grabschänder sein können, der Sklavenjunge ein pechschwarzer Lakai des Teufels, aber das Mädchen – nun, das Mädchen war eindeutig eine himmlische Fürsprecherin, die gesandt worden war, um seine Seele zu kämpfen. »Raus jetzt!« krächzte die Alte plötzlich und packte ihn grausam am Ohr, dann war auch er oben und dem Grab entkommen.

Die alte Dame sah ihn mißbilligend an, ihre Miene war grimmig, die Lippen zitterten. »Verstehst du kein Holländisch?« fauchte sie.

Beschämt und den Tränen nahe begann Wouter gerade eine Antwort zu stammeln, als das Mädchen erneut kicherte. Er sah sie verstohlen an – das breite Grinsen ihrer vollen Lippen, ihre Augen, die ihn überwältigten, den dichten Haarschopf unter dem Käppchen, das auf ihrem Kopf saß wie ein Schmetterling –, dann senkte er den Blick. Er kannte sie damals noch nicht, doch dies war seine erste Begegnung mit Saskia Van Wart.

»Macht auch nichts«, ächzte die Alte, schon etwas milder gestimmt. Sie wandte sich an den Sklaven. »Du da, Pompey«, sagte sie mit etwas kräftigerer Stimme, »bring sie in die Küche und sorge dafür, daß sie etwas zu essen bekommen. Und dann machst du ihnen hier in der Ecke ein Lager aus Stroh –« sie deutete auf eine Stelle an der Wand, »– und starr mich bloß nicht so an. Mir ist es egal, was mein Sohn dazu sagt – solange er mich nicht in die Wälder verbannt, bin ich immer noch die Herrin dieses Hauses.«

Früh am nächsten Morgen kam der Quallenmann sie holen.

Van den Post hatte *grootvader* Cats' Federhut auf dem Kopf und das Rapier am Gürtel hängen; ein unerfreulicher Ausdruck ließ seine Augen blitzen und spielte um seine Mundwinkel. »Aufstehen!« blaffte er und scheuchte sie mit Tritten von ihrem Strohlager auf. Wouter kannte diesen Ausdruck – es war der Ausdruck eines Jungen mit einem spitzen Stock vor einem in die Enge getriebenen Kaninchen.

Er führte sie aus dem trüben Zwielicht des Lagerkellers durch die helle, lebhafte untere Küche mit ihren paradiesischen Düften, der säuerlich dreinblickenden Köchin und dem bullernden Herd, und dann hinaus in das ringsherum explodierende Licht der Morgensonne. Blinzelnd und seine Augen abschirmend, noch halb schlafend, hastete Wouter hinter dem *schout* her; den Pranger sah er erst, als er direkt davor stand.

Kiefernholz. Weiß, frisch gehobelt und nach Harz riechend. Vier Löcher für die Füße im unteren Querbalken, vier für die Handgelenke im oberen. Hinter dem viereckigen Rahmen stand eine Bank. Oder nein, es war nur ein Baumstamm, roh zugerichtet, voller Rindenreste und Aststümpfe und so grün, daß er bestimmt gestern noch im Wald gestanden hatte.

Zuerst begriff Wouter nicht. Doch als van den Post, ein verkniffenes Lächeln auf den Lippen, den Querbalken hochhob, wurde Wouter vom Ansturm der Gefühle übermannt. Er wollte protestieren – was hatten sie denn getan? Er hatte bloß den Mund aufgemacht, dem *patroon* widersprochen, die Wahrheit gesagt. Sie hatten nichts gestohlen und niemandem weh getan. Es waren nur Worte gewesen. Aber er konnte nicht protestieren: Er hatte zuviel Angst. Auf einmal meinte er, keine Luft mehr zu bekommen. Zu ersticken. Der Atem kam nicht durch die Kehle hindurch, etwas Schweres lastete auf seiner Brust, und es stieg immer höher hinauf, gleich würde er platzen –

Diesen Augenblick nutzte Jeremy für seine Flucht.

Eben noch hatte er neben Wouter gestanden, das Gestell vor ihnen mit seinen grünen Augen mürrisch gemustert, und im nächsten Moment schon sauste er durch das Maisfeld wie ein weißschwänziges Reh, über dessen Rumpf sich die blutige Klauenspur des Berglöwen zieht. Jeremy war ein großartiger Läufer, so flink und geschmeidig und behende wie jene furchtlosen Häuptlinge, die er zu seinen Ahnen zählte. Immerhin war er Mohonks Sohn, und mochte sein Vater auch ein degenerierter Abtrünniger gewesen sein, eine Schande für seinen Stamm, sein Sohn war dennoch ebenso vertraut mit den Hügeln und Tälern der Gegend wie die Bären, Wölfe und Salamander, und ein Läufer der Spitzenklasse war er außerdem. Also rief Jeremy Mohonk – der Sohn von Mohonk, dem Sohn von Sachoes – die Geister seiner Ahnen an und gab Fersengeld: Mit weiten Sätzen seiner spindeldürren Beine und unter wildem Arbeiten der spindeldürren Arme flitzte er quer durch das Feld zum rettenden Wald.

Womit er nicht gerechnet hatte, das war die Hartnäckigkeit von van den Post, dem Quallenfresser. Ohne einen Gedanken auf Wouter zu verschwenden, schleuderte der hypermotorische *schout* Hut und Rapier beiseite und hetzte hinter Jeremy her wie ein Jagdhund. Am Anfang lagen zwanzig Schritte zwischen ihnen, und es waren noch immer zwanzig Schritte, als zuerst der Indianer, dann der *schout* weit hinten am Feldrand im Wald verschwanden.

Wouter blickte sich um. Hinter ihm kletterte jetzt die Sonne über die Bergkette und drängte die Schatten zurück, verschlang sie geradezu. Er beobachtete, wie ein Schwarm Schwarzdrosseln – *maes dieven* – sich wieder in dem Maisfeld niederließ, durch das Jeremy und van den Post ihre Schneise geschlagen hatten, dann starrte er auf das Rapier und den Hut mit der Silberfeder, die im nassen Gras lagen. Irgendwo brüllte eine Kuh.

Wouter wußte nicht, was er tun sollte. Er fürchtete sich. Vor dem Keller, vor dem Pranger und dessen grausam scheuerndem Griff, vor van den Post und vor dem *patroon*. Am liebsten wäre er heimgegangen und hätte sich dem Vater in die Arme geworfen, sich noch einmal alles von ihm erklären lassen – er war nicht mehr sicher, ob er alles richtig verstand. Er hatte dem *patroon* die Stirn geboten und seinen Vater verteidigt, er hatte Mut bewiesen, und was war der Lohn dafür? Schmerzen und Fußtritte, ein langgezogenes Ohr, nasse Hosen und verschimmeltes Brot. Er blickte den Hang hinab, an dem großen Haus vorbei und auf die Straße, die verlassen vor ihm lag. Fünfzehn Minuten. In fünfzehn Minuten könnte er zu Hause sein, seine *moeder* umarmen, das Aufblitzen in den Augen von *vader* beobachten, wenn er erzählte, was sie ihm angetan hatten...

Doch nein. Wenn er wegrannte, würden sie ihn holen kommen. Er sah es schon vor sich: ein Dutzend bewaffneter Männer, darunter der seltsame Schwarze, mit wildem Geschrei und belfernden Hunden, mit siedendem Teer und mit Federn, mit Fackeln, die die Nacht erhellten. Was hat er angestellt? würde einer von ihnen fragen, während sie ihn niederhielten, und ein anderer, unbeugsam wie der Tod, würde entrüstet erwidern: Was er angestellt hat? Na, frech geworden zum *patroon* ist er, die kleine Rotznase!

Also biß Wouter Van Brunt, elf Jahre jung und leidgeplagter als mancher Siebzigjährige, die Zähne zusammen, um seine Tränen zurückzudrängen, stapfte um den Rahmen aus Kiefernholz herum, setzte sich auf den unebenen Stamm und streckte die Beine aus. Bedächtig und mit vollster Konzentration ließ er langsam den Querbalken herab, bis dieser seine Knöchel fest umschloß. Dann ging er daran, auch die Hände einzuspannen.

So hockte er immer noch, als sein Vater ihn holen kam.

Der schritt die staubige Straße entlang, machte den Spießrutenlauf an den Nachbarn vorbei, die mit krummen Rücken dastanden und ihn furchtsam anstarrten, doch Jeremias, die Brust herausgereckt, die kraftvollen Oberarme entblößt, zögerte kein einziges Mal. Sein Holzbein schwang er wie eine Waffe, schritt energisch und entschlossen voran, als zöge er in den Krieg, und er nahm sich nicht die Zeit, mit jemandem zu sprechen, nicht einmal mit Staats oder Douw. Natürlich blickten alle auf, doch keiner sah sein Gesicht, das unter der herabgedrückten Hutkrempe verborgen war. Eins-zwei, eins-zwei, seine Arme schwangen wild hin und her, und er hatte ein solches Tempo, daß er schon an fast allen vorbei war, als Staats die Schaufel hinwarf und ihm nachging.

Sein Beispiel machte Schule. Einer nach dem anderen ließen die Farmer ihre Geräte fallen und folgten stumm Jeremias auf seinem Weg hinauf zum Gutshaus – sogar Robideau, wenn auch als letzter. Als Jeremias die Wiese vor dem Haus erreicht hatte, kam die gesamte Einwohnerschaft der Gegend hinter ihm her – die Cranes und Oothouses, die van der Meulens, Mussers und alle anderen. Niemand sprach ein Wort, aber auf allen Gesichtern lagen Angst und gespannte Erwartung.

Der *patroon* hatte den Pranger hinter dem Haus auf halber Höhe des Hügels errichten lassen, damit er ihn bequem erreichen konnte, um eine eventuell noch zu verhängende Strafe auch unverzüglich zu vollstrecken, andererseits war die Vorrichtung weit genug entfernt, daß er nicht von Geräuschen, Gerüchen oder sonstigen unerfreulichen Begleiterscheinungen der Züchtigung belästigt werden konnte. Um hinzugelangen, mußte man um den Küchengarten und dann über eine Viehweide gehen; dahinter lagen das Maisfeld und der Wald, in dem Jeremy Mohonk und van den Post verschwunden waren. Jeremias hatte es eilig. Den Küchengarten umging er nicht, sondern trampelte mitten hindurch, hatte nichts als sein Ziel vor Augen: die ferne, winzige Gestalt, die dort oben am Hang in einem barbarischen Apparat gefangen war. Er zermalmte Pastinaken, Rüben und Zichorien, zerfetzte Salat, Lauch und Kresse, quetschte Kürbisse platt und trat Tomaten breit. In ihrer Aufregung trampelten die anderen hinterher.

Sie waren bereits nahe genug, um zu erkennen, daß die Vorrichtung nur zur Hälfte besetzt war, und sie sahen auch, daß es der jüngere der beiden Burschen war, der darin steckte, als plötzlich drei Reiter auf hastig gesattelten Pferden hinter der Scheune hervorgesprengt kamen, um ihnen den Weg abzuschneiden. Jeremias ging weiter. Und seine Nachbarn, denen wohl bewußt war, daß sie ein Unrecht begingen, über das der *patroon* zweifellos sehr ungehalten sein würde, folgten ihm. Hätte man sie angehalten – vielleicht Robideau oder Goody Sturdivant –, um nach dem Grund dafür zu fragen, sie hätten ihn nicht gewußt. Es lag einfach in der Luft. Es war elektrisierend. Es war der Wille des Mobs.

Die Reiter erreichten die Menge kaum zehn Meter vor dem Pranger. Die Pferde wühlten mit ihren Hufen den Boden auf, Erdklumpen wirbelten durch die Luft. »Halt!« stieß der *patroon* hervor. Sie blickten zu seinem Gesicht auf, und was sie dort sahen, war Mordgier. Sein Pferd tänzelte und stampfte, während er sich abmühte, mit den Duellpistolen seines verstorbenen Vaters – in jeder Hand eine – auf die Menge zu zielen. Neben ihm, an seine scheckige Mähre geklammert wie ein Blutegel, kam van den Post, der inzwischen sein Rapier wiederhatte und es umherschwenkte, daß es in der Sonne blitzte. Neben ihm war ein dritter Reiter, ein Fremder, der im Sattel so klein wie ein Achtjähriger wirkte, das verhutzelte Gesicht zu einem spöttischen Lächeln verzogen, die winzige, knotige Faust um den Lauf einer Muskete geschlossen. Normalerweise hätte man natürlich über den Auftritt dieses Fremden zumindest getuschelt – jeder Fremde wäre ein Thema gewesen, aber ganz besonders ein so häßlicher, zaundürrer kleiner Rettich wie dieser –, doch es blieb keine Zeit zum Nachdenken, geschweige denn zum Schwatzen.

»Wer noch einen Schritt weitergeht, der wird von meiner Hand getötet!« brüllte der *patroon*.

Sie blieben stehen. Allesamt. Jeder Mann, jede Frau und jedes Kind. Mit Ausnahme von Jeremias, der nicht einmal kurz innehielt, keinen Moment zauderte. Die Augen fest auf das leidende Gesicht seines Sohnes geheftet, marschierte er direkt auf den Gutsherrn zu, als sähe er ihn nicht. »Halt!« kommandierte der *patroon* so gepreßt, daß ihm dabei die Stimme versagte, und beinahe gleichzeitig feuerte er.

Aus der Menge gellte ein Schrei, während Wouter, ohnmächtig, unbeachtet und elfeinhalb, ebenfalls einen klagenden Schrei ausstieß, und die dicke Mrs. Sturdivant zum drittenmal in zwei Tagen umfiel. Massig. Wie ein Donnerschlag. Mit dem ganzen dramatischen Effekt einer Phädra oder einer Niobe. Auf einmal herrschte heillose Verwirrung: Frauen kreischten, Männer hechteten in Deckung, der junge Billy Sturdivant warf sich über den dahingestreckten Koloß, und der *patroon* senkte den Kopf wie jemand, der einen unverzeihlichen Fauxpas begangen hatte. Wie sich jedoch herausstellte, war Goody Sturdivant nicht getroffen. Ebensowenig übrigens Jeremias. Die Kugel hatte vor dem makellosen Rist von Cadwallader Cranes frisch gewichstem Stiefel eine Grassode aufgewirbelt und sich harmlos zwischen Engerlingen und Würmern in die Erde gebohrt.

Jeremias marschierte weiter. Er schob sich am Pferd des Gutsherrn vorbei, unbeirrbar wie ein Schlafwandler, und stürzte auf den Pranger zu. Ehe der zornentbrannte *patroon* noch die zweite Pistole heben konnte, hatte Jeremias bereits den Riegel zurückgeschoben und den Querbalken über den Handgelenken seines Sohnes hochgehoben. Er packte gerade den unteren Balken, als der *patroon* erneut schoß.

Diesen Augenblick sollte Wouter für den Rest seines Lebens nicht mehr vergessen; kein Schrecken sollte daran je wieder heranreichen, kein Alptraum oder Trauma. Er schrie ein zweites Mal, strampelte wild mit den Beinen, obwohl sie noch feststeckten. Er sah, wie die Hände seines Vaters sich um den Balken schlossen. Sah sie zupakken. Und erstarren. Als wäre sein Vater plötzlich zu Stein geworden. War er getroffen? War er tot?

Es war windstill, der Tag hing auf dem Scheitelpunkt des Nachmittags in der Schwebe, verströmte die Stille von Äonen. Niemand rührte sich. Niemand sprach. Dann eine sanfte Brise. Sie wehte vom Fluß herauf und trug den Geruch der Sumpfauen mit sich – Wouter spürte sie in seinem Haar –, und sie riß seinem Vater den Hut vom Kopf.

Jemand keuchte, und Jeremias wandte sich langsam zu ihnen um, sah zu dem bleichen *patroon* und den Männern und Frauen, die vor Schreck die Hände vor den Mund gepreßt hielten. Unendlich langsam richtete er sich auf und ging vorwärts – einen Schritt, zwei Schritte, drei –, bis er im Schatten jenes mächtigen Mannes stand, der mit wehender Bundhose dort oben im Sattel saß, und da bemerkte Wouter seine veränderte Miene. *Vader* machte ein Gesicht, das er nicht deuten konnte – das dort war sein Vater, und er war es doch auch nicht, als hätte in dem Augenblick, als der Schuß losging, irgendein Geist oder Dämon von seiner Seele Besitz ergriffen. Sein Ausdruck – es war nicht Angst oder Resignation, sondern ein Ausdruck der Unterwerfung, der uneingeschränkten, jämmerlichen Unterwerfung – schmerzte Wouter mehr als alle Pranger und Gutsherren der ganzen Welt ihn je hätten schmerzen können. Und dann, bevor er reagieren konnte, war *vader* auf den Knien und flehte mit weinerlichem Krächzen den *patroon* um Vergebung an.

Wouter wollte sich abwenden, doch er konnte nicht. Der Schuß war fehlgegangen, sein Vater war unverletzt, und eben noch hatte ihn erlösende Freude durchströmt. Jetzt aber wandelte sich die Freude in Ungläubigkeit und Verwirrung, in tiefe, bleibende Scham. Alles, was sein Vater ihn gelehrt hatte, jedes Wort davon, war gelogen gewesen.

»Ich flehe Euch an«, schluchzte Jeremias, endlich gebrochen, gezähmt wie ein widerspenstiges Pferd oder Maultier. »Ich flehe Euch an, laßt mich...« hier wurde seine Stimme beinahe unhörbar, »laßt mich Euch dienen.«

Die Miene des Gutsherrn blieb unbewegt. Er betrachtete die rauchenden Pistolen, als wären sie aus dem Nichts aufgetaucht, durch irgendeine Hexerei. Nach einer Weile ließ er sie zu Boden fallen und schwang sich vom Pferd. Hinter ihm spannte der Zwerg seine Muskete, und van den

Post musterte die eingeschüchterte Menge grimmig, als wollte er sie warnen, sich ja nicht zu rühren.

»Und uns bleiben zu lassen, bitte laßt uns bleiben«, fuhr Jeremias fort, seine eben noch so donnernde Stimme war nur mehr ein Jammern, ein Jaulen. »Wir haben den Hof unser Leben lang bewirtschaftet, er ist das einzige, was wir haben, und Ihr müßt uns, ich flehe Euch an, es tut mir leid, ich wußte nicht...«

Stephanus gab keine Antwort. Er ging einen Schritt auf ihn zu, hatte jetzt die Beherrschung wiedergefunden, die prächtigen Nasenflügel bebten vor Geringschätzung, er hob das Knie und streckte den Fuß aus. Er erwartete die endgültige Unterwerfung. »Wem gehörst du?« fragte er mit unbeugsamer Stimme, mühelos das Gleichgewicht haltend.

»Euch!« stieß Jeremias hervor und starrte wie gebannt auf den blitzenden Schuh.

»Und wem gehören deine Frau und dein Sohn und dieser Bastard von Halbindianer?«

Jeder einzelne Pächter beugte sich vor, um die Antwort zu hören. Jeremias Van Brunt, der Hitzköpfige, der Stolze und Eitle, der Erbe des wahnsinnigen Harmanus und des noch wahnsinnigeren Nysen, stand kurz davor, seine Mannhaftigkeit zu verleugnen. Seine Stimme war ein Flüstern. »Euch«, sagte er.

»Gut.« Der *patroon* reckte sich, gleichzeitig ließ er den Fuß zu Boden sinken, hob ihn wieder und stieß ihn Jeremias voll ins Gesicht. Die Gewalt des Tritts ließ den Kopf des Bittstellers zurückfliegen und streckte ihn mit blutverschmiertem Mund rücklings zu Boden. »Ich will deine Dienste nicht«, zischte der *patroon*. Und mit einer Geste zu van den Post, der abgesessen war und jetzt mit gezogenem Rapier neben ihm stand, vollendete er seinen Gedanken: »Ich will dein Blut.«

Zwar kam es an jenem Nachmittag zu keinem weiteren Blutvergießen, doch Jeremias mußte mit seinem Sohn den

Platz tauschen und fast eine Woche lang Tag und Nacht am Pranger stehen. Es war eine schmerzvolle Woche. Sein Rücken brannte, die Beine starben ihm ab, Hand- und Fußgelenke waren wundgescheuert, denn das Gewicht seines erschöpften Körpers zerrte sie tief in die Holzlöcher, sein Gesicht war von Mückenstichen verschwollen, die Knochen entzündeten sich. Staats und Douw hielten bei ihm Wache, damit sich kein Feind – ob Mensch oder Tier – dem Wehrlosen näherte, und sowohl Neeltje als auch *moeder* Meintje brachten ihm Speis und Trank. Die übrigen Nachbarn, selbst Robideau, ließen ihn in Ruhe. Wo sie herkamen, stellte man einen Missetäter nicht nur an den Pranger, sondern obendrein kamen seine Feinde in Scharen, um ihn zu verhöhnen und mit Steinen, Abfällen, toten Katzen und Ratten oder fauligem Fisch zu bewerfen. Die Nachbarn hier jedoch hatten kein Interesse daran. Sie hegten keinen Groll gegen Jeremias, und obwohl die meisten fanden, er habe seine Strafe verdient – »Zu hochmütig ist er«, hörte man Goody Sturdivant befinden, »einfach viel zu hochmütig« –, empfanden sie auch zugleich eine gewisse Sympathie für ihn, mochte sie auch schwach sein und nur periodisch aufkommen. Irgendwo tief im Innern waren sie alle wütend auf den jungen Gutsherrn in seinen eleganten Kleidern, und beim Zertrampeln seines Gartens, beim Zusammenrotten hinter ihrem einbeinigen Vorkämpfer war diese geheime Wut zutage getreten wie ein peinlicher Charakterzug.

Wohl litt Jeremias auch unter der gnadenlosen Sonne, die ihm ins Gesicht brannte, unter dem kalten Morgenwind, der ihm in die Knochen fuhr, doch das Leiden seiner Seele war ungleich größer. Er war ein Niemand, das wußte er jetzt. Er war ein Pachtbauer, ein Sklave, ein Leibeigener wie seine Eltern vor ihm. Alles, wofür er gearbeitet, alles, was er sich aufgebaut hatte, seine ganze Würde und Zähigkeit, all das war nichts wert. Das hatte ihm der *patroon* bewiesen. Da predigte er seinen Söhnen, prahlte und spielte den starken Mann vor ihnen – und wozu? Um dann vor

Van Wart auf den Knien zu kriechen? Den Rest seines kläglichen Lebens würde er nur noch eine leblose Hülse sein, ein Mensch ohne Kern, um keinen Deut besser als Oothouse oder Robideau oder all die anderen – das wußte er jetzt.

Und Wouter wußte es auch.

Als sie ihn freiließen, als van den Post herangeschlendert kam, um den Balken aufzuklappen, der ihn festhielt, stürzte er sich nicht in Großvater van der Meulens Arme; er rannte nicht nach Hause, wo seine Mutter gramgebeugt vor einem Haufen Flachs hockte und Großvater Cats unruhig auf der Veranda hin und her ging – nein, er rannte davon wie ein Sprinter, wie ein Hund, dem man einen Topf an den Schwanz gebunden hatte, flitzte über die Wiese und durch die Maisstauden direkt auf die Lücke zwischen den Bäumen zu, durch die sein Vetter bei seiner frühmorgendlichen Flucht verschwunden war. Er sah sich nicht um. Als er den Waldrand erreicht hatte, rannte er weiter – hundert, zweihundert Meter noch –, dann brach er in den Büschen zusammen und wünschte sich nichts sehnlicher, als daß er auf der Stelle tot wäre, daß die Erde sich öffnen und ihn verschlingen oder der Himmel sich in Stein verwandeln möge. Aufgewühlt von dem Verrat – wie hatte sein Vater so tief sinken können? wie hatte er ihm dies antun können? – tastete er nach irgendeiner Waffe, nach einem Stein zum Verschlucken oder einem Stecken, mit dem er sich die traurigen Augen ausstechen konnte.

Wie lange er so dalag, wußte er nicht. Als er wieder zur Besinnung kam, war auf den schrecklichen Feldern hinter ihm alles still, und über den Wald breitete sich das Bahrtuch des Abends. Irgendwo klopfte ein Specht an einem hohlen Baum, ein einsames, zufälliges Pochen, das ihm in seiner Unablässigkeit bis ins Mark fuhr. Langsam und unsicher erhob er sich, als schwankte der Boden unter seinen Füßen, und blickte sich verwirrt um. Er sah weder Blätter noch Bäume, keine Hügel, Felsen, Lichtungen oder Bäche, er sah nur das Bild seines Vaters, wie er vor dem Gutsherrn wie vor einem Götzenbild niederkniete. Er hörte das bettelnde Winseln seines Vaters, sah das Blut auf seinen Lippen. Warum? fragte er sich. Warum hatte *vader* sich nicht erhoben und diesen selbstgefälligen Dandy mit den affigen Lederschuhen und dem Seidenwams so lange gewürgt, bis das Leben aus ihm gewichen war? Warum hatte er nicht seine Scheune niedergebrannt, die Rinder davongescheucht und sich brüllend in die Wälder geflüchtet wie Wolf Nysen? Warum hatte er nicht einfach seine Sachen gepackt, um irgendwo in New York, Connecticut oder Pavonia von vorn anzufangen? Und wenn das alles nicht in Frage kam, warum war er dann nicht gleich zum Arbeitseinsatz an der Straße gekommen?

Weil er ein Feigling war, deshalb. Weil er ein Dummkopf war.

Während ringsum die Nacht herankroch, wurde Wouter plötzlich von einem heftigen Drang erfaßt: Er mußte Jeremy finden. Jeremy war alles, was er hatte. Jeremy war ihm Hoffnung und Erlösung. Nur Jeremy hatte ihnen widerstanden, Jeremy allein – weder ließ er sich an den Pranger des *patroon* stellen noch sah man ihn bei Straßenarbeiten für den *patroon*. Eine Stunde nach ihrem Wettlauf in den Wald war der Quallenfresser mit leeren Händen zurückgekommen, an Gesicht und Unterarmen zerschunden vom Dornengestrüpp und Stachelgesträuch, die Kniehosen bis oben schlammverkrustet, das Hemd zerfetzt und die Strümpfe hinabgerutscht. Und Jeremy? Der war irgendwo hier im Wald, niemandes Gefangener und niemandes Diener.

»Jeremy!« rief Wouter, während er sich durch ein Meer von Berglorbeer kämpfte, und vor Aufregung versagte ihm fast die Stimme. »Jeremy!« Er würde ihn finden – bei der Höhle oder unten am Bach, lange konnte es nicht dauern –, und dann würden sie gemeinsam davonlaufen. Nur sie beide. Über den Fluß, irgendwohin, wo sie für sich leben konnten, jagen und fischen, weit weg von *patroons*, *schouts*, Pachtmieten, Prangern und alledem – weit weg von *vader.* »Jeremy!« rief er, während die Eule sich in die Lüfte schwang und die Nacht den Tag vertrieb.

Er konnte nicht wissen, daß sein schnellfüßiger Gefährte mit dem dunklen Teint inzwischen längst außer Hörweite war, so daß selbst eine donnernde Salve von einem der Kriegsschiffe Seiner Majestät ihm nicht mehr ans Ohr gedrungen wäre. Unermüdlich, unbeirrbar, verbissen und kompromißlos, mit glatten, fließenden Bewegungen, pausenlos fluchend hatte van den Post seine Beute gejagt – die Hügel hinauf und die Täler hinab, durch Dornen und Dickicht, über Sümpfe, Bäche und Moränen hinweg. Doch Jeremy sah den Pranger vor sich, die Löcher für Hände und Füße, die sich in dem festen Kiefernholz aufgetan und ihn erwartet hatten, und er war verzweifelt. Mit regelmäßigen Atemzügen, mit stampfenden Beinen und fliegenden Armen raste er wie ein Schatten durch den Wald und führte van den Post unter umgestürzten Baumriesen hindurch, Bachbetten entlang, wo man sich leicht den Knöchel vertrat, und Abhänge hinauf, die selbst eine Bergziege erschöpft hätten. Doch er floh nicht blindlings: Bei alledem verfolgte er einen Plan.

Er kannte diese Wälder wie kein Erwachsener – wie kein Quallenfresser sie jemals zu kennen hoffen durfte –, und sein Ziel war das unwegsame Sumpfland, das die Kitchawanken *Neknanninipake* nannten: Hat-kein-Ende. Es war ein Ort, an dem selbst mittags Finsternis herrschte, ein Ort der schwimmenden Inseln und Grashügel inmitten eines Morasts, der einen langsam bis zum Bauch abwärts zog und nie wieder freiließ. Es war ein Ort, der Jeremy Mohonk so vertraut war wie den Schlangen und Fröschen. Ein Ort, an dem selbst der Quallenfresser aufgeben müßte.

Als er den Rand des Sumpfes erreichte – Stinkkohl, schwarzer Schleim, der bis zu den Knöcheln reichte –, machte Jeremys Herz einen Freudensprung. Bis er in wirklich gefährlichem Gebiet war und behende von Graskuppe zu Graskuppe hüpfte, war van den Post weit zurückgefallen, tappte irgendwo im Schlamm herum und fluchte virtuos vor sich hin. Fünf Minuten später war auch kein Geräusch mehr zu hören außer dem Quaken der Frösche und dem schlichten Ruf der Teichrohrsänger, die durch die dichten Baumwipfel huschten. Aber Jeremy hielt nicht inne. Er durchquerte den Sumpf, trocknete seine Kleider und lief weiter – lief nach Norden, auf ein Ziel zu, das für ihn nur eine vage Erinnerung war: ein Ort, der schon seiner vergessenen Mutter Zuflucht geboten hatte, als sie von seinem vergessenen Vater im Stich gelassen worden war. Er wußte nicht, wo sich das Dorf der Weckquaesgeeks befand, kannte den Stamm nur als einen Haufen von zerlumpten, pockennarbigen und bandagierten Bettlern, die sich zweimal im Jahr auf der Veranda von Jan Pieterses Laden drängten, und auch die Geschichte seiner Eltern kannte er nur in äußerst groben Zügen, doch irgendwie fand er zu dem Lager am Suycker Broodt.

Es war spät. Hunde bellten ihn an. Kochfeuer glommen in der Wildnis des Waldes. Drei Krieger, nicht viel älter als er, traten ihm entgegen, die Wachen am Eingang zum Dorf jenes ungeschickten, vom Pech verfolgten Stammes: Der erste hatte nur eine Hand, dem zweiten fehlte ein Ohr, und der dritte humpelte auf einem verwachsenen Fuß. Sie starrten ihn schweigend an, bis sich der Rest des Dorfs mit Kind und Kegel zusammengeschart hatte. »Was willst du?« wollte Eine-Hand in seinem Handelsposten-Holländisch wissen, doch Jeremy, der Verächter der Wörtersprache, antwortete nicht. Eine-Hand wiederholte die Frage, und wieder sagte Jeremy nichts. Als der Krieger in seiner Hilflosigkeit schließlich zum Messer griff, wurde Jeremy klar, daß er, selbst wenn er die Frage hätte beantworten wollen, selbst wenn ihm die Worte verfügbar gewesen wären, keine richtige Antwort darauf wußte. Was wollte er eigentlich? Er wußte es nicht.

Dann jedoch kam eine alte Frau herangeschlurft, legte den Kopf schief und musterte ihn aus Augen, so verhangen wie ein Wintertag. Sie ging zweimal um ihn herum und starrte ihm nochmals ins Gesicht, stand so dicht vor ihm, daß er das Leder roch, das sie mit den Stümpfen ihrer abgenutzten Backenzähne weichgekaut hatte. »Squagganeek«, sagte sie und drehte den Kopf, um auszuspucken.

Nach kurzer Pause nahm einer der Umstehenden den Namen auf, ein so verhutzelter, dreckverkrusteter Greis, als hätte man ihn eben erst zu diesem Anlaß aus der Erde gegraben. »Squagganeek«, krächzte er, und dann probierte es jeder einmal, wie Kinder mit einem neuen Spielzeug, wiederholten sie das Wort immer wieder in leisem zärtlichem, rhythmischem Gesang.

Wouter fand ihn an jenem Abend nicht und am darauffolgenden ebensowenig. Und selbst in seiner abgrundtiefen Angst und Enttäuschung, bei all seiner Verzweiflung und Mutlosigkeit hätte er niemals geglaubt, daß es achtzehn Monate dauern würde, ehe er seinen Vetter wieder zu Gesicht bekommen sollte. Irgendwann kehrte er nach Hause zurück, weil ihm nichts Besseres einfiel – nach Hause zu seiner Mutter. Sie versorgte seine zerschundenen Handgelenke und Knöchel, gab ihm zu essen und brachte ihn ins Bett. Mit der Zeit verheilten die Wunden. Einige davon jedenfalls. Doch sein Vetter war fort, und das war wie der Verlust eines Gliedes, das man ihm ausgerissen hatte. Und sein Vater – einen Vater hatte er nicht mehr. Gewiß, der Mann, der dort massig im Schaukelstuhl aus Birkenholz saß oder auf der Wiese mit nacktem Oberkörper das Heu mähte und zu Ballen band, sah aus wie sein Vater, aber er war es nicht. Der tat nur so. Das war ein Mann ohne Rückgrat, ein Mann ohne Konturen und ohne Überzeugungen, er trieb durch sein Leben wie eine Qualle durch den Ozean, die nur auf den Schiffbrüchigen wartete, der sie aus dem Wasser reißen und fressen würde.

Ach, süßes Leid!

Der Weg war beschwerlich – sehr beschwerlich, oft sogar gefährlich –, und Walter gelang es nur mit größter Mühe, sich Schritt für Schritt den Pfad hinabzutasten, indem er sich an tiefhängenden Zweigen, biegsamen Gerten und verkrüppelten Büschen, die ihm wie Katapulte aus der Hand schnellten und einen klebrigen Rückstand auf der Haut hinterließen, wie am Sicherungsseil eines Bergführers entlanghangelte. Letzte Nacht hatte es geregnet, deshalb war der Pfad glitschiger als ein Aalrücken – oder auch ein Aalbauch. Und das Herbstlaub machte es auch nicht besser. Massenhaft lagen sie herum, klebten aneinander, gelbe, rote und orange Blätter, schmuddlig braun wie zerfallende Zeitungen, wie nasser Leim auf der Erde. Es mochte Tage geben, an denen das Leben ihn vergessen ließ, daß er nur durch die Vermittlung von zwei geformten Plastikklötzen die Verbindung mit dem Boden aufrechterhielt, doch heute war keiner davon.

Trotzdem stellte er sich kein einziges Mal die Frage, warum er sich ausgerechnet am Tag vor der Abreise nach Fairbanks, Nome, Nordalaska, an diesem einunddreißigsten Oktober, an Halloween, mit letzter Anstrengung den Hügel zu jener unseligen Weide hinunterquälte, von der der Pfad über den Steg zu Tom Cranes winziger, nach Ziegen stinkender Hütte führte. Die Antwort auf diese Frage war insofern kompliziert, als er mehrfach bemerkt und im Laufe der vergangenen Wochen auch akribisch verifiziert hatte, daß an jedem Tag der Woche zu ebendieser Stunde zwar die Radkappe am gewohnten Platz ihren Gruß entbot, der Packard – Tom Cranes Packard – jedoch nicht da war. Und wie als logische Erklärung für diese Tatsache stand zu diesen Zeiten der Käfer – Jessicas VW-Käfer – reglos und einladend, ja geradezu provokant am Straßenrand unter der Radkappe.

Aber nein, er stellte sich keine Fragen, dachte nicht nach. Er hatte keinen Grund dazu. Seit jenem läuternden Nachmittag Mitte August, seit jenem Nachmittag im »Garten Eden« war er in eine neue, berauschende Phase seines Lebens getreten, in der er lieber handelte als überlegte, seine Dämonen als das akzeptierte, was sie waren, und sich von seinen Impulsen leiten ließ, wohin sie ihn eben leiten mochten. Am nächsten Vormittag würde er nach Barrow abfliegen. Jessica war allein zu Hause. In der Hütte. Abgeschnitten von der Welt. Isoliert. Ohne Wasser, elektrischen Strom, sanitäre Anlagen, ohne Telefon. Er wollte sie bloß mal besuchen, sonst nichts.

Nur diese Füße!

Verdammt, und jetzt saß er auf dem Arsch. Im Dreck. Breiweiches Laub klebte ihm im Gesicht, der Wald miefte nach Schimmel und Fäulnis, nach modernden Blättern und irgendeinem verendeten Eichhörnchen oder Stinktier, das im Gebüsch unmerklich zu Humus verweste. Wütend packte er einen Ast und zog sich daran hoch. Seine neue Levi's war am Hintern patschnaß, und seine Holzfällerjacke – die er extra für Alaska gekauft hatte, um sie unter dem weiten Daunenparka anzuziehen – war dermaßen verschmutzt mit baumelnden Zweigen und Blättern, daß er damit ebensogut den Boden seines Mülleimers hätte polstern können. Mißmutig klopfte er seine Sachen ab, zupfte sich ein paar Blütenkätzchen aus den Haaren und kämpfte sich den unbarmherzigen Hang zur Viehweide hinunter.

Dort kam er besser voran. Geradeaus gehen, auf ebenem Untergrund – das hatte er mittlerweile gemeistert. Nur das Auf und Ab bereitete ihm Probleme. Im Gehen säuberte er seine Kleidung, wich hie und da einem Kuhfladen aus, doch die neuen Wanderstiefel mit der Super-Riffelsohle standen ebensowenig mit ihm in Kontakt wie die toten Fortsätze, die in ihnen steckten. Die Wolken hingen tief an diesem naßkalten, vernebelten Tag, und er hatte gerade den Holzsteg erreicht, als er sah, daß sich in den Bäumen am Bachufer etwas bewegte. Er biß die Zähne zusammen und erwartete eine neuerliche Kollision mit der Geschichte, eine Art Abschiedsgeschenk der Vergangenheit. Er blinzelte. Nebelschwaden zogen vorbei. Es war nur eine Kuh.

Muuh.

Bergauf ging es etwas einfacher, obwohl der Weg genauso rutschig war. Irgendwie schien es hier leichter zu sein, die Füße in den Morast zu stemmen, der Boden war auch steiniger, stellenweise lag der Fels offen zutage, von den Sturzbächen Tausender Gewitter freigelegt. Wieder griff er nach Zweigen und hievte sich wie ein Kletterer nach oben. Schon durchquerte er Toms Garten mit den feucht glänzenden Kürbissen und den bräunlichen Stengeln sonstiger Gewächse, dann kam er nach Umgehung einer Gruppe von Bienenstöcken auf die kleine Lichtung unter der großen, kahlen Eiche.

Da stand sie, die Hütte, in all ihrer baufälligen Pracht – aber war *sie* auch zu Hause, das war die Frage. Daß ihr Auto draußen parkte, war ja keine Garantie dafür. Wenn sie nun mit Tom weggefahren war? Oder irgendwo draußen Nüsse, Eicheln oder Blüten zum Trocknen sammelte? Oder im geräumigen, erstklassig ausgestatteten Badezimmer ihrer Eltern Unterhosen wusch, duschte oder ihre hübschen Zehennägel lackierte? Womöglich durchstreifte sie in diesem Moment wieder die schmalen Gänge von Peterskills Garten Eden? Die Möglichkeit, daß er die Hütte verlassen vorfinden könnte, hatte ihn schon den ganzen Weg über, seit er von der Straße aus den Pfad genommen, die Wiese überquert und den Hügel bis hierher erklommen hatte, belastet. Doch jetzt, noch ehe er durch die dreckigen Fenster spähte oder auf der Veranda stand, wußte er, daß er sie erwischt hatte – der Rauch verriet sie. Zuerst roch er es, dann sah er hinauf zu dem rostzerfressenen Kaminrohr, und da war er: Rauch, blasse Rauchschwaden, die zum Himmel stiegen, der selber wie Rauch wirkte.

Schlagartig fühlte er sich zuversichtlich, war geradezu gut aufgelegt und überquerte den Hof, der aussah wie immer: Baumstümpfe ragten aus dem Boden, die Geißblattbüsche lagen in erfrorenen Klumpen vor der Hüttenwand, die Skelette rostiger Maschinenteile lugten aus dem niedrigen Gestrüpp hervor. Auf der Veranda sammelte sich, wie immer, alles mögliche Zeug, das im Haus keinen Platz fand, aber doch zu wertvoll war, um es den Elementen preiszugeben, und dann war da das altehrwürdige Holz der Blockhütte selbst; im Laufe der Jahre hatte es die Farbe des Silberfuchses angenommen, kein Tropfen Lack hatte je die ausgedörrte, pockige Außenfläche berührt. Als er die Stufen hinaufstieg, steckte ein Paar säbelbeiniger Ziegen die Nasen um die hintere Ecke des Hauses und starrte ihn mißtrauisch an. Eine Katze – ein scheckiges Tier mit einem weißen Streifen über einem Auge – schoß zwischen seinen Beinen hindurch und verschwand in dem Gerümpel auf dem Hof. Und dann, auf einmal, spürte er Jessica auf den Dielenbrettern im Inneren herumgehen – denselben Brettern, die auch ihn draußen vor der Tür trugen. Jedenfalls glaubte er, sie zu spüren. Wie auch immer. Er setzte ein gezwungenes Lächeln auf und klopfte zweimal. An die Tür. Mit den Knöcheln.

Totenstille.

Erstarrte Stille.

Eine gleichermaßen wachsame wie gespannte Stille.

Er versuchte es noch einmal mit Klopfen und machte dann Gebrauch von seiner Stimme: »Jessica?«

Jetzt ging sie drinnen umher, kein Zweifel, er fühlte sie, hörte, wie sie sich über den Boden bewegte, hörte das Quietschen und Ächzen der trockenen Dielen unter ihren Füßen, unter seinen Füßen. Eins, zwei, drei, vier, die Tür ging auf – ein bullernder Ofen, ein gemachtes Bett, auf dem Regal Einmachgläser mit diesem und jenem –, und sie stand vor ihm.

»Walter.« Es klang, als identifizierte sie ihn bei einer Gegenüberstellung bei der Polizei. Er sah die Überraschung und die Bestürzung auf ihrem Gesicht, und er grinste noch breiter. Sie hatte Jeans, knöchelhohe Männerturnschuhe und einen gerippten Strickpullover an. Das Haar trug sie offen, und ein Pony – frisch geschnitten, die Frisur einer Folk-Sängerin – verbarg ihre hohe weiße Patrizierstirn. Gut sah sie aus. Sogar sehr gut. Sie sah aus wie die Frau, die er geheiratet hatte.

»War gerade zufällig in der Gegend«, witzelte er, »und da dachte ich, ich komm mal vorbei, um hallo zu sagen oder vielmehr, um mich zu verabschieden –«

Sie rührte sich immer noch nicht, die Tür schwebte in den Angeln, und eine Sekunde lang schien ihm, als wollte sie ihm die Tür ins Gesicht knallen, ihn abkanzeln, hinauswerfen wie einen dieser jovial schwätzenden Staubsaugervertreter. Doch dann veränderte sich ihre Miene, sie trat einen Schritt zurück und sagte, vielleicht ein wenig zu munter: »Na ja, komm erst mal rein bei der Kälte.«

Und dann war er drinnen.

Sobald sie die Tür geschlossen hatte, ergriff jedoch beide große Unsicherheit – sie standen in einer Zelle, einer Kiste, einer Höhle, die keinen Ausweg bot; sie wußten nicht, was sie mit ihren Händen tun und wohin sie blicken sollten, ob sie sich setzen oder stehenbleiben oder was sie sagen sollten. Er lehnte mit dem Rücken an der Tür. Sie stand einen knappen Meter von ihm entfernt, ihr Gesicht so blaß wie damals, als sie auf einer Wiese in den Catskill Mountains eine sonnenwarme Melone aufgeschnitten hatte und das Messer abgerutscht und in ihre Hand gefahren war. Sie hielt den Kopf gesenkt, die Arme vor sich verschränkt. Ob das eine peinliche Situation war? Allerdings.

Jessica fand als erste die Fassung wieder. Sie drehte sich um, huschte davon und bückte sich geschickt, um den einzigen Sessel im Raum von seiner aus Hüten, Jacken, Shitpfeifen, Käsereiben, Taschenbüchern und diversen anderen Siebensachen bestehenden Last zu befreien, wobei sie aufgriff, was er eben an der Tür gesagt hatte: »Verabschieden? Wieso – ziehst du etwa weg von hier?«

Und so bekam er Gelegenheit, sich in den entleerten Sessel zu setzen und ihr von seiner bevorstehenden Reise ins Herz der Polarnacht zu berichten, ein paar Witze über Iglus und Eisbären zu reißen und sie in gespieltem Ernst zu fragen, ob sie nicht einen Hund wüßte, den er mitnehmen könnte, um sich in seinem Fell die Hände zu wärmen. »Aber mal ehrlich«, fuhr er fort, von ihrem Lachen ermutigt, »brauchst dir keine Sorgen um mich zu machen – ich bin ja kein Grünschnabel. Ich meine, ich weiß 'ne Menge über Alaska aus Jack London. Zum Beispiel werde ich auf gar keinen Fall aus dem Motelzimmer in die Kneipe rübergehen, ehe ich nicht ausgespuckt habe.«

»Ausgespuckt?«

Er sah kurz über die Schulter, als gäbe er ein streng gehütetes Geheimnis preis, und lehnte sich dann vor. »Mm-mh«, machte er und senkte die Stimme. »Also, wenn die Spucke gefriert, bevor sie am Boden ankommt, dann geht man am besten zurück ins Bett und wartet bis zum Frühling.«

Lachend bot sie ihm ein Glas Wein an – von dem essigartigen Gebräu, das Tom Crane seit zwei Jahren zusammenpanschte – und setzte sich an den Tisch vor dem Fenster, wo sie beim Zuhören eine Perlenkette auffädelte. Es schien ihm ein gutes Zeichen, daß sie sich ebenfalls ein Glas eingeschenkt hatte.

»Weißt du«, sagte er plötzlich, »damals im Krankenhaus, da lag ein Typ im Bett neben mir... ein Zwerg war das, glaube ich. Oder ein Liliputaner. Ich weiß nie, was der Unterschied ist.«

»Zwergwüchsige sehen ganz normal aus, nur so klein wie Kinder«, sagte sie und zeigte mit den Händen die Körpergröße. »Aber die Proportionen stimmen.«

»Na, dann war der Typ ein Liliputaner. Er war alt. Und sein Kopf war riesig, Nase und Ohren viel zu groß, und so weiter.« Er machte eine Pause. »Piet hat er geheißen. Er hat meinen Vater gekannt.«

Sie warf ihm einen kurzen Blick zu, dann konzentrierte

sie sich wieder auf ihre Handarbeit und zog mit den Zähnen einen Kunststoffaden von der Spule.

»Von dem hab ich erfahren, daß er in Alaska ist.«

»Also darum geht es«, sagte sie und sah ihn direkt an. »Um deinen Vater.«

Walter drehte das Glas in den Händen, als wollte er es anwärmen. Grinsend starrte er auf den Boden. »Na ja, es ist zwar jetzt nicht gerade die beste Jahreszeit für einen Urlaub da oben, kannst du dir ja vorstellen. Ich meine, da frieren den Leuten die Nasen ab, Ohrläppchen werden schwarz, Zehen fallen ab wie im Herbst die Blätter…«

Wieder lachte sie – ein vertrautes Lachen, ein Lachen, das ihm Hoffnung gab.

Er blickte auf, grinste nicht mehr. »Ich hoffe, ihn dort aufzuspüren. Ich will ihn finden. Mit ihm reden. Immerhin ist er mein Vater, nicht wahr?« Und dann erzählte er ihr von den Briefen, die er losgeschickt hatte – manchmal zwei oder drei pro Tag –, wie er innerhalb von zwei Monaten elf Jahre wettzumachen versucht hatte. »Ich hab ihm geschrieben, alles ist in Ordnung, lassen wir die Vergangenheit ruhen, und daß ich ihn einfach nur sehen möchte. ›Lieber Dad!‹ Ich hab tatsächlich jeden Brief mit ›Lieber Dad‹ angefangen.«

Er trank den Wein aus und stellte das Glas auf einer Schachtel mit alten Zeitschriften ab. Sie sah ihn nicht an, zeigte ihm das Profil und fädelte Perlen auf, als gäbe es nichts Wichtigeres auf der Welt. Er beobachtete eine Weile, wie sie konzentriert die Lippen spitzte, und er wußte, daß sie ihm etwas vorspielte. Sie lauschte. Sie wartete. Brannte innerlich. Das wußte er. »Hör mal«, sagte er und schaltete abrupt in einen anderen Gang. »Ich hab dir noch gar nicht erzählt, wie weh mir das damals im Supermarkt getan hat. Aber es hat weh getan. Ich hätte heulen können.« Die Stimme kam gepreßt aus der Tiefe seiner Kehle.

Jetzt sah sie zu ihm auf, ihr Blick war sanft, vielleicht sogar ein wenig feucht, aber sie ging nicht darauf ein. Es war fast, als hätte sie ihm nicht zugehört – da schüttete er ihr sein Herz aus, und sie reagierte darauf mit einem wilden Schwall von zusammenhanglosem Geschwätz. Sie redete über den Krieg, über Protestmärsche, über Umweltskandale – irgendwo wurden Abwässer ungeklärt in den Fluß geleitet, war das nicht ein Skandal? Und zehn Meilen stromabwärts tranken Menschen genau dieses Wasser – einfach unglaublich, oder?

Unglaublich. Ja. Er warf ihr einen leidenschaftlichen, verführerischen Blick zu – oder das, was er für einen leidenschaftlichen, verführerischen Blick hielt – und machte es sich bequem, um sie erzählen zu lassen. Sie waren beim dritten Glas Wein, als sie von der »Arcadia« anfing.

Mit ihrer Litanei der Sünden der Industrie, ihrer Aufzählung bedrohter Sumpfbiotope und verschmutzter Buchten, ihren blauäugigen Versicherungen, Soundso habe in irgendeinem Buch festgestellt, daß die Messungen für irgendwas tausendmal höher ausfielen als die zulässigen Grenzwerte, hatte sie bis zu diesem Punkt nichts weiter erreicht, als ihn in einen Zustand stiller Zufriedenheit zu lullen. Er hörte ihr nur mit halbem Ohr zu, betrachtete ihre Hände, ihr Haar, ihre Augen. Jetzt aber spitzte er mit einem Mal die Ohren.

Die »Arcadia«. Das war ein Schiff, eine Schaluppe, die einem alten Vorbild nachgebaut war. Zwar hatte Walter sie noch nicht gesehen, aber gehört hatte er davon. Eine Menge. Dipe und seine Kumpel vom Kriegsveteranenverband kochten ihretwegen vor Wut – *Das sind wieder dieselben Typen wie damals bei den Unruhen, Walter,* hatte Depeyster ihm eines Abends gesagt, *vor zwanzig Jahren haben wir denen auf der Viehweide da draußen eine Lektion erteilt, und jetzt könnte man meinen, sie hätten's vergessen.* Was Walter anging, so war ihm die Sache ziemlich schnuppe – wen kümmerte es schon, ob nun ein alter Kahn mehr oder weniger auf dem müden Fluß dahindümpelte? –, aber er wußte jedenfalls, worum es ging. Aufgebracht waren Dipe, LeClerc und die übrigen vor allem deshalb, weil

Will Connell etwas damit zu tun hatte, soviel war ihm klar. Allein der Name war ein rotes Tuch, ein an die Wand gemalter Teufel, ein hingeworfener Fehdehandschuh – Paul Robeson war inzwischen tot, Connell dagegen noch gut in Form und dank der Verurteilung der Hexenjagden der McCarthy-Ära rehabilitiert, ein Überlebender und Held. Und jetzt schipperte der Kerl auf einem Schiff von der Größe eines Konzertsaals den Fluß auf und ab (*Es ist nicht zu fassen, Walter*, hatte Depeyster in heller Empörung gewettert, *der baut diesen, diesen schwimmenden Zirkus doch nur zur Tarnung für seinen kommunistischen Dreck... von wegen sauberes Wasser. Dem geht's bloß darum, auf den Stufen des Capitols die Vietcong-Fahne zu schwenken...*) und lachte den Typen ins Gesicht, die vor zwanzig Jahren losgezogen waren, um ihm und Robeson den Saft abzudrehen.

Reaktionäre Spießer. Das waren sie für Walter immer gewesen – dieses Urteil war ihm anerzogen worden –, heute aber, da er Dipe persönlich kannte, mit ihm zusammengearbeitet, in seinem Wohnzimmer gesessen, seinen Scotch getrunken und ihm seine Probleme anvertraut hatte, war ihm klar, daß es um wesentlich mehr ging, als er früher geglaubt hatte. Hesh und Lola und die Eltern seiner Mutter hatten ihm ihre Version aufgezwungen. War das nicht auch Propaganda? Hatten sie ihm etwa nicht nur die eine Seite der Geschichte erzählt? Sein Leben lang hatte er gehört, sein Vater sei ein übler Kerl, ein Spitzel und Verräter, ein kaputter Typ gewesen. Und in den Sowjets hatten sie sich auch getäuscht – und tief in ihren Herzen wußten sie das genau. Sie hatten die Parteilinie bejubelt, als wäre das so was wie die Zehn Gebote, aber Stalin hatte sich als fauler Apfel erwiesen, und was war daraus geworden? Freiheit? Menschenwürde? Das Paradies der Arbeiter? Rußland war ein Leichenschauhaus gewesen, ein Arbeitslager, und am schlimmsten hatte die Partei die Leute unterdrückt.

Es waren leichtgläubige Menschen – Hesh, Lola, seine

traurige, versponnene Mutter so wie schon ihre Eltern davor. Es waren Träumer, Reformer, Idealisten, die geborenen Mitläufer und Opfer. Sie hielten sich für die Beschützer der Schwachen und Unterdrückten, sie glaubten, sie könnten das Unrecht durch Händchenhalten, Liedersingen und Spruchbänderschwenken aus der Welt schaffen, dabei waren in Wirklichkeit sie selbst die Schwachen und Unterdrückten. Sie machten sich etwas vor. Sie hatten zuviel Seele, zuwenig Härte, sie waren nicht frei. Träumer waren sie. Wie Tom Crane. Wie Jessica. Er war auf dem Weg nach Alaska, und er würde seinen Vater dort aufspüren, und sein Vater würde ihm alles so erzählen, wie es gewesen war. Ein Verräter? Das glaubte Walter nicht. Nicht mehr jedenfalls.

»Wir sind beide Gründungsmitglieder, weißt du?« sagte Jessica, während er durch sie hindurchsah. »Tom und ich. Tom gehört seit der Jungfernfahrt von Maine herunter zur Besatzung.«

Er hatte es nicht gewußt. Aber er hätte es sich denken können. Natürlich, dachte er und verhärtete sich plötzlich, Jessica und Tom Crane, Tom Crane und Jessica. Die beiden, draußen auf dem Fluß, wie sie sich in der Koje scheinheilig aneinanderklammerten und oben an Deck ihre Plakate mit den Pharisäersprüchen schwenkten, Gesänge von Frieden und Liebe und Hoffnung anstimmten, und ewig das Gejammer um die Klammeraffen und die Sattelrobben, das einmalige Biotop von Angel Falls, die Ozonschicht und all die anderen beschissenen Hirnwichser-Projekte dieser Welt. Mit einem Mal stand er auf und schob den Stuhl zurück. »Hast du mir vorhin zugehört?« fragte er, und in seiner Stimme lag nicht mehr die geringste Spur von Humor, keine Demut, nicht einmal mehr Leidenschaft. »Als ich sagte, wieviel du mir bedeutest?«

Sie senkte den Kopf. Im Ofen knackte es, ein Vogel schoß am Fenster vorbei. »Ich habe dir zugehört«, flüsterte sie.

Er machte einen Schritt vor und griff nach ihr – nach ihren Schultern, nach ihrem Haar. Zu seiner Linken spürte er die Hitze des Ofens, durch das verschmierte Fenster sah er den tristen Wald, und gleich bei der ersten Berührung fühlte er seine Erregung. Sie saß leicht vorgeneigt da, vor dem Gewirr von Perlen, Gummibändern, Angelschnüren und Nähnadeln auf dem Tisch, und obwohl er sie an sich drückte, reagierte sie nicht. Er strich ihr übers Haar, doch sie wandte den Kopf und ließ die Arme schlaff herunterhängen. In diesem Moment spürte er das Beben, das tief in ihrem Innern begann, gegen den Zug der Schwerkraft wie eine Woge emporstieg und ihren Brustkorb zum Bersten erfüllte, bis es schließlich in einem Zittern ihrer Schultern verebbte: Sie weinte.

»Was ist denn los?« fragte er, und seine Stimme hätte sanft, zärtlich, besorgt sein sollen, aber sie war es nicht. Sie klang falsch in seinen Ohren, klang schroff und ungeduldig, klang wie ein Befehl.

Sie schniefte, holte nach einem heftigen Schluchzer tief Atem. »Nein, Walter«, stieß sie hervor, sah ihn weiterhin nicht an, blieb schlaff wie eine Tote. »Ich kann nicht.«

Seine Hände lagen jetzt auf ihrem Pullover, und er preßte die Lippen auf ihren Scheitel. »Du bist meine Frau«, sagte er, »du liebst mich.« Oder nein, das war wohl nicht das Richtige. »Ich liebe dich«, verbesserte er.

»Nein!« protestierte sie mit unerwarteter Vehemenz, wandte ihm ein Gesicht wie eine Maske zu, als gehörte es gar nicht ihr, als hätte sie es für eine Kostümparty aufgesetzt, für Halloween; dann packte sie seine Arme knapp über den Ellenbogen und versuchte, ihn wegzustoßen. »Nein!« wiederholte sie, und auf einmal sah er sie wie durch ein Zoom-Objektiv, die winzigen geplatzten Kapillaren in ihren Augen, die Tränentröpfchen an ihren fingerdicken Wimpern, die Flügel ihrer Stupsnase gebläht und riesengroß, rot wie die eines Tiers. »Es ist vorbei, Walter«, sagte sie. »Tom. Ich bin jetzt mit Tom zusammen.«

Tom. Der Name drang aus dem Nirgendwo, von einem anderen Universum zu ihm, und er nahm ihn kaum wahr.

Opfer. Träumer. Er schüttelte ihre Arme ab und riß an ihrem Pullover wie ein unbeholfener Zauberkünstler bei dem Versuch, das Tischtuch unter einem kompletten Porzellanservice wegzuziehen. Sie schrie auf. Schlug wild um sich. Fiel nach hinten gegen den Tisch. Perlen kollerten durcheinander, prasselten auf den Boden wie starker Regen, wie der Trommelwirbel der Umweltverschmutzer, die in den Krieg zogen. Er zerrte den Pullover hinauf, bauschte ihn unter ihrem Kinn zu einem dicken Wulst und zog sie vom Stuhl hoch, preßte ihren Unterleib mit seinem gegen die Tischkante. Er suchte ihren Mund, aber sie drehte den Kopf weg; er griff nach ihren Brüsten, aber sie hielt sich mit beiden Händen am Pullover fest. Schließlich machte er sich an ihre Jeans.

Sie weinte die ganze Zeit über, doch sie klammerte sich an ihn. Und er drängte sich gegen sie und spürte ihre Zunge, und als sie sich anspannte, umschlang sie ihn, als wäre er ihr ein und alles. Als es vorbei war, zog er sich von ihr zurück; der Blick in ihren Augen machte ihm angst. Sie wirkte geprügelt, verletzt, wie ein Hund, den man gleichzeitig gefüttert und geschlagen hat. War das ein blauer Fleck unter ihrem linken Auge? War das Blut auf ihrer Lippe? Er wußte nicht, was er sagen sollte – die Worte waren ihm ausgegangen. Schweigend zog er sich den Reißverschluß hoch, knöpfte die Jacke zu; schweigend wich er vor ihr zurück und tastete nach der Tür.

Langsam und behutsam, als habe er ein gereiztes Raubtier vor sich, das ihn anspringen würde, wenn er es auch nur eine Sekunde lang aus den Augen ließ, drehte er den Türknopf hinter sich. In diesem Moment ließ sie sich zu Boden fallen, leblos wie eine Puppe. Sie blieb reglos liegen, den Kopf in den Armen verborgen, die Jeans zu den Knöcheln hinuntergezogen. Diesmal konnte er das Schluchzen nicht hören, doch es ließ ihren gekrümmten weißen Körper erbeben, das sah er sehr wohl.

Es war das letzte Bild, das er sich von ihr bewahrte.

Der Abstieg über den Hügel war ein Kinderspiel. Er schien auf seinen Prothesen dahinzugleiten wie auf Schlittschuhen, und wenn er doch einmal das Gleichgewicht verlor, schoß jedesmal ein fester junger Baum aus dem Boden, an dem er sich festhalten konnte. Er quetschte seine Gedanken aus wie eine Eiterpustel und entledigte sich so ihres Bildes in seinem Kopf. Als er den Steg erreichte, war er im Geiste längst in Barrow, bei den unergründlichen Schatten, den harten Linien, der Geometrie aus Eis. Er traf seinen Vater, und sein Vater war gesund und kräftig, er war der Mann, der ihn zur Acquasinnick Bridge mitgenommen hatte, um in dem schlammigen Fluß Krebse zu fangen, der Mann, der Sasha Freeman und Morton Blum und all den anderen die Stirn geboten hatte. *Walter,* sagte sein Vater, *ist ja eine Ewigkeit her,* und streckte ihm die Arme entgegen.

Sie war eine gutaussehende Frau, eine Schönheit: makellose Zähne, voller, stolzer Busen, ein flacher Bauch, der nur ein einziges Mal rund geworden war, als er werdendes Leben in sich getragen hatte. Auch ihre Augen gefielen ihm, Augen wie Murmeln, um die er als Junge gespielt hatte, blasse Wölkchen von Violett in prismatischem Glas, und er mochte es, wie sie ihn ansah, wenn er ihr etwas erzählte. Er erzählte ihr von Manitous Großer Frau oder von Mishemokwa, dem Bärengeist, oder von seinem Vater und Horace Tantaquidgeon, und sie beugte sich vor, die Lippen geöffnet, die Stirn gefurcht, so gespannt, als lauschte sie einem Orakel oder dem Stammvater aller Stämme, Manitou selbst. Doch am allerbesten gefiel ihm an ihr, daß sie eine Weiße war, die Frau des Sohnes seines Erzfeindes – das war mehr als perfekt.

Zum erstenmal hatte er sie oben in Jamestown getroffen. Wie lange war das jetzt her – vier, fünf Jahre? Er hatte genug von der Hütte und der Einsamkeit gehabt, war es leid gewesen, das Kreuz seines hoffnungslosen Volkes zu tragen, deshalb war er nordwärts gezogen, um ein paar Wochen lang Äpfel zu pflücken und Enten zu schießen – bis zum Thanksgiving Day vielleicht. Jedenfalls bis die Seen zufroren und die Enten davonzogen. Eines Tages Ende November, am Dienstag vor dem Truthahn-Donnerstag, saß er auf Ein-Vogels Veranda, vor sich einen Putzlappen, eine Dose Maschinenöl und Ein-Vogels betagte einschüssige Remington. Eigentlich putzte er das Gewehr nicht richtig – er wischte nur mit dem ölgetränkten Lappen über den Lauf, um eine Beschäftigung für seine Hände zu haben. Es war ein klarer, windiger Tag, in der Luft lag der Duft der Tundra.

Der Kombiwagen – es war ein weißer, brandneuer Chevy mit diesen Pseudo-Holzleisten an den Seiten – kam für ihn überraschend. Er bog bei Dick Fourtriers Grundstück um die Ecke, rumpelte behäbig über die waschbrettartige Staubstraße mit den Schlaglöchern. Vor Ein-Vogels Haus wurde er langsamer, bis er schließlich ein Stück dahinter zum Stehen kam. Die Rückfahrscheinwerfer leuchteten auf, und der Wagen setzte schaukelnd zurück, bis er wieder auf seiner Höhe war. Durch das Fenster sah er kurz einen Kopf, sah die vom Wind abgerissene Fahne des Auspuffqualms. Der Vormittag hüllte sich in Schweigen. Die Fahrertür ging auf, und da stand sie, Joanna, die wohltätige Lady, kam in Lederhalbschuhen, Kaschmirpullover und Faltenrock um den Wagen herum, kam über die Steinplatten mit den struppigen gelben Grasbüscheln dazwischen herauf, kam auf das Haus, das dringend gestrichen werden mußte, kam auf ihn zu.

»Hallo«, sagte sie auf halbem Weg, und ihr Lächeln erstrahlte zum Ruhm der regelmäßigen, halbjährlichen Vorsorgeuntersuchungen und der vielen Meilen ordentlich aufgerollter Zahnseide.

Er war ein bärbeißiger Stoiker, ein Ex-Zuchthäusler, ein Überlebenskünstler, ein Mann, der sich von den Früchten der Erde ernährte, ein Kommunist. Seine eigenen Zähne waren verrottet wie die einer Hyäne, und er trug Arbeitshosen, ein Flanellhemd und ein Leibchen, das einmal himmelblau gewesen, jetzt aber mit Fett, Blut, Steak-Sauce und den Resten von Kaninchen, Fasan und Fisch befleckt war. Er beobachtete sie aus kalten grünen Augen und sagte kein Wort.

Sie blieb vor der Veranda stehen, ihr Lächeln wirkte nur ein klein wenig gezwungen, faltete ihre schmalen Hände und begann, nervös an einem Ring zu drehen – einem Diamantring, der sie zum Eigentum eines anderen Mannes erklärte: »Hallo«, wiederholte sie ihren Gruß, als hätte er sie beim erstenmal nicht gehört, »können Sie mir wohl sagen, wie ich zum Versammlungshaus komme?«

Zum Versammlungshaus? Zuerst wollte er sie verspotten, sie schockieren und verletzen, ihr sagen, sie könne ihn mal am Arsch lecken, da werde sie vielleicht finden, was sie suche, aber er tat es nicht. Etwas an ihrer Erscheinung – er wußte nicht genau, was es war – machte sie anders als die anderen, diese alten Puten mit dem silberblauen Haar und den schäbigen Pferdedecken, den Bibeln und dem blöden Wohltätergedusel, und jagte ihm Angst ein. Ein bißchen jedenfalls. Eigentlich war es nicht Angst – eher ein Schaudern, ein kleiner Schreck. Er konnte sich einfach nicht vorstellen, wie sie mit den übrigen ein Plakat schwenkte (Befreit die armen, unwissenden Ureinwohner Amerikas aus der Unterdrückung!) oder sich eine bunt bedruckte Grillpartyschürze überzog, um bei einem dieser gräßlichen Wohltätigkeits-Frühstücke Pfannkuchen und Cocktailwürstchen zu servieren.

Natürlich, sie sah gut aus – und jung war sie auch –, aber daran lag es nicht. Da gab es noch etwas anderes, so etwas wie das Gefühl, sie wäre wie ein Geschenk für ihn, wie ein Geburtstagskuchen mit brennenden Kerzen. Er wußte nicht, was es war. Noch nicht. Es genügte zu wissen, daß es da war.

Da er ihr nicht antwortete, sondern sie nur mit seinen unverschämten Blicken abtastete, sich den Gewehrlauf zwischen die Beine klemmte und mit möglichst zweideutiger Geste daran auf und ab rieb, fuhr sie fort, jetzt etwas nervös und gehetzt: »Es ist das erste Mal. Daß ich hier bin, meine ich. Ich komme von weiter südlich, aus Westchester County, und Harriet Moore – das ist eine Freundin meiner Cousine in Skaneateles – na ja, also um es kurz zu machen –« hier deutete sie mit einem Kopfnicken auf den Wagen hinter sich, »– ich hab da eine ganze Ladung von Zeug, das wir in Peterskill gesammelt haben – Preiselbeeren, eingemachte Pfirsiche und gelbe Bohnen und – und Soßenpulver – für die, für Sie, meine ich – nein, für Ihr Volk und…« Verwirrt brach sie ab, das grüne Starren brachte sie aus der Fassung.

Er hörte nicht auf, an dem Lauf zu reiben. Eine halbe Meile über ihnen quakte ein Schwarm Wildgänse. Sie sah über die Schulter zu ihrem Auto an der Straße, der Motor lief noch, die Tür stand weit offen, dann wandte sie sich wieder an ihn: »Also, können Sie mir sagen, wo es ist?«

Zum erstenmal sagte er etwas. »Wo was ist?«

»Das Versammlungshaus.«

Er legte das Gewehr auf die ausgebreitete Zeitung, um die verwitterten Bretter der Veranda nicht ölig zu machen. Er stand vom Stuhl auf und überragte sie um einiges. Dann grinste er, zeigte ihr all seine schlechten Zähne auf einmal. »Sicher«, sagte er und kam die Stufen herab, um sich neben sie zu stellen und ihren Duft aufzufangen, »sicher weiß ich, wo das ist. Ich bringe Sie persönlich hin.«

Er ging in jener Nacht mit ihr ins Bett, nachdem die staubigen Dosen mit Bohneneintopf, Anchovispaste und sonstigem Quatsch, den die braven Hausfrauen von Peterskill aus den dunklen Ecken ihrer Küchenschränke hervorgekramt hatten, ausgeladen waren; der Sex war zwangsläufig mit gewissen Schäden an ihrer Unterwäsche verbunden, die aussah, als wäre sie eben erst bei Bloomingdale's gekauft worden. Er riß sie ihr vom Leib, sobald sie auf dem Bett ihres aseptischen Zimmers im Hiawatha Motel lagen, wo alles – Stühle, Schreibtisch, Spiegelrahmen, sogar der Fernsehschrank – aus geschnitzten Blockhaus-Stämmen bestand, von den Squaws in der Reservation für fünfzig Cent pro Stunde sorgfältig aneinandergepaßt, verleimt und lackiert. Es war ein Dekor, das den Eindruck von freier Natur vermitteln sollte, das typische Blockhaus-Gefühl, halbnackte, tomahawkschwingende Naturburschen ringsherum. Bei Jeremy allerdings rief es ein anderes Gefühl hervor: eines, das ihn mit dem Wunsch beseelte, wohltätigen Damen die Unterwäsche vom Leib zu reißen.

Joanna jedoch überraschte ihn. Er hatte Zimperlichkeit erwartet, eine errötende Schönheit mit abgewandtem Blick und bebendem Körper. Aber so war sie ganz und gar nicht. Sie war hungrig, gierig, viel wilder als er selbst. Sobald er ihren Namen gehört hatte – »*Van Wart?* Nein, tatsächlich? Depeyster Van Wart, der Sohn von diesem alten Knacker, von Rombout?« –, da war ihm klar, er würde sie bekommen, so wollte es das Schicksal; dies war sein Geschenk, extra eingepackt für ihn, und er wußte, er würde sie erniedrigen und übel zurichten, sie bis zum Hals mit all der Bitterkeit seiner fünfundfünfzig tristen, hoffnungslosen Jahre anfüllen. Dann aber überraschte sie ihn. Je brutaler er wurde, desto besser gefiel es ihr. Sie warf sich ihm entgegen, kratzend und um sich schlagend, sie krallte sich tief in die Haut seines Rückens, und plötzlich war die Situation völlig verändert. Er wurde weich. Gab sich geschlagen. Verliebte sich, zum erstenmal in seinem Leben.

Alle zwei Wochen erwartete er sie, wartete auf den mit straßbesetzten Handtaschen, Golfschlägern, Linolschnitt-Sets, Woolworth-Turnschuhen, Herrenmänteln und Galoschen vollgestopften Kombiwagen und ging mit ihr vom Versammlungshaus direkt zum Motel. Lange Zeit behielt er für sich, wie sehr ihn dort alles anwiderte, wie unwohl er sich dort fühlte. Erst nach ein oder zwei Monaten, nachdem er die Gastfreundschaft von Ein-Vogel längst überstrapaziert hatte und Weihnachten wie Neujahr vorübergegangen waren, gestand er ihr, daß ihn das Hiawatha Motel ankotzte. Aber es war nicht nur das Motel, es war das ganze gottverlassene, eingezäunte, abgesperrte Elend der Reservation. Es war Ein-Vogel. Die Tantaquidgeons. Das Ganze hier. Es stank zum Himmel.

Sie spazierten, nachdem sie sich geliebt hatten, am Ufer des Conewango entlang, sie in der Fransenjacke und den Leggings aus Wildleder, die sie von ihm zu Weihnachten bekommen hatte, er in seinen Arbeitshosen, dem Flanellhemd und der neuen Daunenweste, ihrem Gegengeschenk. Mit einem Druck ihres Oberarms brachte sie ihn zum Stehen. »Was meinst du damit?« fragte sie.

»Daß es Zeit wird, etwas Neues zu machen. Ich gehe zurück nach Peterskill.«

Ihr Gesicht nahm einen eigenartigen Ausdruck an, und er sah, wie sie sich abmühte, diese Vorstellung in ihr Weltbild einzupassen, wie sie versuchte, sich ihren wilden Eingeborenen-Liebhaber im geruhsamen Leben ihres Peterskill vorzustellen, neben ihrem Mann, ihrer Tochter, neben der mächtigen Galeone von Gutshaus, die in einer ununterbrochenen Folge makelloser Tage auf dem Ozean makelloser Rasenflächen dahintrieb. Dann zuckte sie die Achseln. Reckte sich zu ihm hinauf und küßte ihn. »Soll mir recht sein«, sagte sie. »Dann kann ich dich öfter treffen.«

Also packte er seine Sachen – Unterwäsche, Socken, Mokassins, die einfachen Kleidungsstücke, die er aus Tierhäuten gefertigt hatte und nur auf Stammesboden trug, Ruttenburrs Buch über die Hudson-Indianer, das Jagdmesser –, während Ein-Vogel ihm ihre Meinung über diese Wohltäterfrau mit den Glasaugen vortrug. Dann stieg er zu Joanna in den Kombiwagen und fuhr bequem über die Flüsse und Berge, die er zum erstenmal vor so vielen Jahren zu Fuß überquert hatte. Durch das Fenster sah er den Alleghenny, den Cohocton und den Susquehanna, die dichtbewaldeten Kuppen der Catskill Mountains, die jähen dunklen Schluchten des Hudson River. Endlich kamen sie über die Bear Mountain Bridge, vorbei an den ersten Häusern von Peterskill; sie fuhren auf der Van Wart Road ostwärts, und er fühlte sich wie Hannibal vor den Toren Roms, wie ein siegreicher Kriegsheld, wie ein Mann, der niemals wieder eine Niederlage erleben würde.

Joanna fuhr direkt unter dem großen Haus auf dem Hügel vorbei, vorbei an der historischen Gedenktafel, auf der sein Name stand – Jeremy Mohonk, der Kummervolle, vor urdenklichen Zeiten zur Strafe für seine Vergehen gegen den *patroon* niedergemetzelt –, und hielt dann am Straßenrand an, neben dem Pfad, der auf die Weide hinabführte. »Bis später«, sagte er, huschte wie ein Schemen in die dichten Baumreihen hinein und war unsichtbar, sobald er sich von ihr abgewandt hatte.

Sie besuchte ihn in seiner trostlosen Hütte, sie brachte ihm Essen, Bücher, Zeitschriften, sie brachte ihm warme

Decken, Petroleum für die Lampe, Kochtöpfe, Geschirr, Servietten aus feinem Leinen mit dem Monogramm der Van Warts. Das Leben sah plötzlich rosig aus, und er genoß es wie ein von den Toten Auferstandener. Er ging jagen und Fallen stellen, er besuchte Peletiah Crane und dessen schlaksigen Enkel, an kalten Tagen saß er vor dem Ofen und blätterte in einem Buch. Und er wartete auf Joanna, geduldig wie ein Mogul.

Ein Jahr verging, und noch ein weiteres. Im Frühling des dritten Jahres jedoch wurde alles anders. Während der Winter zurückwich und in den Bäumen der Saft zu fließen begann, während er hypnotisiert dem Unken der Kröten lauschte oder den Tanz der Eintagsfliegen über dem Wasser des Baches beobachtete, überkam ihn wieder die alte Sehnsucht, jene Sehnsucht, die niemals gestillt worden war. Was tat er denn? Was glaubte er denn? Schön, Joanna Van Wart war eine gutaussehende Frau, doch er war der Letzte der Kitchawanken und sie der Inbegriff von allem, was er verabscheute.

»Wirf es weg!« sagte er zu ihr, als sie an diesem Nachmittag durch die Tür seiner Hütte kam, wunderschön in Shorts und ärmellosem Oberteil, ihr Haar in allen Farben des Herbstlaubes schimmernd.

»Was soll ich wegwerfen?«

»Dein Diaphragma«, erklärte er. »Die Pille. Oder was immer es ist, was zwischen uns steht.«

»Du meinst –?«

»Genau«, sagte er.

Er wollte einen Sohn. Nicht den Sohn, den Ein-Vogel ihm nie hatte geben können, auch nicht die zahllosen Söhne, die er in dem finsteren Verlies von Sing-Sing in seine Hand verspritzt hatte – das war unmöglich. Er wollte sich mit einer anderen Sorte Sohn zufriedengeben, mit einem Sohn, der weniger von den Kitchawanken und mehr vom Stamm der Wölfe hatte. Dieser Sohn würde kein Segen sein, kein Garant für Gnade und Erlösung.

Dieser Sohn würde seine Rache sein.

Anfangs wollte sie seinetwegen Depeyster verlassen, soviel empfand sie für ihn. Das wollte sie wirklich. Jeremy war für sie eine Art Gott. Wenn er mit ihr schlief, war es brutal und zärtlich zugleich, es war, als wäre die Erde selbst Fleisch geworden und dränge in sie ein, als wäre Zeus – oder nein, eine dunkle indianische Gottheit, irgendein düsterer Sohn Manitous – von seinem Berggipfel herabgestiegen, um sich eine sterbliche Frau zu nehmen. Er war knapp zwanzig Jahre älter als sie, und sein Leben war Legende. Er war ihr Lehrer, ihr Vater, ihr Geliebter. Er war ihr ein und alles. Sie wollte ihn in sich spüren. Sie wollte ihn feiern und verehren, wollte eng an ihn geschmiegt liegen und zuhören, wie seine rauhe Stimme zum Pulsschlag ihres Herzens wurde, wenn er in alten Erinnerungen schwelgte, als ließe er Juwelen durch seine Finger gleiten.

War sie besessen? Vernarrt? Wirklichkeitsfremd? War sie eine sexhungrige, mit Perlenketten behängte Wohltätigkeits-Vereinsmeierin, die ihrer Jugend nachlief und feucht zwischen den Beinen wurde, sobald sie nur an ihn dachte, die nur rammeln wollte wie ein Tier, wie eine Squaw, wie ein Indianerprinzessin mit unstillbarer Lust?

O ja. Allerdings.

Neben einem Mann ohne Leidenschaften und einer Tochter mit leerem Blick saß sie am Eßtisch, während sich eine Schwarze über das Delfter Familienporzellan beugte und Kalbsmedaillons oder Hummer servierte, und sie wollte sich anfassen, wollte vom Tisch aufspringen und in die Wälder laufen, jaulend wie eine läufige Hündin. Lady Chatterley? Die war eine Klosterschwester im Vergleich zu Joanna Van Wart.

Natürlich hat jedes Ding seine Zeit, und alles ist einmal zu Ende.

Im nachhinein wurde ihr klar, daß der Anfang vom Ende so deutlich zu erkennen gewesen war wie ein neues Kapitel in einem Buch. Es begann an jenem Frühlingsnachmittag vor zweieinhalb Jahren, kurz bevor er seine

Hütte für immer verließ, an dem Nachmittag, als er ihr sagte, sie solle das Diaphragma wegwerfen und ihm ein Kind gebären. Gut, so ist das Leben, dachte sie. So ist die Natur. Und so sollte es eben sein.

Nur wurde er von da an seltsam zu ihr. Sie kamen zusammen, Fleisch zu Fleisch, von einem gemeinsamen Ziel und der Hoffnung auf Erfüllung belebt, noch einmal voller Ekstase, und es dauerte eine Woche. Höchstens. Dann war er plötzlich verschwunden. Sie kam eines Morgens früh zur Hütte, um ihn zu überraschen, aber er war nicht da. Sicher ist er angeln, dachte sie, oder er geht seine Fallen ab und hat vergessen, wie spät es ist, also machte sie es sich zum Warten gemütlich. Es wurde eine lange Wartezeit. Denn er war zurück nach Jamestown gegangen, zurück zu Ein-Vogel.

Nach einer Woche – einer endlosen, ewigen Woche, in der sie weder schlief noch aß und seine Hütte heimsuchte wie eins der unversöhnlichen Gespenster, die angeblich in ihren niemals enden wollenden Qualen an diesem Ort spukten – lud sie achtzehn Kartons voller Topflappen mit Mondgesicht-Motiv in ihren Kombi und machte sich auf die Suche nach ihm. Sie fand ihn mit nacktem Oberkörper auf der Veranda von Alice Ein-Vogel sitzen; vom Hals hing ihm eine Kette aus polierten Knochen, die schreckliche Last seiner Erfahrungen spiegelte sich im Reigen seiner Narben, in den phlegmatisch herabhängenden Schultern, im starren Reptilienblick. Er nahm Fische aus, und seine Hände glänzten vor Blut. In diesem Moment wirkte er so barbarisch wie alle seine barbarischen Ahnen. Nicht weniger barbarisch wirkte Ein-Vogel, die mit ihren ganzen einhundertfünfzehn Kilo zornig funkelnd an seiner Seite saß.

Joanna ließ sich nicht beeindrucken. Sie bremste den Kombi direkt vor dem Haus, riß die Tür auf und marschierte den Weg hinauf wie ein Racheengel. Sie trug die Leggings, die Fransenjacke und ein Hemd aus ungegerbtem Leder; ihre Haut hatte sie so lange mit Blutwurz gefärbt, bis sie den Ton einer aus der Gosse gefischten Kupfermünze angenommen hatte. Ein halbes Dutzend langer Schritte, dann war sie über ihm, bohrte ihre Nägel wie Krallen in seinen Bizeps und zerrte ihn die Stufen hinunter um die Hausecke, ohne auf das pausenlose Gekeife von Ein-Vogels Flüchen und Verwünschungen zu achten. Hinter dem Haus, hinter der tief durchhängenden Wäscheleine, auf der ein paar Bettlaken sowie Ein-Vogels eindrucksvolle Unterhosen sanft im Wind schaukelten, ging sie mit ihrer scharfen Zunge auf ihn los. Sie begann mit der markerschütternden Philippika, die sie während der einsamen Fahrt einstudiert hatte, und endete mit einer rhetorischen Frage, die sie in einem so gellenden Schrei stellte, daß sie damit Adler von ihrer Beute hätte vertreiben können: »Kannst du mir vielleicht mal erklären, was du hier machst? Häh?«

Er war doppelt so groß wie sie, und er sah durch die grünen Schlitze seiner Augen auf sie herab. »Barsche ausnehmen«, sagte er.

Sie verharrte eine Minute lang, wippte auf den Ballen hin und her, dann holte sie weit aus und ohrfeigte ihn. Heftig. So heftig, daß ihr davon die Fingerspitzen taub wurden.

Ebenso unerwartet und doppelt so kraftvoll schlug er zurück.

»Du Schwein«, zischte sie, während die Wucht der Ohrfeige ihr Tränen in die eisigen Augen trieb. »Du willst mich verlassen, ja? Um hier draußen zu leben, mit dieser – dieser fetten alten Frau?«

Er antwortete nicht, aber er lächelte jetzt ein wenig. Die gewaltigen Liebestöter von Ein-Vogel blähten sich unschuldig im Wind.

»Du schläfst doch nicht etwa mit ihr?« sagte sie. »Das kannst du mir nicht erzählen.«

Er erzählte ihr gar nichts. Das Lächeln wurde breiter.

»Denn wenn du es tust...« Sie verstummte. »Jeremy«, flüsterte sie dann, so leise und so leidenschaftlich, daß es ein Gebet hätte sein können. »Jeremy.«

Er nahm sie bei den Händen. »Ich möchte dich vögeln«, sagte er, »jetzt gleich.«

Später, nachdem er mit ihr vor den Pantomimen der flatternden Schlüpferbeine in einen Gänsedistelbusch hinter Dick Fourtriers Haus geflohen war, wo sie miteinander geschlafen hatten, beantwortete er ihre Frage. »Ich wollte ein bißchen nachdenken, deshalb bin ich hergekommen«, sagte er.

»Worüber?«

»Über Schiffe.«

»Schiffe?« echote sie verwirrt. Ebensogut hätte er »Pudel«, »Sputniks«, oder »Saxophone« sagen können.

Ja, Schiffe. Er würde die Hütte aufgeben – zumindest bis ihr Sohn geboren war, ach übrigens, war sie schon, äh...? Nein? Na ja, dann würden sie es eben weiter versuchen. Jedenfalls brauchte er einen Tapetenwechsel. Diese Geschichte mit dem Stammesland seiner Ahnen ging ihm allmählich auf die Nerven – er hatte die Geister von Sachoes und dem ersten unglückseligen Jeremy Mohonk gespürt, die ihn dort immer mehr bedrängten, und er brauchte Abwechslung, etwas ganz anderes, sie verstünde doch, was er meinte? Und deshalb dachte er, er würde gern auf einem Schiff leben – ohne Boden unter den Füßen, weg vom festen Land, das ihm täglich mehr von der letzten Kraft heraussog, die er noch besaß. Im Yachthafen von Peterskill verkaufte jemand ein kleines Segelboot. Er brauchte fünfzehnhundert Dollar.

Ihr hatte die Idee nicht gefallen, ganz und gar nicht. Einerseits hatte ihr Mann selbst eine Yacht am Hafen liegen, also wie sollte sie Jeremy dort besuchen, ohne Verdacht zu erregen? Außerdem lebten Indianer nicht auf Schiffen. Sie lebten in Langhäusern, in Blockhäusern und Wigwams und in Hütten mit Teerpappedächern, sie lebten auf dem Festland. Und warum in Gottes Namen wollte er denn ein Arrangement aufgeben, das so prima funktionierte? So wie es jetzt war, konnte sie ihn jederzeit besuchen, wenn ihr der Sinn danach stand – durch den Wald direkt in sein Bett, ein Spaziergang von einer Viertelstunde, während der sie in Hitze geriet und leuchtende Augen bekam. Nein, es hatte ihr überhaupt nicht gefallen, aber das Geld hatte sie ihm trotzdem gegeben. Und jetzt, im schlimmsten Monat ihres Lebens, im vorletzten Monat ihrer Schwangerschaft, in jenem bedrückenden, unseligen Oktober eines Jahres mit landesweiten Straßenschlachten, politischen Morden und Menschen auf dem Mond, nach zwei Jahren der Stelldicheins im schwankenden, verschwiegenen Dunkel dieses feuchten, nach Fisch riechenden Segelboots, jetzt wußte sie auch, weshalb er es so gewollt hatte – um von ihr loszukommen, deshalb. Um sie zu verhöhnen. Um sie zu bestrafen.

Es war die alte Geschichte, eine traurige Geschichte, und sie ging so: hochschwanger, sein Kind unter dem Herzen, schwer gebeugt von diesem fremden Wesen in ihrem Innern und dabei doch leichter als die Luft, war sie vor drei Wochen zu ihm gekommen, voll von Zukunftsplänen und nichts als dem Wunsch, ihn zu umarmen, ihn zu berühren, sich mit ihm in der engen Kajüte der »Kitchawank« zu wiegen, die auf der durchscheinenden Haut des Flusses trieb. Wie üblich parkte sie bei Fagnolis Restaurant und nahm ein Taxi zum Hafen, und wie üblich fand sie ihn unter Deck beim Lesen. (Er schaffte zwei oder drei Bücher pro Tag – las alles mögliche von Marcuse, Malcolm X oder Mao Tse-tung bis zu James Fenimore Cooper und den Fantasy-Romanen von Vonnegut, Tolkien oder Salmón.) An diesem speziellen Tag – sie erinnerte sich genau – las er ein Taschenbuch, auf dessen Einband sich eine üppige, spärlich bekleidete Frau vor einer lederfarbenen Reptilkreatur mit Zähnen wie Nagelfeilen verkroch, die in einem silbernen Overall steckte und deren vorgewölbtes Geschlechtsteil unübersehbar war. »Hallo«, begrüßte Joanna ihn leise und duckte sich tief, um dem heimtückischen Balken auszuweichen, an dem sie sich schon hundertmal den Kopf gestoßen hatte.

Er erwiderte ihren Gruß nicht. Und als sie Anstalten

machte, sich zu ihm auf die Koje zu quetschen – in unbeholfener gebückter Haltung, das Baby zog sie schwer nach vorne –, machte er ihr keinen Platz. Sie spürte das Schlingern des Schiffes und ließ sich auf den Rand der zweiten Koje niedersinken, in dem engen Raum etwa einen Meter von ihm entfernt. Lange Zeit saß sie so da, strahlte ihn mit schimmernden Augen an, genoß seinen Anblick in vollen Zügen, und dann, als sie glaubte, ihn so sehr zu begehren, daß sie es keine Sekunde länger aushalten konnte, brach sie das Schweigen mit einer leisen, freundlichen Frage: »Gutes Buch?«

Er antwortete nicht. Knurrte nicht einmal.

Wieder verstrich eine Weile. Die Luft, die über das Fallreep hereinwehte, war kühl und salzig, roch nach einer Mixtur von allem, was durch die Adern des Flusses strömte – Fisch natürlich und Tang. Aber auch andere Dinge, weniger angenehme. Und weniger natürliche. Wer hatte ihr erzählt, daß flußaufwärts Abwässer in den Fluß geleitet wurden? Sie spähte durch das schmutzige Bullauge hinter Jeremy und stellte sich vor, wie auf der grauen Brühe dort draußen menschliche Exkremente, Toilettenpapier und Damenbinden schwappten, und mit einem Mal war sie deprimiert. »Jeremy«, sagte sie abrupt, und die Worte entschlüpften ihrem Mund, ehe sie es verhindern konnte. »Ich werde Depeyster verlassen.«

Zum erstenmal sah er sie an. Die verhangenen Augen, die sie so gut kannte, sahen nicht mehr ins Buch, sondern fixierten sie als schmale grüne Schlitze.

»Mir ist es egal, was er denkt, oder was meine Eltern denken oder die Nachbarn oder sonstwer. Selbst wenn er sich nicht von mir scheiden läßt. Ich meine, daß ich mit dir zusammensein möchte –« sie streckte die Hand aus, um seine zu drücken, »– für immer.« Jetzt war es gesagt, jetzt war es ausgesprochen und nicht mehr zu widerrufen.

Dieses Thema hatte er immer vermieden. Sorgsam. Beharrlich. Beinahe ängstlich, kam ihr vor. Ja, so versicherte er ihr, er wolle von ihr ein Kind. Ja, er wolle eine Zeitlang hier draußen auf dem Fluß leben, ein wenig angeln und Krebse fangen, mit Gelegenheitsjobs im Yachthafen das bißchen verdienen, was er zum Leben brauchte – gelegentlich einen Dollar für Secondhandtaschenbücher, ein paar Eier und ab und zu eine Limo. Und ja, er liebte sie (obwohl diese Frage im Grunde keine Rolle spielte, oder?). Aber sie war die Frau eines anderen Mannes, und eigentlich war doch alles gut, so wie es war. Außerdem konnte er die Zukunft überhaupt nicht einschätzen. Einstweilen jedenfalls nicht, jetzt noch nicht.

Doch jetzt war es ausgesprochen und nicht mehr zu widerrufen: Sie wollte Depeyster seinetwegen verlassen. »Ich könnte hier auf dem Segelboot mit dir leben«, fuhr sie fort, starrte auf den Boden und ließ die Worte heraussprudeln, »und wir könnten stromaufwärts fahren und in Manitou oder Garrison oder Cold Spring anlegen. Oder vielleicht irgendwo am anderen Ufer – bei Highland Falls oder Middle Hope. Ich habe etwas Geld, eigenes Geld, ein Treuhandkonto, das mein Vater für mich eingerichtet hat, als ich noch ein Kind war, und ich habe es nie angerührt, weißt du, weil ich dachte, daß ich vielleicht eines Tages ...« Aber sie konnte nicht weitersprechen, weil sie, blitzartig und unbewußt, einen Blick auf sein Gesicht geworfen hatte.

Der Ausdruck darin war schrecklich. Nicht mehr die Miene des Stoikers, der für das Porträt auf der Rückseite der Fünf-Cent-Münze hätte posieren können, nicht die des seltsamen Charismatikers, der sie über die Schwelle des hellen kleinen Zimmers im Hiawatha Motel geführt hatte, der ihr beigebracht hatte, durch die Wälder zu gleiten wie der Geist eines Rehs – jetzt war es die Miene des Brandschatzers, des Rächers, das Gesicht unter dem erhobenen Tomahawk. Er setzte sich auf. Stieß sich kraftvoll von der Koje hoch und stand jetzt gebückt vor ihr; sein Rücken, die Schultern und der Nacken verschmolzen mit den niedrigen dunklen Deckenbalken. »Ich will dich nicht«, sagte er. »Und deinen Bastard von Halbblut oder Viertelblut will ich auch nicht.«

Sein Gesicht war nur Zentimeter von ihrem entfernt. Sie roch den Fisch in seinem Atem, den getrockneten Schweiß in den Achseln seines Hemdes. »Du hast mich vernichtet. Hast dich meiner bemächtigt. Du Wölfin. Du Wohltäter-Lady.« Er spitzte die Lippen, beinahe als wollte er sie küssen, und hielt sie mit seinem grimmigen, schonungslosen Blick fest. »Ich spucke auf dich.«

Am nächsten Morgen war die »Kitchawank« nicht mehr da.

Depeysters Stimme – »Joanna! Joanna, machst du bitte auf?« – erreichte sie aus einer anderen Dimension, als fristete sie ihr Dasein am kalten Grund des Flusses und als drängen seine Worte durch die Strömung zu ihr herunter. »Joanna!«

Es hatte geklingelt. An der Tür standen Kinder – sie konnte sie durchs Fenster sehen –, verkleidet als Hexen, Gespenster, Kobolde, indianische Krieger, Indianerprinzessinnen. Ein leuchtender Halloween-Kürbis grinste ihr von der Tür entgegen, neben der ihr Mann, der diesen alten Brauch genoß, als wäre er selbst noch ein Kind, eine Schale mit kandiertem Popcorn und Schokoladenriegeln bereitgestellt hatte. Benommen erhob sie sich aus dem Sessel, kämpfte gegen die Strömung an und öffnete mühevoll die Tür. Die Kinderstimmen kreischten los, brachen über sie herein, und die häßlichen kleinen Pfoten grabschten nach dem Inhalt der Schale, die sie irgendwo vom Tisch genommen und sich gegen den geschwollenen Leib gedrückt hatte. Dann waren sie weg, und sie kämpfte sich wieder stromaufwärts, um mit letzter Kraft in den wartenden Sessel zu sinken.

»Joanna? Liebling?«

Sie drehte sich in die Richtung seiner Stimme, und da stand er in Seidenstrümpfen und Kniebundhosen, in einem weit ausgestellten Mantel mit riesigen, funkelnden Messingknöpfen, in Schnallenschuhen und mit einem Spitzhut auf dem Kopf. »Wie sehe ich aus?« fragte er, während er sich vor dem Spiegel über dem Kaminsims die Hutkrempe zurechtrückte.

Wie er aussah? Er sah aus wie jemand, der gerade einem Gruppenporträt von Rembrandt entsprungen war, wie ein Siedler, ein Pionier, wie der *patroon*, der das ganze Land hier den Indianern abgefeilscht hatte. Bis ins kleinste Detail sah er genauso aus wie jedes Jahr, wenn er auf LeClerc Outhouses Halloween-Party ging. Ein einziges Mal, vor langer Zeit, als er noch jung und unternehmungslustig gewesen war, hatte er sich als Pieter Stuyvesant verkleidet, mit Holzbein und allem, aber seither war er jedesmal als Gutsherr gegangen. Wozu etwas Perfektes noch verbessern wollen? hatte er sie gefragt. »Du siehst gut aus«, sagte sie. Die Worte quollen ihr aus dem Mund, als wären sie von diesen kleinen Blasen umschlossen, wie man sie in Comic-Heften sah.

Sie wandte sich ab, sank bereits wieder in die Tiefe zurück, als er sie überraschte. Sie aufweckte. Das Zimmer durchquerte und sie langsam wiederbelebte, sie Faden um Faden aus der Tiefe hochzog. Es begann mit dem resonanten Knall eines Korkens und dem Gefühl eines langstieligen Glases in ihrer Hand. »Trinken wir auf etwas«, schlug er vor, und da stand er direkt neben ihr, sie hörte seine Stimme so klar, als wäre es doch nichts weiter als Luft, was zwischen ihnen lag.

Sie blickte zu ihm auf, benommen, steif wie ein Leichnam, das ganze Gewicht der vielen Tonnen von Wasser lastete auf ihr, und mit letzter Anstrengung hob sie ihr Glas. »Trinken wir auf etwas«, wiederholte sie.

Er strahlte, leckte sich grinsend die Lippen und schielte vor reiner, ungetrübter Freude, dann bückte er sich, ergriff ihre freie Hand und hielt sie fest, bis er ihre volle, ungeteilte Aufmerksamkeit hatte. Mit tiefer Stimme parodierte er den sonoren, salbungsvollen Tonfall von Wendell Abercrombie, dem Pfarrer in der Episkopalkirche. »Auf die

Seele von Peletiah Crane«, sagte er und hob sein Glas in die Höhe wie einen geweihten Kelch.

So tief war sie abgetaucht, daß es eine Weile dauerte, bis sie begriff. »Du meinst, er ist... er ist tot?«

»Ja, ja, ja!« jubelte er, und sie glaubte, er würde gleich Freudentänze aufführen oder wie ein junges Zicklein im Zimmer umherspringen. »Heute. Vor ein paar Stunden. Am frühen Abend.«

Es passierte ganz unbewußt. Sie sah ihm ins Gesicht, auf sein Kostüm, sah auf das leere Glas in seiner Hand und spürte, wie sie zum Luftholen auftauchte. Über die Schicklichkeit der Szene – den plötzlichen Frohsinn bei der Nachricht vom Tod eines Mitmenschen – dachte sie nicht weiter nach, denn es geschah etwas mit ihrem Gesicht, etwas, das hier schon so lange nicht mehr geschehen war, daß es beinahe ein Novum war: sie lächelte. Auf einmal spiegelte sie die Freude und den Triumph in der Miene ihres Mannes wider, ihr Gesicht bekam Grübchen, die Augen begannen zu strahlen.

»Marguerite hat es mir eben am Telefon erzählt«, fügte er hinzu, und dann, in seiner Erregung, kniete er vor ihr nieder, fegte sich den altertümlichen Hut vom Kopf und preßte seine Wange an ihren geschwollenen Bauch. »Joanna, Joanna«, sagte er leise, »ich kann dir gar nicht sagen, wieviel mir das alles bedeutet – das Baby, das Grundstück, all diese wunderbaren Dinge, die mit uns geschehen...« Ihre Reaktion war unter den Umständen die natürlichste der Welt, und sie merkte zuerst nicht, was sie tat: Sie nahm seinen Kopf in ihre Hände, drückte ihn an sich und beugte sich hinab, um mit den Lippen seinen Scheitel zu berühren.

Sie tranken den Champagner aus. Er saß zu ihren Füßen, wiegte sich über seinem Glas hin und her und plapperte die ganze Zeit von Rassepferden und deren Temperamenten, von Sätteln und Reitbekleidung und ob sie wohl glaubte, sie könnten einen guten Stallburschen auf Teilzeitbasis finden und einen guten Reitlehrer vielleicht auch

– für den Jungen, meinte er. Er war so überschwenglich, so von seiner Stimmung mitgerissen, daß nicht einmal Mardi seine gute Laune dämpfen konnte. Sie stolzierte in ihrem Katzenkostüm (ein halbes Dutzend mit Wimperntusche aufgemalter Schnurrbarthaare, ein Schwanz aus zusammengedrehten Pfeifenreinigern und ein ledernes Mieder, das vorne so tief ausgeschnitten und hinten so knapp war, daß es sogar am Strand unmöglich gewirkt hätte) durch den Flur, und Joanna registrierte, wie sie an der Tür abwartend stehenblieb, geradezu um eine Konfrontation bettelte, doch Dipe ließ sich nicht darauf ein. Er wandte sich ab, als hätte er sie nicht erkannt, und redete einfach weiter, auch als die Tür krachend zuflog. »Hör mal, Joanna«, sagte er, »ich weiß ja, so was ist eigentlich nicht dein Fall, und die letzten paar Jahre bist du nicht mitgekommen, aber möchtest du heute abend nicht mit mir zusammen hingehen?« Und ehe sie noch antworten konnte, ehe sie Zeit zum Nachdenken fand, sprudelte er weiter, als wolle er ihren Einwänden zuvorkommen. »Eigentlich brauchst du dich nicht einmal umzuziehen – du könntest gleich so gehen, als Pocahontas, als Indianerprinzessin, ist doch egal, was die anderen denken. Dein Aufzug paßt großartig zu dem hier«, sagte er lachend und zupfte am Kragen des Museumsstücks, das er anhatte.

In diesem Augenblick schöpfte sie nun wirklich Atem, sie fühlte, wie sie es ein für allemal abschüttelte, sie stieg empor, bis sie die Oberfläche durchstieß und ihre Lungen mit der süßen, leichten, überreichlichen Luft füllte. »Nein«, sagte sie leise, aber sehr gelassen, »ich ziehe mich lieber um.«

Im Gefolge der Ereignisse jenes turbulenten Sommers 1679, des Sommers, in dem Joost Cats degradiert, der halbwüchsige Mohonk über den Rand der bis dahin erschlossenen Welt getrieben und Jeremias Van Brunt ein für allemal in seine Schranken verwiesen wurde, fiel Van Wartwyck, dieses verschlafene Nest, wieder in tiefen, festen Schlummer. Das Laub wechselte die Farbe, wie es ihm bestimmt war, und fiel von den Bäumen; Teiche froren zu, es schneite wie gewöhnlich und taute dann wieder, Kühe kalbten und Sauen ferkelten, die Erde machte für die alljährlichen Samenopfer die Beine breit, in den warmen Sommermonaten reifte das Korn und wurde im Herbst von Sichel und Sense gefällt. Eines kalten Winterabends, bei einem Pfeifchen vor dem Kaminfeuer, schied der alte Cobus Musser unbemerkt aus diesem Leben und ging ins nächste ein, aber außer dem engsten Familienkreis erfuhr bis zum Frühjahr niemand davon, und dann schien es nicht mehr allzu wichtig zu sein; Mrs. Sturdivant wurde schwanger, brachte aber zu ihrem unendlichen Kummer ein totes Mädchen zur Welt, das auf der rechten Brust einen Leberfleck in Form einer Fledermaus hatte, eine Tragödie, die sie den Ereignissen beim Gutshaus des *patroon* an jenem entsetzlichen Tag des vorigen Sommers zuschrieb; und Douw van der Meulen ging ein einäugiger Stör ins Netz, größer als ein Kitchawankenkanu und so schwer, daß drei Männer ihn tragen mußten. Abgesehen von dem riesigen Fisch selbst war dies indes so ziemlich alles, woran sich die Klatschmäuler laben konnten in diesem langen, schläfrigen Jahr, das dem Sommer der Peinigungen auf den Fersen folgte.

Erst im darauffolgenden Winter, im Winter 1680/81, wurde die Gemeinde wieder einmal – wenn auch nur kurzfristig – aus ihrer Apathie gerissen. Ursache war die Ankunft eines neuen *patroon* im oberen Gutshaus (das heißt, eigentlich war es der Vetter des *patroon*, Lubbertus' Sohn Adriaen mit dem rübenförmigen Kopf und fetten, feuchten Lippen) sowie die gleichzeitige Rückkehr des grünäugigen Halbindianers mit einer schüchternen Weckquaesgeek-Braut und einem dreivierteIindianischen Sohn. Adriaen Van Wart war zwar kein richtiger *patroon* – Stephanus hatte dem Vetter seinen Anteil an den Ländereien längst ausbezahlt –, doch ein schlichter Hausverwalter, wie vor ihm Gerrit de Vries, war er auch nicht. Seine Rolle war offenbar die eines Platzhalters, wie ein Bauer, Springer oder Turm, der ein strategisch wichtiges Feld besetzt, bis der Großmeister beschließt, ihn entweder zu opfern oder ins Spiel zu bringen. Im übrigen war er ein korpulenter, behäbiger, in zerbeulten Hosen umherlaufender Sproß der unbedeutenderen Van-Wart-Linie, geboren im Todesjahr seines Vaters, aufgezogen von seiner aus Amerika heimgekehrten nervösen Tante in Haarlem (wo er, wie seine Mutter hoffte, eine höhere Bildung genießen und dann zum Direktor der familieneigenen Brauerei aufsteigen würde, sich jedoch weniger im Brauen als vielmehr im Saufen von Bier übte), der nun, angezogen von seinem einflußreichen Vetter, in die Neue Welt ging, um dort sein Glück zu machen. Er war achtzehn Jahre alt, unverheiratet, fett und strohdumm. Seine Mutter war tot, seine Schwester Mariken lebte mit ihrem Mann in Hoboken. Vetter Stephanus war sein einziger Halt auf der Welt, also mochten ihn Gott und Sankt Nikolaus beschützen.

Und Jeremy?

Noch nicht einmal siebzehn, war er schon ein gemäß den Sitten und Bräuchen der Weckquaesgeeks verheirateter Mann und Vater eines neun Monate alten Jungen. Gesund war er auch, mit schlanken Gliedern und scharfen Augen, und die urwüchsige Küche schien ihm gutgetan zu haben – an Brust und Schultern hatte er Fleisch auf den Knochen, und wo früher die Bohnenstangen seiner Beine irgendwie mit dem Rumpf verschmolzen waren, da zeigten sich jetzt unverwechselbar die Rundungen eines Hinterteils. Die Gabe des Sprechens schien er in der Zwischenzeit allerdings gänzlich verloren zu haben. Was als Hang zur Schweigsamkeit begonnen hatte, oder vielmehr als Unlust, Substantiv, Verb, Konjunktion, Adjektiv und Präposition zu gebrauchen, hatte während seines Aufenthaltes bei den Weckquaesgeeks extreme Formen angenommen. Ausgelöst worden war die Entwicklung möglicherweise von einer besonders schmerzhaften Erinnerung an seine früheste Kindheit bei dem vom Pech verfolgten Stamm, an jene Zeit, in der seine Mutter verwahrloste und er endlose Quälereien durch seine ausnahmslos dunkeläugigen Spielgefährten erdulden mußte. Vielleicht war die Ursache aber auch eine körperliche, irgend etwas, das mit der Pathologie des Gehirns zu tun hatte, ein Versagen des Sprachzentrums, eine Aphasie. Wer wußte das schon? Gewiß nicht die braven Schamanen und Medizinfrauen der Weckquaesgeeks, die genug damit zu tun hatten, die Ströme von Blut zu stillen, die dank der Sintflut von Mißgeschicken, die ihrer linkischen Kundenschar tagtäglich widerfuhren, flossen, und daher kaum wahrnahmen, daß der rehabilitierte Squagganeek nicht viel zu sagen hatte. Und ganz bestimmt nicht ein Arzt wie der gelehrte Huysterkarkus; wäre er konsultiert worden, hätte er zweifellos Aderlaß, Brech- und Abführmittel, Kauterisation und Schröpfegel in willkürlicher Reihenfolge verschrieben.

Doch mochte Jeremy auch die Kunst des Sprechens verlernt haben, so versorgte seine wundersame Wiederkehr, gemeinsam mit der Ankunft des Adriaen Van Wart, die Klatschmäuler auf jeden Fall mit reichlich Stoff für die nächsten Monate: *Wenn man bedenkt, wie lange das jetzt her ist, und was hätte man denn anderes annehmen sollen, als daß er tot war und von wilden Tieren zerrissen. Verdient hätte er's ja allemal, wo er einfach vorm Gesetz davongerannt ist, und dann taucht er plötzlich vor der Tür seines Onkels wieder auf, verzieht keine Miene, als wäre er bloß eben mal ein bißchen spazieren gewesen oder so. Und diese Frau, die er mitgebracht hat... kaum älter als ein Kind, trägt am Leib nichts als speckige Lederfetzen, stinken tut sie wie ein Kehrrichthaufen, und auf dem Rücken schleppt sie in einem von diesen Weidenkörben seinen kleinen Halbblut-Bastard herum – ach so, der Balg ist ja wohl 'n Dreiviertelblut, was? Geredet hat er aber nichts, kein Wort. Goody Sturdivant meint, er hat sicher sein Holländisch und Englisch einfach vergessen, wo er doch so lange unter den Heiden gelebt hat (genau wie vor ihm seine Mutter, also das ist doch nun wirklich ein trauriger Fall gewesen, was?) und immer bei ihren unzüchtigen, gottlosen Zeremonien und wer weiß was noch allem dabei war. Mary Robideau dagegen glaubt, daß sie ihm die Zunge rausgeschnitten haben, die Wilden, aber woher soll einer heutzutage noch wissen, was nun stimmt und was nicht? Und hast du dir schon mal den Vetter vom* patroon *angesehen – den, der jetzt oben im Gutshaus sein dickes, fettes Junggesellendasein verbringen wird? Ja, ja, das hab ich auch schon gehört – Geertje Ten Haer hat ihre Tochter herausgeputzt wie eine Dirne, ihre Jüngste, dabei ist die noch nicht mal fünfzehn – schamlos, nicht wahr? –, und kaum war dieser junge Fettklops eingezogen, da kam sie auch schon zu ihm auf Besuch mit ihr. O ja, ich weiß, ich weiß genau, was sie damit...*

Und so ging es weiter, bis Adriaen sich eingelebt hatte und der stille Jeremy und seine ebenso stille Frau wieder zum festen Inventar von Nysen's Roost gehörten und das inzestuöse kleine Gemeinwesen Van Wartwyck in seinen Schlummer zurücksinken konnte.

Für Wouter war die Rückkehr seines Vetters wundersam genug, doch ein viel größeres Wunder war, daß es überhaupt einen Hof gab, auf den er zurückkehren konnte. Der Herbst der drohenden Vertreibung war gekommen und vorbeigegangen, und immer noch gehörte die Fünf-Morgen-Farm auf Nysen's Roost den Van Brunts. Am 15. November war der alte Ter Dingas Bosyn mit dem Fuhrwerk angerumpelt, um den Pachtzins zu kassieren, den *vader*, kriecherisch wie ein Schoßhündchen, prompt gezahlt und eigenhändig aufgeladen hatte. Als der erste Frost die Bäume in den Winterschlaf schickte, hatte sich der *patroon* mit seiner Familie nach Croton zurückgezogen und seinen *schout*, den Quallenfresser, gleich mitgenommen. Und das war's dann. Keine Zwangsräumung. Ein weiteres Jahr zog ins Land, wieder beglich *vader* ohne Murren seine Pacht, wieder nahm sie der kugelrunde alte *commis* entgegen und notierte alles akribisch in den Tiefen seines Hauptbuchs. Wouter, der das Schlimmste befürchtet hatte – daß man sie aus ihrem Heim vertreiben würde, während seine Mutter und Schwestern die Hände rangen und sein Vater jaulte und winselte und dem *patroon* die Stiefel leckte –, war verblüfft. Ihm hatte vor dem Tag gegraut, vor dem Hohn des Gutsherrn, vor dem verkrüppelten Zwerg mit dem bösen Blick, vor dem nackten kalten Stahl des Rapiers, das einst seinem Vater das Gesicht zerfetzt hatte, doch dieser Tag kam nicht.

Angeblich hatte sich der *patroon* erweichen lassen. Geesje Cats war vor der Mutter des *patroon* auf Knien gekrochen, und diese halsstarrige Alte, die Vergnügen und Bequemlichkeit so sehr verachtete, hatte sich für die Van Brunts verwendet. Jedenfalls erzählte man sich das. Und Wouter erinnerte sich auch an einen Tag Ende Oktober in jenem Schicksalsjahr, an dem Barent van der Meulen ihm und den übrigen Kindern Gesellschaft leisten gekommen war, während *moeder* und *vader* den Wagen angespannt hatten und für eine Zeit zu *grootvader* Cats nach Croton gefahren waren. Zwar wußte niemand, was dort vorgefallen war, aber Cadwallader Crane, der es von seinem Vater gehört hatte, behauptete, Neeltje und Jeremias hätten den *patroon* unermüdlich angefleht, Tag und Nacht im Garten vor seinen Fenstern gestanden und ihre Lehenstreue lautstark beteuert, ja sie seien so weit gegangen, vor ihm niederzuknien und seinen Handschuh zu küssen, als er des Morgens wegen des täglichen Ausritts zu den Stallungen schlenderte – all das in der Hoffnung, ihn zu einem Meinungsumschwung zu bewegen.

Wie auch immer, das Ganze widerte Wouter an. Beinahe wünschte er, der *patroon* wäre gekommen und hätte sie von seinem Land gejagt; sie hätten nach Westen ziehen können, um noch einmal neu anzufangen, oder als Bettler auf den Straßen Manhattens hausen oder sich das Haar abschneiden, die Haut aufritzen und nackt unter Indianern leben. Zumindest wäre sein Vater dann vielleicht wieder lebendig geworden. Wie die Dinge jetzt lagen, war er ein Sklave, ein Wallach, ein willenloses Tier, das nur auf der Welt war, den Herren zu dienen. Wie betäubt arbeitete er vom Morgengrauen bis zum Einbruch der Dunkelheit auf den Feldern, weißelte das Haus, rodete neue Äcker, stellte Steinmauern auf – und all das für den *patroon*, zum Nutzen und zum Reichtum des Mannes, dessen Großmut er die Luft zum Atmen, das Wasser aus dem Boden und das Brot im Ofen verdankte. Seit jenem gräßlichen Tag hinter dem Gutsherrenhaus mied er Wouter, der bis dahin immer sein Liebling gewesen war, und fiel in eine Art Trance, wie ein vors Mühlrad gespannter Esel. Er war nur noch der Schatten seines früheren Selbst, ein Mann aus Stroh, und sein Sohn – sein Ältester, das Glück seines Lebens, dieser Junge, der ihn angebetet hatte – betrachtete ihn mit Verachtung und Mitleid, mit der nie wiedergutzumachenden Verletztheit des Verratenen.

In der Trostlosigkeit jenes ersten Winters wurde Wouter zwölf, im nächsten dreizehn. Es war die hoffnungsloseste Phase seines Lebens. Er hatte seinen Vater verloren, den Vetter verloren, der ihm ein Bruder gewesen war, und die eigene Identität als Sohn des Mannes, der dem *patroon* entgegengetreten war, hatte er auch verloren. Lange Zeit konnte er nichts essen. Egal, was ihm seine Mutter auftat – Pfannkuchen, Kekse, den saftigsten Braten, den fleischigsten Eintopf –, allein der Geruch verursachte ihm Übelkeit, schnürte ihm die Kehle zu und den Magen zusammen. Er verlor an Gewicht. Durchstreifte die Wälder wie ein Gespenst. Brach unvermittelt in Weinkrämpfe aus. Ohne Cadwallader Crane wäre er vor Kummer übergeschnappt, so wie damals seine Tante Katrinchee.

Der junge Cadwallader, der im ersten jener leidvollen Winter an Jahren bereits zwanzig war, stellte den letztgeborenen und geistig langsamsten Sproß jenes Clans von belesenen und gebildeten Stelzvögeln dar, dessen Oberhaupt Hackaliah Crane war, der alte Yankee-Intellektuelle. Der alte Crane leitete seit etwa fünfzehn Jahren Van Wartwycks einzige Lehranstalt, die Witzbolde auf Jan Pieterses Veranda in Anspielung auf die Örtlichkeit als Cranes Küchenschule bezeichneten. Im Winter, wenn die Ernte eingebracht und in Speicher und Scheune verstaut war, wenn die Tage kürzer wurden und das Wetter sich verschlechterte, versammelte Hackaliah seine sechs, acht oder zehn widerwilligen Schüler in der Küche des verwinkelten Steinhauses, das er mit den eigenen schwieligen Händen aufgebaut hatte, weihte sie in die Geheimnisse beim Entziffern des Alphabets und einfacher Rechenoperationen ein, und als Draufgabe streute er noch ein paar Brocken Sueton, Tacitus und Herodot darüber. Er hielt diese Versammlungen ab, weil er sich dazu berufen fühlte, weil er es als den Zweck und die Pflicht seines Lebens ansah, die Fackeln von Fortschritt und Bildung am Leuchten zu halten und weiterzureichen, selbst an den barbarischen, dunklen Gestaden der Neuen Welt. Aber natürlich tat er all das nicht nur um der Liebe willen – eine gewisse Entlohnung bekam er auch. Und als notorischer Knicker forderte der Yankee-Schulmeister die Körbe mit Äpfeln und Zwiebeln, den Bund von getrockneten Saatgurken, den Ballen gekämmten Flachs oder den mit Mais gemästeten Truthahn so hartnäckig ein, als wäre es der ihm gebührende Zehnte – und wehe dem ahnungslosen Schüler, dessen Eltern säumige Zahler waren. Und in dieser rudimentären Bildungsstätte freundete sich Wouter in der Trostlosigkeit dieser Monate langsam mit Cadwallader Crane an.

In glücklicheren Tagen hatte Jeremy den jungen Crane

immer gekonnt nachgeäfft – den unsteten Gang und die ruckartigen, vogelähnlichen Bewegungen des dürren Halses und des unförmigen Kopfes –, und Wouter war ein grandioser Imitator von Cadwalladers kehligem Begrüßungskrächzen und dem lauen, verwaschenen Singsang gewesen, mit dem er von der Schiefertafel oder aus der Fibel vorlas, doch jetzt, in seiner Einsamkeit, fühlte sich Wouter auf merkwürdige Weise zu ihm hingezogen. Cadwallader war lächerlich, jawohl, fünf Jahre älter als Tommy Sturdivant, der nächstälteste Schüler der Klasse, und unfähig, seine Lektionen zu lernen, obwohl er sie schon fünfhundertmal hatte über sich ergehen lassen; er war der Alptraum seines ehrwürdigen Vaters und eine schwere Prüfung für die Liebe seiner Mutter. Aber auf seine Art war er auch ein interessanter Kerl, wie Wouter bald entdecken sollte.

Eines bitterkalten Januarnachmittags, als Wouter nach der Schule nicht gleich nach Hause ging, führte ihn Cadwallader ums Haus herum zum Holzschuppen und holte aus einem Versteck in der Ecke ein Brett heraus, auf dem er ein schillerndes Sammelsurium von Motten und Schmetterlingen befestigt hatte, die wie in schwebendem Flug gebannt wirkten. Wouter war sprachlos. Schokoladenbraun und golden, silberblau, gelb, orange und rot: Dort, im winterlichen Zwielicht des engen Schuppens, spürte er den Atem des Sommers.

Erstaunt wandte sich Wouter zu Cadwallader und sah in dessen Augen etwas, das er nie zuvor bemerkt hatte. Das gewohnte stumpfe Starren war einem Blick gewichen, der wach, weise, selbstsicher und stolz zugleich war, es war der Blick des Patriarchen auf seine Nachkommenschaft, des Künstlers auf seine Gemälde, des Jägers auf seine Beute. Und dann, Wunder über Wunder, begann Cadwallader, der Schandfleck der Cranes, der hoffnungslose Schüler, der pfirsichgesichtige Jüngling, der über die eigenen Füße stolperte, über die Lebensgewohnheiten der Nachtfalter und Schmetterlinge zu referieren, verbreitete sich nahezu angeregt über Maden und Raupen und über die Metamorphose eines Wesens in ein anderes. »Dieser hier, siehst du den?« fragte er und zeigte auf einen Schmetterling von der Farbe einer tropischen Frucht, mit regelmäßigen weißen Punkten auf einem sepiabraunen Streifen. Wouter nickte. »Im letzten Sommer war das ein Wurm auf einer Gänsedistel, mit Stacheln und hundert häßlichen Füßchen. Ich hab ihn in einem Steinkrug aufgehoben, bis er sich verwandelt hat.« Wouter fühlte das Wunder in sich aufgehen wie eine Blume, und er blieb in dem kargen Schuppen, bis er seine Füße nicht mehr spürte und das Licht schwand.

In den nächsten Wochen eröffnete der linkische Enthusiast – mal über einen jähen Abgrund setzend, um ein Büschel Moos zwischen zwei eisüberkrusteten Felsen auszurupfen, mal einen verrotteten Baumstamm emporhangelnd, um ein zwei Jahre altes Spechtnest zu bergen – Wouter eine Sicht auf die Welt, die dieser nie für möglich gehalten hätte. O ja, Wouter kannte sich gut im Wald aus, aber er kannte den Wald so, wie die Weißen ihn kennen, als einen Ort, wo man Beeren pflückt, Wachteln jagt, mit der Steinschleuder Eichhörnchen vom Baum holt. Doch Cadwallader kannte ihn als Naturkundler, als Genius, als guter Geist, als Erforscher von Mysterien. Und Wouter folgte ihm in die kahlen, öden Wälder, um auf eine freiliegende Erdspalte inmitten einer Schneewehe zu starren, hinter der, wie Cadwallader ihm versicherte, ein Schwarzbär seinen Winterschlaf hielt, oder um mitzuerleben, wie sein Freund in einer Handvoll Wolfslosung stocherte und daraus Spekulationen über die letzte Mahlzeit des Raubtiers anstellte (überwiegend Kaninchen, wenn man sich die schmalen, vertrockneten Würste ansah, die cremefarbene Haare enthielten und mit winzigen Knochenfragmenten gesprenkelt waren).

»Siehst du das da?« fragte ihn Cadwallader eines Tages und zeigte auf ein erfrorenes Stachelschwein, das in einer Astgabel eingeklemmt war. »Wenn die Sonne im Frühling wieder wärmt, dann wird dieses Fleisch da neues Leben hervorbringen.« – »Leben?« wunderte sich Walter. Dann legte sich auf die dünnen Lippen und die unbehaarten Wangen des jungen Crane ein überlegenes Lächeln. »Ja, Schmeißfliegen«, sagte er.

Obwohl der Altersunterschied zwischen ihnen acht Jahre betrug, war die Freundschaft nicht so einseitig, wie man hätte annehmen können. Cadwallader, die ewige Zielscheibe für Spott und üble Scherze, war froh, jemanden gefunden zu haben, der ihn ernst nahm, besonders da dieser Jemand seine geheime Leidenschaft für die Hintergründe der Natur teilte, für Würmer, Raupen, Schnecken und die kleinen Exkrementbohnen, die er so geduldig untersuchte. Wouter paßte ausgezeichnet zu ihm. Da er selbst nicht eben ein Beispiel für Reife abgab – jeder andere Zwanzigjährige hatte längst einen eigenen Hof und eine Familie –, empfand er den jungen Van Brunt in vielerlei Hinsicht als ebenbürtig. Der Junge war wirklich der geborene Anführer, er war überzeugungskräftig, flink und neugierig, aber nicht so ebenbürtig, um ihm den Rang streitig zu machen. Was Wouter anging, so bestand der Reiz am Sohn des Schulmeisters für ihn vor allem darin, daß er ihn von der Leere ablenkte, die er verspürte, und dessen war er sich wohl bewußt. So faszinierend Cadwallader auf seine eigene schräge Art auch sein mochte, gab er doch nur einen schwachen Ersatz für Jeremy ab – und für den entgleisten Vater, der auf dem Hof schuftete wie ein unseliger Flaschengeist, dreißig Jahre alt und schon ein Greis. So kamen die beiden, wie es bei allen Freundschaften der Fall ist, aus einem gegenseitigen Bedürfnis heraus zusammen und weil der eine dem anderen irgendwie eine Stütze war. Cadwallader erwählte Wouter, und Wouter erwählte Cadwallader. Und es dauerte nicht lange, da war der ungelehrige Lehrerssohn ein regelmäßiger Gast auf Nysen's Roost, der zum Abendessen blieb, bei Tisch Jeremys Platz einnahm und manchmal sogar, wenn das Wetter schlecht oder die Gesellschaft zu anregend war, die Nacht dort verbrachte.

Tja, die Gesellschaft. Auch wenn Vater Jeremias eine blasse Figur im Hintergrund blieb, ungreifbar wie ein wolkiger Schemen, Neeltje beständig mit Spinnen oder Kehren oder Aufwischen beschäftigt war und Wouters jüngere Geschwister, die den endlosen Winter hindurch ans Haus gefesselt waren, sich dauernd anfauchten, wie die Wilden zankten und herumzeterten, fand der junge Yankee-Naturfreund mit der langen Nase die Gesellschaft einfach unwiderstehlich. Doch ach, es war keineswegs Wouter, der ihm so naheging, obwohl er ihn gern mochte und fast bis zu seinem Tode als seinen besten Freund bezeichnen sollte – nein, es war Geesje. Die kleine Geesje. Den Namen hatte sie von der Großmutter, die unergründlichen Augen und die rebellische Natur von ihrer Mutter geerbt; als er zum erstenmal den Fuß durch die Tür setzte, war sie gerade zehn Jahre alt.

Sie spielten Karten an jenen langen Winterabenden – Cadwallader hockte über seine Knie gebeugt wie eine zirpende Grille, Wouter legte einen verbissenen Ehrgeiz zu gewinnen an den Tag, der ihn manchmal selbst erstaunte, und Geesje saß mit untergeschlagenen Beinen da, versteckte ihr listiges Kindergesicht hinter den Karten, und ihr scheinbar sorgloses Spiel täuschte darüber hinweg, daß sie genauso ehrgeizig und verbissen war wie ihr Bruder. Sie liefen Schlittschuh auf dem Teich, in dem vor langer Zeit Jeremias seinen Fuß an die Sumpfschildkröte verloren hatte. Sie spielten Murmelrollen, Ich-sehe-was-was-du-nicht-siehst, Sackhüpfen, Pantoffeljagd und Ringewerfen, und der schlaksige, ungelenke Lehrerssohn ereiferte sich dabei ebenso wie die Kinder, mit denen er spielte. Als der zweite Winter herannahte, der Winter von Adriaen Van Warts Einzug und Jeremys Rückkehr, wurde Wouter allmählich klar, daß nicht mehr er der Grund für Cadwallader Cranes Besuche bei seiner Familie war.

Falls Wouter deshalb enttäuscht war, so zeigte er es nicht. Er spielte genauso verbissen, folgte seinem langbeinigen

Kameraden weiterhin durch Garten und Gehölz, Sümpfe und Brombeergestrüpp, bestaunte im Holzschuppen der Cranes wie früher versteinerte Pferdegebisse oder eine in Salzlake konservierte Seenadel. Doch innerlich kam es ihm vor, als wäre er hinterrücks gestoßen und neuerlich aus der Bahn geworfen worden, gerade als er begonnen hatte, langsam wieder Halt im Leben zu finden. Desorientiert und verunsichert, mit seinen dreizehn Jahren schon zum zweitenmal entwurzelt, öffnete er eines Nachts im bitterkalten Februar die Tür und sah dort seinen Vetter stehen, in Eisregen gehüllt, und in diesem einen gnadenvollen Augenblick fühlte er sich erlöst: Jeremy war wieder da.

Aber die Erlösung kommt nicht auf so leichten Füßen.

Noch während er ihn umarmte, noch während er den Namen des Vetters triumphierend ausrief und hinter sich die Familie aufwachen hörte, merkte er, daß etwas nicht stimmte. Es war nicht die Indianeraufmachung – das zerrupfte Bärenfell, die Kette mit *seawant*-Muscheln, der Wirbelstrang eines Fisches, den sein Vetter als Stirnband trug – und auch nicht sein scharfer, urtümlicher Gestank. Ebensowenig die strategische Umverteilung von Knochen, Sehnen und Fleisch, die ihn vom Jungen zum Mann verwandelt hatte. All das war es nicht. Es war das Eis. Sein Vetter war aus Eis. Wouter umarmte ihn und spürte nichts. Rief seinen Namen und sah, daß Jeremys Blick starr und undurchdringlich war, so hart wie die Oberfläche des zugefrorenen Teichs vor dem Haus. Verwirrt ließ er ihn los, während rings um ihn seine Geschwister zappelten, seine Mutter lächelte und sein Vater die Stirn runzelte und die Unterlippe herabhängen ließ. Jeremy blieb reglos stehen, starr wie ein Stein, und einen entsetzlichen Moment lang dachte Wouter, er sei verletzt – man habe ihn geblendet, mit Messern gestochen, man habe ihm die Zunge herausgerissen, und nun sei er gekommen, um hier zu sterben, das mußte es sein. Doch dann trat Jeremy zurück ins Dunkel, und an seiner Stelle erschien eine Squaw.

Vielmehr ein Mädchen. Ein weibliches Wesen. Waden,

Schenkel, Busen. Eingehüllt in Felle von Reh, Otter und Nerz, das Haar gefettet und zu Zöpfen geflochten, den Mund zur Schnute verzogen. Und in den Armen trug sie einen Säugling. Wouter war wie vom Donner gerührt. Das Gesicht seines Vetters lag im Schatten, und es war nichts darin zu erkennen. Er blickte auf das Mädchen und sah den stillen Triumph in ihren Augen. Und dann musterte er den Säugling, dessen Züge so sanft und unbeschwert wirkten wie die des Christkinds. »Herein mit euch«, flötete *moeder,* »ist doch wahrlich keine Nacht für Unterhaltungen auf der Veranda«, und jetzt erst nahm Wouter den Eisregen wahr, der ihm ins Gesicht prasselte, den naßkalten, unterirdischen Atem des Sturms und das unruhige Eigenleben der Nacht. Dann schob sich die Squaw an ihm vorbei, und der Säugling, dunkelbraun wie Kirschholz und kaum halb so groß wie ein junges Ferkel, öffnete die Augen. Seine Augen waren grün.

Im nächsten Moment saß Jeremy in der Kaminecke und schaufelte mechanisch Haferbrei in die dunkle Öffnung seines Mundes, während das Mädchen neben ihm auf dem Boden kauerte, das Baby an der Brust. Wo war er nur gewesen? fragten die Kinder. Warum hatte er so komische Sachen an? War er jetzt ein Indianer? *Moeder* sprach mit sanfter Stimme. Sie hoffte, er sei heimgekommen, um hierzubleiben, und seine Frau auch – war sie seine Frau? Jedenfalls sei sie willkommen, mehr als willkommen, und wie hieß sie denn eigentlich? *Vader* stellte die Frage, die auf der Hand lag: War das sein Kind? Wouter sagte nichts. Ihm kam es vor, als verlöre er den Boden unter den Füßen, er war eifersüchtig und fühlte sich verraten. Er blickte von Jeremy zu dem Mädchen und versuchte sich vorzustellen, was zwischen ihnen war, was das alles bedeutete und warum sein Vetter ihm nicht in die Augen sah.

Jeremy seinerseits begriff ihre Fragen nicht einmal ansatzweise, obwohl er für diese Menschen viel empfand und in seinem Herzen froh war, wieder bei ihnen zu sein. Ihre Stimmen waren für ihn Laute wie das Grollen des Bären auf Nahrungssuche, wie die Selbstgespräche der Eichelhäher und das Plätschern des Baches draußen vor der Tür, wie ein Ebben und Fluten emotionaler Gezeiten, wie ein Gesang ohne Text. Holländische und englische Worte, Namen und Begriffe in den Dialekten der Weckquaesgeeks und der Kitchawanken, die er gelernt hatte – für ihn war alles ein entsetzliches Chaos. Er kannte die Dinge jetzt so, wie Adam sie am ersten Tag gekannt haben mußte, als Erscheinungen, als Wahrheiten und Tatsachen, die man ertasten, sehen, riechen, schmecken und hören konnte. Wörter besaßen für ihn keine Bedeutung.

Seine Frau hatte keinen Namen – jedenfalls wußte er ihn nicht. Und ebensowenig sein Sohn. Er warf einen scheuen Blick auf Wouter, und er erkannte ihn wieder, er kannte auch Jeremias, Neeltje, Geesje und die anderen Kinder. Aber sich ihre Namen ins Gedächtnis zu rufen, war ihm unmöglich. Auf unmittelbare, konkrete Weise, vermittelt durch im Darm rumorende Enzyme oder das in seinen Adern pulsierende Blut, wußte er, daß Jeremias seinen Vater getötet hatte, daß der Quallenfresser ihn einst in diesen höllischen Apparat hatte sperren wollen, daß der Stamm der Wölfe seinen Raubzug über das Antlitz der Erde unaufhaltsam fortsetzte. Er wußte auch, daß Jeremias ihn wie seinen eigenen Sohn aufgezogen hatte, daß Wouter sein Bruder war und daß er hier ebenso zu Hause war wie bei den Weckquaesgeeks. Er wußte, daß er dankbar war für das Essen und die Wärme des Feuers. Aber er konnte es ihnen nicht mitteilen. Nicht einmal mit den Augen.

Am nächsten Morgen ging Jeremy dorthin, wo die letzten verdorrten Grasbüschel der entlegensten, steinigsten Weide wuchsen, und baute einen Wigwam. Bis zum Spätnachmittag hatte er den Boden mit Matten aus Gerten bedeckt, darüber breitete er sorgfältig eine Schicht von muffigen Fellen aus. Dann entfachte er ein Feuer und zog mit dem Mädchen und dem Baby ein. Im Laufe der nächsten Jahre, in denen er seine alten Gewohnheiten mit Wouter wieder aufnahm, dem *patroon* trotzte, indem er auf seinem

Grund lebte, ohne jemals ein Stück Land zu bebauen, und zusehen mußte, wie die Pestilenz zwei seiner Töchter dahinraffte und seinen Sohn entstellte, beschäftigte er sich mit dem Um- und Ausbau der primitiven Behausung aus Baumrinde, die er an jenem ersten Morgen errichtet hatte, und er blieb dort wohnen. Für immer. Jedenfalls bis zu dem Tag, an dem sie ihn holen kamen.

Für Wouter war die Rückkehr seines Vetters ein vernichtender Schlag. Es war der nächste Dolchstoß, der ihn traf, ein weiterer Keil, der zwischen ihn und die Erlösung getrieben wurde, die er so ersehnte. Zuerst hatte sich Cadwallader mit Geesje zusammengetan, jetzt schleppte Jeremy dieses mondgesichtige Weib mit den massigen Zitzen und dem grünäugigen Affen an, der sich an sie klammerte. Er war verletzt und verwirrt. Was hatte denn seine kleine Schwester mit ihren dürren Beinen nur an sich, daß sie Cadwallader so in ihren Bann zog? Was fand Jeremy an dieser übelriechenden Indianerfrau? Wouter wußte es nicht. Obwohl auch in ihm die Hormone fluteten und er sich von unerklärlichen Trieben geleitet fühlte, obwohl er oft von der Feldarbeit ausbüchste, um aus der Ferne einen Blick auf Saskia Van Wart zu werfen, wenn sie auf dem Rasen vor dem oberen Gutshaus mit ihren Brüdern herumtollte, obwohl auch er jenes Ziehen in den Lenden verspürte, wenn er an sie dachte, und aus wirren Träumen in einem unerklärlicherweise nassen Bett erwachte, verstand er es dennoch nicht. Er wußte nur, daß er verletzt war. Und wütend.

Mit der Zeit, während er allmählich seine Beziehung zu Jeremy wieder aufbaute und sich mit der unleugbaren Tatsache abfand, daß Cadwallader Crane für seine kleine Schwester mehr als für ihn selbst übrig hatte, erholte er sich wieder. Zumindest schien es so. Mit vierzehn glaubte er, er wäre in ein Mädchen namens Salvation Brown aus Jan Pieterses Kill verschossen; mit fünfzehn lief er Saskia Van Wart hinterher wie ein verliebter Kater; mit sechzehn machte er den Trauzeugen, als Cadwallader Crane seine

Schwester zur Frau nahm. Alles ging vorüber – der seelische Tod seines Vaters, die Zurücksetzung durch Cadwallader Crane, der Schlag, den ihm in jener eisregengepeitschten Nacht sein Vetter versetzt hatte, als diese Squaw zwischen sie getreten war. Er wuchs zum Mann heran, und äußerlich wäre ihm die Tiefe seines Schmerzes niemals anzumerken gewesen, niemand hätte je vermutet, daß er auf seine Weise ebenso verkrüppelt war wie sein Vater.

Van Wartwyck schlummerte also weiter. Die achtziger Jahre, die so vielversprechend begonnen hatten, versandeten in der zähen Langeweile des Alltäglichen. Nichts ereignete sich. Jedenfalls keine Skandale, Gewalttaten oder Unerhörtheiten. Nicht einmal Todesfälle gab es. Jeden Frühling ging die Saat auf, das Wetter hielt sich – nicht zu naß und nicht zu trocken –, und mit jedem Jahr wurden die Ernten besser. An stillen Abenden konnte man die Klatschbasen schnarchen hören.

Es war Jeremias Van Brunt, schon immer ein Katalysator von Gärung und Aufruhr, der sie aus dem Schlaf riß. Er selbst wußte es damals noch nicht, und den Knalleffekt sollte er auch nicht mehr erleben, doch unwissentlich brachte er eine Serie von Ereignissen in Gang, die die ganze Gemeinde in Finsternis stürzten und die Gerüchteköche aufschreckten, als stünden ihre Federbetten in Flammen, und die schließlich in der letzten tragischen Konsequenz der Rebellion seiner Jugendzeit kulminierten.

Es begann an einem Tag, an dem der Wind erbarmungslos pfiff und die Temperaturen unschlüssig schwankten, an einem stürmischen Nachmittag Ende Oktober 1692, etwa drei Jahre nachdem der geriebene Holländer Wilhelm von Oranien zum König von England und all seiner Kolonien ausgerufen worden war. Einen groben Flachsbeutel an den Gürtel gebunden, auf dem Rücken eine verschrammte Muskete, die einst seinem Vater gehört hatte, verließ Jeremias kurz nach Mittag die Hütte und schlurfte in den Wald, um mit seinem Lieblingshaselnußbaum

Zwiesprache zu halten. Obwohl es nichts als ein harmloser Ausflug zum Nüssesammeln werden sollte, nahm er die Flinte mit, denn man wußte nie, was einem in diesem gespenstischen Wald begegnen würde.

Energisch kämpfte er sich den Pfad vor dem Haus bergab, hielt sich an Bäumen und Büschen fest, um ein Abrutschen zu verhindern, bohrte das Holzbein in den harten Boden wie einen Sicherungshaken in den Fels, während ihm der Wind ins Gesicht fauchte und mit heftigen Böen den Hut zu entreißen drohte. Er polterte über die Brücke und stapfte durch die sumpfige Senke zwischen dem Acquasinnick Creek und Van Warts neuer Straße, wobei er ein Rabenpaar von seinem Ruhesitz auf einer verkümmerten Ulme aufscheuchte. Sie flatterten in die Höhe wie Fetzen vom Beerdigungsgewand des Pastors, keckerten und meckerten in unharmonischen Tönen. Jeremias ging weiter, ein wenig umsichtiger als gewöhnlich – der Anblick eines Raben brachte einem nie übermäßig viel Glück, soweit er wußte –, bis er die Senke zur Hälfte durchquert und die Krone des Haselnußbaumes vor Augen hatte, die alle umliegenden kleineren Bäume überragte. Da störte er die beiden Unglücksraben wiederum auf, diesmal vom Erdboden – oder vielmehr von einer unkrautbewachsenen Erhebung, auf der sich Schlingpflanzen rankten und ein blutroter Sumachbusch wie ein seltsames, brennendes Geisterschiff in der pfützenübersäten Weite des Morasts zu treiben schien.

Jeremias wurde neugierig. Er zog den Stiefel aus dem Schlamm, strich sich die Hutkrempe gerade und stapfte hinüber, um das Ganze näher zu untersuchen; vor zwei Tagen hatte er einen Rehbock angeschossen, und er hoffte, das Tier vielleicht hier in dem Versteck zu finden, das es sich zum Sterben gesucht hatte. Oder vielleicht die Überreste des Schweins, das auf so rätselhafte Weise verschwunden war, kurz nachdem die Blätter sich verfärbt hatten. Die Raben hatten dort etwas, soviel stand fest, und er wollte herausfinden, was es war.

Er teilte die Ranken, hieb mit dem Musketenkolben auf den Sumach ein, mußte zweimal innehalten, um seinen Beutel aus dem Gestrüpp zu befreien, das sich wie Finger darin festkrallte. Und dann bemerkte er in dem Busch vor sich etwas: das Blitzen von Metall im fahlen, kalten Licht der Sonne. Verwirrt bückte er sich danach, fuhr aber gleich wieder zurück. Der Gestank schlug ihm plötzlich und gnadenlos entgegen – und er hätte ihn als Warnung nehmen sollen. Aber zu spät. Er bückte sich nach dem schimmernden Blatt einer Axt, das an einem roh behauenen Eichenholzgriff befestigt war. Und diesen Griff umklammerte, mit all der Toten Starre, eine Hand, eine Menschenhand, eine Hand, zu der ein Arm, ein Ellenbogen, eine Schulter gehörten. Dort vor ihm, in dem feuerroten Gebüsch ausgestreckt wie ein von den Wolken herabgestürzter Riese aus dem Märchen, lag der Mann, dem Blood Creek seinen Namen verdankte. Die tief eingesunkenen Augen waren verwüstet, wo die Vögel hingehackt hatten, der Bart war ein Nest für Feldmäuse, das Haar besaß den eisgrauen Farbton des Alters. Er hatte schon einmal in dieses Gesicht geblickt, vor so langer Zeit, daß er sich kaum erinnerte, aber der Schrecken, die Demütigung und der Spott, all das war ihm noch so deutlich gegenwärtig, als wären sie in seine Seele gekerbt worden.

Alle fünf Mann – Jeremias, seine drei Söhne und sein Neffe Jeremy – waren nötig, um den massigen Leichnam, der selbst im Tode noch übernatürlich schwer war, aus dem Morast zu ziehen und zur Straße hinaufzuschleifen, wo sie ihn mit vereinten Kräften auf den Wagen hievten. Jeremias bahrte ihn selbst auf, wobei ihm der Kälteeinbruch gelegen kam, der den Gestank barmherzigerweise gering hielt. Wäre ihm eingefallen, zur Totenwache Eintritt zu verlangen, so hätte er ein reicher Mann werden können. Denn die Nachricht von Wolf Nysens Tod – dem Tod, der sein Leben bestätigte – breitete sich in der Gemeinde aus wie eine Grippewelle. Noch in derselben Stunde, da Jeremias den gestürzten Riesen auf die Bahre gelegt hatte, versammelten sich die Neugierigen, die Ungläubigen und alle, die es schon immer gewußt hatten, um in ehrfürchtiger Stille die fleischgewordene Legende, das bekräftigte Gerücht zu bestaunen. Sie starrten ihn an, maßen ihn vom Scheitel bis zur Sohle ab, zählten die Haare seines Bartes, untersuchten sein Gebiß, berührten ihn mit zitternd ausgestrecktem Finger, nur einmal, so wie sie den einsamen, vom Kreuz genommenen Christus berührt hätten, oder den Wilden Burschen von Saardam, der die eigene Mutter gekocht und verzehrt und dann sich selbst am Giebel des Hauses der Tuchmachergilde erhängt hatte.

Sie kamen von Crom's Pond, aus Croton, aus Tarry Town und Rondout, von der Insel Manhattoes und den fernen Puritanerhochburgen Connecticut und Rhode Island. Ter Dingas Bosyn stattete einen Besuch ab, wie auch Adriaen Van Wart und ein verhutzelter alter Böttcher aus Pavonia, der behauptete, Nysen in seiner Jugendzeit gekannt zu haben. Am zweiten Tag kam Stephanus von Croton heraufgeritten, mit van den Post, dem Zwerg und einer Delegation düsterer, schwarzgekleideter Berater von Colonel Benjamin Fletcher, dem neuen Gouverneur der Kolonie und Seiner Majestät Wilhelms III. vornehmsten Repräsentanten auf dem ganzen Kontinent. Am dritten Tag strömten die Indianer herbei – verstümmelte Weckquaesgeeks, bunt bemalte Nochpeems, sogar ein Huron, um den alle übrigen einen großen Bogen machten wie um den Teufel höchstpersönlich –, und danach kamen die Sonderlinge und Spinner von den entlegenen Höfen und vergessenen Dörfern: Frauen, die vorgaben, sie könnten sich in wilde Tiere verwandeln, und die auch entsprechende Mähnen und Klauen hatten; Männer, die damit prahlten, sie hätten ihr ganzes Leben lang Hundefleisch gefressen und als Gesetzlose gelebt; ein Junge aus Neversink, dem die Mohawks die Zunge abgeschnitten hatten und der über dem Leichnam ein Gebet sprach – es bestand aus drei Silben, »ab-ab-ab«, die er endlos wiederholte. Am Abend des dritten Tages machte Jeremias dem Zirkus ein Ende und bettete den Riesen zur letzten Ruhe. Unter der Weißeiche. So als wäre er ein Familienmitglied gewesen.

Tja, das rüttelte die Klatschbasen natürlich wach, keine Frage. *Hab ich's nicht gesagt, hab ich's nicht hundertmal gesagt, daß es den wahnsinnigen Mörderschweden gibt? Hab ich dir denn nicht erzählt, wie er damals unten am Bach Maria Ten Haer fast zu Tode erschreckt hat? Und da möchte man es doch kaum für möglich halten, daß der ruchlose Dummkopf diesen Teufel in derselben Erde begräbt, in der seine Schwester und sein Vater liegen.*

Schlimmer, viel schlimmer als das aber war das Nachspiel. Denn mit Wolf Nysen – dem Buhmann, dem Abtrünnigen, dem Sündenbock, jenem Monster, das alle Sünden der Gemeinde auf sich genommen und sie in seiner Einsiedelei wie ein härenes Hemd getragen hatte – starb auch der Friede selbst. In den folgenden Monaten prasselte das aufgestaute Elend eines ganzen Jahrzehnts auf die Häupter der bescheidenen Farmer in Van Wartwyck nieder und das Grab öffnete seinen Schlund wie ein eben erwachtes Raubtier am Ende einer langen Fastenzeit.

So gesehen war es vielleicht nur angemessen, daß Jeremias als erster dahinging. Was ihm widerfuhr, so sagten viele, war Gottes Vergeltung für seine unselige Allianz mit dem geächteten Nysen und für seine früheren Freveltaten gegen den *patroon* und die rechtmäßigen Behörden, ja wenn man es recht betrachtete, gegen den König selbst. Was ihm widerfuhr, war nur die gerechte Strafe.

Zwei Wochen nachdem er Nysen bestattet hatte, war auch Jeremias tot, vom gleichen Übel dahingerafft wie einst sein Vater. Kaum hatte seine Schaufel das Grab des Schweden glattgeklopft, waren die Trauergäste und die Neugierigen ihrer Wege gegangen, verspürte Jeremias den ersten widernatürlichen Hunger in sich nagen. Es war ein Hunger, wie er ihn noch nie gehabt hatte, ein Hunger, der ihn von innen überfiel und niederwarf, ihn zu seiner Kreatur, seinem Sklaven, seinem Opfer machte. Er hatte nicht einfach Hunger – er war heißhungrig, knurrend und unersättlich, so ausgedörrt wie ein Brunnen, der durch den ganzen Erdball hindurch bis nach China reichte und keinen Tropfen Wasser gab. Nach Nysens Begräbnis kam er zurück, und er, der so lange in seinem eigenen Haus so gut wie unsichtbar gewesen war, drängte sich jetzt zwischen seine großen Söhne an den Tisch und verschlang den Eintopf, den Neeltje für den Leichenschmaus gekocht hatte, als hätte er eine Woche nichts gegessen. Als der Topf leer war, kratzte er ihn aus.

Am nächsten Morgen, bevor die Familie noch wach war, schaffte er es, alle sechs Brote zu vertilgen, die seine brave Frau für diese Woche gebacken hatte, außerdem einen Topf mit Käse, sechsunddreißig geräucherte Forellen, die die Jungen an drei langen Tagen gefischt hatten, ein halbes Dutzend Eier – roh und mitsamt den Schalen – und eine gewaltige Schüssel süßes Wildhaschee mit Pflaumen, Weintrauben und Zuckerdicksaft. Als Neeltje beim ersten Morgengrauen erwachte, fand sie ihn bewußtlos in der Speisekammer; sein Gesicht verschmiert mit einer öligen Masse aus Ei, Fett und Melasse, mit der Hand hielt er eine angebissene Rübe wie eine Waffe gepackt. Sie wußte nicht, was da nicht stimmte, aber sie wußte, daß es etwas Schlimmes war.

Staats van der Meulen wußte es und Meintje auch. Obwohl Wouter spottete und Neeltje protestierte, veranlaßte sie Staats, Jeremias an Händen und Füßen im Bett festzubinden. Als Staats eintraf, war jedoch der Schaden leider schon geschehen. Die Wintervorräte der Familie waren halb aufgebraucht, drei der Tiere – sogar ein Ochse und ein Kalb – waren tot, und Jeremias war aufgedunsen wie eine Kuh, die in ein Feld mit Ackersenf geraten ist. »Suppe!« schrie er von seinem Lager aus. »Fleisch! Brot! Fisch!« In den ersten paar Tagen war seine Stimme ein Brüllen, so wild wie das eines Raubtiers, dann ermattete es zu einem Krächzen und schließlich, kurz vor dem Ende, zu einem mitleiderregenden, flehentlichen Blöken. »Essen«, winselte er, und draußen verstummte der Wind in den Bäumen. »Ich – ich –« er röchelte jetzt nur noch, seine Stimme versagte, versiegte zu einem Nichts – »verhuuuuungere.«

Neeltje saß die ganze Zeit über an seiner Seite, tupfte ihm die Stirn ab, fütterte ihn löffelweise mit Brühe und Brei, aber es half nichts. Obwohl sie von den van der Meulens Korn erbettelte und Hennen rupfte, die sie wegen der Eier gebraucht hätten, obwohl sie ihm zwei-, drei-, viermal soviel einflößte, wie ein normaler Mann essen konnte, schien ihm das Fleisch von den Knochen zu fallen. Am Ende der ersten Woche fielen seine Wangen ein, der Bauch war nur noch eine pergamentdünne Hautschicht, und die Knochen an seinen Handgelenken klapperten wie Würfel im Becher. Dann begann ihm das Haar auszufallen, sein Brustkorb sank ein, die Beine verkümmerten, und sein gesunder Fuß schrumpfte derart, daß sie ihn kaum noch von dem Stumpf am anderen Bein unterscheiden konnte. In der Mitte der zweiten Woche ertrug sie es nicht länger, und als ihre Söhne auf der Jagd waren, schlich sie hinein und durchschnitt seine Fesseln.

Langsam und schmerzvoll, wie einer, der von den Toten erwacht, setzte sich Jeremias – oder das, was von ihm übrig war – im Bett auf, warf die Decken zurück und schwang die Beine auf den Boden. Dann stand er, schwankend, und ging auf die Küche zu. Neeltje beobachtete ihn mit stummem Entsetzen. Er ignorierte die geplünderte Speisekammer, verschmähte das Trockenobst und die von der Decke hängenden Zwiebeln, Gurken und Paprikaschoten und wankte zur Tür hinaus. »Jeremias!« rief sie. »Jeremias, wo willst du hin?« Er gab keine Antwort. Erst als er den Hof überquert hatte und die Stalltür aufriß, sah sie das Schlachtermesser in seiner Hand.

Sie konnte es nicht verhindern. Die Söhne waren weiß Gott wo, schlugen sich auf der Suche nach Waldhühnern, Wildkaninchen und Eichhörnchen verzweifelt durchs Unterholz, um irgendwie das Fleisch zu ersetzen, das ihr wahnsinniger Vater verschwendet hatte; Neeltjes eigener Vater war weit weg in Croton und so altersschwach, daß er kaum noch auf seinen Namen ansprach; Geesje war bei ihrem Mann; und Agatha und Gertruyd hatte sie zu den van der Meulens geschickt, damit sie den Verfall ihres Vaters nicht mit ansehen mußten. »Jeremias!« schrie sie, als die Tür hinter ihm zufiel. Der Himmel war totengrau. Der Wind pfiff ihr ins Gesicht. Sie zögerte einen Moment, dann ging sie ins Haus zurück, verriegelte die Tür hinter sich und kniete nieder, um zu beten.

Er war schon kalt, als sie ihn fanden. Zuerst hatte er sich auf die Schweine gestürzt, doch die waren ihm offenbar zu schnell gewesen. Rumor, das alte Mutterschwein, hatte zwei lange Schnittwunden an der Flanke, und eines der Ferkel zog das an der Fessel halb abgetrennte Hinterbein nach. Das in Boxen eingepferchte Vieh hatte weniger Glück gehabt. Zwei der jungen Milchkühe lagen dahingemetzelt da – die eine teilweise ausgeweidet und offenbar noch bei lebendigem Leibe angenagt –, und der braven Patience war die Kehle aufgeschlitzt worden. So fanden die Jungen die Szene vor, das dunkle Blut wie eine über den gestampften Boden gebreitete Decke, und unter der Kuh eingeklemmt lag Jeremias, die Zähne in ihr Fell geschlagen. Es war der Fünfzehnte des Monats, der Termin für den Pachtzins. Aber Jeremias Van Brunt, ehemals ein Rebell, lange Zeit ein Phantom, geistiger Bruder von Wolf Nysen und unglücklicher Erbe des seltsamen Leidens seines Vaters, würde nie wieder Pacht bezahlen. Am nächsten Morgen begruben sie ihn unter der Weißeiche und dachten, damit hätte die Sache ein Ende.

Es war aber erst der Anfang.

Als nächster schied der alte *vader* van der Meulen dahin; ihn traf beim Holzhacken der Schlag, und man mußte ihm die Axt aus den Händen brechen, ehe der Pastor ihn der gefrorenen Erde übergeben konnte. Bald darauf folgte ihm seine robuste Gattin, diese eigenwillige und gütige Frau, die Jeremias Van Brunt eine zweite Mutter gewesen war und deren *appelbeignets* und Kirschtörtchen so himmlisch geschmeckt hatten. Die Todesursache blieb unklar, doch die Klatschmäuler, die jetzt in Aufruhr waren wie ein Schlangennest, machten abwechselnd Hexerei, Kröten unter dem Haus oder in den Wein gefallene Knollenwurzeln dafür verantwortlich. Im Januar brachen dann in einer einzigen Woche des Schreckens die beiden Robideau-Töchter beim Schlittschuhlaufen auf dem Van Wart Pond durch das Eis und verschwanden in den schwarzen Strudeln, Goody Sturdivant erstickte an einem faustgroßen Stück Putenbrust, und der alte Reinier Oothouse entwischte seiner Frau, trank eine halbe Gallone Barbados-Rum, daraufhin erschien ihm der Teufel, und er versuchte, nur mit Unterwäsche bekleidet, die Felswand von Anthony's Nose zu erklettern. Sie fanden den Erfrorenen an einen Vorsprung hoch über dem Fluß geklammert, wie eine gigantische Flechte an den massiven Stein geschmiegt.

Noch wankte die Gemeinde unter der Wucht dieser katastrophalen Schläge, da steckten sich die Indianer mit der Franzosenkrankheit an und verschleppten sie in die Siedlungen. Alle Kleinkinder starben über Nacht, und aus Croton kam die Nachricht, daß es den alten *vader* Cats dahingerafft hatte und außerdem noch eine Unzahl Leute, die gar nicht gewußt hatten, daß sie überhaupt lebten. Mitten im tiefsten Februar, kurz nachdem Cadwallader Cranes Geesje bei der Geburt ihres ersten Kindes gestorben war, marschierten die braven Männer und Frauen von Van Wartwyck unter der Führung des alten, gebückten Pastors Van Schaik hinauf zu Nysen's Roost, um das Grab des Scheusals aufzubrechen, das durch ihre Träume gespukt hatte und ihr Leben jetzt auch in den wachen Stunden zu zerstören drohte. Der Schwede war unverändert, steifgefroren, die schwarzen Erdkrumen hafteten an ihm wie eine zweite Haut. Während der Pastor, in seinen Mantel gehüllt, in drei Sprachen laut Gebete ausstieß, errichteten sie auf seinen Befehl hin einen Scheiterhaufen, legten Feuer und verbrannten den Leichnam, wärmten sich über den züngelnden Flammen die Hände und hielten so lange Wache, bis das Holz zu Kohle und die Kohle zu Asche geworden war.

Der Frühling kam spät in diesem Jahr, und als er kam, atmete die Gemeinde erleichtert auf. *Es ist vorbei,* sagten die Klatschbasen flüsternd, weil sie Angst hatten, etwas zu beschreien oder Kobolde, Trolle und böse Geister auf den Plan zu rufen, und sie schienen gut daran zu tun. Staats van der Meulens mittlerer Sohn Barent nahm den Pflug des Vaters und beackerte die familieneigene Farm mit all seiner jugendlichen Tatkraft und Entschlossenheit, und Wouter Van Brunt, mittlerweile fünfundzwanzig und schon seit einem guten Jahrzehnt die eigentliche Seele von Nysen's Roost, stieg in die Stiefel seines Vaters, als wären sie für ihn gemacht. Mitte März wurde das Wetter mild, ein warmer Wind aus Virginia wehte genau die richtige Mischung aus Frische und Feuchtigkeit heran. Die Tulpen blühten. Die Bäume schlugen aus. Douw van der Meulens Frau kam am ersten Mai mit Drillingen nieder, das Vieh vermehrte sich, im ganzen Tal wurde, soweit bekannt war, kein einziges Kalb mit zwei Köpfen geboren, die Säue warfen zwölf oder vierzehn Ferkel (aber niemals dreizehn, niemals), die allesamt mit drei anmutigen Ringeln im Schwanz zur Welt kamen. Es sah so aus, als wäre die Welt endlich wieder ins Lot gekommen.

Doch ein letzter Schock stand noch aus, und dieser lag jenseits der Vorstellungskraft der braven Bauern und ehrlichen Ackersleute von Van Wartwyck bis Croton. Er hing mit einer Patenturkunde zusammen, mit Wilhelm III., diesem fernen, erlauchten Monarchen, und mit Stephanus Van Wart, der mittlerweile kein bloßer *patroon* mehr war, sondern der Lord der gerade zum Freigut erklärten Van-Wart-Besitzung. Und damit, daß sich die Macht der Van Warts in naher Zukunft über den ganzen Norden von Westchester erstrecken sollte. Und auch mit dem längst vergangenen Tag, an dem Oloffe Van Wart einen unzufriedenen Heringsfischer in die Neue Welt geholt hatte, um ihn für sich den Boden roden und das Land bestellen zu lassen; er bahnte sich einen unerforschlichen Weg von jenem Tag über Jeremias' Auflehnung und Wouters Desillusionierung bis zum Tod von Wolf Nysen. Zwar wußte es noch niemand, doch die entscheidende Krise stand kurz bevor, der letzte Tanz zwischen den Van Warts und den Van Brunts, der Moment, der die Gerüchteköche wie nie zuvor ins Schwitzen bringen und danach wieder die Decke über Van Wartwyck ziehen sollte für einen zweieinhalb Jahrhunderte dauernden Schlummer.

Auf der einen Seite standen Stephanus Van Wart – mittlerweile einer der zwei oder drei wohlhabendsten Männer der Kolonie, der erste Lord von Van Wart Manor und ein Vertrauter des Gouverneurs – und seine Häscher, van den Post und der zwielichtige Zwerg. Auf der Gegenseite stand Cadwallader Crane, der Freund des niederen Wurms und der luftigen Schmetterlinge, der trauernde Witwer und ungelehrige Schüler, der in einem linkischen Männerkörper gefangene Junge. Dann war da Jeremy Mohonk, der sprachlose Barbar, das wilde Halbblut mit den Augen des Holländers. Und schließlich, zwangsläufig, überwältigt von der grollenden Last der Geschichte und der Umstände, war da Wouter Van Brunt.

Barrow

Walter hätte ebensogut nach Tokio oder Jakutsk fliegen können – viel länger hätte das auch nicht gedauert –, ständige Verzögerungen wegen Nebel, Anschlußflüge nur alle drei Tage, und die schlaflose Nacht in Fairbanks, die er damit zugebracht hatte, auf den Wahnsinnigen mit den roten Augen zu warten, der ihn sowie den Ingenieur einer Ölgesellschaft und eine Kiste Stroh's Iron City Beer nach Fort Yukon, Prudhoe Bay und Barrow fliegen sollte, in einer viersitzigen Cessna, deren bis auf das blanke Metall heruntergefetzte Außenhaut Witterungen ausgesetzt gewesen sein mußte, die er sich gar nicht erst vorstellen mochte. Der Ingenieur – ein bärtiger Kerl in riesigen grünen Gummistiefeln, die wie Teil einer Anglerausrüstung aussahen, und einem Parka, der dem Michelin-Mann gepaßt hätte – wählte die Rückbank, und Walter setzte sich neben den Piloten. Es war der 3. November, halb zehn Uhr vormittags, und eben erst wurde es hell. Um zwei, erklärte ihm der Mann von der Ölgesellschaft, würde wieder finsterste Nacht herrschen. Walter blickte hinunter. Er sah Eis und Schnee, öde Hügel und Täler ohne Straßen, ohne Häuser, ohne Menschen. Direkt vor ihnen, rosafarben im Widerschein der tiefstehenden Sonne in ihrem Rücken, lagen die schartigen Zacken der Brooks Range, der nördlichsten Gebirgskette der Erde.

Die Cessna ging tiefer und erzitterte. Das Dröhnen des Motors war ein nicht enden wollendes Bombardement. Es war zum Erfrieren kalt. Walter starrte in die Leere hinaus, bis ihn die Erschöpfung langsam einholte. Im Halbschlaf bemerkte er den beunruhigenden kleinen Zettel, der auf dem schmutzigen Plastikhandschuhfach klebte: DAS FLUGZEUG IST ZU VERKAUFEN stand dort in wackligen Blockbuchstaben, $10500, REDEN SIE MIT RAY. Reden Sie mit Ray, dachte er, dann schlief er ein.

Er wurde schlagartig wach, als sie in Fort Yukon aufsetzten, wo die Kiste Bier ausgeladen wurde. Ray grinste wie ein Triebverbrecher und brüllte irgend etwas, das Walter nicht verstand, als sie zum Auftanken auf einen windschiefen Schuppen zurollten; der Ölingenieur stieg aus, um sich die Beine zu vertreten, obwohl es so um die minus dreiunddreißig Grad hatte, und Walter nickte wieder ein. Von Fort Yukon ging es weiter über die Brooks Range und in die Finsternis hinein. Der Ölingenieur stieg in einem Nest namens Deadhorse aus, wo es, wie er Walter versicherte, genug Öl gab, um Saudi-Arabien ins Meer zu spülen. Und dann waren Ray und Walter allein, schwirrten durch die endlose Nacht nach Barrow, der nördlichsten Stadt Amerikas, dreihundertdreißig Meilen oberhalb des Polarkreises, dem Ende der Fahnenstange.

Als hinter dem unbeschriebenen Blatt der Tundra die Lichter von Barrow in Sicht kamen, drehte sich Ray zu Walter um und brüllte etwas. »Was?« schrie Walter zurück, unsicher und ängstlich, mit dem Herz in der Hose und einer aufsteigenden Übelkeit in der Kehle. Hier? dachte er, *hier* soll mein Vater wohnen?

»Ihr Fuß«, brüllte Ray. »Hab in Fairbanks gesehen, daß Sie Schwierigkeiten beim Einsteigen hatten. Sie haben wohl einen von Ihren Tretern verloren, was?«

Einen Treter verloren. Walter fixierte die näher kommenden Lichter und sah das Bild seines Vaters vor sich, und auf einmal wurde das Dröhnen des Flugzeugs zum Dröhnen des gespenstischen Motorradrudels in jener unseligen Nacht von Sleepy Hollow. Einen Treter verloren. Allerdings.

»Nein«, schrie Walter und packte den Haltegriff, weil gerade eine Bö die Maschine schüttelte, »alle beide.«

Ray rief noch irgend etwas in den pfeifenden Wind, als Walter über die zerklüftete Eislaufbahn der Landepiste stapfte. Walter verstand ihn nicht, konnte nicht einmal aus seinem Tonfall erkennen, ob der Mann, mit dem er soeben in einem klapprigen, heruntergekommenen, für zehneinhalbtausend Dollar käuflichen Flugzeug sein Leben riskiert hatte, ihn freundlich verabschiedete, warnte oder verspottete. »Also viel Spaß noch«, »Paß gut auf dich auf!« und »Total bescheuert, der Typ«, das klingt alles ziemlich gleich, wenn die Temperatur bei vierzig Grad unter Null liegt, der Wind vom zugefrorenen Ozean herüberfegt, ohne daß sich ihm auf den nächsten Gott weiß wieviel hundert Meilen irgend etwas entgegenstellt, und man die Schnürbänder der gefütterten Kapuze so fest zugezogen hat, daß es einem die Adern zupreßt. Ohne sich umzudrehen, hob Walter zum Abschied die Hand. Und flog prompt mit dem Gesicht voran auf das schartige Eis. Als er sich wieder aufgerappelt hatte, war Ray schon weg.

Vor ihm lagen sechs verschneite Blocks von Holzhütten, die die Metropole Barrow bildeten – dreitausend Einwohner, von denen, wie Ray ihm erzählt hatte, neun Zehntel Eskimos waren. Eskimos, die weiße Scheißer haßten. Die sie bespuckten und anpißten und mit den scharfen Messern ihrer unter Kapuzen hervorfunkelnden Blicke in Stücke schnitten. Walter tastete sich vorwärts, auf die Lichter zu, sein Koffer brachte ihn aus dem Gleichgewicht, die scharfen, unregelmäßigen Eiszacken auf dem Boden schleuderten seine Füße hin und her wie die Gummibanden eines gigantischen Flipperautomaten. Noch nie im Leben war ihm so kalt gewesen, nicht einmal beim Schwimmen im Van Wart Creek im Oktober oder beim Joggen zur Uni-Vorlesung Philosophie III, wo die Temperatur auch schon mal auf minus fünfundzwanzig Grad gefallen war. Kein Ausweg, dachte er. Das Grauen in der Todesstunde. Barrow. Sicher ein Irrtum, dachte er, ein Schreibfehler des Kartographen: *Barren,* unfruchtbar, hätte besser gepaßt. Er schleppte sich weiter, rutschte noch zweimal aus und bereute allmählich seine Jack-London-Witze. Das hier war blutiger Ernst.

Fünf Minuten später wankte er über die Hauptstraße – die einzige Straße – von Barrow, der letzten Heimstatt und

Zuflucht von Truman Van Brunt. Jedenfalls hoffte er das. War der Flugplatz völlig menschenleer gewesen, so herrschte in der Stadt ein für diese Witterung höchst reges Leben. Schneemobile heulten und spotzten herum, fegten die Straße hinauf und hinunter; Rudel von Hunden, die wie Wölfe aussahen – oder *waren* das Wölfe? –, knurrten und balgten und jagten einander; vermummte Gestalten stapften im Schatten der Häuser vorüber. Walters Hand, die den Koffer festhielt, war trotz seiner Thermofäustlinge längst gefühllos geworden, und er dachte zynisch, daß er sich wenigstens keine Sorgen wegen seiner Zehen zu machen brauchte. Nichts zu vermelden da unten. Kein Problem.

Der Wind war scharf und wurde immer schärfer. Die Härchen in seinen Nasenlöchern kristallisierten, seine Lunge fühlte sich an wie tiefgefroren. Er war bereits an drei Blocks von fensterlosen Baracken vorbeigestolpert – auf den meisten Dächern, wo die Hunde nicht herankamen, waren irgendwelche Fleischbrocken, blutige, nackte Rippenstücke und alles mögliche andere zum Kühlen aufgehängt –, aber immer noch keine Spur von einem Hotel, einer Bar oder einem Restaurant. Vor ihm lagen nur noch drei weitere Blocks, und was dann? Er malte sich gerade aus, wie er sich so lange diese eisige, dunkle, unwirtliche Straße auf und ab schleppte, bis er sich irgendwann zusammenrollte und festfror wie eine Rinderhälfte, wie der sorglose Grünschnabel in der Geschichte von Jack London dem Untergang geweiht, da entdeckte er endlich auf der linken Seite eine Neonreklame für Olympia Beer, roter Rand, weiße Schrift, verheißungsvoll schimmernd wie eine Fata Morgana in der Wüste, und darunter ein handgemaltes Schild, auf dem »Northern Lights Café« stand. Zielstrebig wankte er darauf zu, er zitterte so heftig, daß er Angst hatte, sich die Schultern auszurenken, und schob sich durch die Tür.

Eine Minute lang glaubte er, das Nirvana gefunden zu haben. Licht. Wärme. Eine Theke aus Resopal, Barhocker,

Sitznischen, Menschen, in einem schlierigen Glasschrank ein Stück Apfeltorte, eine Musikbox, über der ein bunter Neonregenbogen leuchtete. Aber Moment mal, was war das? Die Bar roch, stank wie eine Latrine. Nach Erbrochenem, angewärmter Pisse, ranzigem Fett, schalem Bier. Und sie war gerammelt voll. Mit Eskimos. Eskimos. Er hatte noch nie im Leben einen Eskimo gesehen, außer in Büchern und im Fernsehen – oder vielleicht war das auch nur Anthony Quinn im Iglu irgendeines Hollywoodstudios gewesen. Nun, hier gab es welche; sie lümmelten, standen, saßen herum, schliefen, tranken, kratzten sich am Hintern und sahen alle so aus, als hätte man sie aus einem großen Sack gekippt. Ihre Blicke – tückische schwarze Augen, tief hinter den schrägen Lidschlitzen verborgen – fixierten ihn. Ihr Haar glänzte fettig, ihre Zähne waren verfault, die Gesichter ausdruckslos. Allesamt waren sie in Tierfelle gehüllt, und Walter konnte nicht sagen, wer Mann und wer Frau war, wer Junge und wer Mädchen. Er stellte den Koffer in eine Ecke und schlurfte zur Theke hinüber, wo ein Heizstrahler rot glühte.

Hinter der Bar war niemand, aber auf den Tischen standen schmutzige Teller und Bierflaschen, und zwei Eskimos saßen vor einer Portion Pommes frites und etwas Hamburgerähnlichem. Keiner sagte ein Wort. Walter merkte, daß er auffiel. Fühlte sich langsam unsicher. Räusperte sich. Scharrte mit den Füßen. Senkte den Blick zu Boden. Mit sechzehn war er einmal mit Tom Crane in Lolas Wagen in die Stadt gefahren, zu einer Adresse, die sie beide nicht kannten – Hundertdreißigste oder Hundertvierzigste Straße, so in der Gegend –, weil Tom in einer Anzeige etwas über billige Jazzplatten bei »Hearns« gelesen hatte. Es war das erste Mal, daß Walter in Harlem war. Das heißt, nicht bloß durchgefahren. Während der einen Stunde, die sie dort gewesen waren, hatte er nur zwei weiße Gesichter gesehen – sein eigenes, gespiegelt in den verschmierten Schaufenstern, und Toms. Es war ein merkwürdiges Gefühl gewesen, das Gefühl, ein Fremder und fehl am Platz zu sein – und beinahe auch das Gefühl von Scham wegen seiner weißen Hautfarbe. In dieser Stunde hatte er sich verzweifelt und von ganzem Herzen gewünscht, schwarz zu sein. Darüber hinaus war nicht viel passiert. Sie hatten ihre Schallplatten gekauft, waren wieder ins Auto gestiegen und zurück in die Vorstadt gefahren, wo alle Gesichter weiß waren. Es war eine Lektion gewesen, kein Zweifel. Eine Erfahrung, die jeder einmal machen sollte.

Irgendwie hatte er aber nie das Bedürfnis verspürt, so etwas noch einmal zu erleben.

Wie lange stand er jetzt schon hier herum – eine Minute, fünf Minuten, eine Stunde? Es war schlimmer, viel schlimmer als Harlem. Er hatte noch nie im Leben einen Eskimo gesehen. Und jetzt war er von ihnen umzingelt. Es war wie auf einem fremden Stern oder so. Er traute sich nicht aufzublicken. Allmählich fand er, alles andere sei besser als das hier – sogar auf der Straße zu erfrieren, von den Wolfshunden in Fetzen gerissen oder von einem besoffenen Schneemobilisten überfahren zu werden, als plötzlich die Schwingtür zur Küche aufflog und eine übertrieben blonde, dick geschminkte, zaundürre Frau in Lolas Alter hereingehastet kam, in der einen Hand sechs langhalsige Bierflaschen, in der anderen einen Teller mit irgend etwas Dampfendem darauf. »Komme gleich, Süßer«, sagte sie und schob sich an ihm vorbei, die Arme in die Höhe gestreckt.

Die Kellnerin schien den Bann gebrochen zu haben. Sie servierte das Bier und das dampfende Essen, und damit erwachte der Schankraum wieder zum Leben. Ein leises, unverständliches Gemurmel hob an. Ein alter Mann mit einem so toten und lederartigen Gesicht wie der Schrumpfkopf, den Walter einmal im Museum gesehen hatte, drängte sich vorbei und fiel praktisch der Länge nach über die Musikbox. Ein junger Bursche – ja, jetzt konnte er die Geschlechter unterscheiden – versuchte, seinen Blick aufzufangen, aber Walter sah schüchtern zur Seite. Die Kellnerin kam zurück, und als Walter in ihre müden grauen Augen sah, glaubte er sich für einen kurzen Moment nach Peterskill zurückversetzt. »Was darf's denn sein, mein Bester?« fragte sie ihn.

Der Alte an der Musikbox versuchte, einen Vierteldollar einzuwerfen, ließ ihn zu Boden fallen und stieß leise einen herzhaften Fluch aus, dessen Bedeutung Walter nicht ganz mitbekam – eine Verwünschung, für die Seehunde, Kajaks und irgendeine Mutter herangezogen wurden, soviel war klar. Oder hatte er nicht doch etwas von Weißen gemurmelt? Von weißen Scheißern?

»Äh«, Walter riß und zerrte ungeschickt an der Schnur seiner Parkakapuze, »äh, ja... Kaffee«, krächzte er schließlich.

Ohne Umschweife wandte sich die Kellnerin an den nächstsitzenden Eskimo, sagte nur: »Charley« und machte eine ruckartige Kopfbewegung. Mürrisch stand der Mann von seinem Hocker auf und wankte durch den Raum, seine Bierflasche in der Hand.

»Aber ich –« protestierte Walter.

»Hinsetzen«, sagte die Kellnerin.

Walter setzte sich hin.

Er trank die zweite Tasse Kaffee und begann wieder Anzeichen von Leben in seinen Fingerspitzen wahrzunehmen, als es dem Alten an der Musikbox endlich gelang, die Münze zu finden und in den Schlitz zu stecken. Man hörte ein mechanisches Surren, gefolgt vom Klappern einer herabfallenden Platte, und dann legte Bing Crosby mit »White Christmas« los, sang seine Schnulze vor den verbissenen, schweigsamen, betrunkenen Männern in ihren Fellmänteln, vor dem Bratfett und dem verloren wirkenden Tortenstück, vor den Baracken, der glatten Eisschicht, den steifgefrorenen Hundehaufen auf der Straße, sang vor Walter von den weißen Weihnachten, die er früher erlebt hatte...

Sollte das ein Witz sein? Ein Gag? Walter wagte nicht, sich umzusehen.

»Noch 'ne Tasse?« fragte die Kellnerin, die dampfende Glaskanne zum Eingießen bereit.

»Äh, nein, nein danke«, stammelte Walter und legte zur Bekräftigung die Hand über die Tasse, »aber, äh, vielleicht könnten Sie mir helfen –?«

Die Kellnerin lächelte ihn breit, lippenstiftglänzend an. »Ja? Sie suchen wohl jemanden?«

»Vielleicht kennen Sie ihn ja gar nicht. Ich meine, vielleicht wohnt er nicht mehr hier. Truman Van Brunt?«

Bis auf Bing Crosby verstummte alles. Das Lächeln der Kellnerin verschwand. »Was wollen Sie von dem?«

»Ich...« er konnte es nicht sagen, brachte das Wort nicht heraus, »ich bin sein Sohn.«

»Sein Sohn? Der hat nie einen Sohn gehabt. Reden Sie keinen Quatsch.«

Darauf war er nun wirklich nicht gefaßt gewesen. Es traf ihn wie ein Stoß von hinten, wie ein unnachgiebiges Hindernis am Straßenrand. Er war niedergeschmettert. Am liebsten hätte er ein Loch in das dreckige Linoleum zu seinen Füßen gegraben und sich darin verkrochen, bis die Welt wieder näher an die Sonne rutschte und draußen vor den Fenstern Palmen sprossen. *Der hat nie einen Sohn gehabt.* Dafür war er viertausend Meilen weit geflogen.

Der Mund der Kellnerin war ein schmaler, mißtrauischer Spalt. Die Eskimos waren verstummt, beobachteten ihn, das Desinteresse in ihren Blicken war plötzlich einer grausamen Heiterkeit gewichen, als wäre Walter – groß und weiß und mit seinen fettigen roten Haaren, dem irren Blick und den kaputten Füßen – mit einer Zirkustruppe in die Stadt gekommen. Und Bing Crosby sang einfach weiter, trällerte von fröhlichen und hellen Tagen...

»Hey, Alter.« Der junge Eskimo, der ihn vorher gemustert hatte, stand jetzt neben ihm. Walter blickte zu dem breiten, glatten Gesicht und den unsicheren Augen eines etwa vierzehnjährigen Jungen auf. »Mr. Van Brunt, der wohnt da oben.« Er deutete mit dem Daumen. »Drittes Haus links, wo das alte Autowrack davorsteht.«

Benommen kam Walter auf die Beine, zerrte einen zerknüllten Dollarschein aus der Tasche und ließ ihn neben der Tasse auf den Tresen fallen. Ihm war heiß, glühendheiß in dem schweren Parka, außerdem leicht schwindlig. Er holte seinen Koffer aus der Ecke, dann drehte er sich zu dem Jungen um und nickte ihm kurz zu. »Danke«, sagte er.

»Hey, kein Problem, Alter«, erwiderte der Junge und zeigte beim Grinsen die geschwärzten Stummel seines Gebisses, »der ist mein Lehrer.«

Es war vier Uhr nachmittags und so finster wie um Mitternacht. In zwei Wochen würde die Sonne überhaupt zum letztenmal am Himmel über Barrow stehen – bis zum 23. Januar des nächsten Jahres. So hatte Walter es im ›Führer durch Alaska: Die letzte Grenze Amerikas‹ gelesen, während ihn im grünen Garten seines Hauses in Van Wartville die Moskitos plagten. Jetzt war er da, stand auf den Stufen des »Northern Lights Café«, von wo er ein paar Häuser weiter im Zwielicht den mit Ziegelsteinen aufgebockten 49er Buick sah; das Wrack stand vor einem unscheinbaren, niedrigen Schuppen, der sich kein bißchen von den anderen unterschied, außer daß die Karibukadaver auf dem Dach fehlten. Das Haus seines Vaters. Hier, am hintersten, fernsten, abgefrorensten Ende der Welt.

Walter wollte die Straße überqueren, der Wind blies ihm in den Rücken, der Koffer zerrte an seinem Arm. »Paß doch auf, du Arschloch!« schrie ein Kamikaze, der mit heulendem Motor und Eis aufwirbelnden Reifen auf einem Schneemobil vorbeiraste, und als Walter aus dem Weg torkelte, stand er mitten in einem Rudel zähnefletschender Hunde, die sich zwischen seinen Beinen um einen Klumpen gefrorener Gedärme balgten. Barrow. Der Schweiß fror ihm an der Haut fest, seine Finger waren abgestorben, und vierzehn blutrünstige Wolfshunde rissen sich zu seinen Füßen in Fetzen. Er war erst etwa eine halbe Stunde in der Stadt, und er hatte bereits genug. In aufbrodelnder Wut trat er kraftvoll nach den Hunden, schwang seinen Koffer wie eine Keule und brüllte Flüche, bis der Wind seine Stimme verschluckte, dann stolperte er die Böschung aus gefrorenem Abfall und Hundedreck hinauf, die sich vor dem Haus seines Vaters wie eine Zuchthausmauer erhob. Fünfundvierzig Meter. Weiter war es nicht vom Café zur Schwelle seines Vaters, doch es waren die schwersten fünfundvierzig Meter seines Lebens. *Der hat nie einen Sohn gehabt.* Viertausend Meilen Flugreise, um diese knappe Verlautbarung aus dem Mund einer Fremden zu hören, einer Hexe in ausgeleiertem Pullover und mit zwei Tonnen Make-up im Gesicht. Das tat verdammt weh. Selbst wenn man hart, seelenlos und frei war.

Auf der vereisten Treppe zögerte Walter. Er kam sich vor wie ein armer, mißhandelter Waisenknabe aus einem Dickens-Märchen – was sollte er zu ihm sagen? Wie sollte er ihn überhaupt anreden – mit Dad? Vater? Alter? Er war erschöpft, mutlos, durchgefroren bis ins Mark. Der Wind heulte. In seinem Augenwinkel klebte Schneematsch. Und dann war ihm plötzlich alles egal – der Mistkerl hatte ja sowieso keinen Sohn, oder? –, und Walter donnerte gegen die verwitterte Tür, was das Zeug hielt. »Hallo!« brüllte er. »Aufmachen! Ist da jemand?« Bumm, bumm, bumm. »Aufmachen, verdammt noch mal!«

Nichts. Kein Geräusch. Keine Antwort. Ebensogut hätte er an den Deckel des eigenen Grabes klopfen können. Sein Vater wollte nichts von ihm wissen, er war nicht zu Hause, existierte gar nicht.

Da faßte Walter den Entschluß, direkt vor dieser Tür zu sterben, sich tiefgefrieren zu lassen wie einer der grotesken Kadaver auf dem Dach des Nachbarhauses. Damit würde er es ihm zeigen, dachte er verbittert. Sein Sohn, sein einziger Sohn, der Sohn, den er verleugnet und verlassen hatte, erfroren vor seiner Tür wie ein Klumpen Fleisch. Und dann, mit einem Schlag, bäumten sich in ihm Wut, Verzweiflung und Selbstmitleid so hoch auf, daß er sich nicht mehr beherrschen konnte, und er warf den Kopf zurück und jaulte wie ein in die Falle gegangenes Tier. Sein ganzes traumatisches Leben, all die Geister und Visionen, das schmerzende Fleisch und die niemals heilenden Wunden – all das konzentrierte sich in dem nackten, markerschütternden Klageschrei, der aus seinem Bauch aufstieg und die Wolfshunde verängstigte, den Wind zum Verstummen brachte: »Dad!« schluchzte er. »Dad!« Der Sturm raubte ihm den Atem, die Kälte durchdrang ihn. »Daddy, Daddy, Daddy!«

Daraufhin ging die Tür auf, und da stand er, Truman Van Brunt, blinzelte in die Dunkelheit, auf das Eis, auf Walter. »Was?« fragte er. »Wie hast du mich eben genannt?«

»Dad«, sagte Walter und wollte ihm die Arme um den Hals schlingen. Er wollte es. Wirklich. So sehr, wie er je etwas gewollt hatte. Aber er konnte sich nicht rühren.

Vierzig Grad minus. Und dazu Wind. Truman stand in der offenen Tür, immer noch groß und kräftig, die tiefroten Büschel seines Haares waren von schmutzigem Grau durchschossen und wirbelten ihm um den Kopf, in seinem Gesicht lag tiefste Bestürzung, als wäre er gerade aus einem Traum erwacht, nur um sich im nächsten wiederzufinden. »Walter?« fragte er.

Das Innere der Hütte war ordentlich aufgeräumt und beinahe mönchisch karg. Zwei Räume. Ein Holzofen in der Ecke des vorderen Zimmers, drei Wände voll mit Bücherregalen, eine Kochnische an der vierten, ein kurzer Blick ins Hinterzimmer: ein ordentlich gemachtes Bett und ein Nachttisch, noch mehr Bücher. Die Bücher hatten Titel wie ›Agrarkonflikte auf den Gütern Van Wart und Livingston‹; ›Chronologie der Grafschaft North Riding‹; ›Unter Segeln auf Hudsons Fluß‹; ›Die Naturheilkunst der Delaware‹; ›Geschichte der Indianerstämme am Hudson River‹. Dicht neben dem Ofen, fast als ob es Brennmaterial wäre, stand ein mit Papier vollgestapelter Schreibtisch, auf dem der schwarze Höcker einer uralten Schreibmaschine aufragte. Unter dem Tisch stand eine Kiste mit Fleischmann's Gin. Eine Wasserleitung gab es nicht.

Ehe er noch den Parka ausziehen konnte, hatte sein Vater zwei Becher mit heißer Limonade und Gin eingegossen, und Walter saß in einem geflickten Lehnsessel, hielt das heiße Getränk in den gefühllosen Händen und las stumm die Buchtitel. Truman setzte sich ihm gegenüber rittlings auf einen Holzstuhl. Im Ofen knackte es. Von draußen drang der Lärm des arktischen Sturms herein, beständig wie eine atmosphärische Störung. Walter wußte nicht, was er sagen sollte. Er war endlich am Ziel, saß seinem Vater gegenüber und wußte nicht, was er sagen sollte.

»Du hast mich also doch gefunden«, sagte Truman schließlich. Seine Stimme klang belegt, vom Alkohol verlangsamt. Er wirkte nicht eben überglücklich.

»Mmm – mh«, machte Walter nach einer Weile und starrte in seinen Becher. »Hast du denn meine Briefe nicht gekriegt?«

Sein Vater knurrte. »Briefe? Ja, Mann – die Briefe hab ich gekriegt.« Er stand auf und ging schwerfällig ins Hinterzimmer, ein großer, breitschultriger Mann mit der traurigen, unsicheren Miene eines Reisenden, der sich in einer Stadt voll fremder Menschen verlaufen hat. An den Beinen fehlte ihm nichts, absolut nichts. Und an den Füßen auch nicht. Kurz darauf kam er mit einer Pappschachtel zurückgestampft, die er Walter in den Schoß knallte.

Darin lagen die Briefe: Walters hoffnungsvolle Schrift, die Briefmarken, die Poststempel. Da waren sie. Alle miteinander. Und kein einziger war geöffnet.

Der hat nie einen Sohn gehabt. Walter blickte von der Schachtel in die glasigen Augen seines Vaters. Sie hatten sich an der Tür nicht berührt, nicht einmal die Hand gegeben.

»Woher hast du gewußt, wo ich bin?« fragte Truman plötzlich.

»Von Piet. Piet hat es mir erzählt.«

»Pete? Was denn für 'n ›Pete‹? Wer ist dieser Pete?« Der

Alte trug einen Vollbart, rot wie der von Erik dem Eroberer, um den Mund herum allerdings ergraut. Sein Haar war lang, hinten zum Pferdeschwanz zusammengebunden. Er runzelte die Stirn.

Walter spürte den Gin wie Frostschutzmittel in den Venen pulsieren. »Den Nachnamen weiß ich nicht mehr. Ein kleiner Kerl – du weißt schon, der war damals vor vielen Jahren dein Freund, als…« Er wußte nicht, wie er es formulieren sollte. »Lola hat mir von ihm erzählt, und über die Unruhen und –«

»Ach, du meinst Piet Aukema? Den Zwerg?«

Walter nickte.

»Verdammt, den hab ich seit zwanzig Jahren nicht mehr gesehen – woher zum Teufel sollte der wissen, wo ich bin?«

Walter sank das Herz in die Hose. Er spürte, wie die Vergangenheit ihn zerquetschte wie ein Schraubstock. »Ich hab ihn im Krankenhaus getroffen«, sagte er, als könnte diese Tatsache seine Geschichte irgendwie erhärten. »Er sagte, er hätte vor kurzem Post von dir gekriegt. Aus Barrow. Und daß du hier Lehrer bist.«

»Der Kerl lügt, verdammt noch mal!« brüllte Truman und kam mühsam auf die Beine, seine Miene war wutverzerrt. Er warf wilde Blicke durch den Raum, als wollte er gleich seine Tasse gegen die Wand knallen, den Ofen aus der Verankerung reißen oder sonst etwas, dann aber winkte er müde ab und setzte sich wieder. »Ach, scheiß drauf«, murmelte er und sah Walter direkt in die Augen. »Hey, ich freu mich jedenfalls, dich zu sehen«, strahlte er plötzlich, ein wenig zu herzlich, als versuchte er, sich selbst zu überzeugen. »Siehst gut aus, weißt du das?«

Walter hätte ihn am liebsten angeschrien – *Was kümmert dich denn das, zum Teufel?* –, und es wäre ihm wohl kaum zu verdenken gewesen, doch er tat es nicht. Statt dessen lächelte er scheu und blickte wieder in seine Tasse. Die Stimmung erwärmte sich nun doch ein wenig.

Aber der Alte überraschte ihn erneut. »Dir fehlt doch

nichts, oder? – körperlich, meine ich. Du hast nicht irgendwie gehinkt, als du eben reingekommen bist, oder doch?«

Walters Blick fuhr zu ihm hoch.

»Ich meine, es geht mich ja nichts an… ich will bloß… man friert sich hier oben leicht was ab, weißt du?« Er zuckte die Achseln, dann warf er den Kopf zurück und trank seine Tasse leer.

»Du meinst, du weißt es nicht?« Walter sah ihn an, und er sah die Geisterschiffe, sah die dunkle Straße, die sich vor ihm erstreckte, die Eisflecken wie Krätze auf dem Asphalt. Er konnte es nicht glauben. Er war entrüstet. Er war wütend.

Truman wirkte unsicher. Jetzt war es an ihm, den Blick zu senken. »Woher soll ich irgendwas wissen, zum Teufel?« knurrte er. »Hör mal zu, es tut mir leid – ich hab alles hinter mir gelassen. Ein besonders guter Vater war ich nicht, ich geb's ja zu…«

»Aber, aber was war denn in der Nacht damals –?« Walter konnte nicht weiterreden, es war alles nur eine Halluzination, natürlich war es das, er hatte es schon die ganze Zeit geahnt. Der Mann, der da vor ihm saß, war eine Halluzination, ein Fremder, die unbesetzte Endstation einer hoffnungslosen Irrfahrt.

»Ich sag dir doch, daß es mir leid tut, zum Donnerwetter«, fauchte Truman laut. Er stand auf und ging zum Ofen hinüber. Walter sah ihm zu, wie er sich aus dem Kessel eine neue Tasse eingoß. »Noch einen Toddy?« Der Alte sah über die Schulter zurück, seine Stimme war wieder sanfter.

Walter winkte ab und stand mühsam auf. »Also gut«, sagte er und dachte dabei, *die Briefe, diese Briefe, er hat sich nicht mal die Mühe gemacht, sie zu öffnen,* »ich weiß, daß ich dir scheißegal bin und daß du das hier möglichst schnell hinter dich bringen willst, deshalb erzähl ich dir jetzt mal, warum ich den ganzen Weg hierher an den Arsch der Welt gemacht habe, um dich zu besuchen. Ich werde dir alles erzählen, ich werde dir erzählen, wie es ist, wenn man seine Füße verliert – ja, alle beide –, und von Depeyster Van Wart werde ich dir auch erzählen.« Sein Herz hämmerte. Das war es also. Endlich. Der Schlußpunkt. »Und dann«, sagte er, »will ich ein paar Fragen beantwortet haben.«

Truman zuckte die Achseln. Grinste. Hob seinen Toddy, wie um einen stummen Toast auszubringen, und leerte ihn auf einen Zug. Er nahm die Flasche Gin mit zu seinem Stuhl, setzte sich und goß seine Tasse voll, diesmal unverdünnt. Er hatte eine eigenartige Miene aufgesetzt – einfältig und kampflustig zugleich, der Blick des Klassenrüpels, der zum Schuldirektor zitiert wird. »Na, dann mal los«, sagte er und hob die Tasse, »erzähl's mir.« Er nickte zur Tür hin, wies auf die Schwärze, die unendlich weite Tundra und das Eismeer dahinter. »Wir haben die ganze Nacht lang Zeit.«

Walter erzählte. Wie besessen. Erzählte ihm, wie er mit zwölf einen ganzen Sommer lang auf ihn gewartet hatte, und den nächsten Sommer und den Sommer darauf. Erzählte ihm, wie verletzt er gewesen war, wie besudelt und ungeliebt, wie schuldig er sich gefühlt hatte. Und wie er darüber hinweggekommen war. Erzählte ihm, wie Hesh und Lola ihn großgezogen und aufs College geschickt hatten, wie er eine zärtliche, liebe Frau gefunden und sie geheiratet hatte. Und später, als die erste Flasche leer war und der Gin wie Salzsäure in seinen Adern brannte, erzählte er ihm von seinen Visionen, von dem Gift, das in ihm brodelte, und wie er Jessica seine Bitterkeit in den Leib gerannt und gegen das Phantom des Vaters angekämpft hatte, bis seine Füße zu Brei gequetscht waren. Er redete, und Truman hörte ihm zu, bis längst die Sonne untergegangen und das Vieh in den Stall getrieben hätte sein sollen. Aber es gab kein Vieh. Und die Sonne gab es auch nicht.

Walter war verwirrt. Er blinzelte durch die Eisblumen am Fenster und sah hinaus in die schwarze Nacht. Seit einer halben Ewigkeit hatte er nichts gegessen, und der Alkohol tat allmählich seine Wirkung. Er sank schwer in den Sessel zurück und musterte seinen Vater. Truman hing nach vorne über, sein Kopf rollte auf der stützenden Hand leicht hin und her, seine Augen waren müde und gerötet. Da begriff Walter, daß es nur ein Sparringkampf war, sonst nichts, und daß bei all der Befriedigung, die es ihm bereitet hatte, Trumans Schandtaten aufzuzählen, dies nur die erste Runde war.

»Dad?« fragte er, und das Wort fühlte sich fremdartig auf der Zunge an. »Bist du wach?«

Der Alte fuhr hoch wie aus einem schlimmen Traum. »Häh?« machte er und tappte instinktiv nach der Flasche. Und dann: »Oh. Ach, du bist es.« Draußen blies der Wind stetig. Unvermindert, unbarmherzig, unversöhnlich. »Na gut«, sagte er und hob den Kopf. »Hast es schwer gehabt, ich geb's ja zu. Aber was glaubst du, wie es mir ergangen ist?« Er lehnte sich vor, beugte die breiten Schultern, den massigen Schädel. »Was meinst du wohl«, flüsterte er. »Denkst du, ich lebe hier, weil es im Winter so toll ist, ein prima Ferienparadies, das Tahiti des Nordens oder so ein Dreck? Das ist meine Buße, Walter. Buße.«

Er stand auf, streckte sich und schlurfte zum Schreibtisch, um eine neue Flasche darunter hervorzuangeln. Walter beobachtete, wie er mit einer geübten Drehung den Verschluß knacken ließ, sich eine volle Tasse eingoß und die Flasche einladend hochhielt. Eigentlich wollte Walter ablehnen, wollte die Hand über die Tasse legen wie im Café, aber er tat es nicht. Das hier war ein Marathon, ein Wettbewerb, der Titelkampf. Er hielt seine Tasse hin.

»Wenn du müde wirst«, sagte Truman, »kannst du dich da drüben hinlegen, neben dem Ofen. Ich hab noch einen Schlafsack, und Kissen kannst du dir von der Couch nehmen.« Er setzte sich wieder, wölbte den Rücken gegen die harten Holzstäbe des Stuhls. Er nahm einen langen Schluck aus der Tasse und rutschte mit dem Stuhl über den

Fußboden, bis er so dicht neben Walter saß, als wollte er ihm eine Wunde verbinden. »So«, sagte er mit harter, kratziger, schleimbelegter Stimme, »jetzt hörst du dir mal *meine* Geschichte an.«

»Ganz egal, was sie dir erzählt haben, ich habe sie geliebt. Wirklich.«

Der alte Mann trank die Tasse aus, schleuderte sie beiseite und hob die Flasche zum Mund. Diesmal bot er Walter nichts an. »Deine Mutter, meine ich«, sagte er, während er sich mit dem Ärmel den Mund abwischte. »Das war schon eine. Du wirst dich nicht so recht an sie erinnern, aber sie war so – wie soll man sagen? – ernsthaft, weißt du. Idealistisch. Sie hat tatsächlich diesen ganzen Bolschewistendreck geglaubt, sie dachte wirklich, Rußland wär das Arbeiterparadies und Joe Stalin ein riesig netter Bursche.« Es brannte nur eine einzige Lampe, mit Messingfuß und Papierschirm, auf dem Schreibtisch hinter ihm; im Schatten schienen seine Züge weicher. »Wie ein Dummchen vom Lande, weißt du? So was von Gutgläubigkeit hab ich nie wieder erlebt.«

Walter saß wie angewurzelt da, die rauhe Stimme und die immerwährende Nacht hielten ihn gefangen wie ein Zauber oder ein Bann. Seine Mutter mit den seelenvollen Augen war hier, direkt vor ihm. Fast konnte er die Kartoffelpuffer riechen.

»Aber du bist ja auch verheiratet, nicht? Wie hieß sie doch gleich?«

»Jessica.« Der Name tat weh. Jessica und seine Mutter.

»Genau«, sagte der Alte, seine Stimme rauh wie kollernde Kiesel, ruiniert vom Trinken und niemals endenden Nächten. »Na, dann weißt du ja, wie das ist, dann –«

»Nein«, blaffte Walter, plötzlich streitlustig geworden. »Wie ist *was?*«

»Ich meine, wenn die erste Verliebtheit vorbei ist und so –«

Walter unterbrach ihn zornig: »Du meinst, du hast sie beschissen. Von Anfang an. Du hast sie geheiratet, damit du sie kaputtmachen konntest.« Er versuchte aufzustehen, aber seine Beine waren eingeschlafen. »Klar erinnere ich mich an sie. Ich erinnere mich sogar noch als Tote an sie. Und ich erinnere mich an den Tag, als du sie verlassen hast – in dem Auto da draußen, stimmt's? Das ist doch Depeyster Van Warts Auto, oder?«

»Blödsinn, Walter. Blödsinn. Du erinnerst dich an das, was Hesh dir zum Erinnern eingetrichtert hat.« Die Stimme des Alten war gelassen – er widersprach nicht, er stellte fest. Der Schmerz in alledem, der Schmerz, der ihn dazu gebracht hatte, sich am Ende der Welt zu verbergen, stand hoch oben auf einem Regal, in einer kleinen, fest verschlossenen Flasche. Wie Riechsalz. »Guck mich bloß nicht so selbstgerecht an, du kleiner Scheißer – wenn du was über Schmerz erfahren willst, brauchst du mir nur zuzuhören. Ich hab's getan. Ja. Ich bin ein Spitzel. Ein feiger Verräter. Ich hab meine Frau umgebracht, meine Freunde ans Messer geliefert. Stimmt alles, ich geb's ja zu. Also halt hier keine Moralpredigt, du kleiner Dreckskerl. Hör mir einfach nur zu.«

Der Alte war ziemlich hitzig geworden, und zum zweitenmal in ein paar Stunden sah er aus, als würde er gleich alles kurz und klein schlagen. Walter saß reglos da, so dicht neben seinem Vater, daß er den Gingestank in seinem Atem riechen konnte. »Falls du ein bißchen mehr wissen möchtest, meine ich. Und das willst du doch, oder? Sonst wärst du nicht den weiten Weg hierhergekommen.«

Wie betäubt nickte Walter nur.

»Okay«, sagte der Alte, »okay«, und er hatte seine Gelassenheit wiedergewonnen. Er trug Fellstiefel und einen riesigen Wollpullover mit einem Muster aus tanzenden Rentieren, und als er sich vorbeugte, der Bart und das Haar von Grau durchzogen, ähnelte er einer narbigen, verfolgten Figur aus einem alten Film von Ingmar Bergman, ein fahles Orakel des Nordens. »Ich fang von vorne an«, sagte er, »mit Depeyster.«

Truman hatte ihn während des Krieges in England kennengelernt – sie waren beide bei der G2 gewesen, beim militärischen Abschirmdienst, und sie hatten sich sofort angefreundet, als sie herausfanden, daß sie beide aus der Gegend von Peterskill stammten. Depeyster war ein fixer Bursche gewesen, gutaussehend, kräftig – und außerdem ein guter Sportler. Beim Basketball jedenfalls. Mit ein paar anderen hatten sie hie und da eine Runde gedribbelt, wenn sie außer Dienst waren. Aber dann war Depeyster abkommandiert worden, und sie hatten sich aus den Augen verloren. Wichtig war jedenfalls, daß Truman Christina kennengelernt – und geheiratet – hatte, bevor er Depeyster Van Wart das nächste Mal wiedertraf. Und das war die Wahrheit.

»Aber du bist doch in die Partei eingetreten«, sagte Walter, »– ich meine, das hat mir Lola jedenfalls –«

»Ach, Scheißdreck«, fluchte Truman, und eine wilde Furche zog sich über seine Stirn. Er fuhr vom Stuhl hoch und ging in dem kleinen Zimmer auf und ab. Draußen stimmten die Wolfshunde ihr Geheul an. »Gut. Okay. Ich bin in die Partei eingetreten. Aber möglicherweise war das bloß, weil ich in deine Mutter verliebt war, hast du daran schon mal gedacht? Vielleicht hab ich's getan, weil sie Einfluß auf mich hatte, und vielleicht auch, weil ich diesen schönen Quatsch über die unterdrückten Werktätigen und die habgierigen Kapitalisten und das ganze Zeug glauben wollte – schließlich war mein Vater ein einfacher Fischer, klar? Aber wer hat denn recht behalten, häh? Kaum kommt einer wie Chruschtschow daher und prangert Stalin an, schwitzen in der Colony alle gleich Blut und Wasser. Man muß die Dinge doch aus dem richtigen Blickwinkel betrachten, Walter.« Er blieb vor dem Schreibtisch stehen, griff nach einem Stoß Papier, das mit engzeiliger Schreibmaschinenschrift bedeckt war, legte es aber wieder hin. Statt dessen schüttelte er sich eine Zigarette – eine Camel – aus der Schachtel, die daneben lag, und hielt das Feuerzeug daran. Walter sah, daß seine Hände trotz der gespielten Selbstsicherheit zitterten.

»Na gut, und weiter – wir sind also ein Jahr, zwei Jahre verheiratet –, da taucht Depeyster wieder auf. Aber *danach,* Walter«, sagte er, und erstmals lag in seinem Blick so etwas wie ein Flehen, »*nachdem* ich deine Mutter kennengelernt und geheiratet habe, treff ich ihn eines Sonntagnachmittags zufällig in dem Laden da bei Cat's Corners, wir wollten gerade zum Picknick fahren, deine Mutter und ich und Hesh und Lola, und ich geh da rein, um mir ein Bier und Zigaretten zu kaufen, und da steht er.« Er machte eine Pause, nahm einen weiteren Schluck aus der Flasche. »Da spielen eine Menge Faktoren mit, lauter Dinge, von denen du nichts weißt. Sei nicht so vorschnell mit deinem Urteil.«

Walter merkte, daß er sich in die Armlehnen des Sessels krallte, als säße er hoch oben auf einem Riesenrad in einem Sturm wie dem draußen vor der Tür und hätte Angst, kopfüber hinauszufallen. »Ich hab dir doch erzählt«, sagte er, »ich arbeite für ihn. Der ist in Ordnung. Das finde ich wirklich. Er sagt, Hesh und Lola haben unrecht. Und daß du ein Patriot bist.«

Truman stieß ein bitteres Lachen aus, das blasse, sumpfige Grün seiner Augen war vom Rauch vernebelt, sein massiger Oberkörper schwankte kaum wahrnehmbar von der Wirkung des Alkohols und vielleicht auch von der Wucht seiner Gefühle. »Patriot«, wiederholte er mit verzerrtem Gesicht, als hätte er in etwas Fauliges gebissen. »Patriot!« knurrte er, und dann streckte er sich vor dem Ofen auf dem Fußboden aus und schlief ein, die brennende Zigarette noch zwischen den Fingern.

Am Morgen – falls man es Morgen nennen konnte – war der Alte einsilbig, zermürbt, verkatert und schlecht gelaunt, etwa so mitteilsam wie ein Felsblock. Irgendwann tief im Faltenwurf dieser unendlichen Nacht hatte Walter gehört, wie er sich vom Fußboden aufrappelte, etwas Gin nachgoß und eine Telefonnummer wählte. »Ich komm heute nicht«, knurrte er in den Hörer. Pause. »Ja, genau.

Ich bin krank.« Wieder eine Pause. »Geben Sie ihnen einfach die Verfassung zu lesen – oder noch besser, lassen Sie sie abschreiben.« Klick.

Jetzt war es hell – oder zumindest war die Finsternis, die sich gegen die Scheiben drängte, merklich milder geworden –, und in der Luft lag, kräftig wie das Leben, der Duft von Speck, in den sich ein anderer, schwächerer Duft mischte, ein Duft aus der Erinnerung, grausam und herzlos: Kartoffelpuffer. Walter fuhr aus dem Schlafsack hoch, als stünde er in Flammen, ein lebendiges Wesen in einem Gespensterhaus. Die Hunde jaulten. Es mußte ungefähr Mittag sein.

Truman servierte ihm gebratene Eier mit Speck und Kartoffelpuffer – »Wie deine Mutter sie immer gemacht hat«, sagte er mit übernächtigter, ausdrucksloser Miene. Danach sagte er nichts mehr, bis eine Stunde später die Sonne verschwand. »Dunkel geworden«, brach er plötzlich sein Schweigen. »Zeit für Cocktails«, sagte er mit schiefem Grinsen. »Zeit zum Geschichtenerzählen.«

Wieder gab es Gin. Immer neuen Gin. Gin, der wie Blut über die aufgesprungenen Backenknochen eines Mittelschwergewichts rann. Kaum zwei Uhr mittags, und für Walter drehte sich schon alles. In den Sessel geflegelt, alle Glieder wie aus Plastik und schwerelos, so leicht, als wären sie vom Körper getrennt, hielt Walter sein Glas hochprozentigen Alkohol mit beiden Händen fest und hörte zu, wie sein Vater die Vergangenheit aufrollte wie bei den Indianern der *sachem* seine Perlenschnüre.

»Depeyster«, leitete der Alte dröhnend ein, »bei Depeyster Van Wart bin ich stehengeblieben, oder?«

Walter nickte. Um davon zu hören, war er hergekommen.

Truman senkte den Kopf, steckte einen seiner fleischigen Finger in seinen Drink – Gin mit Gin – und leckte ihn ab. »Vielleicht hab ich das gestern abend falsch erzählt«, sagte er. »Das von dem Tag, als ich ihn in dem Laden wiedertraf. Für mich war das reiner Zufall, das schwör ich dir, aber für ihn nicht. Der überläßt niemals irgendwas dem Zufall.«

Walter kämpfte seine Angst, seine Wut nieder, kämpfte gegen den Drang, ihm zu widersprechen, sank noch tiefer in den Sessel und nippte an dem Gin, der wie ein Reinigungsmittel schmeckte, während sein Vater weitersprach.

Das war schon komisch, erzählte er, wie Depeyster auf einmal wieder in sein Leben trat. Nach dem Zusammentreffen bei Cat's Corners waren sie sich immer öfter begegnet, während Truman sich an den Alltag in der Colony gewöhnte, zu Vorträgen und Konzerten ging, und sogar als er in den Kulturverein und dann in die Partei eintrat. Depeyster war einfach überall. Zufällig ließ er sich gerade in Skips Werkstatt einen neuen Auspuff montieren, als Truman den Wagen hinbrachte, um Stoßdämpfer und Bremsbeläge austauschen zu lassen, er hockte an der Theke der »Yorktown Tavern«, wenn Truman mit einem Arbeitskollegen nach Feierabend noch einen trinken ging, er stand im Laden von Genung und kaufte Stoff, er kaufte bei Offenbacher eine Tüte Kaiserhörnchen. Er war überall. Aber besonders oft saß er im Zug.

Zweimal wöchentlich, wenn um halb fünf die Fabriksirene den Feierabend verkündete, packte Truman sein Essenspaket, zog einen alten Armeerucksack unter der eisernen Werkbank hervor und ging zu Fuß die sechs Blocks bis zum Bahnhof. Er hatte am New York City College einen Kurs über die Geschichte der USA belegt, außerdem Seminare über Soziologie, Transzendentalphilosophie, über die amerikanische Arbeiterbewegung, die Ursachen und Auswirkungen des Unabhängigkeitskrieges, und während der mehr als einstündigen Eisenbahnfahrt aß er immer ein Sandwich, trank Kaffee aus der Thermoskanne und las in seinen Büchern. Eines Abends blickte er aus seinen Büchern auf, und da saß Depeyster, braungebrannt und lässig, im Straßenanzug und mit einer Aktentasche unterm Arm. Er habe geschäftlich in der Stadt zu tun, sagte er, und Truman kam es nie in den Sinn zu fragen, was für

Geschäfte wohl um sechs Uhr abends noch abgewickelt wurden.

Danach traf ihn Truman oft im Zug, manchmal allein, manchmal auch in Gesellschaft von LeClerc Outhouse. Die drei ergänzten sich hervorragend. Van Wart kam aus einer alteingesessenen Familie und war eine echte Fundgrube für regionale Geschichte, ganz zu schweigen von dem Magistertitel, mit dem er 1940 in Yale abgeschlossen hatte. LeClerc sammelte Erinnerungsstücke an den Revolutionskrieg, von denen er die meisten selbst ausgegraben hatte, und er wußte mehr über den Kampf um New York als Trumans Professoren. Sie redeten über Geschichte, über Zeitgeschichte, über Politik. LeClerk und Depeyster waren natürlich beide eiserne Republikaner und vehemente Befürworter von Dewey als nächstem Präsidenten, und überall witterten sie Kommunisten. In China, in Korea, in der Türkei, sogar im Weißen Haus. Vor allem natürlich in der Kitchawank Colony. Truman sah sich ständig in der Position des Verteidigers; er verteidigte die Linken, den New Deal und Roosevelts Politik, die Colony, seine Frau, seinen Schwiegervater, Hesh und Lola. Dabei hielt er sich nicht allzugut.

Und warum nicht? Vielleicht weil er sich seiner Sache selbst nicht sicher genug war.

»Was hast du eigentlich damit gemeint«, unterbrach ihn Walter, »daß Dipe nie etwas dem Zufall überläßt? Willst du damit sagen, daß er dir gefolgt ist? Absichtlich?«

Der Alte lehnte sich auf seinem spartanischen Stuhl zurück, auf diesem harten, unerträglichen Holzgerippe, und musterte ihn mit verächtlichem Blick. »Sei doch nicht so blöd, Walter – natürlich war es Absicht. Ein paar von den Typen aus der G2 sind nach dem Krieg beim Geheimdienst geblieben und in ziemlich wichtige Positionen aufgestiegen. Depeyster war mit denen immer in Verbindung.«

»Also warst du ein Spion«, sagte Walter mit völlig tonloser Stimme.

Truman fuhr hoch, räusperte sich und wandte den Kopf, um auf den Fußboden zu spucken. Er zupfte eine Weile an dem Gummiband, das sein Haar bändigte. »Wenn du es so nennen willst«, sagte er. »Sie haben mich überzeugt. Mir die Augen geöffnet. Die beiden und Piet.«

»Aber –« Walter war geschlagen, seine letzte Hoffnung ein verblassender Kondensstreifen am bleiernen Himmel. Das Gerücht war die Wahrheit: Sein Vater war Dreck. »Aber wie konntest du das tun?« beharrte er, wütend in seiner Niederlage und laut in seiner Wut. »Ich meine, wie konntest du dich von irgendwem – mit Worten, nur mit Worten – so weit bringen lassen, daß… daß du deine Freunde verrätst, deine eigene Frau, deinen –« es blieb ihm immer noch in der Kehle stecken, »– deinen Sohn?«

»Weil ich recht hatte, deswegen. Was ich getan habe, das war für einen höheren Zweck.« Der Alte redete, als bereite ihm das keinerlei Probleme, als hätte es nicht sein Leben zerstört, ihm die Familie genommen, ihn zu einem Säufer und Verbannten gemacht. »Kann schon sein, daß auch gute Leute dabei waren, Leute wie Norman Thomas oder wie deine Mutter, aber es gab auch verlogene kleine Scheißer wie Sasha Freeman und Morton Blum, die uns den ganzen Dreck eingebrockt haben, Verräter und Irre wie David Greenglass, die Rosenbergs oder Alger Hiss, die einfach alles kaputtmachen wollten, was unser Land erreicht hatte – und von denen gab's auch in der Colony welche. Gibt's heute noch.«

»Aber deine eigene Frau – hast du denn kein Gewissen? Wie konntest du das tun?«

Der Alte schwieg eine Weile, fixierte ihn nur über den Rand der Flasche hinweg. Als er wieder sprach, war es so leise, daß Walter ihn kaum verstehen konnte. »Wie konntest *du* es tun?«

»Was? Was meinst du?«

»Deine Frau – wie heißt sie gleich?«

»Jessica.«

»Jessica. Mit ihr hast du's doch auch verschissen, oder?

Du hast ihr übel mitgespielt, stimmt's? Und zwar aus irgendeinem Grund, den du nicht mal kennst.« Truman sprach jetzt wieder lauter, mit einem ätzenden, rauhen Grollen, das sich über den Sturm hinwegsetzte. »Und was ist mit Depeyster Van Wart – mit ›Dipe‹, wie du ihn nennst? Das ist doch jetzt dein Kumpel, oder? Und Hesh ist abgemeldet. Der Blödmann kann dich mal. Jetzt ist Dipe angesagt. Er ist für dich ja mehr Vater als ich.«

Die Augen des Alten funkelten vor Bosheit. »Walter«, flüsterte er. »Hey, Walter: du bist auf dem besten Weg.«

Walter fühlte sich plötzlich matt, vollkommen geschafft, es war ihm, als läge er am Boden und würde angezählt. Mit letzter Kraft erhob er sich unsicher aus dem Sessel. »Toilette«, murmelte er und wankte auf das hintere Zimmer zu. Er bemühte sich, aufrecht zu gehen, die Schultern nach hinten zu drücken und den starken Mann zu markieren, doch er kam keine fünf Schritte weit, dann verhedderten sich seine Füße und er krachte gegen den Türrahmen.

Ding. Ende der zweiten Runde.

Lange Zeit kniete Walter über einem Eimer in dem eisigen Gelaß, das dem Alten als Toilette diente; seine Gedärme flatterten, der süßsaure Gestank seines Mageninhalts warf ihn um. Außerdem war da noch ein anderer Geruch: Es roch nach seinem Vater, nach der Scheiße seines Vaters, und davon hob sich sein Magen wieder und wieder. Die Scheiße seines Vaters. Alles im Eimer. Christina und Jessica. Truman und Walter.

In der Kochnische stand ein Faß voll Wasser. Walter fing mit den Händen etwas davon auf und klatschte es sich ins Gesicht. Er legte den Mund um den Zapfhahn und trank. Draußen herrschte weiterhin Nacht. Der Alte saß wie versteinert auf dem Stuhl und nippte versonnen an seinem Drink. Walter zitterte. Es war kalt im Haus, obwohl Truman den Ofen so mit Kohle angefüllt hatte, daß das eiserne Türchen glühte. Walter durchquerte den

Raum, hob seinen Parka vom Boden auf und wand sich hinein.

»Hast du noch was vor?« fragte der Alte mit leisem Spott.

Walter gab keine Antwort. Er griff nach seiner Tasse auf der Armlehne des Sessels und streckte sie zum Nachschenken hin, wobei er so grimmig dreinsah, daß Truman den Blick senkte. Dann schüttelte er eine Camel aus der Schachtel seines Vaters, zündete sie an und machte es sich wieder im Sessel bequem. Es würde über drei Runden gehen, das war ihm jetzt klar. Danach konnte er das Flugzeug zurück nach Van Wartville nehmen, von seinen Geistern für immer befreit – *Vater? Was für ein Vater? Er hatte nie einen Vater gehabt* –: lädiert, aber frei. Natürlich gab es auch noch eine zweite Möglichkeit. Daß der Alte triumphieren würde. Ihn zu Boden schicken. K. o. schlagen. Dann würde er mit eingezogenem Schwanz in das Flugzeug steigen und zurückfliegen in ein Leben, das durcheinandergebracht war wie Rührei in der Pfanne – dann wäre er gejagt und verfolgt bis an sein Lebensende.

»Du würdest es wieder tun«, stieß Walter schließlich blitzschnell vor, prüfte seinen Gegner, »du warst im Recht, ein Patriot, und meine Mutter, Hesh und Lola, und auch Paul Robeson, das waren die Verräter.«

Truman starrte in die Flasche. Er gab keine Antwort.

»Die haben wohl gekriegt, was sie verdient haben, oder?«

Schweigen. Wind. Schneemobile. Gedämpfte Rufe. Hunde.

»Und die Kinder. Ich hätte damals auch dort sein können, dein eigener Sohn. Was war mit den Kindern, die vor der Bühne gespielt haben – hatten die es auch verdient? Schlagen Patrioten etwa Kommunistenkinder zusammen? Ist das so üblich?« Walter faßte sich langsam, erwachte wieder zum Leben, war so wild auf den Kampf, daß er völlig vergaß, auf welcher Seite er stand. Soll er das widerlegen. Soll er mich überzeugen. Dann habe ich Ruhe.

Truman stand seufzend auf, schwenkte lässig seinen Drink und ging dann durchs Zimmer zu dem Haken, an dem sein Mantel hing – ein Fellmantel, wie die Eskimos sie trugen. Darüber hing eine Mütze, ein Yukon-Modell aus Leder und Pelz, Ohrenschützer wie abstehende Flügel, und die setzte er auf. Er umkreiste zweimal den Stuhl, als nähme er nur widerwillig Platz, dann aber ließ er sich wieder nieder und drückte sich die Mütze tief in die Stirn. »Du hättest es gerne schön schwarz-weiß«, seufzte er. »Die Guten und die Bösen. Du möchtest es einfach haben.«

»Du hast vorhin gesagt: ›Ich hatte recht.‹ Und dann auch: ›Ich habe sie geliebt.‹ Also, was davon ist nun wahr?«

Der Alte ignorierte die Frage. Statt dessen sah er Walter direkt in die Augen. »Ich wußte nicht, daß sie sterben würde, Walter. Es war nichts weiter als eine Trennung, so hab ich das gesehen. So was passiert doch jeden Tag.«

»Du hast das Messer in der Wunde herumgedreht«, sagte Walter.

»Ich war jung und durcheinander. So wie du. Damals ist man nicht einfach zusammengezogen, da hat man gleich geheiratet. Ich liebte sie. Ich liebte Marx und Engels und die sozialistische Revolution. Dreieinhalb Jahre lang, Walter – das ist eine lange Zeit. Kann's jedenfalls sein. Und ich hab mich eben verändert. Ist das etwa ein Verbrechen? Genau wie du, wie du, Walter. Deine Mutter war eine Heilige. Selbstlos. Gut. Rechtschaffen. Diese Augen... Aber vielleicht auch zu gut, zu rein, verstehst du, was ich meine? Vielleicht gab sie mir das Gefühl, daß ich neben ihr ein Dreck war, und das machte mir Lust, ihr weh zu tun – nur ein kleines bißchen. Wie du mit Jessica, stimmt's? Hab ich recht? Alles klar?«

»Du bist ein dreckiges Schwein«, sagte Walter.

Truman lächelte. »Du auch.«

Schweigen. Dann fuhr Truman fort. Er sei im Unrecht gewesen, sie so tief zu verletzen, sagte er, das wisse er, und dieses Leben sei seine Buße, dieses Gespräch ein Akt der

Reue. Er hätte einfach verschwinden, abhauen sollen. Er hätte sie warnen sollen. Aber er habe sich schon seit anderthalb Jahren heimlich mit Depeyster, LeClerc und den anderen getroffen – alten Soldaten wie er – und ihnen Informationen gegeben. Nichts Besonderes eigentlich – Versammlungsprotokolle, wer bei Parteisitzungen was gesagt hatte –, im Grunde gar nichts, und er habe keinen Cent dafür genommen. Wollte kein Geld. Er sei umgeschwenkt, um hundertachtzig Grad, und er sei fest davon überzeugt gewesen, im Recht zu sein.

Natürlich war es ihm schwergefallen. Er trank mehr als früher, blieb von zu Hause fort, blickte in Christinas Märtyreraugen und fühlte sich wie ein Verbrecher, wie ein Stück Dreck, wie der heuchlerische Judas, der er auch war. »Aber weißt du, Walter«, sagte er, »manchmal ist es ein gutes Gefühl, sich wie Dreck zu fühlen, verstehst du, was ich meine? Das ist beinahe ein Bedürfnis. Das liegt im Blut.«

Die Woche vor dem Konzert war die schlimmste seines Lebens gewesen. Das Ende nahte, und er wußte es. Jede Nacht war er weg, betrunken. Piet war damals bei ihm, und das half ein wenig. Piet hatte immer einen Witz parat, legte ihm den Arm um die Schultern. Ein komischer kleiner Kerl. »Was soll ich bloß machen, Piet?« fragte ihn Truman. »Tu's«, riet Piet. »Würg's ihnen rein. Juden, Rote, Nigger – die Welt ist am Verfaulen wie ein wurmstichiger Apfel.« Diesmal war auch Geld drin. Geld zum Verschwinden, zum Umziehen, für einen neuen Anfang. Irgendwo. Ganz egal, wo. Zur Not auch in Barrow. Den Wagen hätte er eigentlich nicht nehmen sollen – nicht für immer jedenfalls. Aber als alles vorbei gewesen war, hatte er Depeyster mehr gehaßt als Sasha Freeman und die Kommunistische Weltverschwörung. Weil er ihn dazu gebracht hatte, sich selbst zu hassen. Deshalb hatte er den Buick behalten. Und zuschanden gefahren. Sieben, acht Jahre lang, nach Barrow rauf und wieder zurück. Bis der Wagen hinüber gewesen war. Bis es keinen Grund mehr zum Zurückfahren gegeben hatte.

Sasha Freeman, Morton Blum und wer immer ihre Hintermänner gewesen sein mochten, waren Depeyster immer einen Schritt voraus gewesen. »Wenn's um Opportunismus geht«, knurrte Truman, »wenn's um Zynismus geht, da hatten Freeman und Blum, diese beiden Dreckskerle, ganz klar die Oberhand.«

Truman hätte irgendwann die Jungs hereinlassen sollen, damit sie die Veranstaltung auflösten, Robeson und Connell und all den übrigen Niggerfreunden eins über die Rübe ziehen könnten, ihnen eine Lektion erteilen, die sie nie wieder vergessen würden: *Wach auf, Amerika! Peterskill ist schon wach!* So hatte Depeyster es sich gedacht. Das war der Plan gewesen. Truman würde der guten Sache dienen und dafür tausend Dollar bekommen, um sich aus seinem Leben abzuseilen und woanders von vorn anzufangen. Aber natürlich war alles ins Auge gegangen. Wenn Sasha Freeman dagewesen wäre, hätte er selbst die Raubtiere hereingelassen. Mit Vergnügen. Dessen Idee war es ja gewesen, die Sache ordentlich anzuheizen, es hätte ruhig ein kleines Blutbad an Unschuldigen geben dürfen, als Draufgabe ein paar Knochenbrüche und eingeschlagene Nasen, und für die Zeitungen ein Haufen Fotos von Frauen in blutverschmierten Kleidern. Na, und wenn irgendein armer Bimbo dabei gelyncht worden wäre, um so besser. Ein friedliches Liederfest? Wozu, zum Teufel, wäre das gut gewesen?

»So, Walter«, sagte der Alte und beugte sich zu ihm vor, »und jetzt sag du mir, wer die Bösen waren.«

Walter wußte keine Antwort. Er wich dem Blick seines Vaters aus, dann sah er ihn wieder an.

Truman fingerte an seinem rechten Ohr herum. Das Ohrläppchen war entstellt, eingeschrumpelt wie die Haut einer getrockneten Aprikose. Walter kannte dieses Ohr gut. Das war Schrapnell, hatte der Alte erklärt, als er mit dem acht, neun oder zehn Jahre alten Walter zum Krebsefangen an die Brücke gegangen war. »Von damals hab ich auch das da«, sagte Truman plötzlich, kein Akt der Reue, wenn nicht uneingeschränkt, aufrichtig und vollständig.

»Du hast mir immer erzählt, das wäre im Krieg passiert.«

Truman schüttelte den Kopf. »In der Nacht damals. Das ist mein Judasmal. Ganz merkwürdige Sache war das übrigens.« Er kniff im Rauch seiner fünfzigsten Camel die Augen zusammen, auf seinem Gesicht lag ein seltsames Staunen. Oder Verwirrung. »Es war alles vorbei, und wir, also Piet und ich, hatten das ganze Durcheinander schon hinter uns und gingen auf einem Seitenweg zu unserem geparkten Wagen, da kommt plötzlich so ein Irrer aus dem Gebüsch gestürzt und reißt mich von hinten zu Boden. Ich war ziemlich kräftig damals, ziemlich stark. Aber dieser Typ war stärker. Der hat kein Wort gesagt, fing bloß einfach an, auf mich einzuprügeln – der wollte mich umbringen. Und ich meine echt umbringen. Merkwürdige Sache…«

»Ja?« half Walter nach.

»Das war ein Indianer. Wie einer von denen im Fernsehen – oder unten in New Mexico.« Pause. »Wie die Eskimos hier draußen. Hat gestunken wie ein Rieselfeld, mit Fett eingeschmiert, Federn im Haar, der ganze Schnickschnack eben. Der hätte mich glatt umgebracht, Walter – und vielleicht hätte er's ja auch tun sollen –, wenn nicht Piet gewesen wäre. Piet hat ihn mir vom Hals geschafft. Hat ihm sein Taschenmesser reingerammt. Dann sind ein paar Kerle gekommen und auf ihn los, so fünf oder sechs waren das, weiß nicht mehr genau. Aber dieser Typ wollte mich – nur mich –, warum, werd ich wohl nie erfahren. Sie hielten seine Hände fest, also hat er mich gebissen. Wie ein Tier, Walter. Noch als er zu Boden ging, hat er ein Stück von mir mitgerissen.«

Walter lehnte sich im Sessel zurück. Jetzt wußte er alles, der Kampf war vorbei, und was hatte er ihn gelehrt? Sein Vater war keins von beiden, weder Held noch Verbrecher, er war nur ein Mensch, schwach, käuflich, verwirrt, mit der Vergangenheit verwachsen, so schwer verwundet, daß auf Genesung nicht mehr zu hoffen war. Okay, na und? Was bedeutete das alles? Dieser Kobold. Piet. Die Alpträume am hellichten Tag und die Halluzinationen, sein Leben, das er auf leblosen Füßen fristen mußte, die Gedenktafel, Tom Crane, Jessica. *Du bist auf dem besten Weg*, hatte der Alte gesagt. Ging es darum, in die Fußstapfen seines Vaters zu treten? Es der Vergangenheit in seinem Leben bequem zu machen?

»Verrückt, was?« fragte der Alte.

»Was?«

»Das mit meinem Ohr. Mit dem Indianer.«

Walter nickte mechanisch. Und dann, als wollte er dieses Nicken widerrufen, fauchte er los: »Ehrlich gesagt, das ist mir scheißegal. Ich will nichts von irgendeinem wahnsinnigen Indianer hören, der dir das Ohr abgebissen hat, ich will wissen, warum, warum du es getan hast.« Walter fuhr aus dem Sessel hoch, und er fühlte, wie sein Gesicht sich verzerrte, wie sich eine explosionsartige Entladung anbahnte, Tränen oder Wut oder Verzweiflung. »All das – Piet, Depeyster und wie durcheinander du warst –, all das sind nur Ausreden. Wörter. Fakten.« Zu seiner Überraschung merkte er, daß er brüllte. »Ich will wissen, warum, den Grund in deinem Herzen, warum. Verstehst du: warum?«

Die Miene des Alten war eisig, unerbittlich, hart wie Stein. Plötzlich spürte Walter, daß er Angst hatte, daß er einen Schritt zu weit gegangen war – über den Rand hinaus und in den Abgrund. Er wich zurück, als sein Vater, aus allen Poren nach Gin stinkend, mit dieser wilden Pelzmütze auf dem Kopf, unter der seine Augen boshaft hervorfunkelten, von seinem Stuhl aufstand, um ihm den letzten Schlag zu versetzen, den K. o.

Nein, dachte Walter, es ist noch nicht vorbei.

»Du bist ein echter Masochist, Junge«, zischte Truman. »Du willst also die ganze Geschichte? Und du wirst bohren, bis du sie kriegst. Na gut«, sagte er, drehte ihm den Rücken und stapfte zu dem schweren Eichenschreibtisch, der das Zimmer beherrschte.

»Da hast du sie«, sagte er, blickte ihn über die Schulter an und hob ein Manuskript hoch, und in diesem Moment sah er genauso aus, wie er Walter in seinen Trugbildern immer erschienen war; in diesem Moment war er der Geist auf dem Schiff, der Scherzbold im Krankenhaus, der Unhold auf dem Motorrad. Walter spürte, wie ihn etwas packte – etwas, das ihn nie wieder loslassen würde. Es griff fester zu, ja, er konnte es spüren, entsetzlich und vertraut, als der Alte sich wieder zu ihm umwandte. »Walter«, sagte er, »hörst du mir zu?«

Er konnte nicht sprechen. Seine Kehle steckte voller Tannennadeln, Pelzhaaren. Er war stumm, es würgte ihn.

»Du interessierst dich also für die Geschichte der Colony, ja? Hast sicher auch ein bißchen was gelesen, ja? Über Peterskill?« Die Worte hingen im Raum wie eine Henkersschlinge. »Dann werd ich dich mal was fragen: Bist du dabei jemals auf den Namen Cadwallader Crane gestoßen?«

Er war geschlagen. Er wußte es.

»Oder vielleicht auf Jeremy Mohonk?«

Das Manuskript lag in seinem Schoß, eine schwere Last. Ein fetter, massiger Papierstapel, wie die Wochenendausgabe der ›Times‹ an Labor Day, wie ein russischer Roman, wie die Bibel. Fünfzehn Zentimeter dick, über tausend Seiten anderthalbzeilig beschriebenes Kanzleipapier. Sprachlos starrte Walter auf das Titelblatt: ›Schimpf und Schande der Kolonialzeit‹; ›Tod und Verrat in Van Wartville – der erste Aufstand‹ von Truman H. Van Brunt. Lag hier der Grund? Hatte er deshalb seine Frau vernichtet, seinen Sohn verlassen und sich an den frostigen Rand des Kontinents verkrochen, wo ihn selbst die Eisbären nicht fanden?

Tod und Verrat. Schimpf und Schande der Kolonialzeit. Er war reif für die Irrenanstalt.

Seine Angst niederkämpfend, blätterte Walter die Seiten durch, las mit langsamen, bedächtigen Lippenbewegungen noch einmal den Titel. Es waren nichts als Wörter, es war nur Geschichte. Wovor fürchtete er sich? Cadwallader Crane. Jeremy Mohonk. Ein Schild am Straßenrand – tausendmal war er daran vorbeigefahren. Nie hatte er sich auch nur die Mühe gemacht, es zu lesen.

Im Gegensatz zu Truman.

Momentan stand Truman in der Kochnische, mit dem Rücken zu Walter, und bestrich Weißbrotscheiben mit Butter und Senf. Er arbeitete unbeschwert, als wollte er seinem entfremdeten Sohn bedeuten, das Werk seines wahnwitzigen, vergeudeten Lebens sei nichts Besonderes, doch an der Art, wie er allzu flott die Brote schmierte und sich ungeschickt einen großen Gin mit Limonade mixte, merkte Walter, daß es in ihm brodelte. Auf einmal drehte der Alte den Kopf und sah ihn an. »Hunger?« fragte er.

»Nein«, erwiderte Walter, denn sein Magen schnürte sich in Vorahnung einer gräßlichen, verheerenden Enthüllung zusammen, sein Vater das zum Leben erwachte Phantom, das Buch der Toten aufgeschlagen in seinem Schoß. »Nein, eher nicht.«

»Bestimmt nicht? Ich mach ein paar Sandwiches mit Dosenfleisch und Zwiebeln.« Er hielt eine Zwiebel in die Höhe, als wäre es eine Dose mit Kaviar oder eingelegten Trüffeln. »Du wirst eine ordentliche Unterlage im Magen brauchen.«

War das eine Drohung? Eine Warnung?

»Nein«, sagte Walter, »danke nein.« Er blätterte um und begann zu lesen:

> Feudalismus in den Vereinigten Staaten von Amerika, dem Land der freien und tapferen Bürger? Die Herrschaft von wenigen über viele – von Lords und Ladies, die das gemeine Volk knechten? Die amerikanische Unschuld im Würgegriff der englischen (und davor der holländischen) Korruption? Unvorstellbar? Erinnern wir uns nur an die Zeit vor der Revolution (gemeint ist die bürgerliche Revolution von 1777), als *patroons* und Gutsherren das häßliche Haupt über Negersklaven, Leibeigene und Pachtbauern erhoben, die nicht einmal die Gewißheit hatten, ob ihre Kinder die Früchte ihres Lebenswerks genießen könnten...

Das war die Einleitung – fünfunddreißig, vierzig, fünfzig Seiten lang. Van Wartville 1693. Ein Aufstand. Eine Revolte gegen Stephanus Rombout Van Wart, den ersten Lord des Freiguts. Walter versuchte, die Seiten zu überfliegen, sich rasch hindurchzuarbeiten, suchte nach dem Kern, der Essenz, dem Schlüssel, doch es gab zuviel zu lesen, der ganze irrwitzige Wälzer war nichts als eine endlose Tirade. Er blätterte zur letzten Seite der Einleitung:

> ...kündigte sich bereits ein gar nicht so lang vergangener Tag an, an dem ein wildgewordener Pöbel auf ebendiesem geweihten Boden Amok lief und jene, die unsere gepriesene Demokratie unterminieren, beinahe die Oberhand behielten. Wir beziehen uns hier natürlich

auf die Unruhen von Peterskill (dem ursprünglichen Van Wartville) im Jahr 1949, dessen fatale Verbindung zu jener ersten, zum Scheitern verurteilten Revolte in den abschließenden Kapiteln des vorliegenden Werks zu erörtern und zu bewerten sein wird...

Das war es also? Der Alte manipulierte die Geschichte, um sich zu rechtfertigen? Er sprang ans Seitenende:

> Der Zweck der vorliegenden Betrachtung ist die Analyse einer Wahrheit, die im Blut liegt, einer Schande, die sich über Generationen fortpflanzt, einer Schmach und Niedertracht, die im Geiste überdauert, mag auch kein Autor bisher gewagt haben, darüber zu schreiben. Diese historische Analyse ist die erste Arbeit, die –

»Macht einen neugierig, was?« Der Alte stand über ihm, in der einen Hand einen Drink, in der anderen ein angebissenes Sandwich.

Walter sah unruhig auf. »Jeremy Mohonk. Cadwallader Crane. Was war mit denen?«

»Steht alles da drin«, sagte Truman und deutete mit dem Sandwich auf den Papierstapel. »Sie wurden gehängt. Aber das weißt du ja längst. Dich interessiert das Wie. Und das Warum.« Er hielt inne, um sich dem Sandwich zu widmen, und dann, während er sich wieder auf den Stuhl niedersinken ließ, sagte er mit einer Art Seufzer: »Die erste öffentliche Hinrichtung in den Annalen von Van Wartville.«

»Du erwartest also, daß ich das hier lese – das Ganze?« Allein das Gewicht des Stapels ließ ihn fast durch den Fußboden brechen. Er konnte keine zehn Seiten davon lesen, und wenn sie ihm ewiges Leben versprochen, die geheimen Namen Gottes enthüllt und seine Füße zurückgegeben hätten. Mit einem Schlag fühlte er sich müde, unendlich müde. Der Himmel war schwarz. Wie lange war er schon hier? Wie spät war es überhaupt?

»Nein«, sagte Truman nach einer Weile, »ich erwarte nicht, daß du es liest. Jedenfalls nicht jetzt.« Er leckte sich einen Senfklecks aus dem Mundwinkel. »Aber du wolltest Fragen beantwortet haben, also antworte ich. Zwanzig Jahre lang habe ich an diesem Buch geschrieben«, dabei beugte er sich vor und tippte mit einem dicken Finger stolz auf das Manuskript, »und du kannst es ruhig zu Hause in Peterskill lesen, wenn es gedruckt ist. Aber einstweilen, weil du es wissen willst – weil du es ja ganz genau wissen willst –, werde ich dir den Inhalt erzählen. Den ganzen. Keine halben Sachen.« Auf seinem Gesicht lag ein Lächeln, aber es war kein freundliches Lächeln – eher das höhnische Grinsen des Folterknechts, der gerade das Brandeisen ansetzt.

»Und ich werde dir auch erzählen, was es für uns beide bedeutet, Walter, für dich und für mich. Hey«, sagte er und streckte die Hand aus, um Walter am Arm zu berühren, ein herzlicher Druck, der erste Körperkontakt zwischen ihnen, »wir sind doch Vater und Sohn, nicht wahr?«

Der Alte war näher herangerutscht. Seine Stimme erfüllte das Zimmer, und das Zimmer erfüllte das Universum. Von den Hunden draußen drang kein Ton mehr herein – nicht einmal ein Winseln. Die Schneemobile waren verstummt. Sogar dem Wind schien die Puste ausgegangen zu sein. Unsicher und insgeheim wünschend, er hätte abgewinkt, saß Walter stocksteif im Sessel und ertrug die schnarrende, harte Stimme seines Vaters wie eine Dosis bitterer Medizin.

Es war im Herbst 1693. Lange bevor es historische Gedenktafeln, Norton-Commando-Maschinen, Nehru-Hemden und Supermärkte gab, in einer so fernen Zeit, daß nur der lange Arm der Geschichte sie erreichte. Wouter Van Brunt, der Ahnherr von Legionen zukünftiger Van Brunts, spannte gerade sein Fuhrwerk an, um zum oberen Gutshaus zu fahren, wo er die Pacht begleichen und bei Tanz und gutem Essen das Leben genießen wollte. Er war fünfundzwanzig, und auf den Tag genau vor einem Jahr hatte er seinen Vater begraben. Auf dem Karren lagen zwei

Klafter gehacktes Brennholz, zwei Scheffel Weizen, vier fette Hühner und zwanzig Pfund Butter in Tontöpfen. Die fünfhundert Gulden – vielmehr ihren Gegenwert in Pfund Sterling – hatte er bereits in Form von Weizen, Roggen, Gerste und Erbsen, die weiter flußabwärts verkauft wurden, bei Van Warts Mühle bezahlt. Neben Wouter auf dem Kutschbock saß seine Mutter. Bruder Staats, der mit ihm den Acker bestellte, mußte laufen, wie auch seine Schwestern Agatha und Gertruyd, die inzwischen achtzehn und sechzehn waren und so hübsch und heiratsfähig wie kein anderes Mädchen in der ganzen Grafschaft. Bruder Harmanus wohnte nicht mehr zu Hause, denn er war eines Tages vor dem Morgengrauen ausgezogen, um in der großen, aufblühenden Metropole New York sein Glück zu versuchen, in einer Stadt von gut 10000 Einwohnern. Schwester Geesje war gestorben.

Cadwallader Crane wollte ebenfalls an dem Fest teilnehmen, obwohl er den Pachtzins nicht begleichen konnte. Seit Geesjes Tod war er vom Pech verfolgt, und er hatte einfach nichts zum Abliefern. Die Butter, die er mühsam gestampft hatte, war ranzig geworden (zudem waren es ohnehin keine zwanzig, sondern eher fünf Pfund gewesen), mysteriöse Wesen der Wildnis hatten sein Hühnerhaus heimgesucht und das Geflügel verschleppt, und der Acker, auf dem er trübsinnig gepflügt und kummervoll ausgesät hatte, erbrachte nicht einmal so viel, daß es den Weg zur Mühle lohnte. Geld hatte er schon gar nicht. Aber Brennholz! Brennholz hatte er wie ein Wilder gehackt und geliefert. Sechs, acht, zehn Klafter, er hatte dem jungen Lord den Schuppen bis dicht unter die schrägen Dachsparren angefüllt und dann daneben einen Stapel Holz aufgetürmt, der allein alle Herde in Van Wartville am Brennen gehalten hätte, den ganzen Winter hindurch und bis in den heißen Juli hinein.

Während er auf seinen dünnen Storchenbeinen von seinem Hof zum Gutshaus trottete, hoffte er, das Übermaß an Brennholz werde den Mangel an Münzen und Naturalien wettmachen. Sein Herz war schwer wie ein Stein, er ging in Schwarz, wie es einem trauernden Witwer anstand, und er war fest entschlossen, sich nicht zu vergnügen. Die Petticoats von Salvation Oothouse (geborene Brown), die unter ihrem Rock hervorlugten, würde er keines begehrlichen Blickes würdigen, noch würde er das attraktive Antlitz und die Figur von Saskia Van Wart bewundern, falls sie da war. Nein, er würde nur mit langem Gesicht an den Tisch mit den Erfrischungen gehen – immer ein wachsames Auge auf den alten Ter Dingas Bosyn und dessen verfluchtes Hauptbuch gerichtet –, um Van Warts Wein zu saufen und sich mit Van Warts Essen vollzuschlagen, bis er aufgebläht war wie eine Wassernatter mit einer ganzen Froschfamilie im Bauch.

Was Jeremy Mohonk anging, den dritten Hauptdarsteller in dem sich entfaltenden tödlichen Drama, so zahlte er keine Pacht, hatte nie welche gezahlt und würde es nie tun. Er lebte in einem heruntergekommenen Winkel auf der Farm seines verstorbenen Onkels inmitten eines Gestrüpps von Kürbisranken und Maisstauden, in der Rindenhütte, die er an jenem kalten Wintertag im Jahre '81 errichtet hatte, und er beanspruchte diesen Winkel als Land seiner Ahnen für sich. Er war schließlich Kitchawanke, zumindest ein halber, und er war mit einer Weckquaesgeek verheiratet. Mit der Mutter seiner drei Söhne und drei Töchter, von denen leider nur der erste Sohn und die letzte Tochter das Säuglingsalter überlebt hatten. An diesem speziellen Tag – dem 15. November 1693, am Tag des ersten, jährlichen Erntefestes – saß er in seiner Hütte am Feuer, rauchte *kinnikinnick* und zog behutsam einem winterlichen Besucher das Fell ab: einer großen, fetten Bärin, die er praktisch auf der Türschwelle erschossen hatte, als er am Morgen austreten gegangen war. Er rauchte und hantierte geschickt mit dem scharfen Messer. Seine Frau, wie immer sie auch heißen mochte, rührte geschäftig in einem Topf Maisbrei, dessen Duft seine Magengrube mit winzigen Fingern der Vorfreude kitzelte. Er war zufrieden. Die Van

Warts und ihr Fest bedeuteten ihm ungefähr soviel wie Wörter.

Wouter und seine Mutter gehörten zu den ersten, die am oberen Gutshaus ankamen; im Hof standen Tische aus langen Bohlen rings um eine große, tiefe Glutgrube, in die die leicht entflammbaren, süßen Säfte zweier Spanferkel tropften. Fünf riesige zugedeckte Kessel – Fleischeintopf, eine Erbsen-Pflaumen-Suppe mit Ingwer, gehackte Ochsenzunge mit sauren Äpfeln und andere duftende Köstlichkeiten – umringten die Spanferkel wie stumme Wachtposten. Auf den Tischen türmten sich Maiskolben, Kohlköpfe und Kürbisse, und es standen Fässer mit Wein, Bier und Apfelmost bereit. »Sehr nett«, gab Neeltje zu, während ihr Sohn ihr vom Wagen herunterhalf und ihre Töchter herantraten, um sich für den großen Auftritt zu sammeln, der bevorstand.

Es war ein wolkenverhangener, kalter Tag, nicht das ideale Wetter für ein Freiluftvergnügen, aber der *patroon* – vielmehr der Lord, wie es nun hieß – hatte beschlossen, die Pachtentrichtung diesmal zu einem großen, öffentlichen Ereignis zu machen, statt der privaten und oft beschwerlichen Prozedur, die sie so viele Jahre gewesen war. Er gab, so dachte er, den Pächtern auf diese Weise einen kleinen Teil von dem zurück, was sie ihm bezahlten, und das würde ihnen ihr Los erträglicher machen – und außerdem sparte er so seinem Verwalter, der sonst herumreiten und einzeln kassieren müßte, viel Zeit und Mühe. Daher würde es – auch wenn der Himmel aussah, als habe man ihn vom Grund des Flusses gefischt, und es so kalt war, daß die Flaschen mit Apfelmost sich mit einer Reifschicht überzogen – an diesem erhabenen Tag in beiden Gutshäusern Fiedelmusik, gute Laune und ein Festessen geben.

Dies war keineswegs die einzige Neuerung. Seit dem Sommer, als Wilhelm und Maria von Oranien, vertreten durch den Königlichen Gouverneur, den Van-Wart-Besitzungen den Status eines Freiguts eingeräumt und sämtliche Patentkäufe von Stephanus mit dem ursprünglichen, von seinem Vater vererbten Grund und Boden vereinigt hatten, waren in Van Wartville noch weitere Veränderungen eingetreten. Es fing an mit dem neuen Ortsnamen, in dem das holländische »wyck« dem englischen »ville« gewichen war. Man hatte einen Mühlteich gegraben und stromaufwärts von der Kornmühle eine Sägemühle errichtet. Von rotnasigen Yankees, religiösen Eiferern mit Pferdegebiß, waren drei weitere Grundstücke gerodet und in Pacht genommen worden. Am meisten überrascht hatte aber, daß Van Wart seinen Vetter Adriaen aus dem oberen Gutshaus geworfen hatte, um dort seinen ältesten Sohn Rombout einzusetzen. Adriaen hatte, wie vor ihm Gerrit de Vries, seine Sachen packen müssen, ohne auch nur ein Dankeschön zu ernten, und das hatte unter den Pächtern und ihren scharfzüngigen Frauen einen Sturm von kritischen Bemerkungen ausgelöst. Der behäbige, friedfertige, vielleicht sogar ein wenig blöde Adriaen war recht beliebt gewesen. Rombout dagegen war wie sein Vater.

Auf jeden Fall hatte sich um drei Uhr nachmittags die ganze Gemeinde beim oberen Haus versammelt, um die Fuhrwerke zu entladen, sich den guten Portwein des *patroon* durch die Kehle rinnen zu lassen, die langen Tonpfeifen zu rauchen und zu tanzen, zu flirten, zu schwatzen und zu trinken, bis die Sonne lange im Westen untergegangen war. Alle waren sie da, die Sturdivants, Lents, Robideaus, Mussers, van der Meulens, Cranes, Oothouses, Ten Haers und Van Brunts, außerdem die drei neuen Familien mit den spitzen, mürrischen Mienen und den Kleidern aus Sackleinen, und dazwischen hie und da ein Strang oder ein Brown, die von Pieterses Kill heraufgekommen waren. Jan Pieterse selbst, mittlerweile älter als Methusalem, fett wie vier Eber und taub wie ein Holzklotz, war auch da, und Saskia Van Wart, im vorgerückten Alter von vierundzwanzig immer noch unverheiratet, kam aus dem Salon, wo sie ihren Bruder gesprochen hatte, herunter, um eine muntere Gaillarde mit ihrem neusten Verehrer zu tanzen, einem schmächtigen englischen Stutzer in Seidenwams und ledernen Halbschuhen. Und die ganze Zeit über saß der alte Ter Dingas Bosyn – er war sogar noch älter als Jan Pieterse und derart abgemagert und zusammengeschrumpelt, daß er nur noch aus einem Paar Hände und dem Kopf zu bestehen schien – in der unteren Küche neben dem Kamin, vor sich auf dem Tisch das große Hauptbuch aufgeschlagen, neben sich eine Kiste mit Münzen. Einer nach dem anderen traten die Familienvorstände mit gesenktem Kopf durch die niedrige Tür, um sich vor ihm aufzustellen und zuzusehen, wie die arthritischen Finger ihre Namen auf dem Blatt festnagelten.

Es wurde schon dunkel, und das Fest ging dem Ende zu, als Pompey II., der dem *commis* bei der Bestandsaufnahme helfen sollte, Cadwallader Crane über den Kessel mit Eintopf gebeugt fand und ihn zur Audienz beim alten Bosyn führte. Cadwallader, vom Alkohol bestens gelaunt und vom Eintopf des *patroon* angeschwollen wie eine Anakonda, rülpste zweimal und begann, dem verhutzelten *commis* eine ganze Serie von Entschuldigungen für sein Versäumnis bei der Bezahlung des Zinses aufzutischen. Geesjes Tod hatte er bereits angeführt, und er kämpfte gerade erfolglos einen Tränenstrom nieder, während er von der beklagenswerten, höchst rätselhaften Plünderung seines Hühnerhauses berichtete, als er sah, daß der Alte mit langmütiger Geste eine seiner eingeschrumpften, affenartigen Pfoten hob. »Genug«, krächzte der *commis.* Dann keuchte er, seufzte auf, studierte eine Weile seine Bücher, nahm eine Prise Schnupftabak, nieste in ein seidenes Taschentuch mit einer recht hübschen Stickerei am Rand und sagte: »Nicht nötig, daß Ihr... pffff, Entschuldigungen vorbringt. Da Ihr Euer Weib verloren habt und es keinerlei... hmmmmm, Nachfahren gibt, hat der Lord von Van Wart Manor entschieden, Eure Pacht mit sofortiger Wirkung aufzukündigen.« Daraufhin wandte sich der *commis* blitzschnell ab, spuckte oder kotzte in das Taschentuch, förderte räuspernd große Mengen Schleim zutage und schneuzte sich mit einem Trompetenstoß, worauf er sich mit dem Jackenärmel die tränenden Augen abwischte. »Ihr habt zwei Tage«, verkündete er schließlich, »ehe die neuen Pächter den Hof übernehmen.«

Und dann war Wouter an der Reihe.

Gerade als er sich zum Aufbruch bereit machte, Mutter und Schwestern in den nunmehr leeren Wagen hob, mit vollem Bauch und von Bier und Apfelwein leicht schwindligem Kopf, spürte er, wie ihn Pompey respektvoll am Ärmel zupfte. »Der alte Misser Bosyn, Sir, der will noch mal reden mit Euch.«

Verwundert und sich fragend, ob der alte Geier sich bei seinen Pachtzahlungen verrechnet oder womöglich den Weizen nach dem Mahlen für zuwenig befunden hatte, folgte er dem Sklaven in die warme, wohlriechende Küche. »Ich wollte gerade losfahren, Bosyn, *moeder* und die Mädchen warten schon im Wagen«, sagte er auf holländisch. »Gibt's noch ein Problem?«

Das Problem war, daß der Gutsherr seine Pachtgrundstücke im Hinblick auf eine Steigerung der Erträge überprüft hatte. Und Wouters Hof war, ebenso wie ein zweiter, neu zugeteilt worden.

»Neu zugeteilt?« echote Wouter verständnislos.

Der Alte knurrte: »Der Pachtvertrag lief auf Euren Vater, nicht auf Euch.«

Wouter hob zu protestieren an, aber die Worte blieben ihm in der Kehle stecken.

»Zwei Tage«, krächzte der *commis*. »Vieh und Geflügel, nach Abzug von dem, was *mijnheer* Eurem Vater überlassen hat, könnt Ihr behalten. Packt Eure persönliche Habe, falls eine solche vorhanden ist, und räumt das Grundstück für die neuen Pächter.« Er stockte, zog eine Uhr aus der Westentasche und musterte das Zifferblatt, als könnte er damit den Kurs jener ehrlichen, hoffnungsfrohen, fleißigen Neuankömmlinge ermitteln. »Dienstag mittag treffen sie ein. Mit der Schaluppe aus New York.

Und, ach ja«, setzte er hinzu, »der Indianer, oder Halbindianer oder was er auch sein mag, der verschwindet auch.«

Wouter war zu sehr vom Donner gerührt, um etwas zu erwidern. Er wandte sich nur um, verschwand geduckt durch die niedrige Tür und kletterte in den Wagen. Seine Mutter und die Schwestern plauderten über das Fest, wer mit wem getanzt hatte, und hast du Soundso in diesem lächerlichen Aufzug gesehen, aber er hörte sie nicht. Er war wieder elf Jahre alt, der Junge, der sich selbst an den Pranger gestellt hatte, der Junge, der zugesehen hatte, wie sein Vater gebrochen und gedemütigt worden war, und er fühlte die Schande wie Gift in seinen Adern pulsieren. Die Pferde hoben die Hufe und setzten sie wieder auf, der Wagen schwankte und quietschte, Bäume verschmolzen mit der Dunkelheit. »Ist irgendwas?« fragte seine Mutter. Er schüttelte den Kopf.

Im Schock spannte er die Pferde aus und brachte sie in den Stall. Zu seiner Mutter – oder zu den Schwestern – hatte er kein Wort gesagt, und sein Bruder war mit John Robideau und ein paar anderen Halbwüchsigen auf dem Fest geblieben. Die Familie lebte weiter in dem Glauben, die Erde folge ihrer gewohnten Bahn, sie hätten sich für ein weiteres Jahr ihrer Verpflichtungen vor dem Gutsherrn entledigt und die Farm auf Nysen's Roost würde noch viele Generationen vom Vater auf den Sohn vererbt werden. Es war ein Scherz, ein übler Scherz. Er rieb die Pferde ab, konnte bei der Wut, die in ihm emporstieg, kaum seine Hände beherrschen, als er hinter sich die Tür aufgehen hörte.

Es war Cadwallader Crane. Der Witwer, der Naturliebhaber, sein trauriger, beklagenswerter Schwager. Cadwalladers Mantel und Hut waren von den feinen Schneeflokken bestäubt, die jetzt aus dem fahlen Nachthimmel herabschwebten. Seine Augen waren rot. »Sie haben mich rausgeworfen«, sagte er mit bebender Stimme. »Von der Farm, die mir... mein Vater aufbauen... geholfen hat für, für –«, er flennte los, »– Geesje.«

»Ich will verdammt sein«, sagte Wouter, und er ahnte nicht, als wie prophetisch sich diese Redewendung erweisen sollte.

Fünf Minuten später saßen sie in Vetter Jeremys Hütte, wärmten sich am Feuer und ließen eine Flasche mit holländischem Mutwasser herumgehen. Wouter setzte die Flasche an, reichte sie seinem Schwager weiter und beugte sich vor, um Jeremy die schlechten Neuigkeiten zu berichten. Mit wilden Gebärden und mimischen Gesten, in einem Mienenspiel-Repertoire, das jeden Bühnendarsteller stolz gemacht hätte, erzählte er ihm, was der *commis* gesagt hatte und was das für sie alle bedeutete. Jeremys Frau saß mit ernstem Ausdruck daneben, das kleine Mädchen in den Armen. Jeremy junior, zwölf Jahre alt und mit den Augen eines Van Brunt, fuhr stumm mit den Fingern über die Zähne der Bärin, die sein Vater am Morgen erlegt hatte. Jeremy sagte nichts. Allerdings hatte er schon seit vierzehn Jahren nichts gesagt.

»Ich finde, wir sollten noch einmal raufgehen –« Wouter ergriff die Flasche und schwenkte sie wie eine Waffe, »– und diesen Dreckskerlen zeigen, was wir davon halten.«

Cadwalladers Blick war trübe, seine Stimme verlor sich irgendwo in der Magengrube. »Genau«, schnaufte er, »genau, wir zeigen denen, was wir davon halten.«

Wouter wandte sich an seinen Vetter. »Jeremy?«

Jeremy warf ihm einen Blick zu, der keiner Deutung bedurfte.

Kurz darauf standen sie auf dem Rasen vor dem oberen Gutshaus und starrten zu der Parade von hellen, kerzenerleuchteten Fenstern hinauf. Der Schnee fiel jetzt stärker, und sie waren gründlich betrunken – jenseits aller Vernunft oder Verantwortung. Das Fest war längst vorbei, nur drei hartnäckige Seelen hockten noch vor dem offenen Feuer, nagten die Knochen ab und kümmerten sich darum, daß die Fässer mit Apfelwein und Bier restlos geleert wurden. Wouter erkannte seinen Bruder und John Robideau.

Im Näherkommen sah er, daß der Dritte im Bunde Tommy Sturdivant war.

Die drei Verschwörer, die vorerst noch nicht entschieden hatten, zu welchen Taten sie sich verschwören wollten, gesellten sich zu den anderen am Feuer. Einer warf ein paar Scheite von dem Brennholzberg darauf, der sich rings um den Holzschuppen des *patroon* auftürmte, und ihre Gesichter glänzten diabolisch – oder vielleicht nur im Rausch. Die Neuigkeit – die schockierende Nachricht von Herzlosigkeit und Willkür – verbreitete sich in dem kleinen Kreis so rasch, wie der Gin von einem zum anderen gereicht wurde. Tommy Sturdivant meinte, es sei eine verdammte Schande. Die Flammen züngelten. John Robideau stimmte ihm zu. Staats, der etwas direkter betroffen war, verfluchte den *patroon* und seinen heuchlerischen Sohn laut genug, um im Haus gehört zu werden. Wouter sekundierte seinem Bruder mit einem Wutschrei, wie er im Tal seit den Indianermassakern von 1645 nicht mehr erklungen war, und dann – niemand wußte später genau, wie es geschah, und Wouter am allerwenigsten – flog die Flasche aus seiner Hand, beschrieb eine graziöse Parabel durch den fallenden Schnee und zertrümmerte das Bleiglasfenster des Salons. Dem Klirren folgte sofort ein Kreischen im Haus, dann allgemeiner Aufruhr, aus dem Schreie des Entsetzens und der Verwirrung herausstachen.

Als erstes kam Pompey aus der Tür gestürzt, dicht gefolgt von dem jungen Rombout und dem englischen Stutzer, der Saskia den Hof gemacht hatte. Der Stutzer verlor auf den glitschigen Stufen die Balance und flog mit dem Überbiß voran in den Dreck, während Pompey, der das entrückte Funkeln in den Augen der kleinen Gruppe rings um das Feuer bemerkte, abrupt stehenblieb. Rombout aber, in Lederschuhen und Seidenhose, stürmte weiter voran. »Trunkenbolde!« kreischte er und verlangsamte seine Gangart so, daß es ein würdiges, wenn auch eiliges Schreiten hätte sein können, hätte nicht die Empörung seine Glieder zucken lassen. »Ich hab's gewußt, ich hab's ja gewußt«, explodierte er und stolzierte auf Wouter los. »Für euch ist wohl nichts gut genug, ihr… ihr Gesindel? Und jetzt also das, häh? Na, ihr werdet dafür bezahlen, mit eurer verdammten Haut werdet ihr bezahlen!«

Rombout Van Wart war einundzwanzig und trug das Haar in Ringellöckchen. Für einen Bart war er nicht alt genug, und seine Stimme hatte einen hohlen, gurgelnden Beiklang, so als versuchte er, gleichzeitig zu sprechen und ein Glas Wasser zu trinken.

»Wir haben schon bezahlt«, sagte Wouter und machte eine weit ausladende Geste in Richtung von Holzschuppen, Keller, Hühnerhaus.

»Genau«, grölte Cadwallader, der plötzlich sein langes, bleiches Gesicht dazwischenschob, »und wir sind gekommen –« hier wurde er von heftigem Schluckauf unterbrochen und mußte sich erst kräftig aufs Brustbein klopfen, ehe er wieder Luft holen konnte, »– wir sind gekommen«, wiederholte er, »um dir und deinem Vater zu sagen, daß ihr uns am Arsch lecken könnt.« Und dann bückte er sich so gelassen, als pflückte er eine wilde Blume oder als verfolgte er die gewundene Bahn des Regenwurms, und hob einen faustgroßen Ziegelbrocken aus dem frischen Schnee. Im Aufrichten streckte er den schlaksigen Arm nach hinten, hielt kurz inne, um Rombout mit trunkener Kühnheit zu mustern, und dann schleuderte er den Ziegelstein ins Fenster des oberen Schlafzimmers.

Der englische Stutzer rappelte sich gerade wieder auf. Pompey hatte sich ins Dunkle verdrückt. Empörtes Geheul erhob sich im Schlafzimmer (mit gewisser Befriedigung hörte Wouter die wütende Stimme des alten Ter Dingas Bosyn heraus), und in der Tür tauchten jetzt die Gesichter der Frauen auf.

Alles hing in der Schwebe.

Welten. Generationen.

»Ihr, ihr –«, stotterte Rombout. Sprachlos vor Wut hob er die Hand, wie um dem frechen Missetäter eins mit der Faust aufs Ohr zu geben, und Cadwallader wich vor dem befürchteten Hieb zurück. Nur kam dieser Hieb nie. Denn Jeremy Mohonk, in dessen Körper sich die wendige Gestalt seiner Vorfahren mit der muskulösen Holländerkraft der Van Brunts vereinte, versetzte ihm dicht über der linken Schläfe einen wuchtigen Kriegerschlag, der ihn ohnmächtig zu Boden gehen ließ. Von diesem Zeitpunkt an wußte keiner mehr genau, was eigentlich passierte (und wie), obwohl gewisse Ereignisse eher herausragten.

Da war zunächst Saskias Schrei. (Irgend jemand, irgendein weibliches Wesen schrie jedenfalls. Es hätte auch Vrouw van Bittervelt oder Rombouts junge Frau sein können, oder gar Vrouw Van Wart, jenes uralte und hinfällige Relikt. Irgendwie gefiel Wouter aber der Gedanke, es sei Saskias Schrei gewesen.) Und im Schutze dieses Schreis vollzog sich der weise Rückzug des Stutzers, dicht gefolgt vom eisigen Klirren des dritten und vierten Fensters. Dann war da noch das Feuer. Irgendwie entfernte es sich aus den sicheren, gemütlichen Grenzen des Grills und gelangte in den Heuboden der Scheune, etwa sechzig Meter weit entfernt. Unter den gegebenen Witterungsbedingungen und angesichts der vorgerückten Stunde war die so entstandene Feuersbrunst, die im Krachen der einstürzenden Dachsparren gipfelte, natürlich recht spektakulär. Rombout blieb vor allem die lange kalte Nacht im Gedächtnis haften, in der er bitterböse und mit Kopfschmerzen im Keller des fensterlosen, in Schneegestöber getauchten Hauses seine Familie um sich scharte, während die Klagerufe versengter Huftiere in seinen pochenden Ohren dröhnten.

Am Mittag des folgenden Tages kam Stephanus nach Van Wartville, begleitet von seinem *schout*, dem streitlustigen Zwerg und einer Landsturmtruppe, die aus acht pfeifeschmauchenden, wettergegerbten Bauern in zerbeulten Hosen aus Croton zusammengewürfelt war. Alle acht ritten plumpe, schwerfällige Ackergäule und waren mit Sensen und Mistgabeln bewaffnet, als ginge es zur Heuernte statt auf die Jagd nach einer Horde gefährlicher, verderbter Aufwiegler und Scheunenbrandschatzer. In

Anbetracht der Jahreszeit triefte den meisten von ihnen die Nase, und alle trugen riesengroße Hüte mit schlappen Krempen, die ihre Gesichter verbargen und ihnen wie Sonnenschirme über die Schultern hingen.

Stephanus setzte für die Gefangennahme eines jeden der Übeltäter eine Belohnung von einhundert Pfund Sterling aus und beauftragte seinen Zimmermann mit der Errichtung eines Galgens auf der Anhöhe hinter dem Gutshaus, dem Ort, der seit jenen Tagen als Galgenhügel bekannt ist. Innerhalb einer Stunde hatte er Tommy Sturdivant, John Robideau und Staats Van Brunt vor sich antreten lassen, die ihre Unschuld beteuerten. Jedem gab er fünf Minuten, sich zu verteidigen, dann verhängte er, kraft des ehrwürdigen Privilegs eines Patrimonial- und Lehnsrichters, mit dem ihn Seine Königliche Majestät Wilhelm III. ausgestattet hatte, die in seinen Augen gerechte Strafe. Alle drei mußten das Hemd ausziehen, zwanzig Peitschenhiebe über sich ergehen lassen und sich danach trotz des üblen Wetters drei Tage lang an den Pranger stellen. Den Galgen sparte er sich für die Rädelsführer auf: für Crane, Mohonk und Wouter Van Brunt.

Leider war das schändliche Trio nirgends zu finden. Obwohl er die Höfe sowohl des älteren wie des jüngeren Crane durchsuchte, obwohl er persönlich die Baracke des Halbbluts auf Nysen's Roost niederriß und die Vertreibung von Neeltje und ihren Töchtern beaufsichtigte, obwohl er in den jämmerlichen, stinkenden Hütten der Weckquaesgeeks am Suycker Broodt und in denen der Kitchawanken bei Indian Point herumstöberte, entdeckte Stephanus keine Spur von ihnen. Nachdem er seine Truppen drei Tage lang im oberen Gutshaus beköstigt hatte (gute Esser, vierschrötige Holländer und Yankees von echtem Schrot und Korn, für die ein halbes Reh kaum mehr war als ein Hors d'œuvre), fuhr der erste Lord des Freiguts wieder nach Croton, ließ aber van den Post und den Zwerg zurück, die die Suche fortsetzen und die Vollendung des Galgens sowie den Bau einer neuen Scheune überwachen sollten. Die Belohnung wurde auf zweihundertfünfzig Pfund erhöht, eine Summe, für die jeder zweite Bauer im Tal die eigene Mutter ausgeliefert hätte.

Die Flüchtlinge schafften es beinahe sechs Wochen. Sobald die Scheune in Flammen stand, hatten sie trotz ihres Rausches begriffen, daß die Angelegenheit außer Kontrolle geraten war und daß Van Wart und der Quallenfresser sie bis ans Ende der Welt jagen würden. Staats, John Robideau und Tommy Sturdivant war nichts weiter vorzuwerfen, als daß sie mit den Füßen gestampft und ein wenig herumgebrüllt hatten, doch die anderen – Wouter, Jeremy und Cadwallader – saßen tief in der Tinte. Wouter hatte den Krawall angefangen, Cadwallader hatte vor aller Augen Scheiben eingeworfen, und Jeremy war auf den ältesten Sohn des Gutsherrn losgegangen. Und dann stand noch die wesentlich ernstere Frage des Feuers im Raum. Nicht Jeremy, nicht Cadwallader und auch keiner der drei unbedeutenden Missetäter hatte das lodernde Scheit in die Scheune getragen: Es war Wouter gewesen. Plötzlich hatte ihn der Zorn seines Vaters übermannt, er hatte die Fackel gepackt und war über den Hof gesprintet wie ein Olympionike, um sie in hohem Bogen in den Dachstuhl zu schleudern. Als das Feuer ausbrach und die Scheune in Flammen aufging, als Wouter den Wahnsinn in seiner Brust zum Crescendo emporbrausen und wieder verklingen spürte, zupfte er seinen Bruder am Ärmel und gab ihm den Auftrag, heimzugehen und sich um *moeder* zu kümmern. Dann bedeutete er Jeremy und Cadwallader, mit ihm zu fliehen.

Sie verbargen sich in einer Höhle, keine halbe Meile vom Schauplatz des Verbrechens entfernt, und sie lebten auch wie Höhlenmenschen. Sie froren. Hungerten. Wurden eingeschneit. Aus Angst vor Entdeckung entfachten sie nur kärgliche Feuer, sie aßen Eicheln, kauten Wurzeln, fingen dann und wann ein Stinktier oder ein Eichhörnchen. Hilfe hätten sie vielleicht von Neeltje bekommen, doch der Zwerg hielt ständig Wache vor dem engen Schuppen bei Pieterses Kill, in den sie mit Staats und den Töchtern und mit Jeremys Frau und deren Kindern eingezogen war. Und sie mußten sich vor van den Post in acht nehmen. Der war unermüdlich – und dazu brannte er darauf, sich an Jeremy Mohonk zu rächen, der ihm schon einmal entwischt war. Er hatte einen indianischen Fährtenleser gedungen, der sie aufspüren sollte, einen wilden Mohawk, an dessen Gürtel Skalps baumelten und der Kehlen ebenso leichten Mutes durchschnitt, wie er sich zum Verrichten der Notdurft hinhockte oder zum Abendessen Kaninchen abhäutete. Ihnen blieb keine andere Wahl, als sich still zu verhalten.

Jeremy starrte dumpf vor sich hin. Cadwallader kauerte tagaus, tagein wie eine Gottesanbeterin auf dem Boden und wimmerte. Und Wouter – Wouter fühlte sich allmählich wie an jenem gräßlichen Nachmittag, als er sich an den Pranger gestellt und den Querbalken über die eigenen Füße gesenkt hatte.

Eines Nachts, als die anderen schliefen, schlich er aus der Höhle und kämpfte sich durch das stachlige Gestrüpp und den verharschten Schnee zum oberen Gutshaus. Er war restlos entkräftet, in seinen Lungen brannte die Kälte, und seine Kleider hingen in Fetzen. Das Haus lag im Dunkeln, der Hof war leer. Er sah die neu verglasten Fenster und an der Stelle, wo die alte Scheune gestanden hatte, eine Behelfskonstruktion ohne Anstrich und ohne Dach. Um den Galgen auf dem Hügel zu bemerken, war es zu dunkel.

Als er an die Tür klopfte, dachte er an seinen Vater, dachte an den gefallenen Helden, an den Feigling, der seinen Sohn und auch sich selbst verraten hatte. Er klopfte noch einmal. Hörte Stimmen und Schritte von drinnen und sah seinen Vater vor sich, verrückt und gebrochen, tot im Stall unter der Kuh liegend. Rombout öffnete die Tür, in der einen Hand eine Kerze, in der anderen eine gespannte Pistole.

»Ich möchte mich stellen«, sagte Wouter. Er fiel auf die Knie. »Ich bitte um Eure Gnade.«

Rombout rief irgend etwas ins Haus hinein. Wouter bemerkte eine Bewegung im Hintergrund, das eilige Scharren von Schritten, und dann tauchte das blasse Gesicht der unerreichbaren Saskia aus den Schatten auf. Er senkte den Blick. »Es war der Halbindianer«, sagte er. »Er hat die Scheune angezündet, er ist es gewesen. Und Cadwallader auch. Sie haben mich zum Mitmachen gezwungen.«

»Aufstehen«, gurgelte Rombout und trat mit der Waffe in der Hand einen Schritt zurück. »Reinkommen.«

Wouter streckte die Hände aus, um zu zeigen, daß sie leer waren. Ein Windstoß zerrte an seinen Kleiderfetzen, als er aufstand. »Laßt mich leben«, flüsterte er, »dann führe ich Euch zu ihnen.«

Die Hinrichtung fand am ersten Januar statt. Der Halbindianer Jeremy Mohonk führte nichts zu seiner Verteidigung an, als er dem ersten Lord des Freiguts vorgeführt und mit seinen Anklägern konfrontiert wurde, und der mitbeschuldigte Cadwallader Crane schien wirren Geistes zu sein. Niemand widersprach dem Zeugnis des Wouter Van Brunt.

In seiner Weisheit, in seiner Milde und Nachsicht schlug der Gutsherr in dessen Fall die Anklage wegen Kapitalverbrechen nieder. Van Brunt wurde ausgepeitscht, auf der rechten Halsseite mit dem Brandmal des Gesetzlosen gezeichnet und für immer von den Ländereien der Van Warts verbannt. Nachdem er einige Jahre herumgezogen war, kehrte er zu seiner Mutter nach Pieterses Kill zurück. Er wurde Fischer, heiratete und hatte drei Söhne. Er starb, nach langer Krankheit, im Alter von dreiundsiebzig Jahren.

Was Jeremy Mohonk und Cadwallader Crane anging, so waren sie des Hochverrats und der bewaffneten Auflehnung gegen die Amtsgewalt der Krone überführt (wobei der Ziegelstein für Stephanus' Zwecke eine potentiell todbringende Waffe darstellte – todbringend jedenfalls für herrschaftliche Fensterscheiben). Das Urteil lautete wie folgt: »Wir verfügen, daß die Häftlinge auf eine Flechthürde gebunden zum Richtplatz geschleift werden sollen, um am Galgen gehenkt zu werden, und darauf soll man sie noch lebend wieder abnehmen und ihnen die Eingeweide als auch Geschlechtsteile aus dem Leib schneiden, welche vor ihren Augen zu verbrennen sind, sodann soll man sie enthaupten und vierteilen, worauf sie nach des Königs Gutdünken zu beseitigen sind.«

Ob dem Urteil in allen Einzelheiten entsprochen wurde, ist nicht verzeichnet.

Als der Alte geendet hatte, wurde es vor den Fenstern hell, zum zweitenmal seit Walters Ankunft in Barrow. Wie ein Wahnsinniger – unzweifelhaft, eindeutig und unbestreitbar wahnsinnig – hatte Truman besessen jedes winzigste Detail seiner Geschichte breitgetreten, prustend und wetternd, als verhandelte er selbst den Fall. Cadwallader Crane, Jeremy Mohonk. Jetzt wußte Walter alles. Endlich wußte er alles.

»Weißt du, wie ›Wouter‹ auf englisch heißt?« fragte ihn Truman mit einem höhnischen Seitenblick.

Walter zuckte die Achseln. Er war geschlagen. Lag am Boden und wurde ausgezählt.

»›Walter‹ heißt es«, stieß der Alte hervor, als wäre es ein Fluch. »Ich habe meinen eigenen Sohn nach einem der größten Dreckschweine der Geschichte benannt – nach meinem Urahnen, Walter, nach deinem Urahnen –, und ich hatte keine Ahnung davon, bis ich als Erwachsener ins College gegangen bin, bis ich zu Professor Aaronson kam und ihm sagte, daß ich über Van Wartville und die illustre Sippe der Van Brunts schreiben wollte.« Er war aufgesprungen. Wanderte auf und ab. »Schicksal!« brüllte er plötzlich. »Verhängnis! Geschichte! Begreifst du nicht?«

Walter begriff es nicht, wollte es nicht begreifen. »Das

kann doch nicht dein Ernst sein«, sagte er. »Das ist also das große Geheimnis, deshalb hast du uns alle beschissen – wegen irgendeinem halbvergessenen Mist, der vor Hunderten von Jahren abgelaufen ist?« Er konnte es nicht fassen. Er tobte vor Wut. Er hatte Angst. »Du bist verrückt«, murmelte er und zitterte, die Gedenktafel ragte vor seinem inneren Auge auf – Cadwallader Crane, Jeremy Mohonk –, die blaßgrünen Wände des Krankenhauses schlossen sich um ihn, Huysterkark mit dem Kunststoffuß im Schoß...

Walter sprang vom Sessel auf, stopfte Sachen in seinen Koffer, zur Tür, zur Tür, dachte nur noch daran zu fliehen, zu entkommen, sich aus dem Alptraum freizukämpfen und noch einmal von vorn anzufangen, zu Hause in Peterskill, in Manhattan, auf den Fidschiinseln, irgendwo anders, ganz egal wo, überall, nur nicht hier...

»Wozu die Eile?« fragte Truman lachend. »Du willst doch nicht etwa schon gehen? Da fliegst du so weit, um deinen guten alten Dad zu besuchen, und dann bleibst du – was, zwei Tage?«

»Du bist verrückt!« schrie Walter. »Bescheuert. Total gestört.« Er spie die Worte aus, ohne jede Beherrschung, klammerte sich an den Koffergriff. »Ich hasse dich«, sagte er. »Von mir aus kannst du verrecken«, sagte er.

Er riß die Tür auf, und der Wind packte ihn bei der Kehle. In dem fahlen, blassen Licht sah er auf dem Nachbardach ein Rippenstück liegen. Sein Vater stand dort in den Schatten seines Lochs am Ende der Welt. Er grinste nicht, er spöttelte nicht. Klein wirkte er plötzlich, winzig, geschrumpft, verfallen, nicht größer als ein Zwerg. »Hat keinen Sinn, dagegen anzukämpfen«, sagte er.

Der Wind blies stärker, die Hunde bellten wie toll.

»Es liegt einem im Blut, Walter. Steckt in den Knochen.«

Sei gegrüßt, Arcadia!

Sie war zweiunddreißig Meter lang von der Heckreling bis zum geschnitzten Bugspriet, und ihr Großmast – der gewaltige Stamm einer Douglasfichte – ragte dreiunddreißig grandiose Meter über dem Deck empor. Wenn das Großsegel aufgezogen und der Klüver gesetzt war, wenn das Topsegel knatterte, dann bot sie dem Wind mehr Fläche als jedes andere Schiff an der Ostküste, über dreihundertsiebzig Quadratmeter Segel, und sie pflügte durch den Long Island Sound oder glitt auf dem Hudson entlang wie eine gigantische, schweigende Vision der Vergangenheit.

Tom Crane liebte sie. Liebte sie rückhaltlos. Liebte sie bis zu den blankpolierten Klampen am Gangspill und den rußigen Bratpfannen, die über dem Holzofen in der Kombüse hingen. Irgendwie liebte er sogar die gesprungenen Plastikeimer, die unter den Holzbänken am Bug als Klos bereitstanden. Er schrubbte die Planken, während sie unter seinen Füßen stampfte, und er liebte diese Planken; er hackte Holz für den Ofen und liebte die gespaltenen Scheite, liebte das Beil, liebte den ehrwürdigen Eichenklotz mit seinem uralten Netzmuster aus Kerben und Narben. Vom Klang des Windes in den Segeln war ihm schwärmerisch, schwindlig zumute, er wurde so trunken vom Puls des Universums wie Walt Whitman selbst, und wenn er den glatten, lackierten Griff der Ruderpinne packte und der Fluß daran zerrte wie etwas Lebendiges, dann spürte er eine nie gekannte Kraft. Aber da war noch mehr, viel mehr – er liebte die engen Kojen, die Feuchtigkeit in seinen Kleidern, wenn er sie morgens überstreifte, das Gefühl der kalten Decksplanken unter seinen nackten Füßen. Und die Gerüche – rauchiger Holzbrand, Salzluft, verrottender Fisch, der gute, satte, menschliche makrobiotische Geruch am Bug, das Aroma des frischen, unbehandelten Holzes der Kajüte, angebratener Knoblauch in der

Kombüse, irgend jemandes offenes Bier, saubere Wäsche, schmutzige Wäsche, das Duftkissen eines Lebens auf See.

Es erstaunte ihn jedesmal von neuem, wenn er daran dachte, aber er war nicht mehr der Heilige der Wälder. Er war jetzt ein Seemann, eine Teerjacke, ein Plankenschrubber, der Heilige vom Hudson. Kein Einsiedler mehr, sondern der Gefährte seiner Maate, bewundert und geschätzt für seine Clownerien, seinen Bart, die zarten, seelenvollen Bluesmelodien, die er abends in seiner Koje auf der Mundharmonika blies, Jessica an sich gekuschelt. Ja, die »Arcadia«. Sie war ein Segen. Ein Wunder. So unglaublich für Tom, wie es der erste Landrover für die Eingeborenen im australischen Busch gewesen sein mußte. Unvorstellbar: eine schwimmende Hütte! Eine schwimmende Hütte, die allen Hippie-Idealen gewidmet war und gerecht wurde – langen Haaren und Vegetariertum, Astrologie, der Sumpfdeckelschnecke, der Frieden-Jetzt-Bewegung, dem Satori, dem Folk und der Ziegenkotverwertung. Und insgeheim auch Gras, Hasch und Acid. Aus der ursprünglich geplanten einmonatigen Fahrt – im September – waren zwei Monate geworden, dann kam Halloween und ging vorbei, es wurde November, und Tom Crane stieg unterdessen zum Rang des Steuermanns auf. Der Heilige vom Hudson. Das gefiel ihm. Der Klang gefiel ihm.

Und die Hütte? Die Ernte des Sommers? Die Ziege? Die Bienen? Nun ja, eines Tages würde er schon wieder zurückkehren. Einstweilen aber erlaubten ihm die Erfordernisse des Seemannslebens nicht, sich darum zu kümmern, deshalb hatte der die Tür mit einem Vorhängeschloß gesichert, die Ziege verkauft, die späten Kürbisse dem ersten Frost und die Bienen ihrem Schicksal überlassen. Nach dem Begräbnis hatten er und Jessica ihre Sachen sang- und klanglos in das entzückend-erdrückende Farmhaus aus dem 18. Jahrhundert verlagert, das mit viel Platz und all dem funkelnden Zubehör der Moderne wie Geschirrspüler, Toaster und Fernseher lockte, mit einer gepflasterten Auffahrt und den mit Teppichen ausgelegten Gängen. Es wirkte alles ein wenig zu – nun ja, bürgerlich – auf ihn, aber der streßgeplagten Jessica gefiel der Komfort des Hauses. Sie hatte an der New York University einen Studienplatz für Meeresbiologie bekommen, außerdem hatte sie noch den Teilzeitjob bei Con Ed, daher hetzte sie ständig von einem Ort zum anderen wie eine Wahnsinnige. Nach dem Leben in der Hütte wurde ihr auf einmal klar, wie sehr sie fließendes Wasser, regelbare Kühlschränke, Leselampen und Thermostaten schätzte.

Er wußte, daß es egoistisch von ihm war, sie so im Stich zu lassen. Aber sie hatten es diskutiert, und er hatte ihren Segen – schließlich sollte jeder sein eigenes Leben leben. Und es war ja auch nicht so, daß sie einander nicht mehr sahen – sie besuchte ihn, wann immer es ging, auch wenn sie nur für ein paar Stunden kam, um in der großen Kajüte für ihre Prüfungen zu lernen oder sich neben ihn zu legen und die Augen zu schließen, während der Fluß die Koje sanft schaukelte. Außerdem würde sie ihn bald ganz zurückbekommen – den Winter über jedenfalls. Es war Mitte November, und dies war die letzte Fahrt der »Arcadia« für dieses Jahr. Danach würde er bis zum April zu Hause sein, vormittags in den pelzgefütterten Pantoffeln seines Großvaters herumschlurfen und ihr eine Portion Tofu-Karotten-Spezial auf dem Elektroherd zaubern, wenn sie abends nach Hause kam. Natürlich wäre Tom mit Vergnügen auch im Winter auf dem Fluß geblieben, hätte im Wasserfaß das Eis aufgehackt und zum Aufwärmen mit den erfrorenen Händen auf der Ruderpinne getrommelt – was soll's, er würde auch mit einem Albatros um den Hals herumlaufen, wenn es der Sache diente –, aber die »Arcadia« sollte ja über den Fluß informieren, und es war verteufelt schwer, bei Temperaturen von minus zehn Grad die Aufmerksamkeit der Leute zu behalten, wenn ihnen mit jedem Eintauchen des Bugs das eisige graue Spülicht der Gischt ins Gesicht klatschte. Deshalb segelten sie jetzt flußaufwärts, um über Winter in Poughkeepsie vor Anker zu gehen; in zwei Tagen würde der Ex-Heilige der Wälder nach

Van Wartville zurücktrampen und bis zum Frühling in der gemütlichen, ölbeheizten Bude seines Großvaters ins Trockendock gehen.

Einstweilen aber – für diesen pulsierenden, glorreichen, windgepeitschten Moment – war er noch auf dem Wasser. Kämpfte sich stromaufwärts gegen den starken Gegenwind, stand stolz und triefnasig am Ruder, während der Skipper, der Erste Maat und der Bootsmann unten beim Kaffee saßen. Jessica war auch unten, stützte die Ellbogen auf den großen, quadratischen Eßtisch in der Kajüte und büffelte die Morphologie des Borstenwurms, die helle Seide ihres Haars fiel nach vorn, kitzelte sie in den Ohren und verbarg ihr Gesicht. Er sah hinaus auf das graue Wogen des Flusses – kein einziges anderes Schiff in Sicht –, dann sah er durch die naßgespritzte Scheibe in die Kajüte. Das Schiff stampfte unter seinen Füßen. Der Kapitän trank Kaffee. Jessica las im Lehrbuch.

Sie umrundeten gerade den Dunderberg und fuhren in den Horse Race ein, rechts tauchten Manitou Mountain und Anthony's Nose auf, links erhob sich der Bear Mountain. Sie waren mittags von Haverstraw ausgelaufen und wollten für die Nacht in Garrison andocken. Normalerweise wären sie in einer Stunde da, doch der Wind blies ihnen stetig entgegen, und es war Ebbe. Unmöglich zu sagen, wann sie eintreffen würden. Tom musterte den Himmel und fand, daß er nicht gut aussah. Er schnupperte die Brise und roch Schnee. Scheiße, dachte er, ausgerechnet heute.

Doch dann hellte sich seine Miene auf. Ob Schnee oder nicht, auf jeden Fall waren sie unterwegs zu einer Party. Am Hafen von Garrison. Und losgehen konnte es erst, wenn sie da waren. Im strahlenden Sonnenlicht genoß er die Berge, den aufgewühlten Fluß, das Gleiten und abrupte Niederstürzen der Möwen; er atmete tief ein und schmeckte die Gischt. Eine Party, dachte er und wendete den Gedanken so lange hin und her, bis er das Essen riechen und die Musik hören konnte. Aber nicht irgendeine

Party – nein, es würde eine gigantische Jahresabschlußfete für die Mitglieder und Freunde der »Arcadia« werden, ein Fest der stampfenden Füße, winkenden Hände und wilden Volkstänze, angereichert mit einem Mini-Konzert, bei dem Will Connell, der Guru selbst, und die Tucker, Tanner & Turner Bluegrass Band aufspielen sollten. Sie hatten ein riesiges Zirkuszelt mit elektrischen Heizstrahlern auf der Wiese aufgestellt, und die Leute würden tanzen, es würde Bier geben, ein Freudenfeuer, scharfes Essen und noch schärfere Drinks. Es war ein großer Tag. Ein toller Tag. Das Jungfernjahr der »Arcadia« war vorüber, und jetzt war sie auf dem Weg ins Winterquartier.

Der Himmel wurde finster. Die Wellen schäumten mächtig auf. Ein Graupelschauer hatte eingesetzt, stechende Nadeln vom Wind gepeitscht. Und was für ein Wind – auf einmal spielte er ihnen Streiche, blies eben noch stetig vom Bug herein, fegte in der nächsten Minute hinterrücks gegen das Heck, dann drehte er urplötzlich auf die Backbordseite. Eine Bö versetzte dem Großbaum einen Schlag, schleuderte ihn halb herum und riß dem mageren Ex-Heiligen fast die Ruderpinne aus den tauben Händen. Acht Mann Besatzung waren an Bord, und alle acht – plus Jessica – mußten mit anpacken, ehe es vorbei war.

Barr Aiken, der Kapitän der »Arcadia«, ein Mann, für den Tom ohne Zögern in die tosende See gesprungen wäre oder ganz allein die Küstenwache in Schach gehalten hätte – es hätte nur eines Wortes bedurft –, stürmte beim ersten Rucken des gewaltigen, mörderischen Großbaums durch die Kajüte und die Gangway hinauf wie ein Hürdenläufer beim Startschuß. Er rief alle Mann an Deck, löste Tom am Ruder ab, und in einer halben Minute war die gesamte Besatzung keuchend dabei, die Segel zu reffen. Der Kapitän war ein blasser, wettergegerbter Mann von fünfunddreißig Jahren aus Seal Harbor in Maine. Meist war sein Blick in die Ferne gerichtet, er machte ein Gesicht wie ein trauriger Hund und redete wenig und mit leiser Stimme. Seinen Vornamen sprach er »Baaah« aus, wie ein verirrtes Schaf.

Auch jetzt, obwohl allen der Wind um die Ohren tanzte und die Graupeln in den Zähnen klebten, redete er leise, flüsterte fast, und doch klang jedes seiner Worte so deutlich, als brüllte er sich die Kehle aus dem Hals. Schon kam der Klüver herunter. Das Großsegel wurde nochmals gerefft. Alle hielten den Atem an, als er eine Halse machte und quer über den schmalen Race kreuzte. Es war ein alltägliches Manöver, kein Problem, höchstens ein wenig aufregender als sonst, weil der Wind so heftig blies. Tom fiel fast in Ohnmacht vor Glück, als der Kapitän ihm die Ruderpinne wieder übergab.

»Da ist wohl der Klabautermann am Werk«, bemerkte Barr, während er die Arme verschränkte und breitbeinig Stellung bezog. Er sprach mit seinem charakteristischen Flüstern, und um den unteren Teil seines Gesichts spielte so etwas Ähnliches wie ein Lächeln.

Tom sah sich um. Die Berge wirkten struppig mit ihren entblößten Bäumen, auf ihren mächtigen, aufgeblasenen Backen richteten sich die Stoppeln auf. Über dem Dunderberg war der Himmel schwarz und weiter voraus noch schwärzer. »Mmmh«, machte Tom und merkte, daß er selber flüsterte.

Es war schon fast fünf, die Graupeln waren in pappigen, nassen Schnee übergegangen, und die Party war in vollem Gange, als die »Arcadia« mit Motorkraft den Pier von Garrison erreichte. Als echter Purist war Barr so lange wie möglich gesegelt, doch bei dem unberechenbaren Wind hatte er seinen Plan, auf klassische Art anzulegen, schließlich aufgegeben und fünfhundert Meter vor dem Hafen den Motor angeworfen.

Die Decks waren glitschig, und alles, was aufrecht stand, einschließlich der Besatzung, zog einen Bart aus Schnee hinter sich her. Der Pier vor ihnen war weiß, und das Gelände dahinter schimmerte fahl und gespenstisch unter der zentimeterdicken Schneedecke. In der kalten Luft lag der Duft von Essen, ferne Klänge von Musik. Dürr und mit hochgezogenen Schultern stand der Ex-Heilige der Wälder am Bug, hielt Jessica an der Hand und sah zu, wie die Lichter über das Wasser auf sie zukamen. »Ist das nicht die Höhe?« meinte er. »Da fangen die glatt ohne uns an.«

Gegen sieben hatte Tom drei Sojaburger intus, außerdem ein Sandwich mit Eiaufstrich, zwei Spezial-Falafelfladen, eine Schüssel Chili sin carne, sechs oder sieben Bier (er zählte nicht mehr mit) und vielleicht einen Zug zuviel von dem Supergras, das er mit Bootsmann Fred heimlich im Windschatten des Zelts getestet hatte. Etwas außer Puste, nachdem er beim Square Dance kurz gekonnt das Bein geschwungen und seine Partnerin herumgewirbelt hatte, setzte er sich gerade hin, als er den Überblick zu verlieren begann. Das hier ist die Zeltwand, sagte er zu sich selbst und reckte sich auf dem harten Holzstuhl nach oben, als klebte er mit Teer darauf fest, und das da sind die Heizstrahler. Da draußen im Dunkel ist der Pier. Und am Pier liegt das Schiff. Ja. Und in seinem Inneren, unterhalb der Heckreling, im hintersten Winkel der großen Kajüte, ist meine Koje. In die ich jederzeit hineinfallen kann. Plötzlich kniff er fest die Augen zusammen und fuhr abrupt hoch. Er redete Schwachsinn. Erst sieben Uhr, und schon redete er Schwachsinn.

Er erwog gerade, sich aus der zähen Teergrube seines Stuhls zu befreien und eventuell zum Buffettisch hinüberzurobben, um sich einen letzten Sojaburger mit Tomaten, Salat, Ketchup und Zwiebeln zu genehmigen, als ein vertrautes, eindringliches Katzenschnurren an sein Ohr drang und er auf einmal in ein Gesicht aufblickte, das er so gut kannte wie sein eigenes.

Das Schnurren steigerte sich zu einem Jaulen. »Tom Crane, du sexbesessener, geiler alter Müllsammler, erkennst du mich etwa nicht? Wach auf!« Eine vertraute

Hand legte sich auf seinen Ellenbogen und rüttelte daran wie an einem Ast. Und jetzt hing das vertraute Gesicht dicht über ihm, so dicht, daß es ganz verzerrt war – große, harte violette Augen, ein Atem wie Ambrosia, Lippen zum Hineinbeißen: Mardi.

»Mardi?« sagte er, und ein Schwall von Emotionen durchflutete ihn; es begann mit einem Blitzschlag von Lust, der seinen Heiligenschwanz in Wallungen brachte, und endete mit der Angst, die normalerweise in Panik übergeht. Mit einem Schlag war er glockenwach, zappelte nervös wie eine Debütantin auf seinem Stuhl herum und suchte mit den Augen den Tanzboden nach Jessica ab. Wenn sie ihn jetzt bloß nicht sah – da redete er mit… saß neben… ja, schlimm genug, daß er dieselbe Luft im selben Zelt mit…

»Hey, bist du jetzt okay oder was? T. C.? Ich bin's, Mardi, alles klar?« Sie wedelte mit ihren Handschuhen vor seinem Gesicht herum. Sie trug eine Art Pelzmütze, tief in die Stirn gezogen, und einen Waschbärfellmantel über einem fleischfarbenen Bodystocking. Und Stiefel. Hochhackige Cowgirl-Stiefel mit rot-blau-gelb-orangen Glitterfransen. »Jemand zu Hause?« Sie klopfte ihm zum Scherz an die Stirn.

»Äh –« er versuchte Zeit zu gewinnen, einen Plan zu schmieden. Zwischen Lust und Panik hin- und hergerissen, mußte er sich schwer beherrschen, nicht aus dem Zelt davonzurasen wie ein Handtaschenräuber. »Mmh«, machte er überflüssigerweise, »äh, ich war grade in Gedanken. Willst du kurz mit rauskommen und ein erstklassiges Gras mit mir und unserem Bootsmann Fred durchziehen?«

Sie stützte die Hand in die Hüften und grinste aus den Mundwinkeln. »Hab ich so was schon jemals abgeschlagen?«

Und dann war er draußen, die kalte Luft belebte ihn, der Schnee fuhr ihm mit eisigem Wispern ins Gesicht. Mardi stapfte neben ihm her, der offene Mantel schleifte über den

Boden, ihre Brüste saßen straff im Stretch. »Ein totaler Trip ist das!« sagte sie, drehte sich im Kreis und warf die Hände in die Höhe. In ihren Haaren funkelte Schnee. Jenseits des Flusses, im Norden, sah man schwach und verschwommen die Lichter von West Point, so fern wie auf die Erde gestürzte Sterne.

»Echt«, sagte er, warf den Kopf zurück und breitete die Arme aus; es fiel ihm ein, wie er als Kind einmal aufgewacht war und voller Freude in die im Schnee erlöste Welt hinausgeblickt hatte, er erinnerte sich an die große Radiotruhe im Wohnzimmer des Großvaters und an die ruhige, gemessene Stimme des Ansagers, der die Liste der geschlossenen Schulen vorlas. »Echt ein irrer Trip.« Und plötzlich war seine Starre wie weggeblasen – Verdauungsstörungen, das war es wohl gewesen, nichts weiter –, und er wirbelte mit ihr herum, schlug Räder, drehte sie an den Armen im Kreis wie ein gummigelenkiger Schweinefarmer aus Arkansas beim Square Dance. Dann rutschte er aus. Dann rutschte auch sie aus. Und dann landeten sie beide im Schnee, erstickten fast vor Lachen.

»Psssst«, machte jemand im Schutz der Schatten. »Tom?«

Es war Fred. Der Bootsmann. Er zelebrierte gerade einen Joint mit Bernard, dem Ersten Maat, und Rick, dem Maschinisten. Sie verhielten sich äußerst diskret dabei.

Leider war Diskretion nicht eben eine von Mardis guten Eigenschaften.

Das erste, was sie sagte – oder vielmehr brüllte –, als sie das nervöse Grüppchen erreichten, das sich da über dem glühenden Joint zusammenkauerte, war: »Hey, spielt ihr Typen da etwa Versteck? Glaubt ihr, Kiffen ist verboten, oder was?«

Sie wurde von eisigen Blicken und dem verstohlenen Scharren nervöser Füße empfangen. Es gab genug Leute, denen die »Arcadia« ein Dorn im Auge war – die gleichen fahnenschwingenden, stiernackigen, antikommunistischen Kriegstreiber vom Veteranenverband, die damals vor zwanzig Jahren in Peterskill alles kurz und klein geschlagen hatten –, und eine Drogenrazzia wäre für die ein Geschenk des Himmels. Tom konnte sich die Schlagzeile in den ›Daily News‹ vorstellen, in riesigen Lettern, die sie noch von Pearl Harbor übrig hatten: DROGENSCHIFF VERSENKT – GOUVERNEUR LEGT RAUSCHGIFTSCHIFF STILL. Mehr hätte es nicht gebraucht. Die Leute mißtrauten ihnen sowieso, wegen der Verbindung zu Will Connell und weil die Besatzung sich ausschließlich aus Langhaarigen in T-Shirts mit »Grateful Dead«-Emblemen zusammensetzte, die mit Buttons wie FREE HUEY! und MAKE LOVE NOT WAR geschmückt waren. Als sie das erste Mal in Peterskill angedockt hatten, waren sie von einem Haufen Idioten empfangen worden, die Schilder mit der Aufschrift WACH AUF, AMERIKA! PETERSKILL IST SCHON WACH! schwenkten, und in Cold Spring hatte sie eine Truppe muskulöser Frauen im Hafen erwartet, die wie Krankenschwestern uniformiert waren und mit Fahnen rumfuchtelten, als hätten sie ein Patent darauf.

»Das ist ein Sakrament«, sagte Mardi. »Eine religiöse Zeremonie.« Sie versuchte, einen Witz zu reißen, wollte gut drauf und ausgelassen wirken, als hätte sie schon mehr geraucht, als sie tatsächlich intus hatte. »Es ist, es ist –«

»Wenn Barr Aiken uns damit erwischt, können wir einpacken«, bemerkte Bernard trocken. Im Flüsterton.

Fred war ein kleiner Kerl mit Knebelbart, dürren Beinen und dem Oberkörper eines Gewichthebers. Er stand auf Wortspiele und konnte sich auch jetzt nicht bremsen. »Da können wir reinkacken, wenn der uns erwischt.«

Rick kicherte. »Der läßt uns kielholen.«

»Läßt euch glatt über Bord gehen, der Typ, was?« sagte Mardi, die sich langsam einhörte. Aus irgendeinem Grund, der vermutlich mit der Mondlandung, den Ufos und den akustischen Eigenschaften der schneestiebenden Luft zu tun hatte, schien ihre Stimme über den Fluß zu hallen, als ob sie ihre Lieblingsmannschaft mit dem Megaphon anfeuerte. Jemand reichte ihr den Joint. Sie nahm einen Zug und war still.

Eine Zeitlang blieben alle stumm. Der Joint ging herum, war nur noch Filter, wurde weggeschnippt. Der Schnee balsamierte sie ein. Bärte wurden weiß, Mardis Haar sah noch wilder aus. Die Musik setzte aus und begann von neuem mit einer gehetzten Geige und dröhnendem Baß. Fred zog einen zweiten Joint hervor, und alle kicherten verschwörerisch.

Irgendwann – wann genau oder wie spät es eigentlich war oder wie lange sie schon dort gestanden hatten, wußte Tom nicht – nahm Mardi ihn beiseite und sagte ihm, sie fände es bescheuert, daß er mit Walters Frau, dieser Kuh, zusammenlebte, und Tom – Ex-Heiliger, angehender Wassergeist und feuriger Liebhaber – sah sich plötzlich genötigt, seine große Flamme verteidigen zu müssen. Das Schneetreiben wurde heftiger, und ihm wurde schwindlig. Rick und Bernard waren in eine Debatte über die Zufahrt zu irgendeiner Antilleninsel verstrickt, und Bootsmann Fred bemühte sich ohne Erfolg, die Unterhaltung zurück zu der Geschichte zu bringen, wie er mitten in einem Sturm heldenhaft die Wanten erklommen hatte, um das verwickelte Großsegel freizumachen, und wie er dabei abgerutscht und auf das Deck gestürzt war und sich sechsmal den Arm gebrochen hatte.

»Wieso denn ›Kuh‹? Was erzählst du da überhaupt?« protestierte Tom. »Jessica ist echt cool, alles paletti –«

»Die ist viel zu dürr.«

Toms Haar war naß. Sein Bart war naß. Seine Jeansjacke und das Kapuzenhemd darunter waren naß. Er spürte allmählich die Kälte, und das unklare Gefühl überkam ihn von neuem. Jessica suchte bestimmt längst nach ihm. »Dürr?«

»Ja, die hat doch keine Titten. Zieht sich an wie irgend 'ne Oma, oder etwa nicht?«

Ehe Tom antworten konnte, packte Mardi ihn am Arm

und senkte die Stimme. »Du hast mich doch mal gemocht«, sagte sie.

Das war unbestreitbar. Er hatte sie mal gemocht. Mochte sie immer noch. Auch jetzt, in diesem Moment. Er hatte sogar gute Lust – aber nein, er liebte Jessica. Hatte sie immer geliebt. Teilte sein Haus mit ihr, sein Sojafleisch, seine Zahnbürste, seine Koje an Bord der »Arcadia«.

»Was hast du denn gegen mich?« Mardi drückte sich jetzt gegen ihn, und ihre Hände, unbehandschuht und heiß, hatten sich irgendwie unter sein Hemd geschlängelt.

»Gar nichts«, hauchte er ihr ins Gesicht.

Dann grinste sie, schob ihn von sich weg, zog ihn wieder heran und drückte ihm so blitzartig einen Kuß auf, als wollte sie ihn überlisten. »So«, sagte sie, atemlos, warm, nach Seife, Parfüm, Kräutern, Wildblüten und Räucherstäbchen duftend, »ich muß jetzt los.«

Sie war fünf Schritte entfernt, fast schon vom wirbelnden Schnee verschluckt, da drehte sie sich noch einmal um. »Ach ja«, meinte sie. »Noch was. Eigentlich sollte ich dir das gar nicht erzählen, weil ich böse auf dich bin, aber du bist einfach zu süß. Hör zu, nehmt euch vor meinem Alten in acht.«

Der Schnee war wie eine Decke. Das unklare Gefühl war wie eine Decke. Er versuchte, sie sich vom Kopf zu ziehen. »Häh?«

»Kennst doch meinen Vater. Der haßt euch.« Sie deutete auf das Zelt, den Pier, den hohen dunklen Mast der »Arcadia«. »Das alles hier.«

Hätte er nicht so dringend pissen müssen – das viele Bier und so weiter –, wäre er Jessica viel früher begegnet. Sie suchte nämlich tatsächlich nach ihm. Und sie kam auch dort vorbei, wo Rick, Bernard und Fred sich zusammendrängten und schwadronierten, nur hatte Tom die Runde soeben verlassen, um im pfeifenden Sturm davonzuwandern und den Neuschnee zu taufen. Dummerweise verlor er irgendwie die Orientierung, und das Schneetreiben war so stark, daß er auf einmal um alles Gras dieser Welt nicht mehr wußte, wo er war. Die Band legte gerade eine Pause ein, also half ihm auch die Musik nicht weiter, und sogar der Partylärm war gedämpft, schien von überall zu kommen. War es da drüben, bei den Lichtern? Oder war das der Bahnhof?

Nachdem er den Reißverschluß wieder hochgezogen hatte und in das Dunkel eingetaucht war, wollte er im Grunde nichts weiter als seine Jessica suchen und sich mit ihr in die Koje verkriechen, in die Geborgenheit seines Schneehuhn-Daunenschlafsacks, der einen selbst am Rand einer Eisscholle mollig warm hielt. Aber wo ging es bloß lang? Und verdammt kalt war es. Wäre er nur nicht so lange draußen geblieben. Hätte er bloß nicht so viel gekifft. Und gesoffen. Er rülpste. Sein Haar war eisverkrustet, gefrorene Locken ringelten sich in seinen Kragen.

Er ging auf die Lichter zu, doch als er sie fast erreicht hatte, erkannte er, daß es sich doch um die altmodischen Laternen des Bahnhofsgebäudes handelte. Er mußte also nur eine Wendung um 180 Grad machen und auf jene anderen Lichter zumarschieren, die dort hinten schimmerten, um zum Zelt zu kommen. Drei anstrengende Minuten später, in denen er verzweifelt armewirbelnd einen Slalom über den rutschigen Boden hinter sich brachte, wurde er eines Besseren belehrt. Zwar stand er unter einer Straßenlampe, doch diese beleuchtete eine nachgebaute Ladenfront, über die ein Schild mit der Aufschrift YONKERS hing. Das machte ihn momentan völlig ratlos, dann aber klärten sich seine Gedanken lange genug, damit ihm die Kinoversion von ›Hello Dolly‹ einfiel, für die das Filmteam damals die verwitterten alten Häuser mit allen möglichen Schnörkelfassaden geschmückt hatten, um den Geist von Yonkers aus irgendeiner verflossenen Ära wachzurufen. Stumpfsinnig glotzte er das Schild an und dachte dabei: *Yonkers? Der Geist von Yonkers?* Yonkers war doch bloß ein verkommenes Viertel mit modrigen Lagerhäusern und kaputten Mietskasernen, der Hudson River sah dort aus wie ein gigantisches Klo – ja, er *war* dort ein gigantisches Klo. Und dieses Nest hier, Garrison, besaß etwa soviel Geist wie Disneyland.

Teufel auch, das war vielleicht ein Schneetreiben. Er sah kaum noch die eigene Nase. (Er probierte es aus, schielte auf Daumen und Zeigefinger seiner nassen, eiskalten rechten Hand, mit denen er sich in die nasse, eiskalte Nasenspitze kniff, als ein Scheinwerferpaar ihn kurz erfaßte.) Aha, soso, hier war er also. Vor dem Antiquitätenladen. Und da vorne, ja, das war das scheunenrote Wohnhaus mit der Hollywoodfassade, und dahinter lag die Wiese, wo das Zelt stand. Jetzt kannte er sich wieder aus, o ja, und er ging mit echtem Selbstvertrauen los, als ihn etwas abrupt innehalten ließ. Auf dem Weg vor ihm ging noch jemand. Verschwand gerade um die Ecke. Tom kannte diesen Gang. Diesen wackligen, unsicheren, der Füße beraubten, breitschultrigen Gang. »Walter?« rief er. »Van?«

Keine Antwort.

Hinter ihm fuhr ein Wagen an, dann noch einer, weiter vorn auf der Straße. Zwei Mädchen mit Strickmützen kamen um die Ecke, Arm in Arm, dahinter ein ältliches Paar, das schicke Regenmäntel im Partnerlook trug. Als Tom um die Ecke bog, fand er endlich das Zelt, fand die Party wieder, fand etwa hundert Leute, die unter Abschiedsrufen und mit Plastikbechern voll Bier herumwuselten. Gleich darauf fand er Jessica.

»Ich hab mir Sorgen gemacht«, sagte sie, »wo warst du denn? Meine Güte, du bist ja klatschnaß. Bestimmt frierst du dich halbtot.«

»Ich, äh, hab zuviel... Bin ein bißchen rumspaziert, um ’nen klaren Kopf zu kriegen.«

Auf der Bühne stand Will Connell, um eine Zugabe zu singen. Wills Spitzbart war weißgefleckt. Er war hager und ein bißchen bucklig, sein Gesicht erinnerte an ein altes Gemälde. Er riß ein paar Witze über das Wetter und fing dann an, sein Banjo zu bearbeiten wie einen Schneebesen. Nach einer Weile ließ er davon ab, griff nach der Gitarre und legte los mit »We Shall Overcome«.

»Du zitterst ja«, sagte Jessica.

Das stimmte. Er stritt es nicht ab.

»Gehen wir«, flüsterte sie, und ihre Hand schloß sich um die seine.

Als sie auf die Schaluppe zurückkamen, saßen dort alle um den Holzofen in der winzigen Kombüse, aßen Kekse und tranken heiße Schokolade. Tom riß sich ohne Umschweife die Kleider vom Leib und drückte sich an den Ofen. Er trank Kakao, stopfte sich Kekse in den Mund, witzelte mit der Mannschaft herum. Er dachte weder an Mardi noch an den bedenklichen Umstand, daß er es unterlassen hatte, Jessica von ihr zu erzählen. Ebensowenig dachte er an Mardis Vater oder an Walter. (War er das vorhin wirklich gewesen? fragte er sich zwischen zwei Schlucken heißer Schokolade. Aber nein, er mußte wohl geträumt haben.) Die morgige Etappe, die vereisten Decks, seine gelblich verfärbte Unterwäsche, alles war ihm egal. Er gähnte nur. Ein breites, jodelndes, kieferknackendes Gähnen, Ausdruck absoluten Friedens und Sättigung, und dann schlüpfte er in seine langen Unterhosen und kletterte in den Schneehuhn-Daunenschlafsack, die Geliebte an seiner Seite. So lag er einen Moment lang da, nahm die Atmosphäre von ruhigem Glück und Erfülltheit, die sanft über der Kajüte lag, in sich auf und schloß dann die Augen.

In der Koje war es gemütlich. Der Fluß wiegte sie. Es schneite weiter.

Es war eine dieser Preßglaslampen mit handbemaltem Schirm, uralt, keine Frage, und unbezahlbar, und Walter starrte sie an wie eine Kristallkugel. Er saß auf einer Chaiselongue im vorderen Salon des Museums, das Dipe sein Zuhause nannte, die Ellenbogen auf die Knie gestützt, in der Hand ein Whiskyglas mit gediegenem Scotch, der vermutlich lange vor seiner Geburt destilliert worden war, und bemühte sich, eine Mentholzigarette in gebührend nihilistischer Weise zu rauchen. Seit einer guten Woche war er wieder aus Barrow zurück, aber gerade jetzt fühlte er sich auf einmal ganz seltsam, ihm war leicht schwindlig und übel. In seiner Leistengegend stach es, er schwitzte unter den Achseln; seine rechte Fußsohle juckte so furchtbar, daß er sich beinahe gekratzt hätte, hätte er sich nicht rechtzeitig gebremst. Es war komisch – oder nein, komisch war es überhaupt nicht –, aber es kam ihm fast vor, als spannte er sich gegen eine neuerliche Attacke der Geschichte an.

Auf der Couch ihm gegenüber saß Dipe, der an seinem Scotch nippte und mit einem Runzeln der prachtvollen Stirn LeClerc Outhouse und einen Fremden in Trenchcoat und schwarzen Lederhandschuhen ansah. Der Fremde, dessen Namen Walter nicht verstanden hatte, trug einen derart rigorosen Kurzhaarschnitt, daß die Kopfhaut wie ein Reflektor durchschien. Weder knöpfte er den Trenchcoat auf, noch zog er die Handschuhe aus. »Eine Schande ist das«, sagte der Fremde und schüttelte langsam den Kopf, »eine wahre Schande. Und keinen scheint es zu kümmern.«

LeClerc, der immer braungebrannt war, sogar im Winter, und dessen Lieblingsredewendung »verdammter Mist« lautete, sagte: »Verdammter Mist.«

Seufzend lehnte sich Dipe auf der Couch zurück. Er sah

kurz zu Walter hinüber, dann wieder zu LeClerc und dem Mann im Trenchcoat. »Na ja, versucht hab ich's. Keiner kann sagen, daß ich's nicht versucht habe.« Er nahm einen Schluck Scotch und seufzte in sein Glas. Die anderen machten zustimmende, tröstende Geräusche: Ja, er hatte es versucht, das wußten sie. »Wenn nicht das verfluchte Wetter gewesen wäre...« Er wedelte in einer nutzlosen Gebärde mit der Hand zur Decke hinauf.

»Verdammter Mist«, sagte LeClerc.

Depeyster stellte das Glas ab, und der Fremde beendete den Gedanken für ihn: »– dann hätten die ihren Wasserzirkus keine halbe Meile weit an den Hafen von Garrison herangebracht.«

»Verdammter Mist«, sagte LeClerc.

»Schnee«, knurrte Depeyster, und sein Knurren klang, als ob es Scheiße von den Bäumen regnete.

In diesen Bahnen verlief die Unterhaltung nun schon eine gute Stunde lang. Walter war mit Depeyster aus der Firma nach Hause gekommen und zum Abendessen mit Joanna, LeClerc und dem finsteren Fremden geblieben, der die Handschuhe sogar beim Bestreichen seines Butterbrotes anbehielt. Mardis Platz blieb frei. Walter schmeckte das Essen nicht. Es schneite – unzeitgemäß, unzumutbar – seit drei Uhr.

Das Hauptthema des Abends war die »Arcadia« und Dipes vereitelter Versuch, eine Demonstration gegen ihr Einlaufen in Garrison zu organisieren, »oder, Scheiße noch mal, irgendwo sonst an diesem Ufer des Flusses«. Tragendes Element dieser Demonstration hätte eine Flottille aus dem Peterskill Yacht Club sein sollen – vom Kabinenkreuzer bis zum Dinghi, alles dabei –, die mit Flaggen und Spruchbändern nordwärts gefahren wäre, um die »Arcadia« erst ein bißchen zu belästigen und ihr dann durch die schiere Überzahl die Zufahrt zum Pier von Garrison zu versperren. Das einzige Problem war das Wetter gewesen. Dipe war am Mittag mit Walter zum Yachthafen hinuntergefahren, wo sich nur drei Bootseigner eingefunden hatten. Alle übrigen hatten sich vermutlich vom böigen Wind und der Vorhersage von fünf bis zehn Zentimeter Neuschnee entmutigen lassen, die später auf über dreißig revidiert wurde.

»Apathie ist das«, fauchte Depeyster. »Keiner gibt mehr einen Dreck auf irgendwas.«

»Verdammter Mist«, sagte LeClerc.

Der Fremde nickte.

»Wenn ich zwanzig Jahre jünger wäre«, sagte Depeyster und sah wiederum Walter an.

»Eine Schande ist das«, flüsterte der Fremde kummervoll, und ob er damit Depeysters Alter oder die kommunistisch inspirierten, antiamerikanischen Freveltaten meinte, die langhaarige Hippies in ebendiesem Augenblick und keine fünf Meilen von seinem Whiskyglas entfernt verübten, wurde nicht ganz klar.

Walter wartete eine Klärung nicht ab. Urplötzlich attakkierten ihn die furchtbarsten, stechendsten Magenschmerzen, die er je gehabt hatte. Er fuhr in die Höhe, beugte sich vor, um das Whiskyglas auf ein Kaffeetischchen zu stellen, das vermutlich älter als der Brauch des Kaffeetrinkens war. Wieder der stechende Schmerz. Mit zitternder Hand drückte er die Zigarette aus. »Hast du irgendwas?« fragte ihn Dipe.

»Ich –« das Aufrichten tat ihm sichtlich weh, »– ich glaube, ich... habe bloß Hunger, sonst ist nichts.«

»Hunger?« echote LeClerc. »Nach so einem Essen?«

Lula hatte ihnen Cordon bleu, Kartoffelbrei und Spargel aus der Dose serviert, selbstgebackenen Apfelkuchen, Eiskrem und Kaffee zum Nachtisch. Walter hatte zwar kaum Appetit gehabt, aber trotzdem höflich zugelangt und eine bescheidene Portion vertilgt, ohne gleich den Teller blankzuputzen. Jetzt aber, noch während ihm die Worte über die Lippen kamen, merkte er, daß der abrupte Schmerz, dieses vulkanische Zusammenziehen und Wiederausdehnen in ihm, bohrender Hunger war. Und er war wirklich hungrig. Aber nicht nur hungrig. Heißhungrig, lechzend, gierig – nach dem Geruch, dem Gefühl und dem Geschmack von Essen.

Dipe lachte. »Der Junge wächst ja noch. Du weißt doch, wie das ist, wenn man ständig wächst, LeClerc?« Damit spielte er auf LeClercs hervorquellenden Bauch an. Der Fremde lachte. Kicherte jedenfalls. Die trübe Stimmung hob sich kurzfristig.

»Geh in die Küche, Walter«, sagte Dipe. »Räum den Kühlschrank aus, mach die Schränke leer – du kannst dir gerne nehmen, was ich habe, das weißt du ja.«

Walter war schon im Korridor, als der Fremde ihm nachrief: »Bring mir ein paar Erdnüsse oder so was mit, ja?«

Das erste, was er beim Öffnen des Kühlschranks sah, war ein Sechserpack Budweiser. Er wollte gar kein Bier, eigentlich nicht, aber er machte trotzdem eins auf und leerte es. Neben dem Bier standen die Überreste des Apfelkuchens – beinahe die Hälfte war noch übrig – in der Backform. Walter machte kurzen Prozeß damit. Im Wurstfach fand er ein halbes Pfund Pastrami, ein steinhartes Stück Parmesan und sechs dünne rosa Scheiben Roastbeef in Klarsichtfolie. Ehe er so recht wußte, was er tat, hatte er sich das ganze Zeug in den Mund gestopft und mit einem zweiten Bier hinuntergespült. Er griff gerade nach einem grellbunten Becher mit Schlagsahne und hatte vor, sich etwas davon in die Kehle zu schütten, als überraschend Mardi hereinkam.

»Oh, äh, hallo«, sagte er und klappte schuldbewußt die Kühlschranktür zu. Er hielt ein Bier in der einen Hand, und irgendwie war ein Glas mit marinierten Artischockenherzen in die andere gelangt.

»Was läuft?« fragte Mardi lakonisch. Ihre großen Augen blickten amüsiert, aber auch ein wenig stumpf. Sie trug einen fleischfarbenen Bodystocking, Cowgirl-Stiefel, keinen BH. Den Waschbärfellmantel und einen Wollschal hatte sie über dem Arm. Sie stank nach Dope. »Frißt dich voll, was?«

Walter stellte das Bier ab, um das Glas aufzuschrauben. Mit den Fingern fischte er zwei Artischockenherzen heraus und schob sie sich in den Mund, tupfte mit der Hand das an seinem Kinn hinabrinnende Öl ab. »Ich hab Hunger«, sagte er schlicht.

»Wieso ziehst du nicht gleich hier ein?« fragte sie mit rauhem Flüstern. »Nimm doch mein Zimmer.« Sie machte den Kühlschrank auf und nahm sich auch ein Bier.

Durch das Haus drang ein dröhnendes Lamento und die gedämpften, aber unverwechselbaren Töne von LeClerc Outhouse, der eine ungehörte Aussage kommentierte: »Verdammter Mist.«

Walter konnte sich nicht beherrschen. Er aß die Artischocken auf – es waren nur etwa zwölf drin – und hob, noch im Kauen, das Glas an die Lippen, um das dicke, mit Kräutern gewürzte Olivenöl zu schlürfen, in dem sie eingelegt waren.

Mardi setzte die kleine Bierflasche ab und beobachtete ihn mit gespieltem Grausen. »Ekelhaft«, sagte sie.

Walter zuckte die Achseln und machte sich über die Krapfen in der Brotdose her.

Sie sah ihm eine Weile beim Essen zu und fragte dann, wie es in Alaska gewesen sei.

»Na ja«, sagte er mit vollem Mund, »kalt.«

Beide schwiegen. Die Stimmen aus dem Salon wurden lebhafter. Joanna, die gewaltig schwangere Joanna, ging in einem seidenen Morgenmantel im Korridor vorbei. Ihre Haut war weiß, die Haare zu einer konventionellen Frisur hochgekämmt. Nicht einmal Mokassins trug sie.

»Was geht da drin vor?« fragte Mardi und wies mit einer Kopfbewegung auf den Salon, »– die schmieden wohl Pläne oder so was?«

Walter zuckte die Achseln. Er betrachtete die halbe Pakkung mit dünn geschnittenem Vollweizenbrot, die er neben den Krapfen gefunden hatte. Ernußbutter? fragte er sich. Oder lieber Schmelzkäse mit Pimentaroma?

Auf einmal hatte ihn Mardi am Arm gepackt und

drückte sich an ihn, streifte seine Wange mit der ihren. »Willst du mit raufkommen für eine schnelle Nummer?« hauchte sie, und für eine Minute, nur für eine Minute, hörte er zu kauen auf. Doch dann stieß sie ihn lachend von sich. »Reingelegt, stimmt's? Na? Gib's zu.«

Er sah von dem Brot in seiner Hand auf ihre Brüste, ihre herrlichen, vertrauten Brüste, die nach oben weisenden Brustwarzen, die sich so deutlich abzeichneten, daß sie ebensogut ohne Bodystocking hätte gehen können. Der Hunger – der Hunger in seinem Magen jedenfalls – klang allmählich ab.

Mardi stand grinsend vor ihm, jederzeit bereit, ihm davonzuhuschen, wie ein Kind mit einer geklauten Mütze oder Federtasche. »Hab nur Spaß gemacht«, sagte sie. »Hey, ich bin gerade am Gehen.«

Walter schaffte es, ein »Wohin denn?« herauszubringen, obwohl ihm das im Moment herzlich egal war.

»Nach Garrison«, sagte sie, »wohin denn sonst?« Und dann war sie verschwunden.

Walter blieb lange reglos stehen und hörte auf die vom Salon herüberdringenden Stimmen, hörte Dipe Van Wart, seinen Arbeitgeber, seinen Mentor, seinen besten und einzigen Freund. Dipe Van Wart, der seinen Vater zu einem Stück Scheiße gemacht hatte. Er dachte darüber eine Zeitlang nach, dachte an Hesh und Lola, an Tom Crane, Jessica und den kürzlich verstorbenen Peletiah, an Sasha Freeman, Morton Blum, Rose Pollack. Das waren auch alles Scheißbrocken. Alle zusammen. Er stand ganz allein. Er war hart, seelenlos und frei. Er war Meursault, der den Araber erschoß. Er konnte alles tun, alles, was er wollte.

Er schob das Brot zurück in die Brotdose und schüttete den Rest des Biers in den Ausguß. Sein Mantel war im Salon, aber er würde ihn nicht brauchen. Er hatte keine rechte Lust, noch einmal hineinzugehen, und so kalt war es auch wieder nicht – jedenfalls nicht wenn man gerade in Barrow gewesen war. Er lehnte sich gegen die Arbeitsplatte und starrte auf die Uhr über dem Herd, zwang sich dazu, so lange zu warten, bis der Sekundenzeiger zweimal im Kreis gelaufen war. *Es liegt einem im Blut, Walter,* hörte er seinen Vater sagen. Dann ging er quer durch die Küche und schlüpfte zur Hintertür hinaus.

Die Nacht attackierte ihn mit ihrer Stille. Er stolperte durch den Schnee, verlor fast das Gleichgewicht und fing sich gerade noch am Kotflügel seines Wagens. Als er den Motor aufheulen ließ und die Scheinwerfer einschaltete, sah er das dunkle Rechteck, wo Mardis Auto geparkt hatte, und dahinter die lange Spur ihrer Reifen, die sich graziös die Einfahrt hinunterzog. Und als er das Ende der Einfahrt erreichte, sah er, daß die Spuren nach links abbogen, Richtung Garrison.

Er hätte nach rechts fahren können, nach Hause, ins Bett.

Aber er tat es nicht.

Eine Viertelstunde später bog er auf den Pendlerparkplatz am düsteren Rand des Bahnhofs von Garrison ein. Der Platz war ungepflastert und unbewacht, normalerweise staubig wie die Sonora-Wüste, voller scharfkantiger Steine und dürrem Unkraut. Heute war er weiß, glatt, perfekt. Autos säumten die Straße vor dem Bahnhof, und fünfzig standen auf dem Parkplatz selbst, eng beieinander, nahe bei den Lichtern des Stationsgebäudes. Walter wollte noch etwas weiter fahren, sich seine eigene Schneise bahnen. Er wollte nicht auffallen.

Der MG hatte eine gute Bodenhaftung, trotzdem brachen die Räder aus. Verborgene Hindernisse verschafften Walter eine Achterbahnfahrt, mit offenen Augen sah er nicht viel mehr, als wenn er sie zumachte, und das Heck des Wagens schien seinen eigenen Willen zu haben: ehe er sich's versah, versank er in einem Krater, der groß genug war, um einen Schulbus zu verschlucken. Zornig trat er das Gaspedal durch. Die Hinterräder heulten, das Chassis erzitterte unter ihm. Er rammte den Rückwärtsgang hinein, gab Vollgas, schaltete krachend in den ersten, gab wieder Vollgas. Vergebens. Er probierte es ungefähr zehn Minuten lang, kam aber immer nur ein paar Zentimeter weit voran, die er gleich wieder zurückrutschte.

Scheiße. Er schlug frustriert auf das Lenkrad ein. Er wußte nicht einmal, warum er gekommen war – sicher nicht, um Tom und Jessica mal wieder zu sehen, das stand felsenfest, auch nicht wegen Mardi. Eigentlich wollte er überhaupt niemanden sehen, ebensowenig wollte er gesehen werden. Und jetzt saß er fest. Wie ein Idiot. Wütend ließ er die Kupplung kommen und trat nochmals voll aufs Gas, dann schlug er die Faust so fest gegen das Armaturenbrett, daß er das Tachometerglas zerschmetterte und sich die Knöchel aufriß. Er leckte an der Wunde und fluchte, war so frustriert, daß er hätte heulen können, da klopfte jemand an die Fensterscheibe.

Draußen stand eine vermummte Gestalt im Schnee. Walter kurbelte das Fenster hinunter und sah dahinter noch eine zweite vermummte Gestalt im Dunkel. »Brauchst du Hilfe?« Ein bärtiger Typ mit schütteren, nassen Haaren steckte den Kopf herein. Einen Augenblick lang geriet Walter in Panik, weil er glaubte, es wäre Tom Crane, beruhigte sich aber gleich wieder. »Ja. So eine Scheiße. Bin wohl in 'ne Kuhle gefahren oder so.«

»Wir schieben mal an«, sagte der Bärtige. »Wenn ich brülle, gibst du Stoff.«

Walter ließ das Fenster offen. Schnee wirbelte herein und schmolz auf seinem Gesicht. Es war warm, wirklich warm. Er wunderte sich gerade, wie es überhaupt schneien konnte, obwohl es doch so mild war, als er den Ruf von hinten hörte und Gas gab. Der Wagen rollte ein Stück vor, stockte kurz, dann kam ein neuer Stoß von hinten, mit dem er das Hindernis überwand, und schon glitt Walter quer über den Parkplatz. Er blieb erst auf der anderen Seite stehen, im Schutz der dunklen Bäume. Als er ausstieg, waren seine Wohltäter verschwunden.

Er wußte immer noch nicht, warum er hergekommen war oder was er eigentlich vorhatte. Vorerst wollte er mal zum Zelt rübergehen und sich ein bißchen umsehen. Ob er Jessica dort treffen würde, war nicht sicher, aber er wußte, daß sie und Tom in dieser Schiffs-Aktion mächtig engagiert waren – schließlich hatte sie ihm das selbst erzählt –, daher nahm er an, daß sie da war. Und Tom natürlich auch. Vielleicht würde er nur ein Bier trinken, eine Weile herumhängen. Mit ihr reden wollte er nicht unbedingt – nicht nach der Sache damals in der Hütte. Aber ein Bierchen. Ein Bierchen könnte er ja ruhig trinken.

Leichter gesagt als getan.

Der Weg war beschwerlich – so beschwerlich wie die Straße in Barrow, wenn auch nicht ganz so eisglatt –, und er flog zweimal hin, ehe er den Bahnhof erreichte. Sein Jackett – Woll-Mischgewebe, schwarz-graues Fischgrätmuster, hundertfünfundzwanzig Dollar – war längst triefendnaß, garantiert ruiniert, und der Schlips schnürte sich ihm wie eine Henkersschlinge um den Hals. Er bereute, daß er seinen Mantel nicht mitgenommen hatte. Lange Zeit stand er zusammengekauert auf dem überdachten Bahngleis, saugte an einer Wunde zwischen den Fingerknöcheln. Dann ging er in Richtung der Musik.

Er zitterte am ganzen Körper, als er durch die Zeltklappe schlüpfte, und ohne es eigentlich zu wollen, schob er sich sofort an den nächstgelegenen Heizstrahler. Erstaunlich, wie viele Leute gekommen waren – zweihundert waren es mindestens. Allein auf der Tanzfläche schien sich eine gute Hundertschaft zu tummeln – vier lange Square-Dance-Doppelreihen, ein wildes Getümmel, wie eine Horde Bauern, die sich vom Erntefest in Hog's Back/Tennessee hierher verirrt hatten. Gutes Bier gab es – Schaeffer vom Faß –, aber nach seiner Freßattacke war Walter bis zum Erbrechen satt und konnte nur daran nippen. Er erkannte kein einziges Gesicht in der Menge.

Er fragte sich immer noch, was er eigentlich hier wollte, und fand, daß er mit seinem kurzen Haar, dem sportlichen Blazer und der Krawatte eine ziemlich auffällige Erscheinung abgab, da sah er kurz Jessica. Sie war auf der Tanzfläche, mitten im Gewühl, drehte sich in jemandes Armen, er sah aber nicht, in wessen. Nachdem er sich zwischen zwei älteren Kerlen mit weißen Pferdeschwänzen und senffarbenen Sweatshirts, auf deren fülligen Bäuchen Reproduktionen der »Arcadia« krängten, hindurchgezwängt hatte, sah er sie besser. Sie trug ein altmodisches Kattunkleid mit Rüschen und Schulterpolstern, ihr Haar war zu Zöpfen geflochten, und auf ihren Lippen lag ein Lächeln reinster Wonne. Den Kerl, mit dem sie tanzte, kannte er nicht, aber es war nicht Tom Crane. Plötzlich sehr aufgeregt, wich er von dem Heizstrahler zurück ins Dunkel. Er fühlte, wie seine Miene sich verzerrte, und schleuderte das Bier wütend zu Boden. Im nächsten Moment war er wieder draußen.

Der Schnee schien jetzt stärker zu fallen, und es war Wind aufgekommen, der die Flocken tanzen und umherwirbeln ließ. Walter ging vorne am Zelt vorbei und verschwand in den tiefen Schatten hinter dem Wohnhaus gegenüber. Dort lehnte er sich gegen die Mauer, zündete sich mit bereits wieder zitternden Händen eine Zigarette an und beobachtete. Er beobachtete, wie die Party allmählich ausklang und zu Ende ging. Er beobachtete, wie Leute einander auf die Schulter klopften und zum Himmel gestikulierten, er hörte, wie sie sich mit herzlichen, bierseligen Stimmen unterhielten, sich gegen den Wind stemmten und zu den entlang der Straße und auf dem Parkplatz abgestellten Wagen davonzogen. Er beobachtete, wie ein ältliches Ehepaar in Partnerlook-Regenmänteln an ihm vorbei den Hügel hinaufstapfte, er beobachtete, wie Tom Crane wie eine große hagere Spinne umherstakste. Tom, dessen Jeansjacke so klatschnaß war, daß sie ihn fast zu Boden zog, wankte durch das Gewühl und ins Zelt hinein. Er beobachtete auch Mardi – sie ging mit einem Typ davon, der einen bunten Umhang, Stiefel und einen Sombrero trug, als wäre er auf dem Weg zu einem Kostümfest. All das beobachtete er, und immer noch wußte er nicht, warum er hergekommen war. Dann sang Will Connell »We Shall Overcome«, Automotoren wurden angeworfen wie beim Start eines Grand-Prix-Rennens, und Tom und Jessica kamen mit eingehakten Armen aus dem Zelt geschlendert.

Wie Verliebte.

Wie Verliebte in einem Traum.

Walter beobachtete sie, als sie die Menge hinter sich ließen und auf den Hafen zugingen – zum Schiff. Und dann begriff er: Sie erlebten die Romantik des Sturms, die Romantik der Weltverbesserer und Sumpflilienbeschützer, der Langhaarigen und der Auch-die-andere-Wange-Hinhalter, die Romantik von Frieden und Brüderlichkeit und Gleichheit, und nun brachten sie ihre müden, rechtschaffenen Seelen in der Romantik der Schaluppe zu Bett. Mit einem Schlag wußte er, warum er hergekommen war. Mit einem Schlag wußte er es.

Es dauerte eine Stunde, bis es endgültig vorbei war. Mindestens. Tontechniker, Müllsäckeschlepper, Bummler und Kiebitze, sie alle wuselten vor dem Zelt durcheinander, als kämen sie gerade aus einer Off-Broadway-Premiere. Walter, mittlerweile völlig durchgefroren, tastete sich irgendwann zurück zu seinem MG – er fand ihn kaum wieder, so wild war das Schneetreiben geworden –, um sich dort an der Heizung dürftig zu wärmen und ihnen Zeit zu lassen. Er rauchte. Hörte Radio. Spürte, wie das Jackett an den Schultern zu kneifen und an den Ärmeln zu schrumpfen begann, während die Nässe herausdampfte. Eine Stunde. Die Windschutzscheibe war zugeschneit, seine Fußspuren ausgelöscht. Er nahm sich das unheimliche, löffelförmige Licht des Bahnhofs als Ziel und überquerte zum drittenmal an diesem Abend den Parkplatz.

Auf dem Schiff war es dunkel, der Hafen menschenleer. Schwer atmend stand er auf dem verschneiten Pier, der modrige, feuchte, verschmutzte Atem des Flusses schlug ihm ins Gesicht, die Schaluppe ragte über ihm auf wie ein uralter Geist, wie ein vom schlammigen Grund heraufgezerrter Freibeuter, wie ein Gespensterschiff. Mit Hunderten von Zungen wispernd, knarrend, ächzend drängte sie mit dem Zug der hereinkommenden Flut vom Pier fort, und der Pier ächzte mit. Drei Leinen hielten sie fest. Drei Leinen, mehr nicht. Eine achtern, eine mittschiffs und eine am Bug. Drei Leinen, um die Poller geschlungen. Mit Schiffen, mit Klampen und Halbmastwürfen und mit dem dunklen Sog des Flusses kannte sich Walter recht gut aus. Er wußte, was er tat. Er rieb sich die Hände, um die Steifheit aus ihnen zu vertreiben, dann griff er nach der Heckleine.

»Ich würde es nicht tun«, begann eine Singsangstimme hinter ihm.

Er brauchte sich nicht einmal umzudrehen. »Geh nach Hause, Großmutter«, flüsterte er. »Laß mich in Ruhe.«

»Es steckt in den Knochen«, sagte sein Vater, und da stand er, klobig und mit breitem Kopf, der Schnee bedeckte sein Gesicht wie ein Schal. Er beugte sich über den Poller mittschiffs und zerrte an der Leine.

»Laß das!« rief Walter und erschrak beim Klang der eigenen Stimme, dann stakste er den Pier entlang und mitten durch den Alten hindurch, als wäre er gar nicht da. »Laß das«, knurrte er, während er um den Poller herumhüpfte wie eine Marionette am Schnürchen, »das hier ist meine Sache, das geht nur mich was an.« Er hob die Hand zum Mund, lutschte an der schwarzen Blutkruste, die an den Fingerknöcheln angefroren war. Und dann, in heller Wut, riß er die Schlinge von dem Poller und ließ die Leine ins Wasser fallen.

Er richtete sich auf. Gelächter. Er hörte Gelächter. Lachten die etwa über ihn, war es möglich? Sein Mund kniff sich zusammen. Er blinzelte in den stiebenden Schnee. Weiter vorn sah er undeutlich eine Bewegung, das Huschen von kläglich kurzen Beinen und verwachsenen Füßen, von Liliputanerhänden, die sich an der Bugleine zu schaffen machten. Er hörte ein Klatschen, vom Schnee und der Entfernung gedämpft, und dann schwang die Schaluppe frei herum, wie eine Kompaßnadel, bis sie auf den offenen Fluß hinaus wies, jetzt nur noch von der straffen Leine am Heck gehalten.

Er brauchte einen Augenblick dafür. Einen langen Augenblick. Er ging auf dem Pier zurück und stand vor dieser letzten dünnen Leine, und die Leine wurde zu einem bunten Geschenkband, zur Schleife um ein kleines Pony-Parilla-Motorrad, er brauchte nur zu ziehen – nur einmal daran zu ziehen –, und schon war die Bescherung da. Er wandte ruckartig den Kopf. Nichts. Kein Vater, keine Großmutter, keine Gespenster. Nur Schnee. Was hatte er denn hier gewollt – an Bord gehen, mit ihnen in die Koje klettern, die Sumpflilien retten und einer von den Guten werden, ein Idealist, einer der Getreuen und Standhaften? War das der Grund gewesen? Der Gedanke war so bitter, daß er laut auflachte. Dann zog er an der Schleife.

Der Augenblick verhielt in der Schwebe – absolute Stille, die bedächtige Grazie von sich sammelnder Bewegung –, dann glitt sie davon, ihre zweiunddreißig Meter und zwölf Tonnen entschwanden seinem Blick wie eine Gestalt im Traum. Sie folgte ihrem Bug und der Flut, trieb hinaus auf den unsichtbaren Fluß, hielt scharfen Kurs auf Gees Point und die gespenstischen, unvordenklichen schwarzen Tiefen von World's End. Er sah ihr hinterher, bis der Schnee sie verbarg, dann drehte er sich um.

Er zitterte – vor Kälte, vor Angst, vor Aufregung und Erleichterung –, und er dachte an sein Auto. Beinahe versonnen sah er noch einmal in die Nacht hinaus, über die Schulter blickte er durch die schneidende Schraffur des Schnees in die Leere dahinter, dann wandte er sich zum Gehen. Doch der Pier war rutschig, und seine Füße verweigerten den Dienst. Bevor er einen Schritt machen konnte, kam die harte weiße Fläche des Piers auf ihn zugeflogen, und er schlug mit einem Krach auf, der wie Donner durch die Nacht zu hallen schien. Und dann geschah das Unerwartete, das Unerklärliche, dieser kleine Vorfall, der ihn mit Entsetzen vollpumpte: Ein Licht ging an. Ein Licht. Dort drüben am Ende des Piers, zehn Meter entfernt, eine jähe Entweihung der Nacht, des Flusses, des Sturms. Er blieb mit hämmerndem Herzen liegen und hörte Geräusche von weiter unten: leise, gedämpfte Geräusche.

Und dann sah er ihn – den langen Schatten eines Schiffes, das auf der anderen Seite des Piers angelegt hatte, jetzt ging ein zweites Licht an, schon wesentlich näher. Mühsam versuchte er aufzustehen, bekam kaum Luft vor lauter Panik, und wieder rutschten die Füße unter ihm weg. »Hey!« rief eine Stimme, und zwar direkt neben ihm. Auf dem Schiff stand ein Mann, ein Mann mit einer Taschenlampe, und als das Schiff sich jetzt aus den Schatten schälte, wurde Walter starr vor Schreck. Er kannte es. Er kannte dieses Schiff. Wirklich. Yachthafen Peterskill. Halloween. Diese schwimmende Latrine mit dem Penner an Bord, dem Indianer – wie hatte Mardi ihn genannt?

Jeremy. Sie hatte ihn Jeremy genannt.

Plötzlich war er auf den Beinen und rannte – stolperte, hastete, hetzte, stürzte sich kopfüber in die Nacht –, während ihn die Stimme von hinten ansprang. »Hey!« rief sie, und es klang wie ein Jagdhund beim Stellen der Beute. »Hey, was ist da los?«

Walter wußte nicht, wie oft er hingefallen war, als er das Ende des Piers erreichte und sich rechts hielt, an den Gleisen entlang; sein Jackett war zerfetzt und schwer von Schnee, der Riemen des linken Fußes hatte sich gelockert. Er blieb nicht stehen, peitschte sich immer weiter, erwartete ständig, die Schritte des Indianers hinter sich zu hören, rechnete damit, daß der Irre aus der Finsternis hervorhechtete und sich auf ihn warf, seine Kehle packte, sein Ohr...

Der Schnee war hart wie ein Strafgericht. Wieder ging er zu Boden, und diesmal kam er nicht mehr hoch – er war außer Atem, außer Form, er war ein Krüppel. Er hatte Seitenstechen. Seine Lungen brannten wie Feuer. Er würgte. Und dann kam es heraus, alles auf einmal, Bier, Pastrami, Artischockenherzen, Krapfen, das Cordon bleu und der

Dosenspargel. Die Hitze des Breis stieg ihm ins Gesicht, und er stieß sich weg, flog rücklings in den Schnee wie ein Toter.

Später, als die Kälte ihn zwang, sich zu rühren, versagten seine Finger den Dienst. Die Prothese, beide Prothesen waren locker, und er konnte die Riemen nicht mehr festziehen. Als er endlich wieder stand, spürte er den Boden nicht. Er spürte, daß seine Fingerknöchel bluteten, spürte die Enge in der Brust, aber die Erde unter seinen Füßen spürte er nicht. Und das war schlimm, sehr schlimm. Denn die Erde war tief verschneit, der Schnee türmte sich immer mehr auf, und nichts sah aus wie gewohnt. Er wußte, daß er zu seinem Auto gelangen mußte. Aber in welche Richtung? Hatte er die Gleise überquert? Und wo war der Bahnhof? Wo waren die Lichter?

Er ging in eine Richtung los, die wohl stimmte – sie mußte einfach stimmen –, aber er spürte den Boden nicht und fiel hin. Die Kälte begann zu schmerzen, diese Kälte, die fünfundzwanzig Grad wärmer war als die in Barrow, und er rappelte sich wieder auf. Vorsichtig, methodisch, einen Fuß vor den anderen setzend und mit weit ausgebreiteten Armen balancierend, ging er von neuem los. Zählte die Schritte – drei, vier, fünf, und wo war das Auto? –, aber gleich ging er wieder zu Boden wie ein Klotz. Er stand noch einmal auf und stürzte beinahe im selben Moment wieder vornüber. Und noch einmal. Schließlich begann er zu kriechen.

Und während er kroch, während seine Hände und Knie abstarben wie seine Füße, hörte er das erste zaghafte Wimmern. Er hielt inne. Seine Gedanken waren durcheinander, und er war erschöpft. Er hatte vergessen, wo er sich befand, was er getan hatte, wohin er wollte, warum er hergekommen war. Da war es wieder. Das Wimmern schwoll an zum Schluchzen, zum Schrei, zu einem Klageruf des Protests und des Jammers. Und schließlich erhob es sich, gellend und trostlos, jenseits aller Hoffnung und Versöhnung, zu einem Heulen.

Der Erbe

Eigentlich mußte er gar nicht in die Firma kommen. Um diese Jahreszeit war die Auftragslage stets flau, und selbst wenn sie mehr zu tun gehabt hätten, selbst wenn ein neuer Weltkrieg ausgebrochen wäre und sie rund um die Uhr Aluminium kochen und Schwingzeuge gießen müßten, hätten sie ihn dazu nicht gebraucht – höchstens vielleicht, um alle vierzehn Tage die Lohnschecks abzuzeichnen. Er war überflüssig, und niemand wußte das besser als er selbst. Olaffson, der Produktionsmanager, würde mit einem zehnmal höheren Umsatz fertig, ohne auch nur das Hirn anzuknipsen, und der Bursche, den sie als Ersatz für Walter in der Werbe- und Verkaufsabteilung gefunden hatten, war ein Naturtalent. Jedenfalls sagten sie das. Tatsächlich hatte er den Jungen noch nicht einmal gesehen.

Aber Depeyster gefiel es im Büro. Er hielt gerne ein Nickerchen auf der Ledercouch oder genoß einen Taschenbuchkrimi im satten Schein der Leselampe aus Messing mit dem grünen Glasschirm. Er mochte den Geruch des Schreibtischs, das Geräusch des elektrischen Bleistiftanspitzers und die Art, wie der schwere Stuhl aus Walnußholz auf den leisen, glatten Rollen über den Teppich glitt und die Lehne sich jeder Bewegung des Oberkörpers anpaßte. Zu Mittag nahm er sich gern zwei Stunden Zeit zum Essen; oft verschwand er danach, um mit LeClerc Outhouse eine runde Golf zu spielen – oder, wenn das Wetter es erlaubte, nach Cold Spring hinaufzusegeln und sich dort in Gus' »Antique Bar« einen Martini pur zu genehmigen. Am wichtigsten aber war ihm, daß er aus dem Haus kam, sich produktiv und nützlich fühlte, eben das Gefühl hatte, den Tag so verbracht zu haben wie ein normaler Mensch.

Jetzt saß er vor einer Tasse eiskaltem Kaffee, und während er abwesend in einer Zeitschrift blätterte, sah er zum

Fenster hinaus auf den Parkplatz und bemerkte, daß es regnete. Schon wieder. Seit diesem verrückten Schneesturm vor zwei Wochen schien es Tag für Tag zu regnen. Der Pflug hatte damals eine anderthalb Meter hohe Schneemauer am Ende des Parkplatzes aufgetürmt, aber jetzt waren nur noch vereinzelte Häufchen von schmutzigem Matsch übrig. Auf einmal hatte er eine grauenhafte Vorahnung: daß der Regen gefrieren und die Straßen vereisen könnten wie eine Bobbahn; er würde im Büro festsitzen, weit weg von zu Hause, und niemand wäre da, um Joanna in die Klinik zu bringen.

Er riß eine Schublade auf und wälzte das Telefonbuch. »Wetterbericht«, murmelte er, »Wetterbericht, Wetterbericht.« Er blätterte in dem Buch und murmelte vor sich hin, bis er aufgab und die Nummer von Miß Egthuysen wählen ließ. Eine verbindliche, gleichgültige Tonbandstimme kam knisternd aus dem Hörer: »... lassen die Regenfälle in der zweiten Tageshälfte nach. Die Temperaturen bleiben weiterhin über dem Gefrierpunkt, in höheren Lagen muß mit Nachtfrost gerechnet werden.«

Im nächsten Augenblick umkreiste er nervös den Schreibtisch und kämpfte, halb wahnsinnig vor Sorgen, gegen den heftigen Wunsch, schon wieder zu Hause anzurufen. Das letzte Mal war keine fünf Minuten her, und Lula hatte auf ihre lakonische Art ihr Bestes getan, um ihn zu beruhigen. Alles sei in Butter, hatte sie gesagt. Joanna ruhe sich gerade aus. Es sei besser, sie jetzt nicht zu stören.

»Die Fruchtblase ist also noch nicht gesprungen, nein?« hatte er gefragt, nur um den Klang der eigenen Stimme zu hören.

»Nö.«

Schweigen in der Leitung. Er wartete auf Einzelheiten, auf das neuste Bulletin über Joannas Zustand, heute war doch der Tag, wußte sie das denn nicht, zum Teufel? Wußte sie etwa nicht, daß Dr. Brillinger den Termin ausgerechnet hatte, bis auf den Tag genau – bis auf den *heutigen* Tag? Ins Büro war er nur deshalb gefahren, weil Joanna gesagt hatte, es mache sie nervös, wenn er alle zwei Minuten den Kopf zur Tür hereinstecke. Kreidebleich bis zum Haaransatz hatte sie seine Hand gedrückt und ihn gefragt, ob er nicht lieber in die Firma oder in ein Restaurant oder ins Kino gehen wolle – irgendwohin, wo ihm die Zeit rascher verging. Er solle eine Nummer hinterlassen, das sei genug. Sie würde ihn anrufen. Keine Angst, sie würde anrufen.

»Nö«, hatte Lula wiederholt, und er war sich ein wenig kindisch vorgekommen.

»Aber du rufst mich an«, hatte er gesagt. »Sofort, wenn irgend etwas passiert, ja?«

Lulas tiefe, volltönende, langsame Stimme. »Mm-mmh, Misser Van Wart, sofort wenn was passiert.«

»Ich bin im Büro.«

»Mm-mmh.«

»Also dann«, hatte er gesagt. Und weil er sonst nichts damit tun konnte, hatte er den Hörer wieder auf die Gabel gelegt.

Nein, er konnte nicht schon wieder anrufen. Noch nicht. Er würde eine halbe Stunde warten, oder nein, eine Viertelstunde. Mein Gott, war er fertig. Er sah wieder in den Regen hinaus, versuchte sich hypnotisieren zu lassen, seine Gedanken freizumachen, aber er mußte immer wieder an Glatteis denken. Mit zitternden Händen griff er in die Brusttasche nach dem Umschlag mit dem Kellerdreck, fuhr mit dem angefeuchteten Finger hinein und rieb sich den feinen, uralten Staub auf die Vorderzähne, massierte ihn ins Zahnfleisch wie eine Droge. Er befühlte ihn mit der Zungenspitze, rollte ihn genüßlich gegen den Gaumen zu einem kleinen Kügelchen, schob ihn auf die Backenzähne und zermahlte ihn langsam. Er schloß die Augen und schmeckte seine Jugend, schmeckte seine Eltern, schmeckte Sicherheit. Er war wieder ein kleiner Junge, der sich im kühlen, behaglichen Dunkel des Kellers versteckte, und dieser Keller war seine Seele, die Verkörperung aller vergangenen und künftigen Van Warts, und er spürte, wie

Frieden ihn durchfloß, bis er vergaß, daß die Welt existierte.

Und dann klingelte das Telefon. Mit einem Satz war er da.

»Ja?« keuchte er. »Ja?«

Aus dem Hörer flötete Miß Egthuysen munter: »Marguerite Mott auf Apparat zwo.«

Marguerite Mott. Er brauchte einen Augenblick. Der Nachgeschmack des Kellerstaubs verblich langsam, und die vertrauten Konturen seines Büros nahmen wieder Gestalt an. Ja. Natürlich wollte er das Gespräch annehmen. Er drückte den Knopf.

»Dipe?« Ihre Stimme war ein fernes Krähen.

»Ja? Marguerite?«

»Wir haben es.«

Er verstand nicht. Was hatten sie? Hatte Joanna schon entbunden? In einer plötzlichen Vision sah er Marguerite, in champagnerfarbenem Cocktailkleid und weißen Pumps, wie sie das Baby an den Beinen hielt, als wäre es etwas, das sie im Gebüsch eingefangen hätte. »Häh?« machte er.

»Das Grundstück«, rief sie. »Peletiahs Land.«

Mit einem Schlag wurde ihm alles wieder klar, erblühte in seinem Hirn wie eine lange Doppelreihe Helen Traubels, die alle gleichzeitig, in einem unaufhaltsamen Moment, ihre süßen, festen Knospen öffneten. Das Grundstück. Das Crane-Grundstück. Geschändet von Kommunisten und ihren Mitläufern, den Van Warts verlorengegangen, als er kaum auf der Welt gewesen war – die zwanzig Hektar des verwilderten, unerschlossenen, ungezähmten Waldes, die für ihn die Verbindung zur glorreichen Vergangenheit und den grandiosen Grundstein und Eckpfeiler einer triumphalen Zukunft darstellten. Und sie sagte ihm, daß jetzt dieses Land, zu guter Letzt, wieder sein war. »Wieviel?« fragte er.

Marguerite lachte hell auf. »Du wirst es nicht glauben.«

Er wartete ab, begann zu lächeln. »Probier's doch.«

»Zweiundsechzigtausend.«

»Zweiund –?« wiederholte er.

»Dipe!« juchzte sie. »Das sind drei-eins pro Hektar! Dreitausendeinhundert!«

Ihm blieb die Luft weg. Ihm fehlten die Worte. Drei-eins pro Hektar. Das war die Hälfte von dem, was er dem hakennasigen Knacker angeboten hatte – und fünftausendvierhundert Dollar weniger, als der Mistkerl damals haben wollte. »Ich hab's ja gewußt«, sagte er. »Ich hab's gewußt. Peletiah liegt kaum unter der Erde, und schon braucht der Junge Geld – was will er denn davon kaufen, einen Lastwagen voll Gras oder so was?«

»Nein, um Gras geht es ihm nicht, Dipe –«, sie räusperte sich, »– der Haken ist nur, daß er das Geld sofort braucht.«

»Kein Problem.« Mein Gott, zehn Prozent davon hatte er praktisch im Portemonnaie, und Charlie Strang drüben beim County Trust würde ihm auch sechsmal sechzigtausend leihen. Ohne mit der Wimper zu zucken. »Ich hab's ja gewußt«, sagte er noch einmal und krähte nun selbst. »Also, worum geht es dann? Spielschulden? Frauen? Wofür zum Teufel braucht dieser kleine Scheißer sechzigtausend Dollar?«

Marguerite machte eine effektvolle Pause, dann senkte sie die Stimme. »Weißt du, er wollte es mir überhaupt nicht sagen – zuerst jedenfalls nicht. Aber du kennst mich ja, oder?«

Er kannte sie. Sie hatte wahrscheinlich ihr Gebiß herausgeholt und ihn mit der Kraft des genuschelten Wortes überzeugt.

»Es geht um dieses Schiff. Diese Umweltaktion, weißt du? Die hatten doch diesen Unfall, das stand vor zwei Wochen oder so auch in der Zeitung.«

»Die »Arcadia«.«

»Genau. Also, ich meine, ich habe das selber nicht so verfolgt, aber anscheinend ist das Schiff dabei ziemlich kaputtgegangen – Sissy Sturdivant hat erzählt, da war ein Loch im Rumpf, durch das ein Volkswagen gepaßt hätte, und Gott weiß, welche Schäden das Wasser im Innern angerichtet hat...«

Depeyster begriff, alles war ihm glasklar, und er bemerkte, daß er grinste. Er kam ihr zuvor: »Also will er sein eigenes Geld in die Reparaturen stecken, stimmt's?«

»Stimmt. Das hat er mir erzählt.« Sie machte eine Pause. »Das ist ein komischer Bursche, aber wirklich – und ich rede nicht bloß davon, wie er sich anzieht. Man könnte fast meinen, er wäre nicht ganz richtig im Kopf, verstehst du?«

Halleluja und Amen. Seine eigene Tochter – die Hälfte aller Jugendlichen im ganzen Land – war auch nicht ganz richtig im Kopf, und wenn er Marguerite erzählt hätte, was er davon wußte, wäre ihr die Perücke hochgegangen, aber er antwortete nicht. Er kostete die gewaltige Ironie des Schicksals aus – die »Arcadia« würde also mit seinem Geld wieder flottgemacht werden –, und dann fiel ihm plötzlich Walter ein, das Begräbnis und der kalte, peitschende Regen, der ohne Unterlaß gefallen war, während sie den Sarg hinabgelassen hatten. Tom Crane war dagewesen, hatte halb ertrunken gewirkt, und eine große Blondine ohne Brüste und mit einer Nase wie eine Sprungschanze, die wohl Walters Frau sein mußte. Mardi war auch aufgekreuzt, obwohl sie nicht geruht hatte, mit ihrem Vater zu kommen – oder sich neben ihm sehen zu lassen. Sie hatte sich am anderen Ende der Gruppe aufgestellt, die um das Grab versammelt war, unter einem durchlöcherten Sonnenschirm bei einer zerlumpten Horde von Hippies – darunter dieser Puertoricaner, mit dem sie dauernd herumrannte, und ein Negerkerl, der angezogen war wie der Narr in ›König Lear‹. Es war ein Begräbnis ohne Pfarrer, ohne Predigt gewesen. Hesh Solovay hatte irgend etwas vorgelesen – atheistisches Gewäsch, das den Trauergästen ungefähr soviel Trost spendete wie der Dauerregen –, und damit hatte sich's. Kein Asche zu Asche, kein Staub zu Staub. Der arme Junge war einfach in die Erde gekippt worden und fertig.

Angeblich war er schon über zwölf Stunden tot gewesen, als sie ihn fanden. Am Spätnachmittag, als der Sturm vorbei war und alle fleißig schaufelten. Fast ein halber Meter Schnee war gefallen, und der Wind hatte ihn mehr als drei- oder viermal so hoch zu Wächten geweht. Niemand dachte sich etwas bei dem zugeschneiten Auto, und wenn nicht zwei Sechstkläßler ein Iglu gebaut hätten, wäre er überhaupt nicht gefunden worden – jedenfalls nicht bevor der Regen die Schneewehen geschmolzen hatte. Die Fabrik war geschlossen, die Schulen waren geschlossen, alles war geschlossen, und an diesem Nachmittag redeten alle über nichts anderes als die »Arcadia«, die vor Gees Point auf Grund gelaufen war, und daß die Polizei davon ausging, es sei Sabotage gewesen. Depeyster und LeClerc und ein paar Freunde feierten das traurige und unverhoffte Ende jenes edlen Segelschiffs gerade mit einem Freudenfeuer im Kamin und einer Flasche Piper-Heidsieck, als sie telefonisch von Walters Tod erfuhren. Einen Zusammenhang stellte keiner her. Anfangs jedenfalls nicht. Aber Depeyster wußte, was geschehen war, wußte es mit solcher Sicherheit, als wäre er selbst dabeigewesen. Walter hatte es getan, hatte es für ihn getan.

Depeyster war zum Heulen zumute gewesen. Als er in der Halle stand, den kalten schwarzen Hörer in der Hand, die fragenden Blicke von LeClerc und den anderen aus dem Salon auf sich gerichtet, war er zutiefst getroffen. Walter hatte sich geopfert. Für ihn. Für Amerika. Um den dreckigen Juden und Atheisten, die seine Kindheit vergiftet und irgendwie dieses großartige, leidende Land in ihren Würgegriff bekommen hatten, einen Schlag zu versetzen. Es war eine Tragödie. Wirklich, das war es. Es war Sophokles. Es war Shakespeare. Und der Junge war, war – er war ein Held, genau das war er. Ein Patriot. Er hatte weinen wollen, er war wirklich knapp davor gewesen, hatte an die Vergeudung, an Walters trauriges und unglückliches Leben gedacht und an das traurige, unglückliche Leben seines Vaters vor ihm, und er hatte etwas in seiner Kehle aufsteigen gespürt, das vielleicht der Anfang gewesen wäre, und in seiner Brust hatte er auch etwas gespürt. Aber er hatte nicht die Gewohnheit zu weinen. Hatte wahrscheinlich seit seiner Kindheit nicht mehr geweint. Der Augenblick ging vorüber.

»Dipe?« Marguerite war immer noch dran.

»Hm?«

»Bist du noch da?«

»Entschuldige«, sagte er. »Ich habe gerade an was anderes gedacht.«

»Also, was ist, soll ich die Sache perfekt machen?«

Natürlich sollte sie die Sache perfekt machen. Das wünschte er sich mehr als alles andere im Leben. Außer einen Sohn. Seinen Sohn. Der heute fällig war. »Ja, sicher«, sagte er und sah auf die Uhr. Fünfzehn Minuten. Vielleicht hatte Joanna durchzukommen versucht, vielleicht hatte er ihren Anruf verpaßt, vielleicht – »In Ordnung, Marguerite, also du erledigst das. Ich muß jetzt auflegen. Ciao.«

Und dann rief er zu Hause an.

Der Regen hatte aufgehört. Die Straßen waren frei. Depeyster Van Wart, der zwölfte Erbe von Van Wart Manor und baldige Besitzer von zwanzig unverfälschten Hektar Ahneneigentums, auf denen nur eine einzige dürftige, baufällige Bude störte, die an einem guten Tag ohne weiteres der Wind wegpusten konnte, ging auf dem abgenutzten grauen Teppich der Entbindungsstation des Peterskill Community Hospital auf und ab. Joanna war irgendwo da drinnen, hinter der großen doppelten Schwingtür, an ihr Bett geschnallt und sediert. Bei der Entbindung gab es ein Problem, soviel er wußte, soviel hatte ihm Flo Deitz – Schwester Deitz – gesagt, als sie auf einem ihrer hundert Botengänge, wohin auch immer, durch die Tür gefegt war. Das Baby – sein Baby, sein Sohn, hatte die falsche Geburtslage. Sein Kopf war nicht dort, wo er sein sollte, und sie konnten ihn anscheinend nicht herumdrehen. Sie würden einen Kaiserschnitt machen müssen.

Depeyster setzte sich. Er stand wieder auf. Er sah aus

dem Fenster. Er verrieb Staub auf seinem Zahnfleisch. Wenn die Schwingtür aufging, fuhr er jedesmal hoch. Er sah Korridore, Rollbetten, Schwestern in grünen Kitteln und Gesichtsmasken, und er hörte Stöhnen und Kreischen, die einen Folterknecht hätten zusammenzucken lassen. Von Joanna keine Spur. Und von Dr. Brillinger auch nicht. Er versuchte, sich abzulenken, an das Grundstück zu denken und an die Befriedigung, die es ihm bereiten würde, die elende Hütte dem Erdboden gleichzumachen; er versuchte, sich vorzustellen, wie er mit seinem Sohn vor dem Frühstück, in der Morgendämmerung, wenn die Welt still war und die Atemluft wie Rauch in der Luft schwebte, einen Ausritt machen würde, aber es half nichts. Lautsprecher quäkten, Türen flogen auf, und er war unbestreitbar, unabwendbar und unwiderruflich im Krankenhaus, verfolgte den Weg des Sekundenzeigers auf der großen häßlichen Anstaltsuhr und starrte die blaßgrünen Wände an wie das Innere einer Gefängniszelle. Er zog den Kopf ein. Er hatte das Gefühl, sich gleich übergeben zu müssen.

Später, viel später – so viel später, daß er sicher war, Joanna sei auf dem OP-Tisch gestorben, sein Sohn nur eine Phantasie, längst tot und in einem Glas eingelegt, das Sammlerstück eines Grünschnabels von Geburtshelfer, der seine Ausbildung in Puerto Rico bekommen und kaum eine Ahnung hatte, wo das Baby eigentlich herauskommen sollte – schlüpfte Flo Deitz in ihren lautlosen, dicksohligen Schwesternschuhen herein und tippte ihm auf die Schulter. Erschrocken fuhr er herum. Neben Flo stand Dr. Brillinger und ein Mann, den er nicht kannte. Dieser Mann trug einen grünen Kittel und Gummihandschuhe und war derart mit Blut bespritzt, als käme er gerade vom Schweineschlachten. Aber er lächelte. Dr. Brillinger und Flo lächelten auch. »Dr. Perlmutter«, stellte Dr. Brillinger den blutverschmierten Mann vor.

»Gratuliere Ihnen«, sagte Dr. Perlmutter mit etwas zu

dünner Stimme, als daß es herzlich geklungen hätte, »Sie sind soeben Vater eines gesunden Jungen geworden.«

»Genau achteinhalb Pfund schwer«, sagte Flo Deitz, als wäre das wichtig.

Dr. Perlmutter zog sich die Handschuhe mit einem schnalzenden Geräusch aus und streckte Depeyster die bloße Hand entgegen. »Joanna geht es gut«, sagte Dr. Brillinger mit sonorem Raunen. Benommen, erleichtert drückte Depeyster Hände. Allen beiden. Er drückte sogar Flo die Hand.

»Hier lang«, sagte Flo und glitt auf ihren lautlosen Schuhen davon.

Depeyster nickte Dr. Brillinger und Dr. Perlmutter zu und folgte ihr nach rechts den Korridor entlang. Sie ging ziemlich flott – erstaunlich flott für eine wackelbeinige, schon etwas ältere Frau, die kaum größer als einszweiundfünfzig sein konnte –, und er mußte sich beeilen, um mit ihr mitzuhalten. Der Korridor endete abrupt vor einer Tür mit der Aufschrift KEIN ZUTRITT, doch Flo huschte bereits in einem rechtwinklig abzweigenden Gang weiter, auf ihren energischen kurzen Beinen so schnell und entschlossen wie eine Langstreckenläuferin. Als Depeyster sie eingeholt hatte, stand sie vor einem Fenster, oder vielmehr vor einer Glaswand, durch die man in das Zimmer dahinter sehen konnte. »Die Neugeborenenstation«, sagte sie. »Da liegt er.«

Wie lange war das schon her – zwanzig, einundzwanzig Jahre? Wie alt war Mardi? – und er konnte sich kaum fassen. Sein Herz raste, als wäre er eben zehn Stockwerke hinaufgesprintet, und das Haar an seinen Schläfen war schweißnaß. Er preßte das Gesicht gegen die Scheibe.

Säuglinge. Sie sahen alle gleich aus. Insgesamt waren es vier, die dort eingerollt wie rotgesichtige Äffchen in kleinen Körben lagen, mit handbeschriebenen Namensschildchen, auf denen ihre Abkunft verzeichnet war: Cappolupo, O'Reilly, Nelson, Van Wart. »Wo?« fragte er.

Flo Deitz sah ihn verwundert an. »Na, da«, sagte sie, »der ganz vorne. Van Wart.«

Er sah hin, doch er sah es nicht ein. Das? dachte er, und etwas wie Panik, wie Verleugnung stieg in seiner Kehle auf. Dort lag es – dort lag *er*, sein Sohn, in weißes Leinen gewickelt wie die anderen, aber zu groß, viel zu groß, und mit einem pechschwarzen Haarbüschel auf dem Kopf. Und auch mit der Haut stimmte etwas nicht – sie war dunkel, fast kupferbraun, als hätte er einen Sonnenbrand oder so. »Äh, stimmt alles mit... mit ihm?« stammelte er. »Ich meine, seine Haut –«

Flo lächelte ihn an, strahlte übers ganze Gesicht.

»Ist das, äh, noch die Nachgeburt oder so was?«

»Er ist süß«, sagte sie.

Er sah noch einmal hin. Und in diesem Moment, als wäre bereits ein seelisches Band zwischen ihnen entstanden, zuckte das Baby mit den Armen und riß die Augen auf. Es war eine Offenbarung. Ein Schock. Depeyster hatte graue Augen, wie sein Vater, und die Joannas schimmerten im reinsten, fürstlichsten Veilchenblau. Die Augen des Babys waren grün wie die einer Katze.

Lange Zeit blieb Depeyster im Korridor stehen. Er stand noch da, lange nachdem Schwester Deitz ihn allein gelassen und Feierabend gemacht hatte, lange nachdem die anderen stolzen Väter gekommen und wieder gegangen waren, er stand sogar so lange da, daß die Putzfrau um ihn herum aufwischen mußte. Er beobachtete das schlafende Baby, studierte sein Haar, das Flattern seiner Lider und das Ballen der winzigen Fäuste, während es von einem unergründlichen Traum in den nächsten glitt. Alles mögliche ging Depeyster dabei durch den Kopf, lauter Dinge, die ihn beunruhigten, ihm Magenschmerzen verursachten und ein nie gekanntes Gefühl der Leere.

Er war ein starker Mann, zielbewußt und zäh, ein Mann, der in der Geschichte zu Hause war und den Puls von Generationen in seinen Adern spürte. Er hatte diese Gedanken, diese beunruhigenden Gedanken nur einmal, nur während er vor dem Fenster stand, dann schob er sie weit weg, um sie nie wiederkehren zu lassen. Als er sich endlich doch von der Glasscheibe abwandte, lag ein Lächeln auf seinen Lippen. Und er behielt dieses Lächeln bei, während er den Korridor entlang, in die Vorhalle und durch die schwere Eingangstür schritt. Er stand draußen, auf den Stufen, die kühle, köstliche Luft blies ihm ins Gesicht, und der Sternenhimmel funkelte über ihm wie ein Segenswunsch, als ihm die Idee kam. *Rombout,* dachte er plötzlich, gepackt vom überwältigenden Griff der Inspiration, ja, so würde er ihn nennen, *Rombout*...

Nach seinem Vater.

Die wichtigsten handelnden Personen

Im 17. Jahrhundert

Auf Nysen's Roost:

Harmanus Van Brunt, ein Pachtbauer
Agatha Van Brunt, seine Frau
Jeremias Van Brunt, ihr Sohn
Katrinchee Van Brunt, ihre Tochter
Wouter Van Brunt, ihr Sohn

Wouter Van Brunt Harmanus Van Brunt Staats Van Brunt Geesje Van Brunt Agatha Van Brunt Gertruyd Van Brunt	die Kinder von Jeremias Van Brunt und Neeltje Cats Van Brunt

Bei den Kitchawanken:

Sachoes, der *sachem* der Kitchawanken
Wahwahtaysee, seine Frau
Minewa, ihre Tochter
Mohonk (Mohewoneck), ihr Sohn
Jeremy Mohonk (Squagganeek), der Sohn von Katrinchee Van Brunt und Mohonk

Im 20. Jahrhundert

In der Kitchawank Colony:

Truman Van Brunt
Christina Alving Van Brunt, seine Frau
Walter Truman Van Brunt, ihr Sohn
Jessica Conklin Wing Van Brunt, Walters Frau

Lola Solovay Hesh Solovay	Walters Adoptiveltern

In der Shawangunk-Reservation:

Jeremy Mohonk sen.
Mildred Tantaquidgeon, seine Frau
Jeremy Mohonk, ihr Sohn, der Letzte der Kitchawanken
Horace Tantaquidgeon, Mildreds Bruder

Auf Van Wartwyck:

OLOFFE STEPHANUS VAN WART,
ein holländischer *patroon*
GERTRUYD VAN WART, seine Frau
STEPHANUS OLOFFE ROMBOUT VAN WART,
ihr Sohn
HESTER LOVELACE VAN WART, dessen Frau
ROMBOUT VAN WART,
ihr ältester Sohn und Erbe
OLOFFE VAN WART } ihre weiteren Söhne
PIETER VAN WART }
SASKIA VAN WART, ihre Tochter

JOOST CATS, der *schout* oder Schultheiß
GEESJE CATS, seine Frau
NEELTJE CATS }
ANS CATS } ihre Töchter
TRIJINTJE CATS }
STAATS VAN DER MEULEN, ein Pachtbauer
MEINTJE VAN DER MEULEN, seine Frau
DOUW VAN DER MEULEN }
JANNETJE VAN DER MEULEN }
KLAES VAN DER MEULEN } ihre Kinder
BARENT VAN DER MEULEN }
HACKALIAH CRANE
CADWALLADER CRANE, sein Sohn
JAN PIETERSE
PASTOR VAN SCHAIK
JAN DER KITCHAWANKE
WOLF NYSEN
ALBREGT VAN DEN POST

In Van Wartville:

ROMBOUT VAN WART, der elfte Erbe des
Gutshofs der Van Warts
CATHERINE DEPEYSTER VAN WART, seine Frau
DEPEYSTER VAN WART, ihr Sohn und Erbe
JOANNA VAN WART, Depeysters Frau
MARDI VAN WART, ihre Tochter

PELETIAH CRANE
STANDARD CRANE, Peletiahs Sohn
TOM CRANE, Standards Sohn
PIET AUKEMA

Lars Gustafsson im dtv

Foto: Isolde Ohlbaum

Wollsachen

Nach einem gescheiterten Selbstmordversuch schreibt der Lehrer Lars Hedin seine eigene »Krankheitsgeschichte« über sein verpfuschtes Leben. Da verliebt er sich in die Freundin eines seiner Schüler. dtv 1273

Die Tennisspieler

Als tennisspielender Gastprofessor im sonnigen Texas stößt Gustafsson auf das Buch eines Anarchisten, das die bisherige Forschung in Frage stellt. Um der Sache auf den Grund zu kommen, bedient er sich heimlich des Zentralcomputers der Luftabwehr. dtv 10008

Erzählungen von glücklichen Menschen

Die Suche nach den Glücksmöglichkeiten des Menschen hat Gustafsson auf ganz neue, zuweilen labyrinthische, scheinbar abseitige und verschlungene Pfade geführt. dtv 10175

Die Stille der Welt vor Bach

»Den Übersetzern ist es gelungen, das Energetisch-Zupackende, Ausgreifende und den schnellen Gedankengang dieser Lyrik vorzüglich wiederzugeben.«
(Süddeutsche Zeitung) dtv 10299

Trauermusik

Im Frühjahr 1958 kreuzen sich die Wege dreier Menschen. Gustafsson verfolgt ihre Lebensgeschichten bis in die achtziger Jahre. dtv 10566

Der eigentliche Bericht über Herrn Arenander

In diesem frühen Roman geht es »nicht um die möglichst umfassende Lebensbeschreibung eines Individuums, sondern allenfalls um das Modell eines intellektuellen Portraits«. (Süddeutsche Zeitung) dtv 10863

Die dritte Rochade des Bernhard Foy

Ein junger amerikanischer Rabbiner, mit dem Zug unterwegs von Stockholm nach Paris, gelangt zufällig in den Besitz einer Mikrokassette für eine Mittelstreckenrakete... dtv 11155

Italo Calvino im dtv

Foto: Isolde Ohlbaum

Das Schloß, darin sich Schicksale kreuzen

Der Schloßherr zieht ein Kartenspiel hervor, Tarockkarten. Und plötzlich scheinen die Figuren den Anwesenden zu gleichen. dtv 10284

Die unsichtbaren Städte

»Calvino entwirft im stilistisch knappen und eleganten Filigran seiner 55 Städteportraits eine Vision unserer Welt...« (Basler Zeitung) dtv 10413

Wenn ein Reisender in einer Winternacht

Ein brillantes Verwirrspiel um einen Lesenden und eine (Mit-)Leserin, die von einer Geschichte in neun andere geraten.
dtv 10516/dtv großdruck 25031

Der Baron auf den Bäumen

Als Zwölfjähriger steigt der Baron auf eine Steineiche und wird bis zu seinem Tode nie mehr einen Fuß auf die Erde setzen. dtv 10578

Der geteilte Visconte

Medardo di Terralba kehrt aus den Türkenkriegen im wahrsten Sinne in zwei Teile gespalten zurück. Zu allem Überfluß verlieben sich auch beide Hälften des Visconte, die gute wie die schlechte, in dieselbe Frau. dtv 10664

Der Ritter, den es nicht gab

Innen hohl, besteht Ritter Agilulf nur aus Rüstung, Kampfgeist und Pflichtgefühl: das Musterbild eines ordentlichen Soldaten. dtv 10742

Herr Palomar

Herrn Palomars Leidenschaft ist das Betrachten; immer treiben ihn seine Phantasie und diskrete Neugier in wahrhaft abenteuerliche Denkspiralen und Selbstgespräche. dtv 10877

Abenteuer eines Reisenden

Auf seine unnachahmliche Art seziert Calvino scheinbar alltägliche menschliche Begegnungen so genau, daß sie zu phantastischen Abenteuern werden.
dtv 10961

Zuletzt kommt der Rabe
Erzählungen

Fesselnde Skizzen von der brutalen Realität des Partisanenalltags während des Zweiten Weltkriegs und prägnante Ausschnitte aus dem Leben der kleinen Leute in der ersten Nachkriegszeit.
dtv 11143

Saul Bellow im dtv

Foto: Thomas Victor

Eine silberne Schale
Das alte System

Diese beiden Erzählungen schildern die vielschichtigen Beziehungen und Konflikte innerhalb einer großen jüdischen Familie, zeigen, wie man sich quält und verwöhnt, hilft und übers Ohr haut, und wie man sich trotzdem liebt. dtv 10425

Mr. Sammlers Planet

Mit den Augen eines weise gewordenen europäischen Intellektuellen zeigt Saul Bellow New York aus einer Perspektive, die voller Tragik und Komik zugleich ist: »Alle menschlichen Typen sind reproduziert: der Barbar, die Rothaut, der Dandy, der Büffeljäger, der Desperado, der Schwule, der Sexualphantast, Dichter, Maler, Schürfer ...« dtv 11200

Der mit dem Fuß im Fettnäpfchen
Erzählungen

»Ich sehe nicht einmal aus wie ein Amerikaner«, sagt Mr. Shawmut, Held der Titelgeschichte, »– ich bin groß, aber ich habe einen krummen Rücken, mein Hintern sitzt höher als bei anderen Menschen, ich habe stets das Gefühl, daß meine Beine unverhältnismäßig lang sind: man brauchte einen Ingenieur, um die Dynamik auszutüfteln ...« – der amerikanische Nobelpreisträger von einer leichten, heiteren Seite. dtv 11215

Der Regenkönig

Eugene Henderson, ein spleeniger Millionär, hat die Nase voll vom »American way of life«, läßt Familie und Reichtum hinter sich und sucht sein Glück in Afrika. Dort wird er von den Wariwaris zum Regenkönig gekürt – ein nicht ganz ungefährliches Amt, wie sich herausstellt. Ein moderner Schelmenroman voll hintergründiger Komik. dtv 11223

Mehr noch sterben
an gebrochnem Herzen

Der international geschätzte Botaniker Benn Crader erweist sich, wenn's ums andere Geschlecht geht, als Ignorant und Laie. Auch Kenneth Trachtenberg, Benns Neffe und treuer Begleiter, ist kein Frauenheld. Mit Entsetzen verfolgt er die amourösen Abenteuer seines ältlichen Onkels und dessen Heirat mit der wesentlich jüngeren Matilda Layamon. Doch er gerät bald selbst in die Netze der Liebe. dtv 11364